LA PEAU DU TAMBOUR

Pedro
2004

ARTURO PÉREZ-REVERTE

LA PEAU
DU TAMBOUR

roman

TRADUIT DE L'ESPAGNOL
PAR JEAN-PIERRE QUIJANO

ÉDITIONS DU SEUIL
27, rue Jacob, Paris VIᵉ

Ce livre a été traduit avec l'aide de la direction générale du Livre, des Archives et des Bibliothèques du ministère de l'Éducation et de la Culture espagnol.

Titre original : *La piel del tambor*
Éditeur original : Alfaguara, Santillana, S.A., Espagne
ISBN original : 84-204-8201-3
© 1995, Arturo Pérez-Reverte
© Alberto Montaner, pour le blason de la page 457

ISBN : 2-02-029454-0

© Éditions du Seuil, mars 1997, pour la traduction française

A Amaya, pour son amitié.
A Juan, pour ses encouragements.
A Rodolfo, pour ce qui lui revient.

Prêtres, banquiers, pirates, duchesses et malfrats, les personnages et les faits de ce roman sont tous imaginaires. Toute ressemblance avec des personnes ou des événements réels serait le fruit du hasard. Tout ici est fiction, sauf le cadre de l'action. Qui pourrait inventer une ville comme Séville ?

Le pirate se faufila dans le système informatique central du Vatican à minuit moins onze. Trente-cinq secondes plus tard, un des ordinateurs branchés au réseau principal donna l'alarme, un simple clignotement sur l'écran qui annonçait la mise en marche automatique du contrôle de sécurité. Puis, les lettres *HK* apparurent dans un angle de l'écran et le fonctionnaire de garde, un jésuite qui travaillait sur les données du dernier recensement de l'État pontifical, décrocha le téléphone pour prévenir son chef de service.

– Nous avons un *hacker* – annonça-t-il.

Le père Ignacio Arregui, jésuite lui aussi, boutonna sa soutane et sortit dans le couloir pour se rendre à la salle des ordinateurs, cinquante mètres plus loin. Maigre et osseux, ses chaussures craquaient sous les fresques que dissimulait la pénombre. En passant, il regarda par les fenêtres la Via della Tipografia déserte et la sombre façade du palais du Belvédère. Il grommelait entre ses dents. Non pas tant à cause de l'intrus que parce qu'on l'avait tiré de son somme. Fréquentes, les incursions des pirates ne portaient pas à conséquence. Le plus souvent, ils ne dépassaient pas le périmètre de sécurité et se contentaient de laisser des traces anodines de leur passage : des messages ou des virus inoffensifs. Un pirate informatique – un *hacker* dans le jargon du métier – aime se faire remarquer. En général, il s'agit de très jeunes gens qui trouvent leur plaisir à voyager sur les réseaux du téléphone pour explorer des systèmes de plus en plus complexes. Pour les dompteurs de puces électroniques, pour les accros de la haute technologie, rien de plus palpitant que de s'attaquer à la Chase Manhattan Bank, au Pentagone ou au Vatican.

Le fonctionnaire de garde était le père Cooey, jésuite irlandais, un homme jeune et bien en chair. Penché sur son clavier, lunettes sur le nez, sourcils froncés, il suivait à la trace le pirate. Le père Arregui le vit lever les yeux avec soulagement. Sa lampe de travail lui éclairait le bas du visage.

– Content de vous voir, mon père, croyez-moi.

Le père Arregui s'installa à côté de lui et posa les mains sur la table, dans le rond de lumière, les yeux fixés sur l'écran où scintillaient des icônes bleues et rouges. Le système de poursuite automatique continuait à traquer l'intrus.

– C'est sérieux ?

– Peut-être.

Depuis deux ans, il n'y avait eu qu'un seul incident grave, un jour où un pirate avait réussi à injecter un virus dans le réseau du Vatican – un fichier conçu pour se multiplier à l'infini jusqu'à bloquer le système. Le nettoyage du réseau et sa remise en état avaient coûté un demi-million de dollars. Après de longues et difficiles recherches, on avait découvert que le pirate était un adolescent de seize ans, qui habitait un village perdu de la côte hollandaise. Plusieurs autres tentatives d'infiltration ou de sabotage avaient été tuées dans l'œuf : un jeune mormon de Salt Lake City, une société islamique d'intégristes établie à Istanbul, un prêtre fou, ennemi juré du célibat, qui empruntait l'ordinateur de son asile pendant la nuit. Le prêtre, un Français, les avait tenus en échec pendant un mois et demi. Quand ils avaient enfin réussi à le neutraliser, il avait déjà infecté quarante-deux fichiers avec un virus dont la propriété était de couvrir les écrans d'insultes en latin.

Le père Arregui posa le doigt sur le curseur qui clignotait en rouge :

– C'est notre pirate ?

– Oui.

– Comment l'avez-vous appelé ?

On leur donnait toujours un nom de code pour mieux les suivre ; beaucoup étaient de vieilles connaissances. Le père Cooey montra une ligne dans l'angle inférieur droit de l'écran :

– *Vêpres*, à cause de l'heure. C'est tout ce que j'ai trouvé sur le moment.

Quelques fichiers apparurent, d'autres disparurent sur l'écran. Cooey examina attentivement la liste, en choisit un avec la souris qui commandait le curseur, puis cliqua deux fois. Maintenant qu'il avait à côté de lui un supérieur sur qui se décharger de ses responsabilités, il n'était plus le même homme. Détendu, il semblait attendre la suite des événements. Pour un vieux routier de l'informatique, et ce jeune homme l'était, les agissements d'un pirate étaient toujours une sorte de défi professionnel.

– Il y a dix minutes qu'il est là – le père Arregui crut deviner une pointe d'admiration contenue dans sa voix –. Au début, il s'est contenté d'explorer les différents accès, pour tâter le terrain. Et puis, il est entré d'un seul coup. Il connaît son chemin ; il nous a certainement déjà rendu visite.

– Qu'est-ce qu'il veut ?

Cooey haussa les épaules.

– Je n'en sais rien. Mais il travaille bien et vite. Il utilise un système à trois niveaux pour contourner nos défenses : il commence par essayer des permutations simples de noms d'utilisateurs connus, ensuite de noms de notre dictionnaire et enfin une liste de 432 mots de passe – le jésuite pinça légèrement les lèvres comme pour réprimer un sourire déplacé –. En ce moment, il explore les accès d'INMAVAT.

Nerveux, le père Arregui tambourinait avec ses ongles sur un des nombreux manuels techniques dont la table était couverte. INMAVAT était une liste à diffusion restreinte des hauts dignitaires de la Curie. On ne pouvait y accéder qu'au moyen d'un code personnel et confidentiel.

– On le suit au scanner ? – proposa-t-il.

Du menton, Cooey désigna un autre écran allumé sur une table voisine. J'y ai déjà pensé, disait son geste. Connecté aux réseaux téléphoniques de la police et du Vatican, le système enregistrait tous les paramètres du signal de l'intrus. Il comportait même un piège à *hackers*, une série de fausses pistes dont les méandres retardaient les intrus qui laissaient ainsi des traces permettant de les localiser et de les identifier.

– Ça ne va pas donner grand-chose – dit enfin Cooey –. *Vêpres* a changé plusieurs fois de réseau pour dissimuler son point d'entrée. Chaque fois qu'il fait une boucle sur un réseau, il faut la remonter jusqu'au commutateur d'entrée… Il devrait rester tranquille un bon bout de temps pour qu'on puisse le pincer. De toute façon, s'il a l'intention de faire des dégâts, il va le faire.

– Qu'est-ce qu'il pourrait vouloir d'autre ?

– Je ne sais pas – une moue à la fois curieuse et amusée reparut sur les lèvres du jeune homme, puis s'effaça dès qu'il releva la tête –. Parfois, ils se contentent de fouiner un peu partout, ou de laisser un message. Vous savez ce que je veux dire, dans le style : *Le capitaine Zap est passé par là* – il se tut, les yeux rivés sur l'écran –. Mais je trouve qu'il se donne beaucoup de mal pour une simple promenade.

Le père Arregui hocha deux fois la tête, absorbé dans la contemplation des coordonnées du signal sur l'écran. Puis il sembla reprendre ses esprits, regarda le téléphone qui se trouvait dans le cône de lumière de la lampe et tendit la main comme pour prendre le combiné. Mais il s'arrêta en chemin.

– Vous croyez qu'il va entrer dans INMAVAT ?

Cooey lui montra l'écran de son ordinateur.

– C'est ce qu'il vient de faire.

– Dieu du ciel !

Le curseur rouge clignotait maintenant à toute vitesse sur une longue liste de documents d'archives qui défilait sur l'écran.

– Il connaît son affaire – dit Cooey, incapable de dissimuler davantage son admiration –. Dieu me pardonne, mais ce *hacker* est vraiment bon – il se tut un instant et sourit –. Diablement bon.

Oubliant son clavier, les coudes sur la table, il regardait. La liste à diffusion restreinte était là, sous ses yeux, à nu. Quatre-vingt-quatre cardinaux et hauts dignitaires, chacun représenté par son code. Le curseur parcourut la liste de haut en bas, deux fois, puis s'arrêta en clignotant sur la ligne V01A.

– Ah, le salopard – murmura le père Arregui.

Le registre de transfert indiquait une augmentation progressive des données en mémoire, ce qui voulait dire que l'intrus avait fait sauter la sécurité et qu'il introduisait un document pirate dans le système.

– Qui est V01A ? – demanda Cooey.

Il n'obtint pas tout de suite de réponse. Le père Arregui défaisait le col romain de sa soutane et se passait la main sur la nuque. Incrédule, il regarda encore l'écran. Puis il décrocha très lentement le téléphone et, après un instant d'hésitation, composa le numéro d'urgence du secrétariat du Palais apostolique. A l'autre bout du fil, le téléphone sonna sept fois avant qu'une voix ne réponde en italien. Le père Arregui s'éclaircit la gorge, puis annonça qu'un intrus s'était introduit dans l'ordinateur personnel du Saint-Père

I. L'homme de Rome

*Il est une raison pour qu'il porte l'épée : il est le
bras de Dieu.*

Bernard de Clairvaux,
Éloge de la Milice du Temple

C'est au début de mai que Lorenzo Quart reçut l'ordre de mission qui allait le conduire à Séville. Une dépression s'avançait en direction de la Méditerranée orientale et la pluie tombait à verse ce matin-là sur la place Saint-Pierre de Rome. Au lieu de la traverser, Quart passa sous la colonnade du Bernin pour s'abriter. Alors qu'il s'approchait de la porte de Bronze, il devina dans la pénombre du vestibule de marbre et de granit la sentinelle armée de sa hallebarde qui s'apprêtait à lui demander ses papiers. C'était un suisse, grand et fort, le crâne rasé sous le béret noir de l'uniforme Renaissance à rayures rouges, jaunes et bleues. Quart le vit observer avec curiosité son costume impeccablement coupé, sa chemise de soie noire à col romain et ses chaussures de cuir souple, noires elles aussi, cousues main. Rien à voir, disait ce regard, avec les gris *bagarozzi*, les fonctionnaires de la complexe bureaucratie vaticane qui passaient par là tous les jours. Mais, comme l'indiquaient aussi les yeux clairs du suisse, il ne s'agissait pas non plus d'un aristocrate de la Curie, un de ces prélats et monsignors qui, même discrets, arborent au moins une croix, un liseré pourpre ou un anneau. Ceux-là n'arrivaient pas sous la pluie. Ils entraient au Palais apostolique par une autre porte, celle de Sainte-Anne, à bord d'automobiles confortables avec chauffeur. Et puis cet homme courtois qui s'arrêtait devant la sentinelle et sortait de sa poche un portefeuille de cuir pour y chercher ses papiers parmi une collec-

17

tion de cartes de crédit était trop jeune pour la mitre, malgré sa brosse poivre et sel, à la militaire. Très grand, mince, calme, sûr de lui, conclut le suisse après un rapide coup d'œil professionnel. Mains aux ongles soignés, montre à cadran blanc, boutons de manchettes simples en argent. Il lui donna quarante ans, tout au plus.

– *Guten Morgen. Wie ist der Dienst gewesen ?*

Ce ne fut pas la formule de salutation, prononcée dans un allemand parfait, qui poussa la sentinelle à se mettre au garde-à-vous et à redresser sa hallebarde, mais le sigle IOE accompagné de la tiare et des clés de saint Pierre qui apparaissait dans l'angle supérieur droit de la pièce d'identité que l'inconnu lui présentait. Dans le gros volume de l'Annuaire pontifical, l'Institut pour les œuvres extérieures dépendait du secrétariat d'État. Mais le dernier des bleus de la garde suisse savait que, durant deux siècles, l'Institut avait été le bras armé du Saint-Office et qu'il coordonnait maintenant toutes les activités secrètes des services de renseignements du Vatican. Les membres de la Curie, passés maîtres dans l'art de l'euphémisme, l'avaient surnommé « La main gauche de Dieu ». D'autres l'appelaient – mais jamais à haute voix – le Service des sales affaires.

– *Kommen Sie herein.*

– *Danke.*

Quart passa devant la sentinelle, franchit la vieille porte de Bronze, prit à droite devant les majestueuses marches de la Scala Regia puis, après un bref arrêt devant la table de l'huissier, gravit quatre à quatre les marches d'un escalier de marbre sonore en haut duquel, derrière une porte vitrée que surveillait une autre sentinelle, s'ouvrait la cour de Saint-Damase. Il la traversa en diagonale sous la pluie, suivi des yeux par d'autres gardes engoncés dans leurs capes bleues, postés à toutes les portes du Palais apostolique. Il enfila encore un autre escalier de quelques marches qui le conduisit devant une porte à côté de laquelle était vissée une discrète plaque de métal : *INSTITUTO PER LE OPERE ESTERIORE.* Il sortit alors de sa poche un kleenex pour essuyer les gouttes qui ruisselaient sur son visage, se pencha pour effacer la moindre trace de pluie sur ses chaussures, fit une boule du mouchoir de papier qu'il jeta dans un cendrier de laiton installé à côté de la porte, puis rectifia les manchettes de sa chemise noire, ajusta sa veste et appuya sur le bouton de la sonnette. A la différence d'autres prêtres, Lorenzo Quart avait parfaitement conscience de ses insuffisances dans le domaine des vertus plus ou moins théologales : la charité ou la compassion, par exemple, n'étaient pas son fort. Pas davantage l'humilité, malgré sa nature disciplinée. Mais malgré ces lacunes, il ne manquait ni de minutie ni de rigueur, ce qui en faisait un homme précieux pour ses supérieurs. Ceux qui attendaient le père Quart derrière cette porte savaient qu'il était net et précis comme un couteau suisse.

Il y avait une panne de courant et le bureau n'était éclairé que par le jour grisâtre d'une fenêtre ouverte sur les jardins du Belvédère. Alors que le secrétaire refermait la porte derrière lui, Quart fit cinq pas en avant et s'arrêta exactement au centre de la pièce familière où bibliothèques et classeurs de bois dissimulaient partiellement les cartes peintes à la fresque par Antonio Danti, sous le pontificat de Grégoire XIII : la mer Adriatique, la mer Tyrrhénienne et la mer Ionienne. Puis, ignorant la silhouette qui se découpait à contre-jour devant la fenêtre, il salua d'une brève inclination de la tête l'homme assis derrière une grande table couverte de dossiers.

– Monseigneur...

L'archevêque Paolo Spada, directeur de l'Institut pour les œuvres extérieures, lui répondit silencieusement par un sourire complice. C'était un Lombard, fort et massif, presque carré avec ses puissantes épaules sous le costume noir trois pièces qui ne portait aucun signe de son rang dans la hiérarchie ecclésiastique. La tête lourde, le cou épais, il avait plutôt l'air d'un camionneur, d'un lutteur ou – on était à Rome après tout – d'un ancien gladiateur qui aurait troqué son glaive et son casque de myrmidon pour l'habit sombre de l'Église. Impression que confirmaient des cheveux encore noirs, raides comme du crin, des mains énormes, presque disproportionnées, sans anneau archiépiscopal, qui jouaient avec un coupe-papier en forme de dague. Il s'en servit pour montrer la silhouette qui se découpait devant la fenêtre :

– Vous connaissez le cardinal Iwaszkiewicz, je suppose.

Pour la première fois, Quart regarda à sa droite et salua la silhouette immobile. Il connaissait naturellement Son Éminence Jerzy Iwaszkiewicz, évêque de Cracovie, élevé à la pourpre cardinalice par son compatriote le pape Wojtila, préfet de la Sainte Congrégation pour la Doctrine de la Foi, connue jusqu'en 1965 sous le nom de Saint-Office, ou Inquisition. Même à contre-jour, on ne pouvait confondre la silhouette mince et noire d'Iwaszkiewicz, ni se méprendre sur ce qu'il représentait.

– *Laudeatur Jesus Christus*, Éminence.

Le directeur du Saint-Office ne répondit pas, ne fit pas un geste.

– Vous pouvez vous asseoir si vous le désirez, père Quart – reprit monseigneur Spada de sa voix enrouée –. Il s'agit d'une réunion officieuse et Son Éminence préfère rester debout.

Il avait utilisé le mot italien *ufficiosa*, et la nuance n'échappa pas à Quart. Dans la langue vaticane, la différence entre *ufficiale* et *ufficioso* était importante. Le dernier terme évoquait plutôt ce qu'on pense vraiment par opposition à ce qu'on dit ; et même s'il arrivait qu'on le dise, inutile d'en espérer confirmation par la suite. En tout état de cause, Quart regarda la chaise que l'archevêque lui offrait d'un autre mouvement de son coupe-papier et déclina l'invitation d'un bref signe de tête. Puis, les mains derrière le dos, il attendit debout au centre de la pièce, détendu et tranquille, comme un soldat à qui l'on va donner des ordres.

Monseigneur Spada le regarda d'un air approbateur, de ses yeux rusés dont le blanc était veiné de marron, comme ceux d'un vieux chien. Son regard, son allure massive et ses cheveux raides comme du crin lui avaient valu le surnom de Bouledogue que seuls osaient utiliser, et à mi-voix encore, les membres les plus éminents et les mieux assis de la Curie.

– Je suis heureux de vous revoir, père Quart. Le temps passe.

Deux mois, se dit Quart. Comme aujourd'hui, ils étaient trois dans ce bureau : l'archevêque, lui-même et un banquier bien connu, Renzo Lupara, président de la Banca Continentale d'Italia, une des institutions liées à l'appareil financier du Vatican. Élégant, bel homme, d'une morale publique irréprochable et heureux père de famille, doté par le ciel d'une jolie épouse et de quatre enfants, Lupara s'était enrichi en se servant de la couverture vaticane pour blanchir l'argent de certains hommes d'affaires et politiciens membres de la loge Aurora 7 où lui-même avait atteint le trente-troisième degré. Il s'agissait précisément d'une de ces affaires mondaines qui réclamaient les compétences particulières de Lorenzo Quart. Pendant six mois, il avait donc suivi les traces que Lupara avait laissées sur les moquettes de divers bureaux de Zurich, Gibraltar et Saint-Barthélemy, aux Antilles. Résultat de ces voyages : un rapport complet qui, ouvert sur le bureau du directeur de l'IOE, laissait au banquier le choix entre la prison et un *exitus* assez discret pour sauvegarder la réputation de la Banca Continentale, du Vatican et, dans la mesure du possible, de Mme Lupara et de leurs quatre rejetons. Ici même, dans le bureau de l'archevêque, les yeux fixés sur la fresque de la mer Tyrrhé-nienne, le banquier avait parfaitement compris l'essentiel du message que monseigneur Spada lui avait exposé avec beaucoup de tact, en s'aidant de la parabole du mauvais serviteur et des talents. Plus tard, faisant fi du conseil technique qu'on lui avait opportu-nément donné, à savoir qu'un franc-maçon non repenti meurt en état de péché mortel, Lupara s'était rendu directement à sa belle villa de Capri, face à la mer, où il avait fait une chute, apparemment sans confession, en basculant par-dessus le garde-fou d'une ter-rasse surplombant les rochers ; là, rappelait une plaque commé-morative, où Curzio Malaparte avait un jour pris un vermouth.

– Nous avons une affaire dans vos cordes.

Quart attendait toujours, immobile au centre de la pièce, attentif aux paroles de son supérieur, sentant sur lui le regard d'Iwaszkie-wicz, invisible dans le contre-jour de la fenêtre. Depuis dix ans, l'archevêque n'avait jamais manqué d'affaires dans les cordes du père Lorenzo Quart. Et toutes étaient marquées de noms et de dates – Europe centrale, Amérique latine, ex-Yougoslavie – dans l'agenda à couverture de cuir noir qui lui servait de journal de voyage : sorte de carnet de bord où il notait, jour après jour, le long chemin parcouru depuis qu'il avait adopté la nationalité vati-cane et qu'il était entré à la section des opérations spéciales de l'Institut pour les œuvres extérieures.

– Regardez ceci.

Le directeur de l'IOE tenait entre le pouce et l'index un imprimé d'ordinateur. Quart tendit la main et la silhouette du cardinal Iwaszkiewicz, inquiète, bougea aussitôt dans l'embrasure de la fenêtre. La feuille de papier toujours à la main, monseigneur Spada esquissa un sourire.

– Son Éminence est d'avis qu'il s'agit d'une question délicate – dit-il sans quitter Quart des yeux, même s'il était clair qu'il s'adressait au cardinal –. Et il n'est pas convaincu qu'il soit prudent d'élargir le cercle des initiés.

Quart retira la main sans prendre le document que monseigneur Spada lui offrait et regarda son supérieur d'un air tranquille, attendant la suite.

– Naturellement – ajouta Spada dont le sourire s'était réfugié dans les yeux –, Son Éminence est loin de vous connaître aussi bien que moi.

Quart hocha légèrement la tête et continua d'attendre sans poser de question ni donner le moindre signe d'impatience. Alors monseigneur Spada se retourna vers le cardinal Iwaszkiewicz :

– Je vous ai déjà dit que c'était un bon soldat.

Il y eut un moment de silence pendant lequel la silhouette resta figée devant le ciel nuageux et le rideau de pluie qui enveloppait le jardin du Belvédère. Puis le cardinal s'écarta de la fenêtre et le jour gris tomba en diagonale sur son épaule, révélant une mâchoire forte, le col pourpre de la soutane, le reflet d'une croix pectorale en or et un anneau pastoral sur une main qui, tendue vers monseigneur Spada, s'empara du document pour le remettre elle-même à Lorenzo Quart.

– Lisez.

Quart obtempéra à cet ordre formulé dans un italien guttural aux accents polonais. La feuille d'imprimante n'était qu'une note de quelques lignes :

Saint-Père,
La gravité de la situation justifie mon audace. Parfois, le trône de saint Pierre est trop lointain et les voix les plus humbles ne parviennent pas jusqu'à lui. Quelque part en Espagne, à Séville, les marchands menacent la maison de Dieu et une petite église du XVIIe siècle, abandonnée par le pouvoir ecclésiastique autant que par le séculier, tue pour se défendre. Je supplie Votre Sainteté, notre pasteur et notre père, de tourner les yeux vers les

plus humbles brebis de son troupeau et de demander des comptes à ceux qui les abandonnent à leur sort.
Vous suppliant de nous bénir, au nom de Jésus-Christ Notre Seigneur.

– Ce message est apparu sur l'ordinateur personnel du pape – expliqua monseigneur Spada quand son subordonné eut fini de lire –. Sans signature.

– Sans signature – dit Quart machinalement. Il lui arrivait de répéter à haute voix ce qu'on lui disait, à l'instar des timoniers et sous-officiers qui répètent les ordres de leurs supérieurs, comme pour se donner la possibilité, à lui ou à d'autres, d'y réfléchir. Dans son monde, certaines paroles équivalaient à des ordres. Et certains ordres, parfois même une simple intonation, une nuance, un sourire, pouvaient avoir des conséquences irréparables.

– L'intrus – continuait l'archevêque – a réussi à dissimuler fort habilement son point exact d'origine. Mais l'enquête confirme que le message a été envoyé de Séville, au moyen d'un ordinateur branché au réseau téléphonique.

Quart relut la feuille de papier, cette fois en prenant tout son temps.

– On parle d'une église… – il s'arrêta, espérant que quelqu'un terminerait la phrase à sa place. Lue à haute voix, elle aurait vraiment paru trop stupide.

– Oui – confirma monseigneur Spada –, une église qui *tue pour se défendre*.

– Une horreur ! – lança Iwaszkiewicz, sans préciser s'il parlait du sujet ou de l'objet.

– Quoi qu'il en soit – ajouta l'archevêque –, nous avons constaté qu'elle existe. Je veux parler de l'église – il lança un bref regard au cardinal, puis fit glisser un doigt sur le tranchant de son coupe-papier –. Et nous avons également constaté plusieurs irrégularités assez pénibles.

Quart posa la feuille sur le bureau de l'archevêque qui se contenta de la regarder sans y toucher, comme si ce geste risquait d'avoir des conséquences imprévisibles. Le cardinal Iwaszkiewicz s'approcha, s'en saisit, la plia en quatre et la glissa dans sa poche.

– Nous voulons que vous vous rendiez à Séville pour identifier l'auteur du message – dit le cardinal en se tournant vers Quart.

Il était tout près et ce voisinage déplut à Quart qui pouvait presque sentir son haleine. Il soutint son regard quelques secondes puis, prenant sur lui pour ne pas faire un pas en arrière, regarda monseigneur Spada par-dessus l'épaule du cardinal. Son supérieur sourit discrètement, le remerciant de confirmer ainsi sa loyauté envers la hiérarchie.

– Quand Son Éminence utilise le pluriel – précisa l'archevêque de son fauteuil –, il se réfère naturellement à lui et à moi… Et, au-dessus de nous, à la volonté du Saint-Père.

– Qui est la volonté de Dieu – ajouta Iwaszkiewicz, presque provocateur, toujours à deux doigts de Quart, ses pupilles noires et dures fixées sur lui.

– Qui est effectivement la volonté de Dieu – confirma monseigneur Spada sans qu'on puisse déceler dans sa voix le moindre soupçon d'ironie. Le directeur de l'IOE connaissait parfaitement son pouvoir et ses limites. Son regard était une mise en garde pour son subordonné : ils naviguaient tous les deux dans des eaux dangereuses.

– Je comprends – dit Quart et, regardant à nouveau le cardinal dans les yeux, il lui fit un petit salut, bref et discipliné. Iwaszkiewicz parut se détendre un peu, tandis que monseigneur Spada hochait la tête dans son dos, approbateur :

– Je vous ai déjà dit que le père Quart…

Le Polonais leva la main où brillait l'anneau cardinalice, interrompant l'archevêque.

– Oui, je sais – il regarda une dernière fois le prêtre et alla reprendre sa place devant la fenêtre –. Vous l'avez dit et redit. Vous m'avez déjà dit qu'il était un bon soldat.

Il avait parlé sur un ton de fausse lassitude ironique, puis il se retourna pour regarder la pluie tomber, comme s'il se désintéressait de la suite. Monseigneur Spada posa le coupe-papier sur son bureau et ouvrit un tiroir d'où il sortit une volumineuse chemise de carton bleu.

– Votre travail ne se limite pas à identifier l'auteur du message… – dit-il en déposant le dossier devant lui –. Qu'avez-vous conclu de sa lecture ?

– Qu'il pourrait être l'œuvre d'un ecclésiastique – répondit Quart sans hésiter. Puis il s'arrêta un instant avant d'ajouter : – D'un ecclésiastique qui pourrait bien être fou à lier.

– C'est possible – monseigneur Spada ouvrit la chemise et feuilleta le dossier qui contenait des coupures de presse –. Mais il connaît bien l'informatique et les faits qu'il mentionne sont authentiques. Cette église a des problèmes, et elle en cause aussi. Les morts dont il parle sont bien réelles : deux au cours des trois derniers mois. Une affaire qui fleure le scandale.

– Pire que le scandale – fit le cardinal sans se retourner, de nouveau à contre-jour sur le ciel gris.

– Son Éminence – expliqua le directeur de l'IOE – est d'avis que le Saint-Office devrait prendre les choses en main – il fit une pause lourde de sous-entendus –. A l'ancienne manière.

– A l'ancienne manière – répéta Quart. Dès qu'il s'agissait de la Congrégation pour la Doctrine de la Foi, il n'aimait ni l'ancienne manière ni la nouvelle, en partie à cause de certains souvenirs. Un instant, il entrevit dans un recoin de sa mémoire le visage d'un prêtre brésilien, Nelson Corona : un prêtre des favelas, un de ces hommes de l'Église de la Libération dont il avait fourni le bois du cercueil.

– Le problème – continuait monseigneur Spada –, c'est que le Saint-Père souhaite une enquête en bonne et due forme. Mais une intervention du Saint-Office lui paraîtrait excessive. On ne tue pas une mouche avec un boulet de canon – il fit une pause calculée en regardant fixement Iwaszkiewicz –. Ni avec un lance-flammes.

– Nous ne brûlons plus personne – murmura le cardinal, comme s'il parlait à la pluie. Et l'on aurait pu croire qu'il le regrettait.

– De toute façon – reprit l'archevêque –, il a été décidé pour le moment – et il insista sur *pour le moment* – que l'Institut pour les œuvres extérieures s'occuperait de l'enquête. C'est-à-dire vous. Ce n'est que si la situation se révèle vraiment grave que le dossier sera confié au bras officiel de l'Inquisition.

– Je vous rappelle, mon frère dans le Christ – face au Belvédère, le cardinal leur tournait toujours le dos –, que l'Inquisition n'existe plus depuis trente ans.

– C'est vrai, pardonnez-moi, Éminence. Je voulais dire : le dossier sera confié au bras officiel de la Congrégation pour la Doctrine de la Foi.

– Nous ne brûlons plus personne – répéta Iwaszkiewicz, têtu. Mais il y avait maintenant dans sa voix un écho ténébreux, l'annonce d'une menace.

Monseigneur Spada garda le silence quelques instants sans quitter Quart des yeux. Ils ne brûlent plus les gens, disait son regard, mais ils lâchent après eux leurs chiens noirs. Ils les traquent, ils les salissent et ils en font des morts vivants. Ils ne brûlent plus personne, mais fais bien attention. Ce Polonais est dangereux pour toi comme pour moi ; et des deux, tu es le plus vulnérable.

– Père Quart – cette fois le directeur de l'IOE parlait sur un ton officiel et prudent –, vous passerez quelques jours à Séville… Vous essaierez d'identifier l'auteur du message. Vous resterez en contact avec les autorités ecclésiastiques locales, mais avec circonspection. Et surtout, vous agirez avec discrétion et réserve – il posa un autre dossier sur le premier –. Voilà tous les renseignements dont nous disposons. Des questions ?

– Une seule, monseigneur.

– Eh bien, je vous écoute.

– Le monde est rempli d'églises à problèmes et de scandales qui ne demandent qu'à éclater. Pourquoi celle-ci en particulier ?

L'archevêque lança un regard au cardinal Iwaszkiewicz, toujours de dos, mais l'inquisiteur ne sortit pas de son mutisme. Il se pencha alors sur les chemises étalées devant lui, comme s'il y cherchait une révélation de la dernière heure.

– Je suppose – dit-il enfin – que le pirate s'est donné beaucoup de mal et que le Saint-Père a su apprécier ses efforts.

– Apprécier me paraît excessif – fit remarquer Iwaszkiewicz de sa fenêtre.

Monseigneur Spada haussa les épaules :

– Disons alors que Sa Sainteté a décidé de lui faire l'honneur de s'intéresser personnellement à son cas.

– Malgré son insolence et son audace – commenta le Polonais.

– Malgré tout cela – renchérit l'archevêque –. Quoi qu'il en soit, ce message laissé sur son ordinateur privé a piqué sa curiosité. Il veut être tenu au courant.

– Tenu au courant – répéta Quart.

– Sans faute.

– Devrai-je aussi faire rapport aux autorités ecclésiastiques de Séville pendant mon séjour ?

Le cardinal Iwaszkiewicz se retourna :

– Dans cette affaire, vous ne relevez que de monseigneur Spada.

Sur ces entrefaites, la lumière revint et le grand lustre du plafond illumina la pièce, arrachant des reflets à la croix sertie de diamants et à l'anneau porté par la main qui désignait le directeur de l'IOE :

– C'est à lui que vous ferez rapport. A lui seul.

La lumière électrique adoucissait un peu les angles du visage du cardinal, atténuant la ligne volontaire de ses lèvres minces et dures. Une de ces bouches qui, de toute leur vie, n'ont jamais embrassé que des ornements, de la pierre et du métal.

Quart hocha la tête :

– A lui seul, Éminence. Mais le diocèse de Séville a son ordinaire, qui est l'archevêque. Quelles sont mes instructions à cet égard ?

Iwaszkiewicz joignit les mains sous sa croix pectorale et se plongea dans la contemplation des ongles de ses pouces :

– Nous sommes tous frères dans le Christ Notre Seigneur. Des rapports harmonieux, et même de coopération, sont donc souhaitables. Mais pour l'obéissance, vous jouirez là-bas d'une dispense spéciale. La Nonciature de Madrid et l'archevêché local ont reçu des instructions.

Quart se tourna vers monseigneur Spada avant de répondre au cardinal :

– Son Éminence ignore peut-être que je n'ai pas la sympathie de l'archevêque de Séville…

C'était vrai. Deux ans plus tôt, un conflit de compétences à propos des mesures de sécurité entourant la visite du pape dans la capitale andalouse avait déclenché une âpre dispute entre Quart et l'Illustrissime don Aquilino Corvo, titulaire du siège sévillan. Malgré le temps passé, la tempête faisait encore des vagues.

– Nous sommes au courant de vos difficultés avec monseigneur Corvo – dit Iwaszkiewicz –. Mais l'archevêque est homme d'Église et il saura faire passer les intérêts supérieurs avant ses antipathies personnelles.

– Nous sommes tous dans le bateau de Pierre – se permit d'ajouter monseigneur Spada, et Quart comprit que, malgré le danger qu'il y avait à partager le tapis avec Iwaszkiewicz, l'IOE avait de bonnes cartes en main. Aidez-moi à bien les jouer, disaient les yeux de son supérieur.

– L'archevêque de Séville a été informé, par courtoisie – précisa le Polonais –. Mais vous avez toute latitude pour obtenir tous les renseignements nécessaires, par tous les moyens.

– Légitimes, bien entendu – ajouta encore monseigneur Spada.

Quart réprima un sourire. Iwaszkiewicz les regardait attentivement à tour de rôle.

– Exactement – dit-il au bout d'un instant –. Légitimes, bien entendu.

Il avait levé la main où il portait l'anneau pour se frotter un sourcil, mais ce geste, apparemment innocent, semblait cacher une mise en garde. Faites attention à vos petits jeux de potaches, disait-il peut-être. Rira bien qui rira le dernier. Et j'ai tout mon temps. Une seule faute, et je vous tiens.

– Vous, père Quart – reprit le cardinal –, vous aurez à l'esprit que votre mission ne consiste qu'à recueillir des renseignements. Vous conserverez donc une parfaite neutralité. Plus tard, au vu des conclusions que vous nous présenterez, nous déciderons de la suite à donner. Pour le moment, trouvez ce qu'il y a à trouver là-bas, évitez publicité et scandale. Avec l'aide de Dieu, naturellement… – il s'arrêta et se mit à observer la fresque de la mer Tyrrhénienne en déplaçant la tête comme s'il y lisait un message occulte –. Souvenez-vous que, par les temps qui courent, la vérité ne fait pas toujours de nous des hommes libres. Je veux parler de la vérité dévoilée au public.

D'un geste impérieux, brusque, il tendit la main qui portait l'anneau, les lèvres serrées, ses yeux noirs et menaçants fixés sur Quart. Mais le bon soldat choisissait ses maîtres et il attendit donc une seconde de plus qu'il n'était nécessaire pour s'incliner, mettre un genou en terre et baiser le rubis pastoral. Le cardinal leva deux doigts et traça lentement sur la tête du prêtre un signe de croix que l'on pouvait interpréter comme une bénédiction ou comme une menace. Puis il sortit.

Quart chassa l'air de ses poumons et se releva, en époussetant à l'endroit du genou son pantalon qui avait été en contact avec le sol. Lorsqu'il se retourna vers monseigneur Spada, son regard était rempli d'interrogations.

– Que pensez-vous de lui ? – lui demanda le directeur de l'IOE. Il avait repris son coupe-papier et souriait, l'air soucieux, en montrant avec l'objet la porte que venait d'emprunter Iwaszkiewicz.

– *Ufficioso* ou *ufficiale*, monseigneur ?

– *Ufficioso.*

– Je n'aurais certainement pas aimé tomber entre ses mains il y a deux ou trois cents ans – répondit Quart.

Le sourire de son supérieur s'élargit :

– Pourquoi ?

– Eh bien, il me fait l'impression d'un homme très dur.

– Dur ? – l'archevêque regarda encore une fois la porte, puis Quart, tandis que son sourire s'évanouissait lentement –. Si ce n'était manquer à la charité envers un frère dans le Christ, je dirais que Son Éminence est un parfait fils de pute.

Ils descendirent ensemble l'escalier de pierre qui donnait sur la Via del Belvedere où attendait la voiture de fonction de monseigneur Spada. L'archevêque avait à faire dans le quartier de Quart, chez Cavalleggeri & Fils. Depuis près de deux siècles, Cavalleggeri habillait toute l'aristocratie de la Curie, à commencer par le pape. La maison avait ses ateliers Via Sistina, à côté de la Piazza di Spagna, et l'archevêque offrit à Quart de le déposer près de chez lui. Ils sortirent par la porte Sainte-Anne et, derrière les glaces embuées, virent les gardes suisses se mettre au garde-à-vous au passage de l'automobile. Quart sourit, amusé, car monseigneur Spada n'était pas populaire parmi les suisses du Vatican. Une enquête de l'IOE sur des histoires d'homosexualité dans les rangs de la Garde s'était soldée par une demi-douzaine de licenciements. Et puis, de temps en temps, pour tuer le temps, l'archevêque jouait à la petite guerre : pour mettre à l'épreuve le dispositif de sécurité, par exemple, infiltration dans le Palais apostolique d'un de ses agents en civil, muni d'un flacon contenant ce qui aurait pu être de l'acide sulfurique destiné à la Crucifixion de saint Pierre, dans la Cappella Paolina. Armé d'un Polaroïd, l'intrus était monté sur un banc et s'était fait prendre en photo devant la fresque, la bouche fendue d'un large sourire. Monseigneur Spada avait transmis la photo, avec une note de service bien sentie, au colonel de la Garde suisse. Il y avait six semaines de cela, et les têtes continuaient de tomber.

– Il s'appelle *Vêpres* – dit monseigneur Spada.

La voiture tourna d'abord à droite, puis à gauche après avoir franchi les arches de la porte Angélique. Quart regarda le dos du chauffeur, séparé de la banquette arrière par une cloison insonore en plexiglas.

– On ne sait rien d'autre ?

– Nous savons qu'il pourrait s'agir d'un prêtre, mais ce n'est absolument pas une certitude. Et qu'il a accès à un ordinateur branché sur le réseau téléphonique.

– Âge ?

– Indéterminé.

– Votre Révérence n'est pas très bavarde.

– Écoutez, mon vieux, je n'en sais pas plus.

La Fiat se frayait un chemin à travers la circulation dense de la Via della Conciliazione. Il ne pleuvait plus et le ciel se dégageait un peu à l'est, sur les hauteurs du Pincio. Quart corrigea le pli de son pantalon et consulta sa montre, sans raison particulière.

– Et que se passe-t-il vraiment à Séville ?

Monseigneur Spada regardait la rue d'un œil distrait. Il répondit, après quelques instants de silence, sans se retourner.

– Une église baroque… Vieille, petite, en ruine. Elle s'appelle Nuestra Señora de las Lágrimas, Notre-Dame-des-Larmes si vous préférez. On était en train de la restaurer, mais les crédits ont fini par manquer et on a dû laisser les travaux en plan… Apparemment, elle se trouve dans un quartier historique intéressant : Santa Cruz.

– Je connais Santa Cruz. C'est l'ancienne juiverie, reconstruite au tournant du siècle. Tout près de la cathédrale et de l'archevêché – Quart fit une grimace en se souvenant de monseigneur Corvo –. Un quartier très pittoresque, en effet.

– Sans doute, parce que le délabrement de l'église et l'arrêt des travaux éveillent des passions de toutes sortes : d'un côté, la municipalité veut exproprier ; de l'autre, une famille de l'aristocratie andalouse, très liée à une banque, a sorti de la poussière je ne sais trop quels droits séculaires.

Ils venaient de laisser à gauche le château Saint-Ange et la Fiat s'avançait sur le Lungotevere, en direction du pont Umberto Ier. Quart lança un regard à la muraille circulaire brune qui symbolisait pour lui le côté temporel de l'Église dont il était le serviteur : soutane retroussée, Clément VII courant s'y réfugier pendant que les lansquenets de Charles Quint mettent Rome à sac. *Memento mori.* Souviens-toi que tu es mortel.

– Et l'archevêque de Séville ?… Je trouve un peu surprenant qu'il ne s'en occupe pas lui-même.

Le directeur de l'IOE regardait les eaux grises du Tibre derrière la glace mouchetée de gouttes de pluie.

– Il serait juge et partie, et on ne lui fait pas confiance ici. Notre bon monseigneur Corvo a lui aussi des prétentions de spéculateur. Dans son cas, il s'agit naturellement des intérêts terrestres de notre sainte mère l'Église… Bref, Notre-Dame-des-Larmes est en train de s'écrouler et personne ne tient à la réparer. A croire qu'elle est plus précieuse détruite que debout.

– La paroisse a un curé ?

La question arracha un long soupir à l'archevêque.

– Aussi incroyable que cela paraisse, oui. Un prêtre d'un certain âge. Je me suis laissé dire qu'il est plutôt mauvais coucheur et on le soupçonne d'être *Vêpres*, lui ou encore son vicaire, un jeune homme qui sera prochainement muté dans un autre diocèse. Selon nos renseignements, les appels qu'il a lancés à notre ami Corvo n'ont pas été entendus – monseigneur Spada fit mine de sourire, à contrecœur –. Il ne serait pas absurde de penser que l'un d'eux, ou les deux, ait eu l'idée de ce moyen singulier pour en appeler directement au Saint-Père.

– Il s'agit certainement d'eux.

Le directeur de l'IOE leva une main prudente :

– Peut-être. Mais il faut le prouver.

– Et si je réunis ces preuves ?

– Dans ce cas – l'archevêque se rembrunit et sa voix se fit plus grave –, ils regretteront amèrement leur passion déplacée pour l'informatique.

– Et les deux morts ?

– C'est justement là le problème. Sans eux, il s'agirait simplement d'une dispute parmi tant d'autres : un terrain, des spéculateurs et beaucoup d'argent dans la balance. En temps de crise, avec un bon prétexte, on démolit l'église et on utilise le produit de la vente pour la plus grande gloire de Dieu. Mais les morts compliquent tout... – les yeux veinés de marron de monseigneur Spada se perdirent derrière la glace ; la Fiat était prise dans les embouteillages, près du Corso Vittorio Emmanuele –. A peu de temps d'intervalle, deux personnes qui avaient quelque chose à voir avec Notre-Dame-des-Larmes ont trouvé la mort : un architecte de la ville qui inspectait le monument dans l'intention de le déclarer insalubre et d'en ordonner la démolition, et un prêtre, le secrétaire de l'archevêque Corvo. Apparemment, il se promenait par là et faisait pression sur le curé au nom de Son Illustrissime.

– J'ai du mal à le croire.

Les yeux du Bouledogue se posèrent sur Quart.

– Faites un petit effort. Dorénavant, c'est vous qui vous occupez de cette affaire.

Ils étaient toujours pris dans un énorme bouchon, assourdis par le bruit des moteurs et les coups de klaxon. L'archevêque se pencha pour regarder le ciel.

– Nous pouvons continuer à pied. Comme nous avons le temps, je vous invite à prendre l'apéritif dans ce café que vous aimez tant.

– Le Greco ? Volontiers, monseigneur. Mais vous avez rendez-vous avec votre tailleur. Et votre tailleur s'appelle Cavalleggeri, s'il vous plaît. Le Saint-Père lui-même n'ose pas le faire attendre.

Le prélat qui descendait déjà de la voiture partit d'un rire enroué :

– C'est un de mes rares privilèges, père Quart. Après tout, le Saint-Père lui-même ne sait pas ce que je sais sur Cavalleggeri.

Lorenzo Quart avait la passion des vieux cafés. Près de douze ans plus tôt, alors qu'il venait d'arriver à Rome afin de poursuivre ses études à l'Université grégorienne, les deux siècles et demi du Greco, ses garçons impassibles et son histoire marquée par les globe-trotters des XVIIIe et XIXe siècles, de Byron à Stendhal, l'avaient séduit dès l'instant où il avait franchi pour la première fois son arche de pierre blanche. Il habitait maintenant à deux pas, dans un appartement loué par l'IOE, au dernier étage du numéro 119 de

32

la Via del Babuino, avec une petite terrasse encombrée de pots de fleurs d'où l'on avait une bonne vue sur la moitié de la Trinità dei Monti et les azalées en fleur de l'escalier de la Piazza di Spagna. Le Greco était son lieu favori pour la lecture et il avait l'habitude de s'y installer aux heures creuses, sous le buste de Victor-Emmanuel II ; à la table, disait-on, de Giacomo Casanova et de Louis de Bavière.

– Comment monseigneur Corvo a-t-il pris la mort de son secrétaire ?

Monseigneur Spada examina la couleur rouge des Cinzano qu'on venait de leur servir. Il n'y avait pas grand monde : au fond, deux habitués qui lisaient le journal, une dame élégante avec des sacs d'emplette de chez Armani e Valentino qui susurrait quelque chose à son téléphone portable, et enfin quelques touristes qui se photographiaient à tour de rôle devant le comptoir du vestibule. La femme au téléphone semblait agacer l'archevêque qui lui adressa un regard courroucé avant de se retourner vers Quart :

– Très mal. Vraiment très mal, je crois. Il s'est juré de ne pas laisser pierre sur pierre.

Quart hocha la tête :

– Un peu excessif, il me semble. Un monument n'a pas de volonté propre. Et il peut encore moins nuire à autrui.

– Je l'espère bien – les yeux du Bouledogue ne plaisantaient pas –. Je l'espère vraiment. Ce serait préférable pour tout le monde.

– Monseigneur Corvo ne chercherait-il pas un prétexte pour démolir l'église et liquider l'affaire ?

– Il s'agit certainement d'un prétexte. Mais ce n'est pas tout. L'archevêque a aussi une querelle personnelle avec cette église ou avec son curé. Peut-être avec les deux.

Il regarda silencieusement un tableau accroché au mur : un paysage romantique de l'époque où Rome était encore la ville du pape-roi, avec l'arc de Vespasien au premier plan et la coupole de Saint-Pierre au fond, derrière les toits et les ruines des vieilles murailles.

– Les morts sont naturelles ? – demanda Quart.

L'archevêque haussa les épaules.

– Tout dépend de ce qu'on considère comme naturel. L'architecte est tombé du toit et le prêtre s'est fait écraser par une pierre qui s'est détachée de la voûte.

– Spectaculaire – reconnut Quart en levant son verre.

– Et sanglant. Le secrétaire était très mal en point – monseigneur Spada leva le doigt au plafond –. Imaginez une pastèque et dix kilos de corniche qui lui tombent dessus. Plaf.

L'onomatopée aida Quart à se faire sans trop de mal une idée de la scène. Et ce fut cette image, et non le goût du vermouth, qui lui fit faire la grimace.

– Que dit la police espagnole ?

– Accidents. D'où le côté sinistre de la petite phrase : « une église qui tue pour se défendre… » – monseigneur Spada fronçait les sourcils –. Inquiétude que partage à présent le Saint-Père, à cause de l'impertinence d'un pirate informatique. Et que l'IOE doit dissiper.

– Pourquoi nous ?

L'archevêque rit doucement à part lui. Malgré son habillement, il n'avait pas l'air d'un prêtre. Quart observa son profil de gladiateur. Il lui faisait penser à une vieille gravure où l'on voyait le centurion qui avait crucifié Jésus. Le cou épais, les mains fortes, disproportionnées, appuyées sur les deux bords de la table. Derrière ses allures rustaudes de paysan lombard, le Bouledogue possédait les clés de tous les secrets d'un État qui comptait trois mille fonctionnaires au Vatican, trois mille évêques à l'extérieur, sans parler de la direction spirituelle d'un milliard d'âmes. On racontait qu'au dernier conclave il avait réussi à mettre la main sur le dossier médical de tous les candidats au trône de saint Pierre, pour connaître leur taux de cholestérol et prédire, dans la mesure du possible, si le règne du nouveau pontife allait être court ou long. Quant à Wojtila, le directeur de l'IOE avait prévu le coup de barre à droite alors que les bulletins portant son nom ne donnaient encore que de la fumée noire.

– Pourquoi nous ?… – dit-il enfin, en répétant la question de Quart –. Parce que nous sommes en théorie les hommes de confiance du pape. De n'importe quel pape. Mais au Vatican, le pouvoir est un os qu'on s'arrache, comme les chiens à la curée. Ces derniers temps, le Saint-Office prend de l'importance à nos dépens. Auparavant, nous collaborions dans un esprit de concorde fraternelle. Gendarmes de Dieu, frères dans le Christ… – il fit un geste de la main gauche, comme pour balayer ces lieux communs –. Vous le savez mieux que personne.

De fait, Quart le savait. Jusqu'au scandale qui avait ébranlé l'appareil financier du Vatican et au virage de l'équipe polonaise en direction de l'orthodoxie, les relations entre l'IOE et le Saint-Office avaient été cordiales. Mais le harcèlement puis la déroute de l'aile libérale avaient fini par déclencher un féroce règlement de comptes au sein de la Curie.

– Les temps sont difficiles – soupira l'archevêque.

Il fixait le tableau accroché au mur, le regard perdu dans le vide. Puis il prit une gorgée de vermouth et se cala dans son fauteuil en faisant claquer sa langue.

– Voyez un peu – ajouta-t-il en montrant d'un signe du menton la coupole de Michel-Ange à l'arrière-plan –. Seuls les papes ont le droit de mourir ici. Quarante hectares qui abritent l'État le plus puissant de la terre, mais dont la structure reste fidèle au moule médiéval de la monarchie absolue. Un trône qui ne tient encore debout aujourd'hui que parce que la religion s'est transformée en spectacle, avec ces voyages papaux retransmis par la télévision et tout le bazar du *Totus tuus*. Et quand on gratte, le plus réactionnaire et le plus sombre des intégrismes : Iwaszkiewicz et sa clique. Ses loups noirs.

Il soupira encore et, presque méprisant, détourna les yeux du tableau.

– Maintenant, il s'agit d'une lutte à mort – reprit-il d'un air sombre –. Sans autorité, l'Église ne peut fonctionner : le secret consiste à maintenir son unité, sans vaines discussions. Dans l'accomplissement de cette tâche, la Congrégation pour la Doctrine de la Foi est une arme si précieuse qu'elle ne cesse de gagner en l'importance depuis les années quatre-vingt, quand Wojtila a pris l'habitude de monter sur le Sinaï pour son entretien quotidien avec Dieu – le regard du Bouledogue erra dans la salle, dans un silence chargé d'ironie –. Le Saint-Père est infaillible, même quand il est dans l'erreur, et ressusciter l'Inquisition est un bon moyen pour clouer le bec aux dissidents. Qui parle encore de Küng, de Castillo, de Schillebeeck ou de Boff ?… La nef de Pierre résout encore ses conflits historiques en réduisant au silence les fortes têtes, ou en les jetant par-dessus bord. Nos armes sont celles de toujours : la

disqualification intellectuelle, l'excommunication et le bûcher…
A quoi pensez-vous, père Quart ? Je vous trouve bien silencieux.

– Je suis toujours silencieux, monseigneur.

– C'est vrai. Loyauté et prudence, n'est-ce pas ?… Ou devrais-je
dire professionnalisme ? – il y avait une sorte de rogne joyeuse
dans la voix du prélat –. Toujours cette maudite discipline que
vous portez comme une cotte de mailles… Bernard de Clairvaux
et ses Templiers mafieux auraient fait bon ménage avec vous. Si
Saladin vous avait fait prisonnier, je suis sûr que vous vous seriez
laissé trancher la gorge plutôt que de renier votre foi. Pas par piété,
naturellement. Par fierté.

Quart se mit à rire.

– Je pensais à Son Éminence le cardinal Iwaszkiewicz… Il n'y
a plus de bûchers – dit-il en vidant son verre –. Il n'y a plus
d'excommunications non plus.

Monseigneur Spada poussa un grognement féroce :

– Mais il y a d'autres façons de rejeter quelqu'un dans les ténèbres
extérieures. Nous les avons pratiquées nous-mêmes. Vous aussi.

L'archevêque se tut, les yeux fixés sur ceux de son interlocuteur,
comme s'il regrettait d'avoir été trop loin. Mais ce n'était que la
pure vérité. Dans un premier temps, lorsqu'ils n'appartenaient pas
encore à des camps opposés, Quart avait fourni aux loups noirs
d'Iwaszkiewicz les clous de plusieurs crucifixions. Il revit les
lunettes embuées, les yeux myopes et terrorisés de Nelson Corona,
les gouttes de sueur qui coulaient sur le visage de l'homme qui,
une semaine plus tard, allait quitter le sacerdoce et, encore une
semaine plus tard, serait retrouvé mort. Il y avait quatre ans de
cela, mais le souvenir était resté très vif dans sa mémoire.

– Oui – répondit-il –. Moi aussi.

Monseigneur Spada avait remarqué le ton de voix de son agent,
et ses yeux veinés se mirent à l'étudier, interrogateurs.

– Corona, encore ? – demanda-t-il doucement.

Quart esquissa un sourire.

– En toute franchise, monseigneur ?

– En toute franchise.

– Pas seulement lui. Il y a aussi Ortega, l'Espagnol. Et l'autre,
Souza.

Trois prêtres associés à ce qu'on appelait la théologie de la libération, des rebelles qui s'opposaient au courant réactionnaire venu de Rome. Et dans les trois cas, l'IOE avait été le chien noir d'Iwaszkiewicz et de sa Congrégation. Corona, Ortega et Souza étaient de remarquables prêtres progressistes qui exerçaient leur ministère dans des diocèses marginaux, des quartiers très pauvres de Rio de Janeiro et de São Paulo. Des prêtres qui voulaient le salut de l'homme sur la terre plutôt que dans le royaume des cieux. Lancé sur leur piste, l'IOE s'était mis à l'œuvre en commençant par tâter leurs points faibles pour mieux les manipuler. Ortega et Souza avaient claudiqué sans tarder. Dans le cas de Corona, sorte de héros populaire des favelas de Rio, fléau de la classe politique et de la police locale, il avait fallu lui mettre sous le nez certains détails équivoques de son œuvre apostolique parmi les jeunes drogués, que Lorenzo Quart avait scrutés à la loupe pendant plusieurs semaines sans négliger la moindre rumeur, le moindre commérage. Pourtant, le prêtre brésilien s'était refusé à rentrer dans le droit chemin. Sept jours après avoir été suspendu *a divinis* et chassé de son diocèse, avec sa photo en première page des journaux, Nelson Corona, la bête noire de l'extrême droite, avait été assassiné par les Escadrons de la mort. On l'avait retrouvé les mains liées derrière le dos, une balle dans la nuque, dans un dépotoir proche de son ancienne paroisse. *Comunista e veado* : communiste et pédé, disait l'écriteau qu'on lui avait passé autour du cou.

– Écoutez, père Quart. Cet homme a négligé son vœu d'obéissance et les devoirs de sa charge. On l'a rappelé à l'ordre, et c'est tout. Si l'affaire a mal tourné ensuite, nous n'y sommes pour rien. Iwaszkiewicz et Sa Sainte Congrégation ont cafouillé. Vous n'avez fait qu'exécuter vos ordres. Vous n'avez fait que préparer le terrain. Vous n'êtes pas responsable.

– Avec tout le respect que je dois à Votre Illustrissime, je suis responsable. Corona est mort.

– Vous et moi connaissons d'autres hommes qui sont morts eux aussi. Le financier Lupara, sans chercher plus loin.

– Corona était des nôtres, monseigneur.

– Des nôtres, des nôtres… Nous n'appartenons à personne. Nous sommes seuls. Nous répondons de nos actes devant Dieu et le pape – l'archevêque s'arrêta un instant : les papes meurent, mais pas Dieu, disait son silence –. Dans cet ordre.

Quart tourna la tête vers la porte, comme s'il ne tenait pas à en entendre davantage. Puis il baissa les yeux.

– Votre Illustrissime a raison – fit-il d'une voix blanche.

L'archevêque serra lentement le poing, comme s'il allait donner un coup sur la table ; mais sa main resta ainsi, énorme, immobile. Il avait l'air exaspéré :

– Écoutez… Parfois, j'en ai vraiment assez de votre maudit sens de la discipline.

– Que puis-je vous répondre, monseigneur ?

– Dites-moi ce que vous pensez.

– Dans ce genre de situation, j'essaie de ne pas penser.

– Ne faites pas l'idiot. C'est un ordre.

Quart ne répondit pas tout de suite. Il finit par hausser les épaules :

– Je continue à croire que Corona était l'un des nôtres. Et qu'en plus, c'était un homme de bien.

L'archevêque desserra le poing et leva la main.

– Avec des faiblesses.

– Peut-être. Ou plutôt, oui, il a eu une faiblesse, il a commis une erreur. Nous faisons tous des erreurs.

Paolo Spada se mit à rire, ironique.

– Pas vous, père Quart. Pas vous. Il y a dix ans que j'attends votre premier faux pas. Et ce jour-là, j'aurai le plaisir de vous conseiller un bon cilice, cinquante coups de fouet et cinq Ave Maria comme pénitence – tout à coup, sa voix se fit acide –. Comment faites-vous pour rester si discipliné, si vertueux ? – il s'arrêta, passa la main dans ses cheveux raides comme du crin et secoua la tête sans attendre de réponse –. Mais pour en revenir à cette malheureuse affaire de Rio, vous savez que l'écriture du Tout-Puissant est parfois bien difficile à déchiffrer. Dans ce cas particulier, la malchance s'en est mêlée.

– La malchance ou autre chose, ce n'est pas vraiment ce qui me préoccupe, monseigneur. Mais je constate qu'objectivement c'est moi qui l'ai fait. Et un jour, je devrai peut-être rendre des comptes.

– Ce jour-là, Dieu vous jugera comme nous tous. En attendant, et seulement pour les questions de travail, vous savez que vous avez mon absolution générale, *sub conditione*.

D'un geste vif, il leva une énorme main et esquissa une bénédiction. Quart souriait sans se cacher :

– Il me faudrait un peu plus que cela. Et Votre Illustrissime peut-il m'assurer que nous agirions de la même façon aujourd'hui ?

– Vous parlez de l'Église ?

– Je parle de l'Institut pour les œuvres extérieures. Apporterions-nous aussi volontiers ces trois têtes sur un plateau au cardinal Iwaszkiewicz ?

– Je ne sais pas. Franchement, je n'en sais rien. Une stratégie est faite d'actions tactiques... – le prélat s'interrompit et, l'air inquiet, se mit brusquement à scruter le visage de son interlocuteur –. J'espère que rien de tout cela ne concerne votre travail à Séville.

– Non. En tout cas, je ne crois pas. Mais vous m'avez demandé d'être franc.

– Écoutez. Vous et moi sommes des hommes d'Église, par profession, et nous ne sommes pas nés de la dernière pluie. Iwaszkiewicz a réussi à acheter ou à terroriser tout le monde au Vatican – il regarda autour de lui, comme si le Polonais allait surgir d'un moment à l'autre –. Il ne lui reste plus qu'à mettre la patte sur l'IOE. Plus personne ne nous défend auprès du Saint-Père, sauf le secrétaire d'État, Azopardi, mon ancien camarade d'études.

– Vous avez beaucoup d'amis, Illustrissime. Vous avez rendu service à bien des gens.

Paolo Spada laissa fuser un rire incrédule :

– A la Curie, on oublie les faveurs, mais on se souvient des offenses. Nous vivons dans une cour d'eunuques cancaniers où personne ne peut grimper sans l'appui de quelqu'un. Et tous se précipitent pour poignarder celui qui a trébuché. Mais si la situation n'est pas claire, personne n'ose faire un pas. Souvenez-vous de la mort du pape Luciani : il fallait prendre sa température rectale pour établir l'heure du décès, mais personne n'osait lui mettre un thermomètre dans le cul.

– Mais le cardinal secrétaire d'État...

Le Bouledogue secoua ses crins noirs :

– Azopardi est mon ami, au sens où on l'entend ici, bien sûr. Lui aussi doit être prudent, et Iwaszkiewicz est un homme puissant.

Il se tut, comme s'il avait mis le pouvoir de Jerzy Iwaszkiewicz et le sien dans les deux plateaux d'une balance, et qu'il attendait le résultat sans trop d'illusions.

– Cette histoire de piraterie informatique est somme toute bien mineure – reprit-il enfin –. Dans d'autres circonstances, ils n'auraient jamais eu l'idée de nous confier une affaire qui, à strictement parler, relève de la compétence de l'archevêque de Séville, puisqu'il s'agit de ses rapports avec un curé de son diocèse. Mais au train où vont les choses, le moindre fétu de paille devient une vraie poutre. Il suffit que le Saint-Père manifeste un intérêt quelconque et la scène est prête pour nos petits règlements de comptes. C'est pour cette raison que j'ai choisi le meilleur homme de mon équipe. Ce qu'il me faut d'abord, ce sont des renseignements. Présenter un rapport gros comme ça, pour faire bien – il mesurait entre son pouce et son index une épaisseur de cinq centimètres –. Pour qu'ils voient que nous nous remuons. Sa Sainteté sera contente, et du même coup nous tiendrons en respect le Polonais.

Un groupe de touristes japonais apparut à la porte pour admirer l'intérieur. Certains sourirent et s'inclinèrent courtoisement en apercevant les cols romains. Distraitement, monseigneur Spada leur rendit la politesse.

– Je vous apprécie, père Quart. C'est pour cette raison que je vous mets au courant des tenants et des aboutissants de la partie que nous jouons, avant votre voyage à Séville… J'ignore si vous êtes toujours sincère dans votre rôle de bon soldat. Mais il me semble que oui, et vous ne m'avez jamais donné de raisons de penser le contraire. Depuis l'époque où vous étiez étudiant à la Grégorienne, je vous ai eu à l'œil. Et j'ai fini par vous prendre en affection. Vous le paierez peut-être cher. Car si je tombe un jour, vous tomberez sans doute avec moi. Et même avant moi. Je ne vous apprends rien : on sacrifie d'abord les pions.

Quart hocha la tête, impassible :

– Et si nous gagnons ?

– Nous ne gagnerons jamais totalement la partie. Comme dirait votre compatriote saint Ignace, nous avons choisi ce que Dieu a en abondance et dont les autres ne veulent pas : la tempête et le combat. Nos victoires ne font que retarder la prochaine attaque. Iwaszkiewicz restera cardinal tant qu'il sera en vie, prince en vertu du protocole, évêque en vertu d'une consécration irrévocable, citoyen de l'État le plus petit et le moins vulnérable du monde, grâce à des hommes comme vous et moi. Et peut-être, à cause de nos péchés, sera-t-il un jour pape. Quant à nous, nous ne serons jamais *papabiles*, et peut-être même jamais cardinaux. Comme on dit à la Curie, notre pedigree est trop court et notre curriculum vitae trop long. Mais nous sommes forts et nous savons nous battre. Ce qui fait qu'on nous craint. Le Polonais le sait parfaitement, malgré son fanatisme et son arrogance. Ils ne nous jetteront pas dehors comme les jésuites et les libéraux de la Curie, au profit de l'Opus Dei, de la mafia intégriste ou du Dieu du Sinaï. *Totus tuus*, mais pas touche. Il y a des chiens qui tuent avant de mourir.

L'archevêque consulta sa montre et appela le garçon d'un geste. Posant la main sur le bras de Quart pour l'empêcher de régler l'addition, il sortit quelques billets de sa poche et les laissa sur la table. Dix-huit mille lires, tout rond, constata Quart. Le Bouledogue n'avait pas eu la vie facile : il ne laissait jamais de pourboire.

– Notre devoir est de nous battre, père Quart – dit-il tandis que les deux hommes se levaient –. Parce que nous avons raison et qu'Iwaszkiewicz a tort. On peut être ferme et faire respecter l'autorité sans pour autant ressusciter les fers et le chevalet, comme le voudraient le Polonais et sa clique. Je me souviens quand Luciani a été nommé pape. Son règne n'a duré que trente et un jours. Vous aviez vingt ans de moins, mais moi, je faisais déjà ce genre de travail – l'archevêque pinça les lèvres en se tournant vers Quart –. Peu après son élection, quand nous avons entendu cette phrase, « Il y a plus de la maman que du papa chez le Dieu Tout-Puissant », Iwaszkiewicz et ses collègues de l'aile dure s'arrachaient les cheveux. Et je me suis dit : cette équipe ne va pas faire long feu. Luciani était trop mou pour notre époque et je suppose que l'Esprit-Saint a bien fait en nous débarrassant de lui avant qu'il ne cause trop de dégâts. Les journalistes l'appelaient « le pape qui sourit ». Mais tout le monde au Vatican savait que son sourire était assez particulier – les lèvres du prélat découvrirent une canine méchante –. C'était un sourire plutôt nerveux.

Le soleil était sorti de derrière les nuages et les pavés de la Piazza di Spagna commençaient à sécher. Les marchandes de fleurs ôtaient les bâches de leurs voiturettes et quelques touristes commençaient à s'asseoir sur les marches encore mouillées qui menaient à la Trinità dei Monti. Quart accompagna l'archevêque jusqu'en haut de l'escalier, ébloui par la réverbération de la lumière sur la place ; une lumière romaine, intense, optimiste comme un bon augure. A mi-chemin, une jeune étrangère avec sac à dos, jean et tee-shirt à rayures bleues, assise sur une marche, le prit en photo quand les deux prêtres arrivèrent à sa hauteur : un flash, un sourire. Monseigneur Spada se tourna vers son compagnon, agacé et moqueur :

— Vous savez, père Quart, vous êtes trop bel homme pour être prêtre. Il faudrait être fou pour vous nommer aumônier dans un couvent de religieuses.

— J'en suis désolé, monseigneur.

— Vous ne devriez pas, ce n'est pas votre faute. Mais je dois admettre que j'en suis un peu irrité. Comment faites-vous ?... Je veux dire, pour résister à la tentation. Vous me comprenez... La femme, invention du Malin, et tout le saint-frusquin.

Quart éclata de rire :

— Prière et douches glacées, Illustrissime.

— J'aurais dû m'en douter. Toujours fidèle au règlement, n'est-ce pas ?... Il ne vous arrive pas d'en avoir assez d'être si sage et si bon garçon ?

— La question est captieuse, monseigneur. Y répondre signifierait que j'admets la proposition majeure.

Paolo Spada le regarda du coin de l'œil, puis fit un geste d'approbation :

— D'accord. Un point pour vous. Jusqu'ici, votre vertu a résisté à l'examen. Mais je ne désespère pas de vous prendre un jour en défaut.

— Naturellement, monseigneur. Mes péchés sont innombrables.

— Taisez-vous. C'est un ordre.

— Comme Votre Révérence voudra.

A la hauteur de l'obélisque de Pie VI, l'archevêque se retourna pour regarder la jeune fille en tee-shirt à rayures, assise sur les marches de l'escalier.

— Quant au salut éternel, souvenez-vous du dicton : le prêtre qui réussit à tenir ses mains loin de l'argent et ses pieds loin du lit d'une femme jusqu'à cinquante ans a de bonnes chances de sauver son âme.

– J'y travaille, monseigneur. Mais il me reste encore douze ans à faire.

– Ne vous inquiétez pas. Je soupçonne que vos tentations sont d'un autre ordre – il le dévisagea, puis détourna les yeux et escalada quatre à quatre les dernières marches –. Quoi qu'il en soit, continuez à prendre vos douches, mon fils.

Ils passèrent devant l'imposante façade de l'hôtel Hassler Villa Médici avant de prendre la Via Sistina. L'établissement du tailleur n'était indiqué que par une discrète plaque sur cette porte que seule franchissait l'élite de la Curie, à l'exception des papes qui jouissaient du privilège que Cavalleggeri & Fils, honorés depuis Léon XIII d'un titre mineur de la noblesse pontificale, viennent prendre leurs mesures à domicile.

L'archevêque regarda la plaque d'un air pénétré, en pensant à autre chose. Puis il leva son visage vers le ciel et enfin posa ses yeux veinés de marron sur le prêtre, examinant son costume impeccablement coupé, les discrets boutons d'argent aux manchettes de sa chemise de soie noire.

– Écoutez, Quart – son expression était sévère, ce que confirmait l'emploi du seul nom de famille, sans titre de civilité –. Il ne s'agit pas seulement du péché d'orgueil et de l'amour du pouvoir, péché auquel nous ne sommes pas étrangers. Au-delà de nos faiblesses personnelles et de nos méthodes, vous et moi, et même Iwaszkiewicz et sa sinistre confrérie... et même le Saint-Père et son fondamentalisme tellement irritant, nous sommes tous responsables de la foi de millions d'êtres humains dans une Église infaillible et éternelle – l'archevêque continuait à jauger son interlocuteur –. Et c'est seulement cette foi, sincère en dépit de notre cynisme d'hommes de la Curie, qui nous justifie. Elle nous absout. Sans elle, vous, moi, Iwaszkiewicz, nous ne serions que des hypocrites et des canailles... Vous comprenez ce que je veux dire ?

Quart avait écouté sans broncher le Bouledogue.

– Parfaitement, monseigneur – répondit-il, serein.

Presque par instinct, il s'était redressé comme l'avait fait le garde suisse devant un haut fonctionnaire : bras le long du corps, petit doigt sur la couture du pantalon. Monseigneur Spada l'observa encore un instant en plissant les yeux, puis il parut se détendre un peu. Il esquissa même un sourire.

– J'espère bien – le sourire s'élargit sur le visage du prélat –. Je l'espère vraiment. Parce qu'en ce qui me concerne, quand je me présenterai à la porte du Ciel et que le vieux pêcheur grognon sortira pour m'accueillir, je lui dirai : Pierre, sois indulgent pour ce vieux centurion, soldat du Christ, qui a tellement travaillé à écoper l'eau sale au fond de ton bateau. Après tout, même Moïse a dû se servir de l'épée de Josué, en sous-main. Et toi aussi, tu as donné un coup de glaive à Malchus pour défendre le Maître.

Ce fut au tour de Quart de rire en imaginant la scène.

– Dans ce cas, j'aimerais vous précéder, monseigneur. Je suppose qu'ils n'acceptent pas qu'on leur serve deux fois la même excuse.

II. Les trois malfrats

En arrivant dans une ville je demande toujours :
1/ quelles sont les douze plus belles femmes ;
2/ quels sont les douze hommes les plus riches ;
3/ quel est l'homme qui peut me faire pendre.

Stendhal, *Souvenirs d'égotisme*

En route pour le bar Casa Cuesta, en plein cœur de Triana, quartier populaire de Séville, Celestino Peregil, garde du corps et factotum du financier Pencho Gavira, feuilletait la revue $Q + S$. Trois raisons motivaient son humeur massacrante : un ulcère récalcitrant, la délicate mission qui le conduisait sur l'autre rive du Guadalquivir et la couverture de la revue qu'il tenait entre les mains. Peregil était un homme trapu, petit, nerveux, qui dissimulait sa calvitie précoce en rabattant ses cheveux sur le sommet de son crâne à partir d'une raie située à hauteur de l'oreille gauche. Pour le reste, il était amateur de chaussettes blanches, de cravates en soie aux couleurs criardes et de vestons croisés à boutons dorés, sans oublier les putes de bars américains. Mais surtout, il avait une véritable passion pour les chiffres magiques des tapis verts de tous les casinos où il n'était pas encore interdit. Ce qui expliquait que son ulcère lui fît plus mal que d'habitude ce jour-là, en plus du rendez-vous auquel il se rendait à contrecœur. Quant à la couverture de $Q + S$, elle n'était pas de nature elle non plus à le mettre de belle humeur. On a beau être le dernier des scélérats – ce qui était certainement le cas de Celestino Peregil –, il n'est jamais très rassurant de voir la photo de la femme de son patron en compagnie d'un autre homme. Surtout quand on a soi-même vendu aux journalistes les renseignements nécessaires pour la prendre.

– La garce – dit-il à haute voix, et quelques passants se retournèrent, surpris. Puis il se souvint du motif de son rendez-vous, sortit le mouchoir de soie mauve qui dépassait de la poche de sa veste et s'épongea le front. Le 7 et le 16 dansaient devant ses yeux comme un cauchemar sur fond de tapis vert. Si j'arrive à m'en tirer, se dit-il, je jure que c'est la dernière fois. Par la Sainte Vierge.

Il jeta la revue dans une poubelle. Puis, au coin de la rue, sous une affiche de bière Cruzcampo, il s'arrêta devant la porte du bar, la mort dans l'âme. Il détestait ces établissements avec leurs tables de marbre, leurs azulejos et leurs vieilles bouteilles poussiéreuses de Centenario Terry sur les étagères ; l'Espagne des mantilles et des guitares, puant le renfermé, fruste, radine, dont il s'était extirpé à la force du poignet. Depuis les deux ou trois coups de chance qui avaient fait sortir l'obscur détective privé des adultères minables et des fraudes à la Sécurité sociale pour l'entraîner à la suite de Pencho Gavira sur les sommets de la haute finance, il préférait les bars à la mode avec musique d'ambiance, le whisky avec beaucoup de glaçons, les bureaux aux moquettes épaisses où l'on enfonce jusqu'aux chevilles, *Financial Times* sur la table basse de la réception, bourdonnements de fax, air climatisé et secrétaires trilingues. Zurich par-ci, New York par-là, et si la bourse de Tokyo…, au milieu de ces types qui sentent l'after-shave de luxe et qui passent leur temps à jouer au golf. C'était quand même formidable de vivre comme dans les pubs de la télé.

Mais il lui suffit d'un coup d'œil pour replonger dans ses anciens cauchemars : don Ibrahim, El Potro et Niña Puñales l'attendaient, ponctuels comme des montres suisses. Il les vit dès qu'il franchit le seuil, à droite du bar de bois foncé décoré de fleurs dorées, sous une affiche oubliée là depuis le début du siècle : VAPEURS SÉVILLE-SANLÚCAR-PLAGES : SERVICE QUOTIDIEN ENTRE SÉVILLE ET L'EMBOUCHURE DU GUADALQUIVIR. Ils étaient assis autour d'une table de marbre et Peregil nota qu'ils carburaient déjà au *fino* La Ina. A onze heures du matin.

– Ça va ? – dit-il en s'asseyant.

La question n'était que de pure forme, car il se fichait éperdument de leur santé. Il en eut la triple certitude quand il vit ces trois paires d'yeux qui le regardaient tirer les poignets de sa chemise

– geste élégant appris de son patron –, puis poser précautionneusement les coudes sur le marbre de la table.

– J'ai du boulot pour vous – annonça-t-il sans autre préambule.

Il vit alors El Potro et Niña Puñales se tourner vers don Ibrahim qui hochait lentement et sentencieusement la tête en tortillant les bouts de sa moustache d'un gris roussâtre, une moustache drue, hirsute, à l'anglaise. Don Ibrahim était un homme de haute taille, très gros, dont l'allure bonasse et paisible était à peine démentie par ses féroces bacchantes, un homme qui ne s'était jamais départi de sa solennité, même lorsque le barreau de Séville avait découvert, bien des années plus tôt, qu'il n'avait pas de diplôme valide qui lui permît d'exercer la profession d'avocat. La toge d'emprunt lui avait cependant laissé un air digne et grave qui se manifestait dans la façon dont il portait son chapeau de paille blanche à large bord, sa canne à pommeau d'argent, ou sa chaîne de montre qui décrivait une ample courbe entre les deux poches de son gilet, une chaîne héritée – assurait-il – de don Ernesto Hemingway à l'issue d'une partie de poker disputée dans le bordel de Chiquita Cruz, à La Havane, avant l'époque de Castro.

– Nous sommes tout ouïe – dit-il.

Tout le monde à Triana et à Séville savait que don Ibrahim le Cubain était sans doute un escroc et un vaurien, mais aussi un parfait caballero. A preuve, il avait utilisé le pluriel, après avoir regardé rapidement mais courtoisement El Potro et Niña Puñales, donnant ainsi à entendre qu'il avait l'honneur de les représenter à cette table sur laquelle il posait de loin les deux mains, comme les amarres d'un pesant navire, obligé qu'il était par son ventre de garder ses distances.

– Il y a une église et un prêtre – commença Peregil.

– Ça s'annonce mal – fit don Ibrahim. Un énorme cigare fumant dans sa main gauche, à côté d'une chevalière en or, il époussetait la cendre qui tombait sur son pantalon. De sa jeunesse libertine et antillaise, il avait conservé le goût des costumes blancs immaculés, des panamas et des cigares Montecristo. Car l'ex-faux avocat était un classique. Il ressemblait à ces planteurs de gravures pittoresques qui débarquaient au début du siècle dans le port de Séville avec un coffre rempli de pièces d'or, la fièvre tierce et un domestique mulâtre. Mais don Ibrahim n'avait, lui, ramené que les fièvres.

Peregil le regarda, perplexe, ne sachant si la remarque s'appliquait à la cendre du cigare, ou au fait qu'il y avait une église et un curé dans l'affaire.

– Un vieux curé… – précisa-t-il pour en avoir le cœur net et pour situer les choses dans leur perspective véritable, mais il se souvint alors du deuxième –. Bon. En réalité, il y en a deux : un vieux et un jeune.

– Ay ! – s'exclama Niña Puñales avec son intonation gitane des bords du Guadalquivir –. Deux curés.

Ses bracelets d'argent s'entrechoquèrent sur la peau flasque de ses poignets quand elle vida d'un long trait son verre de *fino*. A côté d'elle, El Potro encensait de la tête, lointain, comme si l'arbitre venait de lui conseiller de ne pas continuer à cogner son adversaire sur la même arcade sourcilière. Il semblait absorbé dans la contemplation de l'épaisse trace carmin que La Niña avait laissée sur le bord de son verre.

– Deux curés – répéta don Ibrahim, comme l'écho. Il réfléchissait, le regard soucieux, tandis que des volutes de fumée s'enroulaient dans ses moustaches.

– En réalité, il y en a trois – précisa Peregil dans un subit accès de franchise.

Le planteur antillais frissonna et salit encore son pantalon avec la cendre de son cigare.

– Ils n'étaient pas deux tout à l'heure ?

– Trois. Le vieux, le jeune et un autre qui va bientôt débarquer.

Peregil les vit échanger des regards circonspects.

– Trois curés – résuma don Ibrahim en examinant l'ongle du petit doigt de sa main gauche, aussi long qu'une spatule.

– C'est ça.

– Un jeune, un vieux et un autre qui débarque.

– C'est exact. De Rome.

– Ah… De Rome.

Les bracelets de Niña Puñales tintèrent de nouveau.

– Trop de curés – déclara-t-elle, lugubre. Elle touchait du bois sous le marbre de la table, dans l'espoir de conjurer le mauvais sort.

– Nous nous sommes déjà frottés à l'Église – conclut don Ibrahim, emphatique et don quichottesque, après mûre réflexion.

Celestino Peregil eut bien envie de prendre ses cliques et ses claques. Ça ne peut pas marcher, se disait-il en regardant la cendre sur le pantalon du gros ex-faux avocat, la mouche postiche et l'accroche-cœur plaqué sur le front fané de La Niña, le nez écrasé de l'ancien poids coq. Pas avec ces gens-là. Tout à coup, il se souvint du 7 et du 16 sur le tapis vert, des photos de la revue, et il lui sembla qu'il faisait une chaleur épouvantable dans ce bar. Mais peut-être n'était-ce ni la chaleur ni le bar. Peut-être était-ce la sueur qui trempait sa chemise, l'âpre sécheresse de la peur dans sa bouche. Tu disposes de six briques pour régler l'embrouille de l'église, lui avait dit Pencho Gavira. Trouve un professionnel. Arrange-toi comme tu voudras.

– C'est dans la poche – s'entendit-il leur dire et il comprit, la poisse, qu'il n'avait pas le choix d'aller chercher ailleurs –. Un truc propre, sans complications. Une brique par tête de pipe.

De fait, il avait administré ses crédits à sa façon : six heures de casino pour dilapider trois millions sur les six. Cinq cent mille de l'heure. Et il avait aussi flambé ce qu'on lui avait donné en échange du tuyau sur la femme ou ex-femme de son patron. Et puis, il y avait encore ce prêteur, Rubén Molina, sur le point de lâcher ses chiens après lui pour près du double.

– Mais pourquoi nous ? – demanda don Ibrahim.

Peregil le regarda dans les yeux et, une fraction de seconde, il perçut l'anxiété qui y palpitait, tout au fond, cachée derrière les pupilles dilatées et tristes de son interlocuteur. Il avala sa salive, passa le doigt sous le col de sa chemise, puis reposa les yeux sur le cigare du gros avocat radié, sur le nez cassé d'El Potro et sur la mouche postiche de La Niña. Avec ce qu'il lui restait en poche, il ne pouvait espérer trouver mieux : trois épaves en cale sèche, plus faites pour l'hospice que pour la rue. Vestiges d'un naufrage. Recalés au conseil de révision.

– Parce que vous êtes les meilleurs – répondit-il en rougissant.

Arrivé la veille au soir à Séville, Lorenzo Quart mit près d'une heure à trouver l'église. Deux fois il sortit du quartier de Santa Cruz, deux fois il y rentra, constatant l'inutilité de son plan touristique dans ce dédale de ruelles silencieuses et étroites aux façades badigeonnées à l'ocre et à la chaux, où une rare auto l'obligeait de temps en temps à se réfugier sous un porche frais et sombre dont les grilles donnaient sur des patios ornés d'azulejos, de géraniums et de rosiers. Il arriva finalement sur une petite place toute en longueur. Sur les façades blanches et ocre, les grilles de fer forgé des fenêtres croulaient sous les pots de fleurs. Quelques bancs dont les azulejos représentaient des scènes du *Quichotte* ; une demi-douzaine d'orangers à l'odeur entêtante. L'église était bien modeste. La façade de brique, large d'à peine vingt mètres, faisait l'angle en s'appuyant contre le mur de la maison voisine. Elle avait l'air en piteux état : des madriers étayaient le campanile, de grosses poutres soutenaient le mur extérieur et un échafaudage de tubes métalliques cachait partiellement un azulejo où l'on devinait un Christ flanqué de deux lanternes rouillées. Il y avait aussi une bétonnière, un tas de graviers et une pile de sacs de ciment.

C'était donc elle. Pendant quelques minutes, debout au milieu de la place, une main dans la poche, l'autre tenant son plan replié, Quart examina l'église. Et il ne découvrit rien de mystérieux entre les orangers parfumés, sous le ciel sévillan de cette matinée lumineuse, d'un azur sans tache. Le portail baroque était encadré de deux colonnes torses au-dessus desquelles une niche abritait une statue de la Vierge. « Notre-Dame-des-Larmes », murmura-t-il, presque à haute voix. Puis il fit quelques pas vers l'église et découvrit en s'approchant que la Vierge était décapitée.

Tout près, des cloches se mirent à sonner et une bande de pigeons s'envola des toits qui entouraient la place. Il les regarda s'éloigner, puis se retourna vers la façade. Il ne la voyait plus avec les mêmes yeux. Malgré la lumière sévillane, les orangers et l'arôme entêtant de leurs fleurs, l'église avait pris un autre aspect. Tout à coup, les vieilles poutres qui soutenaient les murs, l'ocre du campanile qui semblait se détacher comme des croûtes sur la peau, la cloche de bronze immobile dont le mouton de bois vermoulu se couvrait de mauvaises herbes, tout cela lui donnait un air un peu inquiétant, d'ombre et de grisaille. « Une église qui tue pour se défendre », disait le mystérieux message de *Vêpres*. Quart leva encore les yeux vers la Vierge décapitée et décida de se moquer de ses appréhensions. A première vue, il n'y avait pas grand-chose à défendre.

Pour Lorenzo Quart, la foi était une notion toute relative et monseigneur Spada ne se trompait pas beaucoup quand il le traitait, à moitié pour plaisanter, de bon soldat. Son credo consistait moins à admettre les vérités révélées qu'à agir en partant du postulat qu'il avait la foi, sans que celle-ci fût indispensable tout compte fait. Sous cet angle, l'Église catholique lui avait offert dès le début ce que l'armée propose à d'autres jeunes gens : un cadre dans lequel, à condition de ne pas remettre en question les principes, le règlement résolvait pour vous la plupart des problèmes qui pouvaient se poser. Dans son cas, cette discipline jouait le rôle de la foi qu'il n'avait pas. Et le paradoxe – que le flair de ce vieux routier qu'était l'archevêque Spada lui avait fait deviner – était que cette absence de foi, avec tout l'orgueil et la rigueur nécessaires pour la soutenir, faisait précisément de Quart un prêtre extraordinairement efficace dans son travail.

Ce n'était pas un effet du hasard, bien entendu. Orphelin d'un marin-pêcheur disparu en mer, devenu le protégé d'un curé de campagne mal dégrossi qui l'avait fait entrer au séminaire, discipliné et brillant au point que ses supérieurs s'étaient intéressés à sa carrière, Quart était doté de cette lucidité méridionale, si semblable à une maladie tranquille, qu'apportent avec eux le vent d'est et les flamboyants couchers de soleil méditerranéens. Un jour, encore enfant, il était resté des heures sous la pluie et dans le vent, debout sur la jetée d'un port, tandis qu'en mer les bateaux de pêche désemparés tentaient de se mettre à l'abri d'une tempête qui creusait des vagues de dix mètres. On les voyait au loin, minuscules, pitoyablement fragiles au milieu des montagnes d'eau et des trombes d'écume, avançant péniblement dans le râle de leurs moteurs peinant à petite vitesse. L'un d'eux avait disparu ; et quand un bateau de pêche disparaissait, ce n'était pas un seul homme qui s'en allait, mais avec lui des fils, des maris, des frères et des beaux-frères. C'est pourquoi les femmes en noir, leurs petits agrippés à leurs robes ou à leurs mains, se pressaient autour du phare pour les regarder rentrer, remuant leurs lèvres pour prier en silence, scrutant la mer, essayant de deviner quel était celui qui manquerait à l'appel. Et quand les petits bateaux eurent enfin doublé l'entrée du port, les marins levèrent les yeux vers la jetée où Lorenzo Quart était toujours cramponné à la main glacée de sa mère, ôtant bérets et casquettes. Sans relâche les vagues, le vent et la pluie avaient continué à frapper, jusqu'à ce que plus aucun autre bateau ne fut en vue. Ce jour-là, Quart avait découvert deux choses. La première, qu'il était inutile de prier la mer. La seconde, qu'il avait pris une résolution : personne ne l'attendrait jamais au bout d'une jetée, sous la pluie.

La porte de chêne garnie de gros clous était ouverte. Quart entra dans l'église et un souffle d'air froid vint à sa rencontre, comme s'il avait soulevé une pierre tombale. Il retira ses lunettes de soleil et trempa l'index et le pouce dans le bénitier. La fraîcheur de l'eau sur son front le saisit quand il se signa. Une demi-douzaine de bancs de bois étaient alignés devant le retable de l'autel dont les dorures luisaient au fond de la nef. On avait entassé les autres dans un coin, pour faire place à des échafaudages. Le sanctuaire sentait le renfermé et la cire, l'humidité des siècles. Tout était plongé dans l'ombre, sauf un coin éclairé par un spot, en haut et à gauche. Et lorsqu'il leva les yeux vers la lumière, Quart vit une femme juchée sur un échafaudage métallique, en train de photographier les plombs des vitraux.

– Bonjour – dit-elle.

Elle avait les cheveux gris, comme lui ; mais dans son cas, ce n'était pas l'effet d'un caprice de la nature. La quarantaine bien avancée, se dit-il en la voyant se pencher par-dessus le garde-fou qui couronnait la charpente de tubes d'acier, cinq mètres au-dessus de sa tête. La femme descendit avec agilité jusqu'au sol en empoignant solidement les barreaux de fer. Ses cheveux étaient noués sur sa nuque en une petite tresse. Elle portait un polo à manches longues, un jean taché de plâtre et des tennis. Vue de dos, quand elle descendait, elle aurait pu passer pour une jeune fille.

– Je m'appelle Quart – dit-il.

La femme s'essuya la main droite sur le fond de son pantalon et lui donna une poignée de main aussi brève que vigoureuse.

– Gris Marsala. Je travaille ici.

Elle avait un accent étranger, plus américain qu'anglais ; les mains rêches, les yeux clairs, amicaux, entourés de ridules. Et un sourire franc, ouvert, qu'elle garda aux lèvres tout le temps qu'elle l'examina, des pieds à la tête.

– Vous êtes plutôt bien pour un prêtre – conclut-elle enfin, désin-volte, en s'arrêtant sur le col romain de sa chemise noire –. Nous nous attendions à autre chose.

Il regardait l'échafaudage et les murs de l'église. Il s'arrêta, surpris par le pluriel :

– Nous ?

– Oui. Tout le monde attend l'envoyé de Rome. Mais nous ima-ginions un petit fonctionnaire en soutane, avec une valise noire bourrée de missels et de crucifix. Enfin, toute la panoplie.

– Et qui est ce « tout le monde » ?

– Oh… Voyons un peu… – et elle se mit à compter sur ses doigts tachés de plâtre –. Don Príamo Ferro, le curé. Son vicaire, le père Oscar – le sourire s'effaça un peu, comme si un autre allait le remplacer, plus profond, parallèle et secret –. Et aussi l'arche-vêque, et le maire, et encore des tas de gens.

Quart pinça les lèvres. Il ignorait que sa mission fût du domaine public. A sa connaissance, l'IOE n'en avait informé que la Non-ciature de Madrid et l'archevêque de Séville. Le nonce était hors de cause, donc ce devait être monseigneur Corvo qui semait la zizanie. Que l'Enfer confonde Son Illustrissime.

– Je ne me savais pas si attendu – fit-il d'une voix glacée.

La femme haussa les épaules, sans se formaliser.

– Il ne s'agit pas de vous, mais de l'église… – elle leva la main pour montrer les échafaudages qui se dressaient contre les murs, la voûte noircie d'où la peinture se détachait entre les taches d'humidité –. Cet endroit déchaîne les passions depuis quelque temps. Et puis, personne ne peut garder un secret à Séville – elle pencha un peu la tête vers lui et baissa la voix, comme pour lui faire une confidence –. On raconte même que le pape s'y intéresse.

Seigneur. Quart ne répondit pas tout de suite. Il regarda d'abord la pointe de ses chaussures, puis les yeux de la femme. Autant tirer sur ce fil que sur un autre pour commencer à démêler l'éche-veau. Il s'approcha jusqu'à la frôler de son épaule, puis jeta autour de lui un regard exagérément soupçonneux.

– Et qui dit cela ? – murmura-t-il.

Le rire de la femme fusa, tranquille comme ses yeux et sa voix ; mais il s'assombrit en résonnant dans les anfractuosités de la nef déserte.

– L'archevêque de Séville, je crois. On dirait qu'il ne vous aime pas beaucoup.

Il faudra rendre la politesse à Son Illustrissime à la première occasion, se promit Quart *in mente*. La femme l'observait d'un air malicieux. N'acceptant qu'à moitié la complicité qu'elle lui offrait, il haussa les sourcils avec l'innocence d'un homme rompu à tous les stratagèmes de l'ordre des jésuites. De fait, c'était au séminaire qu'il avait appris cette mimique. D'un jésuite.

– Je vois que vous êtes bien informée. Mais il ne faut pas croire tout ce qu'on raconte.

Gris Marsala éclata de rire.

– A qui le dites-vous... Mais c'est quand même amusant. Et puis, je vous ai dit que je travaille ici. Je suis architecte. Je suis chargée de la restauration de l'église – elle regarda autour d'elle et poussa un grand soupir –. Ce qui ne plaide pas vraiment en ma faveur, n'est-ce pas ?... Mais c'est une longue histoire : des crédits jamais approuvés, l'argent qui n'arrive pas...

– Vous êtes américaine.

– Oui. Je m'occupe de ce chantier depuis deux ans, pour le compte de la Fondation Eurnekian qui a pris en charge le tiers du devis initial des travaux de restauration. Au début, nous étions trois, deux Espagnols et moi ; les autres sont partis... Et maintenant, le chantier est pratiquement paralysé, depuis pas mal de temps déjà – elle le regarda attentivement pour voir l'effet de ce qu'elle allait dire –. Et puis, il y a eu ces deux morts.

Quart resta de glace :

– Vous voulez parler des accidents ?

– Si l'on veut, oui. Des accidents – elle épiait toujours les réactions du visiteur et sembla déçue de son mutisme –. Vous avez vu le curé ?

– Pas encore. Je suis arrivé hier soir et je ne suis même pas encore allé voir l'archevêque. Je voulais d'abord jeter un coup d'œil à l'église.

– Eh bien, vous la voyez – elle fit un geste de la main, montrant la nef et le maître-autel à peine visible tout au fond, dans la pénombre –. Baroque sévillan, début XVIIIᵉ, retable de Duque Cornejo... Un petit bijou qui tombe en ruine.

– Et cette Vierge décapitée, à la porte ?

– Des citoyens qui fêtaient à leur façon la proclamation de la Deuxième République, en 1931.

Elle avait parlé avec bonhomie, comme si, au fond, elle excusait les coupeurs de tête. Quart se demanda depuis combien de temps elle était à Séville. Très longtemps, sans doute. Son espagnol était impeccable et elle semblait ici comme un poisson dans l'eau.

– Depuis combien de temps êtes-vous à Séville ?

– Près de quatre ans. Mais j'ai fait de nombreux séjours avant de m'installer. La première fois, j'avais une bourse. Et je ne suis jamais vraiment repartie.

– Pourquoi ?

Il la vit hausser les épaules, comme si elle se posait elle-même la question.

– Je ne sais pas. La même chose arrive à beaucoup de mes compatriotes, surtout les jeunes. Un jour, ils arrivent et ils ne peuvent plus s'en aller. Ils restent, gagnent leur vie tant bien que mal en jouant de la guitare, en dessinant sur les places, en se débrouillant comme ils peuvent – songeuse, elle regarda le rectangle que le soleil dessinait par terre, devant la porte –. Il y a quelque chose dans la lumière, dans la couleur des rues, qui ronge la volonté. Comme une maladie.

Quart fit quelques pas et s'arrêta, écoutant s'éteindre l'écho au fond de la nef. A gauche, il y avait une chaire avec un escalier en colimaçon, à moitié dissimulée par les échafaudages ; à droite, un confessionnal dans une petite chapelle qui donnait accès à la sacristie. Il passa la main sur le bois usé d'un banc noirci par les ans.

– Qu'en pensez-vous ? – demanda la femme.

Quart leva la tête. La voûte en berceau, percée de lunettes, formait un rectangle coupé par un petit transept. La coupole ovale, couronnée d'une lanterne borgne, était décorée de fresques qui disparaissaient presque sous la fumée des cierges et des incendies. On devinait encore quelques anges autour d'une grande tache de suie, et plusieurs prophètes barbus en bien piteux état, rongés par des cernes d'humidité qui leur donnaient l'air de lépreux incurables.

– Je ne sais pas – répondit-il –. Petite, jolie. Vieille.

– Trois siècles – précisa-t-elle, et l'écho se réveilla quand ils reprirent leur marche en direction du maître-autel –. Dans mon pays, un monument de trois cents ans serait un joyau historique intouchable. Alors qu'ici… Il y a partout des endroits comme celui-ci qui tombent en ruine, et personne ne lève le petit doigt.

– Il y en a peut-être trop.

– Plutôt curieux, dans la bouche d'un prêtre. Même si vous n'en avez pas l'air – elle le regardait, cette fois de la tête aux pieds, avec un intérêt amusé. Elle s'attarda sur la coupe impeccable du costume sombre en tissu léger –. S'il n'y avait pas votre col et votre chemise noire…

– Il y a vingt ans que je les porte – dit-il froidement en regardant par-dessus l'épaule de la femme –. Vous me parliez de cette église, et de toutes les autres qui tombent en ruine un peu partout.

Un peu déconcertée, elle pencha la tête sur le côté, cherchant visiblement à le classer dans une espèce connue du sexe masculin. Malgré sa désinvolture, Quart comprit que le col romain l'intimidait. C'était toujours la même chose avec elles, pensa-t-il, jeunes et vieilles, sans exception. Même la plus délurée perd ses moyens quand un geste, une parole lui rappellent tout à coup le prêtre.

– L'église… – dit enfin Gris Marsala en le regardant d'un air absent –. Je ne pense pas qu'il y ait trop d'endroits comme celui-ci. Après tout, il s'agit de notre mémoire, vous ne croyez pas ?… – elle fronça les lèvres et le nez, tapa du pied sur les dalles usées, comme pour les prendre à témoin –. Je suis persuadée que la destruction ou la perte d'un monument, d'un tableau, d'un livre ancien, nous rend chaque fois un peu plus orphelins, nous appauvrit.

Elle avait parlé avec une flamme inattendue et, un instant, sa voix s'était teintée d'amertume. Elle sourit quand elle vit que c'était maintenant Quart qui se tournait vers elle, surpris.

– Rien à voir avec le fait que je sois américaine – dit-elle comme pour s'excuser –. Ou peut-être le contraire. Cette église fait partie du patrimoine de l'humanité. Personne n'a le droit de la laisser disparaître.

– Et c'est pour cette raison que vous êtes depuis si longtemps à Séville ?

Elle réfléchissait, mystérieuse.

– Peut-être. De toute façon, c'est pour cette raison que je suis ici maintenant, dans cet endroit – elle leva les yeux et s'arrêta sur le vitrail d'une lunette, du côté gauche de la nef, celui où elle travaillait quand Quart était entré –. Savez-vous que cette église est la dernière construite en Espagne sous le règne de la maison d'Autriche ?... Les travaux ont pris fin officiellement le 1er novembre 1700, alors que Charles II, dernier de sa dynastie, agonisait sans descendance. Le premier service religieux à y être célébré a été une messe des morts, le lendemain, pour le repos de l'âme du roi.

Ils étaient arrivés devant le maître-autel. La lumière qui tombait en biais par les vitraux imprimait de doux reflets aux dorures du sommet du retable que ses reliefs maintenaient dans l'ombre, derrière les échafaudages. Quart devina un panneau central avec une Vierge sous un grand baldaquin, au-dessus du tabernacle devant lequel il inclina légèrement la tête. Dans les allées latérales, séparées de la nef centrale par des colonnes sculptées, s'ouvraient des niches où se dessinaient confusément des statues de chérubins et de saints.

– Magnifique – dit-il sincèrement.

– C'est encore plus que ça.

Gris Marsala fit le tour de l'autel pour allumer l'électricité. Le retable s'illumina. Le bois doré à la feuille reprit vie tout à coup et une fontaine de lumière se répandit entre les colonnes, inondant les médaillons et les guirlandes sculptées avec une minutie d'orfèvre. Quart admira l'harmonie de cet ensemble bigarré, comment ces éléments architecturaux et ces décorations disparates se fondaient en un seul plan où se combinaient statues, moulures, motifs architectoniques et végétaux.

– Magnifique – répéta-t-il, impressionné. Et, portant la main droite à son front, il se signa machinalement. Quand il eut terminé, il vit que Gris Marsala le regardait curieusement, comme si elle trouvait son geste incongru –. Vous n'avez jamais vu de prêtre faire le signe de la croix ? – Quart dissimulait sa gêne derrière un sourire glacé –. Ils ont dû être nombreux à faire ce geste ici.

– Sans doute. Mais ils étaient d'une autre espèce.

– Il n'y a qu'une seule espèce de prêtres... – répondit-il sans trop réfléchir, pour meubler le silence –. Vous êtes catholique ?

– Si l'on veut. Mon arrière-grand-père était italien – ses yeux clairs le regardaient avec une ironie impertinente –. J'ai un sens

57

assez clair du péché, si c'est ce que vous voulez dire. Mais à mon âge...

Elle laissa sa phrase en suspens et toucha ses cheveux gris noués en une courte tresse. Quart crut préférable de changer de sujet :

– Nous parlions du retable. Et je vous disais qu'il était magnifique... – il la regardait dans les yeux, sérieux, courtois et distant –. Vous voulez bien continuer ?

Gris Marsala pencha la tête sur le côté. Une femme intelligente, pensa Quart. Pourtant, quelque chose le déconcertait. L'instinct parfaitement aiguisé de l'agent de l'IOE décelait une contradiction, une fausse note chez cette femme. Il l'étudiait, cherchant la clé de l'énigme, mais il lui aurait été impossible de se rapprocher davantage d'elle sans admettre une complicité qu'il ne souhaitait pas pousser trop loin.

– S'il vous plaît – reprit-il.

Elle le regarda en coin pendant quelques secondes. Puis elle hocha la tête et Quart crut qu'elle allait sourire. Mais elle ne le fit pas.

– D'accord – dit-elle enfin. Elle s'était retournée vers le retable et Quart l'imita –. Il date de 1711 et c'est l'œuvre du sculpteur Pedro Duque Cornejo qui a touché deux mille écus de huit réaux d'argent pour sa peine. C'est effectivement une merveille. Toute l'imagination et l'audace du baroque sévillan.

La Vierge était une belle statue de bois polychrome de près d'un mètre de haut. Drapée dans un manteau bleu, elle tendait devant elle ses mains ouvertes. Un croissant de lune lui servait de piédestal. De son pied droit, elle écrasait un serpent.

– Elle est vraiment très belle – dit Quart.

– Œuvre de Juan Martínez Montañés. Elle a près d'un siècle de plus que le retable... Elle appartenait aux ducs du Nuevo Extremo. Et comme l'un d'eux avait contribué à la construction de cette église, son fils a fait don de la statue. Le sanctuaire doit son nom aux larmes de la Vierge.

Quart examinait les détails. D'en bas, on voyait des larmes briller sur son visage, sa couronne et son manteau.

– Un peu excessives, je trouve.

– A l'origine, ces larmes étaient des perles de cristal, plus petites. Celles-ci sont de vraies perles, ramenées d'Amérique à la fin du siècle dernier. Une histoire qui a une suite ici, dans la crypte.

– Il y a une crypte ?

– Oui. L'entrée est cachée là-bas, à droite du maître-autel. Une sorte de caveau de famille. Plusieurs générations de ducs du Nuevo Extremo y sont enterrées. L'un d'eux, Gaspar Bruner de Lebrija, a cédé en 1687 un terrain qui lui appartenait pour construire cette église, à condition qu'on dise une messe pour le repos de son âme une fois par semaine – elle montra une niche à droite de la Vierge où l'on voyait un chevalier orant, à genoux, mains jointes –. Le voici : sculpté par Duque Cornejo, également l'auteur de la statue de son épouse, ici, à gauche... Le duc avait confié la construction de l'église à son architecte de confiance, Pedro Romero, qui travaillait aussi pour le duc de Medina-Sidonia. C'est ce qui explique les liens de cette famille avec l'église. Le fils du donateur, Guzmán Bruner, a fait achever le retable en y ajoutant les statues de ses parents. L'œuvre a été installée en 1711... La famille existe toujours, bien qu'à demi ruinée. Et elle tient une grande place dans cette querelle.

– Quelle querelle ?

Gris Marsala continuait à regarder le retable comme si elle n'avait pas entendu la question. Puis, elle passa sa main sur son cou et poussa un léger soupir.

– Querelle, ou ce que vous voudrez – son ton de voix détaché avait quelque chose de forcé –. Nous sommes au point mort, pour ainsi dire. Avec Macarena Bruner, sa mère la vieille duchesse, et tous les autres.

– Je ne connais pas encore ces dames.

Gris Marsala se retourna vers Quart, une lueur espiègle dans ses yeux clairs.

– Non ? Eh bien, vous ferez leur connaissance – elle se tut et pencha la tête, amusée.

Quart l'entendit rire tout bas tandis qu'elle éteignait la lumière, replongeant le retable dans le noir.

– Que se passe-t-il ici ? – demanda-t-il.

– A Séville ?

– Dans cette église.

Elle attendit quelques secondes avant de lui répondre.

– C'est à vous de le savoir – fit-elle enfin –. C'est pour cela qu'on vous a envoyé ici.

– Mais vous travaillez dans cette église. Vous devez bien avoir une idée.

– J'en ai plusieurs, naturellement. Mais je les garde pour moi. Tout ce que je sais, c'est que certaines personnes préféreraient voir cette église par terre que debout.

– Pourquoi ?

– Je n'en sais rien – ses offres de complicité semblaient s'être évanouies. Elle s'était refermée, distante, et le froid de la nef déserte parut s'installer de nouveau entre eux –. Peut-être parce que le terrain vaut une fortune dans ce quartier… – elle secoua la tête, comme pour chasser des pensées désagréables –. Vous trouverez certainement quelqu'un pour tout vous raconter.

– Vous venez de me dire que vous aviez votre idée.

– Ah bon ? – elle sourit en coin, mais le cœur n'y était pas –. C'est possible. De toute façon, cette affaire ne me regarde pas. Je suis chargée de sauver ce que je peux, tant qu'il y a de quoi payer les travaux, ce qui n'est pas le cas.

– Alors, pourquoi continuez-vous toute seule ?

– Je fais des heures supplémentaires. Depuis que je travaille ici, je n'ai rien trouvé d'autre. Alors, ce n'est pas le temps qui me manque.

– Ce n'est pas le temps qui vous manque – répéta Quart.

– Exactement – sa voix avait repris une intonation amère –. Et je n'ai nulle part ailleurs où aller.

Il allait insister, intrigué, quand des pas derrière eux le firent se retourner. Dans l'embrasure de la porte se découpait une silhouette noire, petite, immobile, précédée de son ombre ramassée dans le rectangle de lumière qui s'étalait sur les dalles.

Gris Marsala se retourna elle aussi. Elle fit un étrange sourire à Quart :

– Le moment est venu de faire connaissance avec le curé, vous ne croyez pas ?… Je veux parler de don Príamo Ferro.

Quand Celestino Peregil fut sorti du bar Casa Cuesta, don Ibrahim, méfiant, compta sous la table de marbre les billets que le factotum du financier Pencho Gavira lui avait laissés pour leurs premiers faux frais.

– Cent mille – déclara-t-il, l'opération terminée.

El Potro et Niña Puñales acquiescèrent en silence. Don Ibrahim fit trois liasses de trente-trois mille, en glissa une dans la poche intérieure de sa veste et tendit les deux autres à ses comparses. Puis il déposa sur la table le billet qui restait.

– Qu'est-ce que vous en pensez ? – demanda-t-il.

Sourcils froncés, El Potro, lissa le billet posé sur la table et s'abîma dans la contemplation de l'effigie de Hernán Cortés.

– Il a l'air bon – risqua-t-il.

– Je veux parler du contrat. Du travail.

El Potro regardait toujours le billet d'un air taciturne. Niña Puñales haussa les épaules.

– C'est de l'argent – dit-elle, comme si tout se résumait à ça –. Mais chercher des noises aux curés, ça porte la guigne.

Don Ibrahim fit un geste rassurant de la main gauche où son cigare se consumait à côté de sa chevalière en or. De la cendre tomba sur son pantalon blanc.

– Il faudra agir avec beaucoup de tact – précisa-t-il en se penchant péniblement, gêné par sa bedaine, pour épousseter la cendre grise.

Niña Puñales fit « Ay » et El Potro hocha la tête sans quitter le billet des yeux. El Potro devait avoir dans les quarante-cinq ans, tous profondément marqués sur son visage. Sa jeunesse d'apprenti torero malchanceux lui avait laissé dans les yeux et le gosier la poussière des échecs accumulés dans les arènes de troisième classe, plus une cicatrice sous l'oreille droite, souvenir d'une corne de taureau. Quant à sa courte et obscure carrière d'aspirant au titre de champion poids coq d'Andalousie, entre deux engagements dans la Légion, il n'en avait tiré qu'un nez cassé, deux arcades sourcilières défoncées et couturées de cicatrices, plus une certaine lenteur des réflexes quand il fallait coordonner action, parole et réflexion. En revanche, quand il s'agissait d'arnaquer les touristes, il jouait à merveille le rôle de l'idiot : il y avait beaucoup de vérité dans sa façon de regarder dans le vague d'un œil vitreux, en attendant le clairon du troisième avis ou le gong d'un improbable K.-O.

– Le tact, oui, ça c'est important – dit-il lentement.

– Ay – renchérit La Niña.

El Potro fronçait toujours les sourcils, comme chaque fois qu'il lui arrivait de réfléchir. C'était ainsi qu'un jour, sourcils froncés, pesant soigneusement le pour et le contre, il était rentré chez lui où son frère paralytique était installé dans son fauteuil roulant, pantalon baissé aux genoux, sa belle-sœur – la femme d'El Potro – assise sur lui, poussant d'éloquents vagissements. Sans se presser ni hausser le ton, branlant benoîtement du chef tandis que son frère l'assurait qu'il s'agissait d'un malentendu, qu'il allait tout expliquer, El Potro s'était placé derrière le fauteuil roulant, l'avait poussé presque tendrement jusqu'au palier, puis l'avait laissé débouler avec son propriétaire jusqu'en bas de l'escalier, avec pour effet immédiat le cloc-clac de trente-deux marches bien comptées, suivi d'une fracture du crâne mortelle, comme de juste. La femme s'en était tirée avec une raclée méthodique, scientifique, consistant en deux yeux au beurre noir et K.-O. par crochet du gauche dont elle s'était remise une demi-heure plus tard, juste à temps pour faire sa valise et disparaître à tout jamais. L'affaire du frère avait eu des suites moins heureuses : face à un ministère public qui réclamait trente ans, il avait fallu toute l'habileté de l'avocat pour infléchir le juge, de la thèse de l'assassinat à celle de l'homicide accidentel. Finalement, il avait reçu l'absolution *in dubio pro reo*. Cet avocat n'était autre que don Ibrahim dont le diplôme délivré à La Havane était encore considéré comme authentique par le barreau sévillan. Mais, avec ou sans titre, le fait est que l'ancien torero-boxeur n'allait jamais oublier l'émouvante plaidoirie qui, pied à pied, lui avait valu la liberté. Ce foyer détruit, monsieur le juge. Ce frère perfide, la chaleur des passions, le niveau intellectuel de mon client, l'absence d'*animus necandi*, le fauteuil roulant qui n'avait pas de freins. Depuis, El Potro vouait à son bienfaiteur une fidélité aveugle, héroïque, indestructible ; encore plus entière, si la chose était possible, après que don Ibrahim eut été ignominieusement radié du barreau. Loyauté de lévrier dur et silencieux, prêt à tout pour un ordre ou une caresse de son maître.

– Je trouve quand même qu'il y a trop de curés là-dedans – persistait La Niña.

Ses bracelets tintèrent quand elle se mit à jouer avec son verre vide. Don Ibrahim et El Potro se regardèrent, puis l'ex-avocat commanda trois *fino* La Ina, plus une petite assiette de *lomo* pour tapisser les intérieurs. Le garçon n'avait pas plus tôt posé les trois *fino* bien frappés sur la table qu'elle vida son verre d'un trait pendant que les deux hommes regardaient ailleurs, discrétion oblige.

> *Vino amargo, que no da alegría,*
> *aunque me emborrache*
> *no puedo olvidar...*

Niña Puñales chantonnait tout bas d'une voix éraillée, en passant sa langue sur ses lèvres carmin, luisantes de l'humidité du vin. Sans la regarder, El Potro susurra « olé » en pianotant doucement sur le marbre de la table. Niña Puñales avait des yeux de jais, grands et tragiques, qu'un généreux maquillage au crayon noir faisait paraître énormes dans ce visage où l'on devinait encore les vestiges d'une beauté fanée et même rancie sous l'accroche-cœur teint, bien plaqué sur le front. Quand elle carburait au *fino* ou à la manzanilla, elle racontait souvent qu'un homme basané aux yeux verts en avait tué un autre pour elle, à coups de navaja, comme dans les chansons ; et elle cherchait dans son sac une coupure de journal, naturellement perdue depuis longtemps. Si l'histoire était véridique, le drame s'était sûrement produit à l'époque où l'on voyait partout La Niña sur les affiches, avec tout son panache de belle et sauvage gitane, jeune espoir de la chanson espagnole. Héritière, disait-on même, de doña Concha Piquer. Et maintenant, trois décennies après ce fugace instant de gloire, elle traînait de table en table sa malchance, ses chansons et sa triste légende dans l'odeur de vinasse des cabarets minables qui l'engageaient parfois dans leurs spectacles pour touristes pour boucher les trous, dîner compris, Séville *by night*, sur des planches crasseuses qu'usait le claquement fatigué de ses talons.

– On commence par où ? – demanda-t-elle en regardant don Ibrahim.

El Potro leva les yeux à son tour pour dévisager l'homme qu'il respectait le plus au monde, après le défunt torero Juan Belmonte. Conscient de ses responsabilités, l'ex-faux avocat tira longuement sur son cigare et lut mentalement, par deux fois, la liste des tapas inscrite sur une ardoise, au-dessus du comptoir : CROQUETTES. ROGNONS. ANCHOIS FRITS. ŒUFS BÉCHAMEL. LANGUE À LA RAVIGOTE. LANGUE EN DAUBE.

– Comme a dit et fort bien dit Jules César – commença-t-il quand il eut le sentiment que le temps écoulé allait donner suffisamment de poids à ses paroles – : *Gallia est omnia divisa in partibus infidelibus*. En d'autres termes, avant toute manœuvre, il faut étudier le terrain – et il regarda autour de lui, comme un général devant son état-major –. Il faut visualiser le champ de bataille, si vous comprenez ce que je veux dire – il battit des paupières, dubitatif –. Vous me comprenez ?

– Ay.

– Oui.

– Tant mieux – don Ibrahim se lissa la moustache du bout du doigt, satisfait du moral des troupes –. Je veux dire que nous devons d'abord jeter un coup d'œil à cette église et au reste – il regarda La Niña qu'il savait pieuse –. Compte dûment tenu de son caractère sacré de lieu de culte, naturellement.

– Je la connais – précisa-t-elle de sa voix éraillée par l'eau-de-vie –. Elle est très vieille, toujours en réparation. J'y vais à la messe de temps en temps.

Comme toute folkloriste qui se respecte, elle était fort dévote. De son côté, même s'il faisait profession d'agnosticisme, don Ibrahim respectait la liberté du culte. Il se pencha un peu, attentif. Un solide travail préliminaire de renseignement, avait-il lu quelque part – Churchill, croyait-il se souvenir, ou Frédéric le Grand – était le père nourricier de toutes les victoires.

– Il est comment, ce prêtre ? Je veux parler du curé titulaire.

– Comme les curés d'autrefois – Niña Puñales pinçait les lèvres et plissait le front pour mieux se souvenir – : vieux, pas commode… Un jour, il a foutu dehors des touristes qui étaient entrés en plein milieu de la messe. Il est descendu de l'autel avec sa chasuble et tout le bazar, et il les a engueulés de première parce qu'ils étaient en short. Ce n'est pas une plage ici, ni un cirque, qu'il leur a dit. Alors, du vent. Et il les a flanqués dehors.

Don Ibrahim sourit, satisfait.

– Un saint homme, à ce que je vois.

– Ay.

– Un vertueux homme d'Église.

– Jusqu'au bout des ongles.

Après une pause pensive, le Cubain fit un rond de fumée qu'il regarda disparaître. Il avait l'air préoccupé.

– En d'autres termes, nous avons affaire à un ecclésiastique de caractère – ajouta-t-il pour nuancer son approbation initiale.

– Du caractère, je ne sais pas – répondit La Niña –. Mais il est vraiment mal embouché, ça c'est sûr et certain.

– Je vois – don Ibrahim essaya de faire un autre rond de fumée, mais ce fut un lamentable échec –. Ce digne curé pourrait donc nous donner du fil à retordre. Je veux dire qu'il serait capable de chambarder notre stratégie.

– Il pourrait la foutre cul par-dessus tête.

– Et l'autre prêtre, le jeune vicaire ?

– Celui-là, je l'ai vu une ou deux fois servir la messe. Il a l'air tranquille, bien sage. Un peu mou.

Don Ibrahim regarda par la fenêtre, dans la direction des bottes rustiques Valverde del Camino suspendues à la marquise du magasin de chaussures La Valenciana. Puis, avec un frisson mélancolique, il observa les deux visages qu'il avait devant lui. A une autre époque, il aurait envoyé paître Peregil et son sale boulot ; ou, plus probablement, il aurait demandé une rallonge. Mais au train où allaient les choses, il n'avait guère le choix. Il regarda tristement la bouche fardée de La Niña, sa mouche postiche, ses doigts squelettiques qui étreignaient son verre vide. Puis il tourna les yeux à gauche et tomba sur le regard fidèle d'El Potro, avant de contempler sa propre main, posée à plat sur la table, celle du havane et de la chevalière, fausse comme Judas, qu'il parvenait parfois à fourguer pour mille douros – il en avait plusieurs – aux touristes naïfs dans les bars de Triana. Ces deux-là étaient ses gens à lui, il en avait la charge. La Niña, parce que l'ex-faux avocat n'avait jamais entendu personne chanter *Capote de grana y oro* comme elle, ce jour-là, dans un cabaret, alors qu'il venait d'arriver à Séville. Il n'avait fait sa connaissance que bien plus tard, dans un bouge où elle faisait le bouche-trou, déjà usée par l'alcool et les ans, image vivante de ces chansons qu'elle chantait de cette voix cassée, sublime, une voix à vous donner la chair de poule : *La*

Loba, Romance de valentía, Falsa moneda, Tatuaje. La nuit de cette rencontre, don Ibrahim s'était juré de la sauver de l'oubli, sans autre mobile que de rendre justice à l'Art. Car, malgré les calomnies du barreau, malgré ce qu'avait publié la presse locale quand on avait voulu le jeter en prison à cause d'un absurde diplôme dont tout le monde se foutait éperdument, malgré les petites combines qu'il devait bien accepter pour gagner son pain, don Ibrahim n'était pas un misérable. Il redressa la tête et ajusta machinalement sa chaîne de montre. Il était un homme digne, victime de la malchance.

– Simple question de stratégie – fit-il à haute voix, pensif, plus pour se convaincre lui-même. Et il sentit que ses compagnons plaçaient tous leurs espoirs en lui. Celestino Peregil avait promis trois millions. Mais on pourrait peut-être lui en soutirer un peu plus. On disait que Peregil était l'homme à tout faire d'un financier qui traficotait dans le dollar. Il y avait du fric là-dedans, et ils avaient besoin de liquide pour donner corps à un vieux rêve. Don Ibrahim avait beaucoup lu, quoique peut-être un peu superficiellement – sinon, il aurait difficilement pu exercer tout ce temps à Séville avant qu'on ne découvre le pot aux roses –, et il avait précieusement conservé de ses lectures un lot de citations, comme de l'or en barre. En matière de rêves, la meilleure était, croyait-il, de Thomas D. H. Lawrence, le type d'Arabie, celui qui avait écrit *Lady Butterfly* : les hommes qui rêvent les yeux ouverts ramassent toute la mise, ou quelque chose du genre. Il ne se faisait guère d'illusions sur le degré d'ouverture des yeux d'El Potro et de La Niña. Mais c'était sans importance. Car il ouvrait les siens pour eux.

Il regarda affectueusement El Potro qui mastiquait lentement une tranche de *lomo* :

– Et qu'est-ce que tu en penses, champion ?

El Potro continua à mastiquer en silence pendant une bonne demi-minute.

– C'est faisable, je crois – répondit-il enfin, alors que les autres avaient déjà presque oublié la question –. Si Dieu est avec nous.

Don Ibrahim laissa échapper un soupir résigné :

– C'est justement là le problème. Avec toute cette calotte, je ne sais pas trop de quel côté Dieu va se mettre.

El Potro sourit pour la première fois de la matinée, et il le fit avec confiance. Il souriait toujours avec confiance, mais au compte-gouttes, comme si l'effort musculaire était trop grand pour son visage écrabouillé par les taureaux et les gants de ses adversaires sur le ring.

– Tout pour la Cause – dit-il.

Niña Puñales lança tout bas un « olé » plein de tendresse :

> *Juró amarme un hombre*
> *sin miedo a la muerte...*

Elle chantait à mi-voix, une main posée sur celle d'El Potro. Depuis son traumatique divorce, El Potro vivait seul, sans famille connue, et don Ibrahim le soupçonnait d'aimer La Niña en silence, mais sans jamais le montrer, par respect. De son côté, campée sur le pas de la porte de la maison close de ses rêves, La Niña gardait fidèlement le souvenir de l'homme aux yeux verts qui l'attendait toujours au fond de chaque bouteille. Quant à don Ibrahim, en matière d'amour, personne n'avait pu apporter de preuves concluantes ; même s'il aimait, les nuits de manzanilla et de guitare, à parler vaguement d'aventures romantiques du temps de sa jeunesse antillaise, quand il était ami de Beny Moré, le Barbare du Rythme, de Pérez Prado, dit Tête de Phoque, et de l'acteur mexicain Jorge Negrete. C'était avant que Jorge et lui n'aient des mots. L'époque où María Félix, la divine María, la Doña, lui avait fait cadeau de la canne d'ébène à pommeau d'argent, une nuit qu'avec don Ibrahim et une bouteille de tequila – Herradura Reposado, un litre – elle avait été infidèle à Agustín Lara ; et le pauvre Agustín, maigre, élégant, ravagé, avait composé une chanson immortelle pour oublier ses cornes. Le sourire du Cubain rajeunissait quand il se remémorait ces prétendues nuits d'Acapulco, les plages, María del alma, María Bonita. Et Niña Puñales fredonnait tout bas, entre verres et verres de *fino* ou de manzanilla, la chanson dont il avait été le coupable séducteur. El Potro prêtait à la scène son profil dur et silencieux, totalement privé d'ombre car celle-ci errait toujours, déboussolée, sur le tapis des rings et le sable de misérables arènes ambulantes. Si bien que personne n'aimait et que tous étaient aimés dans ce singulier triangle fait

de couchers de soleil, de fumée de tabac, de vin, d'applaudissements, de plages lointaines et de nostalgies. Et depuis que le hasard
et la vie les avaient réunis à Séville comme des bouchons à la
dérive, les trois compères partageaient l'interminable ressac de
leurs vies dans une pittoresque amitié dont ils réussirent à découvrir un jour l'objet, au petit matin, après une longue et paisible
cuite, assis devant les eaux vastes et tranquilles du Guadalquivir :
la Cause. Oui, un jour, ils auraient assez d'argent pour ouvrir un
cabaret à tout casser. Et ils l'appelleraient *Le Temple de la Chanson*, et c'est là qu'ils rendraient enfin justice à l'art de Niña Puñales, qu'on porterait bien haut le flambeau de la chanson espagnole.

Nena,
me decía loco de pasión...

La Niña continuait de chantonner. Une marchande de billets de
loterie entra dans le bar Casa Cuesta en criant ses cartons de quinze
mille. Don Ibrahim lui acheta trois dixièmes. Puis il appela le
garçon pour régler l'addition et, grand seigneur, récupéra le
panama de paille et la canne de María Bonita. Il se leva péniblement tandis qu'El Potro, bondissant sur ses pieds comme si le
gong venait de sonner, tirait la chaise de La Niña. Les deux hommes l'escortèrent jusqu'à la porte, laissant sur la table le billet de
Hernán Cortés en guise de pourboire. Après tout, ce n'était pas un
jour comme les autres. Et, comme le dit El Potro pour justifier
humblement la dépense, don Ibrahim était un caballero.

Le curé entra dans l'église et la lumière qu'il laissa derrière lui,
dans l'embrasure de la porte et sur les dalles du seuil, aveugla
Lorenzo Quart qui dut plisser légèrement les yeux. Quand ses
pupilles se furent de nouveau accoutumées à la pénombre, don
Príamo Ferro était déjà à côté de lui. Pire qu'il ne se l'était imaginé.

– Je suis le père Quart – dit-il en tendant la main –. Je viens
d'arriver à Séville.

Sa main resta suspendue en l'air, devant deux yeux noirs et
perçants qui le regardaient avec méfiance.

– Qu'est-ce que vous fabriquez dans mon église ?

Ça commence bien, se dit-il en retirant lentement sa main, tout en observant l'homme qui se trouvait devant lui. Rêche comme sa voix, malingre, sec comme un coup de trique, les cheveux blancs hirsutes, tondus à la diable, une soutane râpée, constellée de taches, sous laquelle surgissaient deux vieux godillots que personne n'avait pris la peine de cirer depuis des lustres.

– J'ai cru bon de venir faire un petit tour, par simple curiosité – répondit-il sans s'émouvoir.

Le plus inquiétant, c'était ce visage, marqué dans tous les sens de taches, de rides et de petites cicatrices qui donnaient au curé un air tourmenté, dur, comme ces photos aériennes de déserts où l'on voit les ravages de l'érosion, les failles de l'écorce terrestre, les profondes traces laissées par des fleuves disparus et que le temps a taillées dans la terre et dans le roc. Et ces yeux sombres, sauvages, enfoncés dans de profondes orbites d'où ils observaient le monde avec fort peu d'aménité. Des yeux qui toisèrent Quart des pieds à la tête, s'arrêtant sur ses boutons de manchettes, son costume bien coupé, son visage enfin. Et qui ne semblaient pas particulièrement heureux de ce qu'ils voyaient devant eux.

– Vous n'avez pas le droit d'être ici.

Quart comprit que c'était l'impasse et il se tourna vers Gris Marsala pour lui demander une aide qu'il savait d'avance inutile : elle avait assisté au dialogue sans même ouvrir la bouche.

– Le père Quart vous cherchait – intervint-elle enfin, sans enthousiasme.

Rivés sur le visiteur, les yeux du curé ignoraient l'architecte :

– Pour quoi faire ?

L'envoyé de Rome leva la main gauche dans un geste conciliateur, mais il vit que le regard de son interlocuteur, désapprobateur, restait fixé sur le cadran brillant de la coûteuse montre Hamilton qu'il portait au poignet.

– Je me renseigne sur cette église – il avait maintenant la certitude que ce premier contact était un échec, mais il décida de prolonger un peu la corvée. Après tout, c'était son travail –. Nous devrions avoir une petite conversation, mon père.

– Je n'ai rien à vous dire.

Quart prit sa respiration et chassa l'air lentement. Oui, comme une pénitence qui confirmait ses pires appréhensions et réveillait aussi des fantômes qu'il n'avait aucun plaisir à voir revivre. Tout ce qu'il détestait semblait se réincarner devant lui : la vieille misère, la soutane râpée, la méfiance du curé de campagne intransigeant, borné, tout juste bon à menacer ses ouailles du feu éternel de l'Enfer, à confesser les grenouilles de bénitier dont il ne dépassait l'ignorance que par quelques lugubres années de séminaire et un mince vernis de latin. Cette mission ne va pas être agréable, se dit-il. Pas agréable du tout. Si ce curé est notre *Vêpres*, avec un accueil pareil, il cache vraiment bien son jeu.

– Excusez-moi – insista-t-il en glissant la main dans la poche intérieure de sa veste pour en sortir une enveloppe marquée de la tiare et des clés de saint Pierre –, mais je crois vraiment que nous avons beaucoup de choses à nous dire. Je suis envoyé spécialement par l'Institut pour les œuvres extérieures. Voici une lettre de recommandation du secrétariat d'État, à votre intention.

Don Príamo Ferro saisit l'enveloppe et, sans même la regarder, la déchira en deux morceaux qui tombèrent mollement à terre.

– Je me fous complètement de vos recommandations.

Petit, dressé sur ses ergots, il regardait Quart en dessous. Soixante-quatre ans, disait le dossier laissé sur sa table, dans sa chambre d'hôtel. Une bonne vingtaine d'années dans une cure de campagne, dix à Séville. Par son physique, il aurait bien fait la paire avec le Bouledogue dans l'arène du Colisée : il se l'imaginait sans mal dans la peau d'un rétiaire râblé et dangereux, trident à la main, filet jeté sur l'épaule, tournant autour de son adversaire tandis que la foule des gradins réclame du sang. Au cours de sa vie professionnelle, Quart avait appris à reconnaître du premier coup d'œil dans un groupe l'homme dont il valait mieux se méfier. Et le père Ferro était très certainement de ces obscurs habitués qui vont s'installer tout au bout du bar, qui boivent en silence au milieu des vociférations des autres et qui, sans crier gare, cassent une bouteille pour vous faire une boutonnière sous le menton. Il n'aurait pas été mal non plus en train de patauger dans la lagune de Tenochtitlán, l'ancienne Mexico, de l'eau jusqu'à mi-corps, brandissant un crucifix. Ou aux croisades, égorgeant hérétiques et infidèles.

– Je ne sais rien de ces histoires d'Œuvres extérieures – ajouta le curé sans quitter Quart des yeux –. Mon supérieur est l'archevêque de Séville.

Lequel, de toute évidence, avait consciencieusement préparé le terrain au gêneur envoyé par Rome. Ce qui n'empêcha pas Quart de garder son sang-froid. Il glissa de nouveau la main dans la poche intérieure de sa veste et montra le coin d'une autre enveloppe semblable à celle qui gisait par terre.

– Que je vais voir tout à l'heure, justement.

Le curé avança le menton, méprisant, sans préciser si son geste visait les intentions de Quart ou la personne de monseigneur Corvo.

– Allez-y donc ! – répliqua-t-il, plein de hargne –. Je dois obéissance à l'archevêque. S'il me donne l'ordre de vous parler, je le ferai. En attendant, foutez-moi la paix.

– Je suis venu spécialement de Rome. Quelqu'un réclame notre intervention dans cette affaire. Je suppose que vous êtes au courant.

– Moi, je n'ai rien réclamé du tout. De toute façon, Rome est bien loin et cette église est à moi.

– A vous.

– Exactement.

Quart sentit que Gris Marsala les regardait fixement, attendant la suite. Il serra les dents et compta mentalement jusqu'à cinq.

– Ce n'est pas *votre* église, père Ferro, mais *notre* église.

Il le vit qui restait silencieux un moment, contemplant les deux morceaux de papier par terre, puis qui tournait légèrement la tête sans rien regarder en particulier, avec une étrange expression, à mi-chemin entre la grimace et le sourire, sur son visage criblé de marques et de cicatrices.

– Là aussi, vous vous trompez – dit-il enfin, comme s'il mettait un point final à la discussion, puis il s'éloigna vers la sacristie en longeant les échafaudages de la nef.

Seigneur Dieu. Quart se fit violence pour tenter une réconciliation de dernière minute. Il voulait avoir la conscience nette le jour du règlement des comptes. Et la note de ce prêtre allait être salée, se dit-il en rongeant son frein. Septante-sept fois.

– Je suis là pour vous aider, père – dit-il au curé qui lui tournait le dos ; l'effort accompli, il se sentit en paix pour la suite des événements. Il avait payé leur dû à l'humilité et à la fraternité

71

ecclésiastique. Dorénavant, question arrogance, don Príamo Ferro ne serait plus seul à se sentir investi de la fureur de Dieu.

Le curé s'était arrêté pour faire sa génuflexion devant le maître-autel. Quart l'entendit ricaner hargneusement, sans aucun humour :

– Pour m'aider ?... Je ne vois pas comment quelqu'un comme vous pourrait m'aider – il s'était retourné en se relevant, pour le regarder une dernière fois, et sa voix résonna dans la nef –. Je connais bien les hommes de votre espèce... Cette église a besoin d'une autre sorte d'aide ; et vous ne l'apportez pas avec vous dans vos précieuses poches. Allez-vous-en maintenant. J'ai un baptême dans vingt minutes.

Gris Marsala le raccompagna jusqu'au portail. Mobilisant toute sa discipline et son sang-froid pour ne pas donner libre cours à sa colère, Quart écouta distraitement ce qu'elle lui disait pour excuser le curé. Il est extrêmement nerveux en ce moment, expliquait l'architecte. Les politiciens, les banques et l'archevêché tournent en rond comme une meute de loups. Sans l'entêtement du père Ferro, l'église serait démolie depuis longtemps.

– Ils réussiront peut-être à la démolir de toute façon – lui fit observer Quart qui décida de lâcher un peu de venin –. Par sa faute. Et avec lui dedans.

– Vous ne devriez pas dire ça.

Elle avait raison. Il ne fallait pas dire ce genre de choses, absolument pas, se reprocha Quart qui avait retrouvé son calme en respirant l'odeur des fleurs d'oranger, une fois dehors. Un maçon pelletait du gravier près de la bétonnière, dans l'angle que la façade de l'église formait avec la maison voisine. Quart lui lança un regard distrait en s'avançant au milieu des orangers de la petite place.

– Je ne comprends pas cette attitude. Après tout, je suis de son côté. L'Église est de son côté.

Gris Marsala le regarda, ironique.

– De quelle Église parlez-vous ?... Celle de Rome ? De l'archevêque de Séville ? La vôtre ?... – elle secoua la tête, incrédule –. Non. Il a raison et il le sait. Personne n'est de son côté.

– Je n'en suis pas autrement surpris. J'ai l'impression qu'il court après les problèmes.

– Des problèmes, il en a déjà par-dessus la tête. La guerre est déclarée entre lui et l'archevêque… Et le maire a bien envie de lui casser les reins : il se considère insulté par la façon dont le curé a parlé de lui dans son sermon dominical, il y a quinze jours.

Quart s'arrêta, aux aguets. Le fait n'était pas mentionné dans le dossier de monseigneur Spada.

– Qu'est-ce qu'il a dit ?

L'architecte fit un sourire en coin :

– Qu'il était un infâme spéculateur, un prévaricateur et un politicien sans foi ni loi – elle le regarda en coulisse pour voir la tête qu'il faisait –. Si je me souviens bien.

– Il fait souvent des sermons de ce genre ?

– Seulement quand il est très fâché – Gris s'arrêta et réfléchit un moment –. Peut-être plus souvent ces derniers temps. Il parle de marchands qui envahissent le temple… Enfin, vous voyez ce que je veux dire.

– Les marchands – répéta Quart.

– Oui. Entre autres.

Le prêtre haussait les sourcils, comme s'il évaluait la gravité du cas :

– Pas mal – conclut-il –. Je vois que notre curé est passé maître dans l'art de se faire des amis.

– Mais il a des amis – protesta-t-elle. Elle donna un coup de pied dans une canette de bière qui traînait par terre et la regarda rouler –. Il a aussi ses paroissiens, de braves gens qui viennent prier ici et qui ont besoin de lui. Vous ne pouvez pas le juger sur son attitude de tout à l'heure.

Il y avait dans sa voix une ombre de passion qui, curieusement, la faisait paraître plus jeune. Quart secoua la tête, agacé.

– Je ne suis pas venu ici pour juger – il s'était retourné pour regarder le campanile délabré de l'église, mais, en fait, il fuyait les yeux de la femme –. D'autres s'en chargeront.

– Bien sûr – elle s'arrêta devant lui, les mains dans les poches de son jean, et il n'aima pas la façon dont elle le regardait –. Vous êtes de ceux qui font un rapport et qui ensuite s'en lavent les mains, n'est-ce pas ?… Vous vous contentez d'amener les gens au prétoire. Et ce sont les autres qui disent *ibi ad crucem*.

Quart fit un geste de surprise ironique :

– Je ne vous imaginais pas si versée dans les Évangiles.

– Il me semble qu'il y a bien des choses que vous n'imaginez pas.

Mal à l'aise, le prêtre s'appuya sur une jambe, sur l'autre, puis passa la main dans ses cheveux gris coupés en brosse. A une vingtaine de mètres, le maçon qui travaillait à côté de la bétonnière s'était arrêté et les regardait, appuyé sur le manche de sa pelle. C'était un jeune homme, vêtu d'un vieil uniforme militaire taché de chaux.

– Je ne veux qu'une seule chose – dit Quart –, une enquête propre.

Toujours devant lui, Gris Marsala secoua la tête.

– Non – les yeux clairs le disséquaient maintenant avec autant de sympathie qu'un bistouri –. Le diagnostic de don Príamo était juste : vous êtes venu pour préparer une exécution bien propre.

– C'est ce qu'il a dit ?

– Oui. Quand l'archevêché a annoncé votre visite.

Quart regarda par-dessus l'épaule de l'architecte. Une fenêtre, une grille croulant sous les géraniums, un canari immobile dans sa cage.

– Je cherche simplement à être utile – dit-il d'une voix neutre qui lui parut tout à coup étrangère. Derrière lui, la cloche de l'église se mit à sonner et le canari commença à chanter, heureux d'avoir un peu de compagnie.

Ce travail s'annonçait difficile.

III. Onze bars à Triana

*Il faudra tailler, tailler, toujours tailler et que
d'autres taillent encore lorsque nous ne serons
plus, abattant sans pitié, éclaircissant les rangs,
pour que la forêt reste saine.*

Jean Anouilh, *L'Alouette*

Il est des chiens qui définissent leurs maîtres, et des voitures
qui annoncent leurs propriétaires. La Mercedes de Pencho Gavira
était noire, luisante, énorme avec sa menaçante étoile à trois branches perchée sur le radiateur comme la mire d'une mitrailleuse de
proue. Elle ne s'était pas encore complètement immobilisée que
Celestino Peregil était déjà debout sur le trottoir pour ouvrir la
portière à son patron. Il y avait beaucoup de circulation devant La
Campana et la pollution maculait le col saumon de la chemise du
sbire, entre la veste croisée bleu marine et la cravate de soie dont
les fleurs rouges, vertes et jaunes s'étalaient sur la moitié de sa
poitrine comme un ignoble feu de circulation. Les gaz des pots
d'échappement faisaient onduler ses cheveux lisses et rares, détrui-
sant l'œuvre de camouflage qu'il composait patiemment tous les
matins, avec beaucoup de soin et de laque, en partant de l'oreille
gauche.

– Tu as encore perdu des cheveux – mentit Gavira en regardant
au passage la perruque défaite. Il savait que rien ne mortifiait
davantage son garde du corps et factotum que ce genre d'allusions.
Mais le financier attribuait à l'usage périodique de l'éperon la
vertu de maintenir en éveil les bêtes de son écurie. De plus, Gavira
était un homme dur, un *self-made-man*, et sa nature le portait à
ces exercices de charité chrétienne.

75

Malgré la circulation et la pollution, la journée s'annonçait belle. Droit comme un *i* sur le trottoir, Gavira jeta un regard circulaire autour de lui en ajustant ses manchettes pour qu'elles dépassent un peu ; juste ce qu'il fallait pour que le soleil de mai fasse briller les boutons vingt-quatre carats qui lestaient les doubles épaisseurs de soie bleu pâle, confectionnées par le meilleur chemisier de Séville. Il avait l'air d'un mannequin de mode masculine attendant le photographe quand il retoucha son nœud de cravate et, de la même main, passa la paume sur sa tempe pour lisser ses abondants cheveux noirs, un peu ondulés derrière les oreilles, coiffés en arrière avec de la brillantine. Pencho Gavira était brun, bel homme, ambitieux, élégant, triomphant. Il avait de l'argent et il était sur le point d'en gagner bien davantage. De ces sept adjectifs ou situations, quatre ou cinq étaient le seul fait de ses propres efforts, ce qui était pour lui autant source de fierté que d'espoir. Ce qui justifiait aussi le regard assuré et satisfait qu'il lança à la ronde avant de se diriger vers le coin de la rue Sierpes, suivi de Peregil qui trottait sur ses talons, tête basse, comme un sbire penaud.

Don Octavio Machuca était assis à sa table habituelle à la terrasse de La Campana, en train de parcourir les dossiers que lui tendait Cánovas, son secrétaire. Depuis quelques années, le président de la Banque Cartujano préférait passer la matinée devant une table entourée de quatre chaises sur cette terrasse où battait le cœur de la ville, plutôt que dans son bureau de l'Arenal, décoré de bois précieux et de tableaux. Il y lisait *ABC* et regardait passer la vie en réglant ses affaires, depuis le petit déjeuner jusqu'à l'heure de l'apéritif. Ensuite, il allait déjeuner dans son restaurant favori, Casa Robles. Il y avait quelque temps déjà qu'il n'arrivait presque jamais à la banque avant quatre heures de l'après-midi. Ses employés et clients n'avaient donc d'autre choix que de se rendre à La Campana pour les affaires urgentes. C'était également le cas de Gavira qui, en sa qualité de vice-président et directeur général, ne pouvait éviter cette corvée quasi quotidienne.

Ce qui expliquait sans doute pourquoi son regard triomphant s'assombrissait sensiblement à mesure qu'il s'approchait de l'homme à qui il devait sa situation actuelle et son avenir, attablé devant un café au lait et une tartine beurrée. L'ombre sur son visage s'accentua encore quand Gavira eut la mauvaise idée de regarder sur sa gauche et aperçut la couverture de la revue *Q + S* étalée aux premières loges d'un kiosque à journaux. Ce ne fut qu'un bref coup d'œil et le financier, qui sentait le regard de Peregil sur sa nuque, continua comme s'il n'avait rien vu. Mais le nuage noir gagnait du terrain et une rafale de colère lui noua l'estomac, trempé par une heure quotidienne de gymnase et de sauna. Il y avait deux jours que cette revue traînait sur son bureau de l'Arenal et Gavira connaissait par cœur, comme s'il les avait prises lui-même, chacune des photos du reportage publié en pages intérieures, de même que celle de la couverture : une photo un peu floue à cause du grain dû au téléobjectif, mais où l'on pouvait reconnaître sa femme, Macarena Bruner de Lebrija, héritière du duché de Nuevo Extremo et descendante de l'une des trois plus vieilles familles de l'aristocratie espagnole – avec les Alba et Medina-Sidonia –, sortant de l'hôtel Alfonso XIII à quatre heures du matin en compagnie du torero Curro Maestral.

– Tu es en retard – dit le vieil homme.

Ce n'était pas vrai, et Pencho Gavira le savait sans avoir à regarder la luxueuse montre qu'il portait au poignet gauche. Maintenir l'arc bandé en le tiraillant discrètement mais constamment était une technique qu'il avait justement apprise de don Octavio Machuca : l'homme savait laisser ses subordonnés dans une incertitude salutaire, de peur qu'ils ne s'endorment sur leurs lauriers. Peregil, avec sa raie sur l'oreille et ses vices plus ou moins cachés, était son plus proche cobaye.

– Je n'aime pas qu'on soit en retard – insista Machuca d'une voix forte, comme s'il s'adressait au garçon en gilet rayé qui attendait ses ordres à côté de la table, plateau de laiton à la main, attentif à ses moindres gestes. Il lui réservait la même table tous les matins, juste à côté de la porte.

Gavira baissa la tête et accepta philosophiquement la réprimande. Puis il commanda une bière au garçon, défit le bouton de sa veste et alla s'asseoir sur la chaise d'osier que le président de la Banque Cartujano lui indiquait d'un geste, à côté de lui. Après une série d'abjectes inclinations de tête, Peregil prit place à une autre table, un peu plus loin, où Cánovas, le secrétaire, s'était installé et classait des papiers dans une serviette de cuir noir.

Maigre, avec en lui quelque chose de la musaraigne, le secrétaire était père de neuf enfants. Cet homme d'une morale irréprochable était au service du banquier depuis l'époque où celui-ci faisait la contrebande de tabac anglais et de parfums avec Gibraltar. Personne ne se souvenait de l'avoir jamais vu sourire, la raison étant peut-être que tout son sens de l'humour s'était réfugié dans le panthéon de son livret de famille bien garni. Quoi qu'il en soit, le secrétaire était antipathique à Gavira qui nourrissait pour lui des projets secrets : un licenciement fulgurant quand le vieux se déciderait à libérer le bureau de l'Arenal où il ne mettait pratiquement plus les pieds.

Bouche cousue, regardant voitures et piétons comme son maître et protecteur, Gavira attendit que le garçon lui apporte sa bière. Penché en avant, il but une gorgée en essayant de ne pas faire tomber de mousse sur le pli impeccable de son pantalon, puis s'essuya les lèvres avec son mouchoir avant de s'appuyer contre le dossier de sa chaise.

– Pour le maire, c'est dans la poche – dit-il enfin.

Octavio Machuca resta de glace. Il regardait devant lui, dans la direction de l'affiche de la Peña Bética (1935) qui se fanait et moisissait au balcon du premier étage, en face, à côté du siège néo-mudéjar de la Banque de Poniente. Gavira observa les mains osseuses du vieux banquier, longues comme des griffes, mouchetées de tavelures. Machuca était très mince et très grand, avec un long nez derrière lequel des yeux noirs, toujours creusés de cernes profonds comme s'il souffrait constamment d'insomnie, vous scrutaient avec l'expression d'un oiseau de proie accoutumé à chasser sous tous les cieux, jusqu'à satiété. Les années n'avaient imparti ni tolérance ni pitié à ce regard, juste de la fatigue. Scaphandrier et contrebandier dans sa jeunesse, prêteur sur gages à Jerez, banquier à Séville alors qu'il n'avait pas encore quarante ans, le fondateur de la Banque Cartujano était sur le point de se mettre en retraite. Sa seule aspiration connue était de prendre son petit déjeuner le matin au coin de la rue Sierpes, devant la Peña Bética et le siège de la banque concurrente que la Banque Cartujano venait de racheter après avoir travaillé d'arrache-pied à sa ruine.

– Pas trop tôt – dit Machuca.

78

Il continuait à regarder de l'autre côté de la rue et Gavira ne put savoir s'il voulait parler de la Banque de Poniente ou du maire.

– Nous avons dîné ensemble hier soir – précisa-t-il pour s'en enquérir, tout en observant du coin de l'œil le profil du vieil homme –. Et ce matin, nous avons eu une longue conversation au téléphone, tout à fait cordiale.

– Toi et ton maire… – murmura Machuca comme s'il essayait de mettre un nom sur un visage. Un autre aurait pu y voir un symptôme de sénilité, mais Pencho Gavira connaissait trop bien son président pour se laisser aller aux conclusions faciles.

– Oui – confirma-t-il, empressé, alerte, attentif aux moindres nuances : exactement l'attitude qui l'avait aidé à être ce qu'il était devenu –. Il est d'accord pour modifier le plan d'urbanisme et nous vendre le terrain aussitôt.

Aucune note de triomphe dans sa voix, comme c'eût été naturel. Une règle tacite dans le monde où ils évoluaient tous les deux.

– Ça va faire un scandale – objecta le vieil homme.

– Il s'en fiche. Son mandat expire dans un mois et il sait parfaitement qu'il ne sera pas réélu.

– Et la presse ?

– La presse s'achète, don Octavio – Gavira fit le geste de tourner des pages –. Ou bien on lui trouvera un meilleur os à ronger.

Il vit que Machuca réfléchissait et qu'il approuvait. Cánovas venait justement de glisser dans la serviette un dossier explosif que Gavira s'était procuré sur certaines irrégularités dans les prestations de chômage de la Junta d'Andalousie. Il comptait le rendre public en même temps que l'autre affaire éclaterait, pour faire diversion.

– Sans opposition de la municipalité – ajouta-t-il – et avec le conseil du Patrimoine culturel dans la manche, il ne nous reste plus qu'à nous occuper du côté ecclésiastique de l'affaire – il s'arrêta, attendant des commentaires, mais le vieil homme restait muet –. En ce qui concerne l'archevêque…

Il n'acheva pas sa phrase, prudent, laissant le prochain coup à son interlocuteur. Il avait besoin d'un indice, d'une complicité, d'un éventuel avis de tempête.

– L'archevêque veut sa part – dit enfin Machuca –. Donne à Dieu ce qui revient à Dieu, tu connais la chanson.

Gavira hocha la tête avec une extrême prudence :

– Naturellement.

Le vieux banquier s'était retourné pour le regarder.

– Alors, donne-lui son dû et qu'on n'en parle plus.

Ce n'était pas si facile. Et tous les deux le savaient bien. Le vieux salaud.

– Nous sommes d'accord, don Octavio.

– Alors, nous n'avons plus rien à nous dire.

Machuca remuait sa cuillère dans sa tasse de café au lait, à nouveau plongé dans la contemplation de l'affiche de la Peña Bética. A l'autre table, étrangers à leur conversation, le secrétaire et Peregil se regardaient avec hostilité. Gavira chercha ses mots et modula soigneusement le ton de sa voix :

– Pardonnez-moi, don Octavio, mais je dois encore vous parler d'autre chose. Nous tenons le meilleur coup immobilier depuis l'Exposition universelle de 1992 : trois mille mètres carrés en plein cœur du quartier de Santa Cruz. Et dans la foulée, la vente de Puerto Targa aux Saoudiens. En d'autres termes, entre cent quatre-vingts et deux cents millions de dollars. Mais vous allez me permettre d'économiser le plus possible… – il but une gorgée de bière pour prolonger l'écho du verbe « économiser » –. Je ne veux pas payer dix pour quelque chose que nous pourrons avoir à cinq. Et l'archevêque voudrait la lune, apparemment.

– D'une façon ou d'une autre, il faudra laisser à monseigneur Corvo une porte de sortie pour qu'il puisse aller se laver les mains – Machuca plissait les paupières, mais d'une manière qui pouvait difficilement passer pour un sourire –. Des facilités techniques, comme tu dirais. Ce n'est pas tous les jours qu'on persuade un archevêque d'accepter la sécularisation d'un terrain comme celui-là, de flanquer à la porte un curé et de démolir une église… Tu ne trouves pas ? – il avait levé une main osseuse pour scander les points de sa liste, mais il la laissa retomber sur la table, d'un geste las –. C'est ce qu'on appelle de la dentelle au petit point.

– Je le sais bien. Mon travail n'a pas été facile, permettez-moi de vous le dire.

– Mais c'est pour cette raison que tu es arrivé là où tu es. Bien. Paie à l'archevêque ce qu'il t'a laissé entendre et règle cette partie de l'affaire. Après tout, c'est avec mon argent que tu travailles.

– Et celui des autres actionnaires, don Octavio. Et j'en suis responsable. Si j'ai appris quelque chose de vous, c'est bien d'honorer mes engagements sans jeter l'argent par les fenêtres.

Le banquier haussa les épaules.

– Comme tu voudras. Finalement, c'est *ton* affaire.

C'était exact, pour le meilleur et pour le pire. Une petite phrase qui était une mise en garde, mais il en aurait fallu bien davantage pour désarçonner Pencho Gavira.

– J'ai la situation bien en main.

Machuca était un vieil oiseau de proie. Gavira, qui ne le savait que trop bien, vit ses yeux de rapace voler de l'affiche de la Peña Bética à la façade de la Banque de Poniente. L'opération Santa Cruz-Puerto Targa était plus qu'une bonne affaire : Gavira y jouait gros. Soit il allait succéder à Machuca à la présidence, soit il allait se retrouver impuissant devant un conseil d'administration de vieilles familles sévillanes fortunées, assez mal disposées envers les jeunes avocats ambitieux et parvenus. Il compta encore cinq pulsations sous le bracelet en or de sa Rolex.

– Et le curé ? – le regard du vieil homme s'était posé de nouveau sur lui : une lueur d'intérêt sous une apparente indifférence –. On dit que l'archevêque n'est toujours pas très sûr de sa coopération.

– Ce n'est pas totalement faux – Gavira souriait pour dissiper les soupçons du banquier –. Mais nous faisons le nécessaire… – il regarda Peregil à l'autre table et fit une pause embarrassée ; il comprit alors qu'il devait ajouter quelque chose, un argument –. Ce n'est qu'un vieillard, une tête de mule.

Par distraction, il venait de commettre une erreur et il le comprit aussitôt. Avec un plaisir évident, Machuca s'introduisit par la brèche.

– Tu m'étonnes et tu me déçois – il le regardait dans les yeux comme un serpent qui prend plaisir à inspirer la terreur. Gavira compta encore au moins dix pulsations à son poignet –. Moi aussi, je suis un vieillard, Pencho. Mais tu le sais mieux que quiconque, j'ai encore de bonnes dents pour mordre… Il ne faudrait peut-être pas l'oublier, tu ne crois pas ? – les paupières de rapace se plissèrent de nouveau –. Quand on est si près du but.

– Je ne l'oublie pas – il n'est guère facile d'avaler sa salive à l'insu de son interlocuteur, mais Gavira le fit à deux reprises –. Quant à ce curé, entre vous et lui, c'est le jour et la nuit.

Le banquier secouait la tête, réprobateur.

– Je trouve que tu baisses, Pencho. Toi, donner dans la flatterie ?

– Vous ne me connaissez pas, don Octavio.

– Ne dis pas d'âneries. Je te connais comme le fond de ma poche. Et c'est pour cette raison que tu es arrivé où tu es aujourd'hui. Et où tu seras peut-être demain.

– Je suis toujours franc avec vous. Même quand vous ne l'appréciez pas.

– Tu te trompes. J'apprécie toujours ta franchise, aussi calculée que le reste. Comme ton ambition et ta patience… – le banquier regarda au fond de sa tasse, à croire qu'il y cherchait d'autres détails sur le caractère de Gavira –. Pour cette histoire de jour et de nuit, tu as peut-être raison, et il est possible que ce curé et moi n'ayons en commun que le nombre des années que nous avons vécues. Je n'en sais rien, puisque je ne le connais pas. Mais je vais te donner un bon conseil, Pencho… Tu apprécies mes conseils, n'est-ce pas ?

– Vous savez bien que oui, don Octavio.

– Tant mieux, parce que celui que je vais te donner est sûrement l'un des meilleurs. Méfie-toi toujours d'un vieillard qui s'accroche à une idée. Il est si rare qu'un vieil homme soit encore prêt à se battre pour des idées qu'il ne se les laisse pas arracher facilement – il s'arrêta, comme s'il se souvenait de quelque chose –. Et puis, je crois que les choses se sont compliquées, n'est-ce pas ?… Un prêtre de Rome, toute une histoire.

Pencho Gavira poussa un soupir qui paraissait sincère. Peut-être l'était-il.

– Vous êtes vraiment bien au courant, don Octavio.

Machuca lança un coup d'œil à son secrétaire, toujours assis à l'autre table, immobile en face de Peregil, la serviette de cuir noir sur les genoux, avec l'expression d'une souris qui jouerait au poker. Muet et aveugle jusqu'à nouvel ordre. Peregil, en revanche, remuait nerveusement sur sa chaise et jetait des regards inquiets à Gavira. La présence de don Octavio Machuca, sa conversation avec son patron, l'imperturbable Cánovas, tout cela l'intimidait.

– Je suis chez moi ici, Pencho – dit Machuca –. Je ne vois pas ce qui t'étonne.

Gavira sortit un paquet de cigarettes blondes et en alluma une. Le président ne fumait pas et Gavira était la seule personne à qui il permettait de le faire en sa présence.

– Rassurez-vous – dit-il en prenant une première bouffée –. J'ai l'affaire en main – il aspira une deuxième bouffée, plus lentement –. Tout est parfaitement ficelé.

– Je ne suis pas inquiet – le banquier tourna la tête en regardant distraitement les passants –. Je répète que cette affaire est la tienne, Pencho. Je prends ma retraite en octobre : qu'elle marche ou pas ne changera rien à ma vie. Mais il pourrait en être autrement dans ton cas.

Sur ce, le vieil homme sembla juger que la discussion avait assez duré. Il avala le reste de son café au lait, puis se retourna vers Gavira :

– J'y pense, des nouvelles de Macarena ?

C'était un coup bas. Très bas. Et manifestement, il l'avait gardé pour la fin. Si une ficelle n'était pas bien nouée, c'était justement celle-là. Gavira regarda le kiosque à journaux et sentit la colère lui tordre l'estomac. Un concours de circonstances vraiment fâcheux : juste au moment où il avait demandé à Peregil de suivre discrètement les allées et venues de sa femme, les journalistes de la revue *Q + S* l'avaient surprise en galante compagnie avec ce torero et l'avaient mitraillée avec leurs appareils photo. Une vraie tuile. Et Séville était une putain de ville.

Il y avait exactement onze bars sur les trois cents mètres qui séparaient Casa Cuesta du pont de Triana. Soit une moyenne de vingt-sept mètres et vingt-sept centimètres, calcula mentalement don Ibrahim, homme de chiffres autant que de lettres. Les trois compères auraient pu réciter leurs noms à l'endroit, à l'envers ou dans l'ordre alphabétique : La Trianera. Casa Manolo. La Marinera. Dulcinea. La Taberna del Altozano. Las Dos Hermanas. La Cinta. La Ibense. Los Parientes. El Bar Angeles. Et le kiosque de Las Flores tout au bout, déjà presque au bord du fleuve, à côté de l'azulejo de la Vierge de l'Espérance et de la statue de bronze du torero Juan Belmonte. Ils les avaient tous faits les uns après les autres, question de mettre au point leur stratégie, et ils traversaient maintenant le pont dans une sorte d'état de grâce, évitant pudiquement de regarder à gauche, dans la direction des néfastes constructions modernes de l'île de la Cartuja, préférant jouir du paysage qui s'offrait sur leur droite, Séville de mon cœur, la belle, la reine mauresque, les palmiers qui bordaient l'autre rive, la Torre del Oro, l'Arenal et La Giralda. Et puis, assise à un jet de pierre ou presque du Guadalquivir, la *plaza de toros* de la Maestranza : cathédrale de l'Univers où les foules allaient prier les preux que Niña Puñales chantait dans ses chansons.

Ils marchaient sur le trottoir du pont, à côté du garde-fou de fonte, épaule contre épaule comme dans les vieux films américains, La Niña au centre et les deux hommes, don Ibrahim et El Potro, des deux côtés, loyaux chevaliers servants. Dans le reflet bleu, ocre et blanc du matin sur le fleuve, bercé par les douces vapeurs du *fino* La Ina qui avait généreusement réchauffé leurs cœurs, il y avait comme des arpèges de guitare andalouse qu'ils étaient seuls à entendre. Une musique imaginaire, ou peut-être réelle, qui donnait à leurs pas courts et même un peu précipités la fermeté et la décision d'un défilé de toreros entre soleil et ombre alors que sonnent cinq heures du soir, tandis qu'ils laissaient derrière eux la familière Triana pour s'enfoncer sur l'autre rive du Guadalquivir. Don Ibrahim, El Potro et La Niña se mettaient en campagne, allaient vivre la vie en terrain ennemi, renonçant à la sécurité de leurs habituelles pâtures. Comme c'était à prévoir, dans le bar Los Parientes, croyaient-ils se souvenir, l'ex-faux avocat avait donc soulevé son panama – celui qu'il avait ôté un jour pour souffleter Jorge Negrete quand celui-ci avait osé demander s'il y avait encore des hommes en Espagne – et s'était mis à réciter d'une voix solennelle un certain Virgile. Ou Horace peut-être. De toute façon, un classique :

> *Alors, comme loups rapaces dans la nuit noire,*
> *nous nous mîmes en route*
> *droit vers le centre*
> *de la flamboyante Hispalis.*

Ou quelque chose du genre. Le soleil faisait étinceler les eaux paisibles du fleuve. Sous le pont, une jeune fille aux cheveux longs et noirs ramait dans une petite barque, ou était-ce une pirogue, son sillage coupant à angle droit l'embrasement de l'onde. Quand ils passèrent devant la Vierge de l'Espérance, Niña Puñales fit le signe de la croix sous les yeux agnostiques mais déférents de don Ibrahim qui ôta même son cigare de sa bouche, par respect. El Potro se signa lui aussi, furtivement, tête basse, comme lorsqu'il entendait le clairon dans ces arènes misérables qui suaient la poussière, la peur et les mouches, ou quand le gong le forçait à se décoller de son coin pour s'avancer à découvert sur le ring, regardant les gouttes de son propre sang sur le tapis. Dans son cas, le geste n'était pas adressé à la Vierge, mais au profil de bronze, à la cape et à la toque du grand Juan Belmonte.

– Tu aurais dû mieux t'occuper de ta femme.

De la terrasse de La Campana, le vieux Machuca regardait les passants en hochant la tête. Il avait sorti de sa poche un mouchoir de batiste blanc, marqué de son monogramme brodé au fil bleu, et il s'en toucha le bout du nez. Pencho Gavira regarda les tavelures violettes sur les mains griffues du vieil homme. Tout en lui évoquait l'oiseau de proie. Un vieil aigle immobile et méchant, qui observe.

– Les femmes sont compliquées, don Octavio. Et votre filleule, encore plus.

Le banquier repliait soigneusement son mouchoir. Il sembla réfléchir à ce qu'il venait d'entendre, puis acquiesça d'un mouvement du menton.

– Macarena… – dit-il, comme si ce nom résumait tout. Et cette fois, ce fut Gavira qui hocha la tête.

L'amitié d'Octavio Machuca pour les ducs du Nuevo Extremo avait quarante ans d'âge. La Banque Cartujano avait financé, pratiquement à fonds perdus, plusieurs affaires ruineuses grâce auxquelles le défunt Rafael Guardiola y Fernández-Garvey, duc consort et père de Macarena, avait liquidé les derniers vestiges du patrimoine familial. Plus tard, après la ruine définitive qu'avait entraînée le décès du duc – une angine de poitrine qui l'avait terrassé en pleine bringue gitane, en caleçon, à quatre heures du matin –, le vieux Machuca en personne s'était occupé de régler les créanciers et de vendre les rares propriétés qui n'avaient pas encore été saisies. Il avait ainsi rassemblé quelques liquidités qu'il avait placées dans sa banque à des conditions de faveur. C'est ainsi que la veuve et sa fille avaient pu conserver leur hôtel particulier, la Casa del Postigo, et toucher une rente annuelle qui, sans être excessive, avait permis à la duchesse veuve Cruz Bruner de vieillir dans un cadre digne de son nom. A Séville, tous les gens de quelque importance se connaissaient et il s'en trouvait plus d'un pour affirmer que cette rente annuelle était inexistante, qu'elle venait tout droit des ressources personnelles d'Octavio Machuca. On murmurait aussi que le banquier honorait ainsi une relation qui dépassait la simple amitié, tissée du vivant du défunt duc. Et même, à propos de Macarena, d'aucuns rappelaient qu'on aime certaines filleules comme ses propres filles ; mais personne n'en avait jamais donné la preuve, ni osé poser directement la question au vieil homme. Quant à Cánovas, qui s'occupait des papiers, des secrets et des comptes privés du banquier, il était sur ce sujet, comme sur tant d'autres, aussi disert qu'une carpe à l'étouffée.

– Ce torero… – dit Machuca au bout d'un moment –. Maestral, c'est bien ça ?

Gavira sentit un goût amer dans sa bouche. Il laissa tomber sa cigarette, prit son verre de bière et but une longue gorgée, ce qui n'arrangea rien du tout. Il reposa le verre sur la table et regarda fixement la goutte tombée sur le pli de son pantalon. La tentation d'un juron sonore et bien senti lui fit arrondir les lèvres.

Le vieil homme continuait à regarder les passants, comme s'il guettait un visage familier. Il avait tenu Macarena Bruner sur les fonts baptismaux de la cathédrale, et c'était lui qui l'avait conduite à son bras dans la même nef, splendide dans sa robe de satin, jusqu'au pied de l'autel où l'attendait Pencho Gavira. Un mariage que les mauvaises langues de Séville avaient qualifié d'œuvre du vieux banquier, car il garantissait le patrimoine et l'avenir de sa filleule, tout en propulsant, en contrepartie, dans la bonne société son protégé qui était alors un avocat jeune et ambitieux, en pleine ascension météorique à la Banque Cartujano.

– Il faudrait faire quelque chose – ajouta Machuca, pensif.

Malgré son humiliation et sa honte, Gavira se mit à rire :

– Vous ne voulez quand même pas que j'aille descendre le torero.

– Bien sûr que non… – le banquier se retourna, une lueur de curiosité exagérée dans ses yeux rusés –. Tu serais capable de tuer l'amant de ta femme ?

– En réalité, c'est mon ex-femme, don Octavio.

– Oui, c'est ce qu'elle dit.

D'une chiquenaude, Gavira fit tomber la goutte et rectifia le pli de son pantalon. Évidemment qu'il en était capable, et tous les deux le savaient parfaitement. Mais il n'allait pas le faire.

– Ça ne changerait rien – dit-il.

Ce qui était la pure vérité. Depuis qu'elle était revenue à la Casa del Postigo, un banquier concurrent, puis le propriétaire d'une célèbre cave de Jerez avaient précédé le torero. S'il comptait recourir à cette méthode, il devrait faire provision de munitions. Et Séville n'était pas Palerme. Et puis Gavira se consolait depuis quelques semaines avec un mannequin bien connu sur la place de Séville, spécialiste de lingerie fine. Le vieux Machuca signifia son accord par deux lentes inclinations de la tête. Il y avait d'autres méthodes.

– Je connais un ou deux directeurs d'agences – Gavira souriait, calme et dangereux –. Et vous connaissez plusieurs propriétaires de places de taureaux… La prochaine saison pourrait bien être un peu difficile pour ce garçon, ce Maestral.

Les paupières de rapace du président de la Banque Cartujano se plissèrent. Presque un sourire.

– Quel dommage ! – ironisa le vieil homme –. Il n'a pourtant pas l'air d'un mauvais torero.

– Et il est plutôt beau garçon – souligna Gavira avec rancœur –. Il pourra toujours décrocher un rôle dans un feuilleton télévisé.

Puis il regarda dans la direction du kiosque à journaux, et le nuage noir qui l'entourait assombrit de nouveau la matinée. Car Curro Maestral n'était pas le problème. Il y avait plus important que la couverture de la revue $Q + S$ où on le voyait en compagnie de Macarena Bruner, tous les deux un peu flous à cause du manque de lumière et du téléobjectif du photographe. La question n'avait en fait rien à voir avec l'honneur conjugal de Gavira, mais bien avec sa survie à la Banque Cartujano et, partant, avec la succession du vieux Machuca à la présidence du conseil d'administration. Tout était parfaitement ficelé dans le montage immobilier échafaudé autour de Notre-Dame-des-Larmes, sauf une chose : il existait un ancien privilège familial attesté par un acte de 1687 stipulant une série de conditions qui, si elles n'étaient pas remplies, entraîneraient la dévolution aux Bruner du terrain cédé pour la construction de l'église. Mais une loi postérieure, adoptée au XIXᵉ siècle, à l'époque de la sécularisation des biens du clergé par le ministre Mendizábal, disposait que le terrain, en cas de sécularisation, reviendrait à la municipalité de Séville. La question était complexe sur le plan juridique et, si la duchesse et sa fille faisaient opposition devant les tribunaux, tout risquait d'être paralysé pendant quelque temps. Or, le projet était déjà très avancé, on avait trop investi et pris trop d'engagements. Un échec obligerait Octavio Machuca à désavouer son dauphin devant le conseil d'administration – où Gavira avait de bons et solides ennemis – au moment même où le jeune vice-président de la Banque Cartujano était sur le point d'accéder au pouvoir absolu. Il mettait donc sa tête sur le billot du bourreau. Et comme le savaient bien la revue $Q + S$, la moitié de l'Andalousie et tout Séville, Macarena Bruner n'appréciait pas beaucoup la tête de Pencho Gavira par les temps qui couraient.

Quand Lorenzo Quart sortit de l'hôtel Doña María, au lieu de franchir la trentaine de mètres qui le séparaient de la porte de l'archevêché, il décida de marcher un peu jusqu'au centre de la place Virgen de los Reyes où il s'arrêta un instant pour jouir du spectacle. Il était au carrefour de trois religions : le vieux quartier juif derrière lui, les murs blancs du couvent de La Incarnación d'un côté, le palais de l'archevêché de l'autre et, au fond, à côté du mur de l'ancienne mosquée, le minaret transformé en campanile de la cathédrale chrétienne : La Giralda. Il y avait des calèches, des vendeurs de cartes postales, des gitanes entourées de mioches qui demandaient l'aumône pour le lait du petit, et des touristes qui regardaient le nez en l'air, émerveillés tandis qu'ils faisaient la queue pour visiter la tour. Une jeune étrangère à l'accent américain se détacha d'un groupe pour poser à Quart une question anodine, comment se rendre à une certaine adresse, tout près de là ; mais ce n'était qu'un prétexte pour observer de près son visage bronzé, tranquille, qui contrastait puissamment avec ses cheveux gris très courts et son col romain blanc. Quart répondit courtoisement mais brièvement, puis se désintéressa de la jeune fille qui rejoignit ses camarades au milieu d'un chœur de rires étouffés, de chuchotements et de regards furtifs. Il les entendit dire : « *He's gorgeous* – il est drôlement bien. » Monseigneur Spada y aurait certainement trouvé quelque motif d'hilarité. Le souvenir du directeur de l'IOE et de ses conseils techniques sur l'escalier de la Piazza di Spagna, quand ils avaient eu leur dernière conversation à Rome, le fit sourire. Ensuite, toujours souriant, il leva les yeux vers le sommet de la tour de La Giralda, jusqu'à la girouette qui lui donnait son nom. Il levait ses yeux gris-bleu comme un insolite touriste, les mains dans les poches de son costume noir, fait sur mesure par un tailleur romain presque aussi prestigieux que Cavalleggeri & Fils. L'Espagne, celle du Sud, celle de la vieille culture de l'Europe méditerranéenne, ne pouvait se comprendre qu'en des lieux comme celui-ci. Séville était un palimpseste d'histoires, de liens impossibles à expliquer isolément. Chapelet de temps, et de sang, de prières prononcées dans des langues différentes sous un ciel d'azur et un antique soleil plein de sagesse qui finissaient par gommer les différences avec le cours des siècles. Pierres d'un autre âge que l'on pouvait encore entendre parler. Il suffisait d'oublier un instant les caméras vidéo, les cartes postales, les autocars bourrés de touristes et les petites jeunes filles impertinentes. Il suffisait de s'approcher d'elles et d'écouter.

Comme il avait encore une demi-heure devant lui avant son rendez-vous à l'archevêché, il décida d'aller prendre un café à la brasserie Giralda, rue Mateos Gago. Il avait envie de s'asseoir près du bar, de regarder le carrelage en damier, les azulejos et les gravures de la vieille Séville sur les murs. Il sortit de sa poche l'*Éloge de la Milice du Temple* de Bernard de Clairvaux pour en lire quelques pages au hasard. C'était un très vieux volume in-octavo dont il faisait alterner la lecture avec celle des matines, des laudes, des vêpres et des complies du bréviaire ; habitude qu'il respectait scrupuleusement, avec cette discipline minutieuse qui était la sienne et qui ne relevait pas de la piété, mais simplement de l'orgueil. Souvent, au long de ces heures qu'il passait dans des hôtels, des cafés et des aéroports, entre deux rendez-vous ou voyages professionnels, le sermon médiéval qui avait été pendant deux cents ans le guide spirituel des moines-soldats combattant en Terre sainte l'aidait à supporter la solitude de son état. Parfois même, il se laissait emporter par sa lecture, imaginant qu'il était le dernier survivant de la déroute de Hattin, de la Tour maudite de Saint-Jean-d'Acre, des cachots de Chinon ou des bûchers de Paris : Templier solitaire et las dont les amis étaient tous morts.

Il lut quelques lignes qu'il aurait pu réciter par cœur – « Ils portent la tonsure, vont couverts de poussière, noircis par le soleil qui les embrase et la cotte qui les protège... » –, puis il leva les yeux vers la lumière de la rue, les passants qui marchaient sous les feuilles vertes des orangers. Une jeune femme mince, sans doute une étrangère, s'arrêta un instant pour se recoiffer en regardant son reflet dans la vitre de la fenêtre entrouverte. Elle levait ses bras nus dans un geste d'une grâce parfaite, belle, absorbée par son image, jusqu'à ce que ses yeux se portent un peu plus loin et rencontrent ceux de Quart. Il soutint un instant son regard surpris et curieux, le temps que le naturel du geste s'évanouisse. Et c'est alors qu'un jeune homme, appareil photo au cou, un plan à la main, s'approcha d'elle et l'entraîna en la prenant par la taille.

Le mot juste n'était sans doute ni envie ni tristesse. Aucun terme ne pouvait décrire la détresse qui s'empare d'un prêtre en présence d'un couple, d'un homme et d'une femme à qui il est loisible de répéter l'antique rite intime, ces gestes qui permettent de caresser le creux d'une épaule, la douce sinuosité d'une hanche, les doigts d'une femme sur la bouche d'un homme. Et Quart, à qui il n'aurait pas été difficile théoriquement de briser la glace avec une bonne partie des jolies femmes qu'il croisait sur son chemin, ressentait avec d'autant plus d'intensité cette certitude faite d'autodiscipline désolée, douloureuse, comme ces amputés qui disent avoir des fourmis dans une main ou un pied disparu, comme si le membre était encore là.

Il regarda sa montre, referma son livre et se leva. En sortant, il faillit bousculer un homme corpulent, habillé de blanc, qui s'excusa poliment en soulevant son panama. Le gros homme suivit Quart des yeux quand il s'éloigna lentement vers la place et la façade baroque rougeâtre qui se dressait à droite, derrière une rangée d'orangers. Un concierge accourut à la rencontre du visiteur mais, dès qu'il vit le col romain, il le laissa passer sous les deux colonnes doubles qui soutenaient le balcon d'honneur aux armes des archevêques de Séville. Quart entra dans le patio où La Giralda étendait son ombre, puis il emprunta le somptueux escalier sous la voûte de Juan de Espinal d'où anges et chérubins regardaient passer les gens avec ennui, tuant le temps dans l'immobilité des siècles. A l'étage, c'était une enfilade de couloirs et de bureaux où des prêtres affairés allaient et venaient avec l'assurance de qui connaît les lieux. Presque tous étaient en costume et col romain, chemise et plastron noir ou gris, sauf quelques-uns qui portaient la cravate ou un polo sous leur veste. Ils avaient plus l'air de fonctionnaires que de prêtres. Quart ne vit aucune soutane.

Le nouveau secrétaire de monseigneur Corvo sortit pour l'accueillir. Mou, chauve, très soigné de sa personne, onctueux, le prêtre portait costume gris et col romain. Il remplaçait le père Urbizu, tué par la corniche de Notre-Dame-des-Larmes qui lui était tombée sur la tête. Sans un mot, il lui fit traverser le salon dont le plafond, divisé en soixante caissons, était couvert d'emblèmes et de scènes bibliques destinées, en principe, à louer les vertus des prélats sévillans dans l'administration de leur diocèse. Il y avait là une vingtaine de fresques et de toiles, dont quatre Zurbarán, un Murillo et un saint Jean-Baptiste décapité de Matia Preti. Tout en marchant à côté du secrétaire, Quart se demanda pourquoi ces têtes de quidams posées sur un plateau étaient si fréquentes dans les antichambres des évêques et des cardinaux. Il y pensait encore lorsqu'il aperçut don Príamo Ferro. Le curé de Notre-Dame-des-Larmes était debout dans un coin, buté et noir comme sa vieille soutane. Il parlait avec un tout jeune prêtre blond à lunettes en qui Quart reconnut le maçon qui l'avait observé à la porte de l'église lorsqu'il avait fait la connaissance du père Ferro et de Gris Marsala. Les deux prêtres se turent et le regardèrent, le curé avec des yeux impassibles, le jeune vicaire avec un visage fermé et un regard de défi. Quart leur fit un petit salut, mais aucun des deux hommes n'y répondit. De toute évidence, ils attendaient depuis longtemps et personne ne leur avait offert une chaise.

Son Illustrissime don Aquilino Corvo, titulaire du siège sévillan, aimait à prendre la pose du personnage qui avait inspiré le *Portrait d'un chevalier* exposé dans une des salles du Prado. Plaquée sur son costume noir, une main blanche sur laquelle brillait l'insigne de son rang, un anneau orné d'une grosse pierre jaune. Les tempes dégarnies, la tête allongée aux traits anguleux, le scintillement de la croix en or complétaient l'évocation que l'archevêque se plaisait à souligner. Aquilino Corvo était un prélat de pure race, produit d'une méticuleuse sélection ecclésiastique. Habile manœuvrier, rompu à la navigation par gros temps, sa nomination au siège sévillan n'avait pas été fortuite. Il jouissait de solides appuis à la Nonciature de Madrid, il avait la faveur de l'Opus Dei, et ses relations étaient excellentes avec le gouvernement et l'opposition à la Junta d'Andalousie. Ce qui ne l'empêchait pas de s'occuper d'aspects marginaux de son ministère, et même d'affaires person-nelles. C'est ainsi qu'il était passionné de tauromachie et qu'il louait toujours une place au premier rang quand Curro Romero ou Espartaco étaient à l'affiche. Il était également membre des deux clubs de football locaux, le Betis et le Sevilla, autant par neutralité pastorale que par prudence ecclésiastique : son onzième comman-dement consistait à ne jamais mettre tous ses œufs dans le même panier. Enfin, il détestait Lorenzo Quart de toute son âme.

Comme le laissait prévoir l'accueil du secrétaire, la première partie de l'audience se déroula froidement, mais correctement. Quart remit ses lettres de créance – l'une du cardinal secrétaire d'État, l'autre de monseigneur Spada – et donna sur sa mission quelques précisions que l'archevêque ne connaissait que trop bien. Son vis-à-vis l'assura de son appui inconditionnel et lui demanda de le tenir informé. En réalité, Quart savait que l'archevêque allait faire tout son possible pour lui mettre des bâtons dans les roues. Car monseigneur Corvo, qui n'espérait aucunement être tenu au courant de quoi que ce soit par l'envoyé spécial de Rome, était prêt à faire un an de Purgatoire en échange d'une place au premier rang si d'aventure le susdit glissait sur une peau de banane. Mais les deux hommes connaissaient le métier et ses règles, du moins pour les questions d'apparences. Aucun ne parla non plus de la raison pour laquelle ils se regardaient de part et d'autre de la table comme deux escrimeurs dont la fausse nonchalance va disparaître en un éclair dès que l'un d'eux découvrira l'ouverture par laquelle donner l'estocade. L'ombre de leur dernière rencontre dans ce bureau, quelques années plus tôt, planait sur les deux hommes. Son Illustrissime venait alors d'accéder à la dignité archiépiscopale. Quart lui avait remis copie d'un volumineux dossier qui récapitulait les divers manquements à la sécurité relevés lors de la visite du Saint-Père, à l'occasion de la dernière année eucharistique. Un prêtre marié, relaps et suspendu *a divinis*, avait failli poignarder le pontife, sous prétexte de lui remettre un mémoire sur le célibat. On avait aussi trouvé dans le couvent où Sa Sainteté devait passer la nuit un engin explosif dissimulé dans une corbeille de linge propre, amoureusement brodé par les religieuses tout spécialement pour l'occasion. Et dans les agendas de tous les terroristes islamistes de la Méditerranée figuraient, avec une précision à donner la chair de poule, l'horaire et l'itinéraire de la visite papale, grâce aux fuites constantes de l'archevêché à la presse. L'IOE, c'est-à-dire Quart, était intervenu de toute urgence pour chambouler complètement le dispositif de sécurité de Son Illustrissime, à la grande honte de la Curie et au grand désespoir du nonce. Lequel s'entretint de l'affaire devant Sa Sainteté en des termes qui faillirent bien donner à monseigneur Corvo une franche attaque d'apoplexie, ce qui l'aurait privé du même coup du siège sévillan acquis de si fraîche date. Le temps avait fait oublier cette maladresse et l'archevêque s'était montré un excellent prélat. Mais sa faute de novice, son humiliation et le rôle qu'y avait joué Quart lui rongeaient encore les sangs, minant sa mansuétude de façon fort peu pastorale. Détail que Son Illustrissime avait confié le matin même à son confesseur consterné, un vieux prêtre de la cathédrale avec qui il se raccommodait tous les premiers vendredis du mois.

– Cette église est condamnée – dit l'archevêque. Il avait une de ces voix nettes et cléricales qui semblent faites sur mesure pour le sermon dominical –. Ce n'est plus qu'une question de temps.

Il parlait avec la fermeté de son rang ecclésiastique, forçant peut-être un peu la note du fait qu'il se trouvait en face de Quart. Même s'il n'est rien à Rome, dans son propre siège un prélat n'est pas un personnage à négliger. Monseigneur Corvo en était conscient et il aimait insister sur l'autonomie de son pouvoir local. Et il se vantait à l'occasion de ne connaître de Rome que l'Annuaire pontifical et de ne jamais ouvrir le répertoire téléphonique du Vatican.

– Notre-Dame-des-Larmes menace ruine – continua l'archevêque –. Mais nous nous heurtons à divers obstacles d'ordre administratif et technique pour le faire déclarer officiellement... Les premiers devraient trouver très prochainement une solution, car le conseil du Patrimoine culturel a renoncé à conserver ce monument, faute de crédits ; la municipalité de Séville est sur le point d'entériner son avis. Si le dossier est toujours en suspens, c'est à cause de l'accident qui a coûté la vie à l'architecte de la ville. Un accident malheureux.

Monseigneur Corvo fit une pause et contempla la douzaine de pipes anglaises qui s'alignaient sur un râtelier en bois de merisier. Derrière lui, on pouvait deviner à travers les rideaux la tour de La Giralda et les arcs-boutants de la cathédrale. Le soleil dessinait un rectangle lumineux sur le cuir vert qui tapissait le dessus de sa table. Le prélat y posa sa main baguée, comme par hasard. La lumière arracha un éclat à la pierre jaune et un léger sourire à Lorenzo Quart.

– Votre Illustrissime parlait de problèmes techniques.

Quart était assis sur une chaise inconfortable en face du bureau de l'archevêque, d'un côté de la pièce dont les murs étaient garnis d'une collection reliée des œuvres des Pères de l'Église et des encycliques pontificales, frappée aux armes archiépiscospales. A l'autre extrémité, on pouvait voir un prie-Dieu sous un crucifix d'ivoire, un petit canapé avec deux fauteuils et une table basse où monseigneur Corvo dispensait un accueil plus cordial aux visiteurs qui avaient l'heur de lui plaire. Manifestement, l'envoyé spécial de l'IOE n'était pas du nombre.

– La sécularisation de l'édifice, condition préalable de sa démolition, nous a causé bien des difficultés – la gravité du ton de l'archevêque ne suffisait pas à dissimuler sa méfiance. Il choisissait ses mots avec grand soin, pesant toutes leurs nuances –. Il existe un ancien privilège de 1687, accordé avec la sanction papale cette même année par mon illustre prédécesseur au siège sévillan, et le texte en est catégorique : tant qu'on dira la messe tous les jeudis dans cette église pour le repos de l'âme de Gaspar Bruner de Lebrija, son bienfaiteur, elle conservera ses privilèges.

– Pourquoi le jeudi ?

– Apparemment, il serait mort ce jour-là. Les Bruner étaient puissants. Je suppose que don Gaspar tenait mon prédécesseur par le collet, et qu'il le tenait bien.

– Et naturellement, le père Ferro dit la messe tous les jeudis…

– Il dit la messe tous les jours de la semaine – précisa l'archevêque –. A huit heures du matin, sauf les dimanches et jours de fête où il en dit deux.

Quart se pencha, l'air faussement innocent :

– Mais Votre Illustrissime a le pouvoir de le rappeler à l'ordre.

L'archevêque lui lança un regard torve. L'anneau tremblait sur sa main impatiente, gâtant le bel effet du rayon de lumière.

– Vous voulez rire ! – l'archevêque ne semblait nullement d'humeur à rire et sa voix était devenue hargneuse –. Vous savez parfaitement que ce n'est pas une question d'autorité. Comment un archevêque pourrait-il interdire à un curé de dire la messe ?… Il s'agit d'un problème de discipline. L'homme est âgé, et même ultraconservateur dans certains aspects de son ministère, mais le père Ferro a pourtant des opinions très personnelles. Entre autres, il se moque éperdument de mes pastorales et de mes rappels à l'ordre.

– Votre Illustrissime a envisagé de le suspendre ?

– J'y ai pensé, j'y ai pensé… – monseigneur Corvo regardait Quart avec irritation –. Les choses ne sont pas si simples. J'ai demandé à Rome la suspension *ab officio*, mais ces démarches prennent du temps. De plus, après cette malheureuse affaire de piraterie informatique au Vatican, je crains qu'ils n'attendent le retour de leur chasseur de scalps, avec son rapport.

Quart ne releva pas la pique. Tu ne veux pas te mouiller, pensait-il. Et tu veux nous laisser retirer les marrons du feu. Il vaut toujours mieux laisser les autres jouer les bourreaux et garder les mains propres.

– Et en attendant, monseigneur ?

– Eh bien, tout est en suspens. La Banque Cartujano a monté une opération immobilière pour utiliser le terrain, opération dont mon diocèse – monseigneur Corvo sembla réfléchir à ce possessif et corrigea en douceur –, *ce* diocèse, bénéficierait grandement. Même si nous n'avons d'autres droits sur ce terrain qu'un droit

95

moral, hérité de trois siècles de culte, la Banque Cartujano nous offre une généreuse indemnité. Elle sera la bienvenue à notre époque où les araignées sont seules à fréquenter les troncs des paroisses – l'archevêque se permit de sourire discrètement de son bon mot ; Quart se garda bien de l'imiter –. De plus, la banque s'engage à financer la construction d'une nouvelle église dans un des quartiers les plus pauvres de Séville et à créer une fondation pour nos œuvres sociales dans la communauté gitane… Qu'est-ce que vous en dites ?

– Convaincant – répondit Quart avec équanimité.

– N'est-ce pas ? Et tout est bloqué par la faute d'un curé entêté, au bord de la retraite.

– Mais il est très aimé dans sa paroisse. Du moins, c'est ce qu'on dit.

Monseigneur Corvo recommença à jouer de l'anneau. Cette fois, il leva la main pour manifester son désaccord, puis la posa sur sa poitrine, à côté de la croix pectorale.

– N'exagérons rien. Les voisins lui disent bonjour et une vingtaine de dévotes vont à la messe. Mais tout cela ne veut pas dire grand-chose. Les gens crient « Loué soit celui qui vient au nom du Seigneur », et puis, l'instant d'après, ils se fatiguent et vous crucifient – indécis, l'archevêque regardait les pipes alignées sur la table ; il en choisit finalement une incurvée, à virole d'argent –. J'ai pensé à une solution dissuasive. J'ai même songé à ternir son prestige devant ses paroissiens, après avoir longuement soupesé les avantages et les inconvénients de cette formule. Mais je crains d'aller trop loin et que le remède ne soit pire que le mal. Nous avons des responsabilités envers ces gens et le père Ferro est un homme têtu mais sincère – il tapotait le fourneau de la pipe contre sa paume –. Peut-être que vous, qui avez davantage l'habitude de conduire les gens de Caïphe à Pilate…

L'insulte évangélique avait été formulée de façon impeccable, si bien que Quart ne put rien y redire. Son Illustrissime ouvrit un tiroir de son bureau, en sortit une boîte de tabac anglais et commença à bourrer sa pipe, laissant à son interlocuteur le soin de poursuivre la conversation. Quart baissa légèrement la tête ; il aurait fallu le regarder droit dans les yeux pour deviner son sourire. Mais l'archevêque ne le regardait pas.

– Naturellement, monseigneur. L'Institut pour les œuvres extérieures fera son possible pour remédier à ce désordre – il constata avec satisfaction que le visage de Son Illustrissime s'était crispé –. Encore que désordre ne soit peut-être pas le mot juste...

Monseigneur Corvo faillit perdre son sang-froid, mais il se reprit admirablement. Il resta silencieux cinq secondes, le temps de bourrer sa pipe. Quand il rouvrit la bouche, le dépit était perceptible dans sa voix :

– Vous êtes de ceux qui trouvent les sandales du Pêcheur un peu justes, n'est-ce pas ?... Avec vos mafias romaines et tout le reste. Vous qui jouez aux gendarmes de Dieu.

Quart soutint le regard de l'archevêque avec un calme imperturbable :

– Votre Illustrissime emploie des mots bien durs.

– Oubliez les Illustrissimes et toutes ces balivernes. Je sais pourquoi vous êtes venu à Séville et je sais ce que votre chef, l'archevêque Spada, joue dans cette affaire.

– Nous avons tous beaucoup à perdre, monseigneur.

C'était vrai et le prélat comprit parfaitement l'insinuation. Le cardinal Iwaszkiewicz était dangereux, mais Paolo Spada et Quart l'étaient aussi. Quant au père Ferro, c'était une bombe à retardement ambulante que quelqu'un devait absolument désamorcer. La tranquillité de l'Église dépend souvent des formes et, dans le cas de Notre-Dame-des-Larmes, les formes risquaient d'être passablement bousculées.

– Écoutez, Quart – de mauvais gré, Aquilino Corvo avait adopté un ton plus amène –, je ne veux pas vous compliquer la vie et cette histoire est déjà bien embrouillée. Je vous avoue que le mot scandale me fait peur et que je ne veux pas paraître aux yeux de l'opinion publique comme le prélat qui fait chanter un pauvre curé pour s'enrichir avec la vente de ce terrain... Vous me comprenez ?

Quart comprenait, et il fit un petit geste pour indiquer qu'il acceptait la trêve.

– Et puis – continua l'archevêque – la Banque Cartujano s'expose peut-être à un retour de flamme, à cause justement de l'épouse, ou ex-épouse, je ne sais pas au juste, de l'homme qui dirige l'opération : Pencho Gavira. Un homme influent, un homme qui monte.

Macarena Bruner et lui ont de sérieuses difficultés personnelles. Et elle a ouvertement pris parti pour le père Ferro.

– Elle est pratiquante ?

L'archevêque laissa fuser un rire sec entre ses dents. Non, ce n'est pas le mot. Pas exactement. Ces derniers temps, elle faisait le pied de nez à la bonne société sévillane, qui pourtant ne se scandalise généralement pas pour un oui ou pour un non.

– Vous devriez peut-être lui parler – dit-il à Quart –. Ainsi qu'à sa mère, la vieille duchesse. En attendant l'arrêté de démolition et la suspension du curé, nous pourrions couper les jarrets au père Ferro si elles lui retiraient leur appui.

Quart avait sorti quelques cartes de visite de sa poche pour prendre des notes ; il prenait toujours ses notes au verso de cartes de visite, les siennes ou celles des autres. L'archevêque remarqua que le stylo était un Montblanc et il tint à le faire savoir en le regardant d'un œil critique. Peut-être jugeait-il qu'un tel luxe ne convenait pas à un prêtre.

– Depuis quand les démarches administratives sont-elles paralysées ? – demanda Quart.

Le regard désapprobateur que monseigneur Corvo lançait au stylo se fit inquiet.

– Depuis les décès – répondit-il, prudent.

– Des décès mystérieux, me suis-je laissé dire.

L'archevêque, qui avait glissé sa pipe entre ses dents et approchait du fourneau la flamme d'une allumette, grimaça. Il n'y avait rien de mystérieux, fit-il pour le bénéfice de Quart. Deux accidents malheureux. La municipalité avait mandaté un certain Peñuelas, architecte de la ville, pour dresser l'état des lieux. L'homme n'était pas sympathique et il avait eu quelques prises de bec mémorables avec le père Ferro qui n'était pas lui-même un modèle de mansuétude. Alors que Peñuelas allait et venait un peu partout, le garde-fou de bois d'un échafaudage avait cédé et l'homme était tombé du toit. Comble de malchance, il s'était empalé sur un tube de fer.

– Il était seul ou il y avait quelqu'un avec lui ? – s'enquit l'envoyé de Rome.

Comprenant le sens réel de la question, monseigneur Corvo secoua la tête. Rien de trouble de ce côté-là. Un autre fonctionnaire accompagnait le défunt. Le père Oscar, le vicaire, était présent lui aussi. Il avait d'ailleurs administré les derniers sacrements à l'architecte.

– Et le secrétaire de Votre Illustrissime ?

L'archevêque tira sur sa pipe, puis ferma un peu les yeux. L'arôme du tabac anglais arriva jusqu'à Quart.

– Cette disparition a été plus douloureuse. Il y avait des années que le père Urbizu était mon collaborateur – il fit une pause songeuse, comme s'il croyait nécessaire d'ajouter quelque chose à la mémoire du défunt –. Un excellent homme.

Quart hocha lentement la tête, à croire qu'il avait connu Urbizu lui aussi et qu'il partageait la douleur de l'archevêque.

– Un excellent homme… – répéta-t-il, comme pour se pénétrer de l'expression –. On raconte qu'il faisait pression sur le père Ferro au nom de Votre Illustrissime.

Monseigneur Corvo n'apprécia pas. Il ôta sa pipe de sa bouche et regarda son interlocuteur, le front plissé :

– Faire pression est une manière plutôt déplaisante de dire les choses. Et tout à fait excessive – dissimulant son impatience, il tapotait de sa main libre sur le bord de la table –. Je ne peux pas aller discuter avec mes curés sous le porche de leurs églises. Urbizu a donc eu quelques conversations avec le père Ferro, en mon nom ; mais le vieil homme est resté sur ses positions. Le ton a monté un peu à l'occasion et le père Oscar est même allé jusqu'à menacer mon secrétaire.

– Encore le père Oscar ?

– Oui. Oscar Lobato. Il avait un bon curriculum vitae et je l'ai nommé à Notre-Dame-des-Larmes pour qu'il m'aide à assurer la relève du vieux curé. Mais, comme dans le film de Bing Crosby…

– *Going my way* – enchaîna Quart.

– C'est exactement ce qu'a fait ce garçon. Mon cheval de Troie n'était pas là depuis une semaine qu'il est passé à l'ennemi. Naturellement, j'ai pris des mesures… – l'archevêque fit le geste de balayer le vicaire du revers de la main –. Quant à mon secrétaire, il a continué à se rendre à l'église pour rencontrer les deux prêtres. J'ai même envisagé de leur retirer la statue de Notre-Dame-des-Larmes, une pièce ancienne de grande valeur. Mais le jour où ce pauvre Urbizu allait leur en parler, un morceau de corniche est tombé du plafond et lui a défoncé la tête.

– Il y a eu une enquête ?

L'archevêque dévisagea Quart en silence, la pipe entre les dents. On aurait pu croire qu'il n'avait pas entendu la question.

– Oui – dit-il finalement –. Parce que, cette fois, il n'y avait aucun témoin. Et puis, j'ai pris la chose… vous me comprenez, comme une affaire personnelle… – il reposa la main sur sa poitrine et Quart se souvint des mots de monseigneur Spada : « Il a juré de ne pas laisser pierre sur pierre » –. Mais l'enquête a conclu une fois de plus qu'il n'y avait aucun indice d'homicide.

– Le rapport excluait l'hypothèse d'une mort provoquée, mais sans indices concluants ?

– Non, mais c'eût été techniquement impossible, ou presque. La pierre est tombée du plafond. Personne n'aurait pu la lancer de là-haut.

– Sauf la Providence.

– Ne dites pas de sottises, Quart.

– Ce n'est pas mon intention, monseigneur. Je ne fais que constater la véracité de l'information de *Vêpres* qui nous dit que c'est l'église elle-même qui a tué le père Urbizu. Et l'architecte aussi.

– Ce que vous dites est affreux et n'a absolument aucun sens. Je vois mes craintes se matérialiser : on commence à parler de stupidités surnaturelles en nous mettant dans le coup, comme dans un roman de Stephen King. Un journaliste fouine déjà dans cette affaire, un homme désagréable et tout à fait importun. Méfiez-vous de lui si vous le rencontrez sur votre chemin. Il dirige une revue à scandale, *Q + S*, et c'est lui qui a publié cette semaine une photo embarrassante de Macarena Bruner en compagnie d'un torero. Il s'appelle, et ce n'est pas une plaisanterie, Honorato Bonafé. En fait d'honneur et de bonne foi…

Quart haussa les épaules.

– *Vêpres* accusait l'église. Elle tue pour se défendre, selon lui.

– Oui… rocambolesque. Mais dites-moi, pour se défendre de qui ? De nous ? De la banque ? Du Malin ?… J'ai mon idée sur *Vêpres*.

– Vous pourriez peut-être m'en faire bénéficier, monseigneur.

Dès qu'il baissait la garde, le mépris qu'Aquilino Corvo éprouvait pour Quart se lisait dans ses yeux. Son regard se troubla quelques secondes, puis disparut derrière la fumée de sa pipe.

– On vous paie, je suppose. Alors, gagnez votre solde.

Quart sourit, courtois et discipliné :

– Dans ce cas, que Votre Illustrissime veuille bien me parler du père Ferro.

Pendant cinq minutes, tirant sur sa pipe pour ponctuer son discours totalement dépourvu de charité pastorale, monseigneur Corvo se lança avec plaisir dans la biographie du curé. Un rustre qui avait été titulaire d'une paroisse de campagne pendant presque toute sa vie : des années vingt et quelques jusqu'à l'âge de cinquante-quatre ans, dans un bourg perdu du Haut-Aragon ; un endroit oublié de Dieu où ses paroissiens étaient morts les uns après les autres, jusqu'au dernier. Ensuite, dix ans à Notre-Dame-des-Larmes. Mal dégrossi, fanatique, inculte et réactionnaire, têtu comme une mule. Sans le moindre sens de ce qui est possible et de ce qui ne l'est pas, taillés sur le modèle *omnia sunt possibilia credenti*, ces gens confondent leurs points de vue avec la réalité qui les entoure. Quart, lui conseilla le prélat, devrait assister à une de ses homélies dominicales. Un vrai spectacle. La façon dont le père Ferro y allait avec les peines de l'Enfer aurait été digne d'un prédicateur de la Contre-Réforme. Pourtant, il tenait sa paroisse en haleine avec cette ritournelle du feu éternel que plus personne n'osait utiliser. Chaque fois qu'il terminait un sermon, un soupir de soulagement parcourait les rangs de ses ouailles.

– Et pourtant – conclut l'archevêque –, paradoxalement, il est très avancé dans d'autres domaines. Je dirais même trop.

– Par exemple ?

– Sa position sur la contraception, sans chercher plus loin : il est effrontément pour. Ou l'administration des sacrements aux homosexuels, aux divorcés et aux adultères. Il y a une quinzaine de jours, il a baptisé un enfant à qui le titulaire d'une autre paroisse avait refusé les eaux parce que ses parents n'étaient pas mariés. Quand son confrère lui a demandé des explications, il lui a répondu qu'il baptisait qui il voulait.

La pipe de Son Illustrissime s'était éteinte. Il frotta une autre allumette et regarda Quart par-dessus la flamme.

– Pour résumer, une messe à Notre-Dame-des-Larmes est comme une sorte de voyage dans le temps, mais tantôt en avant, tantôt en arrière.

Quart dissimula un sourire.

– Je vois.

– Non, je vous assure que vous ne pouvez pas vous imaginer. Attendez de le voir en pleine action. Il dit une partie de la messe en latin, ce qui impose davantage le respect, selon lui – la pipe tirait bien et monseigneur Corvo s'enfonça dans son fauteuil, satisfait –. Le père appartient à une espèce pratiquement disparue : celle de ces vieux curés de campagne qui recevaient l'ordination sans discipline ni vocation, dans le seul but d'échapper à la misère et à la pauvreté, et qui naturellement devenaient encore plus sauvages dans leurs paroisses rurales oubliées de Dieu. Ajoutez-y un orgueil formidable qui le rend rétif à toute obéissance et qui a fini par lui faire perdre tout sens du monde où il vit... A une autre époque, nous l'aurions foudroyé sur-le-champ, ou envoyé en Amérique pour voir si Dieu Notre Seigneur ne le rappellerait pas dans son sein par quelque fièvre des marais pendant qu'il se serait occupé de convertir les indigènes à coups de crucifix sur le râble. Mais il faut beaucoup de doigté à notre époque, avec les journalistes et la politique qui viennent s'en mêler.

– Pourquoi ne l'a-t-on pas suspendu *ex informata conscientia* ? Votre Illustrissime aurait pu ainsi l'écarter du ministère sans rendre publics les motifs de sa décision.

– Il aurait fallu qu'il commette un délit civil ou ecclésiastique, ce qui n'est pas le cas. De plus, rien ne prouve qu'il ne s'enferrerait pas davantage dans sa résistance. Je préfère suivre la voie ordinaire de l'*ab officio*.

– En d'autres termes, monseigneur, vous préférez laisser à Rome le soin de tirer les marrons du feu.

– Vous m'ôtez les mots de la bouche.

– Et le père Oscar ?

Les dents serrées sur le tuyau de sa pipe, l'archevêque fit une très désagréable grimace. Je n'aimerais pas être dans la peau du vicaire, pensa Quart.

– Oh, pour celui-là, c'est différent. Bon bagage culturel, séminaire à Salamanque. Un avenir prometteur qu'il a jeté aux orties.

De toute façon, son cas à lui est réglé. Il a jusqu'au milieu de la semaine prochaine pour quitter la paroisse. Nous le transférons dans une paroisse du diocèse d'Almería, un désert rural à côté du cap de Gata, pour qu'il s'y consacre à la prière et qu'il y médite sur le danger de se laisser emporter par ses enthousiasmes juvéniles.

– Vous pensez qu'il pourrait s'agir de *Vêpres* ?

– Peut-être. Le profil correspond, si c'est ce que vous voulez dire. Mais un archevêque ne fouille pas dans les poubelles – monseigneur Corvo fit une pause lourde de signification –. Je laisse ce travail à l'IOE et à vous.

Quart fit comme s'il n'avait pas entendu :

– Quelles sont ses activités ?

– Les activités habituelles d'un vicaire : il aide au service du culte, il dit la messe, il récite le chapelet de l'après-midi... Et il fait aussi office de maçon pour sœur Marsala, à temps perdu.

Quart se redressa sur sa chaise. Manifestement, il était loin de tout savoir sur cette affaire.

– Pardonnez-moi, Votre Illustrissime. Vous avez dit *sœur* Marsala ?

– Oui. Gris Marsala, une religieuse américaine qui vit à Séville depuis une éternité. Elle est spécialiste, c'est du moins ce qu'on dit, de la restauration des monuments religieux... Vous ne la connaissez pas encore ?

Attentif au bruit que faisaient les pièces du puzzle en s'assemblant dans sa tête, Quart avait à peine entendu le prélat. C'était donc ça, se dit-il. La fausse note.

– J'ai fait sa connaissance hier. Mais j'ignorais qu'elle fût religieuse.

– C'est pourtant le cas – il n'y avait pas trace de sympathie dans la voix de monseigneur Corvo –. Avec le père Oscar et Macarena Bruner, elle fait partie des troupes de don Príamo Ferro. Elle a obtenu une dispense de son ordre et elle est à Séville à titre personnel, si bien qu'elle ne tombe pas sous ma juridiction. Je n'ai pas le droit de l'obliger à se retirer. Et puis, je ne peux quand même pas constamment tirer à boulets rouges sur des prêtres et des religieuses. Cette histoire a pris des proportions excessives.

103

Il lançait des nuages de fumée, comme le calmar lance des nuages d'encre pour se protéger. Finalement, il jeta un dernier coup d'œil au stylo de Quart et haussa les épaules.

– Je vais faire entrer le curé. Il est arrivé avant vous, mais je voulais vous parler d'abord seul à seul. Je crois que le moment est venu de remettre les choses à leur place. Vous ne croyez pas ? Une sorte de confrontation.

L'archevêque regarda sans le toucher le timbre posé sur son bureau, à côté d'un exemplaire abondamment feuilleté de *L'Imitation de Jésus-Christ*, de Thomas a Kempis.

– Un dernier conseil, Quart. Vous ne m'êtes pas sympathique, mais vous êtes prêtre de carrière, et vous savez aussi bien que moi que les médiocres abondent même dans cette profession. Le père Ferro est du nombre – il retira sa pipe de sa bouche pour montrer les volumes reliés qui tapissaient les murs de son bureau –. La pensée de l'Église est là : de saint Augustin à saint Thomas, avec toutes les encycliques. Tout est là entre ces quatre murs, et j'en suis l'administrateur temporel. Ce qui m'oblige à manipuler des titres cotés en bourse tout en observant le vœu de pauvreté, à pactiser avec des ennemis et parfois à condamner des amis… Tous les matins, je m'assieds à cette table pour gouverner avec l'aide de Dieu Notre Seigneur des prêtres intellectuels, stupides, fanatiques, honnêtes, politiciens, opposés au célibat, méchants, saints et pécheurs. Avec le temps, nous aurions réglé le problème du père Ferro, petit à petit. Vous êtes entrés dans la ronde, sur une musique différente. A votre guise. *Roma locuta, causa finita.* Dorénavant, je me cantonnerai dans un rôle d'observateur. Que Dieu me pardonne, mais je m'en lave les mains et je laisse le champ libre aux bourreaux – il appuya sur le timbre et fit un geste dans la direction de la porte –. Ne faisons pas attendre davantage le père Ferro.

Quart revissa lentement le capuchon de son stylo qu'il remit dans sa poche, avec ses cartes couvertes d'une écriture serrée et méticuleuse. Il était assis tout droit sur le bord de sa chaise, raide comme un soldat.

– J'ai des ordres, monseigneur – dit-il, serein –. Et je les exécute à la lettre.

Son Illustrissime le toisa de haut en bas, avec une dureté extrême.

– Je n'aimerais pas faire votre travail, Quart – dit-il enfin –. Pour le salut de mon âme, je vous assure que je n'en voudrais pour rien au monde.

IV. Fleurs d'oranger, oranges amères

Vous avez vu un héros, dit-il, et ce n'est pas rien.

Eckermann, *Conversations avec Goethe*

– Je crois que vous vous connaissez – dit Son Illustrissime.

L'archevêque s'était enfoncé dans son fauteuil, comme un arbitre qui tient à garder ses distances de peur que le sang n'éclabousse ses chaussures. Quart et le père Ferro se regardaient en chiens de faïence. Le curé de Notre-Dame-des-Larmes n'avait pas accepté le siège que monseigneur Corvo lui avait offert d'un geste et il était resté planté au milieu du bureau, petit et têtu, avec son visage taillé à la serpe, ses cheveux blancs tondus à la diable, sa vieille soutane râpée sous laquelle surgissaient ses énormes godillots mal cirés.

– Le père Quart désire vous poser quelques questions – ajouta l'archevêque.

Les rides et cicatrices du curé restèrent impavides. Il regardait dans le vague, au-dessus de l'épaule du prélat, dans la direction de la fenêtre dont les rideaux estompaient la silhouette ocre de La Giralda :

– Je n'ai rien à dire au père Quart.

Monseigneur Corvo hocha lentement la tête, comme s'il s'attendait à cette réponse.

– Très bien. Mais je suis votre évêque, don Príamo. Et vous êtes lié *à moi* par vos vœux d'obéissance – il avait retiré sa pipe de sa bouche et la pointait tour à tour vers les deux prêtres –. Alors, si vous préférez, vous me répondrez *à moi* aux questions du père Quart.

Les yeux noirs et impénétrables du curé hésitèrent un instant.

– C'est une situation ridicule – protesta-t-il d'une voix enrouée, et il se retourna vers Quart comme pour le lui reprocher.

L'archevêque eut un sourire désagréable.

– J'en conviens. Mais grâce à ce stratagème de jésuite, nous serons tous contents. Le père Quart fera son travail, j'assisterai avec plaisir au dialogue, et votre incroyable superbe sera sauve, au moins quant aux apparences – il exhala une bouffée de fumée, comme une menace, et se cala dans son fauteuil ; ses yeux brillaient déjà du plaisir qu'il attendait de cet échange –. Vous pouvez commencer, père Quart. Il est à vous.

Et Quart commença. Dur, brutal parfois, il fit payer au curé l'accueil glacial qu'il lui avait réservé la veille à l'église, l'hostilité qu'il avait encore manifestée dans le bureau de Son Illustrissime, dissimulant à peine le mépris que lui inspirait son état de vieux curé de campagne, têtu et misérable. Mais il y avait dans son attitude quelque chose de plus complexe, de plus profond que de l'antipathie personnelle, que la mission qui l'avait conduit à Séville. A la surprise de monseigneur Corvo, et même à la sienne, Quart se comporta comme un avocat général impitoyable, attaquant le vieil homme avec un dédain mordant, implacable, dont il était seul à connaître l'origine véritable. Quand enfin, conscient de l'injustice de cette scène, il s'arrêta pour reprendre haleine, une idée le troubla tout à coup : Son Éminence l'inquisiteur Jerzy Iwaszkiewicz lui aurait donné vingt sur vingt.

Les deux hommes le regardaient : l'archevêque, la pipe entre les dents, le front plissé, l'air gêné ; le curé, immobile, fixant sur Quart des yeux que l'interrogatoire, qui aurait davantage convenu à un criminel qu'à un prêtre de soixante-quatre ans, avait fait se voiler d'une humidité rougeâtre, retenue, de larmes qui refusaient obstinément de sortir. Quart changea de position sur sa chaise et se mit à prendre des notes sur ses petites cartes pour dissimuler son embarras. Il frappait un homme qui était pieds et poings liés.

– Récapitulons – reprit-il sur un ton un peu moins dur ; et il consulta inutilement ses notes pour éviter le regard du curé –. Vous niez être l'auteur du message reçu au Saint-Siège et vous niez avoir connaissance des faits. Vous affirmez d'autre part ne pas avoir de soupçons sur l'auteur du message ni sur ses intentions.

– Je l'affirme – répéta le père Ferro.

107

– Devant Dieu ? – demanda Quart, un peu honteux d'être aussi excessif.

Le vieux prêtre se retourna vers monseigneur Corvo, en quête d'une aide qu'il ne pouvait lui refuser. Ils entendirent l'archevêque s'éclaircir la voix tandis qu'il levait la main où brillait son anneau pastoral.

– Nous laisserons le Tout-Puissant en dehors de cette affaire, si vous le voulez bien – le prélat regardait Quart à travers la fumée de sa pipe –. Il s'agit d'une conversation. Nous n'en sommes pas aux serments.

Quart encaissa sans broncher, puis se retourna vers le curé :

– Que pouvez-vous me dire d'Oscar Lobato ?

Le curé haussa les épaules.

– Rien, sauf que c'est un bon jeune homme et un prêtre digne – son menton mal rasé tremblait légèrement –. Je vais regretter son départ.

– Votre vicaire a de bonnes connaissances en informatique ?

Le père Ferro ferma à demi les yeux. Son regard était devenu méfiant, comme celui d'un paysan qui voit s'approcher des nuages de grêle.

– Il faudrait le lui demander – il jeta un coup d'œil au stylo de son interlocuteur et fit un geste prudent du menton dans la direction de la porte –. Il est ici. Il m'attend.

Quart souriait presque imperceptiblement, apparemment sûr de lui. Mais il y avait dans cette scène quelque chose qui lui donnait la sensation de marcher dans le vide. Quelque chose de déplacé, comme une fausse note. Le père Ferro disait *presque tout le temps* la vérité, mais il y cachait aussi un mensonge. Peut-être un seul, sans doute pas trop grave, mais tout le reste en était altéré.

– Et Gris Marsala ?

Le curé pinça les lèvres.

– Sœur Marsala a reçu une dispense de son ordre – il regardait l'archevêque comme pour le prendre à témoin –. Elle peut aller et venir à sa guise, et elle travaille à titre bénévole. Sans elle, l'église se serait déjà effondrée.

– C'est déjà commencé – dit monseigneur Corvo.

Il n'avait pu se retenir. Il pensait naturellement à la corniche et à son défunt secrétaire. Quart était toujours tourné vers le prêtre :

– Quelle est la nature de ses rapports avec vous et votre vicaire ?

– Nous avons des rapports normaux.

– J'ignore ce que vous considérez comme normal – Quart mesurait son mépris au millimètre, avec la plus totale mauvaise foi –. Vous, les vieux curés de campagne, vos traditions sont assez équivoques quand il s'agit de vos bonnes et de vos nièces...

Du coin de l'œil, il vit monseigneur Corvo sursauter dans son fauteuil. C'était une provocation délibérée. Il capta au vol un éclair de colère.

– Écoutez – de rage, le curé serrait les poings si fort que les jointures de ses doigts en étaient devenues blanches –, j'espère que vous... – il s'interrompit tout à coup pour fixer Quart, comme s'il voulait graver dans sa mémoire jusqu'au dernier détail de son visage –. Vous pourriez vous faire tuer pour moins que ça.

La menace ne détonnait pas avec la personnalité sacerdotale du père Ferro, avec son air revêche et dur, avec cette soutane constellée de taches que ses gestes de colère faisaient valser. J'en serais peut-être capable, semblait-il dire. Libre à vous d'en penser ce que vous voudrez.

Quart regardait le prêtre, sans la moindre émotion :

– Par votre église, par exemple ?

– Pour l'amour du Ciel ! – s'exclama l'archevêque, scandalisé –. Vous êtes devenus fous tous les deux ?

Un long silence tomba. Le rectangle de lumière qui s'étalait sur la table de monseigneur Corvo s'était déplacé à gauche, loin de la main du prélat, où il encadrait à présent le volume de *L'Imitation de Jésus-Christ* que le père Ferro regardait fixement. Quart observait le vieil homme avec intérêt. Il ressemblait beaucoup à un autre prêtre auquel lui n'avait jamais voulu ressembler ; à cet homme qu'il avait presque réussi à oublier – pendant quelque temps, du séminaire, une lettre ou une carte postale, puis le silence – et qui ne revenait plus dans sa mémoire que sous la forme d'un fantôme, quand le vent du sud ravivait des odeurs et des sons tapis dans le souvenir. Le ressac sur les rochers, l'air humide et salin à l'intérieur des terres, la pluie. Odeur du brasero sous le tandour en hiver. *Rosa rosae, Quousque tandem abutere Catilina, Nox atra cava circumvolat umbra.* Tic-tac des gouttes de pluie sur les carreaux embués de la fenêtre, coups de sonnette à l'aube, ce visage mal rasé à la peau grasse qui s'incline sur l'autel et murmure des prières à l'intention d'un Dieu dur d'oreille, l'homme et l'enfant tournés, l'officiant et son acolyte, vers une terre stérile bordée par une mer cruelle. Ensuite, la Cène. Ceci est mon sang. Allez en paix. Puis, dans la sacristie, une respiration sourde de bête fatiguée quand un tout jeune Lorenzo Quart l'aidait à ôter ses ornements sacerdotaux sous les taches d'humidité qui s'élargissaient au plafond. Le séminaire, Lorenzo. Tu iras au séminaire ; un jour, tu seras prêtre, comme moi. Tu auras un avenir, comme moi. Quart détestait de toutes ses forces et de toute sa mémoire ces manières rustiques, cette pauvreté de l'esprit, ces limites obscures et misérables, messe au lever du jour, sieste dans le fauteuil à bascule qui sent le renfermé et la sueur, chapelet à sept heures, chocolat avec les bigotes, un chat sur le seuil de la porte, une gouvernante ou une nièce qui d'une manière ou d'une autre soulagera de la solitude ou des ans. Et puis, la fin : la démence sénile, la consommation d'une vie stérile et sordide dans un asile, la soupe qui coule entre les gencives édentées. Pour la plus grande gloire de Dieu.

– « Une église qui tue pour se défendre… » – Quart fit un effort pour revenir au moment présent, à Séville : à ce qu'il était plutôt qu'à ce qu'il aurait pu être –. Je voudrais savoir comment le père Ferro interprète cette phrase.

– Je ne sais pas de quoi vous parlez.

– Elle provient du message que quelqu'un a fait parvenir au Saint-Siège. Et elle parle de votre église… Pensez-vous qu'on puisse voir un dessein de la Providence dans ces accidents ?

– Je ne suis pas obligé de répondre à cette question.

Quart s'en remit à monseigneur Corvo qui s'en lava les mains avec le plus diplomatique des sourires :

– Exact – confirma-t-il, enchanté de voir Quart en difficulté –. Il n'a pas voulu me répondre à moi non plus.

Il perdait son temps. L'agent de l'IOE voyait bien qu'il n'aboutirait à rien, que tout cela ne menait nulle part, mais qu'il fallait accomplir un rite. D'une voix très officielle, il demanda donc au prêtre s'il avait conscience de ce qui était en jeu. Pour toute réponse, les soixante-quatre ans de l'autre rirent de lui, moqueurs. Impassible, Quart récita sa liste : rapport obligatoire, point de départ d'éventuelles mesures disciplinaires graves, etc. Que le père

110

Ferro fût à une année de la retraite, au-dessus du bien comme du mal, comme le voulait le dicton, ne garantissait nullement la bienveillance de ses supérieurs. Au Saint-Siège…

– Je ne sais rien de ces morts – l'interrompit le curé, que le Saint-Siège ne semblait pas du tout impressionner –. Ce sont des accidents.

Quart fonça par la brèche :

– Mais bien utiles peut-être, de votre point de vue ?

Il avait opté pour le ton de la camaraderie ; allez, mon vieux, déboutonne-toi un peu et qu'on en finisse avec cette connerie. Mais le vieil homme fit la sourde oreille :

– Vous parliez de la Providence tout à l'heure. Posez-lui la question, et je prierai pour vous.

Quart respira lentement, deux fois, avant de faire une nouvelle tentative. Ce qui l'irritait le plus, c'était le bon temps que Son Illustrissime devait se payer aux premières loges, derrière la fumée de sa pipe.

– Pouvez-vous nous donner l'assurance, en tant que prêtre, qu'il n'y a pas eu intervention humaine dans les deux décès survenus dans votre paroisse ?

– Allez au diable.

– Je vous demande pardon ?

Monseigneur Corvo lui-même, l'arbitre impartial, avait fait un bond dans son fauteuil. Le curé le regardait :

– Avec tout le respect que je dois à Votre Illustrissime, je refuse de continuer de répondre à cet interrogatoire. Dorénavant, je vais garder le silence.

Ce « dorénavant » était un euphémisme, et Quart le lui fit remarquer. Leur conversation durait depuis vingt minutes et don Príamo Ferro n'avait justement fait que garder le silence. Monseigneur Corvo fit une moue et tira sur sa pipe ; il officiait en qualité d'acolyte. Quart se leva. La tête blanche et hirsute du curé, si semblable à celle dont il ne voulait pas se souvenir, lui arrivait à hauteur du deuxième bouton de sa chemise. Il n'était retourné là-bas qu'une seule fois après son ordination : une brève visite à la mère veuve, une autre à l'ombre noire tapie dans l'église comme un mollusque au fond de sa coquille. Et il avait dit la messe, sur l'autel devant lequel il avait si souvent été enfant de chœur, étranger

111

dans cette nef humide et froide dont les recoins étaient hantés par le spectre de l'enfant perdu devant la mer, sous la pluie. Il n'y était jamais retourné depuis, et l'église, le vieux curé, le village aux petites maisons blanches, la mer impitoyable et impassible, tout s'était lentement estompé dans sa mémoire, comme un mauvais rêve qu'il aurait enfin chassé.

Lentement, il revint à la réalité. Ce qu'il détestait tant était encore là devant lui, ces yeux noirs et obstinés qui le regardaient avec dureté, comme un reproche.

– Une dernière question. Une seule – il avait remis dans sa poche son stylo et ses cartes inutiles –. Pourquoi refusez-vous d'abandonner cette église ?

Le père Ferro le toisa. Coriace comme du vieux cuir. Mais Quart n'aurait pas été en peine de trouver d'autres qualificatifs pour le décrire.

– Ça ne vous regarde pas. C'est une question qui concerne mon évêque et moi-même.

Quart se félicita intérieurement d'avoir deviné la réponse et fit un geste qui donnait à entendre que, pour lui, la comédie était terminée. Mais, à sa grande surprise, Aquilino Corvo vola à la rescousse :

– Je vous prie de répondre au père Quart, don Príamo.

– Le père Quart ne comprendrait jamais.

– Je suis sûr qu'il fera de son mieux. Essayez, je vous le demande.

Le curé fit alors un geste brusque et maladroit, secoua avec obstination sa tête aux cheveux tondus à la diable, puis murmura que Quart n'avait jamais entendu la confession d'une pauvre femme qui demande à genoux qu'on la réconforte, le vagissement d'un nouveau-né, la respiration d'un moribond, qu'il n'avait jamais senti la sueur d'une main dans la sienne. Et qu'il pourrait bien parler des heures et des heures, personne ici n'y comprendrait un traître mot. Et Quart sut alors que, malgré le passeport diplomatique qu'il avait en poche, malgré l'appui officiel de la Curie, malgré la tiare et les clés de Pierre qui s'étalaient dans l'angle supérieur gauche de ses lettres de créance, il était totalement démuni face à ce misérable vieil homme mal embouché, aux antipodes de tout ce qui pouvait évoquer la gloire de Dieu pour un ecclésiastique. Et cet éclair d'inquiétude projeta un instant sur sa cuirasse la silhouette d'un vieux fantôme : Nelson Corona. Lui aussi était bien loin de la réalité officielle, lui aussi avait ce même regard résolu. A cette différence près que, derrière les verres embués des lunettes du Brésilien, Quart avait vu la peur se mêler à la résolution ; tandis que le regard opaque du père Ferro ne laissait paraître qu'une fermeté noire et dense comme de la pierre. Le curé allait se taire, retourner dans ce silence derrière lequel il se protégeait comme avec une armure, lorsque l'envoyé du Vatican l'entendit dire que son église était un refuge ; une tranchée. L'image était pittoresque. Quart haussa un sourcil, ironique, et essaya de retrouver, pour la paix de son esprit, son ancien mépris pour le curé de campagne : comme aux échecs, le fou, le soldat d'élite, en face d'un simple pion taillable et corvéable, pendant que le fantôme de Nelson Corona s'évanouissait dans un coin de l'échiquier.

– Curieuse définition.

Quart souriait, sûr de lui. Tout à coup, il était redevenu fort, sans failles, sans remords, et il ne voyait plus que la soutane râpée, constellée de taches, le menton mal rasé du curé. Le mépris, pensa-t-il, a un pouvoir tranquillisant bien singulier. Il remet les choses à leur place, comme un cachet d'aspirine, un peu d'alcool ou une cigarette. Et il décida de poser une autre question :

– Une tranchée contre quoi ?

La question était inutile et il comprit avant de refermer la bouche qu'il allait regretter de l'avoir posée. Dressé sur ses ergots, petit et dur, le père Ferro le regardait droit dans les yeux :

– Contre tous ces mensonges. Contre toute cette merde.

Les calèches noir et jaune attendaient les touristes à la queue leu leu sous les orangers. Adossé au mur d'une boutique de souvenirs, El Potro surveillait la porte de l'archevêché, les mains dans les poches d'une veste à carreaux étriquée, ouverte sur un col roulé blanc qui moulait ses pectoraux maigres et durs. Un cure-dents allait en mesure d'un côté à l'autre de sa bouche. Il plissait les yeux sous des sourcils zébrés de cicatrices, le regard fixé sur l'anfractuosité qui s'ouvrait entre les colonnes jumelles du porche baroque. Ne le perds pas de vue, lui avait dit don Ibrahim avant d'entrer dans la boutique pour regarder les cartes postales et fouiner parmi les bibelots : ils auraient été trop visibles à trois en faction sur le trottoir. Comme El Potro était un homme droit, digne de confiance, et que l'attente se prolongeait, don Ibrahim et Niña Puñales, après avoir passé en revue sous l'œil méfiant du marchand tous les présentoirs de cartes postales et les vitrines où s'entassaient tee-shirts, éventails, castagnettes et reproductions en plastique de La Giralda et de la Torre del Oro, avaient décidé de transporter leurs pénates au bar le plus proche, au coin de la rue, où La Niña devait en être à sa cinquième manzanilla. En l'absence d'ordres contraires, El Potro ne perdait pas la porte de vue. Le curé était entré depuis une bonne heure, mais il n'avait détourné le regard que deux fois : le temps que deux gardes civils passent devant lui dans la rue, une fois dans un sens, une fois dans l'autre, au retour ; moments qu'El Potro avait consacrés à la contemplation minutieuse de ses chaussures. Quatre encornades, deux engagements dans la Légion et un cerveau qui ne fonctionne plus qu'en première, défoncé par les coups de poing et de gong, combat après combat, voilà qui forge le caractère. Si don Ibrahim ou Niña Puñales avaient pu l'oublier, il aurait été capable comme une bonne sentinelle de rester immobile nuit et jour, sous le soleil et sous la pluie, jusqu'à ce que vienne la relève ou qu'il s'écroule, terrassé, sans quitter des yeux la porte de l'archevêché. De la même façon qu'une vingtaine d'années plus tôt, dans une arène minable où le public s'était vraiment mis en rogne, quand son impresario lui avait dit : si le taureau te fait pas la peau, c'est eux qui vont te la faire à la sortie. Le visage dégoulinant de sueur, la peur dans les yeux, El Potro s'était avancé jusqu'au centre de l'arène, muleta à la ceinture, puis il était resté là, immobile, jusqu'à ce que le monstre – on l'appelait El Carnicero, le Boucher – lui fonce dessus et, quatrième et dernier coup de corne de sa carrière, le sorte pour toujours des arènes. Ensuite, sur les rings, à la Légion et à la prison de Puerto de Santa María, d'autres péripéties semblables étaient venues infliger autant de cicatrices à son corps qu'à sa mémoire. Car s'il est vrai que la matière grise d'El Potro brillait avec autant d'éclat qu'un bout de bois, dans son cas, ce bois était sûrement celui dont sont faits les héros.

Tout à coup, il vit sortir le grand curé qui sembla hésiter devant la porte, puis se retourna comme si quelqu'un l'appelait. Un jeune homme blond à lunettes sortit alors derrière lui et les deux hommes se mirent à parler sous le porche. El Potro regarda dans la direction du bar où attendaient don Ibrahim et Niña Puñales, mais l'un comme l'autre semblaient très absorbés par leurs manzanillas. El Potro retira le cure-dents de sa bouche, cracha à ses pieds sur le trottoir et décida de traverser la place pour aller les prévenir ; ce faisant, il décrivit un cercle dont la tangente passait par la porte de l'archevêché. Plus il s'approchait, mieux il voyait le grand curé : on aurait pu le prendre pour un acteur de cinéma n'eût été son costume noir, le col rond de sa chemise et sa brosse de parachutiste ou de légionnaire. L'autre, le plus jeune, n'était pas très soigné. Il avait la peau blanche et des boutons dans le cou, comme les adolescents. Et beaucoup plus l'air d'un curé que le premier.

– Laissez-le tranquille – disait le blond.

Le grand le regardait d'un air très sérieux.

– Votre curé est fou. Il vit dans un autre monde. Si c'est vous qui avez envoyé le message, vous lui avez rendu un bien mauvais service, à lui et à son église.

– Je n'ai rien envoyé du tout.

– Il faudra que nous en parlions tous les deux. En prenant tout notre temps.

La voix du blond chevrotait un peu. Il semblait agressif, mais peut-être n'était-ce que de l'inquiétude ou de la peur :

– Je n'ai rien à vous dire.

– Il faudrait changer de disque – le sourire du grand curé n'était pas très gentil –. Et vous vous trompez. Vous avez beaucoup de choses à me raconter. Par exemple…

La conversation se perdit derrière El Potro tandis qu'il s'éloignait. Il pressa un peu le pas et arriva au bar : par terre, de la sciure et des carapaces de crevettes ; suspendus au-dessus du comptoir, des filets de *lomo* et des jambons. Debout au bar, don Ibrahim et Niña Puñales buvaient en silence. Camarón chantait à la radio. Le poste trônait sur une étagère, entre deux bouteilles de Fundador :

El vino mata el dolor
y la memoria…

115

Havane entre les doigts, tenu à distance respectueuse du bar par la rotondité de son ventre, don Ibrahim faisait tomber sa cendre sur le revers de sa veste blanche. A côté de lui, Niña Puñales était passée de la manzanilla à l'anisette Machaquito et portait à ses lèvres un verre sur le bord duquel s'étalaient d'épaisses traces rouge carmin. Yeux lourdement maquillés, robe bleue à pois blancs, boucles d'oreilles en argent, accroche-cœur noir bien aplati sur son front fané de chanteuse ratée, comme sur les pochettes des trois ou quatre vieux quarante-cinq tours que don Ibrahim gardait comme de l'or en barre dans sa chambre de pensionnaire, à côté de Nat King Cole, Los Panchos, Beny Moré, Antonio Machín et d'un antédiluvien gramophone. Bref, l'ex-faux avocat et Niña Puñales se retournèrent vers El Potro. Debout dans l'embrasure de la porte, celui-ci leur fit un signe de tête dans la direction de la rue.

– Gaffe, le voilà.

Les trois compères se retrouvèrent tous à la porte. Le grand curé avait laissé l'autre et marchait sur le trottoir de la place, du côté de la mosquée.

– Tu parles d'un curé – fit La Niña de sa voix rauque de chanteuse flamenca.

– Il faut avouer qu'il n'est pas mal – renchérit don Ibrahim, impartial, en examinant le prêtre d'un œil critique.

Le petit coup de Machaquito avait donné une lueur coquine aux yeux de la chanteuse :

– Ay ! J'aimerais bien qu'il me donne le saint chrême.

Don Ibrahim lança un regard grave à El Potro. En campagne, quoi qu'il arrive, la gaudriole est toujours déplacée.

– Et le vieux ? – demanda-t-il, pour rappeler ses troupes à l'ordre.

– Toujours là-bas – répondit El Potro.

L'ex-faux avocat suçotait son cigare d'un air pensif.

– Divisons notre mesnie – dit-il enfin –. Toi, Potro, tu suis le vieux curé. Dès qu'il est rentré chez lui, tu reviens ici pour nous prévenir. La Niña et votre serviteur, on s'occupera du grand – il fit une pause pour consulter, solennel, la montre de don Ernesto Hemingway –. Avant de passer aux actes, il nous faut des renseignements : le renseignement, père nourricier de la victoire, etc. Qu'est-ce que vous en pensez ?

Ses compagnons devaient en penser du bien, car ils hochèrent la tête ; El Potro très sérieux, les sourcils froncés comme s'il s'interrogeait sur le sens d'un mot prononcé cinq minutes plus tôt, La Niña en regardant s'éloigner le prêtre. Elle avait encore son verre à la main et semblait prête à en finir avec son Macha-quito. A la radio, Camarón continuait à chanter le vin et l'absence, tandis que le garçon de café, chemise blanche et cravate noire, marquait discrètement le rythme en frappant dans ses mains sous le comptoir, en cachette. Don Ibrahim contempla sa guerrière mesnie et décida de lui donner du cœur au ventre par une harangue idoine. Il n'y a pas plus grand que Séville au monde, sur un air connu. Et nous allons les manger tout crus. La phrase sonnait bien, mais elle était peut-être un peu forte. Et de plus, tout à fait hors de propos.

– La fortune sourit aux audacieux – dit-il après quelques instants de réflexion. Et il tira encore sur son cigare.

– Ay.

Niña Puñales vidait la dernière goutte de son anisette. El Potro, sourcils toujours froncés, remua enfin la tête :

– Ça veut dire quoi, « mesnie » ?

L'aplomb de Lorenzo Quart tenait à son extrême conscience professionnelle. A peine entré dans sa chambre, il ouvrit la mallette de cuir dans laquelle il rangeait son ordinateur portatif, puis se mit à rédiger un rapport pour monseigneur Spada, travail qui l'occupa une bonne heure. Le directeur de l'IOE reçut le document par modem dès qu'il fut achevé. Dans ses huit pages, Quart s'abstenait scrupuleusement de tirer des conclusions sur les personnages, l'église ou l'identité probable de *Vêpres*, se limitant à une trans-cription assez fidèle des conversations qu'il avait eues avec monseigneur Corvo, Gris Marsala et don Príamo Ferro.

Ce n'est que lorsqu'il referma l'ordinateur et qu'il commença à ranger les fils et le bloc d'alimentation qu'il se détendit un peu. En bras de chemise, col défait, il fit quelques pas dans sa chambre, devant les deux lits à baldaquin et la fenêtre ouverte qui donnait sur la place Virgen de los Reyes. Comme il était encore trop tôt pour aller déjeuner, il feuilleta quelques livres sur Séville achetés dans une petite librairie, en face de l'hôtel de ville. Dans le même sac de plastique se trouvait la revue *Q + S* qu'il s'était procurée chez un marchand de journaux, sur la recommandation de monseigneur Corvo – « Pour vous mettre au courant de la situation », lui avait suggéré le prélat d'une voix aigre –. Il regarda la couverture, puis les pages intérieures. *« Un mariage à la dérive »*, proclamait le titre. A côté des photos de la femme et de son compagnon, une autre d'un homme jeune, très sérieux, bien habillé, col blanc, cheveux partagés par une raie impeccable : *« La séparation se confirme. Pendant que le financier Gavira consolide sa position d'homme fort de la banque andalouse, Macarena Bruner fait la vie à Séville. »* Quart détacha les pages et les rangea dans sa mallette. C'est alors qu'il remarqua qu'un de ces Nouveaux Testaments que les Gédéons distribuent gratuitement dans les hôtels était posé sur la table de nuit. Il ne se souvenait pas l'y avoir mis, mais au contraire de l'avoir glissé dans le tiroir, comme il le faisait généralement de tout ce qui était documentation, publicité, lettres et enveloppes qui le dérangeaient. Il l'ouvrit au hasard et constata qu'une vieille carte postale marquait une page. Sous l'illustration, on pouvait lire : *Église de Notre-Dame-des-Larmes. Séville. 1895.* La photo n'était pas très bonne et une sorte de halo entourait le sujet central. Mais l'église était là, parfaitement reconnaissable sous ces teintes fanées : le porche et ses colonnes torses, la statue de la Vierge dans sa niche, la tête intacte, le campanile, apparemment en meilleur état à l'époque. Devant, sous une bâche, un homme coiffé d'un chapeau andalou, large ceinture autour de la taille, vendait des légumes à deux femmes en noir qui tournaient le dos au photographe. De l'autre côté, dans la petite rue qui sortait de la place, un porteur d'eau conduisait sa bourrique chargée de deux jarres, l'homme à peine visible, fantôme sur le point de s'évanouir dans le halo blanc qui bordait l'image.

Quart retourna la carte postale. Quelques lignes étaient écrites en lettres anglaises aux angles adoucis, avec une encre déjà peu lisible dont la couleur avait viré au marron clair :

Iglesia de Nuestra Señora de las Lágrimas - Sevilla. 1895

Capitán don Manuel Valor

A bordo del buque "Mariquin"

Puerto de la Habana

Cuba

Fui vez por ti esta día
y espero tu regeso, es el
[...] apoli de tu ima-
[...] y mi felicidad.
Te querré siempre.

Carlota

C'est ici que je prie pour toi tous les jours et que j'attends ton retour, dans le lieu sacré de ton serment et de mon bonheur. Je t'aimerai toujours.

Carlota

Le timbre de vingt-cinq centimes à l'effigie d'Alphonse XIII enfant n'avait pas été oblitéré et la date manuscrite avait disparu sous une tache d'humidité. Quart parvint à déchiffrer un 9 et peut-être un 7 à la fin : 1897 ? En revanche, l'adresse était parfaitement claire : *Capitaine don Manuel Xaloc. A bord du navire « Manigua ». Port de La Havane. Cuba.*

Il décrocha le téléphone. L'homme de la réception fut formel : il n'avait vu personne monter à sa chambre et personne n'avait demandé le père depuis huit heures du matin, quand il avait pris son service. Peut-être pourrait-il se renseigner auprès des femmes de ménage. Quart le fit, mais sans succès. Il raccrocha. Elles ne se souvenaient pas d'avoir touché le Nouveau Testament et ne pouvaient pas lui dire non plus s'il était dans le tiroir ou sur la table quand elles avaient fait la chambre. Mais personne n'était entré, sauf elles.

Il alla s'asseoir devant la fenêtre, les yeux fixés sur la carte postale qu'il tenait toujours à la main. Un bateau dans le port de La Havane en 1897. Un capitaine nommé Manuel Xaloc et une certaine Carlota qui l'aimait et priait pour lui à Notre-Dame-des-Larmes. Le message écrit au verso avait-il une signification particulière, ou la photo de l'église seule importait-elle ?... Tout à coup, il se souvint de l'Évangile des Gédéons. La carte postale marquait-elle une page, ou l'avait-on glissée au hasard dans le volume ? Il se leva pour s'approcher de la table, contrarié de ne pas y avoir pensé plus tôt. Heureusement, il avait reposé le livre à l'envers ; il était ouvert aux pages 168 et 169 – saint Jean, 2 – et, même si aucun paragraphe n'était souligné, il trouva sans difficulté le passage. Aucun doute possible :

> Et faisant un fouet avec des cordes, il les chassa tous du Temple, et les brebis et les bœufs ; et la monnaie des changeurs, il l'envoya promener, et leurs tables, il les renversa. Et à ceux qui

vendaient les colombes il dit : « Enlevez ça d'ici ; cessez de faire de la Maison de mon Père une maison de commerce. »

Son regard allait du livre à la carte postale. Il pensait à monseigneur Spada et à Son Éminence le cardinal Iwaszkiewicz : le tour que semblaient vouloir prendre les événements n'allait pas du tout leur plaire. Pas plus qu'à lui d'ailleurs. Quelqu'un, quelque part, aimait les petits jeux dangereux, comme s'infiltrer dans les ordinateurs du pape, se glisser dans des chambres d'hôtel, fouiner dans des évangiles qui ne lui appartenaient pas. Quart passa en revue tous les visages qu'il avait rencontrés jusque-là, se demandant si celui qu'il cherchait s'y trouvait. Seigneur Dieu. Sentant son exaspération grandir, il lança le livre et la carte postale sur l'un des lits. Il ne manquait plus que ça : un fantôme qui joue à cache-cache.

Quart sortit de l'ascenseur au rez-de-chaussée, passa devant une vitrine où était exposée la collection d'éventails de l'hôtel et prit le couloir qui faisait le tour du salon. Sa silhouette noire et sombre contrastait avec le décor. Le Doña María était un hôtel de tourisme quatre étoiles. Aménagé dans une belle maison ancienne de la rue Don Remondo, il se trouvait à deux pas du quartier de Santa Cruz. Les décorateurs n'y étaient pas allés de main morte au rez-de-chaussée, surchargé de motifs folkloriques, de tableaux de toreros et d'Andalouses en chapeau et mantille. A la porte, une jeune guide brandissait d'un air fatigué un petit drapeau hollandais, battant le rappel d'un groupe bigarré, hérissé d'appareils photo et de caméras vidéo. Alors qu'il s'approchait de la réception pour y laisser sa clé, Quart parvint à lire son nom sur le badge de plastique épinglé sur sa poitrine : V. OUDKERK. Il lui adressa un sourire compatissant. La jeune fille le lui rendit d'un air résigné puis s'éloigna à la tête de ses troupes.

– Une dame vous attend, don Lorenzo. Elle vient d'arriver.

Quart regarda le réceptionniste, surpris, puis se tourna vers les fauteuils du salon. Il aperçut une femme brune dont les longs cheveux noirs tombaient au-dessous de ses épaules : lunettes de soleil, jean, mocassins et veste marron sur un chemisier bleu clair.

Elle lui parut très belle. Il en eut la certitude quand il s'approcha d'elle et qu'elle se leva, lui faisant apprécier le contraste entre sa peau bronzée et son collier d'ivoire, sa montre en or à son poignet et son sac de cuir Ubrique sur le canapé, à côté d'elle. Elle lui tendit une main fine, élégante, aux ongles parfaits :

– Je m'appelle Macarena Bruner.

Il l'avait reconnue quelques secondes plus tôt, grâce aux photos de la revue. Quart ne put s'empêcher de regarder fixement sa bouche. Grande, bien dessinée, entrouverte sur un léger reflet d'incisives très blanches, sous une lèvre supérieure en forme de cœur. Soulignée par un peu de rouge à lèvres rose pâle, presque incolore.

– Eh bien – dit-elle. Elle semblait l'étudier attentivement derrière ses lunettes noires, un peu surprise –, vraiment, vous n'êtes pas mal du tout.

– Vous non plus – répondit calmement Quart.

Avec son mètre quatre-vingt-cinq, il ne la dépassait qu'à peine. Sous sa veste, le jean et la ceinture de cuir moulaient des hanches bien faites. Trois chatons brodés gambadaient sur son chemisier généreusement rempli et Quart crut bon de détourner les yeux, vaguement inquiet, sous prétexte de consulter sa montre. Elle continuait de l'observer, pensive.

– J'aimerais vous parler – dit-elle enfin.

– Naturellement. Et je vous remercie d'être venue, car je pensais aller vous voir… – Quart regarda autour de lui –. Comment m'avez-vous trouvé ?

– Une amie. Gris Marsala.

– J'ignorais que vous étiez amies.

Il la vit sourire, désinvolte : un éclat d'ivoire entre ses lèvres, jumeau de celui du collier sur la peau couleur de tabac blond. C'était manifestement une femme très sûre d'elle, autant du fait de sa condition sociale que de sa beauté. Mais Quart devinait aussi que le sévère costume noir et le col romain la déconcertaient un peu, comme Gris Marsala. C'était une réaction assez fréquente chez les femmes, belles ou pas ; comme si l'habit sacerdotal mettait l'homme hors de la portée de leur espèce.

– Vous avez quelques minutes ?

– Bien sûr.

123

Ils s'assirent l'un en face de l'autre. Elle s'installa sur le canapé où elle avait attendu et croisa les jambes ; il prit un fauteuil voisin.

– Je sais pourquoi vous êtes ici à Séville.

– Vous ne m'en voyez nullement surpris – Quart ébaucha un sourire résigné –. Il semblerait que mon voyage soit de notoriété publique.

– Gris m'a conseillé de venir vous voir.

Il la regarda avec un intérêt accru. Il se demanda comment étaient ses yeux derrière ses lunettes noires.

– C'est étrange. Hier, votre amie ne semblait pas disposée à coopérer.

Les cheveux de Macarena Bruner avaient glissé, lui couvrant la moitié du visage. Elle les rejeta en arrière d'un mouvement de la tête. Des cheveux très noirs, très fournis, constata Quart. Une beauté andalouse à la façon de celles que peignait Romero de Torres, ou de la cigarière de Mérimée. Pas un peintre, pas un Français, pas un torero qui ne perdrait la tête pour cette femme. Pas un prêtre ? se demanda-t-il pendant une fraction de seconde.

– Il ne faut pas vous faire une fausse idée de cette église – reprit-elle. Elle attendit un instant, puis ajouta : – Ni du père Ferro.

Quart se permit un petit rire discret, essentiellement destiné à lui faire oublier cette gênante fraction de seconde. L'ironie l'aida à retrouver son aplomb :

– Vous n'allez pas me dire que vous faites vous aussi partie de son club de fans.

Il laissait pendre une main sur le bras du fauteuil et, malgré les lunettes noires, il sentit qu'elle la regardait. Il la retira discrètement, la rapprocha de l'autre et joignit les doigts.

Macarena Bruner ne répondit pas. Elle venait encore d'écarter ses cheveux et semblait se demander s'il fallait continuer cette conversation.

– Écoutez – dit-elle enfin –, Gris et moi sommes des amies. Elle croit que votre présence ici pourra être utile, même si vos intentions ne sont pas bonnes.

Quart comprit qu'elle voulait l'amadouer. Il leva la main et vit qu'elle suivait son mouvement :

– Il y a quelque chose qui m'agace un peu dans tout cela,

124

voyez-vous... Mais, dites-moi, comment dois-je vous appeler ? Mme Bruner ?

Les yeux cachés derrière les lunettes noires le gênaient, ce dont elle se rendait parfaitement compte.

– Appelez-moi Macarena.

Elle ôta ses lunettes de soleil et Quart fut surpris par la beauté de ses grands yeux noirs où dansaient des lueurs de miel. Loué soit Dieu, aurait-il dit tout haut s'il avait vraiment cru que Dieu s'occupait de ce genre de choses. Mais il se contenta de soutenir le regard de ces yeux comme si le salut de son âme en dépendait. Et peut-être en dépendait-il après tout, si âme et Providence il y avait.

– Très bien, Macarena – dit-il en se penchant vers elle, les coudes sur les genoux. Et il découvrit alors son parfum ; suave, comme l'odeur du jasmin –. Quelque chose m'irrite beaucoup dans cette histoire. Tout le monde semble penser que je suis à Séville pour causer des ennuis à don Príamo Ferro. Or ce n'est pas le cas. Je suis venu pour enquêter et faire un rapport. Je n'ai pas d'idées préconçues. Mais il se trouve que le bon père se montre fort peu disposé à coopérer... – il se redressa, acide cette fois –. En fait, personne ne semble vouloir coopérer.

Ce fut au tour de la jeune femme de sourire :

– Personne n'a confiance, et c'est bien naturel.

– Pourquoi ?

– Parce que l'archevêque a dit du mal de vous. Il vous appelle « le chasseur de scalps ».

Quart fit une grimace. Saint homme, l'Illustrissime.

– Oui. Nous sommes de vieilles connaissances.

– Mais dans le cas du père Ferro – elle se mordilla la lèvre inférieure –, je pourrais peut-être faire quelque chose.

– Ce serait préférable pour tout le monde, surtout pour lui. Mais pourquoi le feriez-vous ? Qu'auriez-vous à y gagner ?

Elle secoua la tête, comme si tout cela n'avait pas d'importance. Ses cheveux retombèrent encore sur ses épaules. Elle les écarta en regardant Quart dans les yeux.

– On dit que le pape a reçu un message. C'est vrai ?

De toute évidence, Macarena Bruner avait conscience de l'effet que produisait son regard. Quart avala discrètement sa salive ; à moitié à cause des yeux, à moitié à cause de la question.

– Confidentiel – fit-il en adoucissant d'un sourire sa réponse –. Je ne peux ni confirmer ni démentir.

Elle haussa les épaules, impatiente :

– Mais c'est le secret de Polichinelle.

– Dans ce cas, qu'il le garde.

Les yeux noirs brillaient, pensifs. Macarena Bruner s'appuya sur un bras du canapé et son mouvement réveilla les chatons coquins brodés sous sa veste.

– Pour Notre-Dame-des-Larmes, ma famille aura le dernier mot – expliqua-t-elle –. Je veux dire, ma mère et moi. Si la municipalité déclare qu'elle menace ruine et si l'archevêché autorise sa démolition, la décision finale sur ce qui sera fait du terrain nous reviendra.

– Pas totalement – objecta Quart –. Selon mes renseignements, la municipalité a aussi son mot à dire.

– Nous ferons un procès.

– Mais vous êtes encore mariée au regard de la loi. Et votre mari…

Elle l'interrompit en secouant la tête :

– Il y a six mois que nous ne vivons plus ensemble. Mon mari n'a pas le droit d'agir seul.

– Et il n'essaie pas de vous convaincre ?

– Il essaie – le sourire de Macarena Bruner avait changé ; dédaigneux et distant, presque cruel, il donnait une expression dure à sa bouche –. Mais il n'y parviendra pas. Cette église va survivre.

– Survivre ? – répéta Quart avec étonnement –. Vous employez un curieux mot. Vous parlez d'elle comme si elle était vivante.

Elle regardait encore ses mains :

– Elle l'est peut-être. Beaucoup de choses vivent, même si elles n'en ont pas l'air – elle était devenue songeuse, puis elle sembla revenir brusquement sur terre –. Je voulais dire qu'elle est nécessaire. Et le père Ferro aussi.

– Pourquoi ? Il y a d'autres curés et d'autres églises à Séville.

Elle éclata de rire. Un rire franc et sonore, si contagieux que Quart, sans savoir pourquoi, faillit bien l'imiter.

– Don Príamo n'est pas comme les autres, et son église non plus

126

– elle souriait encore, et les lueurs de miel reparurent dans ses yeux rivés sur Quart –. Mais on ne peut pas expliquer ces choses-là avec des mots. Il faut que vous alliez là-bas.

– J'y suis allé. Et votre curé favori a bien failli me mettre dehors par la force.

Macarena Bruner rit encore. Quart n'avait jamais entendu chez une femme un rire aussi sonore et sympathique. A sa grande surprise, il se dit qu'il avait envie de la revoir. Dans son cerveau bien dressé, des signaux d'alarme se déclenchèrent un peu partout. Tout cela commençait fort à ressembler à ces promenades dans les jardins que ses vieux mentors ecclésiastiques recommandaient de soigneusement éviter : serpents, pommes, incarnations de Dalila, et le reste.

– Oui, Gris me l'a dit. Mais essayez encore. Allez à la messe. Regardez ce qui se passe. Vous comprendrez peut-être mieux.

– Je vais le faire. Vous allez à la messe de huit heures ?

La question n'était pas mal intentionnée, mais le regard de Macarena Bruner se fit soudain sérieux et méfiant.

– Ça ne vous regarde pas.

Elle jouait nerveusement avec les branches de ses lunettes de soleil. Quart leva les mains dans un geste d'excuse et il y eut un bref silence embarrassé. Cherchant à se donner une contenance, il regarda autour de lui pour voir s'il y avait un garçon quelque part et il lui demanda si elle avait envie de prendre quelque chose. Elle refusa d'un signe de tête. Comme elle semblait s'être détendue, Quart lui posa une autre question :

– Que pensez-vous des deux morts ?

Cette fois, le rire qui fusa entre ses dents fut franchement désagréable :

– Qu'il ne faut pas jouer avec la colère de Dieu.

Quart la regardait, très sérieux :

– Étrange point de vue.

– Pourquoi ? – elle semblait sincèrement surprise –. Ils l'avaient cherché, ou ceux qui les avaient envoyés.

– Ce n'est pas un sentiment très chrétien.

Elle fit un geste d'impatience, prit son sac posé à côté d'elle puis le reposa et se mit à nouer et dénouer la bandoulière.

– Vous ne comprenez pas, mon père... – elle le regardait, in-

127

décise –. Comment dois-je vous appeler ? Révérend père ? Père Quart ?

– Vous pouvez m'appeler Lorenzo tout court. Je ne vais pas vous entendre en confession.

– Pourquoi pas ? Après tout, vous êtes prêtre.

– Oui, d'un genre singulier, peut-être – reconnut Quart –. Et puis, je ne suis pas exactement ici en cette qualité.

Il avait détourné les yeux quelques instants, incapable de lui faire face. Quand il se retourna vers elle, elle l'observait avec une curiosité nouvelle, presque malicieuse.

– Ce serait amusant de me confesser à vous. Vous aimeriez ?

Quart prit deux grandes respirations. Puis il serra légèrement les lèvres, comme s'il prenait la question au sérieux. La couverture de la revue *Q + S* passa devant ses yeux, comme un mauvais présage.

– Peut-être bien. Mais je craindrais de manquer d'objectivité dans votre cas. Vous êtes trop…

– Trop quoi ?

Elle n'est pas très fair-play, pensa-t-il… Elle le cherchait. Elle le poussait à bout, et c'était trop, même pour un type avec les nerfs du prêtre Lorenzo Quart. Il prit encore deux respirations, comme lors d'une séance de yoga. Dis-toi que tu fais des exercices. Et essaie de ne pas perdre ton calme maintenant.

– Séduisante – répondit-il avec une totale froideur –. Je crois que c'est le mot. Mais vous le savez aussi bien que moi.

Macarena Bruner pesa quelques instants la réponse. Étonnant, disaient ses yeux.

– Gris a raison. Vous n'avez pas l'air d'un prêtre.

Quart hocha la tête, sans baisser complètement la garde :

– Je suppose que le père Ferro et moi appartenons à deux espèces différentes…

– Vous avez parfaitement raison. Il est mon confesseur.

– Je suis convaincu que vous avez fait un bon choix – Quart fit une pause calculée pour ôter à ses paroles ce qu'elles pouvaient avoir d'ironique –. C'est un homme sévère.

Elle ne mordit pas à l'hameçon :

– Vous ne savez rien de lui.

– C'est justement ce que je veux, en savoir davantage. Mais personne ne semble vouloir éclairer ma lanterne.

– Je vais le faire.

– Quand ?

– Je ne sais pas. Demain soir. Je vous invite à dîner à La Albahaca.

Quart réfléchissait, aussi vite qu'il pouvait.

– A La Albahaca – répéta-t-il pour gagner du temps.

– Oui. Place de Santa Cruz. Normalement, ils exigent la cravate. Mais dans votre cas, je ne crois pas qu'ils verront d'inconvénient à votre col. Même si vous êtes prêtre, vous savez vous habiller.

Il attendit encore trois secondes avant d'accepter. Pourquoi pas. Après tout, il était venu pour cela à Séville. Excellente occasion de boire à la santé du cardinal Iwaszkiewicz.

– Je peux mettre une cravate si vous le souhaitez. Mais on ne m'a jamais fait la moindre difficulté dans un restaurant.

Macarena Bruner s'était levée. Quart l'imita. Elle regardait encore ses mains.

– Comment voulez-vous que je sache ? – fit-elle avec un large sourire en remettant ses lunettes noires –. Je n'ai encore jamais dîné avec un prêtre.

Don Ibrahim s'éventait avec son chapeau. L'air embaumait les fleurs d'oranger et les oranges amères. A côté de lui, sur un banc de la place Virgin de los Reyes, Niña Puñales faisait du crochet, un œil en coin sur la porte de l'hôtel Doña María : quatre à l'endroit, j'en saute deux, une courte, une longue. La Niña répétait sa ritournelle en remuant silencieusement les lèvres, comme si elle faisait sa prière, l'œuf de bois sur sa robe, pendant que l'ouvrage s'allongeait lentement entre ses mains, accompagné du tintement de ses bracelets d'argent. Elle faisait encore un dessus-de-lit pour son trousseau. Il y avait près de trente ans que le trousseau de mariée de Niña Puñales jaunissait parmi les boules de naphtaline, dans une armoire de son petit appartement du quartier de Triana ; mais elle continuait à y ajouter des pièces, comme si le temps s'était arrêté entre ses doigts, dans l'attente de l'homme brun aux yeux verts qui viendrait un jour la chercher en chantant des chansons d'eau-de-vie et de lune blanche.

Une calèche traversa la place. Assis sur la banquette, quatre hooligans coiffés de feutres à large bord buvaient de la bière – Manchester jouait contre le Betis de Séville –, et don Ibrahim les suivit du regard en tortillant sa moustache, avec force soupirs de découragement. « Pauvre Séville », marmonna-t-il enfin en imprimant une nouvelle vigueur au mouvement de son panama blanc. Niña Puñales acquiesça sans relever la tête, absorbée par son travail : quatre à l'endroit, j'en saute deux. Don Ibrahim avait jeté le bout de son cigare et le regardait fumer par terre. Finalement, avec un soin extrême, il l'aida à mourir avec le bout de sa canne. Il détestait ces types brutaux, capables d'écraser le mégot d'un bon cigare comme s'ils l'assassinaient au lieu de l'éteindre. L'avance de Peregil lui avait permis de s'acheter une boîte entière de Montecristo, une boîte neuve, vignette intacte, luxe qu'il n'avait pu s'offrir depuis le début de la fin du monde. Superbes, deux cigares dépassaient de la poche de son complet de lin blanc, passablement fripé. Il posa la main sur son cœur et les palpa amoureusement. Le ciel était bleu, l'air embaumait la fleur d'oranger, il était à Séville, il avait une bonne affaire en main, des havanes en poche et trente mille pesetas dans son portefeuille. Pour que sa félicité fût complète, il ne lui manquait plus que trois places à la prochaine corrida ; trois places sur les gradins, à l'ombre, avec à l'affiche Le Pharaon de Camas, ou l'étoile montante, Curro Maestral. El Potro disait qu'il se débrouillait plutôt bien, mais rien à voir quand même avec feu Juan Belmonte, que Dieu ait son âme. Ce même Curro Maestral que l'on voyait dans les revues en train de fricoter avec des femmes de banquiers. Ce qui, tout bien considéré, était aussi une histoire de cornes.

Tiens, quand on parle du loup… Le grand curé venait justement de sortir de l'hôtel. Et il s'était arrêté devant la porte, en grande conversation avec une beauté. Don Ibrahim donna un coup de coude à Niña Puñales qui laissa son ouvrage. Encore jeune, la dame portait des lunettes noires. Distinguée, tenue décontractée, mais avec cette classe, cette élégance et cette désinvolture caractéristiques des Andalouses de bonne famille. Elle et le curé se serraient la main. Voilà qui apportait des variantes insoupçonnées à l'affaire. Don Ibrahim et Niña Puñales échangèrent des regards entendus :

– Ça va faire du grabuge, Niña.

– Et comment.

L'ex-faux avocat se leva, non sans difficulté, et enfonça sur sa tête son panama de paille blanche tout en saisissant la canne de María Félix d'une main ferme. Puis il donna ses instructions à La Niña : qu'elle continue son crochet sans perdre de vue le grand curé. Il s'ébranla, aussi discrètement que possible, propulsant laborieusement ses cent dix kilos derrière la femme aux lunettes noires. Il la suivit jusqu'à Santa Cruz où elle tourna à gauche dans la rue Guzmán el Bueno, avant de disparaître sous le porche du palais que l'on appelait la Casa del Postigo, la maison de la Poterne. Sourcils froncés, yeux aux aguets, don Ibrahim s'approcha de l'arche qui s'ouvrait dans la façade peinte à l'ocre jaune et à la chaux, entre les inévitables orangers de la petite place qui lui servait d'accès. La Casa del Postigo était un endroit fort connu à Séville : un palais du XVIe siècle, résidence traditionnelle des ducs du Nuevo Extremo. Le Cubain prit bonne note des résultats de sa reconnaissance tactique. Les fenêtres étaient protégées par des grilles de fer forgé et, sous le balcon d'honneur, des armoiries présidaient au-dessus de l'entrée, avec leur casque sur lequel un lion faisait office de cimier, une bordure d'ancres et de têtes de maures ou de caciques indiens, puis une autre bande en biais avec une grenade, et enfin la devise *Oderint dum probent*. Qu'ils sentent ce qu'ils goûtent, à peu près, traduisit pour lui-même l'ex-avocat, se félicitant de la sagesse de l'expression. Puis, comme malgré lui, il s'enfonça sous le porche sombre et s'avança vers la grille de fer forgé qui fermait l'entrée du patio intérieur, splendide ensemble de colonnes mozarabes et de jardinières débordant de fleurs et de plantes vertes autour d'une très belle fontaine de marbre et d'azulejos. Il resta là jusqu'à ce qu'une domestique en uniforme noir s'approche de la grille, méfiante. Il lui adressa alors son sourire le plus effronté et, soulevant un peu son chapeau, fila vers la rue avec la maladresse d'un touriste égaré. Une fois dehors, il s'arrêta devant la façade. Il souriait encore sous la frondaison de sa moustache tachée de nicotine quand il sortit un cigare de sa poche et en retira soigneusement la bague. *Montecristo – Habana*, pouvait-on lire autour de la minuscule fleur de lis. Il en perça le bout avec un petit canif pendu à sa chaîne de montre. Le canif – aimait-il à raconter – était une petite attention de ses amis Rita et Orson, souvenir de cet après-midi inoubliable dans la Vieille Havane, quand il leur avait fait visiter la manufacture de tabacs Partagás, à l'angle des rues Dragones et Barcelona. Rita et lui avaient dansé au Tropicana jusqu'aux petites heures. Ils étaient venus à Cuba pour tourner *La Dame de Shanghai*, sauf erreur. Orson avait bu jusqu'à plus soif, et ils s'étaient tous embrassés en se donnant de grandes tapes dans le dos. Finalement, ils lui avaient fait cadeau de ce canif dont Citizen Welles se servait pour castrer ses bâtons de chaise. Absorbé dans ses souvenirs, peut-être imaginaires, don Ibrahim glissa le cigare entre ses lèvres en le faisant tourner pour mieux savourer la feuille de tabac vierge de l'enveloppe extérieure. Intéressantes, se dit-il, les relations féminines du grand curé. Puis il approcha son briquet de l'extrémité du Montecristo, jouissant par anticipation de la demi-heure de plaisir qui l'attendait. Pour don Ibrahim, la vie n'était pas concevable sans un cigare cubain qu'il puisse se mettre en bouche. Miraculeusement, cet arôme avait pour effet de lui reconstruire un passé glorieux où Séville et La Havane – si semblables –, sa jeunesse antillaise dans laquelle lui-même était incapable de démêler le vrai de l'invention, se fondaient avec la première bouffée en un rêve aussi extraordinaire que parfait.

Tout semblait rouge dans le bar à putes, à cause de l'éclairage. Julio Iglesias chantait dans la stéréo. Et le verre de Celestino Peregil tinta quand Dolores la Negra rajouta un glaçon dans son whisky.

– Tu es bien jolie, Loli – dit Peregil.

C'était la constatation d'un fait objectif. Dolores fit chalouper ses hanches derrière le bar en passant un cube de glace sur son nombril nu, sous le tee-shirt très court qui retenait deux seins énormes dont les oscillations suivaient le rythme de la musique. C'était une grande femelle, plus ou moins gitane, la trentaine bien mûre, qui ne comptait pas plus les coups qu'un Bosniaque à sa fenêtre.

– Je vais t'en mettre une de première bourre – annonça Peregil en passant la main sur sa tête pour arranger les cheveux qui camouflaient sa calvitie –. Tu vas en tomber du lit.

Habituée au protocole et aux bourres de première de Peregil, Dolores esquissa deux pas de danse en le regardant dans les yeux ; puis elle fit sortir le bout de sa langue entre ses lèvres, laissa tomber dans son verre le cube de glace qu'elle avait passé sur son nombril et s'en fut servir encore un peu de champagne catalan à un autre client, un type à qui les filles avaient déjà sifflé deux bouteilles et qui semblait bien parti pour une troisième. En stéréo, Julio Iglesias insistait sur le fait qu'il était à la fois un truand et un caballero, puis se mettait à discuter avec José Luis Rodríguez, El Puma, pour savoir s'il fallait ou non être torero pour bien planter une femme au plumard. Indifférent à la polémique, Peregil but une petite gorgée de whisky en lançant un regard en coin à Fátima, la Maure, qui dansait seule sur la piste, jupe au ras des fesses, bottes jusqu'aux genoux, décolleté où dansaient allègrement les deux seins. Fátima était sa position de repli pour cette nuit, de sorte qu'il se mit à peser très sérieusement les avantages et les inconvénients de la créature.

– Salut, Peregil.

Il ne les avait pas entendus entrer, ni s'approcher. Ils s'installèrent chacun d'un côté, appuyés contre le bar comme s'ils contemplaient le paysage des bouteilles alignées sur les étagères, sur fond de miroirs. Peregil vit leurs reflets devant lui, entre les étiquettes et les carafons publicitaires : Gitano Mairena à sa dextre, vêtu de noir, maigre et dangereux avec son air de danseur flamenco, un énorme anneau d'or à côté du moignon du petit doigt qu'il s'était lui-même coupé durant une mutinerie, à la prison d'Ocaña. El Pollo Muelas – le Poulet qui a des dents – à senestre, blond, soigné, menu, qui donnait l'impression de bander constamment à cause du coupe-chou qu'il portait dans la poche gauche de son pantalon, et qui disait toujours « je vous demande pardon » avant de moucher quelqu'un.

– Tu nous offres un verre ? – demanda Gitano, doucement, affectueusement, ravi de l'occasion.

Subitement, Peregil eut très chaud. Pâle comme la mort, il appela Dolores. Gin-tonic pour Mairena, même chose pour El Pollo

133

Muelas. Les deux verres restèrent sur le comptoir, intacts. Dans le miroir, leurs deux regards étaient plantés sur lui.

– On a un message pour toi – dit Gitano.

– D'un ami – précisa l'autre.

Peregil avala sa salive, espérant qu'on ne le verrait pas trop dans la lumière rouge. L'ami en question s'appelait Rubén Molina. C'était un prêteur du marché aux Puces à qui il signait depuis des mois des reconnaissances de dettes arrivées depuis belle lurette à échéance et dont le total s'élevait à une somme dont Peregil lui-même ne pouvait se souvenir sans se sentir au bord de la lipothymie. Dans ses rapports avec ses débiteurs, Rubén Molina était fameux dans certains cercles sévillans pour la coutume qu'il avait de n'envoyer que deux messages pour réclamer le paiement de son dû, capital et intérêts : le premier en paroles, le second en actes. Mairena et El Pollo Muelas étaient ses hérauts de service.

– Dites-lui que je vais payer. J'ai une affaire en route.

– C'est exactement ce que disait Frasquito Torres.

El Pollo Muelas souriait, dangereusement compréhensif et sympathique. De l'autre côté, dans le miroir, le visage long et ascétique du gitan était toujours aussi joyeux que s'il venait d'enterrer sa mère. Peregil se voyait entre les deux sbires et il voulut avaler sa salive pour la deuxième fois, mais sans succès : l'allusion à Frasquito Torres lui avait mis la gorge complètement à sec. Frasquito était une vraie tête brûlée, un garçon de bonne famille, très connu à Séville, qui avait eu recours pendant un temps, comme Peregil, aux fonds du prêteur Molina. Incapable de payer à l'échéance, quelqu'un l'avait attendu sous le porche de sa maison pour casser, une par une, toutes les dents qu'il comptait dans sa bouche. On l'avait laissé là, avec ses quenottes dans un cornet de papier journal glissé dans la poche supérieure de sa veste.

– J'ai seulement besoin d'une semaine.

Gitano Mairena leva un bras et le posa sur les épaules de Peregil, dans un geste d'amitié si surprenant que celui-ci s'en décrocha la mâchoire de peur. Le moignon du petit doigt mutilé lui frôlait le menton.

– Quelle coïncidence ! – la chemise noire du gitan sentait la vieille sueur et le tabac –. Parce que c'est justement ce qu'on te donne, mon vieux. Sept jours tout ronds, pas une minute de plus.

Peregil avait posé les mains sur le bar pour les empêcher de trembler. En face de lui, sur les étagères, les étiquettes des bouteilles se mirent à danser : White Larios, Johnnie Ballantine's, Dyc Label, Four Horses, Centenario Walker. La vie est mortelle, se dit-il. Elle finit toujours par avoir ta peau.

– Dites à Molina qu'il n'y a pas de problèmes – bégaya-t-il –. Je suis un homme de parole. Et je tiens une affaire en or.

Sur ce, il empoigna son verre et le vida d'un seul et long trait. Un glaçon vint cogner contre ses dents avec un bruit sinistre, ce qui lui rappela que Frasquito Torres avait dû se fourrer dans les pattes d'un autre prêteur pour se payer une prothèse de quatre-vingt-dix mille douros. Gitano avait toujours son bras sur son épaule.

– Formidable ! – ricanait El Pollo Muelas –. Une affaire en or. Tiens donc.

Julio Iglesias continuait sa chansonnette, mine de rien. Dolores la Negra s'approcha en dansant derrière le bar, travaillant fort des hanches, pour leur faire un brin de causette. Elle trempa un doigt dans le verre de Peregil, le suçota énergiquement, se frotta le ventre contre le comptoir et agita le contenu de son tee-shirt avec un professionnalisme irréprochable, avant de regarder les trois hommes d'un air déçu. Peregil semblait avoir vu un fantôme, les deux autres tiraient de sales gueules. De plus – indice inquiétant –, ils n'avaient pas touché à leurs gins. Dolores pivota donc sur les talons et, sans cesser de faire valser ses hanches au rythme de la musique, elle s'éloigna sans demander son reste. Après une vie entière devant ou derrière les bars, elle savait parfaitement quand un pigeon commence à sentir le roussi de loin.

V. Les vingt perles du capitaine Xaloc

Et j'ai aussi aimé des femmes mortes.

Heinrich Heine, *Nuits florentines*

Le commissaire adjoint Simeón Navajo, chef du service des enquêtes au commissariat central de Séville, avala une dernière bouchée d'omelette, puis regarda Quart avec sympathie :

– Écoutez, Pater, je ne sais pas si c'est l'église, le hasard ou l'archange Gabriel – il prit la bouteille de bière qui était posée sur son bureau et but au goulot –, mais cet endroit est pourri.

Petit, très mince, sympathique, des mains nerveuses, il avait des lunettes rondes à monture d'acier et une moustache fournie qui semblait sortir de ses narines. On aurait dit une caricature à échelle réduite d'un intellectuel des années soixante, impression que confirmait son jean, son ample chemise rouge de coton et ses cheveux longs, ramenés en arrière en queue de cheval. Depuis vingt minutes, les deux hommes examinaient ensemble les rapports concernant les deux morts survenues à Notre-Dame-des-Larmes. Les conclusions de la police concordaient avec celles des médecins légistes : décès accidentels. Le commissaire adjoint Navajo regrettait bien de ne pas avoir sous la main un coupable qu'il puisse montrer à l'agent de Rome, menottes aux poignets. Le hasard, Pater, répétait-il. Vous savez comment ces choses-là arrivent. Un garde-fou mal boulonné, un morceau de stuc qui tombe, deux malchanceux qui n'ont jamais gagné le gros lot, et ce jour-là, voilà leur numéro qui sort. Aïe pour le premier, boum pour le second, et deux petits anges qui montent au ciel. Car, s'agissant d'une église, le commissaire adjoint tenait pour acquis qu'ils s'en étaient tous deux allés au ciel.

– Le cas de Peñuelas, l'architecte de la ville, est clair – Navajo faisait courir ses doigts sur le bord de son bureau, imitant la façon dont avait dû marcher le défunt –. Il s'est promené pendant une demi-heure sur le toit pour trouver des arguments qui justifieraient une déclaration de vétusté. Il a fini par s'appuyer sur un garde-fou, à côté du campanile... Le bois est pourri, il cède, Peñuelas fait la culbute et s'empale sur un tube de fer d'un échafaudage qu'on était en train de monter, comme un poulet sur une broche – le commissaire avait cessé de faire courir ses doigts sur son bureau et dressait un index, représentation symbolique du tube, sur lequel il faisait tomber la paume de son autre main. Quart supposa que la main représentait le sieur Peñuelas, poulet pour l'occasion –. Tout s'est passé devant témoins et l'enquête n'a pas permis de conclure qu'on avait trafiqué le garde-fou.

Le commissaire adjoint prit une autre gorgée de bière au goulot et s'essuya la moustache avec le doigt sur lequel s'était embroché l'architecte Peñuelas. Puis il fit un sourire amical au prêtre. Ils avaient fait connaissance quelques années plus tôt, à l'occasion de la visite du pape. Simeón Navajo était le chargé de liaison de la police sévillane et les deux hommes s'étaient entendus à merveille. L'envoyé de Rome avait laissé le commissaire adjoint prendre à son compte tous les coups d'éclat, comme l'identification de ce prêtre opposé au célibat qui voulait poignarder le Saint-Père, et l'affaire du Semtex caché dans la corbeille de linge des petites sœurs du Saint-Sacrement. Ce qui avait valu à Navajo des félicitations personnelles du ministre de l'Intérieur et de Sa Sainteté, sa photo en première page des journaux et la croix du mérite de la police, avec ruban rouge. Depuis, personne au commissariat central n'osait plus l'appeler Miss Magnum, à cause de sa queue de cheval. Le Magnum en question, calibre 357, se trouvait au beau milieu d'une pile de papiers, dans une corbeille posée sur la table. Il ne le mettait presque jamais dans son étui, sous son aisselle, sauf le week-end quand il allait chercher ses enfants chez son ex-femme. Pour qu'elle le respecte, disait-il. Et les enfants appréciaient beaucoup.

Quart jeta un coup d'œil autour de lui. Derrière une cloison vitrée, un Maghrébin avec un œil au beurre noir était assis en face d'un robuste policier en manches de chemise qui remuait les lèvres d'un air peu avenant, comme dans un film muet. De ce côté-ci de la vitre, on pouvait voir une photo encadrée du roi sur un mur, un calendrier sur lequel une main rageuse biffait les jours qui passent, un classeur gris avec un autocollant d'Expo 92 et un autre représentant une feuille de marijuana, un ventilateur, des photos de criminels sur un tableau de liège, une cible avec des fléchettes et une multitude de trous tout autour sur le mur, et un poster où l'on voyait des flics américains en train de tabasser consciencieusement un Noir, sous la légende : *Qui aime bien châtie bien.*

– Et le père Urbizu ?

Le commissaire adjoint se débouchait une oreille. L'opération terminée, il sembla déçu lorsqu'il regarda son doigt.

– La même chose, à un poil près, Pater. Cette fois, il n'y avait pas de témoins, mais mes hommes ont fouillé l'église de fond en comble. Il a peut-être voulu s'appuyer sur un échafaudage, ou bien il l'aura déplacé par accident... – le commissaire adjoint se mit à balancer ses mains comme un échafaudage qui vacille, avec un tel réalisme qu'il s'arrêta subitement, comme pris de vertige –. Le sommet de l'échafaudage a dû toucher la corniche et faire sauter un gros morceau de stuc. Il était peut-être déjà à moitié détaché et ne tenait plus que par miracle, si vous me passez l'expression, à cause de la structure métallique. Alors, pas de chance, dix bons kilos lui sont tombés sur la caboche quand l'échafaudage a bougé. Je suppose qu'il a entendu du bruit, qu'il a levé la tête, et bonjour les dégâts.

Le récit avait été accompagné d'une mimique appropriée à laquelle le commissaire adjoint avait mis le point final en retournant une main sur son bureau, comme s'il s'agissait du père Urbizu sur le point d'entrer dans une vie meilleure. Puis il regarda d'un air pensif sa main agonisante et tendit l'autre vers la bouteille de bière.

– Encore la malchance – dit-il, songeur, quand il eut vidé sa bouteille.

Stylo en l'air, Quart s'apprêtait à prendre des notes sur un lot de cartes qu'il avait sorties de sa poche :

– Mais pourquoi la corniche s'est-elle effondrée ?

– Ça dépend – Navajo regardait les cartes avec méfiance. Puis il secoua sa chemise pour faire tomber quelques reliefs d'omelette –. Selon Newton, du fait de l'attraction terrestre et de la force centrifuge résultant de la rotation de la planète, tout objet laissé à lui-même au voisinage de la surface de la Terre acquiert une accélération verticale, laquelle le précipite directement sur la tête des secrétaires d'archevêque qui se sont levés avec la poisse – il regarda Quart, comme pour lui demander s'il appréciait –. J'espère que vous avez tout noté. Pour qu'on n'aille pas dire ensuite que la police ne travaille pas sur des bases scientifiques.

Quart comprit le message. Il rit, puis rangea ses cartes et son stylo. Le commissaire adjoint le regardait faire d'un air innocent.

– Et d'après vous ?

Navajo haussa les épaules sous son ample chemise rouge. Rien de tout cela n'était important ni secret, mais il était évident qu'il ne voulait pas donner à leur conversation un tour officiel. Puisqu'on avait conclu à la nature accidentelle des deux décès, Notre-Dame-des-Larmes demeurait une affaire purement ecclésiastique. Des rumeurs couraient sur les appétits spéculatifs de la municipalité et des banques ; les supérieurs du commissaire adjoint préféraient rester en dehors de tout cela. Après tout, même s'il était d'origine espagnole, prêtre et vieil ami du commissaire adjoint, Quart était aussi l'agent d'un État étranger.

– Selon nos spécialistes – répondit Navajo –, la corniche est tombée parce qu'elle était déjà abîmée, comme l'a montré l'expertise. On a constaté la présence d'une poche d'humidité derrière, dans le mur. La toiture fuyait depuis des années.

– Vous écartez tout à fait la possibilité d'une intervention humaine ?

Le commissaire adjoint le regarda d'un air moqueur, mais se retint. Il devait quand même une fière chandelle à Quart.

– Écoutez, Pater. Chez nous, dans la police, nous n'avons jamais écarté à cent pour cent la possibilité que les onze collègues de Judas lui aient fait la peau ; alors, restons-en plutôt à quatre-vingt-quinze pour cent. De toute façon, il est peu probable que quelqu'un ait dit à ce pauvre homme : écoutez, attendez ici un petit moment ; et qu'ensuite il soit grimpé sur l'échafaudage pour arracher un morceau de corniche et le balancer sur l'autre, pfuuuit, pendant qu'il avait le nez en l'air – les doigts du commissaire adjoint avaient entrepris l'ascension de l'échafaudage, puis étaient redescendus sous la forme d'un objet contondant, pour reposer maintenant, comme c'était à prévoir, inertes sur le bureau, dans l'attente du médecin légiste –. Ça n'arrive que dans les dessins animés.

Quart prit congé du commissaire adjoint avec l'impression que *Vêpres* avait exagéré. Ou peut-être – en version libre, singulière et symbolique – était-il rigoureusement vrai que l'église tuait pour se défendre. Mais de là à quantifier la capacité de liquider les gêneurs dont pouvait être investi un monument décrépit, vieux de trois siècles, intrinsèquement ou avec l'aide du hasard ou de la Providence, c'était une autre paire de manches. De toute façon, ce n'était plus l'affaire de Quart à ce stade, ni même celle de l'IOE. Les questions sujettes à controverse touchant au surnaturel étaient du ressort d'autres spécialistes, plus proches de la sinistre confrérie du cardinal Iwaszkiewicz que du rude centurion incarné en la personne de monseigneur Spada. Dans son monde – qui était aussi celui du bon soldat Quart –, un et un faisaient deux depuis qu'au commencement était le Verbe.

En route vers l'église, il y réfléchissait encore quand il crut entendre des pas derrière lui dans les rues étroites de Santa Cruz. Il s'arrêta plusieurs fois, mais ne vit rien de suspect. Il continua son chemin en essayant de rester à l'abri de la mince bande d'ombre que faisaient les bords des toits. Le soleil tapait fort sur Séville et les façades blanches et ocre réverbéraient la chaleur comme les parois d'un four. Sa veste noire lui pesait sur les épaules comme du plomb fondu. S'il y avait vraiment un au-delà, se dit Quart, les Sévillans en état de péché mortel allaient s'y sentir à l'aise, puisque pour eux c'était déjà l'enfer sur terre plusieurs mois par an. Arrivé sur la petite place de l'église, il s'arrêta à côté de la grille aux géraniums, jaloux du canari qui, dans sa cage et à l'ombre, se trempait le bec dans une petite ampoule remplie d'eau. Pas un souffle d'air. Tout pendait, immobile : les rideaux à la fenêtre, les feuilles des orangers et des plantes dans leurs pots. Voiles sur la mer des Sargasses.

Il franchit avec soulagement le seuil de Notre-Dame-des-Larmes. A l'abri des murs, c'était une oasis de fraîcheur qui sentait la cire et l'humidité : exactement ce qu'il fallait à Quart, et de toute urgence. Il s'arrêta sur le pas de la porte pour souffler un peu, encore ébloui par le soleil du dehors. Il y avait là une statuette de Jésus de Nazareth : un Christ baroque et tourmenté qui venait de subir le troisième degré dans la cour du prétoire – combien êtes-vous, où as-tu planqué l'or et les deniers de tes partisans, qu'est-ce que c'est que cette foutaise de te faire appeler Fils du Père, devine un peu qui vient de te flanquer une beigne. Il avait les mains liées et de grosses gouttes de sang coulaient de son front couronné d'épines qu'il levait vers le ciel, espérant que quelqu'un lui donne un coup de main et le sorte de là en invoquant l'*habeas corpus*. A la différence de la plupart de ses pairs, Quart n'avait jamais été convaincu de la filiation divine de l'homme dont il avait l'image devant lui ; pas même au séminaire, pendant ce qu'il appelait ses années de dressage, quand ses professeurs de théologie démontaient et remontaient minutieusement les mécanismes de la foi dans l'esprit des jeunes gens qui se destinaient au sacerdoce. « Elie, Elie, pourquoi m'as-tu abandonné ? », c'était la question cruciale qu'il fallait éviter à tout prix. Mais il était entré au séminaire avec cette question déjà toute prête, et déjà convaincu qu'elle n'avait pas de réponse, de sorte que le formatage de la disquette théologique n'avait fait qu'enfoncer le clou. Mais Quart était un jeune homme prudent et il avait su garder le silence. Pendant ces années d'apprentissage, l'important pour lui avait été la découverte d'une discipline ; de normes pour ordonner sa vie et tenir en respect la certitude du néant acquise sur cette jetée devant la mer, en pleine tempête. Il aurait pu tout aussi bien entrer dans l'armée, dans une secte ou, comme le disait monseigneur Spada pour plaisanter – mais en fait il ne plaisantait pas le moins du monde –, dans un ordre médiéval de moines soldats. L'orphelin du pêcheur perdu en mer n'avait besoin que de son orgueil, de sa discipline et d'un règlement.

Il regarda encore la statuette. En tout cas, ce Nazaréen les avait eues bien accrochées. Personne ne pouvait avoir honte de brandir sa croix comme bannière. Parfois, il avait la nostalgie de cette autre sorte de foi, ou peut-être simplement de la foi tout court ; quand des hommes noircis par la poussière et le soleil sous leur cotte de mailles hurlaient le nom de Dieu et se jetaient dans la mêlée, poussés par l'espoir de s'ouvrir à coups d'épée la route du

Ciel et de la vie éternelle. Il était plus facile alors de vivre et de mourir ; le monde était beaucoup plus simple, quelques siècles plus tôt.

Machinalement, il se signa. Autour du Christ protégé par un globe de verre, une cinquantaine d'ex-voto étaient accrochés : mains, pieds, yeux, petits corps d'enfants en laiton et en cire, tresses de cheveux, lettres, rubans, billets et plaques qui remerciaient de telle guérison ou de tel remède. Il y avait même une vieille médaille militaire de la guerre d'Afrique, piquée sur les fleurs séchées d'un bouquet de mariée. Comme chaque fois qu'il tombait sur des marques de dévotion de ce genre, Quart se demanda combien d'angoisse, de nuits de veille au chevet d'un malade, de prières, d'histoires de douleur, d'espérance, de mort et de vie renfermait chacun de ces objets que don Príamo Ferro, à la différence d'autres curés plus en accord avec leur temps, conservait à côté du Jésus de sa petite église. C'était la religion d'autrefois, celle de toujours, celle du prêtre en soutane qui baragouinait le latin, intermédiaire indispensable entre l'homme et les grands mystères. L'église du réconfort et de la foi, quand les cathédrales, les vitraux gothiques, les retables baroques, les statues et les peintures à la gloire de Dieu jouaient le rôle aujourd'hui dévolu aux écrans de télévision : apaiser l'homme devant l'horreur de sa propre solitude, de la mort et du néant.

– Bonjour – dit Gris Marsala.

Elle s'était laissée glisser en bas d'un échafaudage de tubes métalliques et le regardait, les mains dans les poches arrière de son jean. Elle portait les mêmes vêtements tachés de plâtre que la fois précédente.

– Vous ne m'aviez pas dit que vous étiez religieuse – lui reprocha Quart.

La femme retint un sourire et toucha ses cheveux poivre et sel, toujours noués en une courte tresse.

– C'est vrai. Je ne vous l'ai pas dit – ses yeux clairs et chaleureux le toisaient tranquillement, comme si elle voulait vérifier quelque chose –. Je croyais qu'un prêtre aurait pu le deviner sans l'aide de personne.

– Je suis un prêtre très maladroit.

Il y eut un léger silence. Gris Marsala souriait :

142

– Ce n'est pourtant pas ce qu'on raconte sur vous.

– Ah bon ? Et qui raconte des histoires sur moi ?

– Vous savez bien : les archevêques, les curés furieux – son accent américain l'avait fait trébucher sur ce chapelet de *r* –. Les jolies femmes qui vous invitent à dîner.

Quart se mit à rire.

– Mais comment pouvez-vous être au courant ? C'est impossible.

– Pourquoi donc ? Il existe une invention qu'on appelle le téléphone. On décroche et on parle. Macarena Bruner est mon amie.

– Étrange amitié. Une religieuse et la femme d'un financier qui scandalise Séville…

Gris Marsala lui lança un regard dur :

– Ce n'est pas très gentil.

Elle s'était retournée, le visage crispé. Il fit un geste, comprenant qu'il était allé trop loin. Au-delà de ses intérêts tactiques, la remarque était effectivement injuste. Ne jugez pas, et vous ne serez pas jugés.

– Vous avez raison. Excusez-moi.

Il détourna les yeux. Mal à l'aise, embarrassé par son faux pas, il essayait de comprendre les raisons de son attitude. Les reflets de miel et le collier d'ivoire sur la peau de Macarena Bruner rôdaient dans sa mémoire, inquiétants. Il se retourna vers Gris Marsala. Elle n'avait plus l'air furieuse, mais plutôt peinée :

– Vous ne la connaissez pas comme moi.

– Naturellement.

Quart hocha lentement la tête pour s'excuser et fit quelques pas, comme s'il voulait une trêve. Il s'avança dans la nef et regarda une fois de plus les échafaudages contre les murs, la plupart des bancs entassés dans un coin, les peintures du plafond, noircies entre les taches d'humidité. Au fond, à côté du retable plongé dans l'obscurité, brillait la petite lampe du saint sacrement.

– Et qu'est-ce que vous avez à voir avec tout cela ?

– Je vous l'ai dit : je travaille ici. Je suis vraiment architecte-restauratrice. J'ai des diplômes. Universités de Los Angeles et de Séville.

Les pas de Quart résonnaient dans la nef. Gris Marsala marchait à côté de lui, silencieuse dans ses chaussures de tennis. Des restes de peintures apparaissaient parmi les taches d'humidité et de fumée qui noircissaient la voûte : les ailes d'un ange, la barbe d'un prophète.

– Elles ne sont plus récupérables – dit Gris Marsala –. On ne pourra pas les restaurer.

Quart regardait la fissure qui fendait le front d'un chérubin comme un coup de hache.

– Est-ce que cette église est vraiment sur le point de s'écrouler ?

Gris Marsala fit un geste de lassitude, comme si elle avait trop souvent entendu cette question.

– C'est ce qu'on dit à l'hôtel de ville, à la banque et à l'archevêché pour justifier sa démolition – elle leva la main d'un geste qui embrassait toute la nef –. La construction est en mauvais état. Elle n'a pas été entretenue depuis deux cent cinquante ans. Mais le gros œuvre tient toujours bon. Il n'y a pas de vices irréparables ni dans les murs ni dans la voûte.

– Mais un morceau de plafond est tombé sur le père Urbizu – objecta Quart.

– Oui. Ici même, vous voyez ? – l'architecte montrait un défaut de près d'un mètre de long dans la corniche qui faisait le tour de la nef à dix mètres de hauteur –. Ce fragment de stuc qui manque, au-dessus de la chaire. La malchance.

– La *deuxième* malchance.

– L'architecte municipal est tombé du toit par sa faute. Personne ne lui avait dit qu'il pouvait monter là-haut.

Pour une religieuse, Gris ne semblait pas éprouver beaucoup de compassion pour les défunts. Ils l'ont cherché, semblait-elle dire. Quart ravala un sourire sarcastique et se demanda si elle aussi obtenait du père Ferro des absolutions de convenance. Il était rare de trouver des ouailles aussi fidèles à leur pasteur.

– Imaginez – Quart regardait les échafaudages, soupçonneux –, imaginez que vous n'ayez rien à voir avec cette église et que je vous dise : « Bonjour, faites-moi un rapport technique. »

La réponse vint immédiatement, sans la moindre hésitation :

– Elle est vieille et mal entretenue, mais elle n'est pas en ruine. Presque tous les dégâts se limitent aux revêtements. Il pleuvait à travers la toiture. Mais nous l'avons refaite avec de la chaux, du ciment et du sable ; près de dix tonnes de matériaux hissés à quinze mètres de hauteur, avec ces mains-là – Gris Marsala les agitait devant Quart : calleuses, fortes, ongles courts et cassés, incrustés de chaux et de peinture – et celles du père Oscar. A son âge, don Príamo ne va quand même pas gambader sur les toits.

– Et le reste de la construction ?

La religieuse haussa les épaules :

– Elle peut tenir, si nous réussissons à terminer les travaux essentiels. Quand les infiltrations auront été bouchées, il faudrait consolider la charpente. Les poutres sont pourries à certains endroits, à cause des termites ou de l'humidité. L'idéal serait de les remplacer, mais nous n'avons pas d'argent... – elle fit le geste de compter des billets avec le pouce et l'index, puis poussa un soupir de découragement –. Voilà pour la construction. Pour la décoration, il s'agit de restaurer petit à petit les endroits les plus abîmés. Pour les vitraux, par exemple, je me suis débrouillée. Un ami chimiste qui travaille dans une verrerie artisanale s'est engagé à fabriquer gratuitement des pièces de couleur pour remplacer celles qui manquent. Le travail avance lentement, parce qu'il faut aussi restaurer les plombs. Mais rien ne presse.

– Vraiment ?

– Vraiment, si nous réussissons à gagner cette bataille.

Quart la regardait avec intérêt :

– On dirait que vous en faites une affaire personnelle.

– C'est une affaire personnelle – reconnut-elle avec simplicité –. Je suis restée ici pour cette raison. Je suis venue à Séville pour résoudre certains problèmes, et c'est ici que j'ai trouvé la solution.

– Des problèmes professionnels ?

– Oui. Une crise, je suppose. C'est une chose qui arrive de temps en temps. Vous avez déjà eu la vôtre ?

Quart secoua la tête, poli, mais il pensait à autre chose. Il faut que je demande sa fiche à Rome, nota-t-il mentalement. Au plus vite.

– Nous parlions de vous, sœur Marsala.

Les yeux clairs se plissèrent entre les ridules qui bordaient les paupières de la religieuse. Un sourire ? On n'aurait pu l'affirmer :

– Vous êtes toujours aussi réservé, ou bien vous jouez un personnage ?... J'y pense, appelez-moi Gris. Sœur Marsala a quelque chose de ridicule dans cet accoutrement. Mais je vous disais que

145

j'étais venue ici pour mettre de l'ordre dans mon cœur et dans ma tête. J'ai trouvé la réponse dans cette église.

– Quelle réponse ?

– Celle que nous cherchons tous. Une cause, je suppose. Quelque chose qui nous donne une raison de croire, de nous battre – elle se tut, puis reprit un peu plus bas –. Une foi.

– Celle du père Ferro.

Elle le regardait sans rien dire. Sa tresse grise était à moitié défaite. Elle la prit entre ses doigts et la renoua sans quitter Quart des yeux.

– A chacun sa foi. Quelque chose de bien nécessaire dans ce siècle qui agonise si mal, vous ne trouvez pas ?... On a fait toutes les révolutions, on les a toutes perdues. Les barricades sont désertes et les héros solidaires sont devenus des solitaires qui s'accrochent à ce qu'ils peuvent pour survivre – ses yeux clairs l'observaient, pénétrants –. Vous ne vous sentez jamais comme un de ces pions sur un échiquier, un de ces pions qui se sont fait déborder, qu'on oublie dans un coin et qui entendent s'éteindre dans leur dos la rumeur du combat en essayant de rester debout vaille que vaille, en se demandant s'il existe encore un roi à servir ?

Ils s'avancèrent jusqu'au fond de l'église. Gris Marsala montra à Quart le seul tableau de quelque valeur : une Immaculée Conception attribuée sans grande conviction à Murillo. Il était accroché au-dessus de l'entrée de la sacristie, à côté du confessionnal. Puis ils se rendirent à la crypte, fermée par une grille derrière laquelle un escalier de marbre se perdait dans l'obscurité. L'architecte expliqua qu'il était rare de trouver une crypte dans une si petite église. Mais Notre-Dame-des-Larmes jouissait d'un privilège spécial. Quatorze ducs du Nuevo Extremo y étaient enterrés, dont ceux qui étaient morts avant la construction de l'église. A partir de 1865, la crypte était tombée en désuétude, au profit d'un caveau de famille au cimetière de San Fernando. Carlota Bruner avait été la seule exception.

– Je vous demande pardon ?

Quart avait posé la main sur la voussure de l'entrée de la crypte, ornée d'une tête de mort et de deux tibias. La pierre froide glaça le sang de son poignet.

Gris Marsala se retourna, surprise du ton de voix incrédule du prêtre.

– Carlota Bruner – répéta-t-elle, un peu déconcertée –. L'arrière-grand-tante de Macarena. Elle est morte au début du siècle et on l'a enterrée dans cette crypte.

– Nous pourrions voir sa tombe ?

Il y avait une inquiétude mal dissimulée dans la voix de Quart. L'architecte le regardait toujours, indécise.

– Bien sûr.

Elle alla chercher un trousseau de clés dans la sacristie, tira le verrou de la grille et fit tourner un vieil interrupteur en porcelaine. Une ampoule poussiéreuse éclaira faiblement l'escalier. Quart baissa la tête et, quelques marches plus bas, se retrouva dans un caveau carré dont les murs étaient couverts de dalles funéraires alignées sur trois rangs. De grands cernes noirs et blancs d'humidité tachaient les murs de brique et il flottait dans l'air une odeur de moisi et de renfermé. Sur un des murs, on pouvait voir des armoiries taillées dans le marbre, avec la devise : *Oderint dum probent*. Qu'ils me haïssent, pourvu qu'ils me respectent, traduisit-il pour lui-même. L'écu était surmonté d'une croix noire.

– Quatorze ducs – répéta Gris Marsala à côté de lui. Involontairement, elle avait baissé le ton, comme si ce lieu l'intimidait.

Quart lut les inscriptions des dalles funéraires. La plus ancienne portait les dates 1472-1551 : Rodrigo Bruner de Lebrija, conquistador et soldat chrétien, premier duc du Nuevo Extremo. La plus récente se trouvait à côté de la porte, entre deux niches vides. C'était la seule où l'on pouvait lire un nom de femme dans cet endroit réservé à une lignée de découvreurs, d'hommes d'État et de guerriers :

CARLOTA VICTORIA AMELIA
BRUNER DE LEBRIJA Y MONCADA
1872 – 1910
REQUIESCAT IN PACE

Quart passa le doigt sur les lettres gravées dans le marbre. Il en avait la certitude maintenant : dans sa poche, il avait une carte postale écrite un siècle plus tôt par cette femme, dix ou douze ans avant sa mort. Comme lorsqu'on glisse une carte codée dans la fente d'un lecteur électronique, personnages et événements jusque-là dispersés commençaient à s'organiser. Et au centre, comme à la croisée de tous ces chemins, il y avait cette église.

– Qui était le capitaine Xaloc ?

Gris Marsala observait les doigts de Quart, immobiles sur le nom CARLOTA. Elle semblait un peu désarçonnée :

– Manuel Xaloc était marin. Originaire de Séville, il avait émigré aux Antilles à la fin du siècle dernier. Il y était devenu une sorte de flibustier, avant de disparaître en mer pendant la guerre de Cuba en 1898.

« C'est ici que je prie pour toi tous les jours », relut-il mentalement, « et que j'attends ton retour ».

– Qu'était-il pour Carlota Bruner ?

– Elle est devenue folle à cause de lui. Ou de son absence.

– Je vous demande pardon ?

– Vous avez bien entendu – l'intérêt de Quart l'intriguait –. Vous pensiez peut-être que ces choses-là n'arrivaient que dans les romans ?... Une véritable histoire de feuilleton romantique, dont la seule originalité est qu'elle ne finit pas bien : une toute jeune fille de très bonne famille en conflit avec ses parents, un jeune marin qui s'en va chercher fortune au loin. La bonne société andalouse devine qu'il y a anguille sous roche, blocus familial, des lettres qui n'arrivent pas. Et une femme se consume à sa fenêtre, le cœur battant chaque fois qu'une voile remonte le Guadalquivir...
– Gris Marsala toucha à son tour la pierre, mais elle retira aussitôt la main –. Elle n'a pas pu le supporter. Et elle est devenue folle.

« Dans le lieu sacré de ton serment et de mon bonheur », continua Quart intérieurement. Tout à coup, il eut envie de sortir de cet endroit, de retrouver la lumière d'un soleil qui effacerait les paroles, les serments et les fantômes qu'il était venu réveiller dans cette crypte.

– Ils se sont revus ?

– Oui. En 1898, peu avant que la guerre n'éclate à Cuba. Mais elle ne l'a pas reconnu. Elle ne reconnaissait plus personne.

– Et lui, qu'est-ce qu'il est devenu ?

Les yeux clairs de l'architecte semblaient contempler une mer calme, grise comme le nom qu'elle portait.

148

– Il est rentré à La Havane, juste à temps pour prendre part à la guerre. Mais avant de partir, il a laissé ici la dot qu'il avait apportée pour elle. Les vingt perles de Notre-Dame-des-Larmes sont celles que Xaloc avait rassemblées pour le collier que Carlota devait porter le jour de ses noces – elle regarda la pierre pour la dernière fois –. Elle avait toujours voulu se marier dans cette église.

Ils sortirent de la crypte. Gris Marsala referma la grille, puis alluma la lumière du maître-autel pour faire sortir de la pénombre la statue de Notre-Dame-des-Larmes. On pouvait voir un cœur transpercé de sept poignards sur la poitrine de la Vierge, et les vingt perles du capitaine Xaloc qui brillaient sur son visage, sa couronne d'étoiles et son manteau bleu.

– Quelque chose m'échappe – dit Quart qui pensait à la carte postale dont le timbre n'avait jamais été oblitéré –. Vous parliez tout à l'heure de lettres qui ne sont jamais arrivées. Et pourtant, durant toutes ces années de séparation, Manuel Xaloc et Carlota Bruner ont bien dû s'écrire… Que s'est-il passé ?

Gris Marsala souriait, triste et distante. Elle ne semblait pas trouver plaisir à remémorer cette histoire :

– Macarena m'a dit que vous alliez dîner ensemble ce soir. Vous pourrez lui poser la question. Personne ne connaît mieux qu'elle la tragédie de Carlota Bruner.

Elle éteignit la lumière et le retable retomba dans l'obscurité.

Gris Marsala retourna à son échafaudage et Quart se dirigea vers la sacristie. Mais au lieu de sortir dans la rue, il s'y attarda pour y jeter un coup d'œil. Un tableau très sombre et en mauvais état était accroché à un mur : une Annonciation d'un peintre anonyme. Il y avait aussi une statue vermoulue de saint Joseph et l'Enfant-Jésus, un crucifix, deux chandeliers de laiton cabossés, une énorme commode d'acajou et une armoire. Il resta immobile au milieu de la pièce, regardant autour de lui, puis il ouvrit au hasard les tiroirs de la commode. Il y trouva des missels, des objets de culte et des ornements sacerdotaux. L'armoire contenait deux calices, un ostensoir, un vieux ciboire de laiton doré, une demi-douzaine de chasubles et une très vieille chape brodée au fil d'or. Quart la referma, sans rien toucher. La paroisse était bien modeste.

La sacristie avait deux portes. La première, qui donnait dans l'église par la petite chapelle du confessionnal, était celle que Quart avait empruntée. L'autre débouchait sur la petite place, par un étroit corridor qui servait aussi d'entrée au presbytère. Quart regarda l'escalier avec sa rampe de fer qui montait jusqu'à un palier éclairé par un lanterneau. Il s'arrêta pour consulter sa montre. Il savait que don Príamo Ferro et le père Oscar se trouvaient dans un bureau de l'archevêché, convoqués par le grand vicaire pour une bien opportune réunion administrative proposée par Quart lui-même. Si tout allait bien, il avait encore une demi-heure devant lui.

Il monta lentement l'escalier dont les marches craquèrent sous ses pas. La porte du palier était fermée. Mais ces petits inconvénients faisaient partie du métier. En fait de serrures, la plus coriace de toute sa carrière, avait été la combinaison alphanumérique de la résidence d'un certain évêque dublinois dont il avait fallu trouver le code à la porte même, à la lumière d'une torche Maglite et avec l'aide d'un scanner branché à son ordinateur portatif. Par la suite, l'évêque, un rouquin au visage rubicond qui répondait au nom de Mulcahy, s'était vu convoquer de toute urgence à Rome où son visage rougeaud était devenu d'une pâleur mortelle quand monseigneur Spada lui avait montré, le visage fermé, les photocopies de la totalité de la correspondance que le prélat entretenait avec les activistes de l'Armée républicaine irlandaise : des lettres qu'il avait eu l'imprudence de conserver, classées par ordre chronologique, derrière les volumes de la *Summa Theologica* qui s'alignaient sur les rayons de sa bibliothèque. L'incident avait inspiré une plus grande prudence à la ferveur nationaliste de monseigneur Mulcahy, avec pour conséquence que les forces spéciales du SAS britannique avaient jugé inutile de recourir à la solution radicale qu'aurait été son élimination physique. Selon les renseignements obtenus par les informateurs de l'IOE – moyennant dix mille livres sterling provenant de la caisse noire du secrétariat d'État –, l'opération aurait dû avoir lieu lors d'une visite que le prélat dublinois se proposait de faire à son confrère l'évêque de Londonderry. Opération que, de leur côté, les Anglais comptaient mettre astucieusement sur le compte des paramilitaires unionistes d'Ulster.

La serrure de don Príamo Ferro ne posait pas tant de difficultés.

C'était un modèle ancien, tout à fait ordinaire. Après un bref examen, Quart sortit de son portefeuille une mince lame d'acier, un peu plus étroite qu'une lime à ongles, et la glissa dans le trou en s'aidant d'une petite clé Allen choisie dans un trousseau tiré de sa poche. Il poussait doucement, sans forcer, jusqu'à sentir sous ses doigts le léger clic que faisait chaque cran en cédant. Puis il fit tourner la lame et la porte s'ouvrit.

Il s'avança dans le couloir en étudiant les lieux. Le logement était modeste : deux chambres, une cuisine, une salle de bains et un petit salon. Quart commença par cette pièce, mais il n'y trouva rien d'intéressant, à part une photo dans un tiroir du buffet. C'était une mauvaise photo Polaroïd, prise dans un patio andalou : au sol une mosaïque, des jardinières de fleurs et des plantes vertes autour d'une fontaine de marbre décorée d'azulejos. Don Príamo Ferro était là, avec son inévitable soutane noire qui lui tombait jusqu'aux pieds, assis devant une table basse sur laquelle était servi le petit déjeuner ou le thé. Deux femmes l'accompagnaient : une vieille dame dans une robe d'été claire, un peu passée de mode. L'autre était Macarena Bruner. Tous trois souriaient au photographe. C'était la première fois que Quart voyait le père Ferro sourire et il eut l'impression de découvrir une personne différente de celle qu'il avait rencontrée dans l'église et dans le cabinet de l'archevêque. Sur cette photo, il avait une expression douce et triste qui rajeunissait son visage barré de cicatrices, adoucissait la dureté de ses yeux noirs et de son menton obstiné, toujours mal rasé. On aurait dit un autre homme, plus innocent. Plus humain.

Quart glissa la photo dans sa poche, puis referma les tiroirs. Il se dirigea ensuite vers une machine à écrire portative posée sur une petite table, ouvrit la mallette et jeta un coup d'œil aux papiers qui se trouvaient dedans. Par réflexe professionnel, il glissa une feuille sur le rouleau et enfonça plusieurs touches pour obtenir un spécimen des caractères, au cas où il aurait un jour besoin d'identifier un document tapé sur cette machine. Puis il glissa la feuille pliée en deux dans la même poche que la photo. Une vingtaine de livres s'alignaient sur le buffet ; il les examina rapidement, en ouvrit quelques-uns et regarda s'il y avait quelque chose derrière la rangée. Il s'agissait d'ouvrages religieux : bréviaires aux pages usées, une édition du Catéchisme de 1992, deux volumes de citations latines, le *Dictionnaire d'histoire ecclésiastique d'Espagne*, l'*Histoire de la philosophie* d'Urdanoz et l'*Histoire des hétérodoxes espagnols* de Menéndez y Pelayo en trois volumes. Quart ne s'attendait pas à tomber sur ce genre d'ouvrages, et il fut également surpris de trouver plusieurs traités d'astronomie qu'il feuilleta avec curiosité, sans y trouver rien de particulier. Le reste était sans intérêt, sauf peut-être un unique roman : une très vieille édition brochée et en fort mauvais état de *L'Avocat du diable* – Quart détestait Morris West, ses prêtres tourmentés et ses succès de librairie –, dont un passage était souligné au stylo bille, à la page 29 :

> … Nous avons longtemps perdu de vue notre devoir de pasteurs. Nous avons perdu le contact avec ceux qui nous maintiennent en contact avec Dieu. Nous avons réduit la foi à un concept intellectuel, à un aride acquiescement de la volonté, parce que nous ne l'avons pas vue à l'œuvre dans la vie des gens ordinaires. Nous avons perdu la compassion et la crainte respectueuse. Nous croyons en nous conformant à des règles, et non plus en accord avec la charité.

Il remit le roman à sa place et s'intéressa au téléphone. Un branchement fixe, à l'ancienne. Rien qui permette d'y connecter un ordinateur. Il sortit alors de la pièce en laissant la porte comme il l'avait trouvée, ouverte à quarante-cinq degrés, et emprunta le couloir pour se rendre à la chambre qui était certainement celle du père Ferro. Elle sentait le renfermé et la solitude du prêtre. C'était une pièce toute simple avec une fenêtre qui donnait sur la place, meublée d'un lit de fer sous un crucifix et d'une armoire à glace. Dans la table de chevet, il trouva un livre de prières, des pantoufles éculées et un vase de nuit en porcelaine qui lui arracha un sourire. Dans l'armoire, un costume sombre, une soutane aussi élimée que celle que le curé portait tous les jours, quelques chemises et des sous-vêtements. Pratiquement pas d'autres objets personnels, à part un cadre de bois foncé avec la photo jaunie d'un homme et d'une femme endimanchés, d'allure paysanne, qui posaient à côté d'un prêtre. Malgré ses cheveux noirs et la jeunesse grave de ses traits, Quart reconnut sans mal le curé de Notre-Dame-des-Larmes. Très vieille, la photo était tachée dans un coin. Prise au moins quarante ans plus tôt, calcula-t-il en se fiant au physique du père Ferro : le menton et les yeux avaient déjà toute leur vigueur. Le regard fier et solennel de l'homme et de la femme que le jeune prêtre tenait par les épaules laissait supposer que l'instantané célébrait une récente ordination.

L'autre chambre ne pouvait être que celle d'Oscar Lobato. Au mur, une lithographie de Jérusalem vue du mont des Oliviers et une affiche du film *Easy Rider*, avec Peter Fonda et Dennis Hopper sur leurs motos. Quart découvrit aussi une raquette de tennis et des chaussures de sport dans un coin. La table de nuit et l'armoire ne contenaient rien d'intéressant. Il orienta donc ses recherches vers la table poussée contre le mur, à côté de la fenêtre. Il y trouva des papiers, des ouvrages de théologie et d'histoire de l'Église, la *Morale* de Royo Marín, la *Patrologie* d'Altaner, les cinq tomes du *Mysterium Salutis*, le gros essai d'Eugen Drewermann, *Prêtres*, un jeu d'échecs électronique, un guide touristique de la Cité du Vatican, une petite boîte de capsules antihistaminiques, un vieil album des aventures de Tintin : *Le Sceptre d'Ottokar*. Et dans un tiroir, récompense de sa patience, vingt feuillets sur saint Jean-de-la-Croix imprimés en caractères Courrier d'ordinateur et cinq coffrets de plastique contenant chacun une douzaine de disquettes trois pouces et demi.

Venait-il de débusquer *Vêpres* ? La réponse n'était pas évidente. D'un côté, c'était beaucoup ; de l'autre trop peu. Trop mince comme preuve, mais trop abondant pour en faire un examen sur place, conclut Quart avec une certaine irritation en inspectant le contenu des coffrets. Il lui faudrait du temps et un endroit tranquille pour lire toutes ces disquettes. Et il ne disposait ni de l'un ni de l'autre. Il allait devoir s'arranger pour revenir et les copier une par une sur le disque dur de son ordinateur portatif afin de les lire plus tard à loisir et d'y chercher des indices. La copie prendrait peut-être une bonne heure. Et il faudrait encore trouver un prétexte pour éloigner les deux prêtres le temps nécessaire.

La chaleur filtrait à travers les rideaux et Quart transpirait sous sa légère veste noire d'alpaga. Il sortit un kleenex pour s'essuyer le front, puis en fit une petite boule qu'il mit dans sa poche. Il rangea ensuite les disquettes et referma le tiroir en se demandant où pouvait être le matériel informatique dont se servait le père Oscar. Le pirate, quel qu'il soit, avait besoin d'un ordinateur très puissant relié à une ligne téléphonique facile d'accès et de divers accessoires. Il lui fallait un minimum de matériel et d'espace dont il ne disposait pas dans ce presbytère. Qu'il s'agisse d'Oscar Lobato ou d'un autre, il était clair que *Vêpres* ne travaillait pas ici.

Indécis, Quart regarda autour de lui. Il était temps de s'en aller. Au même instant, alors qu'il relevait le poignet gauche de sa chemise pour consulter sa montre, il entendit craquer les marches de l'escalier. Et il sut alors que les problèmes ne faisaient que commencer.

Celestino Peregil raccrocha et contempla le téléphone d'un air pensif. D'un bar voisin de l'église, don Ibrahim venait de lui faire un rapport sur les allées et venues des protagonistes de l'histoire. L'ex-faux avocat et ses séides prenaient leur mission très à cœur. Trop, au goût de Peregil, un peu fatigué de recevoir des coups de fil toutes les demi-heures pour s'entendre dire que le curé X avait acheté des revues au kiosque de Curro, ou que le curé Y prenait le frais au bar Laredo. Jusqu'à présent, la seule information réellement intéressante avait été celle de la rencontre entre Macarena Bruner et l'envoyé de Rome à l'hôtel Doña María, un détail que Peregil avait d'abord accueilli avec incrédulité, puis avec une satisfaction grandissante. Ces choses-là finissaient toujours par payer.

A propos de payer… Le tapis vert lui avait encore un peu plus compliqué la vie ces dernières vingt-quatre heures. Après avoir donné une avance de cent mille pesetas à don Ibrahim et à ses acolytes, à valoir sur les trois millions promis pour le travail, le factotum de Pencho Gavira avait succombé à la tentation d'utiliser les deux millions neuf cent mille qui lui restait pour redresser sa situation financière, assez critique. Un coup de tête ; une de ces impulsions qui déboulent sans crier gare, avec l'intuition – dangereuse – que tous les jours ne se ressemblent pas et que celui-ci était justement son jour de chance. De plus, un certain fatalisme mauresque coulait dans le sang andalou du personnage. La chance ne frappe pas deux fois à la même porte si personne ne lui dit

« entre donc, ma belle » ; c'était l'unique conseil que lui avait jamais donné son père quand il était petit, un jour exactement avant qu'il ne descende s'acheter un paquet de cigarettes et ne prenne la poudre d'escampette avec la charcutière du coin. Et c'est ainsi que, pourtant persuadé de frôler l'abîme, debout dans un bar en train d'avaler quelques tapas, Peregil comprit soudain que, s'il ne s'abandonnait pas à son coup de tête, le regret de ce qui aurait pu être et n'avait pas été allait le tourmenter le restant de sa vie. Car l'homme de peine de l'homme fort de la Banque Cartujano pouvait être bien des choses : canaille, chauve et honteux de l'être, mauvais garçon au point d'être capable de vendre sa vieille mère, son patron ou la femme de son patron pour un carton de bingo ; mais il lui suffisait d'imaginer le bruit d'une petite bille tournant en sens contraire de la roulette pour se donner un cœur de tigre. Ainsi va la vie. De sorte que, le soir même, Peregil avait enfilé une chemise propre et mis une cravate à chrysanthèmes rouges et mauves, puis s'en était allé au casino comme un autre avait pris le bateau pour Troie. Il avait failli réussir, ce qui disait beaucoup en faveur de son intuition d'habitué du tapis. Mais non, c'eût été impossible. Et comme l'a dit Sénèque, ce qui ne peut pas être ne peut pas être, et de surcroît est impossible. Les deux millions neuf cent mille – et à propos, ce n'était peut-être pas Sénèque – avaient pris le même chemin que les trois autres briques. Et les finances de Celestino Peregil s'en trouvèrent donc aussi ratatinées qu'un vieux hareng saur, pendant que les fantômes de Gitano Mairena et d'El Pollo Muelas lui collaient à la peau comme son ombre.

Nerveux, il se leva et fit quelques pas dans la minuscule tanière encombrée de photocopieuses et de boîtes de papier qu'il occupait deux étages plus bas que son patron, avec vue sur l'Arenal et le Guadalquivir. De là, il voyait la Torre del Oro, le pont San Telmo et les couples d'amoureux qui se promenaient le long du fleuve, parmi les tables des terrasses. Même en bras de chemise et malgré la climatisation qu'il avait fait démarrer, une chaleur désagréable lui donnait la bouche sèche. Il mit donc le cap sur la bouteille, laissa tomber quelques glaçons dans un verre, s'envoya trois doigts de whisky sans reprendre haleine et se demanda, à voir le tour que prenaient les événements, combien de temps la farce pourrait encore durer.

Une tentation lui trottait dans la tête. Rien de bien défini encore. Mais à première vue, il y avait peut-être là une possibilité pour souffler un peu, question liquidités. Bien sûr, c'était encore une fois jouer avec le feu, mais il n'avait pas vraiment le choix. Il suffisait que Pencho Gavira ne se doute pas que son garde du corps et sbire préféré jouait double jeu. Du doigté et de la discrétion, et cette histoire pouvait rapporter encore de l'argent. Après tout, le grand curé était beaucoup plus photogénique que Curro Maestral.

Ruminant tranquillement son idée, Peregil s'approcha de son bureau pour prendre son agenda où son index s'arrêta sur un numéro de téléphone qu'il avait déjà composé à quelques reprises. Après un moment d'hésitation, il le referma d'un coup sec, comme s'il voulait chasser de mauvaises pensées. Tu n'es qu'un rat d'égout, s'apostropha-t-il avec une objectivité insolite chez un individu de son espèce. Mais ce n'était pas son caractère moral qui tourmentait l'ex-détective, trop préoccupé par l'état cataleptique de ses finances personnelles. Son trouble lui venait d'une désagréable certitude : quand on en abuse, certains remèdes tuent. Mais, d'autre part, les dettes tuaient elles aussi, surtout celles contractées chez le prêteur le plus dangereux de Séville. Après moult réflexions, il rouvrit donc son agenda et chercha de nouveau le numéro de téléphone de la revue *Q + S*. Perdu pour perdu… Quelqu'un avait dit un jour que la trahison n'était qu'une question de dates. Dans le monde de Peregil, elle pouvait n'être qu'une question d'heures. Et puis, trahir était un bien grand mot. Il ne faisait qu'essayer de survivre.

– Qu'est-ce que vous foutez ici ?

Les gens de l'archevêché n'avaient pas pu retenir assez longtemps le père Oscar. Il était là, dans le couloir, et barrait le passage à Quart en lui faisant une mine peu avenante. Ce dernier lui adressa un sourire glacé qui dissimulait mal son embarras et son irritation :

– Je jetais un coup d'œil.

– C'est ce qu'on dirait.

Oscar Lobato hochait la tête comme s'il répondait lui-même à ses propres questions. Il était habillé d'un polo noir, d'un pantalon gris et de chaussures de sport. En réalité, le jeune homme n'était pas bien costaud. Même s'il était maintenant un peu rouge après avoir monté l'escalier quatre à quatre, sa peau était blafarde. Il était sensiblement plus petit que Quart et son physique – il avait vingt-six ans, selon le dossier – donnait à penser qu'il avait consacré plus de temps à l'étude et à la vie sédentaire qu'à l'exercice physique. Mais il était manifestement furieux, et Quart ne sous-estimait jamais les réactions d'un homme dans cet état. Et puis, il y avait ses yeux : un regard égaré derrière les verres de ses lunettes sur lesquelles tombait une mèche de cheveux blonds dépeignés. Et ses poings serrés.

Les mots n'allaient pas suffire. Quart leva donc la main pour calmer le jeune prêtre, fit un geste comme pour lui demander de le laisser passer, puis s'effaça un peu contre le mur, apparemment pour s'en aller par l'étroit corridor. Mais le père Oscar fit alors un pas vers la gauche pour lui barrer la route et l'envoyé de Rome comprit que l'incident était sur le point de prendre des proportions qu'il n'avait pas imaginées.

– Ne faites pas de bêtises – dit-il en déboutonnant sa veste.

Il parlait encore quand le coup partit. Un coup de poing à l'aveuglette, rageur, absolument dépourvu d'onction sacerdotale. Mais Quart l'attendait et il le laissa se perdre dans le vide en faisant précipitamment un pas en arrière.

– C'est absurde – protesta-t-il.

De fait. Tout cela était bien inutile. Quart leva les deux mains pour apaiser les esprits ; mais la colère avait envahi le visage et les yeux de son adversaire qui lança un second coup de poing. Cette fois, il l'atteignit à la mâchoire, de travers. Un crochet de la droite, sans force, donné presque au hasard, mais suffisant pour que Quart se sente enfin fâché. Le vicaire devait croire que dans la vie réelle les gens se cognent comme au cinéma. Or, si Quart n'avait pas vraiment l'habitude lui non plus de se battre dans les vestibules, il avait cependant acquis un certain nombre d'aptitudes hétérodoxes dans l'exercice de son ministère. Rien de spectaculaire : une demi-douzaine de petits trucs pour se sortir d'un mauvais pas. Et c'est ainsi que, non sans une certaine tendresse pour ce jeune homme au visage rouge, hors d'haleine, il fit comme s'il s'appuyait contre le mur et lui décocha un coup de pied au bas-ventre.

Le père Oscar s'arrêta net. La stupeur se lisait sur son visage et Quart, sachant qu'il faudrait cinq secondes avant que le coup de pied ne fasse tout son effet, lui asséna un coup de poing derrière l'oreille, pas trop fort cependant, juste ce qu'il fallait pour éviter une réaction de dernière minute. Un instant plus tard, le vicaire était à genoux, la tête et l'épaule droite contre le mur, regardant fixement ses lunettes qui étaient tombées sans se casser.

– Je regrette – dit Quart en frottant ses jointures endolories.

C'était la vérité. Il était vraiment désolé, et honteux de ne pas avoir su éviter ce lamentable incident. Deux prêtres en train de se battre comme des chiffonniers, c'était inqualifiable ; et la jeunesse de son adversaire ne faisait qu'accroître son embarras.

Immobile et congestionné, le père Oscar avalait avec difficulté l'air que réclamaient ses poumons. Ses yeux myopes, humiliés, continuaient à regarder sans les voir les lunettes qui gisaient sur le carrelage. Quart se baissa pour les ramasser et les glissa dans la main de l'autre. Puis il passa son bras sous son épaule pour l'aider à se relever et ils se dirigèrent ainsi vers le petit salon où le vicaire, toujours plié en deux, se laissa tomber dans un fauteuil de cuir synthétique, par-dessus une pile de numéros de la revue *Vie nouvelle* qui atterrirent par terre ou se froissèrent sous ses cuisses. Quart alla chercher un verre d'eau à la cuisine et le jeune homme le vida d'un trait. Il avait remis ses lunettes dont un verre était maculé d'une énorme empreinte digitale. Des gouttes de sueur collaient ses cheveux blonds sur son front.

– Je regrette – répéta Quart.

Le regard perdu dans le vide, le vicaire fit un pauvre signe de tête. Puis il leva la main pour écarter ses cheveux de son front et il la laissa là, comme pour s'éclaircir les idées. Ses lunettes qui avaient glissé sur le bout de son nez, son polo au col ouvert, la pâleur de son visage lui donnaient un air si parfaitement inoffensif qu'il en faisait pitié. Il devait être à bout pour avoir ainsi perdu les pédales. Quart s'appuya contre le bord de la table.

– J'exécute une mission – dit-il d'une voix aussi douce qu'il le put –. Et je n'ai rien contre vous.

L'autre acquiesça en évitant son regard.

– Je crois que j'ai perdu la tête – murmura-t-il enfin d'une voix éteinte.

– Nous avons tous les deux perdu la tête – Quart esquissa un sourire aimable, pour mettre un peu de baume sur l'amour-propre blessé du jeune homme –. Mais je voudrais que quelque chose soit bien clair entre vous et moi : je ne suis pas venu ici pour causer des ennuis à quiconque. J'essaie seulement de comprendre.

Le regard toujours fuyant, la main sur le front, le père Oscar lui demanda ce qu'il pouvait bien essayer de comprendre en fouillant dans une maison où personne ne l'avait invité. Et Quart, sachant que c'était sa dernière chance de se rapprocher de lui, rappela sur le ton de la camaraderie discrète leur obligation d'obéissance, mentionna le pirate informatique et le message qu'on avait reçu à Rome, regarda par la fenêtre et s'arrêta finalement devant le jeune prêtre.

– Certains pensent – il parlait sur le ton de la confidence incrédule : entre nous, tu te rends compte, quelle idée saugrenue – que vous êtes ce *Vêpres*.

– Ne dites pas de conneries.

– Ce ne sont pas des conneries, comme vous dites. Votre profil correspond en tout cas : âge, études, intérêts… – il s'appuya de nouveau contre le bord de la table, les mains dans les poches –. Et comment vous débrouillez-vous en informatique ?

– Comme tout le monde.

– Et ces boîtes de disquettes ?

Le vicaire battit deux fois des paupières :

– C'est ma vie privée. Vous n'avez pas le droit.

– Naturellement – Quart avait levé les mains, paumes tournées vers le haut, conciliant, pour montrer qu'il ne cachait rien dedans –. Mais dites-moi… Où est l'ordinateur que vous utilisez ?

– Je ne crois pas que ce soit important.

– Vous vous trompez. C'est important.

Le visage du père Oscar avait retrouvé sa fermeté. Il n'avait plus l'air maintenant d'un jeune homme humilié.

– Écoutez – il s'était redressé dans son fauteuil et il soutenait le regard de Quart –, ici, nous sommes en guerre, et j'ai choisi mon camp. Don Príamo est un homme de bien et un homme d'honneur. Pas les autres. C'est tout ce que j'ai à dire.

– Qui sont ces autres ?

– Tout le monde. Depuis les gens de la banque jusqu'à l'archevêque – il souriait pour la première fois. Un sourire en coin, amer –. Sans oublier vos chefs, à Rome.

Quart ne broncha pas. Il n'était pas de ceux qui s'émeuvent d'une insulte au drapeau. En supposant que Rome fût son drapeau.

– Bien – fit-il d'une voix neutre –. Nous mettrons cela sur le compte de la jeunesse. A votre âge, le sens dramatique de la vie est plus aigu. On s'enflamme facilement pour des idées ou des causes perdues.

Le vicaire lui lança un regard méprisant.

– Ce sont les idées qui ont fait de moi un prêtre – il semblait se demander quelles étaient celles de Quart –. Quant aux causes perdues, Notre-Dame-des-Larmes n'est pas encore perdue.

– Mais si quelqu'un gagne dans cette affaire, ce ne sera pas vous. Votre mutation dans la province d'Almería…

Le jeune homme se redressa encore un peu, héroïque :

– Chacun paie pour sa dignité et sa conscience. Mon prix est peut-être celui-là.

– Jolie phrase – ironisa Quart –. En d'autres termes, vous jetez une brillante carrière aux orties… Vous croyez vraiment que ça en vaut la peine ?

– A quoi sert à un homme de tout gagner, s'il perd son âme ? – le vicaire regardait son interlocuteur avec des yeux perçants, comme s'il s'attendait à le voir s'effondrer sous la force écrasante de l'argument –. Ne me dites pas que vous avez oublié cette phrase.

Quart réprima une furieuse envie d'éclater de rire devant les lunettes embuées de l'autre.

– Je ne vois pas de rapport entre votre âme et cette église.

– Il y a bien des choses que vous ne voyez pas. Des églises plus nécessaires que d'autres, par exemple. Peut-être à cause de ce qu'elles renferment, ou de ce qu'elles symbolisent. Il y a des églises qui sont comme des tranchées.

Quart souriait intérieurement. Le père Ferro avait utilisé une expression identique lors de leur rencontre dans le cabinet de monseigneur Corvo.

– Comme des tranchées – répéta-t-il.

– Oui.

– Dites-moi ce que vous prétendez défendre.

Le père Oscar se leva péniblement, sans le quitter des yeux, et fit quelques pas hésitants vers la fenêtre. Puis il ouvrit les rideaux pour faire entrer l'air et la lumière.

– Nous nous défendons contre notre sainte mère l'Église – dit-il enfin sans se retourner –. Tellement catholique, apostolique et romaine qu'elle a fini par trahir son message originel. Avec la Réforme, elle a perdu la moitié de l'Europe. Ensuite, elle a excommunié la Raison au XVIIIe siècle. Cent ans plus tard, elle a perdu les travailleurs lorsqu'ils ont compris qu'elle était du côté des oppresseurs. Et en cette fin de siècle, elle est en train de perdre la jeunesse et les femmes. Vous savez ce qui va rester de tout ça ?... Des souris qui feront la course entre des bancs vides.

Il se tut quelques instants, immobile. Quart l'entendait respirer.

– Et surtout – reprit le vicaire –, nous nous défendons contre ce que vous apportez ici avec vous : la soumission et le silence – il regardait les orangers de la place, le visage fermé –. J'ai compris au séminaire que tout le système était une question de formes, un jeu d'ambitions et de claudications. Dans notre métier, personne ne se lie avec un confrère, sauf s'il peut lui être utile pour une promotion. Tout jeunes, nous choisissons un professeur, un ami, un évêque qui pourra nous aider à grimper – Quart l'entendit rire dans sa barbe ; il n'y avait plus rien de juvénile chez le père Oscar –. Avant de rencontrer ces spécialistes de la courbette en tout genre, je croyais qu'un prêtre ne faisait que quatre sortes d'inclinations, devant l'autel. Et moi aussi je faisais partie du lot, destiné à ne jamais pouvoir donner aux gens le signe qu'ils réclament de nous, sans pour autant tomber dans les pattes des chiromanciens, des astrologues et des mercantis de l'âme. Mais quand j'ai fait la connaissance de don Príamo, j'ai compris ce qu'est la foi : quelque chose qui ne dépend même pas de l'existence de Dieu. La foi, c'est sauter les yeux fermés dans les bras ouverts de quelqu'un qui vous attend... C'est le réconfort face à la peur et à la douleur incompréhensible. La confiance de l'enfant dans la main qu'on lui tend dans l'obscurité.

– Vous en avez parlé à beaucoup de monde ?

– Naturellement. A tous ceux qui veulent bien m'entendre.

– Alors, je suppose que vous allez avoir des problèmes.

– C'est déjà fait, comme vous le savez mieux que personne. Mais je ne me plains pas. Je n'ai pas vingt-sept ans et je suppose que je pourrais encore me trouver un autre métier. Mais je vais rester, je vais me battre là où on m'enverra... – il fit à Quart une vilaine grimace, tout à fait insolente –. Et vous savez quoi ?... J'ai découvert ma vocation de curé mauvais coucheur.

La tête appuyée contre le dossier de son fauteuil de cuir noir, Pencho Gavira contemplait l'écran de son ordinateur. Le message clandestin était là, dans le fichier du courrier interne :

> Ils l'ont dépouillé de ses vêtements et ils ont jeté des sorts sur sa tunique, mais ils n'ont pas pu détruire le temple de Dieu. Car la pierre qu'ont rejetée les architectes est la pierre angulaire. Elle se souvient de ceux qui furent arrachés de notre main.

Au passage, pour s'amuser un peu, le pirate avait laissé derrière lui un virus bénin, une agaçante balle de ping-pong qui rebondissait sur les quatre côtés de l'écran en se dédoublant chaque fois. Quand deux balles se rencontraient, elles explosaient en lâchant un champignon nucléaire, puis la séquence reprenait. Gavira ne s'en inquiétait pas vraiment, car il serait facile à détruire. Le service informatique de la banque y travaillait, profitant de l'occasion pour voir si d'autres virus plus malfaisants ne se cachaient pas quelque part. Ce qu'il y avait d'inquiétant, c'était la facilité avec laquelle le *hacker* – un employé de la banque ou un plaisantin – avait inoculé sa balle dansante et cette étrange référence évangélique qui avait certainement quelque chose à voir avec Notre-Dame-des-Larmes.

En quête de réconfort, le vice-président de la Banque Cartujano tourna les yeux vers le tableau accroché en bonne place sur le plus grand mur de son bureau. C'était un Klaus Paten de grand prix, acquis il y avait un peu plus d'un mois en même temps que les biens meubles et immeubles de la Banque de Poniente. Le vieux Machuca n'était guère amateur d'art moderne – il se sentait plus à l'aise avec les Muñoz Degrain, Fortuny et consorts –, de sorte que Gavira se l'était adjugé à titre de butin de guerre. A une autre époque, les généraux se pavanaient avec les drapeaux emportés à l'ennemi. Le Klaus Paten jouait à peu près le même rôle : celui d'étendard de l'armée vaincue, une surface bleu cobalt de deux mètres vingt sur un mètre quatre-vingts, barrée d'une bande rouge et d'une autre jaune en diagonale, intitulée *Obsession n° 5*, sous laquelle s'était réuni pendant les trente dernières années le conseil d'administration de l'institution financière récemment absorbée par la Banque Cartujano. A l'heure qu'il était, ledit conseil se trouvait dispersé, captif et désarmé ; et la Banque de Poniente, seule institution qui avait jamais fait de l'ombre à la Banque Cartujano en Andalousie, avait disparu à tout jamais, grâce à une faillite technique dont Gavira avait été l'impitoyable artisan. La Banque de Poniente, une maison familiale dont la clientèle se recrutait parmi les petits épargnants ruraux, n'avait pas eu le flair indispensable pour distinguer ce qui permet de gagner de l'argent et ce qui permet d'éviter d'en perdre ; une faculté nécessaire par les temps qui couraient. Après une série de coups de main et d'interventions occultes dans les décisions de son concurrent, Gavira l'avait poussé à s'engager sur un véritable champ de mines : le lancement d'un super-compte à tout faire que sa structure financière allait être incapable de supporter et qui allait inéluctablement entraîner une détérioration progressive du passif et une hémorragie de la clientèle tradition-nelle de la banque. Par la suite, la Poniente avait piqué du nez et Gavira s'était trouvé là, les bras ouverts, un grand sourire aux lèvres, prêt à donner un coup de main au collègue en difficulté. La main était allée directement à la jugulaire, avec une campagne de harcèlement et de sabotage camouflée derrière une série d'avals, de prêts et de bonnes intentions qui avaient dégénéré en une salve d'épuration ethnique quasiment balkanique. A la fin, la Banque de Poniente n'était plus qu'un nom et quelques im-meubles où jusqu'aux cendriers des couloirs avaient été donnés en garantie. L'absorption était inévitable et le président de l'ins-titution familiale avait dû choisir entre se tirer une balle dans la tête ou accepter un petit poste honorifique au conseil d'adminis-tration de la Banque Cartujano. Il avait opté pour la seconde solution, et tout cela donnait un caractère symbolique incontes-table au Klaus Paten accroché devant le bureau de Pencho Gavira, au dernier étage de l'immeuble de l'Arenal. Une glo-rieuse dépouille. Le trophée du vainqueur.

« Vainqueur. » Gavira avait presque prononcé le mot à haute

voix, mais une ride soucieuse lui barrait le front lorsqu'il baissa les yeux sur l'écran de son ordinateur, couvert de petites balles qui rebondissaient dans tous les sens, au moment même où deux d'entre elles entraient en collision et déclenchaient l'explosion nucléaire. Boum. Et une nouvelle balle solitaire vint recommencer le cycle. Exaspéré, Gavira fit pivoter son fauteuil de quatre-vingts degrés pour se tourner vers l'immense baie vitrée qui donnait sur la rive du Guadalquivir. Dans son monde où l'on devait tuer pour ne pas crever soi-même, sur ce champ de bataille où il allait cherchant fortune, le mouvement perpétuel était de règle, comme celui de cette foutue balle de ping-pong. S'arrêter, c'était mourir, comme le requin blessé qui devient vulnérable aux attaques des autres squales. Avec son calme habituel et sa longue expérience, à l'abri de ses paupières mi-closes pour mieux épier la vie, le vieux Machuca le lui avait dit un jour : « C'est comme quand tu fais de la bicyclette ; si tu arrêtes de pédaler, tu tombes. » Par nature, Pencho Gavira était destiné à pédaler sans jamais se reposer, à toujours imaginer de nouveaux sentiers, à attaquer sans trêve ses ennemis réels ou les moulins à vent qu'il s'inventait *ex professo*. Chaque revers trouvait sa parade dans la fuite en avant ; chaque victoire portait en elle le germe d'un nouveau combat. Et c'est de la sorte que le vice-président directeur général de la Banque Cartujano construisait la complexe toile d'araignée de son ambition. Quelque chose dont il comprendrait l'objectif ultime quand il y serait arrivé, s'il y arrivait jamais.

Il tapa quelque chose sur le clavier pour sortir du fichier « courrier interne ». Puis il donna son mot de passe et entra dans le fichier privé auquel il avait seul accès. Là, à l'abri des intrus, se trouvait un rapport confidentiel qui pouvait certainement le mettre dans l'embarras : le travail d'une agence privée d'investigations économiques, réalisé pour le compte de certains membres du conseil d'administration qui ne voulaient pas voir Gavira succéder à Octavio Machuca à la présidence de la Banque Cartujano. Ce rapport était une arme mortelle et les conspirateurs se proposaient de la sortir de leur chapeau à la réunion prévue pour la semaine suivante. Mais ils ignoraient que Gavira, moyennant paiement d'une somme considérable, avait réussi à mettre la main dessus :

CONFIDENTIEL
RÉSUMÉ ENQUÊTE INTERNE B.C. AFFAIRE P.T. ET AL.

• Vers le milieu de l'année dernière, l'actif de la Banque a augmenté anormalement, et par voie de conséquence les dettes interbancaires évaluées au cours des mois précédents. Le vice-président (Fulgencio Gavira dispose en outre de tous les pouvoirs, sauf ceux qui ne peuvent être délégués) a soutenu que ces augmentations résultaient essentiellement du financement de Puerto Targa et de ses actionnaires, mais qu'il s'agissait d'opérations ponctuelles et transitoires sur le point d'être régularisées avec la vente imminente de la société Puerto Targa à un groupe étranger (Sun Qafer Alley, capitaux saoudiens), laquelle produirait une importante plus-value pour les actionnaires et une forte commission pour la Banque Cartujano. La vente a reçu fort opportunément l'approbation de la Junta d'Andalousie et du conseil des ministres.
• Puerto Targa est une société au capital de 5 millions de pesetas dont l'objectif est la création, dans une zone protégée proche de la réserve écologique du parc Doñana, d'un terrain de golf et d'un lotissement de villas de luxe avec un port de plaisance. Contre toute attente, les difficultés administratives que posait la construction en zone protégée ont été récemment levées par la Junta d'Andalousie qui s'opposait résolument au projet jusque-là. La Banque a acheté 78 % des actions de la société sur les instances du vice-président (Gavira), après une reconstitution qui a porté le capital à 9 milliards de pesetas. Le reste, 22 %, est resté entre les mains de particuliers et il y a lieu de croire que la société H.P. Sunrise, établie à Saint-Barthélemy (Antilles françaises), qui a conservé des intérêts importants, pourrait avoir des liens avec Fulgencio Gavira.
• Le temps a passé et la vente de Puerto Targa ne s'est toujours pas matérialisée. Entre-temps, les risques n'ont cessé d'augmenter. De son côté, le vice-président continue à soutenir que l'augmentation constatée résulte en partie de liquidations d'intérêts, d'escomptes de titres et de financements simples, mais que la vente des actions est imminente et qu'elle se traduira par une importante réduction des risques. L'enquête a cependant révélé que l'augmentation du risque était due à des décaissements volontairement dissimulés à l'époque, dont le total s'élevait à 20 milliards 28 millions de pesetas, dont seu-

165

lement 7 milliards 20 millions correspondaient à l'opération Puerto Targa. Même ainsi, le vice-président continue d'affirmer que la vente des actions de Puerto Targa à Sun Qafer Alley permettra de normaliser la situation.

• Après enquête, on a pu déduire que Puerto Targa est une société qui, par le biais d'une complexe opération d'ingénierie financière faisant intervenir des sociétés établies à Gibraltar, a été financée, depuis sa création et jusqu'à l'heure actuelle, presque totalement par la Banque Cartujano, situation d'importance capitale qui a été dissimulée à la plupart des membres du conseil d'administration. On pourrait dire qu'elle a été créée, en pratique, pour faire apparaître dans un premier temps un bénéfice fictif dans la position antérieure de la Banque Cartujano en faisant figurer comme revenus les 7 milliards 20 millions de l'achat de la société, alors qu'en réalité la Banque se payait elle-même en se vendant Puerto Targa par l'entremise des prête-noms de Gibraltar. Le second objectif était d'assainir les résultats de la Banque avec les plus-values qui seraient réalisées lors de la vente à Sun Qafer Alley. En d'autres termes, combler le « trou » de plus de 10 milliards dans les finances de la Banque Cartujano qui résulte de la gestion de l'actuel vice-président, plus le reliquat hérité des précédents gestionnaires.

• La vente qui, selon le vice-président actuel, devrait faire tripler la valeur de la société ne s'est pas encore réalisée. On indique maintenant qu'elle devrait l'être au milieu ou à la fin du mois de mai en cours. Il est possible, comme l'affirme le vice-président, que l'opération Puerto Targa normalise la situation interne. Mais pour le moment, il est clair que la dissimulation systématique de la situation véritable démontre l'existence d'un « maquillage » manifeste des résultats de la Banque Cartujano. Cela veut dire que, depuis un an, on a caché au conseil d'administration la situation véritable sur le plan des risques et sur celui de l'absence de résultats positifs, ainsi que de nombreuses erreurs de gestion et irrégularités qui ne sont cependant pas toutes imputables, en toute justice, à la gestion de l'actuel vice-président.

• Comme preuve de cette dissimulation, on pourrait citer la recherche frénétique de nouvelles et coûteuses ressources, des méthodes de comptabilité en violation des normes bancaires, et un risque que l'on pourrait qualifier de téméraire et qui, si la vente attendue de Puerto Targa à Sun Qafer Alley (pour un montant annoncé de 180 millions de dollars) n'aboutissait pas, pourrait se traduire par un désastre de première importance pour la Banque Cartujano, ainsi que par un scandale public qui ternirait considérablement son prestige social parmi les actionnaires, essentiellement composés de petits épargnants conservateurs.

• Quant aux irrégularités directement imputables à l'actuel vice-président, l'enquête a révélé un manque général de rigueur, comme en témoigne le paiement de sommes importantes à des membres des professions libérales et à des particuliers, sans les justificatifs correspondants (notamment à des personnes et institutions publiques, ce qui pourrait dans plusieurs cas être qualifié de corruption), l'intervention de l'actuel vice-président dans des opérations intéressant certains clients et l'attribution, possible mais non démontrée, de divers avantages et commissions.

• Pour toutes ces raisons, et indépendamment des irrégularités de gestion relevées, il est patent que l'échec de l'opération Puerto Targa mettrait la Banque Cartujano en sérieuse difficulté. On doit aussi s'inquiéter des éventuels effets négatifs que la divulgation des opérations réalisées par le vice-président en ce qui concerne l'église Notre-Dame-des-Larmes et l'ensemble de l'opération Puerto Targa pourrait avoir sur l'opinion publique et sur la clientèle traditionnelle de la banque qui appartient à la classe moyenne, conservatrice et souvent catholique.

En gros, tout était vrai. Au cours des deux derniers exercices, Gavira avait dû faire de savants tours de passe-passe pour que paraisse acceptable sa gestion d'une banque qui, lorsqu'elle était tombée entre ses mains, souffrait d'une politique conservatrice et médiocre. Puerto Targa et le reste n'étaient que des expédients pour gagner du temps pendant qu'il consolidait sa situation au sommet de la Banque Cartujano. Un peu comme quelqu'un qui monte un escalier en pliant les marches au fur et à mesure pour les poser devant lui. Avant le coup final qui assurerait la solidité du tout, c'était l'unique tactique possible. Il avait besoin de temps et de crédits pour souffler, et l'opération de Notre-Dame-des-Larmes, appât pour les Saoudiens qui allaient acheter Puerto Targa, était indispensable : elle allait transformer le quartier nord de Santa Cruz en un joyau du tourisme de luxe. La documentation du projet

– un petit hôtel de grande classe, avec tous les services voulus, à cinq cents mètres de l'ancienne mosquée de Séville, caprice personnel de Kemal Ibn Saud, frère du roi d'Arabie Saoudite et principal actionnaire de Sun Qafer Alley – était enregistrée sur le disque dur de son ordinateur, sous la protection d'un code secret, à côté du rapport concernant sa propre gestion et de quelques autres cachotteries, avec copies sur disquettes et CD dans le coffre-fort encastré juste sous le Klaus Paten. Il y avait trop en jeu pour que les manœuvres de trois conseillers viennent tout flanquer par terre.

Il lança encore un coup d'œil à l'écran, le front plissé. Ce pirate et sa petite balle sautillante l'inquiétaient. Si c'était un *hacker*, il était peu probable qu'il ait pu déchiffrer le code d'accès au fichier confidentiel ; mais c'était quand même dans le domaine du possible. D'autre part, ces individus laissaient généralement des traces de leur passage. Il aurait donc laissé la petite balle à l'intérieur, et pas dehors. Cette seule pensée lui donna des sueurs froides. Il n'aimait pas beaucoup qu'un intrus se soit promené ainsi à deux pas de renseignements aussi critiques. Comme disait le vieux Machuca, mieux vaut prévenir que guérir. Il se pencha donc sur son clavier pour effacer le fichier.

Puis il regarda les eaux vert-de-gris du Guadalquivir et la rue Betis sur l'autre rive. Le soleil embrasait le fleuve et dessinait à contre-jour la silhouette trapue de la Torre del Oro. Dans le monde de Pencho Gavira, il était légitime de désirer que tout cela finisse par être à lui ; que le reflet de métal bruni glisse pour lui seul tous les matins, vers son visage et le mur du Klaus Paten, illuminant son triomphe et sa gloire. Il alluma une cigarette et laissa la fumée s'en aller dans l'étroite bande de lumière dorée qui venait d'en bas, à travers la fenêtre, comme un projecteur braqué sur le centre d'une scène. Puis il ouvrit le tiroir de son bureau et, pour la énième fois, sortit la revue où l'on voyait sa femme devant la porte de l'hôtel Alfonso XIII, en compagnie du torero. La main posée sur les photos, il ressentit de nouveau une envie morbide et obscure ; ce malaise fascinant, pervers, qu'il éprouvait à tourner les pages pour revoir des photos qu'il ne connaissait que trop bien. Ses yeux allèrent de la couverture de la revue au portrait de Macarena posé sur son bureau, dans un cadre d'argent : elle au premier plan, avec un chemisier blanc qui découvrait une épaule. Il l'avait prise lui-même, quand il croyait la posséder pour toujours, et pas seulement quand ils faisaient l'amour. Avant la crise, avec cette foutue église et l'enfant que Macarena avait voulu avoir quand ce n'était pas le moment. Avant qu'elle ne commence à lui caresser le sexe avec autant d'intérêt que si elle était plongée dans la lecture d'un texte assommant en braille.

Nerveux, il changea de position dans son fauteuil de cuir. Six mois. Il se souvenait de sa femme nue sous le tube au néon, assise sur le bord de la baignoire, pendant que lui prenait sa douche, sans se douter qu'ils avaient fait l'amour pour la dernière fois. Il ne lui avait jamais vu ce regard, comme si elle s'était trouvée devant un parfait inconnu. Brusquement, elle s'était levée, et quand Gavira était revenu dans la chambre, dégoulinant d'eau sous son peignoir, elle était déjà habillée et faisait sa valise. Pas un mot, pas un reproche. Elle l'avait simplement regardé, muette et sombre, puis elle avait pris la porte sans lui laisser le temps de faire un geste ou d'essayer de discuter. Six mois jusqu'au jour d'aujourd'hui. Et elle n'avait jamais accepté de le revoir. Pas une seule fois.

Il remit la revue froissée dans le tiroir, puis écrasa rageusement sa cigarette dans le cendrier ; comme si ce geste de violence à petite échelle le soulageait. S'il pouvait faire la même chose, se dit-il, avec ce curé, avec cette bonne sœur à moitié lesbienne, avec tous les curés sortis de leurs confessionnaux, des catacombes, du passé le plus révolu et le plus noir pour lui empoisonner la vie. Et aussi avec cette ville, Séville l'orgueilleuse, la pouilleuse, la misérable, prête depuis toujours à lui rappeler sa condition de parvenu à peine la fille de la duchesse du Nuevo Extremo lui avait-elle tourné le dos. Une bouffée de colère fit trembler sa mâchoire et, du revers de la main, il retourna le portrait de sa femme sur son bureau. Avec l'aide de Dieu, ou du diable si c'était lui qui était responsable de ce désastre, ils allaient tous payer très cher sa honte et son inquiétude. D'abord, on lui avait volé sa femme. Et maintenant, on prétendait lui voler l'église, et son avenir.

– Je vais les écraser – il avait failli crier –. Tous.

Il éteignit son ordinateur et le rectangle lumineux de l'écran se rétrécit, puis disparut complètement. Il était prêt à faire exécuter la sentence. Quelques curés mis hors circuit – une bonne correction, une fracture du col du fémur –, ce n'était pas ce qui allait donner à Pencho Gavira des remords dignes de considération. Et si on le cherchait vraiment, des remords tout court. Si bien que lorsqu'il tendit la main pour décrocher le téléphone il avait acquis la ferme conviction qu'il fallait faire quelque chose.

– Peregil – dit-il dans l'appareil –. On peut faire confiance à tes gens ?

– Toute confiance – répondit l'homme de main.

Gavira regarda alors le sous-verre retourné sur son bureau et esquissa cette grimace de carnassier qui lui avait valu le surnom de Requin de l'Arenal dans les cercles de la banque andalouse. C'était le moment de passer à l'action, se dit-il. Et il était sûr d'une chose : cette fois, il allait casser la gueule à ces emmerdeurs en soutane.

– Alors, botte-leur le train. Fous le feu à l'église, ou ce que tu voudras. Je vais apprendre au vieux singe à faire des grimaces.

VI. La cravate de Lorenzo Quart

Toutes les femmes du monde se retrouvent en vous.

Joseph Conrad, *La Flèche d'or*

Lorenzo Quart n'avait qu'une seule cravate. Bleu marine, en soie, il l'avait achetée dans une chemiserie de la Via Condotti, à cent cinquante pas de chez lui. Il choisissait toujours la même sorte : un modèle classique, un peu plus étroit que les cravates à la mode aujourd'hui. Il s'en servait peu, toujours avec des costumes très foncés et des chemises blanches. Quand elle commençait à se salir ou à s'user, il en achetait une autre identique, ce qui n'arrivait qu'une ou deux fois par an car il ne portait presque jamais autre chose que des chemises noires à col romain qu'il repassait lui-même avec la minutie d'un vieux militaire toujours prêt à la revue de détail inopinée d'un supérieur obsédé par le règlement. Tous les actes de la vie de Quart s'articulaient autour d'un règlement imaginaire. Cette rigoureuse discipline remontait aussi loin qu'il pouvait se souvenir ; bien avant ce jour où, à plat ventre, les bras en croix, le visage collé contre les dalles glacées, on l'avait ordonné prêtre. Au séminaire déjà, Quart avait accepté la discipline de l'Église comme une norme efficace pour gouverner sa vie. En échange, on lui avait donné la sécurité, un avenir et une cause pour exercer ses talents. Mais à la différence de certains de ses camarades, ni alors ni plus tard, devenu prêtre, il n'avait jamais vendu son âme à un protecteur ou à un ami puissant. Il croyait – et c'était peut-être sa seule naïveté – que l'observation de la règle suffisait à s'assurer le respect d'autrui. De fait, les supérieurs impressionnés par la discipline et l'intelligence du jeune prêtre n'avaient pas manqué. Ce qui l'avait bien servi dans sa carrière : six ans de

171

séminaire, deux à l'université où il avait étudié la philosophie, l'histoire de l'Église et la théologie, puis une bourse qui lui avait permis d'aller à Rome pour faire son doctorat en droit canon. Là, ses professeurs de l'Université grégorienne avaient proposé sa candidature à l'Académie pontificale des ecclésiastiques et de la noblesse où Quart avait choisi d'étudier la diplomatie et les relations entre l'Église et l'État. Le secrétariat d'État l'avait ensuite aguerri dans une ou deux nonciatures européennes, puis monseigneur Spada l'avait officiellement recruté à l'Institut pour les œuvres extérieures. Il avait à peine vingt-neuf ans. Ce jour-là, Quart s'était rendu chez Enzo Rinaldi où il s'était fendu de cent quinze mille lires pour sa première cravate.

Dix ans avaient passé, et il avait encore du mal à faire le nœud. Bien sûr, il savait croiser les deux bouts, faire la première boucle de droite à gauche, et la seconde de haut en bas. Mais, immobile devant la glace de la salle de bains, il regardait le col blanc de sa chemise et la soie bleu marine qu'il tenait entre ses doigts avec la certitude d'une extrême vulnérabilité. Il devinait que l'abandon du col romain et de la chemise noire pour ce dîner avec Macarena Bruner risquait d'être dangereux, comme si un Templier renonçait à sa cotte de mailles pour parlementer avec les Mamelouks sous les murailles de Tyr. L'idée lui arracha un sourire nerveux tandis qu'il regardait sa montre à son poignet gauche. Tout juste le temps de s'habiller et de se rendre à pied au restaurant où il avait rendez-vous. Il l'avait repéré sur son plan de la ville, place de Santa Cruz, à deux pas de l'ancienne muraille arabe. Le Templier y vit des connotations fâcheuses.

Lorenzo Quart était ponctuel comme une de ces machines au crâne tondu et à l'uniforme multicolore qui montaient la garde au Vatican. Il calculait toujours son temps en divisant les heures en intervalles précis, comme s'il avait un agenda dans la tête. Ce qui lui permettait d'utiliser au mieux la moindre minute dont il disposait. Il avait encore le temps de s'occuper de sa cravate et il s'astreignit à la nouer tranquillement, soigneusement. Il aimait les gestes lents, car cette maîtrise qu'il avait de lui-même faisait sa fierté. Le souvenir de ses rapports avec le reste du monde se résumait à un état de tension perpétuelle : toujours éviter un geste précipité, une parole déplacée, un acte intempestif, un mouvement d'impatience qui aurait troublé la sérénité de la règle. Car, avant tout, il y avait la règle. Grâce à elle, et même lorsqu'il transgressait d'autres codes qui n'étaient pas les siens – ce que monseigneur Spada appelait, avec son art consommé pour l'euphémisme, « longer par l'extérieur les bornes de la légalité » –, les formes morales étaient sauves. Sa seule foi était celle du soldat. Et le vieux dicton de la Curie, *Tutti i preti sono falsi*, ne pouvait être plus erroné dans son cas. Que tous les prêtres fussent des farceurs ou pas ne lui faisait ni chaud ni froid. Lorenzo Quart était un Templier tranquille et honorable.

Pour cette raison peut-être, après avoir contemplé un instant son image dans la glace, Quart dénoua sa cravate et l'enleva. Puis il ôta sa chemise blanche et la jeta sur le tabouret de la salle de bains. Torse nu, il se dirigea vers la penderie, sortit d'un tiroir une chemise noire à col romain et l'enfila. Quand il la boutonna, ses doigts frôlèrent la cicatrice encore visible sous sa clavicule gauche, souvenir de l'opération qu'il avait dû subir après qu'un soldat américain lui eut fracturé l'épaule d'un coup de crosse pendant l'invasion du Panama. C'était son unique cicatrice professionnelle ; insigne rouge du courage ou palme du martyre, comme disait monseigneur Spada pour se moquer. Et même si l'incident avait beaucoup impressionné Son Illustrissime et les pusillanimes renifleurs de curriculum vitae de la Curie, il aurait préféré quant à lui que l'énergumène équipé d'un casque de kevlar, d'un fusil M-16 et d'un badge où l'on pouvait lire J. KOWALSKI sur son gilet pareballes – « encore un Polonais », avait dit plus tard monseigneur Spada d'une voix cinglante – prenne plus au sérieux le passeport diplomatique du Vatican qu'il lui avait pourtant mis sous le nez à la nonciature, le jour où Quart négociait la reddition du général Noriega.

A part le coup de crosse, l'opération panaméenne s'était déroulée impeccablement, au point qu'on la considérait maintenant à l'IOE comme le modèle classique de la diplomatie en situation de crise. Quelques heures après l'invasion américaine et l'entrée de Noriega à la légation vaticane, Quart était arrivé de toute urgence, après un vol mouvementé en provenance du Costa Rica. Officiellement, sa mission consistait à prêter main-forte au nonce, mais il allait en fait prendre la direction des négociations sous les ordres de l'IOE, prenant ainsi la relève de monseigneur Hector Bonino, un Argentino-Italien qui, étranger à la carrière diplomatique, n'avait pas toute la confiance du secrétariat d'État lorsqu'il s'agissait de nager en eaux troubles. De fait, la situation était assez singulière : les soldats américains avaient installé entre barbelés et chevaux de frise un puissant système de sonorisation qui, vingt-quatre heures sur vingt-quatre, assourdissait tout le monde en diffusant du rock *hard* à plein volume, une tactique dont le but était de saper la résistance psychologique du nonce et de ses réfugiés. Dans les bureaux et couloirs de la Nonciature végétaient un Nicaraguayen, chef des services de contre-espionnage de Noriega, cinq membres de l'ETA basque, un conseiller économique cubain qui menaçait constamment de se suicider si on ne le ramenait pas sain et sauf à La Havane, un agent du CESID espagnol qui entrait et sortait comme dans un moulin pour jouer aux échecs avec le nonce et informer Madrid, trois trafiquants de drogue colombiens et, bien sûr, le général Noriega lui-même, dit Tronche d'ananas, à cause de cette tête ravagée de cratères lunaires que les Américains avaient mise à prix. En échange de l'asile, monseigneur Bonino exigeait de ses invités qu'ils assistassent tous les jours à la messe. Spectacle édifiant que de voir se donner fraternellement le baiser de paix, le Cubain et les trafiquants, les Basques et le Nicaraguayen, celui-ci et l'homme du CESID, alors que Noriega battait sa coulpe et se confondait en litanies sous le visage sévère du nonce, aux accents tonitruants de *Born in the USA* de Bruce Springsteen. La nuit décisive du siège, quand des commandos Delta, le museau barbouillé en noir, avaient tenté d'investir la Nonciature, Quart était resté en contact téléphonique avec les archevêques de New York et de Chicago jusqu'à obtenir du président Bush qu'il revienne sur sa décision. Finalement, Tronche d'ananas s'était rendu sans trop de conditions, le Nicaraguayen et les Basques avaient discrètement quitté le Panama et les trafiquants de drogue s'étaient envolés, pour réapparaître un peu plus tard à Medellín. Seul le Cubain, qui était sorti le dernier, avait eu quelques problèmes quand les *marines* l'avaient découvert dans le coffre d'une vieille Chevrolet Impala louée par Quart, mais conduite par l'agent du CESID espagnol qui le faisait sortir de la Nonciature pour l'amour de l'art, au risque d'y laisser sa carrière. Les conditions négociées pour sa sortie étant restées secrètes, il était naturel que le soldat Kowalski n'en sache rien. Et d'ailleurs son métier n'était pas non plus celui des subtilités diplomatiques. Bref, la tentative de médiation de Quart s'était soldée par une épaule fracturée, en dépit de son col romain et de son passeport pontifical. Quant au Cubain, un grand nerveux répondant au nom de Girón, il avait fait un mois de taule à Miami. Et non seulement il n'avait pas tenu sa promesse de se suicider, mais les États-Unis lui avaient accordé l'asile politique à sa sortie de prison, après une interview au *Reader's Digest* publiée sous le titre « *Castro m'avait trompé* ».

Un inconnu assis dans le salon de la réception se leva quand Quart sortit de l'ascenseur. Les hanches larges, les cheveux raides et poissés de laque, clairsemés sur le dessus du crâne, il devait friser la quarantaine.

– Je m'appelle Bonafé – dit-il –, Honorato Bonafé.

Quart se dit *in petto* que peu de noms contredisaient avec autant d'impudence l'apparence extérieure de celui qui les portait. L'honorabilité et la bonne foi étaient bien les derniers qualificatifs qu'on eût associés à ce menton prématurément empâté qui semblait se fondre avec les joues, à ces poches où s'encastraient deux yeux petits et rusés qui vous regardaient comme s'ils calculaient combien rapporteraient votre costume et vos chaussures chez un fripier si l'on pouvait faire main basse dessus.

– Vous auriez un petit moment ?

L'individu était désagréable et son sourire encore plus : une grimace figée, à la fois obséquieuse et canaille, qui faisait penser à un prêtre de l'ancienne école en train d'essayer de gagner les faveurs de son évêque. La soutane lui serait allée comme un gant, pensa Quart, bien mieux que son costume beige fripé et ce petit sac de cuir qu'il tenait par la dragonne, de la main gauche. Une toute petite main de poupée, potelée et mollassonne, de celles qui serrent la vôtre du bout des doigts.

Quart s'arrêta, sur la défensive mais disposé à l'écouter. Il regarda l'horloge par-dessus la tête du visiteur : il avait rendez-vous avec Macarena Bruner dans un quart d'heure. L'autre suivit son regard, répéta que ce serait l'affaire d'une minute, puis leva la main qui tenait le sac de cuir et la posa presque sur le bras du prêtre. Quart regarda cette main qui n'invitait pas au contact. Bonafé arrêta son geste, puis se lança sur le ton de la confidence dans une confuse présentation de ses intentions, ce qui ne fit qu'accroître l'irritation de Quart. Mais ce fut le nom de la revue Q + S qui déclencha le signal d'alarme dans sa tête.

— Alors, pour résumer, mon père, je suis à votre entière disposition. Pour tout ce que vous voudrez.

Quart fronçait les sourcils, méfiant, un peu dérouté. Ma parole, mais ce type venait de lui faire un clin d'œil.

— Je vous remercie. Mais je ne vois pas le rapport.

— Vous ne voyez pas ? — Bonafé secoua la tête, comme si on venait de lui en raconter une bien bonne —. Pourtant, tout est parfaitement clair, non ?… Ce que vous faites à Séville…

Seigneur. C'était le bouquet : qu'un sale type de cette espèce soit au courant d'un travail que Rome voulait suprêmement discret. Prenant sur lui pour dissimuler son malaise, Quart se demanda d'où pouvaient bien provenir toutes ces fuites.

— Je ne vois pas de quoi vous voulez parler.

Son interlocuteur le regardait avec une insolence à peine déguisée :

— Vraiment, vous ne voyez pas ?

C'était assez. Quart consulta sa montre.

— Excusez-moi, j'ai rendez-vous.

Sans prendre congé, il traversa le salon et se dirigea vers la sortie. Mais l'autre était toujours sur ses talons.

— Vous me permettez de vous accompagner ?… Nous pourrions bavarder un peu en chemin.

— Je n'ai rien à vous dire.

Il laissa sa clé à la réception et sortit dans la rue, toujours suivi du journaliste. Le ciel sur lequel se découpait la silhouette sombre de La Giralda était encore semé de taches claires. Sur la place Virgen de los Reyes, les réverbères s'allumaient.

— J'ai l'impression que vous ne me comprenez pas — insista Bonafé en sortant de sa poche un exemplaire de Q + S, plié en deux —. Je travaille pour cette revue — il s'arrêta et tendit la publication à Quart. Voyant qu'il ne s'y intéressait pas, il la remit dans sa poche —. Tout ce que je voudrais, c'est une petite discussion entre amis : vous me racontez une ou deux choses, et je serai bon garçon avec vous. Je vous assure que cette coopération sera avantageuse pour nous deux.

Sur ces lèvres roses, le mot « coopération » prenait des connotations obscènes. Quart eut du mal à ne pas montrer son dégoût :

– Je vous prie de ne pas insister.

– Allons donc ! – la grossièreté perçait sous le ton amical –. Le temps de prendre un verre.

Ils étaient arrivés à l'angle de l'archevêché, sous un réverbère. Brusquement, Quart s'arrêta et se retourna vers le journaliste.

– Écoutez, Buenafé.

– Bonafé – corrigea l'autre.

– Bonafé, ou ce que vous voudrez. Ce que je fais à Séville ne vous regarde pas. Et de toute façon, je n'aurais jamais l'idée d'en parler à n'importe qui.

Le journaliste protesta en faisant une moue d'homme du monde puis sortit le baratin usuel : devoir d'information, recherche de la vérité, etc. Le public avait le droit de savoir.

– Et puis – ajouta-t-il, après un instant de réflexion –, mieux vaut pour vous autres être dans le coup que dehors.

Cela ressemblait fort à une menace sibylline. Quart commençait à s'impatienter.

– *Vous autres* ?... Vous parlez d'une sorte de club, on dirait.

– Mais non. Vous savez bien : vous – il avait repris sa voix mielleuse –. Le clergé et le reste.

– Je vois. Le clergé.

– Exactement.

– Le clergé et le reste.

Le double menton se fit triple et Bonafé acquiesça de nouveau, encouragé :

– Je vois que nous nous comprenons.

Quart le regardait calmement, les mains derrière le dos :

– Et qu'est-ce que vous voulez savoir exactement ?

– Eh bien, un peu de tout – Bonafé se grattait une aisselle sous sa veste –. Ce qu'on pense de cette église à Rome, par exemple. Quelle est la situation canonique du curé... Et ce que vous pouvez me dire de votre mission ici – il força son sourire servile, presque complice –. Vous voyez, je vous facilite les choses.

– Et si je refuse ?

Le journaliste fit claquer sa langue, comme s'il ne pouvait plus en être question à ce stade.

– J'écrirai mon reportage de toute façon. Et celui qui n'est pas avec moi est contre moi... – il se balançait sur la pointe des pieds –. Ce n'est pas ce que dit l'Évangile ?

– Écoutez, Buenafé...

– Bonafé – corrigea-t-il en levant son index –. Honorato Bonafé.

Quart le dévisagea en silence. Puis il regarda à droite et à gauche avant de s'approcher de lui comme s'il allait lui confier un secret. Il y avait cependant quelque chose dans son attitude, peut-être la différence de taille ou l'expression des yeux du prêtre, qui fit reculer le journaliste jusqu'au mur.

– En réalité, je me fiche complètement de votre nom – dit Quart à voix basse –, parce que j'espère bien ne jamais vous revoir – il s'approcha encore plus près, si près que Bonafé se mit à battre des paupières, mal à l'aise –. Mais je voudrais vous dire ceci : j'ignore si vous êtes un grossier personnage, un maître chanteur, un imbécile, ou tout cela à la fois. De toute façon, et malgré ma condition d'ecclésiastique, je suis enclin au péché de colère. Je vous conseille donc de disparaître de ma vue. Et tout de suite.

La lumière du réverbère traçait des raies verticales sur le visage de Bonafé. Son sourire s'était envolé et il regardait maintenant Quart avec mépris.

– Ce n'est pas digne d'un prêtre – protesta-t-il en faisant trembler son double menton –. Je veux parler de votre attitude.

– Ah bon ? – c'était au tour de Quart de sourire, ce qu'il fit sans aucune amitié –. Vous seriez surpris de la quantité d'indignités dont je suis capable.

Il lui tourna le dos et s'éloigna, non sans se demander de quel prix il allait devoir payer cette petite victoire. Mais une chose était claire : il allait falloir mener rondement l'enquête, avant que tout ne devienne trop compliqué, s'il n'était pas déjà trop tard. Un journaliste qui fourrait son nez dans les sacristies, c'était la goutte d'eau qui faisait déborder le vase. Perdu dans ses pensées, Quart traversa la place Virgen de los Reyes sans remarquer un couple assis sur un banc. Un homme et une femme qui se levèrent pour le suivre, à bonne distance. L'homme était corpulent, costume blanc et panama, elle avait une robe à pois et un curieux accroche-cœur plaqué sur son front. Ils lui avaient emboîté le pas en se tenant par le bras, comme un couple tranquille qui prend le frais à la nuit tombante. Mais quand ils passèrent devant un homme en col roulé et veste à carreaux qui mâchouillait un cure-dents devant la porte du bar La Giralda, ils échangèrent avec lui un regard entendu. Au même instant, les cloches de Séville se mirent à sonner, réveillant les pigeons qui dormaient déjà à l'ombre des chéneaux des toits.

Quand il vit le grand curé entrer à L'Albahaca, don Ibrahim donna une pièce de cinq douros à El Potro pour qu'il aille téléphoner à Peregil de la cabine la plus proche. Moins d'une heure plus tard, l'homme de main de Pencho Gavira rappliquait pour faire le point de la situation. Il avait l'air fatigué, avec son sac Marks & Spencer à la main. Il trouva ses troupes stratégiquement distribuées sur la place de Santa Cruz, devant l'ancien hôtel particulier du XVIIᵉ siècle transformé en restaurant : El Potro, immobile contre le mur, près de la rue qui débouchait sur les murailles arabes. Niña Puñales en train de faire du crochet, assise près du calvaire de fer forgé, au centre de la place. Quant à don Ibrahim, il promenait son ombre imposante en balançant sa canne, le bout rouge d'un Montecristo pointant sous le large bord de son chapeau de paille blanche.

– Il est entré – dit-il à Peregil –. Avec la dame.

Puis il continua son rapport en consultant sa montre de gousset à la lumière d'un réverbère. Vingt minutes plus tôt, il avait envoyé La Niña en éclaireur, sous le déguisement d'une marchande de fleurs. Lui-même avait pu échanger quelques mots avec les garçons du restaurant, sous prétexte d'acheter au vestiaire le havane qu'il avait maintenant à la bouche. Le couple occupait la meilleure table, dans l'un des trois petits salons – quelques tables seulement, clientèle triée sur le volet –, sous une honnête copie des *Buveurs* de Vélasquez. Salade de coquilles Saint-Jacques au basilic et aux truffes pour la dame, foie gras sauté dans une sauce au vinaigre de miel pour le révérend père. Eau minérale non gazeuse, vin rouge Pesquera des rives du Duero, et don Ibrahim s'excusa d'en ignorer

179

le millésime. Mais, comme il le fit observer à Peregil en tortillant un bout de sa moustache, un intérêt excessif aurait pu inspirer des soupçons au personnel domestique.

– Et de quoi parlent-ils ?

L'ex-faux avocat fit un geste solennel d'impuissance.

– Cela n'est plus de ma compétence.

Peregil réfléchissait. Il avait toujours la situation bien en main. Don Ibrahim et ses deux séides faisaient leur travail, et les cartes qu'ils lui donnaient ne semblaient pas mauvaises. Dans son monde, comme dans la plupart des mondes possibles, une information valait toujours de l'argent. Il suffisait d'en tirer le meilleur parti, de la vendre au plus offrant. Bien sûr, il aurait préféré que tout revienne en dernière instance à son chef naturel, Pencho Gavira, premier intéressé au double titre de banquier et de mari. Mais le trou de six millions et l'argent qu'il devait au prêteur Rubén Molina l'empêchaient de voir les choses clairement. Il y avait des jours et des jours qu'il dormait d'un sommeil excessivement agité et son ulcère faisait encore des siennes. Le matin, quand il s'installait devant le miroir de la salle de bains pour dissimuler son crâne sous la complexe architecture de sa coiffure, avec une raie au-dessus de l'oreille gauche, Peregil ne voyait que désolation dans cette bouille renfrognée qui le regardait derrière la glace. Il devenait chauve, son estomac était troué comme une passoire, il devait six briques à son chef et près du double à Molina, sans parler de son dernier et glorieux spasme avec Dolores la Negra qui lui avait laissé d'inquiétantes démangeaisons au niveau de l'appareil génito-urinaire. Il ne manquait plus que ça. La vie est une saloperie de merde.

Avec encore une circonstance aggravante. Peregil lança un regard à la silhouette ronde et blanche de don Ibrahim qui attendait ses instructions, puis à Niña Puñales qui faisait du crochet à la lumière des réverbères, et enfin à El Potro, adossé au mur, au coin de la rue. Comme si sa vie n'était pas assez compliquée comme ça, un fait nouveau venait embrouiller une situation déjà délicate : les informations recueillies grâce aux trois compères circulaient déjà sur le marché, car Peregil avait un besoin pressant de liquide. Honorato Bonafé, directeur de la revue $Q + S$, lui avait remis dans l'après-midi un autre chèque au porteur, cette fois en paiement de quelques confidences sur le curé de Rome, l'ex – ou ce qu'on voudra – de son chef et l'affaire de Notre-Dame-des-Larmes. Ce précédent créé, une nouvelle tentation pointait naturellement à l'horizon : Macarena Bruner et le curé chic pouvaient faire la une de n'importe quel magazine sévillan. Et ce dîner à L'Albahaca avec ses suites éventuelles, même tout à fait décaféinées, faisait retentir le *ding* de la caisse enregistreuse que Peregil avait dans la tête. Bonafé payait bien, sans doute, mais c'était un homme imprévisible et dangereux. Lui vendre un curé ou deux, passe encore. Mais ajouter au lot la femme du patron pour la seconde fois, c'était faire le grand saut : de la simple filouterie à la haute trahison institutionnalisée. Certains billets de mille semblent sortir tout droit des presses du diable.

Néanmoins, il n'y avait rien à perdre à prendre en considération toutes les possibilités. Pendant toutes ses années de détective privé, Peregil avait appris qu'un plan doit partir de l'hypothèse la plus probable, mais que la sécurité oblige aussi à prendre en compte la plus dangereuse. Dans le cas d'espèce, l'hypothèse la plus dangereuse était de ne pas même avoir une simple paire, quand tout le monde se baladait avec des pokers d'as et des quintes flush. En d'autres termes, question survie, recueillir des informations était pour lui sa police d'assurance. Pénétré de cette conclusion, il se retourna vers le visage grave de don Ibrahim qui attendait à l'ombre, son cigare fumant sous sa moustache, sa canne sous le bras, les pouces dans les entournures de son gilet. Il était content de lui et de ses collègues, ce qui lui redonna un peu d'optimisme, et il faillit mettre la main à la poche pour lui payer le Montecristo du restaurant. Mais il se retint juste à temps. Il ne fallait pas donner de mauvaises habitudes. Et de toute façon, cette histoire de cigare n'était sûrement pas vraie.

– Bon travail – dit-il.

Don Ibrahim ne répondit pas au compliment et se contenta de tirer une ou deux fois sur son cigare en regardant du côté de Niña Puñales et d'El Potro, donnant ainsi à entendre que cette gloire rejaillissait aussi sur eux.

– Continuez comme ça – ajouta le sbire de Pencho Gavira –. Si le curé va pisser, je veux le savoir.

– Et la dame ?

Là, on parlait des grandes eaux. Peregil se mordit la lèvre inférieure, inquiet.

– Discrétion absolue – conclut-il enfin –. Je veux simplement savoir ce qu'elle fabrique avec ce curé, ou avec l'autre, le vieux. Dans les moindres détails.

– Et l'autre ?

– Quel autre ?

– Heu… je ne sais pas. L'autre.

Don Ibrahim regardait autour de lui, mal à l'aise. Il lisait tous les jours *ABC*, mais il lui arrivait aussi de jeter un coup d'œil au *Q + S* que Niña Puñales achetait avec *Hola*, *La Semana* et *Diez Minutos*. De l'avis de l'ex-faux avocat, *Q + S* était bien plus sensationnaliste et de mauvais goût que les autres. Les photos de Mme Bruner et du torero, par exemple, étaient vraiment déplacées. Elle appartenait quand même à une famille illustre. Et puis, c'était une femme mariée.

– Les curés – dit Peregil –. Vous vous concentrerez sur les curés.

Tout à coup, il se souvint qu'il avait apporté quelque chose et sortit de son sac un appareil photo Canon équipé d'un zoom 80-200 millimètres. Il venait de l'acheter d'occasion, espérant bien que la dépense – encore un coup de poignard au bas-ventre de ses finances en capilotade – serait tôt ou tard payée de retour.

– Vous savez prendre des photos ?

Don Ibrahim fit un geste suffisant, comme si la question avait quelque chose de blessant.

– Naturellement – il se toucha la poitrine avec la main qui tenait la canne –. Dans ma jeunesse, voyez-vous, j'ai été photographe à La Havane – il resta pensif un instant, puis ajouta – : C'est ainsi que j'ai pu payer mes études.

Dans la faible lumière qui enveloppait la place, Peregil vit briller sur la bedaine de l'ex-faux avocat la chaîne en or de la montre de Hemingway.

– Tes études ?

– Précisément.

– Des études d'avocat, je suppose ?

L'affaire avait éclaté dans la presse plusieurs années auparavant et les deux hommes la connaissaient sur le bout des doigts, comme la ville tout entière. Pourtant, don Ibrahim avala sa salive et soutint d'un air grave le regard de son interlocuteur :

– Naturellement – puis il fit une autre pause très digne avant d'ajouter courageusement : – Je n'en ai pas fait d'autres.

Peregil lui tendit le sac sans mot dire. Après tout, que serions-nous sans nous ? pensa-t-il. La vie est un naufrage et chacun nage comme il peut.

– Je veux des photos – dit-il avec autorité –. Chaque fois que le curé et la dame sont ensemble, n'importe où, je veux que vous preniez une photo. Et de la discrétion, hein ?... Mine de rien. Voilà deux bobines de pellicule ultrasensible, au cas où il n'y aurait pas assez de lumière. Alors, n'allez pas vous servir du flash.

Ils s'étaient avancés sous un réverbère et don Ibrahim examinait le contenu du sac.

– Peu probable – dit-il –. Il n'y a pas de flash là-dedans.

Peregil qui allumait une cigarette regarda le Cubain, puis haussa les épaules :

– Déconne pas. Le moins cher coûte cinq mille douros.

L'Albahaca était un ancien hôtel particulier du XVIIᵉ siècle. Les propriétaires vivaient à l'étage et les trois salles du rez-de-chaussée avaient été transformées en restaurant. Les tables étaient toutes occupées, mais le maître d'hôtel – Macarena Bruner l'appelait Diego – leur en avait réservé une dans la meilleure salle, à côté de la grande cheminée, sous une fenêtre à petits carreaux sertis de plomb qui donnait sur la place de Santa Cruz. Ils avaient fait une entrée remarquée, en noir tous les deux, elle resplendissante dans son tailleur à jupe courte, escortée par la silhouette sombre et mince de Lorenzo Quart. L'Albahaca était le genre d'endroit où une certaine classe de Sévillans amenaient leurs invités de l'extérieur de la ville pour les montrer et se faire voir. L'entrée de la fille de la duchesse du Nuevo Extremo en compagnie du prêtre n'était donc pas passée inaperçue. Macarena avait échangé quelques saluts en entrant et le couple fut aussitôt le point de mire des tables voisines. On baissait la tête, on chuchotait, les bijoux brillaient à la lueur des chandelles. Demain, se dit Quart, tout Séville sera au courant.

183

– La dernière fois que je suis allée à Rome, c'était pour mon voyage de noces – expliquait Macarena, apparemment indifférente à la commotion qu'ils avaient suscitée –. Le pape nous a reçus en audience particulière. J'étais en noir, en mantille. Très espagnole… Mais pourquoi me regardez-vous ainsi ?

Quart savoura lentement sa dernière bouchée de foie gras, puis posa son couteau et sa fourchette sur le bord inférieur de son assiette, en leur donnant une légère inclinaison vers la droite. Par-dessus la flamme de la bougie, les yeux de Macarena Bruner suivaient ses moindres gestes.

– Vous n'avez pas l'air d'une femme mariée.

Elle rit et la flamme fit danser des reflets de miel dans ses yeux noirs.

– Vous trouvez que la vie que je mène ne convient pas à une femme mariée ?

Quart posa le coude sur la table et pencha la tête, évasif :

– Je ne juge pas de ces choses.

– Mais vous êtes venu en col romain, au lieu de la cravate que vous m'aviez promise.

Ils se regardèrent tranquillement. La lumière de la bougie cachait maintenant le bas du visage de Macarena, mais Quart devina son sourire à l'éclat de son regard.

– Je ne fais pas de secrets sur ma vie – reprit-elle –. J'ai abandonné le domicile conjugal. J'ai aussi un ami torero. Et avant le torero, il y en a eu un autre… – la pause était parfaitement calculée ; à regret, il admira sa trempe –. Vous n'êtes pas scandalisé ?

Quart fit courir un doigt sur le manche de son couteau, puis sur le bord de son assiette. Son travail ne consistait pas à se scandaliser de ces choses, répéta-t-il doucement. C'était plutôt le rayon du père Ferro, confesseur de la dame. Les ecclésiastiques ont eux aussi leurs spécialités.

– Et quelle est la vôtre ?… Chasseur de scalps, comme dit l'archevêque ?

Il tendit la main pour repousser le chandelier posé au milieu de la table. Il pouvait maintenant voir sa bouche, grande et nettement dessinée, avec cette lèvre supérieure en forme de cœur et des incisives d'un blanc éclatant qui rappelait celui du collier d'ivoire sur la peau brune de son cou. Elle portait sous sa jaquette un léger

184

chemisier de soie grège décolleté. Sa jupe, très courte, était bordée de dentelle. Bas noirs et chaussures noires à talon plat. L'ensemble paraissait calculé pour mettre en valeur des jambes trop longues et trop bien faites pour la tranquillité spirituelle de n'importe quel prêtre, Quart compris ; à ceci près qu'il avait davantage vécu que la plupart des prêtres de sa connaissance. Ce qui ne garantissait rien cependant.

— Nous parlions de vous – dit-il en s'amusant intérieurement de ce curieux instinct qui le poussait à se mettre de profil, comme dans les duels d'autrefois, lorsque les combattants s'effaçaient de côté pour esquiver le coup de pistolet.

Les yeux de Macarena Bruner étaient pleins d'ironie :

— De moi ? Mais que voulez-vous savoir de plus ?... Je mesure un mètre soixante-quatorze, j'ai trente-cinq ans que je ne porte pas, j'ai un diplôme universitaire et je fais partie de la confrérie de la Vierge du Rocío. Mais à la Feria de Séville, je ne porte jamais de robe à volants. Je sors plutôt en costume et chapeau andalou... – elle fit une courte pause, comme pour se rafraîchir la mémoire, puis regarda le bracelet en or qu'elle portait au poignet gauche, sans montre –. A mon mariage, ma mère m'a cédé le duché d'Azahara, un titre que je ne porte pas. A sa mort, j'hériterai d'une trentaine d'autres titres, de douze grandesses d'Espagne et de la Casa del Postigo, plus quelques meubles et tableaux, et le strict nécessaire pour vivre sans perdre les bonnes manières. Je me suis chargée de la conservation des biens, ainsi que des archives de la famille. Je prépare actuellement un livre sur les ducs du Nuevo Extremo sous le régime de la maison d'Autriche... Quant au reste, inutile de vous en parler – elle leva son verre –. Il vous suffira d'ouvrir n'importe quelle revue.

— Vous ne semblez pas vous en inquiéter outre mesure.

Elle avala une gorgée, puis regarda Quart sans reposer son verre.

— Vous avez raison. Je ne m'en inquiète pas du tout. Vous voulez que je vous fasse des confidences ?

Quart eut un mouvement d'hésitation.

— Je ne sais pas – répondit-il honnêtement. Il se sentait parfaitement calme, mais aussi un peu curieux, avec une sorte d'étrange lucidité amusée. Il la mit sur le compte du vin auquel il n'avait pourtant presque pas touché –. En fait, j'ignore pourquoi vous m'avez invité à dîner ce soir.

Il regarda Macarena Bruner tremper ses lèvres dans son verre. Plus lentement, pensive cette fois.

– Je peux y voir différentes raisons – dit-elle enfin en reposant son verre –. Par exemple, vous êtes extrêmement courtois. Mais très différent de certains prêtres avec leurs manières onctueuses... Chez vous, on dirait que la courtoisie est une façon de tenir les autres à distance – elle regarda avec une certaine insistance le bas de son visage, la bouche peut-être, pensa Quart, puis ses yeux se posèrent sur ses mains, sur ses poignets appuyés sur le bord de la table, de part et d'autre de l'assiette qu'un garçon s'apprêtait à retirer –. Ensuite, vous êtes silencieux. Vous n'abrutissez pas les gens avec un boniment de marchand de foire. Sur ce point, vous me faites penser à don Príamo... – le garçon avait débarrassé la table, elle souriait à Quart –. Et puis, vous avez des cheveux prématurément gris, très courts, comme un soldat, comme un de mes personnages favoris : Sir Marhalt, le vieux chevalier impassible dans *Le Roi Arthur et ses preux chevaliers*, de John Steinbeck. Je suis tombée follement amoureuse de Marhalt quand j'ai lu ce livre, toute jeune. Vous trouvez que ce sont des raisons suffisantes ?... En plus, comme dit mon amie Gris, vous êtes un prêtre qui sait s'habiller. Le prêtre le plus intéressant que j'aie jamais rencontré, si cette information peut vous être utile... – elle lui lança un dernier regard qui s'éternisa cinq secondes de trop pour ne pas être gênant –. L'information vous est utile ?

– Pas tellement, dans ma spécialité.

Macarena Bruner hocha la tête, appréciant le calme et le sang-froid de son interlocuteur.

– Vous me rappelez aussi un aumônier de mon pensionnat. Chaque fois qu'il allait dire la messe, nous le savions des jours à l'avance : toutes les religieuses perdaient la tête. Il a fini par prendre la fuite avec la plus grassouillette, notre professeur de chimie. Vous ne saviez pas que les religieuses tombent parfois amoureuses de prêtres ?... C'est ce qui est arrivé à Gris. Elle était directrice d'un collège universitaire à Santa Barbara, en Californie. Un jour, elle a découvert avec horreur qu'elle aimait l'évêque de son diocèse. On avait annoncé sa visite et elle était là, devant son miroir, en train de s'épiler les cils, prête à se mettre un peu de noir sous les yeux… Qu'est-ce que vous en pensez ?

Elle regardait Quart, épiant sa réaction. Mais il ne broncha pas. Macarena Bruner aurait été surprise de la quantité de prêtres et de religieuses à qui l'IOE prêtait amours et haines diverses. Il se contenta de hausser un peu les épaules, comme pour l'inciter à continuer. Si elle espérait le scandaliser, elle allait en être pour ses frais.

– Et qu'a-t-elle fait ?

Macarena fit un geste brusque de la main. Son bracelet lança un éclair en glissant sur son bras. Aux tables voisines, une douzaine de paires d'yeux la regardaient.

– Elle a donné un coup dans la glace, comme ceci, et elle s'est sectionné une veine sur un éclat de verre. Ensuite, elle est allée voir sa supérieure pour lui demander un peu de temps pour réfléchir. Il y a plusieurs années de cela.

Le maître d'hôtel était debout à côté d'eux, imperturbable, comme s'il n'avait pas entendu un mot. Il espérait que tout allait bien, Madame désirait peut-être autre chose. Elle n'avait pris qu'une petite salade. Quart ne voulut pas non plus d'un deuxième plat, ni du dessert que la maison, navrée du peu d'appétit de Madame la duchesse et du révérend père, désirait leur offrir. Ils allaient encore prendre un peu de vin, en attendant les cafés.

– Il y a longtemps que vous vous connaissez, vous et sœur Marsala ?

– Sœur Marsala… J'aime assez. Je n'avais jamais pensé à elle sous cet angle.

Son verre était vide. Quart prit la bouteille posée à côté d'eux sur un guéridon et la servit. Il n'avait pratiquement pas touché au sien.

– Gris est plus âgée que moi – continua-t-elle –. Nos chemins se sont pourtant croisés plusieurs fois à Séville, il y a déjà longtemps. Elle venait souvent ici avec ses étudiants américains : cours d'été pour les étrangers, beaux-arts… J'ai fait sa connaissance quand ils sont venus chez nous pour des travaux pratiques de restauration, dans la salle à manger d'été. C'est moi qui l'ai présentée au père Ferro. J'ai réussi à la faire entrer dans le projet de restauration de l'église, à l'époque où les relations avec l'archevêque étaient cordiales.

– Et pourquoi vous intéressez-vous tellement à cette église ?

Elle le regarda, comme s'il venait de poser une question stupide. Sa famille l'avait construite. Ses ancêtres y étaient enterrés.

– Votre mari ne semble pas y attacher trop d'importance.

– Vous avez parfaitement raison. Pencho a autre chose en tête.

La flamme de la bougie arracha des éclats rubis au vin des rives du Duero quand elle porta son verre à ses lèvres. Cette fois, elle but longuement et Quart se crut obligé de l'accompagner.

– Est-il exact – dit-il en s'essuyant la bouche avec le coin de sa serviette – que vous ne vivez plus ensemble, mais que vous êtes toujours mariés ?

Elle lui lança un regard interrogateur. Deux questions de suite sur sa vie conjugale, c'était apparemment quelque chose qu'elle n'avait pas prévu pour cette soirée. Une lueur d'amusement brillait parmi les reflets couleur de miel de ses yeux.

– C'est exact – répondit-elle après un instant de silence –. Nous ne vivons pas ensemble. Pourtant, il n'a jamais demandé le divorce, ni la séparation, ni quoi que ce soit. Il espère peut-être me récupérer. Tout le monde applaudissait ce mariage. J'étais sa consécration sociale.

Quart jeta un regard aux tables voisines, puis se pencha vers elle :

– Excusez-moi, je ne comprends pas ce « tout le monde ». Les applaudissements de qui ?

– Vous ne connaissez pas mon parrain ? Don Octavio Machuca était l'ami de mon père et il nous porte une affection particulière, à ma mère et à moi. Comme il le dit lui-même, je suis la fille qu'il n'a jamais eue. C'est pour cette raison, pour assurer mon avenir, qu'il a encouragé mon mariage avec le plus brillant des jeunes loups de la Banque Cartujano, celui qui doit lui succéder, maintenant qu'il est sur le point de prendre sa retraite.

– Et c'est pour cette raison que vous vous êtes mariée ? Pour assurer votre avenir ?

La question était brutale. Les cheveux de Macarena Bruner avaient glissé sur son épaule, lui couvrant à demi le visage. Elle les écarta d'un geste de la main. Elle regardait Quart, comme pour découvrir ses véritables intentions.

– Eh bien, Pencho est un homme séduisant et il a une tête extrêmement bien faite, comme on dit. Il a aussi une autre qualité : il est courageux. Il fait partie de ces rares hommes que j'ai rencontrés et qui sont vraiment capables de jouer le tout pour le tout, pour un rêve, pour leur ambition. Dans le cas de mon mari, de mon ex-mari si vous préférez, son rêve est son ambition – un vague sourire apparut sur ses lèvres –. Je crois même que je me suis mariée parce que j'étais amoureuse de lui.

– Et que s'est-il passé ?

Elle le regarda de nouveau avec attention, comme si elle voulait savoir à quel point il s'intéressait personnellement à ses questions.

– Rien, à vrai dire – répondit-elle d'une voix neutre –. J'ai fait ma part et il a fait la sienne. Mais il a commis une erreur. Ou plusieurs. Il aurait dû laisser notre église en paix.

– Notre ?

– La mienne. Celle du père Ferro. Des paroissiens qui viennent à la messe tous les jours. De la duchesse.

Cette fois, ce fut au tour de Quart de sourire :

– Vous appelez toujours votre mère ainsi ?

– Quand je parle d'elle à des tiers – elle souriait elle aussi, avec une tendresse que Quart ne lui avait pas vue jusque-là –. Elle aime cela. Elle aime aussi les géraniums, Mozart, les prêtres en chasubles à l'ancienne mode et le Coca-Cola. Un détail un peu insolite, vous ne trouvez pas, chez une dame de soixante-dix ans qui dort une fois par semaine avec son collier de perles et qui s'obstine encore à appeler mécanicien son chauffeur... Vous ne lui avez pas été présenté ? Venez donc prendre le café demain, si vous voulez bien. Don Príamo nous fait une visite tous les après-midi, pour le chapelet.

– Je ne suis pas très sûr que le père Ferro ait très envie de me voir. Il ne m'aime pas beaucoup.

– Laissez-moi m'en occuper. Ou plutôt, laissez ma mère. Don Príamo et elle s'entendent à merveille. Ce serait peut-être une bonne occasion pour vous parler entre hommes... C'est bien ce qu'il faut dire, en parlant de prêtres ?

Quart soutint son regard, impavide :

189

– Et votre mari…

– Vous êtes insatiable. Mais je suppose que vous êtes venu ici pour poser des questions.

Elle semblait regretter, sur le mode de la plaisanterie, que ce fût là le motif de leur rencontre. Elle continuait à regarder les mains du prêtre, comme lorsqu'ils avaient fait connaissance dans le salon de l'hôtel. Quart les avait déjà retirées plusieurs fois de la table, un peu gêné. Il décida finalement de les laisser sur la nappe.

– Que voulez-vous savoir de Pencho ? Qu'il s'est trompé en croyant m'acheter ? Si c'est à cause de cette église que je lui ai déclaré la guerre ? Qu'il se comporte parfois comme le dernier des salauds ?…

Elle avait répondu avec un calme parfait, d'une voix totalement neutre. Le groupe qui occupait la table voisine s'en allait et plusieurs convives la saluèrent. Tous regardaient Quart avec curiosité, particulièrement les femmes, blondes et bronzées, avec cet air de filles de bonnes familles andalouses qui n'ont jamais connu la faim. Macarena Bruner répondit en inclinant légèrement la tête, sourire aux lèvres. Quart l'observait avec attention :

– Et pourquoi ne demandez-vous pas le divorce ?

– Parce que je suis catholique.

Impossible de savoir si elle était sérieuse ou pas. Ils se turent tous les deux et il s'adossa contre sa chaise, étudiant cette femme, en face de lui. Le collier d'ivoire et le chemisier de soie grège sous la jaquette noire faisaient ressortir sa peau brune et son buste que dorait la flamme de la bougie posée sur la table. Il regarda les grands yeux noirs, tranquilles, attentifs aux siens. Et il comprit que quelque chose risquait d'aller trop loin pour le salut de son âme, au cas – la raison et l'instinct se confondaient toujours lorsqu'il en arrivait à ce stade – où son âme serait soumise à des fluctuations externes, comme les titres boursiers. Et si la comparaison était juste, personne ne donnerait un sou pour son âme en ce moment.

Il ouvrit la bouche pour meubler le silence, prononça quelques mots parfaitement anodins, d'une voix neutre. Cinq secondes plus tard, il avait déjà oublié ce qu'il lui avait dit ; mais il avait réussi à combler ce vide béant. Macarena Bruner avait repris la conversation et Quart eut une pensée pour monseigneur Paolo Spada.

190

Prières et douches froides, lui avait prescrit le Bouledogue en souriant, sur les marches de la Piazza di Spagna.

– Il y a des choses que j'aimerais vous expliquer, mais je ne pense pas en être capable... – elle regardait par-dessus l'épaule de Quart. Il acquiesça, sans savoir à quoi ; l'important était qu'il avait retrouvé toute sa concentration –. Dans la vie, certains luxes se paient cher, et c'est maintenant au tour de Pencho de payer. Il est de ceux qui demandent l'addition sans sourciller, en pianotant sur le bar. Sur ce point, il est homme jusqu'au bout des ongles – ironisa-t-elle –. Un vrai torero. Mais sa bonne étoile commence à décliner, et il sait que je le sais. Séville est le paradis des commérages ; nous adorons cancaner. Chaque rumeur qui arrive à son oreille, chaque sourire derrière son dos, autant de coups à son orgueil – elle jeta un regard circulaire dans la salle, amusée –. Imaginez ce qu'on va dire quand on saura que j'ai dîné avec vous.

– C'était votre intention ? – Quart était redevenu parfaitement maître de lui –. Me montrer comme un trophée ?

Il la regarda avec cette expression désabusée que donne une sagesse acquise au fil des siècles.

– Peut-être bien. Les femmes sont très compliquées, par comparaison avec les hommes, si droits dans leurs mensonges, tellement infantiles dans leurs contradictions... Si conséquents dans leur bassesse – le maître d'hôtel en personne apporta les cafés ; un nuage de lait pour elle, noir pour lui. Macarena Bruner mit un morceau de sucre en souriant d'un air distrait –. Ce dont je peux être sûre, c'est que Pencho sera au courant demain matin. Mon Dieu, comme certaines factures se paient lentement – elle prit une petite gorgée de café puis regarda Quart, les lèvres humides –. Je n'aurais peut-être pas dû mêler le nom de Dieu à toutes ces affaires, vous ne croyez pas ? On dirait un juron. « Tu ne prononceras pas le nom de Dieu en vain », si j'ai bonne mémoire...

Quart posa précautionneusement sa petite cuillère à côté de sa tasse.

– Ne vous inquiétez pas – fit-il d'une voix rassurante –. Il m'arrive à moi aussi de prononcer le nom de Dieu de temps en temps.

– C'est curieux – elle s'était appuyée sur ses coudes et son chemisier de soie légère frôlait le bord de la table. Pendant une seconde, Quart en devina le contenu : lourd, brun et doux. Il allait falloir plus d'une douche froide pour l'oublier –. Je connais don Príamo depuis qu'il est arrivé dans cette paroisse, il y a dix ans, mais je ne peux pas imaginer ce qu'est la vie d'un prêtre, de l'intérieur. Je ne m'étais jamais posé la question jusqu'à aujourd'hui, quand je vous ai regardé – elle observait encore les mains de Quart, puis ses yeux remontèrent jusqu'au col romain –. Comment faites-vous pour vos trois vœux ?

S'il y a des questions indiscrètes, pensa-t-il, c'est tout à fait le moment de les poser. Il regarda son verre et battit le rappel de toutes les ressources de son sang-froid :

– Chacun fait comme il peut. Certains y voient une question d'obéissance dialoguée, de chasteté partagée ou de pauvreté liquide.

Il leva son verre, comme pour boire à sa santé, puis le reposa sur la table et se mit à siroter son café, tandis que Macarena Bruner partait d'un rire franc, sonore, si contagieux que Quart fut sur le point de l'imiter.

– Et vous ? – demanda-t-elle en souriant –. Vous êtes obéissant ?

– Je le suis – il posa sa tasse et s'essuya les lèvres ; puis il plia soigneusement sa serviette et la laissa sur la table –. Bien sûr, j'essaie de raisonner, mais j'observe toujours la discipline. Certaines choses ne fonctionnent pas sans discipline, et l'entreprise pour laquelle je travaille fait partie du lot.

– Vous faites allusion à don Príamo ?

Quart haussa les sourcils avec une indifférence calculée. En réalité, il ne faisait allusion à personne en particulier, précisa-t-il. Mais puisqu'elle abordait le sujet, le père Ferro était un exemple peu recommandable. Bouffi d'orgueil, pour être charitable. Premier dans la liste des péchés capitaux quand on entre au catéchisme, première à droite.

– Vous ne savez rien de sa vie. Vous ne pouvez pas le juger.

– Je ne prétends pas le juger – il s'autorisa une moue discrète –, mais j'essaie de comprendre.

– Vous ne le comprenez pas non plus – insista-t-elle d'une voix où pointait une certaine irritation –. Il a été curé de campagne pendant la moitié de sa vie, dans un petit trou perdu des Pyrénées… Il restait des mois entiers bloqué par la neige. Parfois, il devait faire huit ou dix kilomètres pour aller donner l'extrême-onction à un mourant. Il n'y avait plus que des vieillards, et il les a vus mourir les uns après les autres. Il les enterrait de ses propres mains, jusqu'à ce qu'il n'y ait plus personne. Et c'est ainsi qu'il s'est mis un certain nombre d'idées fixes dans la tête, sur la vie et sur la mort, sur le rôle que vous, les prêtres, vous jouez dans le monde… Pour lui, cette église est très importante. Il croit qu'elle est nécessaire, et il prétend que chaque église que l'on ferme ou qui disparaît est un bout de ciel qui s'en va. Comme personne ne l'écoute, au lieu de se rendre, il se bat. Il dit souvent qu'il a déjà perdu trop de combats, là-haut dans les montagnes.

Tout cela était fort bien, reconnut Quart. Très émouvant. Il avait même vu un ou deux films qui racontaient des histoires du même acabit. Mais le père Ferro demeurait assujetti à la discipline ecclésiastique. Les prêtres ne peuvent pas se promener par-ci par-là en proclamant un peu partout leurs petites républiques indépendantes. Pas à notre époque.

Elle secouait la tête :

– Vous ne le connaissez pas assez bien.

– Il ne m'en donne certainement pas l'occasion.

– Nous arrangerons cela demain, je vous le promets – elle regardait ses mains –. Quant à votre pauvreté liquide, elle semble bien réelle. Vous avez à peine goûté le vin… Pour l'autre pauvreté, je dois dire que vous savez vous habiller. Je sais reconnaître les beaux vêtements, même chez un prêtre.

– Mon travail y est pour quelque chose. Je dois rencontrer des gens. Dîner avec de séduisantes duchesses sévillanes – ils se regardaient droit dans les yeux et, cette fois, aucun des deux ne souriait –. Voyez-y une sorte d'uniforme.

Il y eut un bref silence que ni l'un ni l'autre ne voulut rompre et que Quart accepta avec calme. Finalement, ce fut elle qui fit le premier pas :

– Vous avez également une soutane ?

– Naturellement, mais je ne m'en sers pas beaucoup.

On leur apporta l'addition ; il voulut s'en charger, mais Macarena Bruner s'y opposa. C'est moi qui vous invite, dit-elle à Quart sur un ton qui n'admettait pas de réplique. Il la regarda donc sortir de son sac une carte American Express or. J'envoie toujours les factures à mon mari, expliqua-t-elle quand le garçon se fut éloigné. Bien plus économique pour lui que s'il me versait une pension alimentaire.

– Nous n'avons pas encore parlé du troisième de vos vœux – reprit-elle un peu plus tard –. Vous pratiquez aussi la chasteté partagée ?

– J'ai bien peur que non. Je pratique la chasteté, tout court.

Il la vit hocher lentement la tête, puis regarder autour d'elle dans la salle avant de revenir à lui. Elle examinait sa bouche et ses yeux avec intérêt :

– Vous voulez dire que vous n'avez jamais été avec une femme ?

Il y a des questions auxquelles on ne peut répondre à onze heures du soir dans un restaurant de Séville où l'on vient de dîner aux chandelles ; mais elle ne semblait pas attendre de réponse. Elle sortit lentement de son sac un paquet de cigarettes, en prit une, puis, avec une effronterie à la fois naturelle et calculée, glissa la main sous le côté gauche de son décolleté pour s'emparer d'un briquet de plastique qu'elle gardait sous la bretelle de son soutien-gorge. Tentant de faire le vide dans son esprit, Quart la regarda allumer sa cigarette. Ce n'est qu'un peu plus tard qu'il fut capable de se demander dans quel diable de guêpier il avait bien pu se fourrer.

A cause de l'éducation qu'il avait reçue à Rome et de son travail au cours des dix dernières années, l'attitude de Quart à l'égard du sexe avait évolué dans un sens différent de celui qu'elle prend ordinairement chez les prêtres, après les potins et la sordidité du séminaire, sans parler du climat général de l'institution ecclésiastique. Dans un monde fermé, dominé par la notion de faute, un monde qui niait tout contact avec la femme et dans lequel l'unique solution officieusement acceptée était la masturbation ou le sexe clandestin, suivi de son expiation par le sacrement de la pénitence, la vie diplomatique et son travail à l'Institut pour les œuvres extérieures facilitaient ce que monseigneur Spada, avec son art consommé de l'euphémisme, appelait les alibis tactiques. Le bien général de l'Église, pris comme fin, justifiait parfois certains moyens. En ce sens, le charme d'un jeune secrétaire de nonciature entouré d'épouses de ministres, de financiers et d'ambassadeurs, victimes faciles de leur instinct d'adoption devant un prêtre jeune et intéressant, ouvrait bien des portes qui demeuraient fermées aux monseigneurs ou éminences plus racornis. C'était ce que monseigneur Spada appelait le « syndrome de Stendhal », en souvenir des deux personnages – Fabrice del Dongo et Julien Sorel – dont il avait conseillé à Quart, à peine était-il entré à l'IOE, de lire les aventures. Pour le Bouledogue, la culture n'allait pas à l'encontre du dressage spirituel. Ce qui laissait toute la question à la discrétion morale et à l'intelligence du protagoniste, en dernière analyse l'agent de Dieu sur un champ de bataille où ses forces étaient la prière et le bon sens. Car, à côté des avantages d'une confidence obtenue lors d'une réception, d'un entretien privé ou d'une confession, le système avait aussi ses dangers. Bien des femmes accouraient, poussées par le besoin de remplacer affectivement des hommes inaccessibles ou des maris indifférents. Et rien n'était plus troublant, pour le vieil Adam toujours tapi sous bien des soutanes, que l'innocence d'une adolescente ou les confidences d'une femme frustrée. En fin de compte, l'indulgence officieuse des supérieurs était plus ou moins assurée – la nef de Pierre, vieille et sage, avait tenu bon contre vents et marées – s'il n'y avait pas eu de scandale et si les résultats obtenus valaient la peine.

Paradoxalement pour un homme qui n'avait que la foi du soldat professionnel, ce n'était pas le cas de Quart. Chez lui, il était clair que la chasteté était d'abord un péché d'orgueil avant que d'être une vertu ; mais telle était la règle qui régissait sa vie. Et comme certains des fantômes qui revivaient devant ses yeux ouverts dans le noir, le Templier qui ne pouvait compter que sur son épée, sous un ciel sans Dieu, avait besoin de s'astreindre à la règle s'il voulait affronter dignement la rumeur de la cavalerie sarrasine qui s'approche dans le lointain, sur les flancs de la colline de Hattin.

Il dut faire un effort pour chasser ces pensées. Elle fumait, le coude sur la table, le menton appuyé sur la paume de la main qui tenait sa cigarette. Il sentit la proximité troublante de ses jambes, sans qu'elles l'aient frôlé. Les reflets de la flamme de la bougie doraient ses yeux noirs, tout proches, et il lui aurait suffi de tendre le bras pour caresser sa peau sous les cheveux d'ébène qui étaient retombés sur son épaule, ivoire du collier, or du bracelet, blancheur des incisives qui brillaient doucement dans sa bouche entrouverte. C'est alors que, d'un geste calculé, cette même main dont les doigts frémissaient de désir s'introduisit dans la poche intérieure de sa veste et, saisissant la carte postale du capitaine Xaloc, la posa sur la table.

– Parlez-moi de Carlota Bruner.

En un instant, tout avait changé. Macarena écrasa sa cigarette dans le cendrier et le regarda, déconcertée. Les reflets de miel avaient disparu.

– Où avez-vous trouvé cette carte postale ?

– Quelqu'un l'a laissée dans ma chambre.

Macarena Bruner regardait l'image jaunie de l'église. Elle secoua la tête :

– Elle est à moi. Elle était dans la malle de Carlota. Je ne comprends pas comment elle a pu tomber entre vos mains.

– Pourtant, vous voyez, je l'ai – Quart prit la carte postale entre le pouce et l'index, puis la retourna –. Et pourquoi le timbre n'est-il pas oblitéré ?

Les yeux de Macarena hésitaient entre la carte postale et Quart ; ce dernier répéta sa question. Elle fit un signe de tête, mais ne répondit pas tout de suite.

– Parce qu'on ne l'a jamais mise à la poste – elle avait pris la carte postale et l'examinait –. Carlota était ma grand-tante. Elle était tombée amoureuse de Manuel Xaloc, un marin sans fortune. Gris m'a dit qu'elle vous avait raconté cette histoire… – elle secoua la tête, comme pour nier quelque chose ; ou peut-être était-ce un geste de regret, d'impuissance ou de tristesse –. Quand le capitaine Xaloc a émigré en Amérique, elle lui a écrit pratiquement toutes les semaines, pendant des années, une lettre ou une carte postale. Mais son père, le duc, mon arrière-grand-père Luis Bruner, ne l'entendait pas de cette oreille. Quoi de plus facile que de graisser la patte des employés des Postes ? En six ans, elle n'a pas reçu un seul mot, et lui non plus sans doute. Quand Xaloc est revenu la chercher, Carlota avait perdu la raison. Elle passait toute la journée assise à sa fenêtre, à regarder le fleuve. Elle ne l'a pas reconnu.

Quart montra la carte postale.

– Et cette correspondance ?

– Personne n'a osé la détruire. On a finalement tout mis dans une malle à la mort de Carlota, en 1910, avec le reste de ses affaires. Petite fille, j'étais fascinée par ces souvenirs : j'essayais les robes, les colliers de jais… – Quart la vit esquisser un sourire qui s'effaça dès que ses yeux se reposèrent sur la carte postale –. Dans sa jeunesse, Carlota avait accompagné mes arrière-grands-parents à l'Exposition universelle de Paris et en Tunisie où elle avait visité les ruines de Carthage. Elle en avait ramené des pièces de monnaie antiques… Il y a aussi des brochures touristiques dans cette malle, des dépliants d'hôtels et de compagnies de navigation : le résumé d'une vie, entre les vieilles dentelles et les mousselines mangées aux mites. Imaginez l'effet que ces choses pouvaient avoir sur moi, à dix ou douze ans : j'ai lu toutes ces lettres et le personnage romantique de ma grand-tante m'a absolument fascinée. Et il me fascine encore.

Elle dessinait quelque chose sur la nappe, autour de la carte postale. Puis elle s'arrêta, pensive.

– Une belle histoire d'amour – fit-elle en levant les yeux vers Quart –. Et comme toutes les belles histoires d'amour, triste à mourir.

Quart ne voulait pas l'interrompre. Ce fut le garçon qui le fit en rapportant le reçu et la carte de crédit. Quart regarda la signature : nerveuse, pleine d'angles aigus comme des poignards. Macarena contemplait d'un air absent sa cigarette éteinte dans le cendrier. Après un temps de silence, elle reprit :

– Je connais une très belle chanson de Carlos Cano : « *Aún recuerdo el piano / de aquella niña / que había en Sevilla…* ». Chaque fois que je l'entends, j'ai envie de pleurer… Savez-vous qu'on raconte même une légende sur Carlota et Manuel Xaloc ? – elle souriait cette fois, curieusement timide et hésitante, et Quart comprit qu'elle croyait à cette légende –. Les nuits de lune, Carlota revient à sa fenêtre et là-bas, sur le Guadalquivir, la goélette fantôme de son amant largue ses amarres et descend le fleuve – elle s'était penchée et des reflets d'or dansaient de nouveau dans ses yeux ; Quart eut encore la certitude inquiétante d'être trop près d'elle –. Quand j'étais petite, je passais des nuits entières à faire le guet dans ma chambre, pour les épier. Un jour, je les ai vus. Elle, une silhouette blanche à la fenêtre ; et en bas, sur le fleuve, dans le brouillard, les voiles blanches d'un bateau d'autrefois qui glissaient lentement et s'effaçaient peu à peu.

197

Elle se tut tout à coup. Elle s'était reculée sur sa chaise, reprenant ses distances.

– Après sir Marhalt, mon deuxième amour a été le capitaine Xaloc… – elle le regardait d'un air provocant –. Vous trouvez cette histoire absurde ?

– Pas du tout. A chacun ses fantômes.

– Quels sont les vôtres ?

Ce fut au tour de Quart de sourire, perdu dans le lointain. Si loin que Macarena Bruner n'aurait jamais pu le suivre jusque-là, dans l'hypothèse improbable où il aurait ajouté quelques mots à son sourire. Le vent et le soleil, et puis la pluie. Un goût de sel dans la bouche. Tristes souvenirs d'une enfance humble, genoux souillés de terre humide, longues attentes devant la mer. Fantômes d'une jeunesse intellectuelle étriquée, dominée par la discipline, avec quelques souvenirs heureux de camaraderie, quelques brefs moments d'ambition satisfaite. La solitude d'un aéroport, d'un livre, d'une chambre d'hôtel. Et la peur ou la haine dans les yeux d'autres hommes : le banquier Lupara, Nelson Corona, Príamo Ferro. Cadavres réels ou imaginaires, passés ou futurs, qui pesaient sur sa conscience.

– Ils n'ont rien d'extraordinaire – répondit-il, impassible –. Il y a aussi des bateaux qui partent et qui reviennent. Et un homme. Un chevalier Templier en cotte de mailles, appuyé sur son épée dans un désert.

Elle le regarda d'un air étrange, comme si elle le voyait pour la première fois. Elle ne répondit pas.

– Mais les fantômes – reprit Quart – ne laissent pas de cartes postales dans les chambres d'hôtel.

Macarena Bruner avança la main vers la carte postale posée sur la nappe : « *C'est ici que je prie pour toi tous les jours…* » Ses lèvres remuèrent silencieusement quand elle lut ces mots qui n'étaient jamais arrivés au capitaine Xaloc.

– Je ne comprends pas. Elle était chez moi, dans la malle, avec le reste des affaires de Carlota. Quelqu'un a dû la prendre.

– Qui ?

– Je n'en ai pas la moindre idée.

– Qui est au courant de l'existence de ces cartes postales ?

Elle le regarda comme si elle n'avait pas bien compris et qu'elle attendait qu'il repose sa question. De toute évidence, elle cherchait à gagner du temps. Mais il ne lui en laissa pas le loisir.

– Non – finit-elle par dire –. C'est trop absurde.

Quart déplaça une main et vit que Macarena Bruner reculait presque imperceptiblement sur sa chaise, comme si elle avait eu peur de son geste. Elle prit la carte postale et la retourna du côté de la photo de l'église.

– Il n'y a rien d'absurde là-dedans – répliqua-t-il –. Il s'agit de l'endroit où Carlota Bruner est enterrée, à côté des perles du capitaine Xaloc. L'église que votre mari veut démolir et que vous défendez. Un endroit qui est la raison de mon voyage à Séville et où deux personnes sont mortes, accidentellement ou pas – il leva les yeux vers Macarena –. Une église qui tue pour se défendre, selon un mystérieux pirate que l'on a baptisé du nom de *Vêpres*.

Elle tenta un sourire qui se figea bientôt sur ses lèvres en une moue soucieuse, songeuse.

– Ne dites pas cela. Vous me faites peur.

Il y avait plus de contrariété que d'appréhension dans sa voix. Quart regarda le briquet de plastique qu'elle faisait tourner entre ses doigts, et il sut que Macarena Bruner venait de lui mentir. Elle n'était pas femme à prendre peur pour un oui ou pour un non.

Depuis que *Vêpres* avait donné signe de vie une semaine plus tôt, le père Ignacio Arregui et son équipe de jésuites informaticiens se relayaient toutes les douze heures pour surveiller le système central du Vatican. Il était une heure moins dix du matin et Arregui sortit dans le couloir pour aller chercher un café au distributeur automatique. La machine goba les pièces de cent lires, pour ne lui donner en échange qu'un gobelet vide et un petit jet de sucre. Le jésuite tempêta en regardant par la fenêtre l'ombre noire du palais du Belvédère, de l'autre côté de la rue éclairée par des réverbères sous lesquels passait justement la ronde de nuit des suisses. Arregui fouilla dans les poches de sa soutane, en sortit d'autres pièces et tenta encore sa chance. Cette fois, le café voulut bien couler, mais pas le sucre qu'il dut récupérer dans le premier gobelet – par chance, il était tombé sans se renverser dans la poubelle –. Puis il revint à la salle des ordinateurs, le gobelet de plastique brûlant entre son pouce et son index.

– Nous l'avons, mon père.

Très énervé, Cooey, l'Irlandais, regardait l'écran de son ordinateur en essuyant les verres de ses lunettes. Un autre jeune jésuite, un Italien du nom de Garofi, tapait furieusement sur le clavier du deuxième ordinateur, à la poursuite de l'intrus.

– Il s'agit bien de *Vêpres* ? – demanda Arregui en regardant l'écran par-dessus l'épaule de Cooey, fasciné par le clignotement des icônes rouges et bleues, par le défilement vertigineux des fichiers que parcourait le pirate.

L'ordinateur reproduisait les mouvements du *hacker*, pendant que Garofi essayait de l'identifier et de le localiser.

– Je crois que oui – répondit l'Irlandais en remettant ses lunettes –. En tout cas, il connaît son chemin et il avance très vite.

– Il est arrivé aux PS ?

– Sur certains. Mais il est malin : il ne tombe pas dedans.

Le père Arregui prit une gorgée de café qui lui brûla la langue :

– Le petit salaud.

Les PS – pièges saducéens, dans le jargon de l'équipe – étaient des secteurs informatiques disposés comme des nasses à l'embouchure d'une rivière pour que les pirates s'y engagent et s'y désorientent ou révèlent des indices permettant de les identifier. Les pièges tendus contre *Vêpres* étaient en fait de complexes labyrinthes électroniques dans lesquels l'intrus risquait de dévoiler ses cartes.

– Il cherche INMAVAT – annonça Cooey.

Il y avait une pointe d'admiration dans sa voix et le père Arregui, sourcils foncés, regarda le cou et la nuque du jeune spécialiste qui suivait la progression du *hacker*, penché sur l'écran, la souris dans sa main droite. C'était à prévoir, se dit-il en vidant son gobelet. Et il ne put réprimer une certaine excitation professionnelle à voir en pleine action un membre de la confrérie informatique, aussi secret et propre que ce *Vêpres*. Même si c'était un pirate et un délinquant qui lui faisait passer des nuits blanches depuis une semaine.

– Le voilà – dit l'Irlandais.

Garofi avait abandonné son clavier pour regarder lui aussi.

INMAVAT, le fichier réservé aux hauts dignitaires de la Curie, défilait à toute allure sur l'écran, les tripes à l'air.

– Oui. C'est bien *Vêpres* – dit Cooey, comme quelqu'un qui reconnaît la signature d'un vieil ami.

Le gobelet éclata avec un bruit sec quand le père Arregui l'écrasa dans sa main avant de le jeter dans la corbeille à papier. Sur l'écran de Garofi, le curseur du scanner relié à la police et au réseau téléphonique du Vatican clignotait.

– Comme la dernière fois – dit l'Italien –. Il camoufle son point d'entrée en sautant d'un réseau de téléphone à l'autre.

Le père Arregui avait les yeux rivés sur le curseur clignotant qui parcourait dans un sens et dans l'autre la liste des quatre-vingt-quatre utilisateurs d'INMAVAT. Ils avaient travaillé plusieurs jours à mettre en place un piège saducéen pour intercepter les intrus qui pourraient tenter de s'infiltrer dans V01A, le terminal personnel du Saint-Père. Le piège, désamorcé quand on accédait au fichier avec un code normal, ne se déclenchait que si l'intrus venait de l'extérieur : en franchissant le seuil d'INMAVAT, il traînait derrière lui sans le savoir un code secret, un boulet invisible. En arrivant au terminal V01A, ce signal bloquait l'entrée de la véritable destination et détournait le pirate vers une autre adresse, fictive celle-là, V01APS, où il ne pourrait faire aucun dégât et laisserait le message dont il était porteur, croyant le déposer dans l'ordinateur personnel du pape.

Le curseur s'arrêta en clignotant sur V01A. Pendant dix longues secondes, les trois jésuites retinrent leur souffle, attendant le verdict de l'écran. Finalement, le curseur clignota et céda la place au sablier d'attente.

– Il entre – chuchota Cooey, comme si *Vêpres* pouvait l'entendre. Il était rouge et l'écran se reflétait sur ses lunettes qui s'étaient de nouveau embuées.

Le père Arregui mordillait sa lèvre inférieure en jouant avec un bouton de sa soutane. Si le piège ne fonctionnait pas ou si *Vêpres* se doutait de son existence, le pirate risquait de se fâcher. Et un pirate furieux dans un fichier aussi délicat qu'INMAVAT pouvait avoir des réactions imprévisibles. Les spécialistes du Vatican avaient cependant encore un atout dans leur jeu : il suffisait d'appuyer sur une touche pour isoler INMAVAT du reste du réseau.

Mais *Vêpres* comprendrait alors qu'on le suivait à la trace et il pourrait s'éclipser en une seconde. Ou, pire encore, il pourrait revenir plus tard avec une tactique différente et inattendue. Par exemple, un programme meurtrier qui infecterait et détruirait tout sur son passage.

Le sablier disparut et l'écran changea de format.

– Le voilà – dit Garofi.

Vêpres était entré dans V01A et, pendant quelques instants d'incertitude, les trois jésuites scrutèrent nerveusement l'écran pour voir dans quelle adresse, la réelle ou la fictive, il s'était finalement introduit. Le code commença à apparaître sur l'écran et Cooey se mit à le lire d'une voix tendue :

– Véronique-Zéro-Unité-Alpha-Patrick-Sophie.

Fier de lui, il fit un grand sourire. *Vêpres* avait introduit son fichier pirate dans le piège saducéen. L'ordinateur personnel du pape était à l'abri.

– Dieu soit loué – dit le père Arregui.

Il avait fini par arracher le bouton de sa soutane qu'il tenait dans le creux de sa main. Le prêtre se pencha pour lire le message qui apparaissait sur l'écran :

> L'ennemi a tout détruit dans le sanctuaire.
> Tes adversaires ont rugi en plein lieu d'assemblée,
> pour emblèmes ils ont mis leurs emblèmes.
> On les a vus, pareils à qui brandit la hache
> au milieu d'un hallier,
> briser à l'envi tes sculptures
> à coups de masse et de marteau.
> Ils ont livré au feu ton sanctuaire,
> abattu, profané la demeure de ton nom.
> Jusques à quand l'oppresseur blasphémera-t-il ?

Puis *Vêpres* se déconnecta et le signal disparut de l'écran.

– Impossible de le localiser – le père Garofi cliquait en vain sur l'écran avec sa souris –. Chaque fois qu'il sort d'une boucle, il laisse derrière lui une sorte de charge explosive qui détruit ses traces. Ce *hacker* connaît vraiment bien son affaire.

– Et il connaît aussi les psaumes – dit le père Cooey en mettant en route l'imprimante pour sortir une copie du texte –. C'est le psaume 63, n'est-ce pas ?

Le père Arregui secoua la tête.

– Soixante-treize. Psaume 73 – corrigea-t-il en regardant d'un air préoccupé l'écran de l'ordinateur de Garofi – : *Lamentation sur le Temple dévasté*.

– Nous avons encore appris autre chose sur son compte – dit tout à coup le père Cooey –. C'est un pirate qui a le sens de l'humour.

Les deux autres ecclésiastiques contemplaient le rectangle illuminé. A l'intérieur, de petites balles rebondissaient, comme des balles de ping-pong, en se dédoublant chaque fois qu'elles touchaient un bord. Quand deux d'entre elles se rencontraient, il se produisait une sorte d'explosion nucléaire en miniature, un petit champignon au centre duquel apparaissait le mot « boum ».

Arregui était furieux :

– Ah, la canaille ! L'hérétique.

Tout à coup, il s'aperçut qu'il tenait le bouton de sa soutane dans le creux de sa main. Il le jeta dans la corbeille à papier. Les yeux fixés sur l'écran, les pères Cooey et Garofi riaient sous cape.

VII. La bouteille d'anisette Del Mono

Au temps déjà lointain où, étudiant la sublime Science,
nous nous penchions sur le mystère rempli de pesantes énigmes.

Fulcanelli, *Le Mystère des cathédrales*

Il était un peu plus de huit heures du matin quand Quart traversa la place, en route pour Notre-Dame-des-Larmes. Le soleil illuminait le campanile délabré, sans dépasser encore le bord des toits des maisons peintes en ocre et en blanc. Les orangers jouissaient toujours de la fraîcheur de l'ombre. Leur arôme l'accompagna jusqu'à la porte de l'église où un mendiant demandait l'aumône, assis par terre, ses béquilles posées contre le mur. Quart lui donna une pièce avant d'entrer, puis il s'arrêta un instant à côté du Nazaréen des ex-voto. La messe n'en était pas encore à l'offertoire.

Il s'avança et s'assit sur l'un des bancs du fond. Une vingtaine de fidèles se trouvaient devant lui, occupant la moitié de la nef. Le reste des bancs, avec leurs agenouilloirs, étaient toujours empilés contre les murs, entre les échafaudages. Au-dessus du maître-autel, le retable était éclairé et, sous cet ensemble bigarré de statues et de peintures, aux pieds de la Vierge aux Larmes, don Príamo Ferro officiait avec le père Oscar comme servant de messe. La plupart des fidèles étaient des femmes et des personnes âgées : voisins de condition modeste, employés sur le point de se rendre au travail, retraités, ménagères. Quelques femmes avaient à côté d'elles les paniers ou les caddys avec lesquels elles feraient tout à l'heure leur marché. Deux ou trois vieilles étaient vêtues de noir.

L'une d'elles, agenouillée près de Quart, avait la tête couverte d'un de ces voiles qu'on n'utilisait plus depuis vingt ans.

Le père Ferro s'avança pour la lecture de l'Évangile. Il portait des ornements blancs et Quart remarqua que l'amict dépassait à son cou, sous la chasuble et l'étole ; l'amict, l'ancien rectangle de toile que les prêtres, en souvenir du suaire qui avait recouvert le visage du Christ, mettaient sur leurs épaules quand ils s'habillaient pour dire la messe avant le concile Vatican II. Seuls les officiants très âgés ou très traditionalistes l'utilisaient encore. Et ce n'était pas le seul anachronisme dans l'habillement et les attitudes du père Ferro. La vieille chasuble, par exemple, était de celles qu'on appelait « guitare », le devant largement échancré, ouvert sur les côtés, au lieu du modèle courant, plus proche de la dalmatique, plus pratique et plus léger, qui l'avait remplacée.

– « En ce temps-là, Jésus dit à ses disciples… »

Le curé lisait ce texte cent fois répété au cours de sa vie en regardant à peine le livre ouvert sur le lutrin, perdu dans la contemplation d'un lieu indéterminé, entre lui et ses ouailles. Il n'y avait pas de micro – qui aurait d'ailleurs été inutile dans cette petite église – et sa voix éraillée, tranquille, dépourvue de toutes inflexions et nuances, remplissait avec autorité le silence de la nef, entre les échafaudages et les fresques noircies du plafond. Il n'y avait place ni pour la discussion ni pour le doute : tout, à part ces paroles prononcées au nom d'un Autre, était ici parfaitement inutile et vain. Cette voix était le verbe de la foi.

– « En vérité, je vous le dis, vous allez pleurer et vous lamenter ; le monde, lui, se réjouira. Vous serez dans la tristesse, mais votre tristesse se changera en joie. Mais je vous reverrai et votre cœur se réjouira, et votre joie, nul ne pourra vous la ravir… » Parole de Dieu – dit-il en revenant derrière l'autel, et les fidèles se mirent à réciter le *Credo*.

C'est alors que Quart, sans grande surprise, découvrit Macarena Bruner. Elle se trouvait trois bancs devant lui, lunettes de soleil, jean, queue de cheval, une jaquette jetée sur les épaules. La tête penchée, elle priait. Quart détourna les yeux vers l'autel et son regard croisa celui du père Oscar qui l'observait, impénétrable, tandis que don Príamo Ferro continuait l'office, parfaitement étranger à tout ce qui n'était pas le rituel de ses gestes et de ses paroles :

— *Benedictus es, Domine, deus universi, quia de tua largitate accepimus panem...*

Stupéfait, Quart tendit l'oreille : le vieux prêtre célébrait la messe *en latin*. Le père Ferro récitait dans la vieille langue canonique de l'Église toutes les parties de l'office qui ne s'adressaient pas aux fidèles ou qui ne pouvaient être dites collectivement. Naturellement, ce n'était pas une infraction grave ; certaines églises jouissaient de ce privilège et le pontife lui-même disait souvent la messe en latin à Rome. Mais les dispositions ecclésiastiques établissaient depuis Paul VI que la messe devait être célébrée dans la langue de chaque paroisse pour une plus grande compréhension et participation des fidèles. Manifestement, le père Ferro n'acceptait qu'à moitié l'esprit de la modernité ecclésiastique.

— *Per huius aquae et vini mysterium...*

Quart l'observa attentivement pendant l'offertoire. Après avoir posé le calice et la patène sur le corporal, le curé leva l'hostie au ciel, puis, après avoir mêlé quelques gouttes d'eau au vin des burettes apportées par le père Oscar, il fit de même avec le calice. Ensuite, il se retourna vers son acolyte qui lui présentait une petite cuvette et une burette d'argent et se lava les mains.

— *Lava me, Domine, ab iniquitate mea.*

Quart suivait le mouvement de ses lèvres qui prononçaient les phrases latines à voix basse. Le lavement des mains était une autre coutume en voie d'extinction, mais elle était encore acceptée dans l'ordinaire de la messe. Il remarqua d'autres détails anachroniques qu'il n'avait que rarement vus depuis l'époque où, à dix ou douze ans, il était servant de messe du curé de sa paroisse : le père Ferro joignit le bout des doigts sous le filet d'eau que versait l'acolyte puis, après s'être essuyé les mains, réunit pouces et index en forme de cercle pour qu'ils ne puissent entrer en contact avec rien ; il tournait même les pages du missel avec les trois autres doigts, tendus vers l'extérieur. Tous ces gestes étaient merveilleusement orthodoxes, à l'ancienne mode, comme chez ces très vieux ecclésiastiques qui rechignent à accepter le changement des temps. Il manquait seulement qu'il officie le dos tourné aux fidèles, face au retable et à la statue de la Vierge, comme on le faisait trente ans plus tôt. Don Príamo Ferro n'y aurait certainement vu aucun inconvénient, pensa Quart. Il le regarda réciter le canon en inclinant sa tête dure aux cheveux blancs hirsutes, tondus à la diable : *Te igitur, clementissime Pater.* Le menton mal rasé aux ombres noires et grises touchait le col de la chasuble tandis qu'il disait d'une voix basse (que l'on entendait cependant dans le silence profond de l'église) les prières du sacrifice de la messe, comme elles avaient été prononcées avant lui par des hommes, vivants et morts, depuis mille trois cents ans :

— *Per ipsum, et cum ipso, et in ipso, est tibi Deo Patri omnipotenti...*

Bien malgré lui, en dépit de son scepticisme technique et du mépris que lui inspirait le personnage du père Ferro, le prêtre qui vivait en Quart ne put s'empêcher d'être ému par la singulière solennité que ce rituel, ces gestes et ces paroles, conféraient au vieux curé. Comme si la transformation symbolique qui s'opérait au même moment sur l'autel transfigurait aussi son personnage de curé de campagne mal dégrossi pour l'investir d'une autorité, d'un charisme qui faisait oublier la vieille soutane crasseuse et les godillots mal cirés sous la chasuble au col élimé, aux fils d'or et aux ornements ternis par le passage du temps. Dieu – s'il y avait un Dieu derrière ce bois doré, baroque, qui scintillait autour de la Vierge aux Larmes –, Dieu acceptait sûrement de poser un instant la main sur l'épaule de ce vieil homme grognon qui, penché sur l'hostie et le calice, consommait le mystère de l'incarnation et de la mort du Fils. Et puis, se dit Quart en regardant les visages des fidèles devant lui – dont celui de Macarena Bruner, tournée vers l'autel et absorbée, comme les autres, dans la contemplation des mains du prêtre –, ce qui importait le moins en cet instant, c'était bien qu'il y eût ou non, quelque part, un Dieu prêt à dispenser récompenses et châtiments, condamnation ou vie éternelle. Ce qui comptait dans ce silence rompu par la voix éraillée du père Ferro, c'étaient les visages graves, tranquilles, attentifs à ses mains et à sa voix, ces lèvres qui murmuraient les paroles sacrées avec l'officiant, comprises ou pas, et qui se résumaient en une seule : consolation. Ce qu'était la chaleur dans le froid, une main amie dans l'obscurité. Et comme eux, à genoux, les coudes sur le dossier du banc de devant, Quart répéta intérieurement les paroles de la consécration, un peu nerveux et gêné, sachant qu'il venait de franchir le seuil au-delà duquel il pouvait comprendre cette église, son curé, le message de *Vêpres* et même la raison de sa présence ici. Il était plus facile, découvrit-il, de mépriser le père Ferro que de le voir, petit et rebelle sous sa chasuble démodée, créant avec les paroles du vieux mystère un humble havre dans lequel cette vingtaine de visages, la plupart fatigués et vieillis, courbés sous le poids des ans et de la vie, regardaient – crainte, respect, espoir – le petit morceau de pain que le vieux curé brandissait dans ses mains orgueilleuses. Le vin, fruit de la vigne et du travail de l'homme, qu'il éleva ensuite dans le calice de laiton doré et qui redescendait transformé dans le sang de ce Jésus qui, de la même façon, la cène consommée, avait donné à manger et à boire à ses disciples avec des mots identiques à ceux que prononçait à présent le père Ferro, immuables, vingt siècles plus tard, sous les larmes de Carlota Bruner et du capitaine Xaloc : *Hoc facite in meam commemorationem*. Faites ceci en mémoire de moi.

La messe était dite. L'église était déserte. Quart était resté assis sur son banc, immobile, quand don Príamo Ferro avait prononcé l'*Ite, missa est*, avant de quitter l'autel sans un regard dans sa direction. Les fidèles s'en étaient allés un à un, comme Macarena Bruner qui était passée à côté de lui, cachée derrière ses lunettes de soleil, sans donner le moindre signe qu'elle l'avait vu. Un moment, Quart n'eut pour toute compagnie que la vieille bigote derrière son voile. Elle priait toujours quand le père Oscar ressortit de la sacristie et s'avança vers l'autel pour éteindre les cierges et la lumière du retable. Puis il se retira, les yeux à terre. La bigote s'en alla à son tour et l'agent de l'IOE resta seul dans la pénombre de l'église vide.

Malgré ses attitudes et la rigueur avec laquelle il observait la règle, Quart était un homme lucide. Mais cette lucidité se manifestait comme une malédiction sereine qui l'empêchait d'approuver totalement l'ordre naturel des choses sans lui procurer en échange les alibis qui lui auraient rendu supportable cette prise de conscience. Dans le cas d'un prêtre, comme dans celui de tout homme exerçant un métier qui impose de croire au mythe de la place privilégiée de l'homme dans l'avenir de l'Univers, c'était à la fois gênant et dangereux. Car peu de choses survivaient à la certitude de l'insignifiance de la vie humaine. Seule la force de volonté de Quart, incarnée dans sa discipline, lui permettait de tenir à distance la périlleuse frontière où la vérité toute nue tente les hommes, prête à réclamer son dû sous forme de faiblesse, d'apathie ou de désespoir. Peut-être était-ce pour cette raison qu'il restait assis sur ce banc d'église, sous la voûte noire qui sentait la cire et la vieille pierre froide, regardant autour de lui les échafaudages contre les murs, les ex-voto poussiéreux entourant le Nazaréen aux cheveux naturels salis par le temps, le bois doré du retable plongé dans l'obscurité, les dalles que les pas des fidèles avaient usées cent, deux cents, trois cents ans plus tôt. Et il voyait encore le menton mal rasé et les sourcils broussailleux du père Ferro qui s'inclinait sur l'autel en prononçant des phrases hermétiques devant une vingtaine de visages soulagés de leur condition humaine par l'espoir d'un Père tout-puissant, d'un réconfort, d'une vie meilleure où les justes seraient récompensés et les méchants punis. Ce modeste sanctuaire était bien éloigné des podiums en plein air, des écrans de télévision géants, du folklore et de la vulgarité des églises aux couleurs criardes où tout était permis : les techniques de Goebbels, les numéros de rock, la dialectique des championnats du monde de foot, l'eau bénite dispensée au goupillon électronique. Et c'est pourquoi, comme les pions d'autrefois dont parlait Gris Marsala, déjà étrangers à la bataille dont la rumeur s'éteignait derrière eux, livrés à leur sort, ignorant s'il y avait encore un roi pour qui se battre, certaines pièces choisissaient leur case sur l'échiquier : un endroit pour mourir. Le père Ferro avait choisi le sien et Lorenzo Quart, chasseur de scalps émérite pour le compte de la Curie romaine, était capable de le comprendre sans trop d'effort. Peut-être était-ce pour cette raison qu'il était vaguement mal à l'aise, assis sur son banc dans cette petite église décrépite et solitaire, dont le vieux curé avait fait sa tour maudite : un réduit où défendre les dernières brebis fidèles contre les loups qui maraudaient partout dehors, prêts à leur arracher leurs derniers lambeaux d'innocence.

Quart resta longtemps assis sur son banc à réfléchir à toutes ces choses. Puis il se leva et remonta l'allée centrale jusqu'au maître-autel, écoutant résonner ses pas sous la voûte elliptique du transept. Il s'arrêta devant le retable, à côté de la lumière perpétuelle du saint sacrement, et regarda les sculptures orantes des aïeux de Macarena Bruner de part et d'autre de la statue centrale de la Vierge aux Larmes. Sous son baldaquin royal, escortée par des chérubins et des saints, au milieu des frondaisons et des motifs de bois doré, la statue de Martínez Montañés se dessinait dans la pénombre, éclairée en diagonale par les vitraux, à travers la structure géométrique et rationnelle des échafaudages. Elle était très belle et très triste, le visage légèrement levé vers le ciel, comme pour lui adresser un reproche, les mains vides, ouvertes sur les côtés, comme pour demander pour qui ou pour quoi on lui avait arraché son fils. Les vingt perles du capitaine Xaloc brillaient doucement sur son visage, sa couronne d'étoiles et sa tunique bleue sous laquelle un pied nu posé sur un croissant de lune écrasait la tête d'un serpent.

— « Je mettrai de l'inimitié entre toi et la femme, entre sa descendance et ta descendance... »

Une voix récitait la Genèse derrière lui. Quand il se retourna, Quart découvrit les yeux clairs de Gris Marsala. Il ne l'avait pas entendue entrer et elle s'était approchée de lui sans bruit, grâce à ses chaussures de tennis.

— Vous marchez comme un chat.

Elle rit en balançant la tête. Comme d'habitude, ses cheveux étaient ramenés sur la nuque en une courte tresse. Elle était habillée d'un polo trop grand pour elle et d'un jean maculé de peinture et de plâtre. Quart l'imagina en train de se maquiller devant la glace avant la visite de l'évêque, imagina le regard de ces yeux froids démultipliés en mille morceaux quand le verre brisé par son coup de poing avait volé en éclats. Il chercha la cicatrice sur ses mains. Elle était là : une marque livide de trois centimètres sur le côté intérieur du poignet droit. Il se demanda si elle l'avait fait exprès.

— Vous n'êtes quand même pas venu à la messe ici ? – demandat-elle.

Quart hocha la tête. Elle souriait, d'un sourire indéfinissable. Il regardait toujours sa cicatrice ; Gris Marsala s'en aperçut et tourna le poignet.

— Ce curé... – dit Quart.

Il allait ajouter quelque chose, mais il se ravisa, comme si ces

210

quelques mots résumaient tout. Au bout d'un moment, elle sourit encore ; cette fois, d'une façon plus obscure, comme si elle le faisait pour elle-même après avoir entendu des paroles que personne n'avait prononcées.

– Oui – murmura-t-elle –, c'est exactement cela.

Elle paraissait soulagée et cessa de cacher son poignet. Puis elle lui demanda s'il avait vu Macarena Bruner. Quart lui fit signe que oui.

– Elle vient tous les matins à huit heures. Les jeudis et les dimanches avec sa mère.

– Je ne l'imaginais pas si pieuse.

Il n'avait pas voulu être ironique, mais Gris Marsala prit mal son commentaire :

– Permettez-moi de vous dire quelque chose. Je n'aime pas que vous parliez d'elle sur ce ton.

Il fit quelques pas devant le retable en regardant la statue de la Vierge. Puis il se retourna vers la religieuse :

– Vous avez peut-être raison. Mais j'ai dîné avec elle hier soir, et je ne sais toujours pas quoi penser.

– Je sais que vous avez dîné ensemble – les yeux clairs de Gris Marsala l'examinaient avec attention, ou peut-être était-ce de la curiosité –. Macarena m'a réveillée à une heure du matin et m'a tenu la jambe pendant près d'une demi-heure au téléphone. Entre bien d'autres choses, elle m'a dit que vous viendriez à la messe.

– C'est impossible. Je me suis décidé à la dernière minute.

– Vous voyez. Mais elle, elle le savait. Et elle m'a dit que vous commenceriez peut-être à comprendre… – elle s'arrêta, curieuse –. Commencez-vous à comprendre ?

Quart la regardait, impénétrable :

– Que vous a-t-elle dit d'autre ?

Il avait posé sa question d'une voix superficielle, presque ironique ; mais il s'en repentit avant d'avoir terminé sa phrase. Il avait vraiment envie de savoir ce que Macarena Bruner avait pu raconter à son amie la religieuse, et il se sentait un peu fâché d'avoir dévoilé son impatience.

Gris Marsala regardait le col romain du prêtre. Pensive.

– Bien des choses. Que vous lui êtes sympathique, par exemple. Et que vous n'êtes pas si différent de don Príamo que vous voudriez le croire – elle le toisa des pieds à la tête, sans la moindre gêne –. Elle m'a dit également que vous étiez le prêtre le plus sexy qu'elle ait jamais vu – le sourire qui était apparu sur ses lèvres frisait la provocation –. Je la cite littéralement : sexy. Qu'est-ce que vous en pensez ?

– Et pourquoi me racontez-vous tout cela ?

– Mais voyons, parce que vous me l'avez demandé.

– Ne vous moquez pas de moi – fit-il en se touchant la tempe avec l'index –. Ne vous moquez pas de mes cheveux gris, comme les vôtres.

– J'aime bien vos cheveux courts. Macarena aussi.

– Vous n'avez pas répondu à ma question, sœur Marsala.

Elle rit, et d'innombrables petites rides se dessinèrent autour de ses yeux.

– Pas de cérémonies, s'il vous plaît – elle riait en montrant son jean sale et les échafaudages contre les murs –. Je ne sais pas si tout cela est bien convenable pour une religieuse.

En effet, pas du tout, pensa Quart. Ni ce qu'elle disait, ni son attitude dans l'étrange triangle qu'ils formaient tous les deux avec Macarena Bruner ; ou peut-être quatuor si l'on comptait l'inévitable père Ferro. Il ne pouvait s'imaginer Gris Marsala portant l'habit, dans un couvent. Elle semblait avoir fait un bon bout de chemin depuis Santa Barbara.

– Vous pensez retourner là-bas un jour ?

Elle ne répondit pas tout de suite. Les pouces enfoncés dans les poches arrière de son pantalon, elle regardait les bancs empilés près de la porte, au fond de la nef, et Quart se demanda combien de religieuses seraient capables de porter un jean aussi serré que celui de Gris Marsala, mince comme une jeune fille malgré son âge. Seuls son visage et ses cheveux avaient vieilli, et, même ainsi, un charme particulier émanait de sa façon de se mouvoir.

– Je n'en sais rien – dit-elle d'un air absent –. La réponse dépendra peut-être de cet endroit, de ce qu'il va devenir. Je crois que c'est à cause de lui que je ne suis pas repartie – elle s'avançait vers Quart sans le regarder, les yeux plissés, éblouie par la lumière du soleil qui entrait déjà par le rectangle violemment éclairé de la porte –. Vous n'avez jamais senti un vide inattendu, ici, à l'endroit du cœur ?... Clac, et tout s'arrête un moment, sans raison apparente. Et puis, tout repart comme auparavant, mais vous savez que vous n'êtes plus la même et vous vous demandez avec une certaine inquiétude si quelque chose n'est pas un peu détraqué.

– Et vous pensez le découvrir ici ?

– Je n'en sais rien. Mais il y a des lieux qui renferment des réponses. Et cette intuition nous pousse à errer autour, aux aguets. Vous ne croyez pas ?

Mal à l'aise, Quart s'appuya sur un pied, puis sur l'autre. Ce n'était pas son genre favori de conversation, mais il avait besoin de mots. D'un mot qui lui permettrait peut-être de commencer à démêler l'écheveau.

– Ce que je crois, c'est que nous passons toute notre vie à errer autour de notre tombe. C'est peut-être là la réponse.

Il esquissa un sourire, comme pour atténuer la gravité de ce qu'il venait de dire. Mais elle ne se laissa pas distraire :

– J'avais raison. Vous n'êtes pas un prêtre comme les autres.

Elle n'expliqua pas pourquoi, ni devant qui elle avait eu raison, et Quart ne crut pas utile de le lui demander. Il y eut alors un temps de silence que ni l'un ni l'autre ne chercha à briser. Ils descendirent la nef côte à côte. Quart regardait les murs, la peinture écaillée, les dorures ternies des corniches. Accompagnant l'écho de ses pas sous la voûte, Gris Marsala marchait silencieusement.

– Il y a des choses – dit-elle enfin –, des lieux et des personnes que l'on ne peut fréquenter impunément… Vous comprenez ce que je veux dire ? – elle s'arrêta un moment pour regarder Quart, puis reprit sa marche en secouant la tête –. Non, je crois que vous ne le savez pas encore. Je veux parler de cette ville. De cette église. Et aussi de don Príamo, et même de Macarena – elle s'était arrêtée de nouveau et souriait, moqueuse –. Il faut que vous sachiez ce qui vous attend.

– Je n'ai peut-être rien à perdre.

– Une réponse surprenante dans votre bouche. Macarena dit que c'est ce qu'il y a de plus intéressant chez vous. L'impression que vous donnez – ils étaient arrivés devant la porte et la lumière du dehors fit se rétrécir les iris clairs de Gris Marsala –. On dirait que vous aussi, comme don Príamo, vous n'avez pas grand-chose à perdre.

Le garçon fit tourner la manivelle du store pour abriter du soleil la table où étaient assis Pencho Gavira et Octavio Machuca. Aux pieds du vieux banquier, un cireur astiquait ses chaussures en faisant claquer sa brosse contre la paume de sa main :

– L'autre s'il vous plaît, monsieur.

Obéissant, Machuca retira le pied droit de la boîte constellée de clous de cuivre et de petits miroirs pour y poser le gauche. Le cireur mit en place les protège-chaussettes et poursuivit consciencieusement son travail. Il était très maigre, de type gitan, la cinquantaine passée, les bras couverts de tatouages, la poche de sa chemise remplie de dixièmes de la loterie. Tous les jours, le président de la Banque Cartujano se faisait cirer les chaussures à soixante douros l'opération, en regardant passer la vie de sa table, au coin de La Campana.

– Fait drôlement chaud – dit le cireur.

Du revers de sa main noire de cirage, l'homme essuya les gouttes de sueur qui lui tombaient du nez. Pencho Gavira alluma une cigarette et en offrit une au cireur qui la cala sur son oreille entre deux coups de brosse. Sa tasse de café et l'*ABC* sur la table, le vieux financier regardait avec satisfaction le travail accompli. Il tendit au cireur un billet de mille. L'autre se gratta la tête :

– Je n'ai pas de monnaie, monsieur.

Ses longues jambes croisées, le président de la Banque Cartujano sourit nonchalamment :

– Alors, tu repasseras demain, Rafita. Quand tu auras de la monnaie.

Le cireur rendit le billet, fit une sorte de vague salut militaire, puis s'éloigna vers la place Duque de la Victoria, son petit banc et sa boîte sous le bras. Pencho Gavira le vit passer à côté de Peregil qui patientait à distance respectueuse, à côté de la devanture d'un magasin de chaussures, à quelques pas de la Mercedes bleu foncé garée tout contre le trottoir. Cánovas, le secrétaire de Machuca, étudiait des documents à une table voisine, discipliné et silencieux, attendant qu'il soit l'heure de passer aux affaires du jour.

– Et l'église, Pencho. Quoi de neuf ?

214

La question semblait anodine, comme s'il avait voulu se renseigner sur le temps ou la santé d'un parent. Le vieux Machuca avait pris son journal. Il en tourna machinalement les pages, puis s'arrêta à la rubrique nécrologique. Là, il se mit à lire attentivement. Gavira se cala dans son fauteuil d'osier et regarda les taches de soleil qui avançaient lentement de la rue Sierpes, gagnant du terrain à ses pieds.

– On s'en occupe – répondit-il.

Les yeux mi-clos, Machuca était absorbé dans ses notices nécrologiques. A son âge, il tirait une certaine satisfaction à voir combien de ses connaissances s'en allaient avant lui.

– Le conseil d'administration s'impatiente – dit-il sans interrompre sa lecture –. Ou plus exactement, certains s'impatientent et d'autres espèrent que tu vas te casser la figure – il tourna une page en adressant un demi-sourire à la kyrielle d'enfants, petits-enfants et autres parents qui priaient pour l'âme du très distingué don Luis Jorquera de la Sintacha, illustre enfant de Séville, commandeur de l'ordre de Mañara, intendant de la Confrérie royale de la Charité perpétuelle, décédé avec les secours des saints sacrements de l'Église, etc. Machuca et tout Séville savaient que le très excellent défunt avait été un filou sans scrupule et qu'il s'était enrichi après la guerre en faisant le trafic de la pénicilline –. C'est dans quelques jours qu'on étudie ton projet pour l'église.

Gavira acquiesça, cigarette à la bouche. Oui, vingt-quatre heures après que les Saoudiens de Sun Qafer Alley auraient atterri à l'aéroport pour acheter enfin Puerto Targa. Et avec cet accord signé sur la table, les mauvaises langues finiraient bien par se taire.

– Je suis en train de serrer les derniers boulons.

Machuca hocha lentement la tête, plusieurs fois. Ses yeux enfoncés dans de profonds cernes noirs faisaient la navette entre son journal et les passants.

– Ce prêtre – reprit-il –, je veux parler du vieux…

Gavira dressa l'oreille ; mais le banquier s'arrêta, comme s'il ne parvenait pas à formuler l'idée qu'il avait en tête. Ou peut-être voulait-il simplement provoquer son dauphin. Gavira ne dit rien.

– C'est lui la clé – continua Machuca –. Tant qu'il ne démissionnera pas, le maire refusera de vendre, l'archevêque de sécu-

215

lariser et ta femme et sa mère resteront sur leurs positions. Avec ces messes du jeudi, tu l'as dans l'os.

Il continuait à parler de Macarena Bruner comme de la femme de Gavira. Techniquement, c'était exact, mais l'expression avait des connotations désagréables pour Pencho. Machuca refusait d'accepter la séparation de ce couple dont il avait été le parrain. Et il donnait aussi un avertissement à son poulain : sa succession ne lui serait pas acquise tant que durerait cette situation conjugale équivoque que Macarena prenait plaisir à afficher. La bonne société sévillane, qui avait accepté Gavira quand il avait épousé la petite des Nuevo Extremo, ne pardonnait pas certaines choses. Qu'on le veuille ou non, avec ou sans curés ou toreros, Macarena faisait partie de cette société ; et pas Gavira. Sans sa femme, il n'était qu'un gigolo parvenu.

– Quand l'affaire de l'église sera réglée, je m'occuperai d'elle.

Machuca feuilletait toujours son journal, sceptique.

– Je n'en suis pas si sûr. Je la connais depuis qu'elle est née – il se pencha par-dessus son journal pour prendre sa tasse de café –. Même si tu mets le curé hors circuit et si tu démolis l'église, tu vas perdre l'autre bataille. Macarena en a fait une affaire personnelle.

– Et la duchesse ?

Un sourire apparut sous le grand nez pointu du banquier :

– Cruz respecte beaucoup les décisions de sa fille. Et pour l'église, elle est carrément de son côté.

– Vous l'avez vue récemment ? Je veux parler de la mère.

– Naturellement. Comme tous les mercredis.

C'était vrai. Une fois par semaine, Octavio Machuca envoyait sa voiture chez Cruz Bruner pour qu'elle vienne le rejoindre au parc María Luisa où ils faisaient une promenade ensemble. On pouvait les voir tous les deux sous les saules, ou assis sur un banc de la gloriette de Bécquer quand il faisait soleil.

– Mais tu connais ta belle-mère – le sourire de Machuca s'était élargi –. Nous ne parlons que de la pluie et du beau temps, des fleurs de son patio, du jardin et des vers de Campoamor... Chaque fois que je lui récite ce passage : « Les filles des femmes que j'ai tant aimées / posent sur moi leurs lèvres comme pour baiser un saint », elle se met à rire comme une gamine. Elle trouverait parfaitement vulgaire de parler de son gendre, de l'église ou de l'échec du mariage de sa fille – il montra du doigt feu la Banque de Poniente, au coin de la rue Santa María de Gracia –. Je parierais cet immeuble qu'elle ne sait même pas que vous êtes séparés.

– Vous exagérez, don Octavio.

– Non, pas du tout.

Gavira avala une gorgée de bière en silence. Il exagérait, naturellement. Mais la remarque caractérisait bien la vieille dame qui vivait dans la Casa del Postigo comme une religieuse cloîtrée dans son couvent, déambulant parmi les ombres et les souvenirs dans un vieux palais devenu trop vaste pour elle et pour sa fille, au cœur d'un ancien quartier rempli de marbres, d'azulejos, de grilles de fer forgé et de patios fleuris avec fauteuils à bascule, canaris, siestes et pianos. Étrangère à tout ce qui se passait dehors, sauf lors de ses promenades hebdomadaires nostalgiques avec l'ami de son défunt époux.

– Je ne veux pas mettre le nez dans ta vie privée, Pencho – le vieil homme l'épiait derrière ses paupières mi-closes –. Mais je me demande souvent ce qui a bien pu se passer avec Macarena.

Gavira secoua la tête, tranquillement.

– Rien de spécial, je vous assure. La vie, mon travail, tout cela a dû créer des tensions... – il tira sur sa cigarette, puis laissa la fumée s'échapper par sa bouche et ses narines –. Vous savez aussi qu'elle voulait avoir un enfant, tout de suite – il hésita un instant –. Je me bats pour me faire une place, don Octavio. Je n'ai pas de temps pour les biberons. Je lui ai demandé d'attendre... – il sentit tout à coup sa bouche très sèche et chercha une fois de plus le salut dans son verre de bière –. D'attendre un peu, c'est tout. Je croyais avoir réussi à la convaincre. Je pensais que tout allait bien. Et puis, un jour, vlan. Elle part en claquant la porte et c'est la guerre. Elle n'a pas cessé depuis. Notre désaccord à propos de l'église y est peut-être pour quelque chose, je n'en sais rien – il fit une grimace –. Peut-être un concours de circonstances.

Raide, glacé, Machuca le regardait. Presque avec curiosité.

– L'affaire du torero, c'était un coup bas – dit-il.

– Tout à fait – comme d'en parler d'ailleurs, mais Gavira s'abstint de le préciser –. Vous savez qu'il y en a eu un ou deux autres, juste après son départ. D'anciens amis, du temps où elle était jeune fille, et puis ce Curro Maestral qui faisait déjà l'imbécile avec elle – il laissa tomber sa cigarette entre ses chaussures et l'écrasa d'un coup de talon –. Comme si elle avait voulu rattraper le temps perdu avec moi.

– Ou se venger.

– C'est possible.

– Tu lui as fait quelque chose, Pencho... – le vieux banquier hochait la tête, convaincu –. Quand elle s'est mariée avec toi, Macarena était amoureuse.

Gavira regardait distraitement les passants.

– Je vous jure que je n'y comprends rien – répondit-il enfin –. Je n'arrive même pas à croire à une vengeance. La première dispute que nous avons eue après notre mariage, c'était un bon mois après le départ de Macarena, quand elle s'affichait déjà avec ce marchand de vin de Jerez, Villalta. Mais j'y pense, don Octavio, justement ce négociant à qui je viens de refuser un crédit, avec votre permission.

Machuca leva une main si décharnée qu'on aurait cru une griffe, comme pour dire que tout cela n'avait pas d'importance. Il était au courant de la relation, récente et superficielle, de son dauphin avec un mannequin ; et il savait qu'il disait la vérité. De toute façon, Macarena avait trop de classe pour faire un scandale à propos d'une histoire de jupons de son mari. Si toutes en faisaient autant, Séville ne s'en porterait que mieux. Mais pour l'église, le banquier ignorait si le problème était là, ou si ce n'était qu'un prétexte.

Mal à l'aise, Gavira tripotait son nœud de cravate :

– Autrement dit, nous sommes dans le même bateau, don Octavio. Un parrain et un mari perdus dans le brouillard.

– A une différence près – Machuca souriait sous son nez pointu et cruel –. L'église et ton mariage, ce sont tes affaires... D'accord ? Je me contente de regarder.

Gavira lança un coup d'œil à Peregil, toujours de faction à côté de la Mercedes. Sa mâchoire se durcit.

– Je vais serrer un peu la vis.

– Avec ta femme ?

– Avec le curé.

Le vieux banquier se mit à rire, sans joie.

218

– Lequel ? Ces derniers temps, ils se reproduisent comme des lapins.

– Le curé de la paroisse. Le père Ferro.

– Je vois – Machuca regarda à son tour Peregil du coin de l'œil, puis poussa un profond soupir –. J'espère que tu auras le bon goût de m'épargner les détails.

Croulant sous leur sac à dos, au bord de la déshydratation, des touristes japonais passèrent devant eux. Machuca posa son journal sur la table et se cala au fond de sa chaise d'osier. Après un long moment de silence, il finit par se tourner vers Gavira.

– C'est dur de danser sur la corde raide, tu ne trouves pas ? – entre les cernes noirs, ses yeux de rapace avaient un air moqueur –. J'ai joué à ce petit jeu pendant des années et des années, Pencho. Dès que j'ai commencé à faire de la contrebande avec Gibraltar, après la guerre. Ou quand j'ai acheté la banque, en me demandant dans quel merdier je m'étais mis. Toutes ces nuits blanches, la caboche remplie de toutes les peurs du monde… – il secoua la tête –. Et puis un jour, tu découvres tout à coup que tu as franchi la ligne d'arrivée et que tout t'est égal. Que les chiens peuvent bien aboyer et courir. C'est alors seulement que tu commences à jouir de la vie, ou de ce qu'il t'en reste.

Il fit une moue, à la fois amusée et lasse. Un sourire froid lui gelait les commissures des lèvres.

– J'espère que tu arriveras au but, Pencho. En attendant, paie les intérêts sans rechigner.

Gavira ne répondit pas tout de suite. Il fit un geste pour appeler le garçon, commanda une autre bière et un autre café crème, passa la main sur sa tempe gauche pour lisser ses cheveux bien coiffés, puis jeta un regard distrait aux jambes d'une femme qui passait.

– Je ne me suis jamais plaint, don Octavio.

– Je sais. Et c'est pour cette raison que tu as un splendide bureau à l'Arenal et une place à côté de moi, à cette table. Un bureau que je te donne et une chaise que je te cède. Et pendant ce temps-là, je lis le journal et je te regarde.

Le garçon revenait avec la bière et le café. Machuca mit un morceau de sucre dans sa tasse, puis tourna la cuillère. Deux religieuses de l'ordre de Sœur Angela de la Cruz passaient au bout de la rue, dans leurs habits marron et leurs voiles blancs.

– Tiens – dit tout à coup le banquier –, et que devient l'autre prêtre ? – il regardait les religieuses s'éloigner –. Celui qui a dîné hier soir avec ta femme.

C'était dans ces moments-là que Pencho Gavira donnait toute la mesure de son sang-froid. Le temps que s'apaise le désagréable battement de son sang dans ses tympans, il se força à suivre des yeux une voiture, d'un coin de rue jusqu'à l'autre. Dix secondes à peu près. Puis il haussa un sourcil :

– Rien de particulier. D'après mes renseignements, il continue son enquête pour le Vatican. Je m'en occupe.

– J'y compte bien, Pencho. Que tu t'en occupes – Machuca leva sa tasse avec un petit grognement de satisfaction –. Une bonne maison, L'Albahaca – il avala une gorgée de café –. Il y a long-temps que je n'y ai pas mis les pieds.

– Je vais récupérer Macarena, je vous le promets.

Une fois de plus, le banquier hocha la tête :

– Tu sais que je t'ai nommé vice-président parce que tu t'étais marié avec elle.

– Je sais – Gavira souriait jaune –. Je ne me suis jamais fait d'illusions.

– Comprends-moi bien – Machuca s'était tourné vers lui –. Tu as quelque chose dans la tête. Il n'y avait pas de meilleur avenir pour Macarena. Je l'ai compris dès le début... – de la main, il effleura le bras de Gavira, un contact bref, osseux et sec –. Je suppose que je t'apprécie. Tu es peut-être l'homme de la situation pour la banque ; mais il se trouve que la banque me laisse parfai-tement froid à ce stade – il retira sa main en continuant à le regarder –. Finalement, c'est peut-être ta femme qui m'intéresse. Ou sa mère.

Gavira tourna les yeux vers le kiosque à journaux du coin. Parfois, il se sentait comme un thon pris dans un filet, cherchant en vain une issue. Toujours pédaler pour ne pas tomber de la bicyclette.

– Si vous me permettez, l'église était aussi leur avenir à toutes les deux.

– Mais surtout le tien, Pencho... – Machuca lui lança un coup d'œil ironique –. Tu sacrifierais le projet de l'église et l'opération de Puerto Targa pour retrouver ta femme ?

220

Gavira ne répondit pas tout de suite. Le problème était là, et il le savait mieux que personne.

– Si je rate cette occasion – répondit-il en éludant la question –, je perds tout.

– Non, pas tout. Seulement ton prestige et mon appui.

Calmement, Gavira se permit de sourire :

– Vous êtes bien sévère, don Octavio.

– C'est possible – le vieil homme regardait l'affiche de la Peña Bética –. Sévère, mais juste : l'opération de l'église, c'était ton idée. Et ton mariage aussi. Même si j'ai un peu facilité les choses.

– Alors, je voudrais vous poser une question – Gavira posa une main sur la table, puis l'autre –. Pourquoi ne m'aidez-vous pas maintenant, si vous appréciez tellement Macarena et sa mère ?... Il suffirait d'une conversation pour leur faire entendre raison.

Machuca se retourna très lentement. Ses paupières presque fermées ne laissaient voir qu'une mince ligne de ses pupilles.

– Peut-être que oui, peut-être que non – dit-il quand Gavira n'attendait déjà plus de réponse –. Mais dans ce cas, j'aurais aussi bien fait de laisser Macarena se marier avec n'importe quel imbécile. Voyons un peu si tu comprends, Pencho : c'est comme d'avoir un cheval, un boxeur ou un bon coq. Ce qui me plaît, c'est de te voir te battre.

Sur ce, sans un mot de plus, il fit un signe à son secrétaire. L'audience était terminée et Gavira se leva en reboutonnant sa veste.

– Vous savez, don Octavio – il avait mis ses lunettes de soleil italiennes et attendait, debout devant la table, parfaitement maître de lui, impeccable –, vous donnez parfois l'impression de ne pas vouloir de résultats concrets... Comme si, au fond, tout vous était égal : Macarena, la banque, moi.

De l'autre côté de la rue, une jeune fille dont la jupe très courte mettait en valeur les longues jambes était sortie avec un seau et une serpillière pour laver le bas de la devanture d'un magasin de vêtements. Pensif, le vieux Machuca la regardait faire. Puis il se retourna vers Gavira, très calme :

– Pencho... Tu ne t'es jamais demandé pourquoi je viens ici tous les jours ?

Surpris, une main dans la poche, Gavira le regardait sans trop savoir quoi répondre. Qu'est-ce qu'il pouvait bien avoir derrière la tête maintenant, pensa-t-il, ce maudit vieux.

– Pardon, don Octavio – grommela-t-il, irrité –. Je ne voulais pas… Je veux dire que…

Une lueur moqueuse et sèche pointait derrière les paupières lourdes du banquier :

– Un jour, il y a très longtemps, j'étais assis exactement à cette place. Une femme est passée dans la rue – Machuca se retourna pour regarder la jeune fille du magasin, comme s'il lui attribuait ce souvenir –. Une très belle femme, d'une beauté à couper le souffle… Je l'ai vue passer et nos regards se sont croisés. Alors qu'elle s'en allait, je me suis dit que je devais absolument me lever pour la retenir. Mais je ne l'ai pas fait. Les conventions sociales, le fait d'être connu à Séville, tout cela a fait pencher la balance. Je n'ai pas été capable de l'aborder et elle a disparu. Alors, je me suis consolé en me disant que je la reverrais bien un jour. Mais elle n'est jamais repassée par ici. Jamais.

Il avait parlé d'une voix totalement dépourvue d'émotion : le simple récit d'un fait objectif. Cánovas s'approchait, sa serviette sous le bras. Après un bref salut dans la direction de Gavira, il prit possession de la chaise que le vice-président venait de quitter. Bien calé dans la sienne, Machuca gratifia Gavira d'un autre de ses sourires glacés :

– Je suis très vieux, Pencho. Au cours de ma vie, j'ai gagné des batailles et j'en ai perdu d'autres. Maintenant, j'ai l'impression que tout cela ne me concerne plus, même quand ces batailles devraient être les miennes – il prit entre ses mains maigres le premier document que lui présentait son secrétaire –. Plus que de vouloir remporter des victoires, je suis curieux. Comme lorsqu'on enferme dans un bocal un scorpion et une araignée, pour les regarder faire. Tu comprends ?… Sans éprouver de sympathie ni pour l'un ni pour l'autre.

Il se plongea dans ses papiers et Gavira murmura quelques mots pour prendre congé avant de descendre la rue, en direction de sa voiture. Une profonde ride verticale lui barrait le front et il eut l'impression que le trottoir basculait sous ses pieds. Peregil, qui lissait d'une main ses cheveux pour recouvrir sa tonsure, détourna les yeux quand il le vit approcher.

La lumière du soleil rebondissait comme une balle sur l'angle blanc et ocre de l'Hospital de los Venerables. De l'autre côté de la rue, sous l'affiche qui annonçait la corrida du dimanche à la Maestranza, deux touristes à la peau blafarde agonisaient derrière une table, au bord de l'insolation. A l'intérieur du bar Román, à l'abri de la lumière crue que réverbérait ce four de chaux et d'ocre, Simeón Navajo décortiqua soigneusement une crevette, puis se tourna vers Quart, l'animal entre les doigts :

– Le groupe des Délits informatiques n'a rien trouvé d'intéressant pour vous. Aucun antécédent. Rien.

Le commissaire adjoint avala sa crevette et but d'un trait la moitié de son demi. Il se faisait ainsi des petites collations supplémentaires à toute heure du jour et de la nuit, en-cas, hors-d'œuvre et goûters. Quart se demanda en regardant sa silhouette fluette où il pouvait bien mettre toutes ces provisions. Jusqu'à son Magnum 357 qui faisait sur lui une telle bosse qu'il le trimballait dans une sacoche, en bandoulière ; une sacoche marocaine à franges, en cuir repoussé, qui sentait encore le souk et le cuir de chameau mal tanné. Avec ses tempes largement dégarnies et ses cheveux longs en queue de cheval, ses lunettes rondes à monture d'acier et l'ample chemise apache à fleurs qu'il arborait ce matin-là, cette sacoche donnait à Simeón Navajo une allure bien particulière qui contrastait avec la silhouette noire, mince et sévère du prêtre.

– Il n'y a rien dans nos archives sur les personnes qui vous intéressent… – continua le policier –. Nous avons quelques étudiants qui s'amusent à leurs petits jeux informatiques, un tas de gens qui vendent des programmes piratés et deux ou trois types d'un certain niveau qui vont se promener de temps en temps là où ils ne devraient pas. Il y a un ou deux mois, l'un d'eux a essayé d'entrer dans les comptes courants de la Banksur pour se faire quelques virements. Mais pas la moindre trace de ce que vous cherchez.

Ils étaient debout au comptoir, sous un chapelet de saucisses qui pendaient au plafond. Le policier prit une autre crevette dans l'assiette, lui arracha la tête, suça la chair avec délice, puis décortiqua le reste d'une main experte. Quart regarda son verre de bière couvert de buée auquel il n'avait pratiquement pas touché :

– Vous avez pris les renseignements que je vous demandais auprès des entreprises privées et des PTT ?

– Oui – répondit Navajo, la bouche pleine –. Personne ne leur a acheté de matériel informatique sophistiqué, en tout cas pas sous un nom et un matricule fiscal légitimes. Quant aux PTT, le chef de la sécurité est un de mes amis. D'après lui, votre *Vêpres* n'est pas le seul à s'introduire clandestinement sur le réseau pour voyager à l'étranger, au Vatican et ailleurs. Tous les pirates le font. Certains se font prendre, d'autres pas. Le vôtre semble être astucieux. Il entre et sort de l'Internet comme il veut, et il utilise apparemment un système complexe de boucles, ou quelque chose de semblable, en laissant derrière lui une espèce de programme qui efface ses traces et rend complètement chèvres les systèmes de détection.

Il goba sa crevette, vida sa bière et en commanda une autre. Une patte de l'animal était restée prise dans sa moustache.

– C'est tout ce que je peux vous dire.

Quart sourit au policier :

– Ce n'est pas beaucoup, mais je vous remercie quand même.

– Il n'y a pas de quoi – Navajo attaquait déjà une autre crevette : le petit tas de débris grandissait à une vitesse vertigineuse à ses pieds –. J'aimerais bien vous donner un coup de main, mais mes supérieurs ont été très clairs : coopération officieuse, dans la mesure du possible. A titre personnel, de vous à moi. En souvenir du bon vieux temps. Mais ils ne veulent pas s'emmerder avec des histoires d'églises, de prêtres, Rome et tout le bataclan. La situation serait différente si quelqu'un commettait ou avait commis un délit concret dans mon domaine de compétence. Mais le juge a déclaré que les deux morts étaient accidentelles… Et qu'un *hacker* de Séville s'amuse à enquiquiner le pape ne nous fait pas particuliè-rement bander – il suça bruyamment la tête de sa crevette en regardant Quart par-dessus ses lunettes –. Si vous me passez l'ex-pression.

Le soleil glissait lentement au-dessus du Guadalquivir. Pas un souffle de vent. Sur la rive d'en face, les palmiers montaient la garde devant la Maestranza, semblables à des sentinelles. A la fenêtre, immobile comme une statue, le profil d'El Potro se découpait contre l'embrasement du fleuve ; une cigarette à la bouche, figé comme le bronze de son maître Juan Belmonte. Assis à la table de la salle à manger, don Ibrahim humait une bonne odeur d'œufs au plat et de boudin qui venait de la cuisine en même temps que le refrain que chantonnait Niña Puñales :

> *¿ Por qué me despierto temblando azogá*
> *y miro la calle desierta y sin luz ?*
> *¿ Por qué yo tengo la corazoná*
> *de que vas a darme sentencia de cruz ?...*

L'ex-faux avocat hocha une ou deux fois la tête en signe d'approbation, prononçant silencieusement avec les lèvres, sous sa moustache, les paroles que La Niña égrenait tout bas de sa voix rauque brûlée par l'eau-de-vie, tandis que, spatule à la main et tablier sur sa robe à pois, elle faisait cuire des œufs au plat en prenant soin que les blancs croustillent, comme les aimait don Ibrahim. Quand ils ne se sustentaient pas avec les tapas des bars de Triana, les trois compères avaient l'habitude de se réunir chez La Niña pour manger un morceau, dans son modeste appartement au premier étage d'un immeuble de la rue Betis, d'où l'on avait cependant une belle vue sur Séville, avec l'Arenal à un jet de pierre, la Torre del Oro et La Giralda, une vue que se seraient arrachée rois, millionnaires et artistes pleins aux as. Cette fenêtre sur le Guadalquivir était l'unique fortune de Niña Puñales ; elle avait acheté l'appartement des années plus tôt, avec les maigres bénéfices qu'elle avait pu tirer de sa célébrité passagère, et – disait-elle pour se consoler – au moins la gueuse de vie ne l'avait pas emporté. Elle habitait là sans avoir à payer de loyer, parmi quelques vieux meubles, un lit de laiton étincelant, une gravure de la Vierge de l'Espérance, une photo dédicacée de Miguel de Molina et une commode où vieillissaient les couvre-lits, nappes et draps brodés de son trousseau encore intact. Elle pouvait ainsi consacrer ses maigres ressources à payer ponctuellement les mensualités de la société Le Couchant SA grâce auxquelles elle s'achetait depuis vingt ans une humble niche et une pierre dans le coin le plus ensoleillé du cimetière de San Fernando. Car La Niña était vraiment très frileuse.

> *Me miraste*
> *y un río de coplas*
> *cantó por mis venas*
> *tu amor verdadero...*

Machinalement, Don Ibrahim laissa échapper un *olé* et se replongea dans son petit travail. En bras de chemise, élastiques aux coudes, il avait posé son chapeau, sa veste et sa canne sur une chaise à côté de lui. La sueur faisait des cernes sous ses aisselles et autour de son col défait où pendait le nœud desserré d'une cravate à rayures bleues et rouges, offerte – affirmait-il – par cette grande perche d'Anglais, Graham Greene, en échange d'un Nouveau Testament et d'une bouteille de Four Roses quand l'écrivain avait séjourné à La Havane pour écrire un roman d'espionnage – objet qui, outre sa valeur sentimentale, était une authentique cravate d'Oxford. A la différence de La Niña, ni don Ibrahim ni El Potro ne vivaient vraiment dans leurs meubles. El Potro s'était installé pas très loin dans une maison flottante, une vedette de touristes à moitié abandonnée qu'un ami du temps de la tauromachie et du Tercio lui sous-louait. Pour sa part, le gros Cubain était l'un des pensionnaires à demeure d'une modeste maison de l'Altozano – les deux autres étaient un voyageur de commerce spécialisé dans les peignes et une dame mûre à la beauté fanée et de profession douteuse, ou plutôt pas du tout douteuse – tenue par la veuve d'un garde civil tué par l'ETA dans le Nord.

> *No estás viendo*
> *que al quererte como loca*
> *desde el alma hasta la boca*
> *se me vuelca el corazón...*

Concha Piquer, Pastora Imperio et toutes les autres pouvaient bien aller se rhabiller, pensait don Ibrahim en écoutant La Niña fredonner sa chanson avec ce caractère de femelle mâtinée de gitane que cette racaille d'imprésarios, de critiques et autres mendiants sans honneur avaient tout fait pour ignorer. Un vrai coup de poignard au cœur que de l'entendre la semaine sainte, à tous les coins de rue, quand elle se mettait à chanter une *saeta* à la Vierge de l'Espérance ou à son fils, El Cachorro de Triana – le petit gars de Triana –, faisant taire les tambours, donnant à tout le monde la chair de poule. Car Niña Puñales était toute musique et paroles, elle était l'Espagne jusqu'au bout des ongles ; pas celle du folklore facile et bon marché pour touristes et amateurs d'eau de rose, mais l'autre, la vraie. La légende qui sent la fumée des bouges, les yeux verts et la sueur de l'homme de toute une vie. La mémoire dramatique d'un peuple qui oubliait ses peines en chantant, et les diables brandissant leurs poignards de désespoir, brillants comme les miroitements de la lune qui éclairaient El Potro quand il sautait la nuit par-dessus les clôtures, tout nu pour ne pas déchirer son unique chemise, sûr d'avaler le monde et d'avancer dans la vie sur un tapis de billets de mille, avant que les taureaux ne lui laissent une estafilade au cou et la défaite au coin des yeux. Cette même Espagne qui avait effacé des affiches le nom de Niña Puñales, la meilleure chanteuse de flamenco de l'Andalousie et du siècle, sans même une indemnité de chômage pour joindre les deux bouts. La patrie lointaine qui faisait rêver don Ibrahim dans sa turbulente jeunesse cubaine, le pays où il avait pensé revenir un jour comme les Antillais d'autrefois, en Cadillac décapotable, cigare au bec, et qui ne lui avait offert en retour qu'incompréhension, quolibets et mépris avec cette malheureuse histoire de faux diplôme d'avocat havanais. Pourtant, même les enfants de putains doivent quelque chose à leur mère, raisonnait don Ibrahim. Et ils les aiment. Et cette Espagne ingrate avait aussi des endroits comme Séville, des quartiers comme Triana, des bars comme Casa Cuesta, des cœurs fidèles comme El Potro et de belles voix tragiques comme celle de La Niña. Une voix à laquelle, si tout allait bien, on allait donner une salle du tonnerre, un temple de la chanson que, les soirs où les verres ne désemplissaient pas, dans la fumée de tabac et le brouhaha des conversations, ils s'imaginaient tous les trois digne, solennel, avec des chaises d'airain, des garçons aussi vieux que silencieux – El Potro l'impassible serait le chef de nage –, des bouteilles sur les tables, un projecteur braqué sur la scène et une guitare qui égrènerait ses arpèges pour Niña Puñales, Niña Puñales qui rendrait enfin sa voix rauque au public avec encore plus d'art et de sentiment. La direction se réserverait le droit de trier la clientèle, entrée interdite aux touristes en groupes et aux casse-pieds à téléphone mobile. Don Ibrahim n'espérait d'autre récompense que de s'asseoir à une table plongée dans l'ombre, tout au fond, et de boire lentement quelque chose, un Montecristo à la main, une boule dans la gorge quand il l'entendrait chanter. Simplement cela, plus de bonnes recettes. On a beau être désintéressé, l'argent fait quand même un peu le bonheur.

Il versa encore de l'essence dans la bouteille, en faisant bien attention de ne rien renverser. Il avait étalé des feuilles de journal sur la table pour protéger le vernis et il essuyait avec un chiffon les gouttes qui coulaient sur le verre moulé et l'étiquette de la bouteille d'anisette Del Mono. C'était de l'essence sans plomb, de la meilleure qualité, 98 d'indice d'octane, car – comme l'avait fait remarquer La Niña avec beaucoup de jugement – ils n'allaient quand même pas foutre le feu à une église consacrée avec n'importe quoi. Ils avaient donc envoyé El Potro avec un bidon vide d'huile d'olive Carbonell à la station-service la plus proche pour ramener un litre d'essence. Un litre, ça suffit amplement, avait dit don Ibrahim, avec le sérieux et la gravité du spécialiste riche de ces connaissances, acquises – affirmait-il – un jour qu'Ernesto Che Guevara lui expliquait en sirotant des *mojitos* à Santa Clara comment faire un cocktail Molotov. Une invention russe de Charles Marx.

Le liquide fit une bulle et déborda du goulot. Don Ibrahim essuya avec le chiffon déjà trempé qu'il déposa dans le cendrier, sur la table. La bombe incendiaire serait mise à feu grâce à un mécanisme un peu rudimentaire, mais efficace, dont l'invention faisait l'orgueil de don Ibrahim : un bout de bougie de bonne qualité, des allumettes, un réveille-matin à ressort, deux mètres de ficelle, une bouteille qui tombe. Et la déflagration quand les trois compères seraient dans un bar, au vu de tout le monde, histoire de soigner un peu les alibis. Le bois des bancs empilés contre le mur et les vieilles poutres du toit feraient le reste. Inutile de détruire complètement l'église, avait précisé Peregil quand il leur avait enjoint de s'activer. Il suffisait d'esquinter un peu la bâtisse ; si elle se cassait complètement la figure, tant mieux. Mais surtout,

surtout – et il les avait regardés un par un d'un air inquiet –, que tout ait bien l'air d'un accident.

Don Ibrahim versa encore un peu d'essence et l'odeur éclipsa un moment celle des œufs au plat. Il aurait volontiers allumé un cigare, mais ce n'était pas le moment de plaisanter avec tout ce combustible et le chiffon trempé dans le cendrier. Au début, Niña Puñales avait opposé une farouche résistance, comme une chatte qui se débat les quatre fers en l'air, sous prétexte qu'il s'agissait d'un lieu consacré. Ils n'avaient réussi à la convaincre qu'en mentionnant l'impressionnante quantité de messes qu'elle allait pouvoir faire dire dans d'autres églises en expiation de leur faute avec tout l'argent qu'ils tireraient de cette affaire. Et puis, comme dit le vieil adage, *ad auctores redit sceleris coacti tamarindus pulpa*, sauf erreur ; ils n'étaient que les exécutants d'un délit commis par une tierce personne ; et celui qui était la cause de la cause – Peregil en dernière analyse – l'était par le fait même des dommages causés. Même ainsi, et en dépit de la solidité de cette argumentation juridique, La Niña refusait toujours de participer à l'acte ignifère, n'acceptant que de se charger de tâches ancillaires ; comme faire cuire des œufs au boudin. Don Ibrahim respectait cette position, car il était partisan de la liberté de conscience. Quant à El Potro, il était malaisé de pénétrer le mécanisme de sa pensée. A supposer que sa pensée eût un mécanisme moteur, et même qu'il fût capable de pensée. Il se bornait à acquiescer à retardement, impassible, fataliste et fidèle, toujours dans l'attente du coup de gong ou du clairon qui le ferait se lever de son coin ou sortir comme un automate sur le sable de l'arène. Il n'avait pas soulevé d'objections quand don Ibrahim leur avait parlé d'incendier l'église. Curieusement, El Potro n'était pas un homme religieux malgré son passé tauromachique – à la connaissance de don Ibrahim, tous les toreros croyaient en Dieu. Le Vendredi saint cependant, il mettait toujours le vieux costume bleu marine de son infortuné mariage, une chemise sans cravate boutonnée jusqu'au cou, se peignait avec de l'eau de Cologne et accompagnait La Niña dans la lumière des cierges et les roulements des tambours parmi les rues de Séville, derrière le trône de la Vierge de l'Espérance. Don Ibrahim, que sa formation de libre penseur empêchait de participer à ces rites obscurantistes, les regardait passer derrière le manteau de la Vierge aux premières lueurs de l'aube, Niña Puñales plongée dans ses prières sous sa mantille noire, El Potro à son bras, silencieux et digne.

Contemplant ce dur profil qui se découpait devant la fenêtre, don Ibrahim sourit intérieurement avec une tendresse toute paternelle. Il était fier de la fidélité d'El Potro. Bien des puissants sur terre devaient acheter la loyauté avec de l'argent. Mais un jour, quand les mules seraient prêtes à le conduire chez l'équarrisseur, quelqu'un demanderait peut-être à don Ibrahim ce qu'il avait bien pu faire dans sa vie qui valût la peine. Et il répondrait, tête haute, qu'El Potro avait été un ami fidèle, et qu'il avait entendu Niña Puñales chanter *Capote de grana y oro*.

– A table ! – lança La Niña de la cuisine.

Elle s'essuyait les mains sur son tablier. Impeccable avec son accroche-cœur noir sur le front, sa mouche postiche et le rouge sang de ses lèvres. A peine si le rimmel des yeux avait un peu coulé quand elle avait haché les oignons de la salade. Don Ibrahim vit qu'elle regardait la bouteille d'anisette El Mono d'un œil critique ; elle n'était toujours pas d'accord.

– On ne fait pas d'omelette sans casser des œufs – fit-il d'un ton bonhomme.

– Eh ben, ceux-là sont en train de refroidir – répondit La Niña, vexée.

Don Ibrahim poussa un soupir résigné en versant les dernières gouttes d'essence dans la bouteille. Il essuya le tout soigneusement avec le chiffon qu'il remit dans le cendrier, puis posa les deux mains sur la table pour se lever, non sans peine.

– Aie confiance. Aie confiance ! – dit-il à La Niña.

– On ne met pas le feu aux églises – insistait-elle, les sourcils froncés sous son accroche-cœur –. C'est bon pour les hérétiques et les communistes.

Silencieux comme toujours, El Potro s'était écarté de la fenêtre et portait une main à sa bouche où une cigarette achevait de se consumer. Il faut que je lui dise de ne pas s'approcher de l'essence, pensa don Ibrahim l'espace d'un instant, toujours tourné vers La Niña.

– Les voies de Dieu sont impénétrables – répondit-il, pour dire quelque chose.

– Moi, je trouve que ce chemin-là est plutôt mal éclairé.

L'incompréhension de Niña Puñales blessait don Ibrahim. Il n'était pas de ces chefs qui imposent leurs décisions à la troupe ; il préférait persuader par la raison. Après tout, ils étaient sa tribu, son clan. Sa famille. Il cherchait encore un argument pour régler la question le temps d'avaler les œufs au plat lorsque, du coin de l'œil, il vit El Potro passer à côté de la table, en route pour la cuisine, et tendre la main d'un geste machinal pour écraser son mégot dans le cendrier. Exactement là où se trouvait le chiffon imbibé d'essence.

Quelle bêtise, pensa-t-il. Mais quelle idée. Et il se retourna à demi, inquiet.

– Écoute, Potro ! – dit-il.

Mais l'autre jetait déjà sa cigarette dans le cendrier. Don Ibrahim fit un geste pour l'en empêcher et renversa d'un coup de coude la bouteille d'anisette Del Mono.

VIII. Une dame andalouse

– Tu ne sens pas les jasmins ?
– Quels jasmins, s'il n'y a pas de jasmins ?
– Ceux qui poussaient ici autrefois.

Antonio Burgos, *Sevilla*

Si le sang bleu existe, celui de María Cruz Eugenia Bruner de Lebrija y Alvarez de Córdoba, duchesse du Nuevo Extremo et douze fois grande d'Espagne, devait être bleu marine. Les aïeux de la mère de Macarena Bruner avaient participé au siège de Grenade et à la conquête de l'Amérique, et seules deux maisons de la plus ancienne noblesse espagnole, Alba et Medina-Sidonia, pouvaient se vanter d'être plus vieilles que la sienne. Mais il y avait longtemps que ses titres étaient privés de contenu. Le temps et l'histoire avaient englouti terres et patrimoine, et les innombrables alliances qui jalonnaient en tous sens son arbre généalogique et les quartiers de son blason n'étaient plus qu'un chapelet de coquilles vides, comme on en voit blanchir sur les plages où la mer les rejette. Dans un mois et sept jours, la vieille dame qui sirotait son Coca-Cola devant Lorenzo Quart, dans le patio de la Casa del Postigo, fêteraient ses soixante-dix ans. Autrefois, ses aïeux allaient de Séville à Cadix sans sortir de leurs terres, le roi Alphonse XIII et la reine Victoria Eugenia l'avaient tenue sur les fonts baptismaux et le général Franco lui-même, malgré son mépris pour la vieille aristocratie espagnole, n'avait pu éviter de lui baiser la main dans ce même patio andalou après la guerre civile, incliné bien à contre-cœur sur la mosaïque romaine qui tapissait le sol depuis qu'elle avait été rapportée directement, quatre siècles plus tôt, des ruines d'Italica. Mais le temps fuit sans relâche, disait la légende de

232

l'horloge anglaise qui sonnait les heures, les demies et les quarts sous la galerie aux colonnes et aux arcs mudéjars, décorée de tapis des montagnes des Alpujarras et de buffets espagnols du XVIᵉ siècle que l'ami de la famille, le banquier Octavio Machuca, avait sauvés d'un triste destin à la salle des ventes. De l'ancienne splendeur, il restait le patio rempli d'arômes, de pots de géranium, d'aspidistras et de fougères, la grille plateresque, le jardin, la salle à manger d'été avec ses bustes romains en marbre, quelques meubles et des tableaux aux murs. C'était là, avec une femme de chambre, un jardinier et une cuisinière pour tout personnel, dans une maison où, petite fille, elle avait grandi entourée d'une vingtaine de domestiques, que vivait la vieille dame aux cheveux blancs et au collier de perles, avec l'air absent d'une ombre tranquille penchée sur ses souvenirs. Celle-là même qui offrait encore un peu de café à Quart en se donnant de l'air avec un éventail fané, décoré et dédicacé de la main du peintre Julio Romero de Torres.

Quart leva sa tasse de la Compagnie des Indes, à peine fêlée. Il était en chemise ; la duchesse avait tellement insisté pour qu'il ôte sa veste à cause de la chaleur qu'il n'avait pu faire autrement qu'obtempérer et la suspendre au dossier de sa chaise. Une chemise à manches courtes, noire, au col droit impeccable, qui laissait à découvert ses avant-bras bronzés et musclés. Ses cheveux gris et courts, son allure sportive lui donnaient l'apparence d'un missionnaire, bel homme débordant de santé, par contraste avec le père Ferro, petit et dur, qui occupait la chaise voisine, engoncé dans sa soutane râpée, constellée de taches. Sur la table basse posée à côté de la fontaine centrale du patio, il y avait du café, du chocolat et une insolite bouteille familiale de Coca-Cola. La vieille duchesse venait d'expliquer qu'elle ne supportait pas les canettes de métal. Le goût était différent, plus métallique. Et même les bulles ne picotaient pas de la même façon.

– Encore un peu de chocolat, père Ferro ?

Le curé acquiesça d'un bref signe de tête sans regarder Quart, puis approcha sa tasse pour que Macarena Bruner la remplisse sous le regard approbateur de sa mère. La duchesse semblait heureuse d'avoir les deux prêtres chez elle. Il y avait des années que le père Ferro venait ponctuellement à cinq heures, sauf les mercredis, pour dire le chapelet avec la vieille dame qui l'invitait ensuite à goûter, dans le patio s'il faisait beau, dans la salle à manger d'été quand il pleuvait.

– Comme vous avez de la chance d'habiter Rome – disait la duchesse entre deux battements d'éventail –. Si près de Sa Sainteté.

Elle était extraordinairement vive et présente pour son âge. Elle avait les cheveux blancs avec de légers reflets bleutés, et des taches de vieillesse sur les mains, les bras et le front. Mince, menue, les traits anguleux, sa peau était aussi ridée qu'un pruneau. Une fine ligne carmin définissait des lèvres presque inexistantes et de petites perles semblables à celles du collier pendaient à ses oreilles. Ses yeux étaient noirs, comme ceux de sa fille, mais l'âge les faisait larmoyer au fond de cernes rougeâtres. Ils étaient pourtant toujours décidés et pétillants d'intelligence, voilés parfois d'une sorte de brouillard ; comme si des souvenirs, des pensées, d'anciennes sensations passaient devant eux en les obscurcissant, pareils à un nuage suivant son chemin. Elle avait été blonde dans son enfance et sa jeunesse – Quart l'avait appris en regardant un portrait de Zuloaga accroché dans le petit salon, à côté du vestibule –, très différente de sa fille, sauf la ressemblance des yeux. Les cheveux noirs de Macarena lui venaient sans doute de son père, bel homme à en juger par une photo encadrée près du Zuloaga. Brun, sourire aux dents étincelantes, le duc consort portait une petite moustache fine, se coiffait en arrière avec une raie très haut perchée et portait une épingle en or qui retenait derrière sa cravate les pointes du col de sa chemise. Quart pensa que si quelqu'un s'avisait de donner ce signalement à un ordinateur, en ajoutant les mots *señorito andaluz*, une photo exactement semblable à celle qu'il avait vue sortirait de la machine. Il en avait suffisamment appris sur l'histoire de la famille de Macarena Bruner pour savoir que Rafael Guardiola Fernández-Garvey avait été l'homme le plus séduisant de Séville ; et puis, cosmopolite, élégant, capable de dilapider en quinze ans de mariage les restes déjà bien réduits du patrimoine de son épouse. Si Cruz Bruner était une conséquence de l'histoire, le duc consort était la conséquence des pires vices de l'aristocratie sévillane. Toutes les affaires qu'il avait lancées avaient sombré dans de retentissantes faillites, et seule l'amitié du banquier Octavio Machuca qui accourait toujours, fidèle, pour sortir les marrons du feu avait évité que le duc consort du Nuevo Extremo n'aille croupir dans un cachot. Il avait fini ses jours sans un sou, ruiné par une dernière affaire d'élevage de chevaux, par des soirées de flamenco qui duraient jusqu'aux petites heures du matin, la santé minée par une consommation quotidienne de plusieurs litres de manzanilla, quarante cigarettes et trois havanes. Il avait réclamé la confession à cor et à cri, comme dans les vieux films et les feuilletons romantiques. On l'avait enterré, dûment confessé et muni des sacrements de l'Église, dans son uniforme de chevalier de la Real Maestranza de Séville, panache et sabre compris. Toute la bonne société avait assisté à l'enterrement, en deuil, tirée à quatre épingles. La moitié – avait fait observer un chroniqueur mondain – était des maris cocus, désireux de s'assurer qu'il reposait bien en paix. L'autre moitié, des créanciers.

– J'ai été reçue en audience par Sa Sainteté – disait la vieille duchesse –. Et Macarena aussi, quand elle s'est mariée.

La tête légèrement penchée sur le côté, songeuse, elle regardait les motifs imprimés de sa robe sombre, comme si elle pensait trouver quelque trace du temps perdu parmi les petites fleurs rouges et jaunes. Plus d'un tiers de siècle et plusieurs papes séparaient sa visite à Rome de celle de sa fille ; mais elle parlait de Sa Sainteté comme s'il s'agissait toujours du même pontife, et Quart se dit qu'après tout, elle avait raison. Quand on atteint soixante-dix ans, certaines choses changent trop vite ou ne changent plus du tout.

Renfrogné, le père Ferro continuait à contempler le fond de sa tasse de chocolat. En jean et chemise bleue à carreaux, cheveux coiffés en queue de cheval, la fille de la duchesse du Nuevo Extremo observait Quart. Macarena Bruner n'était pas maquillée. Tranquille et sûre d'elle, elle avait des gestes lents, la tasse de chocolat du curé ou la cafetière à la main, attentive à sa mère et aux invités, plus particulièrement à Quart. La situation semblait l'amuser.

Cruz Bruner avala un peu de Coca-Cola du bout des lèvres, puis fit un sourire aimable, son verre et son éventail sur les genoux :

– Et comment avez-vous trouvé notre église, mon père ?

Sa voix était ferme en dépit des ans. Étrangement ferme et sereine. Elle le regardait, attendant sa réponse. Sentant que les

235

yeux de Macarena Bruner étaient aussi posés sur lui, Quart esquissa un sourire courtois.

– Charmante – dit-il, espérant que l'adjectif ne le compromettrait pas trop, ni dans un sens ni dans l'autre.

Du coin de l'œil, il devinait la présence sombre et silencieuse du père Ferro. Ils se trouvaient tous les deux en terrain neutre après avoir échangé quelques formules convenues en présence de la duchesse et de sa fille. Depuis, ils avaient fait de leur mieux pour ne pas s'adresser la parole, mais Quart devinait bien que quelque chose s'annonçait. Il préférait donc se réserver pour plus tard. Personne n'invite un chasseur de scalps et sa victime présumée sans avoir une petite idée derrière la tête.

– Vous ne trouvez pas que ce serait dommage de la voir disparaître ? – insista la duchesse.

Quart secoua la tête, rassurant :

– J'espère que ce jour n'arrivera jamais.

– Nous pensions que vous étiez venu à Séville pour cette raison – dit Macarena Bruner.

Le collier d'ivoire se détachait sur le col ouvert de sa chemise et Quart ne put s'empêcher de se demander si elle cachait cet après-midi encore son briquet sous la bretelle de son soutien-gorge. Il aurait volontiers fait deux mois de Purgatoire pour voir la tête du père Ferro si elle avait allumé une cigarette.

– Vous faites erreur. Je suis ici parce que mes supérieurs veulent se faire une idée exacte de la situation – il but un peu de café et posa délicatement sa tasse et sa soucoupe sur la petite table en marqueterie –. Personne ne veut déloger le père Ferro de sa paroisse.

Le vieux curé se redressa sur sa chaise :

– Personne ? – il avait levé son visage criblé de cicatrices vers la galerie de l'étage supérieur, comme si, de là-haut, quelqu'un allait se pencher pour lui répondre –. Je pourrais pourtant nommer plusieurs individus et institutions, sans chercher bien loin. L'archevêque, par exemple. La Banque Cartujano. Le gendre de madame la duchesse… – ses yeux noirs et méfiants étaient rivés sur ceux de Quart –. Et n'allez pas me dire que la défense d'une église et d'un curé empêche Rome de dormir !

Je connais les gens de votre espèce, disaient ces yeux. Ne me racontez pas d'histoires. Se sentant observé par Macarena Bruner, Quart fit un geste conciliant :

— Rome s'intéresse à toutes les églises et à tous les curés.

— Vous voulez rire ! – répondit le père Ferro. Et il rit, sans joie aucune.

Cruz Bruner lui toucha affectueusement le bras avec son éventail.

— Je suis sûre que le père Quart n'a pas envie de rire, don Príamo – elle regardait Quart comme pour lui demander de confirmer ses dires –. Il me paraît être un excellent prêtre et je crois que sa mission est importante. Comme il s'agit de réunir des informations, nous devrions coopérer avec lui – elle lança un rapide coup d'œil à sa fille, puis agita son éventail avec lassitude –. La vérité n'a jamais fait de mal à personne.

Le curé penchait son front têtu, respectueux en même temps que rebelle.

— Je voudrais bien partager votre innocence, madame – il but un peu de chocolat et une goutte resta prise dans les reflets blancs et gris de sa barbe mal faite. Il s'essuya avec un immense mouchoir d'une propreté douteuse qu'il sortit d'une poche de sa soutane –. Mais je crains que dans l'Église, comme dans le reste du monde, presque toutes les vérités soient des mensonges.

— Taisez-vous, voyons – le gronda la duchesse, mi-sérieuse –. Vous allez vous damner.

Elle ouvrait et refermait son éventail en l'agitant devant ses yeux. Et, pour la première fois, Lorenzo Quart vit le père Ferro sourire franchement. Un sourire bonasse et sceptique, comme celui d'un ours que ses petits taquineraient un peu trop. Son visage buriné s'était adouci, étrangement humanisé, rappelant celui de la photo Polaroïd qu'il avait dans sa chambre d'hôtel, prise dans ce même patio. Par association, Quart se souvint de monseigneur Spada, son chef à l'IOE. Archevêque et curé souriaient de la même manière, à la façon de vieux gladiateurs pour qui la direction du pouce, en haut ou en bas, n'a plus aucune importance. Et il se demanda s'il sourirait ainsi un jour. Macarena Bruner le regardait toujours. Elle aussi semblait posséder le secret de ce sourire.

La duchesse se tourna vers sa fille, puis vers Quart.

— Écoutez, mon père – dit-elle après un court instant de réflexion –. Cette église est importante pour ma famille… Non pas pour ce qu'elle représente, mais parce que, comme dit don Príamo, chaque église qu'on démolit est un bout de ciel qui s'en va. Et je ne tiens pas à ce qu'on rétrécisse le lieu où je compte bien aller prochainement – elle porta son verre de Coca-Cola à ses lèvres, cligna les yeux de plaisir quand les bulles lui chatouillèrent le nez –. Je suis sûre que notre curé saura me faire arriver là-bas dans un délai raisonnable.

Le père Ferro se moucha bruyamment.

– Vous irez là-haut, madame – il se moucha encore –. Je vous en donne ma parole.

Il remit son mouchoir dans sa poche en regardant Quart comme s'il le mettait au défi de contester sa faculté de faire des promesses semblables. Ravie, Cruz Bruner applaudit en frappant son éventail contre la paume de sa main.

– Vous voyez ? – dit-elle à Quart –. C'est l'avantage d'inviter un prêtre à goûter six fois par semaine… On a droit à certains privilèges – elle regardait le père Ferro avec des yeux humides de reconnaissance, graves et moqueurs à la fois –. A certaines certitudes.

Le curé changea de place sur sa chaise, gêné par le silence de Quart.

– Ce serait la même chose sans moi – dit-il, bourru.

– Peut-être oui, peut-être non. Mais je suis sûre que si on me fait des difficultés à la porte, vous serez capable de faire un vrai scandale là-haut – la vieille dame jeta un regard au chapelet de jais posé sur la petite table jonchée de revues et de journaux, à côté d'un livre de prières, puis poussa un soupir rempli d'espoir –. A mon âge, c'est une chose qui rassure.

Du jardin tout proche, derrière la grille ouverte sous l'une des arches de la galerie, montait le chant des merles. Une mélodie très douce qui se terminait chaque fois par deux trilles aigus. La duchesse, qui s'était retournée pour mieux les écouter, expliqua que le mois de mai était la saison des amours. Les merles se posaient souvent sur le mur du couvent, tout à côté, et il leur arrivait de chanter avec les religieuses. Son père le duc, grand-père de Macarena, avait consacré les dernières années de sa vie à enregistrer le chant de ces oiseaux. Il y avait des bandes magnétiques et des disques un peu partout dans la maison. Parfois, derrière le chant des merles, on entendait les pas du grand-père faire crisser le gravier des allées du jardin.

– Mon père – continua la vieille duchesse – était vraiment un homme de l'ancien temps. Très grand seigneur. Il n'aurait pas aimé voir ce que devient le monde qu'il avait connu… – à la façon dont elle inclinait la tête, elle n'en était pas très heureuse elle non plus –. Dans un livre publié avant la guerre, *Les Latifundios en Espagne*, on cite ma famille comme l'une des plus riches d'Andalousie. Mais ce n'était déjà plus qu'une fortune sur papier. L'argent a changé de mains ; les grandes propriétés appartiennent aux banques et aux financiers, ces gens qui ont des fermes entourées de clôtures électriques, des voitures tout-terrain de luxe et des chais à Jerez. Des gens malins qui se sont enrichis en quatre jours, comme voudrait le faire mon gendre.

– Maman…

La duchesse leva la main dans la direction de sa fille.

– Laisse-moi dire ce que j'ai envie de dire. Don Príamo n'a jamais beaucoup aimé Pencho, mais moi si. Et que tu te sois séparée de lui n'y change rien – elle fit froufrouter son éventail avec une vigueur insoupçonnée pour une vieille dame –. Mais je dois reconnaître qu'il ne se comporte pas comme un caballero dans l'affaire de l'église.

Macarena Bruner haussa les épaules.

– Pencho n'a jamais été un caballero – elle avait pris un morceau de sucre qu'elle suçotait distraitement. Quart la regarda, jusqu'à ce qu'elle lève tout à coup les yeux vers lui, avec le morceau de sucre qui fondait dans sa bouche –. Et il ne prétend pas l'être non plus.

– Non, de toute évidence – l'ironie perçait dans la voix de la vieille dame, inattendue –. Ton père était un vrai gentleman. Un caballero andalou.

Elle se tut, songeuse, caressant du bout des doigts les azulejos qui recouvraient la fontaine du patio. Sans la moindre transition, elle expliqua à Quart que ces azulejos dataient du XVIᵉ siècle et étaient disposés selon les règles les plus strictes de l'héraldique : dans toute la maison, il n'y en avait pas deux de la même couleur côte à côte, ni métal contre métal. Ni rouge et vert, ou argent et or en paires, mais toujours en vis-à-vis.

– Un caballero andalou – répéta-t-elle après un instant de silence. Et la ligne carmin de ses lèvres fanées et presque inexistantes se souleva un peu, ébauche d'un sourire amer qui n'aurait jamais réussi à s'épanouir en public.

Macarena Bruner secoua la tête, comme si ce silence lui avait été destiné :

– L'église ne signifie rien pour Pencho – dit-elle en semblant s'adresser davantage à Quart qu'à sa mère –. Pour lui, il ne s'agit que de tant de mètres carrés de terrain à bâtir. Nous ne pouvons pas lui demander de voir les choses comme nous.

– Bien sûr – reprit la duchesse –. Quelqu'un de ton milieu comprendrait peut-être.

Sa fille n'apprécia pas la remarque. Elle regardait sa mère d'un air grave :

– Tu t'es bien mariée avec quelqu'un de ton milieu.

– Tu as raison – la vieille dame avait un triste sourire sur les lèvres –. Au moins, ton mari est un homme, des pieds à la tête. Courageux, avec l'insolence de ceux qui ne comptent que sur leurs propres forces… – elle lança un rapide coup d'œil au curé –. Que nous aimions ou pas ce qu'il fait à notre église.

– Il n'a encore rien fait – répliqua Macarena –. Et il ne le fera pas, si je peux l'éviter.

Cruz Bruner pinça les lèvres :

– Tu le lui fais payer bien cher, ma fille.

Elles s'aventuraient sur un terrain où la vieille dame ne semblait pas à l'aise, et la façon dont elle s'était adressée à sa fille était en fait une critique discrète. Macarena regardait dans le vide, par-dessus l'épaule de Quart qui fut fort heureux de ne pas être l'objet absent de ce regard.

– Et ce n'est pas fini – murmura Macarena.

– De toute façon – déclara sa mère –, il sera toujours ton mari, que tu vives avec lui ou pas. N'est-ce pas, don Príamo ?… – A nouveau maîtresse d'elle-même, elle posa ses yeux ironiques et humides sur Quart –. Le père n'aime pas mon gendre, mais il est convaincu du caractère indissoluble du mariage. De tous les mariages.

– C'est vrai – le curé avait fait tomber quelques gouttes de chocolat sur sa soutane qu'il secouait d'un air contrarié –. Ce qu'un prêtre lie sur terre, Dieu lui-même ne peut le délier.

Comme il est difficile, pensait Quart, de tracer objectivement la ligne qui sépare l'orgueil de la vertu. La vérité de l'erreur. Décidé à rester à l'écart de cette conversation, il regardait sous ses chaussures la mosaïque romaine rapportée d'Italica par les ancêtres de Macarena Bruner. Un bateau entouré de poissons, ce qui semblait être une île boisée, une femme sur la rive avec une cruche ou une amphore. Il y avait aussi un chien avec la légende *Cave canem*, un homme et une femme qui se touchaient. Quelques pièces s'étaient détachées du ciment et il les remit en place du bout du pied.

– Que dit ce banquier de tout cela, Octavio Machuca ? – demanda-t-il, et il vit aussitôt l'expression de la duchesse s'adoucir.

– Octavio est un bon et vieil ami. Le meilleur que j'aie jamais eu.

– Il est amoureux de la duchesse – précisa Macarena.

– Ne dis pas de sottises.

La vieille dame s'éventait en regardant sa fille d'un air réprobateur. Macarena insista en riant et la duchesse se vit contrainte d'admettre qu'Octavio Machuca lui avait fait un peu la cour au début, quand il s'était installé à Séville et qu'elle était encore jeune fille. Mais un tel mariage aurait été inconcevable à l'époque. Ensuite, elle s'était mariée. Le banquier était resté célibataire, mais il ne s'était jamais immiscé dans la vie de Rafael Guardiola qui était son ami. Elle avait parlé comme si elle en éprouvait du regret, sans que Quart puisse déterminer ce qu'elle regrettait vraiment, de l'une ou de l'autre chose.

– Il t'a demandée en mariage – souligna Macarena.

– Plus tard, quand j'étais déjà veuve. Mais j'ai cru préférable de laisser les choses comme elles étaient. Maintenant, nous nous promenons tous les mercredis dans le parc. Nous sommes de vieux et bons amis.

– Et de quoi parlez-vous ? – demanda Quart en souriant pour se faire pardonner son indiscrétion.

– De rien – répondit Macarena. – Je les ai espionnés et ils se font la cour en silence.

– Ne l'écoutez pas. Je m'appuie sur son bras et nous parlons de nos affaires. Du passé. De l'époque où il était un jeune aventurier, avant de s'assagir.

– Don Octavio lui récite *Le Train express*, de Campoamor.

– Comment le sais-tu ?

– C'est lui qui me l'a dit.

Cruz Bruner se redressa et toucha son collier de perles, avec une trace d'ancienne coquetterie :

– Eh bien oui, c'est vrai. Il sait que j'aime beaucoup ce poème. « Ma lettre qui vole vers toi folle de joie / te contera tous nos souvenirs… » – les vers s'éteignirent sur un sourire mélancolique –. Nous parlons aussi de Macarena. Il l'aime comme sa propre fille. C'est lui qui l'a conduite à l'autel le jour de son mariage… Regardez la tête du père Ferro. Il n'aime pas Octavio non plus.

Le curé plissait le front, contrarié. On aurait pu croire qu'il était jaloux de ces promenades. Le mercredi était le jour où la duchesse du Nuevo Extremo disait le chapelet sans lui et ne l'invitait pas à goûter.

– Il ne me plaît ni ne me déplaît, madame – souligna-t-il, gêné –. Mais je trouve condamnable la position de don Octavio Machuca dans l'affaire de Notre-Dame-des-Larmes. Pencho Gavira est son subordonné et il aurait pu l'empêcher de poursuivre sur cette voie sacrilège – son visage creusé de cicatrices s'était durci –. Sur ce point, il ne vous a pas bien servies toutes les deux.

– Ce cher Octavio a un sens extraordinairement pratique de la vie – répondit Cruz Bruner –. L'église ne lui fait ni chaud ni froid. Il respecte nos attaches sentimentales, mais il est aussi persuadé que mon gendre a pris une bonne décision – elle s'arrêta et regarda les blasons sculptés qui couronnaient les arcs du patio –. Pour lui, l'avenir de Macarena ne doit pas être de continuer à flotter sur les vestiges du naufrage, mais de grimper sur un yacht flambant neuf. Et mon gendre aurait pu le lui offrir.

– Quoi qu'il en soit – intervint Macarena –, il faut dire que don Octavio ne prend parti ni pour ni contre. Il reste neutre.

Don Príamo Ferro leva un doigt apocalyptique :

– Je ne connais pas de gens neutres quand il s'agit de la maison de Dieu.

– Je vous en prie, mon père – Macarena lui souriait avec doucœur –. Ne vous mettez pas dans tous vos états ! Et reprenez donc un peu de chocolat.

Le curé refusa dignement cette troisième tasse et, l'air furibond, se plongea dans la contemplation du bout de ses gros godillots mal cirés. Je sais à qui il me fait penser, se dit Quart. A Jock, le scottish-terrier bagarreur et grognon de *La Belle et le Clochard*, mais en beaucoup plus baroudeur. Il se tourna vers la vieille duchesse :

– Vous avez parlé tout à l'heure de votre père le duc... C'était le frère de Carlota Bruner ?

La vieille dame parut surprise.

– Vous connaissez cette histoire ? – elle joua un instant avec son éventail, regarda sa fille, puis Quart –. Carlota était ma tante, la sœur aînée de mon père. C'est une triste histoire de famille, comme vous le savez peut-être... Depuis sa petite enfance, Macarena en est obsédée. Elle passait son temps à fouiller dans la malle de ma tante, à lire ces pauvres lettres qui ne sont jamais arrivées, à essayer de vieux vêtements devant la fenêtre où l'on dit qu'elle se tenait.

L'atmosphère avait changé. Le père Ferro regardait ailleurs, mal à l'aise, comme si le sujet le dérangeait. Macarena semblait soucieuse.

– Le père Quart est en possession d'une carte postale de Carlota – dit-elle.

– C'est impossible – répliqua la duchesse –. Elles sont dans la malle, dans le colombier.

– Pourtant, c'est un fait. Une carte postale avec une photo de l'église. Quelqu'un l'a déposée dans sa chambre d'hôtel.

– Quelle sottise ! Qui ferait une chose pareille ? – la vieille dame lança un bref coup d'œil à Quart, vaguement méfiante –. Il te l'a rendue ? – fit-elle en s'adressant à sa fille.

Macarena secoua lentement la tête :

– Je lui ai permis de la garder. Pour le moment.

La duchesse semblait perplexe :

– Je ne comprends pas. Personne ne monte au colombier, sauf toi et le personnel.

– Oui – Macarena regardait le curé –. Et don Príamo.

Le père Ferro faillit tomber de sa chaise.

– Pour l'amour de Dieu, madame – fit-il d'une voix offensée, à mi-chemin entre l'indignation et la stupéfaction –, vous n'allez pas insinuer que…

– Je plaisantais, mon père – répondit Macarena avec une expression tellement indéfinissable que Quart se demanda si elle plaisantait vraiment –. Mais une chose est sûre : la carte postale a bel et bien atterri à l'hôtel Doña María. Ce qui est quand même assez mystérieux.

– Qu'appelez-vous le colombier ? – demanda Quart.

– On ne le voit pas d'ici, seulement du jardin – expliqua Cruz Bruner –. C'est le nom que nous donnons à la tour de la maison. Elle abritait un colombier autrefois. Mon grand-père Luis, le père de Carlota, était passionné d'astronomie. Il s'y était installé un observatoire. Avec le temps, le colombier est devenu la chambre dans laquelle ma pauvre tante a passé ses dernières années, dans la réclusion… Maintenant, c'est don Príamo qui y travaille.

Quart regarda le curé sans dissimuler sa surprise. Il comprenait maintenant la raison de la présence des ouvrages qu'il avait trouvés chez lui :

– Je ne savais pas que vous vous intéressiez à l'astronomie.

– Vous le savez maintenant – le curé semblait mécontent –. Et il n'y avait aucune raison pour que vous le sachiez. Ce n'est pas votre affaire, ni celle de Rome. Madame la duchesse a la bonté de me permettre d'utiliser l'observatoire.

– C'est exact – confirma Cruz Bruner –. Les instruments sont bien démodés, mais le père s'occupe de les nettoyer, de les garder en bon état. Et il me raconte ses observations. Bien sûr, il n'a pas le matériel nécessaire pour faire des découvertes. Mais c'est une activité très intéressante – elle frappa doucement sur ses jambes avec son éventail en souriant –. Je n'ai pas la force de monter là-haut. Mais Macarena y va parfois.

Nous allons de surprise en surprise, se dit Quart. Un club bien insolite que celui du père Ferro. Le prêtre rebelle et astronome.

– Vous ne m'aviez pas parlé de votre intérêt pour l'astronomie – il sondait les yeux noirs de Macarena, comme pour voir si d'autres secrets s'y cachaient.

– J'aime la paix – expliqua Macarena avec une grande simplicité –. Et là-haut, près des étoiles, je trouve la paix. Le père Ferro m'autorise à rester près de lui. Je lis ou je le regarde travailler, sans faire de bruit.

Quart leva les yeux vers le ciel, au-dessus de leurs têtes ; un rectangle bleu encadré par les toitures du patio. Il n'y avait qu'un nuage dans le lointain ; petit, solitaire et immobile, comme le père Ferro.

– A une époque – dit-il –, cette science était interdite aux ecclésiastiques. Trop rationnelle, et donc dangereuse pour l'âme – il souriait sincèrement au vieux prêtre –. L'Inquisition vous aurait jeté en prison.

Le curé baissa la tête. Bougon. Dur.

– L'Inquisition – murmura-t-il – m'aurait emprisonné pour bien des choses, en plus de l'astronomie.

– Mais ce n'est plus le cas – dit Quart en pensant au cardinal Iwaszkiewicz.

– Ce n'est pas l'envie qui manque.

Pour la première fois, ils se mirent tous à rire, même le père Ferro, d'abord à contrecœur, puis avec cet air bonasse qu'il avait déjà eu un peu plus tôt. Comme si Quart avait fait un pas vers lui en abordant le sujet de l'astronomie. Macarena s'en était rendu compte et semblait heureuse. Elle regardait les deux hommes à tour de rôle et ses yeux avaient repris leurs reflets couleur de miel. Contente, elle avait retrouvé son rire sonore et franc de jeune garçon. C'est alors qu'elle proposa au vieux curé de faire visiter le colombier à Quart.

La lunette de laiton brillait à côté des arcs mudéjars qui s'ouvraient sur les quatre côtés de la tour, au-dessus des toits de Santa Cruz. Au loin, parmi les antennes de télévision et les bandes de pigeons qui volaient en tous sens, on pouvait voir La Giralda, la Torre del Oro et un bout du Guadalquivir que les jacarandas en fleur bordaient de bleu. Le reste du paysage devant lequel avait langui Carlota Bruner un siècle plus tôt était maintenant occupé par des constructions modernes de béton, d'acier et de verre. Aucune voile blanche en vue, aucun bateau porté par le courant, et les quatre pinacles des Archives des Indes faisaient penser à des sentinelles oubliées qui gardaient les papiers, la poussière et les souvenirs d'un temps perdu.

– Quelle vue splendide ! – dit Quart.

Le père Ferro ne répondit pas. Il avait sorti son mouchoir sale de sa poche et frottait le tube de la lunette en soufflant dessus. C'était une lunette azimutale montée sur un trépied de bois, d'un modèle très ancien, longue de près de deux mètres. Le long tube de laiton et ses pièces métalliques soigneusement polies luisaient sous les rayons du soleil qui dérivait lentement sur la rive opposée, au-dessus de Triana. Il n'y avait pas grand-chose d'autre d'intéressant dans le colombier : deux vieux fauteuils de cuir craquelés par l'âge, un bureau pourvu de multiples tiroirs, une lampe, une gravure de Séville au XVIIᵉ siècle sur un mur, quelques livres reliés en cuir : Tolstoï, Dostoïevski, Quevedo, Heine, Galdós, Blasco Ibáñez, Valle-Inclán, des traités de cosmographie, de mécanique céleste et d'astrophysique. Quart s'approcha pour y jeter un coup d'œil : Ptolémée, Porta, Alphonse de Cordoue. Certaines éditions étaient très anciennes.

– Je n'aurais jamais cru... – dit-il –. Je veux dire, vous, tout cela...

Le ton était conciliant, presque chaleureux. En quelques heures, quelque chose avait changé dans la façon dont il voyait le père Ferro. De son côté, le curé frottait la lunette comme si un génie endormi, détenteur de toutes les réponses, sommeillait dans le tube de laiton. Au bout d'un moment, il haussa les épaules sous sa soutane tellement râpée et tachée qu'elle virait presque au gris. Quel curieux contraste, pensa Quart : le petit prêtre malpropre et cet instrument que son mouchoir faisait patiemment reluire comme un sou neuf.

– J'aime observer le ciel la nuit – dit-il enfin –. Madame la duchesse et sa fille me permettent de venir quelques heures tous les jours, après le dîner. Je peux monter directement du patio, sans déranger personne.

Quart effleura le dos d'un livre. *Della celeste fisionomía*, 1616. A côté se trouvaient des *Tabulae Astronomicae* dont il n'avait jamais entendu parler de sa vie. Un vieux curé de campagne têtu, avait dit Son Illustrissime Aquilino Corvo. Ce souvenir le fit sourire intérieurement tandis qu'il feuilletait les tables astronomiques.

– Et quand vous êtes-vous découvert cette passion ?

Apparemment satisfait de l'état de la lunette, le père Ferro avait remis son mouchoir dans sa poche. Tourné vers Quart, il le regardait faire avec méfiance. Au bout d'un moment, il lui prit le livre des mains pour le remettre à sa place.

– J'ai habité longtemps dans les montagnes. La nuit, quand je m'asseyais sous le porche de l'église, je n'avais pas d'autre distraction que de regarder le ciel.

Il se tut tout à coup, brusquement, comme s'il en avait dit plus que ne l'exigeaient les circonstances. Et il n'était guère difficile de l'imaginer immobile à la tombée de la nuit, sous le porche de pierre de son église de campagne, en train d'observer la voûte céleste dans cet endroit où nulle lumière humaine ne pouvait troubler l'harmonie des sphères en rotation dans l'Univers. Quart prit un volume des *Tableaux de voyage* de Heine et l'ouvrit distraitement, à l'endroit que marquait un signet rouge :

La vie et le monde sont le songe d'un Dieu ivre qui s'échappe furtivement du banquet divin et s'en va dormir sur une étoile solitaire, ignorant qu'il crée ce qu'il songe… Et les images du songe se présentent tantôt dans une extravagance bigarrée, tantôt harmonieuses et raisonnables… L'*Iliade*, Platon, la bataille de Marathon, la Vénus de Médicis, le munster de Strasbourg, la Révolution française, Hegel, les bateaux à vapeur, sont des pensées issues de ce long rêve. Mais un jour, le dieu se réveillera en frottant ses yeux bouffis, il sourira et notre monde s'enfoncera dans le néant sans avoir jamais existé…

Une petite brise tiède s'était levée. Des patios et des rues qui s'étendaient à leurs pieds, entre les toits de tuiles brunes et les terrasses, montaient jusqu'au colombier des sons assourdis par la hauteur et la distance. Derrière les fenêtres d'un collège voisin, un chœur de voix enfantines récitait une leçon, un poème ou une chanson. Quart tendit l'oreille : il était question de nids et d'oiseaux. Tout à coup, la récitation s'interrompit et le chœur partit en éclats de rire et en cris. Dans la direction de l'Alcazar, une horloge sonna trois coups. Six heures moins le quart.

– Pourquoi les étoiles ? – demanda Quart en remettant l'ouvrage de Heine à sa place.

Le père Ferro avait sorti de la poche de sa soutane un étui de fer-blanc cabossé. Il en sortit une cigarette de tabac brun, sans filtre, dont il mouilla le bout avant de le glisser entre ses lèvres.

– Elles sont propres.

Il alluma sa cigarette en abritant la flamme de l'allumette dans le creux de sa main. La fumée monta sous les arcs tandis que l'odeur du tabac, âcre et forte, chatouillait les narines de Quart.

– Je comprends – dit Quart, et les yeux noirs du curé se posèrent sur lui avec une lueur d'intérêt, ou de curiosité. Sa bouche esquissa même une sorte de sourire, incapable de s'épanouir. Mal à l'aise, ne sachant s'il devait s'en réjouir, Quart comprit que quelque chose avait changé. Perché entre ciel et terre, le colombier était un terrain neutre où leur méfiance mutuelle se dissipait quelque peu, comme si l'un et l'autre se cramponnaient au sacré, à l'ancienne manière. Un instant, il sentit cet élan de camaraderie qui n'était pas rare entre deux ecclésiastiques. Soldats perdus, solitaires, qui se reconnaissent dans la confusion d'un champ de bataille hostile.

– Vous êtes resté combien de temps là-bas ?

Le curé le regardait, cigarette aux lèvres.

– Une bonne vingtaine de longues années.

– C'était sans doute une petite paroisse.

– Toute petite. Quarante-deux habitants à mon arrivée. Plus un seul à mon départ : tous morts, ou bien partis. Ma dernière paroissienne était octogénaire. Elle n'a pas résisté aux neiges de l'hiver.

Un pigeon s'était posé sur le rebord de la galerie et faisait les cent pas à côté du vieux prêtre qui l'observait comme s'il attendait un message que l'oiseau lui aurait apporté, attaché à une patte. Mais quand il s'envola dans un grand bruit d'ailes, le père Ferro continua à regarder l'endroit où il s'était posé. Ses gestes gauches, sa tenue négligée, tout cela rappelait à Quart le vieux et horrible curé de son enfance. Mais il découvrait maintenant d'importantes différences. Il avait cru que les manières frustes du père Ferro étaient le fait d'un trait de caractère. Que le pauvre homme n'était qu'un appendice marginal et misérable de la profession, un de ces ecclésiastiques gris, incapables – comme ce prêtre d'autrefois qui habitait encore sa mémoire – de dépasser leur médiocrité et leur ignorance. Le colombier lui révélait à présent une nouvelle variété d'ecclésiastiques : la régression volontaire, le renoncement au panache dans l'exercice de la vocation ou de la profession choisie pouvaient donc s'accomplir comme un pas en arrière fait en pleine connaissance de cause. De toute évidence, le père Ferro avait été un jour – et d'une certaine manière continuait d'être, presque clandestinement – autre chose qu'un curé de campagne mal dégrossi, bourru et buté qui se retranchait derrière son latin préconciliaire pour dire la messe à Notre-Dame-des-Larmes. Ce n'était pas une question de culture ni d'âge, mais d'attitude. Dans le cadre de référence de Quart, s'il s'agissait de choisir son camp, don Príamo Ferro avait manifestement choisi le sien.

Sur la page d'un cahier ouvert sur le bureau, on pouvait voir un croquis au crayon d'une constellation. Quart imagina le vieux prêtre penché sur l'oculaire, en pleine nuit, absorbé dans le silence du firmament qui tournait lentement à l'autre bout de la lunette, tandis que Macarena Bruner lisait *Anna Karénine* ou la *Sonate à Kreutzer*, assise dans un vieux fauteuil, dans le cercle de lumière de la lampe où voletaient des papillons de nuit. Tout à coup, il ressentit un besoin inquiétant de rire. Il était terriblement jaloux.

Quand il leva les yeux, il rencontra le regard pensif du père Ferro, comme si l'expression qu'il avait laissé paraître lui donnait matière à réflexion :

– Orion – dit le vieux prêtre, et Quart, déconcerté, ne comprit pas tout de suite qu'il parlait du croquis du cahier –. A cette époque de l'année, on ne voit que l'étoile supérieure de l'épaule gauche du Chasseur. Elle s'appelle Bételgeuse et elle apparaît par ici – il montrait un point du ciel encore bleu à l'horizon –. A l'ouest-nord-ouest.

Il avait toujours son mégot à la bouche et les cendres de son tabac bon marché tombaient sur le devant de sa soutane. Quart feuilleta des pages couvertes de notes, de croquis et de chiffres. Il ne reconnut que la constellation du Lion, son signe du zodiaque, dont le corps de métal, selon la légende, faisait rebondir les javelots d'Hercule.

– Vous êtes de ceux qui croient que tout est écrit dans les étoiles ? – demanda-t-il.

Le curé fit une grimace amère, aux antipodes de ce qu'il est convenu d'appeler un sourire.

– Il y a trois ou quatre siècles, un prêtre pouvait payer de sa tête ce genre de question.

– Je vous répète que mes intentions sont pacifiques.

Ce n'est pas à un vieux singe qu'on apprend à faire des grimaces, disaient les yeux du père Ferro. Il riait tout bas, sarcastique. Une sorte de grincement.

– Vous parlez d'astrologie – dit-il enfin –. Je m'occupe d'astronomie. J'espère que vous ferez la nuance dans votre rapport à Rome.

Il se tut, mais continua à regarder Quart avec curiosité, comme s'il le jaugeait de nouveau après une première impression malheureuse.

– J'ignore où sont écrites les choses – ajouta-t-il après un long silence –. Même s'il suffit de jeter un coup d'œil sur vous pour comprendre que nous ne lisons pas le même alphabet.

– Expliquez-vous.

– Il n'y a pas grand-chose à expliquer. Que vous le vouliez ou non, vous êtes au service d'une multinationale dont les statuts reposent sur toute cette démagogie que l'humanisme chrétien et *L'Illustration* nous ont fait entrer dans la tête : par la souffrance, l'homme progresse vers des états supérieurs, le genre humain est appelé à se réformer, la bonne volonté attire la bonne volonté… – il se tourna vers la fenêtre et de la cendre tomba encore sur sa soutane –. Ou que la Vérité avec un grand *V* existe et qu'elle se suffit à elle-même.

Quart secoua la tête.

– Vous ne me connaissez pas – protesta-t-il –. Vous ne savez rien de moi.

– Je connais ceux qui vous envoient, et ça me suffit.

Il était retourné à sa lunette, à l'affût d'un grain de poussière. Puis il enfonça les mains dans les poches de sa soutane, comme s'il allait ressortir son mouchoir, mais elles restèrent là.

– Que savez-vous – reprit-il –, que savent donc vos supérieurs à Rome, avec leurs mentalités de fonctionnaires ? Que savent-ils de l'amour ou de la haine, à part quelques définitions théologiques et des murmures de confessionnal ?… – il se dandinait légèrement, les mains toujours dans les poches –. Il suffit de vous regarder : votre manière de parler, de bouger, trahit quelqu'un qui devra rendre compte de péchés par omission, pas de péchés commis. Vous êtes de la race de ces prêcheurs de télévision, de ces pasteurs d'une église sans âme qui parlent des fidèles comme les gens de la télévision parlent de leur public.

– Vous vous trompez, mon père. Mon travail...

Entre ses dents, le curé fit encore entendre ce grincement qui ressemblait à un rire.

– Votre travail ! – il s'était retourné brusquement vers Quart –. Vous allez me dire maintenant que vous vous salissez les mains, c'est ça ?... Alors que vous êtes toujours si propre et si net. Je suis sûr que les alibis et les justifications ne vous manquent pas. Vous êtes jeune, fort, vos supérieurs vous donnent le gîte et le couvert, ils pensent à votre place et ils vous jettent des os à ronger. Vous êtes le parfait policier d'une société puissante qui prétend servir Dieu. Vous n'avez sûrement jamais aimé une femme, ni détesté un homme, ni eu pitié d'un malheureux. Il n'y a pas de pauvres qui vous bénissent pour le pain qu'ils mangent, ni de malades pour le réconfort que vous leur procurez, ni de pécheurs pour l'espérance de salut que vous leur apportez... Vous faites ce qu'on vous dit de faire, point final.

– J'observe la règle – dit Quart qui se mordit aussitôt la langue.

– Vous observez la règle ? – le curé le regardait avec une ironie cinglante –. A la bonne heure. Votre âme va donc être sauvée. Ceux qui observent la règle vont toujours droit au ciel – il fit une grimace, prit son mégot entre deux doigts et aspira une dernière bouffée –. Pour chanter les louanges de Dieu.

Il jeta son mégot par la fenêtre et le regarda tomber.

– Je me demande – Quart le regardait avec dureté – si vous avez encore la foi.

Dans sa bouche, la phrase avait quelque chose de paradoxal ; et Quart en fut parfaitement conscient. Qui plus est, sa mission ne consistait pas à poser ce genre de questions, chasse gardée des chiens noirs du Saint-Office. Comme aurait dit monseigneur Spada, à l'IOE, les idées ne sont pas notre matière première, nous nous intéressons aux actes. Contentons-nous d'être de bons centurions, et laissons à Son Éminence Jerzy Iwaszkiewicz la périlleuse tâche de fouiller dans le cœur humain.

Pourtant, pendant le long silence qui s'installa entre eux, Quart attendit une réponse. Le curé faisait lentement les cent pas à côté de la lunette et le reflet de sa silhouette noire glissait le long du tube de laiton bruni.

– « Encore » est un adverbe de temps.

Il avait répondu, enfin, revêche, bourru, renfermé. Puis il resta encore un long moment silencieux, sans doute pour réfléchir au temps, ou aux adverbes. Il semblait suivre le fil d'un raisonnement secret.

– Moi, je pardonne les péchés – ajouta-t-il plus tard, en guise de conclusion –. Et j'aide à mourir en paix.

Ces précisions semblaient tout expliquer, mais Quart eût été bien en peine de dire quoi précisément. Il fut tenté d'être méchant.

– Ce n'est pas vous qui pardonnez – fit-il observer, caustique –. Seul Dieu peut le faire.

Le curé le regarda, surpris de le voir encore devant lui.

– Quand j'étais un jeune prêtre – dit-il soudain –, j'ai lu tous les philosophes de l'Antiquité, de Socrate à saint Augustin. Et j'ai tout oublié, sauf ce goût amer de mélancolie et de désillusion. Aujourd'hui, à soixante-quatre ans, la seule chose que je sais des hommes est qu'ils se souviennent, qu'ils ont peur et qu'ils meurent.

Quart devait avoir un air étrange, embarrassé et surpris, car le père Ferro hocha la tête en fixant sur lui ses yeux noirs et durs, comme pour l'enjoindre de croire ce qu'il disait. Puis il leva la tête vers le ciel. Le nuage solitaire – peut-être n'était-ce plus le même – était allé à la rencontre du soleil couchant et projetait une lueur rousse sur les silhouettes des immeubles dans le lointain.

– Pendant longtemps – continua le curé –, j'ai cherché la réponse là-haut. J'aurais aimé avoir une petite conversation avec Lui ; une sorte de règlement de comptes, entre nous. J'ai vu beaucoup de gens souffrir et mourir... Oublié par mon évêque et ceux qui l'entouraient, j'ai vécu dans une solitude atroce dont je sortais pour dire la messe tous les dimanches dans une petite église presque vide, ou pour porter l'extrême-onction dans la neige et sous la pluie, de la boue jusqu'aux chevilles, à des vieillards qui n'attendaient que mon arrivée pour mourir. Et pendant un quart de siècle, assis au chevet des agonisants qui se cramponnaient à mes mains parce que j'étais leur unique réconfort, la conversation a toujours été à sens unique. Je n'ai jamais eu de réponse.

Il s'arrêta, comme s'il attendait encore cette réponse ; mais on n'entendait que des bruits assourdis par la distance et le roucoulement des pigeons sous les chéneaux de la tour. Quart rompit le silence :

– Ou nous naissons et mourons conformément à un plan, ou nous naissons et mourons par accident.

La vieille citation théologique n'était ni une affirmation ni une réponse. Simplement une invitation à poursuivre le raisonnement interrompu. Pour la première fois, Quart comprenait l'homme qui se trouvait devant lui ; et il sentit que l'autre s'en rendait compte. Une lueur de reconnaissance adoucissait le regard du vieux prêtre :

– Alors – reprit le curé –, comment préserver le message de la vie dans un monde qui porte la marque de la mort ?... L'homme s'éteint, il sait qu'il s'éteint et qu'à la différence des rois, des papes et des généraux, il ne laissera aucune trace derrière lui. Alors, il se dit : il doit y avoir autre chose. Sinon, l'Univers est une mauvaise plaisanterie ; un chaos dépourvu de sens. Et la foi se transforme en une sorte d'espérance. Une sorte de consolation. C'est peut-être pour cela que le Saint-Père lui-même ne croit plus en Dieu.

Quart éclata de rire et les pigeons s'envolèrent, effrayés.

– C'est donc pour cette raison que vous défendez votre église avec l'énergie du désespoir.

– Naturellement – le père Ferro fronçait les sourcils, déjà ombrageux –. Quelle importance si j'ai la foi ou pas ?... Ceux qui viennent me voir ont la foi, et c'est assez pour justifier amplement l'existence de Notre-Dame-des-Larmes. Voyez-vous, ce n'est pas un hasard s'il s'agit d'une église baroque : l'art de la Contre-Réforme, de l'abstenez-vous de penser, laissez cela aux théologiens, admirez les sculptures et les dorures, ces autels somptueux, ces passions qui depuis Aristote sont le ressort essentiel pour fasciner les masses... Étourdissez-vous de la gloire de Dieu. Trop d'analyse vous prive de l'espérance, détruit le concept. Nous seuls sommes la terre ferme qui vous met à l'abri du torrent tumultueux. La vérité tue avant l'heure.

Quart leva la main :

– Je vois une objection morale, mon père, et elle s'appelle l'aliénation. Vue sous cet angle, votre église est la télévision du XVIIᵉ siècle.

– Et alors ? – le curé haussa les épaules, méprisant –. Qu'était donc l'art baroque sacré, sinon une tentative d'arracher leur public à Luther et à Calvin ?... Et puis, dites-moi où en serait la papauté moderne sans la télévision ? La foi toute nue ne tient pas la route. Les gens ont besoin de symboles pour se couvrir, car il fait très froid dehors. Nous sommes responsables de nos derniers fidèles innocents, ceux qui nous ont suivis en croyant, comme dans l'*Anabase*, que nous les conduisions à la mer et chez eux. Au moins, mes vieilles pierres, mon retable et mon latin sont plus dignes que toutes ces chansonnettes, ces amplificateurs, ces écrans géants et la sainte messe transformée en spectacle pour les masses abruties par l'électronique. Ils pensent conserver ainsi leur clientèle, mais ils nous avilissent et ils se trompent. La bataille est perdue et le temps est venu des faux prophètes.

Il se tut et baissa la tête, renfrogné, comme pour signifier que la conversation était terminée. Puis il alla s'appuyer sur le rebord de la fenêtre et se perdit dans la contemplation du fleuve. Au bout d'un moment, Quart, qui ne savait trop que dire ou faire, alla le rejoindre. Jamais ils n'avaient été si proches l'un de l'autre ; la tête du curé lui arrivait à hauteur de l'épaule. Ils restèrent ainsi un moment, en silence, bien après que les horloges eurent sonné les six coups dans les clochers de Séville. Le nuage solitaire s'était défait et le soleil descendait dans le ciel qui continuait à se dorer lentement, à l'ouest. Don Príamo Ferro rompit finalement le silence :

– Je ne sais qu'une seule chose : quand la séduction ne fera plus effet, nous serons finis nous aussi, car la logique et la raison signifient la fin. Mais tant qu'une pauvre femme aura besoin de s'agenouiller pour retrouver l'espoir ou la consolation, ma petite église doit rester debout – il sortit de sa poche son mouchoir crasseux et se moucha bruyamment. La lumière du soleil couchant faisait ressortir les poils blancs de son menton mal rasé –. Et malgré notre situation misérable, les prêtres comme moi continuent d'être nécessaires... Nous sommes la vieille peau de tambour jaunie sur laquelle sonne encore la gloire de Dieu. Et il faudrait être fou pour nous envier ce secret – le curé fit une sorte de grimace sous ses cicatrices, sombre, perdu dans ses pensées –. Nous connaissons l'ange qui possède la clé de l'abîme.

IX. Le monde est grand comme un mouchoir de poche

Digne d'être brune et sévillane.

Campoamor, *Le Train express*

Les projecteurs qui illuminaient la cathédrale créaient un espace irréel, entre nuit et jour. Désorientés par le contraste, les pigeons volaient dans tous les sens, apparaissant ici, disparaissant plus loin dans le noir, au milieu de l'immense et harmonieuse montagne de feuilles, de branches et d'arcs-boutants d'où surgissait la tour de La Giralda. C'était presque fantastique, se disait Lorenzo Quart. Une toile de fond aussi extraordinaire que les décors en carton-pâte peinturluré des vieilles superproductions hollywoodiennes. La différence, c'était que la place Virgen de los Reyes était authentique, construite à force de briques et de siècles – la partie la plus ancienne datait du XIIᵉ –, et qu'aucun studio de cinéma n'aurait été capable de la reproduire dans toute sa grandeur, quels que soient l'argent et le talent qu'il y eût consacrés. C'était un décor unique, seul de son espèce. Une scène parfaite. Surtout quand, face à lui, Macarena Bruner fit quelques pas pour s'arrêter sous l'énorme réverbère central de la place, et qu'elle resta là, immobile devant les pierres dorées par la lumière des projecteurs.

– Il n'y a pas beaucoup d'endroits comme celui-ci – dit-elle.

C'était vrai, mais l'homme de Rome savait aussi à quel point la présence de cette femme accentuait le pouvoir d'envoûtement de ce lieu. La fille de la duchesse du Nuevo Extremo était habillée comme dans l'après-midi, lorsqu'ils s'étaient retrouvés dans le patio de la Casa del Postigo. Elle avait cependant jeté une veste légère sur ses épaules et tenait à la main un sac de cuir qui faisait vaguement penser à une gibecière. Quart avait laissé le père Ferro et pris congé de la duchesse, puis Macarena et lui avaient marché jusqu'ici, presque en silence. « Revenez nous voir », avait dit la vieille dame, heureuse, et elle lui avait offert en souvenir un petit azulejo provenant de l'ancienne décoration de la maison : un oiseau que les maçons mudéjars avaient scellé sur l'un des murs du patio d'où il était tombé lors des bombardements de 1843 et qui sommeillait depuis un siècle et demi dans une cave, parmi d'autres pièces cassées ou manquées, à côté des anciennes écuries. Ensuite, alors que Quart sortait dans la rue, l'azulejo au fond de sa poche, Macarena l'avait retenu devant la grille d'entrée. Elle lui avait proposé de faire une promenade, puis d'aller manger quelques tapas à Santa Cruz. Si vous n'avez rien d'autre à faire, avait-elle ajouté en le regardant du fond de ses yeux noirs et sereins, un rendez-vous avec un évêque, par exemple. Quart avait ri en boutonnant sa veste et, une fois de plus, elle avait regardé ses mains, puis sa bouche, et encore ses mains, avant de partir à son tour de son rire franc et sonore qui faisait penser à celui d'un jeune garçon. Et ils étaient là tous les deux, place Virgen de los Reyes, avec la cathédrale illuminée au fond et les pigeons qui tournoyaient au-dessus d'eux, désorientés par cette nuit et ce faux jour. Macarena continuait à regarder Quart qui la regardait lui aussi. Et rien de tout cela, pensait-il avec le calme lucide qu'il réservait à ce genre de situations, ne contribuait à la salutaire tranquillité d'esprit que les saintes ordonnances recommandaient pour le salut éternel d'un prêtre.

– Je voudrais vous remercier – dit-elle.

– Mais de quoi ?

– Pour don Príamo.

Une autre bande de pigeons passa, cap sur la nuit. Ils se dirigeaient maintenant vers l'Alcazar et l'arche qui s'ouvrait dans la muraille. Macarena se retournait de temps en temps vers Quart, un petit sourire aux lèvres.

– Vous vous êtes rapproché de lui, je crois. Vous pouvez peut-être le comprendre maintenant.

Quart fit un geste ambigu. Il dit que oui, il pouvait comprendre certaines choses. L'attitude du curé, son intransigeance à propos de l'église, la force avec laquelle il y tenait. Mais ce n'était qu'une partie du problème. Sa mission à Séville consistait à faire un rapport général sur la situation, et à identifier *Vêpres* si possible. Pour le pirate, l'enquête piétinait. Le père Oscar allait bientôt s'en aller sans que Quart ait pu déterminer s'il avait trempé dans cette affaire. Il lui fallait encore étudier les rapports de la police et de l'archevêché sur les morts survenues dans l'église. Et puis – il toucha sa veste à la hauteur de la poche intérieure où il avait glissé la carte postale de Carlota Bruner –, il y avait l'énigme de la carte postale et du passage marqué dans le Nouveau Testament laissé sur sa table de chevet.

– Qui sont les suspects ?

Ils étaient sous l'arche de la muraille, à côté de la Vierge enfermée sous son globe de verre dans sa petite niche baroque, et le rire de Quart fit résonner la voûte. Un éclat de rire sec et sans joie.

– Tous – répondit-il en regardant la statue, comme s'il se demandait si elle aussi n'était pas suspecte –. Don Príamo Ferro, le père Oscar, votre amie Gris Marsala… Vous-même. Ici, tout le monde est suspect, par action ou par omission – il regarda à droite et à gauche quand ils sortirent dans la cour des drapeaux de l'Alcazar, espérant peut-être découvrir l'un de ces suspects tapi dans un coin sombre –. Je suis convaincu que vous vous protégez tous – il fit encore quelques pas, s'arrêta et regarda autour de lui –. Il suffirait qu'un seul d'entre vous, n'importe qui, me parle franchement pendant trente secondes pour que mon enquête soit terminée.

Macarena Bruner était juste à côté de lui ; son sac de cuir serré contre sa poitrine, elle le regardait fixement.

– Vous croyez ?

Quart respirait l'odeur des orangers qui embaumaient la cour.

– J'en suis sûr. Absolument sûr. Je suppose que *Vêpres* est l'un d'entre vous, qu'il a envoyé ce message comme un leurre pour attirer l'attention de Rome et aider le père Ferro à conserver son église… Il croit qu'en faisant appel au pape, la vérité éclatera nécessairement dans toute sa splendeur. Car la vérité, se dit notre naïf pirate, ne peut nuire à une cause juste. Et voilà que j'arrive à Séville pour chercher la vérité qui intéresse Rome et qui n'est peut-être pas la même que la vôtre. Ce qui pourrait expliquer pourquoi personne ne m'aide, pourquoi on ne cesse d'accumuler les énigmes, en commençant par la carte postale.

Ils reprirent leur marche et traversèrent la place. Parfois, leurs pas les rapprochaient et Quart pouvait deviner son parfum : quelque chose qui ressemblait à du jasmin, avec des notes de fleur d'oranger. Macarena Bruner portait l'odeur de cette ville.

– C'est peut-être que l'objectif n'est pas de vous aider – dit-elle au bout d'un moment –, mais d'en aider d'autres. Peut-être veut-on vous faire comprendre ce qui se passe.

– D'accord : je peux comprendre l'attitude du père Ferro. Mais ma compréhension ne leur sert à rien. Ils ont envoyé un message dans l'espoir de voir débarquer un bon prêtre rempli d'amour et de compréhension, et voilà qu'on leur envoie un soldat armé de l'épée de Josué – il secoua la tête, irrité –. Parce que je suis un soldat, comme ce sir Marhalt qui vous plaisait tant quand vous étiez petite. Je ne fais que rapporter des faits et rechercher des responsables. La compréhension et les solutions, s'il y en a, ne sont pas de mon ressort – il fit une pause avant d'ajouter avec un pauvre sourire – : Inutile de séduire le messager.

Ils étaient arrivés au passage qui reliait la cour des drapeaux au quartier de Santa Cruz. Sous la lumière du réverbère qui faisait le coin, leurs ombres jumelles glissèrent sur les murs blanchis à la chaux. L'endroit inspirait une curieuse sensation d'intimité et Quart fut soulagé lorsqu'ils ressortirent à l'autre bout, à l'air libre de la nuit.

– C'est ce que vous pensez ? – demanda Macarena Bruner –. Que j'ai l'intention de vous séduire ?

Quart ne répondit pas. Ils continuèrent à marcher en silence le long de la muraille, puis ils prirent une ruelle qui s'enfonçait dans l'ancienne juiverie.

– Sir Marhalt prenait aussi parti pour les causes justes – fit-elle après quelques instants de silence.

– C'était une autre époque. Et puis votre sir Marhalt est né de l'imagination de John Steinbeck. Aujourd'hui, il n'y a plus de causes justes. Même la mienne ne l'est pas – il s'arrêta un moment, comme s'il réfléchissait à la vérité de ce qu'il venait de dire –. Mais c'est la mienne.

– Vous oubliez le père Ferro.

– Sa cause n'est pas une cause juste. C'est une action personnelle. Chacun se débrouille comme il peut.

Quart marchait en regardant droit devant lui, mais il devina qu'elle faisait un geste d'impatience :

– S'il vous plaît. J'ai vu *Casablanca* vingt fois. Et il ne me manquait plus que cela. Un prêtre qui joue les héros blasés – elle avait pris un peu d'avance sur lui et elle se retourna, cinglante cette fois –. Humphrey Bogart.

– Non. Je suis plus grand que lui. Et vous vous trompez. Vous n'avez rien vu et vous ne savez rien de moi – il avait envie de la prendre par le bras pour la forcer à s'arrêter et lui parler, mais il se retint. Elle avait toujours quelques pas d'avance sur lui et regardait devant elle, comme si elle ne voulait pas l'écouter –. Vous ne savez pas pourquoi je suis prêtre, pourquoi je suis ici, ce que j'ai fait pour être ici. Vous ne savez pas combien de Príamo Ferro j'ai connus dans ma vie, ni ce que j'ai fait d'eux quand on m'a donné des ordres.

Son amertume ne trouva pas d'écho ; Macarena Bruner ne pouvait pas savoir. Il la vit pivoter sur ses talons :

– On dirait que vous regrettez de ne pas avoir de tête à envoyer à Rome par le prochain courrier – elle lui faisait face, légèrement penchée en avant –. Vous pensiez que tout serait facile, n'est-ce pas ?... Mais j'étais sûre que tout changerait quand vous connaîtriez la victime de près.

– Vous vous trompez – Quart soutenait son regard –. Le fait que je connaisse mieux le père Ferro ne change rien, en tout cas à l'aspect formel de mon travail.

– Et au reste ? – elle se touchait le front avec l'index –. Ses idées.

– Le reste me regarde. Et vous vous trompez sur un point. J'ai connu de près beaucoup de mes victimes, comme vous dites. Ce qui n'a rien changé non plus.

Il l'entendit soupirer, méprisante :

– Je suppose que non. Je suppose que c'est pour cette raison qu'on vous achète des costumes sur mesure chez les meilleurs tailleurs, que vous portez de belles chaussures, que vous avez des cartes de crédit et une montre au poignet – elle le regardait de haut en bas, provocante, insolente –. Ce sont sans doute vos trente deniers.

Trop agressive. Trop de mépris dans ses paroles pour que tout

260

cela lui soit vraiment égal. Et Quart commença à se demander désespérément jusqu'où elle avait l'intention d'aller. Ils étaient silencieux, l'un en face de l'autre, dans une de ces rues étroites éclairées par des lanternes de fer forgé, dont les balcons croulant sous les pots de fleurs touchaient presque ceux de la maison d'en face, au-dessus de leurs têtes.

– Je suis heureux que vous fassiez cette supposition, car c'est effectivement le cas – Quart prit entre deux doigts le revers de sa veste –. Ces vêtements, ces chaussures, ces cartes de crédit et cette montre sont très utiles lorsqu'il faut impressionner un général serbe ou un diplomate américain… Il y a des prêtres ouvriers, des prêtres mariés, des prêtres qui disent la messe de huit heures, et il y a des prêtres comme moi. Je ne saurais vous dire ce qui fait que telle ou telle variété existe encore – il eut un sourire triste, mais son esprit était déjà ailleurs ; Macarena Bruner était encore beaucoup trop près de lui, dans cette rue trop étroite –. Pourtant, votre père Ferro et moi tombons d'accord sur un point : ni lui ni moi ne nous faisons d'illusions sur notre métier.

Il se tut, car tout à coup il eut peur du besoin qu'il ressentait de se justifier devant elle. Ils étaient seuls dans la rue, éclairés par une lointaine lanterne, et elle était si belle ainsi, tandis qu'elle le regardait en silence, la bouche entrouverte, laissant paraître le bout de ses incisives blanches. Elle respirait lentement, avec la sérénité d'une belle femme qui a pleinement conscience de l'être. Son expression n'était plus dédaigneuse, comme si, avec les mots, son mépris s'était effacé ; et la peur de Quart était une peur masculine et réelle, physique, très semblable au vertige. A tel point qu'il dut prendre sur lui pour ne pas faire un pas en arrière et se retrouver acculé au mur :

– Pourquoi ne pas me dire ce que vous savez ?

Elle le regarda comme si elle avait espéré de lui d'autres mots, un autre geste. Ses yeux qui jusque-là étaient restés fixés sur les siens glissèrent sur son visage et le col romain de sa chemise noire.

– Vous ne le croirez sans doute pas, mais je ne sais presque rien – répondit-elle après un silence qui lui parut extraordinairement long –. Je peux deviner certaines choses, peut-être. Mais ne comptez pas sur moi pour vous les dire. Faites votre travail pendant que les autres font le leur.

Elle se tut. Immobile, elle attendait la réponse de Quart. Mais il ne dit rien et reprit sa marche dans la rue étroite ; elle lui emboîta le pas, silencieuse, serrant son sac de cuir contre sa poitrine.

Les jambons pendaient parmi les bouteilles de La Guita, les vieilles affiches de la semaine sainte et de la Feria d'avril, les photos de toreros minces et graves morts depuis des années, tandis que l'encre de leurs dédicaces jaunissait sous le verre des petits cadres. Les garçons de Las Teresas griffonnaient le prix des consommations sur le comptoir de bois ; Pepe, le gérant, découpait de fines tranches de jambon de Jabugo avec un long couteau, tranchant comme une lame de rasoir :

> *Cómo me alegra,*
> *primito hermano*
> *cómo me alegra,*
> *comer jamón serrano*
> *de pata negra.*

Il chantonnait entre ses dents, sur un air de *sevillana*. Il avait appelé « doña Macarena » la jeune femme qui accompagnait Quart. A présent, il leur servait d'autorité un assortiment de tapas, sans que personne lui eût rien demandé : porc rôti aux tomates, picots frits, noix de côtelette, champignons sautés, et deux grands verres à pied remplis aux deux tiers d'une manzanilla parfumée et dorée. Près de la porte, accoudé au bar à côté de Quart, un habitué au visage cramoisi enfilait verre sur verre de vin rouge. De temps en temps, Pepe interrompait sa ritournelle et, sans quitter des yeux ses tranches de jambon, lui adressait quelques mots à propos d'un certain match de football qui devait bientôt opposer le Sevilla au Betis.

– L'apothéose – lançait l'ivrogne au visage cramoisi avec une obstination décidément alcoolique.

Pepe acquiesçait d'un signe de tête et reprenait sa chanson, tandis que l'autre replongeait le nez dans son verre. Une petite souris grise, en chair et en os, dépassait de la pochette de sa veste. De temps en temps, il lui donnait quelques miettes de l'assiette de fromage posée à côté de lui, sur le comptoir. Le rongeur dévorait le fromage avec diligence et personne ne semblait le moins du monde surpris.

Macarena buvait sa manzanilla à petites gorgées, un coude sur le bar, aussi sûre d'elle que si elle avait été à la Casa del Postigo. En réalité, pensa Quart, elle était partout comme chez elle à Santa Cruz ; et d'une certaine façon, elle l'était, ou du moins sa famille l'avait été pendant des siècles. Comme si le moindre recoin en avait été inscrit dans sa mémoire génétique, dans son instinct territorial. Quart avait la très nette impression – ce qui n'était pas de nature à rassurer l'agent de l'IOE – qu'il lui aurait été difficile de concevoir ce quartier et cette ville sans la présence de cette femme, et ce qu'elle représentait. Cheveux noirs noués sur la nuque, dents blanches, yeux noirs. Et il se souvint des peintures de Romero de Torres, de l'ancienne Manufacture de tabacs aujourd'hui transformée en université. Carmen la Cigarière et les feuilles humides qui s'enroulent sous la paume de sa main, contre une cuisse de femme à la peau brune. Il leva les yeux et vit qu'elle le regardait encore. Ses yeux aux reflets de miel, pensifs. Tranquilles.

– Vous aimez Séville ? – demanda soudain Macarena.

– Beaucoup – répondit-il, troublé, se demandant si elle pouvait lire dans ses pensées.

– C'est une ville très particulière – elle le regardait en continuant à picorer dans les petites assiettes ; elle faisait justement un sort à un champignon doré –. Ici, le passé côtoie le présent sans problème. Gris dit que les Sévillans sont vieux et sages. Ils peuvent tout accepter. Pour eux, tout est possible… – elle jeta un coup d'œil furtif à son voisin au visage cramoisi et sourit –. Même manger du fromage avec une souris au comptoir d'un bar.

– Votre amie Gris s'y connaît en informatique ?

Elle lui jeta un regard étrange. Presque admiratif.

– Vous n'abandonnez donc jamais ? – elle piqua un autre champignon avec un cure-dents –. Vous êtes un homme d'idées fixes. Pourquoi ne pas lui poser la question ?

– Je l'ai déjà fait. Et elle m'a donné des réponses évasives, comme tout le monde.

Alors qu'il regardait vers la porte, par-dessus l'épaule de Macarena, il vit entrer un homme corpulent, la cinquantaine, habillé de blanc, qu'il lui sembla un instant avoir déjà vu quelque part. Le gros monsieur ôta son chapeau en passant à côté d'eux, jeta un coup d'œil dans la salle comme s'il cherchait en vain quelqu'un, consulta sa montre de gousset, puis disparut par l'autre porte en balançant sa canne à pommeau d'argent. Quart nota que sa joue gauche, toute rouge, était couverte de crème ou de pommade, qu'il avait une curieuse moustache, courte et très fine, comme roussie à la flamme.

– Et la carte postale ? – demanda-t-il à Macarena, un moment plus tard –. Gris Marsala a accès à la malle de votre grand-tante Carlota ?

Il vit qu'elle souriait, amusée par ses idées fixes.

– Elle s'en est approchée une fois, si c'est ce que vous voulez dire. Mais il pourrait aussi s'agir de don Príamo. Ou peut-être du père Oscar. Ou de moi-même. Ou de ma mère… Vous imaginez la duchesse, Coca-Cola à la main, casquette de base-ball vissée à l'envers sur sa tête, en train de faire sauter les codes de sécurité du Vatican aux petites heures du matin ?… – elle piqua un morceau de viande en daube qu'elle offrit à Quart –. Je crains que votre enquête ne frise le grotesque.

Quart saisit le bout du cure-dents et ses doigts frôlèrent ceux de Macarena.

– J'aimerais jeter un coup d'œil à cette malle.

Il avala le petit cube de viande, sous le regard attentif de Macarena.

– Vous et moi, tout seuls ? – fit-elle en souriant –. C'est une idée un peu coquine, même si je crains que votre seule intention soit de découvrir si je possède un ordinateur pirate – Pepe avait posé une assiette de jambon sur le bar et elle regardait distraitement les tranches rougeâtres et marbrées à l'arôme puissant –. Pourquoi pas ? Je pourrais raconter l'aventure à mes amies, et j'imagine avec plaisir la tête que fera l'archevêque quand il apprendra la chose – elle pencha la tête, pensive –. Ou mon mari.

Quart regardait les boucles d'argent aux lobes de ses oreilles, sous les cheveux lisses tirés en arrière, noués en queue de cheval.

– Je ne voudrais pas vous créer davantage de problèmes.

Elle éclata de rire.

– Des problèmes ?… Je ne demanderais pas mieux que de voir

Pencho crever de rage et de jalousie. Si, en plus de ses ennuis avec l'église, on lui raconte qu'un prêtre tout à fait intéressant tournicote dans les parages, il va devenir fou – elle regardait Quart, attentive –. Et dangereux.

– Vous me faites peur – Quart vida son verre de manzanilla, manifestement fort peu troublé.

Macarena réfléchissait :

– De toute façon, vous avez une bonne idée pour la malle de Carlota. Vous comprendrez mieux ce que signifie Notre-Dame-des-Larmes.

– Votre amie Gris – Quart goûta une tranche de jambon – se plaint qu'il n'y a pas assez d'argent pour continuer les travaux...

– C'est exact. La duchesse et moi avons tout juste ce qu'il nous faut pour vivre, et la paroisse est ruinée. La solde de don Príamo est minime et la quête dominicale ne rapporte même pas assez pour payer les cierges. Parfois, nous nous sentons comme ces explorateurs au cinéma, entourés de vautours qui planent au-dessus de nos têtes... Mais c'est surtout le jeudi qu'on peut voir un curieux spectacle.

Et elle lui expliqua, devant deux autres verres de manzanilla, que Notre-Dame-des-Larmes resterait intouchable tant qu'on y dirait la messe pour le repos de l'âme de son ancêtre Gaspar Bruner de Lebrija tous les jeudis – jour de sa mort, en 1709 – à huit heures du matin. Si bien que tous les jeudis, on pouvait voir au dernier rang un émissaire de l'archevêque et un notaire retenu par Pencho Gavira, tous les deux à l'affût d'une irrégularité ou d'une négligence.

Quart était stupéfait. Ils éclatèrent de rire. Mais le rire de Macarena s'éteignit aussitôt :

– Un peu puéril, vous ne trouvez pas ? – elle avait tout à coup retrouvé son sérieux –. Que tout dépende de cette stupidité – elle leva son verre, mais le reposa presque aussitôt sur le comptoir –. Un autre prêtre qui négligerait de dire la messe ou de prononcer la formule consacrée condamnerait l'église au pic des démolisseurs. L'archevêque de Séville et la Banque Cartujano auraient gagné la partie... Et c'est pour cela que j'ai peur qu'on ne s'en prenne à don Príamo quand le père Oscar ne sera plus là.

Elle regardait Quart avec une inquiétude apparemment sincère. L'homme de Rome ne savait que penser.

– Vous proférez une énormité – répondit-il enfin –. Monseigneur Corvo ne m'est pas sympathique, mais je suis sûr qu'il ne tolérerait jamais…

Impulsivement, elle leva la main et faillit la poser sur les lèvres du prêtre. Quart fut presque surpris de n'en pas sentir le contact. Macarena dut comprendre son regard : elle retira sa main et la reposa sur le bar.

– Je ne parle pas de l'archevêque.

Elle taquinait le pied du verre de Quart. Tu me troubles, se dit-il tout à coup. Mais il ignorait si c'était pour son propre compte ou pour celui de quelqu'un d'autre, si l'objectif était de séduire le messager ou de neutraliser l'ennemi. De toute façon, sous prétexte de lui faire voir l'autre côté de la tranchée, elle et les autres réussissaient à lui faire perdre tout sens des perspectives. Il faut te raccrocher à quelque chose, pensa-t-il. Ton travail, l'enquête, l'église, n'importe quoi. Des faits, même s'ils ne servent à rien d'autre. Des questions et des réponses. Garder la tête froide. Sérénité, comme la sienne qu'elle affiche à tout instant, femme instrument du Malin, phare de perdition, ennemie du genre humain et de l'âme immortelle. Garde tes distances, Lorenzo Quart, ou fais bien attention. Que disait monseigneur Spada, déjà ?… Le prêtre qui réussit à tenir l'argent loin de sa poche et ses jambes loin du lit d'une femme est en bonne voie d'assurer son salut. A peu près.

– Revenons à cette question d'argent – dit-il. Il fallait parler, poser des questions, même inutiles. Il était ici pour enquêter, pas pour que Carmen la Cigarière pose ses doigts sur ses lèvres –. Vous avez pensé à vendre les tableaux de la sacristie pour continuer les travaux de restauration ?

– Ces toiles ne valent rien. Et le Murillo n'est même pas un Murillo.

– Et les perles ?

Elle le regarda comme s'il venait de dire une énormité :

– Le Vatican pourrait tout aussi bien vendre la Pinacothèque pour donner l'argent aux pauvres.

Elle vida son verre, puis chercha son porte-monnaie dans son sac et demanda l'addition. Quart insista pour régler, mais elle ne voulut rien savoir. Le gérant s'excusa avec un sourire. Excusez-moi, mon père, mais doña Macarena est notre cliente, etc.

Ils sortirent dans la rue où un réverbère projeta leurs ombres loin devant eux. Entre deux flaques de lumière électrique, la lune prenait la relève, blanche et presque ronde par-delà les toits et les balcons qui se rapprochaient au-dessus de leurs têtes. Au bout d'un moment, elle revint aux perles, sur un ton apparemment moqueur.

– Vous ne comprenez toujours pas – dit-elle –. Ce sont les larmes de Charlotte. Le testament du capitaine Xaloc.

Leurs pas résonnaient dans les rues étroites et les trois larrons suivaient le couple à distance respectueuse, se relayant en première ligne pour ne pas éveiller les soupçons : tantôt don Ibrahim et Niña Puñales, El Potro se tenant à quelques mètres, tantôt El Potro tout seul, ou avec La Niña au bras – le bon, parce que celui qu'il s'était brûlé était en écharpe –, sans jamais perdre de vue le curé et la jeune duchesse. Ce n'était pas facile, car les rues de Santa Cruz se perdaient en tours, détours et culs-de-sac. En une occasion, les trois compères durent faire volte-face et repartir au pas de course dans le noir, sur la pointe des pieds, le cœur battant la chamade : Quart et Macarena s'étaient engagés sur une petite place qui ne débouchait nulle part. Ils y étaient restés quelques minutes à bavarder, avant de rebrousser chemin.

Tout allait bien maintenant. Le couple marchait dans une rue presque droite où les profondes entrées des maisons permettaient de le suivre facilement, sans trop de risques. Un peu plus détendu, grosse tache claire dans l'obscurité, don Ibrahim sortit un havane de sa poche, le fit voluptueusement tourner entre ses doigts, puis l'installa entre ses dents. Huit ou dix pas devant lui, El Potro et Niña Puñales ne quittaient pas d'une semelle le curé et la jeune duchesse. L'ex-faux avocat se sentit gagné par une vague de tendresse en voyant ses comparses. Comme ils faisaient consciencieusement leur devoir, pendus au double objectif qui les précédait dans la rue. Dans les endroits vraiment trop silencieux, La Niña ôtait ses talons hauts pour ne pas faire de bruit et continuait nu-pieds avec cette grâce que les années n'avaient pu lui ôter en dépit de tout, chaussures à la main, à côté du sac dans lequel elle transportait son crochet, l'appareil photo de Peregil et la coupure de journal inexistante où l'on racontait qu'un homme aux yeux verts comme le blé vert avait un jour tué un autre homme pour l'amour de son cœur. Éternelle Niña avec sa robe à pois, ses cheveux teints, son accroche-cœur à la Estrellita Castro, et cet air de danseuse folklorique perpétuellement en route pour brûler les planches dans quelque *tablao* improbable. A côté d'elle, sérieux, viril, El Potro lui donnait son bon bras avec la déférence de celui qui sait, ou qui devine, que ce geste courtois d'homme respectueux et digne de confiance, comme l'ont toujours été les hommes qui savent porter culotte, était le plus précieux hommage au monde qu'une femme comme La Niña pût recevoir.

Sa canne sous le bras, don Ibrahim se pencha pour allumer son cigare en abritant la flamme sous le large bord de son panama. Lorsqu'il remit dans sa poche son briquet cabossé en argent – cadeau, cette fois, de Gabriel García Márquez dont il avait fait la connaissance, paraît-il, quand l'auteur de *Le Colonel et le Scribouillard* tenait la rubrique des chiens écrasés à Carthagène des Indes –, ses doigts touchèrent les billets pour la corrida du dimanche qu'El Potro avait achetés plus tôt dans l'après-midi. A ses moments perdus, l'ancien torero et boxeur allait donner un coup de main aux tricheurs qui s'installaient près du pont de Triana, couvrant l'artiste qui manipulait les trois cornets et la bille – la brebis, pour les hommes de métier – sur la boîte de carton : elle est ici, elle n'est plus là, la revoici, la revoilà, allez, messieurs dames, on parie cinq mille douros, allez, caballero. Et autour de la boîte, les comparses qui font semblant de gagner constamment et quelques complices aux coins des rues pour donner le pet si d'aventure les poulets pointaient le bout du bec. Avec son air sérieux, presque compassé, et sa veste à carreaux trop étroite, El Potro inspirait confiance aux gens. Comme aujourd'hui où, grâce à ses talents pour servir d'appât, lui et ses collègues avaient soulagé un touriste portoricain d'une jolie petite liasse de dollars. Pour se faire pardonner son faux pas avec l'anisette Del Mono, El Potro s'était fendu de trois billets à l'ombre pour les taureaux. Billets dans lesquels il avait investi, en totalité, ses gains de jeu, car l'affiche était à tout casser ce dimanche-là : Curro Romero, Espartaco et Enrique Ponce – on avait retiré Curro Maestral de l'affiche au dernier moment, sans autre explication –, avec six taureaux de chez Cardenal y Murube, six.

Don Ibrahim lâcha une bouffée de fumée, puis ouvrit et referma les mâchoires pour s'assurer de l'état de sa peau soigneusement enduite d'une pommade contre les brûlures. Sa moustache et ses sourcils avaient pris un coup de roussi, mais il ne pouvait pas se plaindre : ils avaient frôlé la catastrophe avec cette essence, pour s'en tirer finalement avec une brûlure superficielle de l'épiderme, un coin de table noirci, une tache de fumée au plafond et une frousse de tous les diables. Une frousse carabinée, surtout quand ils avaient vu El Potro faire le tour de la pièce en courant, un bras en feu – le gauche ; heureusement, c'était un homme, un vrai, et il fumait de la main gauche –, comme dans ce film de Vincent Price, celui des crimes dans le musée de cire. Jusqu'à ce que La Niña, avec une grande présence d'esprit et moult Jésus-Marie, asperge don Ibrahim et El Potro à l'aide du siphon qu'elle avait dans la cuisine, avant de jeter une nappe sur la table pour éteindre le feu. Ensuite, de la fumée partout, des explications, un essaim de voisines devant la porte, et une immense gêne quand les pompiers étaient arrivés alors qu'il ne restait plus rien à éteindre, sauf le rouge feu de la honte sur le front des trois comparses. D'un commun accord, ils avaient décidé tacitement de ne plus jamais parler du funeste événement. Car, ainsi que l'avait déclaré péremptoirement don Ibrahim, son doigt doctoral dressé en l'air, alors que La Niña revenait de la pharmacie, armée d'un tube de pommade et d'une boîte de compresses, cette chienne de vie a des chapitres douloureux qu'il vaut mieux oublier fissa.

Le curé et la jeune duchesse avaient dû s'arrêter pour faire encore un brin de causette, car La Niña et El Potro attendaient discrètement à un coin de rue, collés contre le mur qui les dissimulait de son ombre. Don Ibrahim se félicita de cet arrêt – il ne lui était pas si facile de propulser ses cent dix kilos sur de longues distances – et il regarda la lune dans l'étroit rectangle que dessinait la rue, en savourant l'arôme de son cigare dont la fumée montait en douces spirales dans la lumière argentée qui inondait Santa Cruz quand les réverbères se faisaient plus rares ou disparaissaient derrière l'angle d'une rue. Pas même l'odeur d'urine et de crasse qui flottait autour de certains bars, dans les rues les plus sombres, ne

269

parvenait à chasser le parfum des orangers, des belles de nuit et des fleurs perchées sur les balcons aux jalousies fermées derrière lesquelles on entendait au passage de la musique assourdie, des bribes de conversations, les voix d'un film ou les applaudissements d'un jeu à la télévision. D'une maison voisine s'élevaient des notes de boléro qui rappelèrent à don Ibrahim d'autres nuits de pleine lune, à une autre époque et dans d'autres rues, et le Cubain se laissa bercer par la nostalgie de ses deux jeunesses antillaises : la véritable et l'imaginaire qui se mélangeaient dans le souvenir de nuits élégantes sur les chaudes plages de San Juan, de longues promenades dans la vieille Havane, d'apéritifs sous les arcades de Veracruz avec les mariachis qui chantaient *Mujeres divinas* de son ami Vicente, ou cette *María Bonita* à la composition de laquelle il n'avait pas qu'un peu participé. Ou peut-être, se dit-il en aspirant une longue bouffée, peut-être n'était-ce que la nostalgie de sa jeunesse, tout simplement. Et des rêves que la vie se charge ensuite d'arracher à grands coups de dents.

De toute façon – songeait-il quand il vit El Potro et La Niña se remettre en branle, lui donnant ainsi le signal du départ –, il lui resterait toujours Séville ; Séville dont certains endroits lui faisaient tellement penser aux lieux restés, après tant d'années, dans son souvenir. Car cette ville conservait dans les détours de ses rues, dans ses couleurs et sa lumière, comme nulle autre, la rumeur du temps qui s'éteint lentement, ou plutôt la rumeur de soi-même qui s'éteint avec ces choses du temps auxquelles la vie et la mémoire se cramponnent.

Mais le problème avec les longues agonies, c'est qu'on risque d'y perdre sa dignité. Don Ibrahim aspira une bonne bouffée de son cigare en hochant tristement la tête : sous un porche, une ombre confuse dormait, enfouie sous des journaux et des cartons. Il devina plus qu'il ne vit la sébile vide à côté du mendiant. Instinctivement, il mit la main dans sa poche et fouilla parmi les billets de la corrida et le briquet de García Márquez jusqu'à trouver une pièce de vingt douros qu'il déposa à côté du corps endormi, en peinant fort pour se pencher, à cause de sa bedaine. Dix pas plus loin, il se souvint qu'il n'avait plus de monnaie pour téléphoner à Peregil et lui faire son rapport. Il pensa un instant rebrousser chemin pour récupérer sa pièce. Mais il se retint, convaincu qu'El Potro ou La Niña auraient bien quelque chose sur eux. Un geste est une profession de foi. Et revenir sur ses pas n'aurait pas été honorable.

Le monde est grand comme un mouchoir de poche, soit. Mais après cette nuit-là, Celestino Peregil allait se demander bien des fois si la rencontre de son chef Pencho Gavira avec la jeune duchesse et le curé de Rome avait été le fruit du hasard, ou si elle avait fait exprès de se promener sous son nez, sachant comme elle le savait qu'à cette heure, son mari, ou ex-mari, ou ce qu'on voudra, prenait toujours un verre au bar El Loco de la Colina. Toujours est-il que Gavira était assis à la terrasse, encombrée de monde, en compagnie d'une amie, tandis que Peregil était resté à l'intérieur, au bar, près de la porte, pour s'acquitter de ses fonctions de garde du corps. Son patron avait commandé un whisky, pur malt, avec beaucoup de glace, et il savourait sa première gorgée en regardant sa compagne, un séduisant mannequin sévillan qui, malgré son déficit intellectuel notoire, ou peut-être justement à cause de celui-ci, commençait à se faire connaître grâce à la petite phrase d'une pub qui passait à la télévision pour vanter les mérites d'une certaine marque de soutien-gorge. Et elle articulait ainsi ce mot d'esprit : « Femme… jusqu'au bout ! » Le mannequin – une certaine Pénélope Heidegger, qui disposait d'ailleurs de puissants arguments anatomiques à l'appui de ses dires – la prononçait avec une sensualité qu'on pouvait certainement qualifier de dévastatrice. Au point que, c'était l'évidence même, Pencho Gavira se disposait très sérieusement à partager au cours des prochaines heures, et pas pour la première fois, la propriété titulaire de cette totalité féminine. Une façon comme une autre, pensait Peregil, d'oublier un peu la Banque Cartujano, l'église et tout ce bordel qui allait le faire tourner en bourrique.

Le sbire arrangea ses cheveux sur son crâne avec la paume de sa main, puis regarda autour de lui. De son poste d'observation, jouxtant à la fois le bar et la porte, il pouvait voir la rue Placentines jusqu'au coin, sans compter la généreuse portion de cuisse que la minijupe en lycra de Pénélope lui offrait sous la table, à côté des jambes croisées de Pencho Gavira, en bras de chemise, la cravate desserrée et la veste posée sur le dossier de sa chaise, car la température était suave. Même dans le pétrin, Gavira avait encore fière allure : cheveux bien peignés et laqués, boucle noire derrière l'oreille, belle prestance et manifestement beaucoup d'argent, montre en or bien en évidence sur son poignet fort et bronzé. La musique du bar distillait *Europa*, de Santana. Une scène heureuse, paisible, quasiment domestique. Et Peregil se dit que tout baignait dans l'huile. Pas trace de Gitano Mairena ni d'El Pollo Muelas. Quant à l'échauffement de son urètre, il s'était envolé avec un flacon de Blenox. Au moment précis où il se sentait parfaitement détendu et tranquille, qu'il se promettait de se donner un peu de bon temps, comme son chef d'ailleurs – il reluquait au fond de la salle deux dames un peu défraîchies mais tout à fait présentables qui se savaient déjà l'objet de ses attentions –, et qu'il commandait un autre whisky douze ans d'âge – *twelve years old*, avait-il dit au garçon avec l'aplomb d'un globe-trotter –, l'idée lui passa par l'esprit de se demander où pouvaient bien se trouver à cette heure don Ibrahim, El Potro et La Niña, et comment allaient les affaires confiées à leurs soins. Selon ses dernières instructions, ils devaient s'apprêter à mettre le feu à une partie de l'église, histoire qu'elle soit hors d'usage et d'empêcher la célébration de la messe du jeudi, mais les résultats se faisaient encore attendre. Il trouverait sans doute un message sur son répondeur à son retour chez lui. Peregil en était là de ses réflexions quand il humecta son gosier avec le contenu du verre qu'on venait de lui servir au comptoir. Et c'est alors qu'il vit apparaître au coin de la rue la jeune duchesse et le curé de Rome. Et qu'il faillit s'étrangler avec un glaçon.

Il s'écarta un peu du bar pour s'approcher de la porte, sans sortir dans la rue. Il pressentait une catastrophe. Pénélope ou pas, avec ou sans poitrine, il était bien clair que Pencho Gavira était encore jaloux de sa légitime. Et même s'il n'en avait pas été ainsi, la couverture de la revue *Q + S* et les photos en compagnie du torero Curro Maestral auraient donné au financier toutes les raisons du monde d'être en pétard, et pas qu'un peu. Pour ajouter l'injure à l'insulte, ou inversement, le curé était vraiment bel homme, bien habillé, éclatant de santé, beaucoup de classe. Richard Chamberlain dans *Les oiseaux se cachent pour mourir*, mais en plus macho. De sorte que Peregil se mit à trembler, et plus encore quand il vit apparaître discrètement au coin de la rue la tête d'El Potro, Niña

Puñales pendue à son bras. Don Ibrahim les rejoignit et le trio resta planté là, déconcerté et peu discret. Peregil se dit alors : Terre, engloutis-moi. Nous n'étions qu'une poignée, et le ciel nous est tombé sur la tête.

Les tempes battantes, Pencho Gavira se leva lentement, prenant sur lui pour garder son sang-froid.

– Bonsoir, Macarena.

Ne jamais donner libre cours à la première impulsion, lui avait dit un jour le vieux Machuca, tout au début. Fais quelque chose pour diluer ton adrénaline, occupe tes mains, fais le vide dans ta tête. Gagne du temps. Il enfila donc sa veste et la boutonna soigneusement en regardant sa femme dans les yeux. Froids comme de la glace.

– Salut, Pencho.

A peine un regard pour sa compagne, un rictus de mépris presque imperceptible aux commissures des lèvres pour la jupe moulante et le décolleté qui comprimait cette poitrine devenue patrimoine national. Un instant, Gavira se demanda qui devait faire des reproches à qui. Toute la terrasse, tout le bar, toute la rue les regardaient.

– Vous prenez un verre ?

Ses ennemis, qui étaient nombreux, pouvaient dire bien des choses sur son compte, mais pas qu'il avait froid aux yeux. Tous les muscles de son corps tendus, un voile rouge de plus en plus épais devant ses pupilles, pendant qu'un sourd martèlement augmentait d'intensité dans son crâne, avec tout ce sang qui battait fort dans ses oreilles, il eut encore le culot d'esquisser un sourire. Les yeux fixés sur l'ecclésiastique, il resserra son nœud de cravate et ajusta les poignets de sa chemise jusqu'à faire apparaître ses boutons de manchettes, dans l'attente des présentations. Le saint homme était fort élégant dans son costume noir coupé sur mesure dans une étoffe légère, sa chemise de soie noire et son col romain. Et il était vraiment grand, ce type. Presque une tête de plus que lui. Pencho Gavira n'aimait pas beaucoup les grands. Particulièrement quand ils se baladaient la nuit à Séville avec sa femme. Il

273

se demanda si l'on verrait d'un très mauvais œil qu'il casse la gueule à un prêtre à la porte d'un bar.

– Pencho Gavira. Le père Lorenzo Quart.

Personne ne fit mine de vouloir s'asseoir et Pénélope Heidegger resta posée sur sa chaise, momentanément reléguée dans les limbes. Gavira tendit la main au prêtre, serra fort, et constata que l'autre lui rendait la pareille. Le curé de Rome avait des yeux inexpressifs et tranquilles. Le financier se dit que, tout compte fait, ce type n'avait aucune raison d'être au courant de quoi que ce soit. Mais quand il se tourna vers sa femme, il vit des banderilles noires dans les yeux de Macarena. Et il commença à trouver que les charbons ardents le brûlaient un peu fort. Tout le monde le regardait, il le savait. On allait jaser pendant une bonne semaine.

– Tu fais dans la calotte, maintenant ?

Il n'avait pas voulu le dire de cette façon. Il n'avait même pas voulu le dire du tout, mais c'était fait. Il vit alors un imperceptible sourire de triomphe apparaître sur les lèvres de Macarena et comprit qu'il était tombé dans le piège. Ce qui le rendit encore plus furieux.

– Tu es grossier, Pencho.

C'était dit clairement. Tout ce qu'il allait pouvoir dire ou faire serait maintenant retenu contre lui. Elle ne faisait que passer par là et, sur cette terrasse, tout Séville allait en être témoin. Elle pourrait même présenter le curé comme son directeur de conscience. Et pendant ce temps, cet espèce de grand abbé les regardait sans desserrer les dents, prudent, attendant la suite. Manifestement, il n'avait pas envie de courir après les problèmes ; mais il ne semblait pas non plus préoccupé ni mal à l'aise. Il avait même un air plutôt sympathique, un air d'homme silencieux, sportif, sorte de joueur de basket habillé en deuil par Giorgio Armani.

– Et côté célibat, ça va toujours, mon père ?

On aurait dit qu'un autre Pencho Gavira, son double, avait pris les commandes et que le financier se laissait faire, impuissant. Acceptant dès à présent son sort, il sourit après avoir lâché cette stupidité. Un sourire aussi large qu'inquiétant. Au diable toutes les femmes du monde, disait ce sourire. C'est à cause d'elles que nous sommes ici, vous et moi, comme deux coqs.

– Bien, merci – la voix du prêtre était posée, calme, mais Gavira

274

vit que l'homme s'était légèrement tourné de côté. Il ne lui faisait plus carrément face, mais paraissait prêt à interposer son épaule gauche, au cas où. Et il avait aussi sorti la main gauche de sa poche. Bon, ce curé-là n'est pas né de la dernière pluie, se dit le financier.

– Il y a des jours que j'essaie de te joindre – Gavira s'était retourné vers Macarena, sans perdre l'autre de vue –. Et tu ne réponds pas au téléphone.

Elle haussa les épaules, dédaigneuse.

– Nous n'avons rien à nous dire – dit-elle lentement, en détachant ses mots –. Et puis, j'étais occupée.

– C'est ce que je vois.

Sur sa chaise, la Heidegger croisait et décroisait les jambes au bénéfice des passants, du public et des garçons de café. Habituée à être le centre de toutes les conversations, elle ne se sentait plus tellement à sa place.

– Tu ne me présentes pas ? – demanda-t-elle dans le dos de Gavira, gênée.

– La ferme – le financier s'était tourné vers le prêtre –. Quant à vous…

Du coin de l'œil, il avait vu Peregil s'approcher de la porte, des fois qu'on aurait besoin de lui. Au même moment passa dans la rue un type en veste à carreaux, le bras en écharpe. Il avait le nez écrasé, tels les boxeurs, et il lança un rapide coup d'œil à Peregil comme s'il attendait un signe de lui. N'obtenant pas de réponse, il poursuivit son chemin et disparut au coin de la rue.

– Quant à moi ? – dit le prêtre. Il était diablement tranquille et Gavira se demanda comment il allait se tirer de ce merdier sans perdre la face ni faire un scandale.

Entre les deux hommes, Macarena jouissait du spectacle.

– Il ne faut pas se fier aux apparences à Séville, mon père – dit Gavira –. Vous seriez surpris de savoir comme elle peut devenir dangereuse quand on ne connaît pas les règles du jeu.

– Les règles du jeu ? – l'autre le regardait avec un sang-froid imperturbable –. Vous me surprenez, Moncho.

– Pencho.

– Ah…

Le financier avait l'impression très nette de perdre la boule par moments :

– Je n'aime pas les curés sans soutane – reprit-il d'une voix rauque –. A croire qu'ils ont honte de ce qu'ils sont.

Impavide, le prêtre regardait Gavira :

– Vous ne les aimez pas – répéta-t-il, comme si la phrase lui donnait matière à réflexion.

– Pas du tout – le financier secouait la tête –. Et ici, on ne touche pas aux femmes mariées.

– Ne fais pas l'idiot ! – dit Macarena.

Le prêtre regarda distraitement les cuisses de la Heidegger, puis se retourna vers son interlocuteur.

– Je comprends.

– Non – la voix de Gavira était devenue lente, épaisse, avec des relents menaçants. Il regrettait chaque mot dès qu'il l'avait prononcé, mais il ne pouvait plus s'arrêter. Tout cela commençait fort à sentir le cauchemar –. Vous ne comprenez rien à rien.

Le prêtre regardait ce doigt pointé vers lui, comme s'il était surpris de le voir là. Le voile rouge s'épaississait devant les yeux de Gavira qui devina, plus qu'il ne le vit, que Peregil s'approchait encore, fidèle valet de piste prêt à détourner l'attention du taureau. Cette fois, il y avait une inquiétude certaine dans les yeux de Macarena, comme si l'incident semblait prendre des proportions qu'elle n'avait pas souhaitées. Gavira ressentait un besoin irrépressible de les gifler, elle et le curé, dans cet ordre, de les gifler dans un geste où il aurait ramassé toute sa colère et sa rancœur des dernières semaines : le naufrage de son mariage, l'église, Puerto Targa, le conseil d'administration qui allait décider dans quelques jours de son avenir à la tête de la Banque Cartujano. En un instant, toute sa vie défila devant ses yeux, sa lutte acharnée pour réussir à sortir la tête de l'eau, le petit travail de dentelle avec don Octavio Machuca, le mariage avec Macarena, le nombre de fois qu'il avait joué sa peau à quitte ou double et qu'il avait gagné. Et maintenant qu'il était sur le point d'arriver, Notre-Dame-des-Larmes se dressait là-bas, en plein milieu de Santa Cruz, comme un récif. Cette fois, c'était tout ou rien : soit tu évites, soit tu coules. Et le jour où tu cesses de pédaler, tu te casses la gueule, comme ne cessait de répéter le vieux.

Il fit un effort méritoire pour ne pas donner un coup de poing à cette grande bringue de curé. Mais il vit alors que l'autre avait pris un verre sur la table, le sien, et qu'il le tenait entre ses doigts d'un air distrait, mais si près du bord qu'il pourrait le casser d'un petit geste du poignet. Et Gavira comprit que ce prêtre n'était pas de ceux qui tendent l'autre joue. Ce qui eut pour effet de le calmer aussitôt. Il regarda son adversaire avec curiosité, et même avec une sorte de respect forcé.

– C'est mon verre, mon père.

Il semblait décontenancé. Le prêtre s'excusa avec un aimable sourire et reposa le verre sur la table où Pénélope Heidegger pianotait nerveusement de ses ongles recouverts d'une couche de vernis rose. Puis il salua d'un petit mouvement de la tête et repartit avec Macarena, sans dire un mot. Pencho Gavira leva son verre de whisky et engloutit une très longue gorgée en les regardant s'en aller d'un air pensif, et même reconnaissant, tandis que son garde du corps Peregil poussait un soupir de soulagement.

– Reconduis-moi chez moi – dit Pénélope Heidegger qui s'était finalement mise en rogne.

Les yeux fixés sur le coin de rue où disparaissaient sa femme et le curé, Gavira ne se retourna même pas. Il vidait son verre, pour ne pas le jeter par terre.

– Et ta sœur.

Puis il tendit le verre à Peregil, avec un regard qui valait bien un ordre. Peregil poussa un autre soupir résigné et le cassa le plus discrètement possible en le laissant tomber à ses pieds. Ce qui eut pour effet de faire sursauter un couple plutôt bizarre qui passait justement devant le bar : un gros vêtu de blanc, avec chapeau et canne ; à son bras, une femme en robe à pois, accroche-cœur sur le front, comme celui d'Estrellita Castro, un appareil photo à la main.

Ils se retrouvèrent tous les trois passé le coin de la rue, à l'abri du porche arabe de la mosquée, sur les marches qui sentaient le crottin de cheval et la Séville de toujours. Don Ibrahim s'assit péniblement en s'appuyant sur sa canne et la cendre de son cigare s'écrasa sur son immense bedaine.

– Nous avons eu de la chance – dit-il –. Il y avait assez de lumière pour les photos.

Ils avaient bien gagné quelques minutes de repos et don Ibrahim jouissait de la satisfaction du devoir accompli. *Audaces fortuna necat*, et la suite ; mais il n'était pas très sûr du verbe. Niña Puñales alla s'asseoir à côté de lui dans un cliquetis de boucles d'oreilles et de bracelets, appareil photo posé sur sa robe.

– Et comment – confirma-t-elle de sa voix rauque brûlée par l'eau-de-vie. Elle avait posé ses chaussures à côté d'elle et frottait ses chevilles osseuses sillonnées de varices –. Cette fois, Peregil ne pourra pas se plaindre. Sur la tête de sa mère.

Don Ibrahim s'éventait avec son panama en caressant sa moustache roussie. En cet instant, l'arôme triomphant du havane avait un petit avant-goût de ciel :

– Non – renchérit-il, d'excellente humeur –. Il ne pourra pas. Il a vu de ses propres yeux que tout s'est déroulé à la perfection, une opération quasiment militaire. Tu ne trouves pas, Potro ?... Exposition, action, dénouement. Comme les commandos au cinéma.

Debout comme s'il montait la garde, car personne ne lui avait dit de s'asseoir, El Potro fit un geste affirmatif :

– Exactement – dit-il –. Exposition, et le reste.

– Et où s'en vont les tourtereaux ? – voulut savoir l'ex-faux avocat en enfonçant son chapeau sur sa tête.

El Potro regarda au bout de la rue et répondit qu'ils se dirigeaient vers l'Arenal ; ils avaient tout le temps de les rattraper. La lumière jaune des réverbères durcissait encore plus ses traits autour de son nez écrasé. Don Ibrahim prit l'appareil photo posé sur la robe de La Niña et le lui tendit.

– Vas-y, sors la bobine, qu'elle n'aille pas s'abîmer.

Farfouillant de sa main valide, aidé de celle qui l'était moins, El Potro s'exécuta et ouvrit l'appareil. Il finit par la trouver, défit l'emballage et tendit le petit rouleau à son compère.

– Tu l'as bien rembobinée, j'espère – dit-il par acquit de conscience –. Avant d'ouvrir l'appareil.

El Potro s'était figé, comme si l'arbitre venait de lui intimer l'ordre de ne pas baisser autant la tête, et il regardait fixement don Ibrahim. Subitement, il referma l'appareil.

– Qu'est-ce qu'il fallait rembobiner ? – demanda-t-il d'un air soupçonneux en haussant un sourcil.

La bobine neuve dans une main, son cigare dans l'autre, don Ibrahim le regarda longuement :

– Putain de Dieu – dit-il simplement.

Ils marchèrent en silence jusqu'à l'Arenal. Quart sentait que Macarena tournait de temps en temps la tête pour le regarder, mais ni l'un ni l'autre ne prononça une parole. Le fait est qu'ils n'avaient pas grand-chose à se dire, sauf peut-être pour dissiper les doutes que le prêtre pouvait entretenir à propos du caractère fortuit de leur rencontre avec le mari. Mais, pensa-t-il, il ne saurait sans doute jamais la vérité.

– C'est par là qu'il est parti – dit enfin Macarena quand ils arrivèrent au fleuve.

Quart regarda autour de lui. Ils étaient au pied de la vieille tour arabe que l'on appelle la Torre del Oro, et ils descendaient un large escalier qui conduisait à la rive du Guadalquivir. Pas un souffle de vent, et le clair de lune figeait les ombres des palmiers, des jacarandas et des bougainvillées.

– Qui ?

– Le capitaine Xaloc.

La berge était déserte. Noires et immobiles, les vedettes de touristes étaient amarrées aux pontons de béton. L'eau noire reflétait les lumières de Triana, sur l'autre rive, circonscrite par les phares des voitures sur les ponts Isabel II et San Telmo.

– C'était le vieux port de Séville – dit Macarena. Sa jaquette jetée sur les épaules, elle serrait toujours son sac de cuir contre sa poitrine –. Il y a seulement un siècle, des vapeurs, des trois-mâts venaient accoster ici… On y voyait encore des vestiges de ce qui avait été le grand centre du commerce avec l'Amérique. Les bateaux appareillaient d'ici et descendaient le fleuve jusqu'à Sanlúcar, puis Cadix, avant la traversée de l'Atlantique – elle fit quelques pas et s'arrêta devant des marches qui descendaient jusqu'à l'eau noire –. Sur les photos d'époque, on voit des bricks, des goélettes, des chaloupes, toutes sortes d'embarcations amarrées sur les deux rives… En face, c'étaient les bateaux de pêcheurs et les transbordeurs couverts de leurs bâches blanches qui ramenaient les cigarières de la Manufacture de tabacs, à Triana. Ici, sur ce quai, c'étaient les hangars du port, les grues, les entrepôts.

Elle se tut et leva les yeux vers la promenade de l'Arenal, la coupole du théâtre de la Maestranza, les immeubles modernes qui se dressaient devant La Giralda, illuminée dans le lointain, et Santa Cruz cachée dans la nuit.

– Une forêt de mâts et de voiles – reprit-elle au bout d'un moment –. C'était le paysage que voyait Carlota du haut de son colombier.

Ils avaient repris leur promenade dans l'ombre lunaire des arbres, le long du quai. Un couple de jeunes gens s'embrassait dans le cercle de lumière d'un réverbère de fonte et Quart vit Macarena les regarder avec un sourire songeur.

– On dirait que vous avez la nostalgie d'une Séville que vous n'avez jamais connue – dit-il.

Le sourire s'accentua sur les lèvres de Macarena, puis son visage fut de nouveau plongé dans la pénombre.

– Vous vous trompez. Je l'ai très bien connue. Et je la connais encore. J'ai lu une montagne de livres sur cette ville, j'ai beaucoup rêvé d'elle. Mon grand-père et ma mère m'ont raconté certaines choses. Les autres, personne ne m'en a jamais parlé – elle se toucha le poignet, là où devait battre son pouls –. Je les sens ici.

– Pourquoi avez-vous choisi Carlota Bruner ?

Macarena fit quelques pas avant de répondre :

– C'est elle qui m'a choisie – elle se tourna un peu vers Quart –. Les prêtres croient-ils aux revenants ?

– Pas beaucoup. Les revenants sont réfractaires à la lumière électrique, à l'énergie nucléaire… Aux ordinateurs.

– C'est peut-être ce qui fait leur charme. Moi, j'y crois, du moins à une certaine sorte de fantômes. Carlota était une jeune fille romantique qui lisait des romans. Elle vivait dans de la ouate, dans un monde artificiel, à l'abri de tout. Un jour, elle fait la connaissance d'un homme. Je parle d'un vrai. Comme si la foudre tombait à ses pieds. Et elle n'a jamais pu se résigner. Malheureusement, Manuel Xaloc était également tombé amoureux d'elle.

Ils passaient parfois à côté de l'ombre immobile d'un pêcheur assis sur le quai, bout rouge d'une cigarette, un reflet de lumière à l'extrémité d'une canne à pêche, un clapotement dans l'eau paisible. Un poisson tressautait sur les pavés et la lune scintillait sur ses écailles humides, jusqu'à ce qu'une main brune le remette dans le seau d'où il s'était échappé dans son agonie.

– Parlez-moi de Xaloc.

– Il était jeune et pauvre, second à bord d'un vapeur qui faisait la ligne Séville-Sanlúcar. Ils se sont connus un jour que Carlota était partie en excursion sur le fleuve avec ses parents. On dit qu'il était bel homme. Je suppose que l'uniforme y était pour quelque chose. Vous savez que c'est assez fréquent avec les marins, les militaires...

Elle sembla sur le point d'ajouter « et certains prêtres », mais la fin de la phrase se perdit dans la nuit. Ils passaient à côté d'une vedette de touristes amarrée au quai, noire et silencieuse. A la lumière de la lune, Quart devina son nom : *Canela Fina*.

– Toujours est-il – continuait Macarena – que Manuel Xaloc a été pris en train de rôder devant les grilles de la Casa del Postigo et que mon arrière-grand-père Luis a fait ce qu'il fallait pour qu'il perde son emploi. Ensuite, il a prévenu ses relations, qui étaient nombreuses, pour qu'il ne puisse trouver de travail nulle part. Désespéré, Xaloc a décidé de partir en Amérique, pour faire fortune ; et Carlota a juré de l'attendre. Une intrigue toute trouvée pour un feuilleton romantique, vous ne trouvez pas ?...

Ils marchaient côte à côte et, une fois de plus, se frôlèrent. Pour éviter une amarre sur le quai, Macarena avait fait un détour qui l'avait rapprochée de Quart. Pour la première fois, le prêtre la sentit contre lui, toute proche. Et il lui sembla qu'elle mettait un temps fou à reprendre ses distances.

– Xaloc s'est embarqué ici même. A bord d'une goélette qui s'appelait *Nausicaa*. Carlota n'a même pas eu la permission de lui dire au revoir. Elle a vu le bateau descendre le fleuve, du haut du colombier ; et même si c'était impossible à cette distance, elle a toujours affirmé qu'il était debout à la poupe et qu'il agitait un mouchoir, jusqu'à ce que son bateau disparaisse.

– Qu'est devenu le marin ?

– Il a bien réussi. Quelque temps plus tard, il est devenu capitaine d'un bateau et s'est mis à faire de la contrebande entre le Mexique, la Floride et les côtes de Cuba – il y avait une note d'admiration dans la voix de Macarena, et Quart s'imagina un instant Manuel Xaloc sur le pont d'un navire, entre chien et loup, poursuivi par une colonne de fumée à l'horizon –. On dit que ce n'était pas exactement un saint homme et qu'il a fait aussi dans la piraterie. Plusieurs bateaux qui avaient croisé son chemin ont été retrouvés voguant à la dérive, pillés par de mystérieux inconnus. D'autres ont péri corps et biens. Je suppose qu'il était pressé de gagner de l'argent pour rentrer… Il a donc bourlingué pendant six ans dans les Antilles où il s'est fait une réputation. Les Américains ont mis sa tête à prix. Et puis un jour, sans crier gare, il débarque ici avec une fortune en lettres de change et en pièces d'or, en plus d'un sac de velours qui contenait vingt merveilleuses perles pour celle qu'il allait épouser.

– Sans avoir jamais eu de ses nouvelles ?

– Exactement – ils s'étaient arrêtés sur un quai dont les piles de béton plongeaient dans l'eau, parmi les joncs et les plantes aquatiques –. Je suppose que Manuel Xaloc était aussi un romantique. Il a dû croire, à juste titre, que mon arrière-grand-père avait mis Carlota au secret. Mais il avait confiance dans son amour. Je t'attendrai, avait-elle dit. Et d'une certaine façon, il avait raison. Elle continuait à l'attendre dans son colombier, en regardant le fleuve – Macarena regardait elle aussi le courant noir sous le quai –. Il y avait deux ans qu'elle avait perdu la raison.

– Ils se sont vus ?

– Oui. Mon arrière-grand-père avait le cœur brisé, mais il a quand même maintenu son interdiction au début. C'était un homme d'une arrogance criminelle et il rendait Xaloc coupable du malheur qui était arrivé. Finalement, sur les conseils des médecins, excédé par les prières de sa femme, il a accepté de lui ouvrir sa porte. Le capitaine est arrivé un après-midi dans le patio que vous connaissez, en uniforme de la marine marchande : bleu marine, boutons dorés… Vous imaginez la scène ?… Peau hâlée par le soleil. Sa moustache et ses favoris avaient blanchi. On dit qu'il faisait vingt ans de plus que son âge. Carlota ne l'a pas reconnu. Elle l'a traité comme un étranger, sans lui dire un mot. Au bout de dix minutes, une horloge s'est mise à sonner, et elle a dit : « Je dois monter au colombier. Il pourrait revenir d'un moment à l'autre. » Et elle s'en est allée.

– Qu'a dit Xaloc ?

– Il n'a pas desserré les dents. Mon arrière-grand-mère pleurait, mon arrière-grand-père était complètement désespéré. Alors, Xaloc a ramassé sa casquette et il est parti. Il s'est rendu à l'église où il avait rêvé de se marier et il a remis au curé les vingt perles de Carlota. Il s'est promené toute la nuit à Santa Cruz. A l'aube, il est monté à bord du premier voilier en partance. Cette fois, personne ne l'a vu agiter son mouchoir.

Il y avait une canette de bière vide par terre. Macarena la poussa du bout du pied et la fit tomber dans l'eau. Un petit bruit, et la tache sombre partit à la dérive, emportée par le courant.

– La suite, vous pouvez la lire dans les journaux de l'époque. C'était en 1898. Alors que Xaloc retourne là-bas, le *Maine* saute dans le port de La Havane. Le gouvernement espagnol autorise la guerre de course contre les États-Unis. Xaloc obtient sa lettre de marque et se jette dans la mêlée. Son bateau était un yacht armé, très rapide, le *Manigua*, avec un équipage de forbans recrutés dans les Antilles. Il commence à forcer le blocus. En juin 1898, il attaque et coule deux navires marchands dans le golfe du Mexique. Ensuite, il rencontre en pleine nuit la canonnière *Sheridan*, et les deux adversaires y perdent quelques plumes…

– On dirait que vous en êtes fière.

Macarena se mit à rire. Oui, c'était vrai. Elle était fière de cet homme qui aurait pu être son grand-oncle, sans la stupidité aveugle de sa famille. Manuel Xaloc était un homme, un vrai, et il l'était resté jusqu'au bout. Quart savait-il qu'il était passé à l'histoire comme le dernier corsaire espagnol, le seul qui eût participé à la guerre de Cuba ?… Son dernier exploit avait été de forcer à la faveur de la nuit le blocus du port de Santiago pour apporter messages et vivres à l'amiral Cervera. Et à l'aube du 3 juillet, il avait appareillé avec le reste de la flotte. Il aurait pu rester dans le port, car il était de la marine marchande et ne faisait pas partie de l'escadre que tous savaient condamnée au désastre : de vieux navires mal armés aux machines poussives qui ne faisaient pas le poids contre les cuirassés et les croiseurs américains. Mais il décide de prendre la mer. Il est le dernier. Tous les bâtiments espagnols qui sont sortis l'un après l'autre ont déjà coulé ou brûlent en mer. Il n'essaie même pas de prendre la fuite. Au contraire, il met le cap droit sur les bateaux ennemis, à toute vapeur, pavillon noir hissé à côté des couleurs espagnoles. Et quand il a coulé, il essayait encore d'emboutir le cuirassé *Indiana*. Il n'y a pas eu de survivants.

Les lumières de Triana, reflétées par les eaux du fleuve, s'agitaient doucement sur le visage de Macarena.

– Je vois que vous connaissez bien son histoire.

Un sourire apparut lentement sur les lèvres de la jeune femme, sans parvenir à s'épanouir complètement :

– Naturellement. J'ai lu et relu cent fois les récits de cette bataille. Je garde même les articles de journaux dans la malle.

– Carlota n'en a jamais rien su ?

– Non – Macarena s'était assise sur un banc de pierre devant un embarcadère flottant et cherchait ses cigarettes dans son sac –. Elle a encore attendu douze ans à cette fenêtre, les yeux fixés sur le Guadalquivir. Peu à peu, les bateaux ont disparu et le port est entré dans son déclin. Les goélettes ont cessé de faire la navette sur le fleuve. Un jour, elle a disparu elle aussi de sa fenêtre – Macarena prit une cigarette et glissa la main sous son décolleté, dans la direction de son épaule gauche, pour prendre son briquet –. Son histoire et celle du capitaine Xaloc étaient déjà entrées dans la légende. Je vous ai dit qu'on avait écrit des chansons sur eux. On l'a enterrée dans la crypte de l'église où elle aurait dû se marier. Et sur les ordres de mon grand-père Pedro, chef de famille à la mort du père de Carlota, les vingt perles sont devenues les larmes de la statue de la Vierge.

Elle alluma sa cigarette en abritant le briquet dans le creux de ses mains, attendit qu'il refroidisse, puis le glissa sous la bretelle de son soutien-gorge, sans prêter attention à la façon dont Quart suivait ses mouvements. Elle était complètement absorbée par l'histoire du capitaine Xaloc.

– C'est l'hommage que mon grand-père a rendu à la mémoire de sa sœur et de l'homme qui aurait pu être son beau-frère – continua-t-elle, la cigarette entre ses doigts –. L'église est la seule chose qui reste d'eux aujourd'hui. L'église et les souvenirs de Carlota, les lettres et le reste – elle regarda Quart comme si elle se souvenait tout à coup de sa présence –. Et la carte postale.

– Et vous aussi, vous qui gardez leur souvenir.

Le clair de lune dessinait un sourire sur les lèvres de Macarena. Un sourire sans joie, sans le moindre bonheur.

– Je vais mourir moi aussi – dit-elle d'une voix sourde –. La malle et son contenu vont atterrir chez un brocanteur, dans le bric-à-brac et la poussière – elle prit une bouffée mais rejeta aussitôt la fumée, dans un mouvement qui ressemblait à du dépit –. Comme tout ce qui a vécu un jour.

Quart s'était assis à côté de Macarena. Leurs épaules se frôlaient, mais il ne fit rien pour s'écarter. Il se sentait bien près d'elle. Il respirait sa douce odeur de jasmin, mêlée à celle du tabac blond.

– Et c'est la raison de votre combat.

Elle tourna lentement la tête :

– Oui. Pas celui du père Ferro. Le mien. Un combat contre le temps et l'oubli – elle parlait tout bas, au point que Quart devait tendre l'oreille pour saisir ce qu'elle lui disait –. J'appartiens à une caste en voie d'extinction, j'en suis parfaitement consciente. Et c'est presque aussi bien comme cela, car il n'y a plus de place pour les gens comme ceux qui ont fait ma famille, ni pour des souvenirs comme les miens… Ni pour de belles histoires tragiques comme celle de Carlota Bruner et du capitaine Xaloc – le bout de sa cigarette rougeoya entre ses lèvres –. Je me contente de livrer ma guerre personnelle, de défendre mon espace – elle avait élevé la voix, comme si elle sortait d'un rêve. Puis elle se tourna complètement vers Quart –. Quand le moment sera venu, je hausserai les épaules et j'accepterai la fin la conscience tranquille ; comme ces soldats qui ne se rendent qu'après avoir tiré la dernière cartouche. Après avoir fait honneur au nom que je porte et aux choses que j'aime. Dont Notre-Dame-des-Larmes et le souvenir de Carlota.

– Et pourquoi faudrait-il que tout se termine ainsi ? – demanda Quart d'une voix douce –. Vous pourriez avoir des enfants…

Le visage de la jeune femme tressaillit, comme cinglé par un coup de fouet. Puis il y eut un silence, long et troublant, avant que Macarena ne réponde :

– Vous voulez rire ! Mes enfants auraient été des extraterrestres assis devant un écran d'ordinateur, habillés comme dans ces émissions de télévision américaines, et le nom du capitaine Xaloc leur aurait fait penser à un personnage de dessin animé – elle lança sa

285

cigarette dans le fleuve et Quart suivit des yeux la trajectoire du petit point rouge, jusqu'à ce qu'il disparaisse dans l'eau –. Non, je préfère ne pas connaître cette fin. Ce qui doit mourir mourra avec moi.

– Et votre mari ?

– Je ne sais pas. Vous l'avez vu tout à l'heure ; en bonne compagnie – elle eut un bref éclat de rire, tellement méprisant et cruel que Quart se promit de ne jamais être l'objet d'un rire comme celui-là –. Faisons-lui payer ses dettes… Après tout, Pencho est le genre d'homme qui aime frapper sur le bar pour appeler le garçon et sortir ensuite la tête bien haute – elle inclina le front et son geste semblait être un présage, ou une menace –. Mais cette fois, la note va être salée. Vraiment salée.

– Lui reste-t-il encore des portes ouvertes ?

Elle le regarda avec une expression d'étonnement moqueur :

– Avec qui ? Après cette histoire d'église ? Avec cette femme vulgaire et ses énormes mamelles ?… Avec moi ? – elle était entrée dans l'ombre et des lumières lointaines se reflétaient dans ses yeux noirs, pâleur de clair de lune –. N'importe quel homme pourrait se servir avant lui ! Vous compris.

– Laissez-moi en dehors de tout cela, je vous prie – dit Quart. Sa voix dut être convaincante, car elle pencha la tête, curieuse.

– Mais pourquoi donc ? Ce serait une belle vengeance. Et agréable aussi. Du moins, je l'espère.

– Une vengeance contre qui ?

– Contre Pencho. Contre Séville. Contre tout.

L'ombre basse et silencieuse d'un remorqueur descendait le fleuve en se profilant sur les lumières de la rive d'en face. Ils finirent par entendre un sourd grondement de machines qui ne semblait pas provenir du bateau, comme s'il glissait tout seul, porté par le courant.

– On dirait un bateau fantôme – dit-elle –. Comme la goélette qui a emporté le capitaine Xaloc.

La seule lumière visible de l'embarcation, le feu solitaire de bâbord, projetait une lueur rougeâtre sur son visage. Elle suivit des yeux le bateau jusqu'à ce qu'il commence à tourner dans le coude du fleuve et qu'apparaisse aussi le feu vert de tribord. Puis le feu rouge disparut lentement et il ne resta plus qu'un petit point vert qui finit par se perdre complètement.

– Il vient certaines nuits comme celle-ci – ajouta-t-elle au bout d'un moment –. Avec cette lune. Et Carlota se met à sa fenêtre. Vous voulez la voir ?

– Qui donc ?

– Carlota. Nous pouvons nous approcher jusqu'au jardin et attendre. Comme quand j'étais petite. Vous n'aimeriez pas m'accompagner ?

– Non.

Elle le regarda longuement en silence. Elle paraissait surprise.

– Je me demande où vous allez chercher cet horrible sang-froid…

– Mon sang n'est pas si froid que vous le pensez – et Quart se mit à rire tout bas –. Figurez-vous que mes mains tremblent en ce moment.

C'était vrai. Il devait se retenir pour ne pas prendre cette femme par le cou, sous sa queue de cheval, et l'attirer vers lui. Seigneur Dieu. D'un lointain recoin de sa conscience lui arrivaient les éclats de rire de monseigneur Paolo Spada. Abominables créatures, Salomé, Jézabel. Invention du Malin. Elle avança la main et prit ses doigts qui tremblaient effectivement. Il avait la main chaude et, pour la première fois, leurs doigts se touchèrent autrement que pour échanger une poignée de main. Quart se libéra doucement et donna un violent coup de poing sur le banc de pierre où ils étaient assis. Une vive douleur remonta jusqu'à son épaule.

– Je crois qu'il est l'heure de rentrer – dit-il en se levant.

Déconcertée, elle regarda sa main, son visage. Puis elle se leva sans mot dire et ils se dirigèrent lentement vers l'Arenal, en faisant bien attention de ne pas se frôler. Quart serrait les dents pour ne pas gémir de douleur. Il sentait le sang couler sur ses jointures écorchées.

Il y a des nuits trop longues, et celle-ci n'était pas terminée. Lorsque Quart arriva à l'hôtel Doña María, où un veilleur de nuit à moitié endormi lui donna sa clé, Honorato Bonafé l'attendait, assis dans un fauteuil du salon. Parmi les particularités désagréables de ce personnage, pensa le prêtre irrité, figurait celle de toujours se présenter au plus mauvais moment.

– Je peux vous dire un mot, mon père ?

– Non, vous ne pouvez pas.

Sa main blessée dans sa poche, sa clé dans l'autre, Quart voulut poursuivre son chemin vers l'ascenseur. Mais Bonafé lui barra la route. Il souriait de ce sourire visqueux qu'il avait lors de leur précédente rencontre. Et il était habillé de la même façon : costume beige froissé, sac de cuir pendu au poignet par la dragonne. Quart regarda de haut les cheveux poissés de laque du journaliste, le double menton précoce et ces petits yeux rusés qui l'observaient. Les raisons qui amenaient cet individu ne pouvaient qu'être louches.

– J'ai fait mon enquête – dit Bonafé.

– Foutez le camp – répondit Quart, prêt à demander au veilleur de nuit de le mettre à la porte.

– Vous ne voulez pas savoir ce que je sais ?

– Rien de ce qui vient de vous ne peut m'intéresser.

Bonafé pinça ses lèvres humides d'un air chagriné, sans se départir de son sourire obséquieux et vil.

– Dommage. Nous pourrions nous entendre. Et ma proposition est généreuse – il se dandinait en balançant ses hanches épaisses –. Vous me dites une ou deux petites choses que je publie sur cette église et son curé. De mon côté, je vous donne un renseignement intéressant que vous ignorez… – son sourire s'était élargi –. Et en passant, nous évitons de parler de vos promenades nocturnes.

Quart n'en croyait pas ses oreilles. Il se figea :

– Je vous demande pardon ?

Le journaliste parut heureux d'avoir éveillé son intérêt :

– Je veux parler de ce que j'ai découvert sur le père Ferro.

– Et moi – reprit Quart, très calme, en le regardant fixement –, de ces promenades nocturnes.

L'autre leva une petite main grassouillette aux ongles soigneusement limés, comme pour dire que l'affaire était sans importance.

– Oh, qu'est-ce que vous voulez que je vous dise ?! Vous savez bien – il fit un clin d'œil –. Votre vie mondaine intense à Séville.

Quart serra sa clé dans sa main valide en se demandant s'il n'allait pas s'en servir contre l'autre. Non, ce n'était pas possible.

Aucun prêtre, même aussi dépourvu de mansuétude et exerçant une spécialité aussi inquiétante que celle de Quart, ne pouvait en venir aux mains avec un journaliste pour le nom d'une femme, en pleine nuit et à vingt mètres de l'archevêché de Séville, quelques heures à peine après un esclandre public avec un mari jaloux. Même s'il faisait partie de l'IOE, on l'enverrait évangéliser l'Antarctique pour moins que cela. Il fit donc un effort inouï pour garder la tête froide. La vengeance m'appartient, avait théoriquement dit le Très-Haut.

– Je vous propose un marché, mon père – reprit Bonafé qui continuait sur sa lancée –. Nous nous racontons quelques petites choses, je vous laisse tranquille et nous nous quittons bons amis. Vous pouvez me faire confiance. Je suis journaliste, mais ça ne veut pas dire que je n'ai pas de morale – il se toucha la poitrine, à l'endroit du cœur, théâtral, les yeux brillants de cynisme derrière ses lourdes paupières –. Après tout, ma religion est la Vérité.

– La Vérité.

– Exactement.

– Et quelle vérité voulez-vous me raconter sur le père Ferro ?

Le sourire de l'autre s'élargit encore. Un rictus servile. Complice.

– Eh bien... – il observait ses ongles bien limés –, il a eu des problèmes.

– Nous en avons tous.

Bonafé fit claquer sa langue, comme un vrai homme du monde.

– Je ne parle pas de ceux-là – il avait baissé la voix, à cause du veilleur de nuit –. Apparemment, il avait besoin d'argent dans son ancienne paroisse. Il a vendu quelques bricoles : une statue de valeur, deux tableaux... Bref, il s'est mal occupé des vignes du Seigneur – le journaliste rit de son bon mot –. Ou peut-être qu'il a bu tout le vin.

Quart restait de glace. Depuis longtemps, il était entraîné à enregistrer une information pour l'analyser après coup. Mais il se sentait aussi vaguement blessé dans sa fierté. Si c'était vrai, il aurait dû le savoir. Or, personne ne lui en avait rien dit.

– Quel rapport avec Notre-Dame-des-Larmes ?

Bonafé fit une moue de connaisseur.

– Aucun, en principe. Mais vous conviendrez avec moi que c'est quand même un joli scandale – le sourire que Quart détestait tant avait pris cette fois des allures décidément canailles –. C'est le pain et le beurre du journalisme, mon père : un peu de tout... Il suffit d'une pincée de vérité, et vous tenez un article à la une. Ensuite, on dément, on complète l'information, n'importe quoi. Mais en attendant, vous avez vendu deux cent mille exemplaires de votre hebdo.

Quart le regarda avec mépris :

– Vous me disiez il y a un instant que votre religion était la Vérité.

– J'ai dit ça ?... – le mépris du prêtre glissait sur le sourire en béton armé de Bonafé –. J'ai certainement voulu parler de la vérité avec un *v* minuscule, mon père.

– Foutez le camp.

– Pardon ?

Bonafé ne souriait plus. Il recula d'un pas en regardant avec méfiance le bout pointu de la clé que son interlocuteur tenait entre les doigts de sa main gauche. Quart sortit de sa poche sa main droite dont les doigts tuméfiés étaient couverts d'une croûte de sang. Les yeux du journaliste allaient de l'une à l'autre, inquiets.

– Je vous dis de vous en aller, ou je vous fais mettre à la porte. Je serais même capable d'oublier que je suis homme d'Église pour m'en charger moi-même – il fit un pas dans la direction de Bonafé qui recula de deux –. En vous bottant le train.

Le journaliste ne protesta que faiblement. La main blessée de Quart l'intimidait :

– Vous n'oseriez pas...

Il n'en dit pas davantage. Il y avait des précédents évangéliques : les marchands du Temple, et tout le reste. Il y avait même un bas-relief sur le sujet, à quelques mètres à peine, sur la porte de la mosquée, entre saint Pierre et un saint Paul qui brandissait tout à fait fermement son épée, merci. La main valide de Quart lui fit donc faire deux ou trois mètres à reculons, en direction de la porte, sous les yeux surpris du veilleur de nuit. Comme si elle poussait une petite chose molle et menue, sans consistance. Décontenancé, Bonafé essayait de se ressaisir et d'arranger ses vêtements quand une dernière poussée le propulsa dans la rue par la porte restée ouverte. Le petit sac pendu à son poignet était tombé à terre. Quart se baissa pour le ramasser et le lança aux pieds de l'autre, sur le trottoir.

– Je ne veux plus jamais vous voir. Jamais.

Dans la rue, sous un réverbère, le journaliste essayait de retrouver sa dignité. Les cheveux en bataille, livide d'humiliation et de colère, ses mains tremblaient.

– Vous aurez de mes nouvelles ! – articula-t-il enfin. Sa voix se brisa en un sanglot presque féminin –. Fils de pute !

Ce n'était pas la première fois qu'on le traitait ainsi et Quart se contenta de hausser les épaules. Puis, comme s'il avait déjà oublié l'incident, il fit demi-tour pour traverser la réception et regagner sa chambre. Derrière son bureau, une main toujours posée à côté du téléphone – il avait bien failli appeler la police –, le veilleur de nuit faisait des yeux comme des soucoupes. Il faut le voir pour le croire, disait son regard qui vacillait entre la stupéfaction et le respect. Tu parles d'un curé.

Les jointures de sa main droite étaient enflées, éraflées, mais il pouvait les remuer sans difficulté. Maudissant sa stupidité à haute voix, Quart ôta sa veste et alla désinfecter la plaie au mercurochrome dans la salle de bains. Puis il posa sur sa main un mouchoir contenant tous les glaçons qu'il put trouver dans le minibar de sa chambre. Et il resta ainsi quelque temps devant la fenêtre, regardant la place Virgen de los Reyes et la cathédrale illuminée derrière le toit de l'archevêché, incapable de chasser de son esprit l'image de cet Honorato Bonafé.

Quand les glaçons eurent complètement fondu, sa main allait déjà un peu mieux. Il s'approcha alors de sa veste, en vida les poches dont il rangea le contenu sur la commode – portefeuille, stylo, cartes pour ses notes, kleenex, pièces de monnaie –, puis la pendit à un cintre dans la garde-robe. La carte postale du capitaine Xaloc s'était trouvée posée à l'endroit, avec la vieille photo jaunie de l'église, le porteur d'eau et son âne disparaissant comme un fantôme dans le halo blanchâtre qui bordait l'illustration. Et l'image, la voix, l'odeur de Macarena Bruner l'assaillirent aussitôt, bousculant la digue derrière laquelle elles attendaient le moment de déborder. L'église, sa mission à Séville, Bonafé disparurent tout à coup comme la silhouette du porteur d'eau évanescent, et il n'y eut plus qu'elle : son demi-sourire dans la pénombre des quais du Guadalquivir, les reflets de miel dans ses yeux noirs, l'odeur tiède de sa présence toute proche, la peau sur laquelle Carmen la Ciga-rière roulait ses feuilles de tabac humide sous sa jupe rapiécée, retroussée à mi-cuisse... Macarena, nue dans la canicule de l'après-midi, son corps bronzé sur les draps blancs, le soleil qui filtre en biais par les jalousies, minuscules gouttes de sueur à la racine des cheveux noirs, sur le pubis sombre, sur les cils.

Il faisait encore très chaud. Il était près d'une heure du matin quand il ouvrit la porte de la douche et se déshabilla lentement en laissant tomber ses vêtements à ses pieds. La glace de l'armoire lui renvoyait l'image d'un étranger. Un type de haute taille, l'air sombre, qui ôtait ses chaussures, ses chaussettes et sa chemise, puis qui, torse nu, se penchait pour défaire sa ceinture et faire glisser son pantalon noir jusqu'au sol. Le caleçon de coton blanc descendit le long de ses cuisses, découvrant un sexe excité par le souvenir de Macarena. Un instant, Quart observa l'étranger qui le regardait avec attention de l'autre côté du miroir. Mince, le ventre plat, les hanches étroites, les pectoraux bien marqués, fermes, comme les muscles sinueux de ses épaules et de ses bras. Il était bel homme, cet inconnu silencieux comme un soldat sans âge ni époque, dépouillé de sa cotte de mailles et de ses armes. Et il se demanda à quoi pouvait bien lui servir ce physique avantageux.

Le ruissellement de l'eau et la conscience de son propre corps lui rappelèrent le souvenir d'une autre femme. C'était à Sarajevo, en août 1992, pendant un voyage bref mais périlleux dans la capi-tale bosniaque où Quart avait négocié l'évacuation de monseigneur Franjo Pavelic, un archevêque croate très estimé du pape Wojtila, dont la vie était menacée autant par les musulmans bosniaques que par les Serbes. Cette fois-là, il avait fallu cent mille marks alle-mands, apportés par Quart à bord d'un hélicoptère des Nations unies – une mallette attachée par une chaîne à son poignet, plus une escorte de Casques bleus français –, pour que les uns et les autres consentent à la libération du prélat à Zagreb, sans qu'il risque d'être abattu au premier barrage venu, comme son vicaire, monseigneur Jesic, tué par un sniper. C'était le Sarajevo de l'épo-que dure, celle où les bombes pleuvaient sur les gens faisant la queue pour rapporter de l'eau ou du pain, vingt ou trente morts tous les jours et des centaines de blessés qui s'entassaient, sans lumière ni médicaments, dans les couloirs de l'hôpital du Kosovo ; quand il n'y avait plus de place dans les cimetières et qu'on enterrait les morts sur les terrains de football. Jasmina n'était pas vraiment une prostituée. Certaines filles survivaient en offrant leurs services comme interprètes aux journalistes et aux diplomates de l'hôtel Holiday Inn, et il arrivait fréquemment qu'elles échangent avec eux plus que de simples mots. Le tarif de Jasmina était aussi relatif que tout le reste dans cette ville : une boîte de conserves, un paquet de cigarettes. Elle s'était approchée de Quart, attirée par ses vêtements ecclésiastiques, et lui avait raconté une histoire qui n'avait rien de bien original dans la ville assiégée : un père invalide et sans tabac, la guerre, la faim. Quart lui avait promis de lui procurer des cigarettes et quelques provisions ; elle était revenue le soir, habillée de noir pour ne pas faire une cible trop facile. Pour une poignée de marks, Quart lui avait trouvé une demi-cartouche de Marlboro et un paquet de rations militaires. Cette nuit-là, il y avait de l'eau dans les chambres et elle lui avait demandé la permission de prendre une douche, la première depuis un mois. Elle s'était déshabillée à la lumière d'une bougie et s'était avancée sous le jet d'eau tandis qu'il la regardait, fasciné, adossé au chambranle de la porte. Elle était blonde. Elle avait la peau claire, de gros seins fermes. L'eau ruisselait sur son corps quand elle s'était retournée vers Quart avec un sourire qui était à la fois une invite et un remerciement. Mais il était resté immobile, toujours adossé contre la porte, et il s'était contenté de lui rendre son sourire. Cette fois, ce n'était pas une question de règle. Mais tout simplement que certaines choses ne peuvent se faire en échange d'une demi-cartouche de cigarettes et d'une ration de soldat. Elle s'était essuyée, avait remis ses vêtements et ils étaient redescendus au bar de l'hôtel. A la lumière d'une autre bougie, ils avaient bu une demi-bouteille de cognac pendant que les bombes serbes continuaient à pleuvoir dehors. Et puis, avec sa demi-cartouche et sa ration, Jasmina s'était éclipsée en courant dans la nuit, après un furtif baiser sur la bouche.

Ombres et visages de femmes. L'eau froide qui coulait sur son visage et ses épaules lui fit du bien. Il avait posé sa main blessée sur le mur carrelé afin de ne pas la mouiller, et il resta un moment ainsi, immobile, transi de froid. Finalement, il sortit de la douche, laissant derrière lui des flaques d'eau sur le sol. Il s'essuya rapidement avec une serviette, puis se laissa tomber sur son lit, sur le dos. Visages de femmes et ombres. Sous son corps nu, une silhouette humide se dessinait sur les draps. Il glissa sa main blessée entre ses cuisses et sentit grandir sa chair, vigoureuse, durcie par ses pensées et ses souvenirs. Il devinait dans le lointain la silhouette d'un homme qui marchait seul, entre deux lumières. Un Templier solitaire dans un désert, sous un ciel sans Dieu. Il ferma les yeux, angoissé, essaya de prier, défiant le vide que dissimulait chacune de ces paroles. Alors, il se sentit rempli d'une immense solitude. D'une tristesse tranquille et désespérée.

X. « In Ictu Oculi »

Voyez cette maison. Elle a été construite par un
esprit saint. Des barrières magiques la protègent.

Le Livre des morts

La matinée était déjà bien avancée quand Quart se rendit à l'église, après une visite à l'archevêché et une autre au commissaire Navajo. Notre-Dame-des-Larmes était déserte et le seul signe de vie à l'intérieur était la lampe du saint sacrement qui brûlait à côté de l'autel. Il s'assit sur un banc et regarda un long moment les échafaudages dressés contre les murs, le plafond noirci, les statues dorées du retable plongé dans la pénombre. Quand Oscar Lobato sortit de la sacristie, il ne parut pas surpris de le voir. Il s'approcha tout près de lui et s'arrêta, l'air interrogateur. Le vicaire portait une chemise grise à col romain, un jean et des chaussures de sport. Il semblait avoir vieilli depuis leur dernière rencontre. Ses cheveux blonds étaient dépeignés et l'on devinait des cernes de fatigue derrière les verres de ses lunettes. Sa peau luisait de sueur, comme s'il s'était levé très tôt ou avait passé une nuit blanche.

– *Vêpres* a encore frappé – lui dit Quart.

Il lui montra la copie du message qu'il venait de recevoir par fax, retransmis depuis Rome où il était arrivé vers une heure du matin, au moment où il discutait avec Bonafé dans le salon de l'hôtel Doña María. Mais l'agent de l'IOE ne dit rien de l'incident au père Oscar, pas plus qu'il ne lui annonça que l'équipe du père Arregui, comme la fois précédente, avait réussi à détourner l'intrus vers un fichier parallèle où il avait laissé son message, croyant le déposer dans l'ordinateur personnel du pape. Le père Garofi avait suivi son signal à la trace, ce qui avait mené les jésuites jusqu'à

295

une ligne téléphonique d'un grand magasin de Séville, El Corte Inglés, en plein centre, où le pirate avait installé une boucle électronique pour brouiller les pistes :

> Ne savez-vous pas que vous êtes un temple de Dieu, et que l'Esprit de Dieu habite en vous ? Si quelqu'un détruit le temple de Dieu, celui-là, Dieu le détruira. Car le temple de Dieu est sacré, et ce temple, c'est vous.

– Première Épître aux Corinthiens – fit le père Oscar en rendant la feuille de papier à Quart.

– Vous êtes au courant de quelque chose ?

Le vicaire le regarda d'un air abattu, comme s'il allait répondre. Mais il se contenta de secouer la tête et s'assit à côté de Quart.

– Vous continuez à tirer sur tout ce qui bouge – dit-il enfin –. Finalement, vous n'êtes pas aussi bon qu'on le disait – reprit-il après un long silence, en faisant une sorte de grimace.

Quart remit le message de *Vêpres* dans sa poche :

– Quand partez-vous ?

– Demain après-midi.

– J'ai l'impression que votre nouveau poste ne sera pas très agréable.

– C'est le moins qu'on puisse dire – fit-il avec un triste sourire –. Il pleut à peu près un jour et demi par an. Autant m'exiler dans le désert de Gobi.

Il regardait en coin son interlocuteur, comme s'il le rendait responsable de ses malheurs. Quart leva la main, paume ouverte.

– Je n'y suis pour rien – dit-il doucement.

– Je sais – Oscar Lobato lissa ses cheveux en arrière et resta un moment silencieux en regardant la petite lampe du sanctuaire. – C'est monseigneur Aquilino Corvo en personne qui règle ses comptes avec moi. Il pense que je l'ai trahi – il ricana en se tournant vers Quart –. Vous savez ?... J'étais un jeune prêtre parfaitement digne de confiance, j'avais un avenir devant moi. Il a cru bon de me mettre aux côtés de don Príamo, comme une sorte de gardien. Et au lieu de jouer ce rôle pour l'archevêché, je suis passé à l'ennemi.

– Haute trahison.

– Exactement. Il y a des choses que la hiérarchie ecclésiastique ne pardonne jamais.

Quart hocha la tête. Il était payé pour le savoir.

– Mais pourquoi l'avez-vous fait ?... Vous saviez mieux que personne que c'était une bataille perdue.

Le vicaire croisa les pieds sur l'agenouilloir de bois en regardant ses chaussures.

– Je crois que j'ai déjà répondu à cette question lors de notre dernière conversation – ses lunettes lui tombaient sur le bout du nez, lui donnant un air encore plus inoffensif –. Tôt ou tard, don Príamo va être écarté de la paroisse et ce sera alors l'heure des marchands du Temple... On démolira l'église et on tirera au sort sur sa tunique – il rit encore de son rire étrange, les yeux fixés devant lui –. Mais ce dont je ne suis pas tout à fait sûr, c'est que la bataille soit perdue.

Il poussa tout bas un long soupir, comme s'il se demandait s'il était bien utile de parler de tout cela à Quart. Puis il leva les yeux vers l'autel et la voûte et resta ainsi, immobile. Il avait l'air épuisé.

– Il y a quelques mois encore, j'étais un prêtre modèle – dit-il enfin –. Il suffisait de rester collé derrière le fauteuil de l'arche-vêque, bouche cousue... Mais ici, j'ai découvert ma dignité d'homme et de prêtre... – il regardait autour de lui comme si les murs couverts d'échafaudages lui donnaient des raisons secrètes de tenir ce discours –. Il est quand même un peu paradoxal, vous ne trouvez pas, que ce soit un vieux curé aussi détestable par son aspect que par ses manières qui me l'ait appris ; un curé aragonais, têtu comme une mule, féru de latin et d'astronomie – il s'appuya contre le dossier du banc, les bras croisés, tourné vers Quart –. La vie est bizarre. Avant, le destin qui m'attend désormais aurait certainement été une tragédie pour moi. Aujourd'hui, je vois les choses autrement. Dieu est partout, absolument partout, car il nous accompagne où que nous allions. Et Jésus-Christ a jeûné quarante jours dans le désert. Monseigneur Corvo ne le sait pas, mais c'est maintenant que je me sens vraiment prêtre, avec une raison pour me battre et pour résister. En m'envoyant en exil, ils ne font que me rendre plus combatif et plus fort – son sourire désespéré, triste, s'était élargi –. Ils ont réussi à me blinder dans ma foi.

– *Vêpres*, c'est vous ?

Le père Oscar avait retiré ses lunettes et les essuyait avec sa chemise. Ses yeux de myope regardaient Quart avec méfiance.

– C'est tout ce qui vous intéresse, n'est-ce pas ?... L'église, le père Ferro, moi-même, tout vous est parfaitement égal – il fit claquer sa langue, méprisant –. Vous ne pensez qu'à votre mission.

Il essuya lentement un verre, puis l'autre, distrait, comme s'il était à cent lieues de là.

– *Vêpres* peut bien être n'importe qui – reprit-il –, c'est sans importance. Il s'agit d'un avertissement, ou d'un appel à ce qui reste de noble dans les fondations de cette entreprise pour laquelle vous et moi travaillons... – il remit ses lunettes –. Un rappel, pour dire que l'honnêteté et la droiture existent encore.

Quart souriait, mais sans grande sympathie :

– Quel âge avez-vous ? Vingt-six ans ?... Vous savez, ces choses-là s'arrangent avec l'âge.

Une grimace méprisante déforma la bouche du père Oscar :

– C'est à Rome qu'on vous a inculqué ce cynisme, ou vous l'aviez de naissance ?... – il secoua la tête –. Ne soyez pas stupide ! Le père Ferro est un homme d'honneur.

Quart ravala la réponse qu'il avait sur le bout de la langue. Une heure plus tôt, il était à l'archevêché où il avait fait une longue visite aux archives pour consulter le dossier complet de don Príamo Ferro. Un dossier dont les détails les plus étonnants lui avaient été confirmés point par point par monseigneur Corvo lui-même, lors d'une brève conversation qu'ils avaient eue dans la galerie des Prélats, sous les portraits des illustrissimes Gaspar Borja (1645) et Agustín Spínola (1640). Dix ans plus tôt, le père Ferro avait fait l'objet d'une enquête ecclésiastique dans le diocèse de Huesca, après avoir vendu sans autorisation des biens de son église. Vers la fin de son ministère dans la paroisse de Cillas de Ansó, dans les Pyrénées, un retable et une Crucifixion avaient disparu. La Crucifixion ne valait pas grand-chose ; mais la disparition du retable, du premier quart du XVe siècle, attribué au maître de Retascón, avait grandement contrarié son évêque. Il est vrai que la paroisse était tout à fait misérable et que les incidents de ce genre étaient assez fréquents à l'époque, quand les curés pouvaient disposer avec une liberté presque totale du patrimoine confié à leur garde.

Le père Ferro s'en était tiré avec une simple admonestation de son ordinaire.

Mais la concordance de ces renseignements avec ceux que lui avait proposés Honorato Bonafé était assez singulière. Et Quart devina que l'archevêque Corvo, tellement réservé en d'autres occasions et si franc cette fois-ci, ne voyait pas avec déplaisir qu'on murmure un peu sur ce point obscur du passé du père Ferro. Il se demanda même si les sources du journaliste n'avaient pas quelque chose à voir, plus ou moins directement, avec l'anneau pastoral et le passepoil pourpre de la soutane archiépiscopale. De toute façon, l'histoire de Cillas de Ansó était vraie. Quart avait d'ailleurs eu droit à une deuxième livraison du roman-feuilleton au commissariat central, quand le commissaire adjoint Navajo avait donné quelques coups de téléphone à son collègue madrilène, l'inspecteur principal Feijoo, responsable des enquêtes sur les vols d'œuvres d'art. Un retable du maître de Retascón qui correspondait en tout point à celui qui avait disparu à Cillas de Ansó avait été acquis légalement, avec quittance en bonne et due forme, par la galerie Claymore de Madrid qui l'avait revendu à fort bon prix. Le directeur de Claymore, un marchand d'art fort connu sur la place de Madrid, Francisco Montegrifo, avait confirmé le paiement d'une certaine somme à don Príamo Ferro Ordás, prêtre de son état. Somme dérisoire en comparaison du prix, multiplié par six, que l'œuvre avait atteint lorsqu'on l'avait vendue aux enchères. Mais c'était là – avait pris soin de préciser ledit Montegrifo à l'inspecteur Feijoo, et celui-ci au commissaire adjoint Navajo – le jeu normal de l'offre et de la demande.

– A propos de l'honorabilité du père Ferro… – dit Quart au vicaire –. Rien ne vous prouve qu'il a toujours été honnête.

Oscar Lobato le regarda, gêné :

– J'ignore ce que vous cherchez à insinuer, mais je m'en fiche. Je respecte l'homme que je connais. Alors, s'il vous plaît, cherchez votre Judas ailleurs.

– C'est votre dernier mot ?… Pourtant, c'est peut-être le moment…

Il ne précisa pas de quoi. L'autre le regardait avec une curiosité hostile.

– Le moment ? J'ai bien l'impression de flairer une offre de pardon. Vous serez gentil avec moi si je coopère ?... – il secoua la tête, comme s'il ne pouvait en croire ses oreilles, puis il se leva –. C'est étrange. Hier, don Príamo disait justement, après une conversation qu'il a eue apparemment avec vous chez la duchesse, que vous commenciez peut-être à comprendre. Mais que vous compreniez ou pas, peu importe. La seule chose intéressante, c'est de tuer le messager, n'est-ce pas ?... Pour vous et pour vos supérieurs, le mal n'est pas dans le problème, mais dans le fait que quelqu'un ose dénoncer le problème. Tout se résume à faire tomber une tête.

Il secoua encore la tête puis, avec un dernier regard de mépris, s'éloigna vers la sacristie. Mais il dut penser à quelque chose tout à coup, car il s'arrêta :

– *Vêpres* se trompe peut-être après tout – dit-il en se tournant à moitié vers Quart, d'une voix si forte qu'elle fit résonner la nef –. Le Saint-Père ne mérite peut-être même pas ses messages.

Un rayon de soleil se déplaçait très lentement de gauche à droite sur les dalles usées, devant le maître-autel. Quart le regarda un moment, puis leva les yeux vers le vitrail par où entrait la lumière : une Descente de croix où manquaient les morceaux de verre coloré qui avaient représenté le torse, la tête et les jambes du Christ. On aurait dit que saint Jean et la Vierge descendaient de la croix deux bras suspendus dans le vide. Les plombs autour de la silhouette semblait sertir un fantôme, présence évanouie qui rendait inutiles la souffrance et les efforts de la mère et du disciple.

Il se leva et se dirigea lentement vers le maître-autel et l'entrée de la crypte. Au-dessus de la grille fermée sur les marches qui s'enfonçaient dans l'obscurité, il toucha la tête de mort sculptée sur le linteau ; et comme l'autre fois, le froid de la pierre glaça le sang dans son poignet. Luttant contre cette sensation désagréable qui naissait du silence de l'église, de ces marches qui plongeaient dans le noir et de l'air humide et renfermé qui montait de la crypte, Quart se força à rester là, immobile, les yeux fixés sur la noirceur de la crypte. Du grec *kruptos*, caché, murmura-t-il. Où la pierre cachait les secrets d'autres temps, d'autres vies. Où gisaient les ossements de quatorze ducs du Nuevo Extremo et l'ombre de Carlota Bruner.

Quart frotta son poignet engourdi et se retourna vers le retable du maître-autel que la lumière des vitraux inondait d'une douce clarté dorée, laissant dans la pénombre les détails intérieurs pour ne faire ressortir que les reliefs, les frondaisons et les angelots, les têtes des orants de Gaspar Bruner de Lebrija et de son épouse. Au centre, dans sa niche surmontée d'un dais, derrière l'échafaudage de tubes de métal boulonnés qui soutenait une petite plate-forme, la statue de la Vierge levait les yeux au ciel et les perles du capitaine Xaloc coulaient comme des larmes sur son visage et sa tunique bleue, la Vierge debout sur le croissant de lune, foulant au pied la tête du serpent qui arrachait les hommes au Paradis en échange de la connaissance ; la tête de la méduse dont la vision les avait changés en pierre pour qu'ils gardent le terrible secret. Isis ou Cérès, ou Astarté, ou Tanit, ou Marie : qu'importait le nom choisi pour signifier le refuge, la mère, la protection, la peur du noir, et du froid, et du néant. Multiplicité vertigineuse, pensa Quart, de ces symboles qu'on pouvait associer à cette image et à son évolution à travers les religions et les siècles. Debout sur le croissant de lune, vêtue de bleu, couleur symbolique de l'astre de la nuit et des ombres des Cimbres, le sabre de l'héraldique, la terre et la mort.

Sur le sol, le rayon de soleil avait atteint une autre dalle plus à droite et se rétrécissait peu à peu quand l'agent de l'IOE s'avança au centre de la nef et parcourut des yeux la corniche qui surplombait les échafaudages et d'où s'était détaché un fragment mortel pour le secrétaire de l'archevêque. Il se rendit juste au-dessous et essaya de déplacer la charpente métallique, mais elle était bien calée et refusait de bouger. Il se plaça à peu près à l'endroit où se trouvait le père Urbizu au moment de l'accident. Dix kilos de stuc tombant de près de dix mètres de haut... La passerelle de l'échafaudage, à côté de la corniche, était assez grande pour que quelqu'un y soit monté ; mais le rapport de police écartait cette possibilité. Quant à l'architecte municipal, il était tombé du toit – cette fois devant témoins, nota Quart avec soulagement –. Apparemment, on pouvait donc exclure une intervention humaine dans les deux cas, ce qui ne laissait plus que la possibilité d'une manifestation de la colère de Dieu, comme le soutenaient *Vêpres* et le père Ferro. Ou du Destin qui, de l'avis de Quart, expliquait de façon satisfaisante les caprices d'un cruel horloger cosmique qui semblait se réveiller tous les matins avec l'envie de jouer des mauvais tours. Ou peut-être du hasard et de quelques dieux rabelaisiens, somnolents et gauches, comme les décrivait Heine, des dieux qui, lorsqu'ils laissaient tomber la tartine de leur petit déjeuner, la faisaient invariablement atterrir du côté beurré.

A ce stade de son enquête, Quart avait abondamment établi les mobiles naïfs de *Vêpres*. Ses messages en appelaient à la justice et au bon sens de Rome ; revendication d'un vieux curé qui livrait son ultime bataille dans un coin oublié de l'échiquier. Mais le père Oscar avait raison sur un point : *Vêpres* avait commis une erreur en envoyant ses messages. Rome ne pouvait pas les comprendre et l'homme que monseigneur Spada avait envoyé n'était pas celui de la situation. Le monde et les idées auxquels se référait le pirate avaient cessé d'exister depuis longtemps déjà. Comme si, après une guerre nucléaire qui eût rasé la Terre, des satellites perdus dans l'espace continuaient à envoyer des messages inutiles à une planète morte, en continuant à tourner là-haut, fidèles et silencieux, dans la solitude des espaces infinis.

Quart fit quelques pas en arrière, parcourant des yeux les échafaudages et les vitraux saccagés qui s'ouvraient dans le mur gauche de l'église. Puis il se retourna. Gris Marsala était derrière lui et le regardait.

Les applaudissements crépitèrent dans les salons de la fondation culturelle de la Banque Cartujano quand le maire eut fini d'inaugurer l'exposition « L'art sacré de la Séville baroque ». Une douzaine d'extra en veste blanche commencèrent à se promener parmi la foule, portant des plateaux chargés de rafraîchissements et de canapés, pendant que les invités admiraient les chefs-d'œuvre qui allaient rester exposés une vingtaine de jours au siège social de l'Arenal. Entre le *Christ de la bonne mort* de Juan de Mesa, prêté par l'université, et un *Saint Léandre* de Murillo provenant de la grande sacristie de la cathédrale, Pencho Gavira saluait les messieurs et baisait la main des dames, souriant à gauche et à droite. Il était vêtu d'un impeccable costume gris marengo et la raie de ses cheveux gominés était aussi impeccable que la blancheur des poignets et du col de sa chemise.

– Monsieur le maire, tu as été parfait.

Manolo Almanzor, alcade de Séville, échangea quelques tapes amicales avec le financier. C'était un petit gros, moustachu, avec une bonne tête honnête qui lui avait valu la faveur populaire et une réélection. Mais un scandale à propos de contrats douteux, un beau-frère qui s'était enrichi sans qu'on sache trop comment et des accusations de harcèlement sexuel déposées contre lui par trois de ses quatre secrétaires faisaient qu'il avait maintenant un pied dans la rue à moins d'un mois des élections municipales.

– Merci, Pencho. C'est la dernière fois que j'exerce mes fonctions en public.

Le financier souriait, comme pour le consoler :

– Tout finira par se tasser.

Le maire secoua la tête, triste et sceptique. De toute façon, Gavira adoucirait ses adieux à la politique. En échange du changement de zonage du terrain de Notre-Dame-des-Larmes, d'une promesse de vente et de la levée de tous les obstacles qui s'opposaient au projet d'aménagement de Santa Cruz, Almanzor verrait automatiquement remboursé un généreux crédit grâce auquel il venait de faire l'acquisition d'une luxueuse résidence dans le quartier le plus cher et le plus chic de Séville. Avec son calme imperturbable de joueur de poker, le directeur général de la Banque Cartujano lui avait admirablement résumé la situation à l'occasion d'un dîner au restaurant Becerra. Il avait étalé ses cartes devant lui sans aucun détour : cher monsieur le maire, les revers de fortune s'oublient plus vite quand on met du beurre sur les épinards.

Un extra passa avec un plateau. Gavira s'empara d'un verre de xérès bien frappé et trempa ses lèvres dans le précieux liquide en regardant autour de lui. Parmi les dames en robe de cocktail et les messieurs en cravate – Gavira stipulait toujours cette tenue sur les cartons d'invitation de toutes les réceptions de la Banque Cartujano –, le deuxième front, le front ecclésiastique, était présent lui aussi. Son Illustrissime l'archevêque de Séville se promenait dans un coin du salon en compagnie d'Octavio Machuca. Les deux hommes semblaient échanger leurs impressions sur le Valdés Leal prêté par l'église de l'hôpital de la Charité. *In Ictu Oculi* : la mort éteignant une chandelle devant la couronne et les tiares d'un empereur, d'un évêque et d'un pape. Mais Gavira savait que ce n'était pas là le sujet de leur conversation.

– Salopards ! – entendit-il le maire proférer à côté de lui.

Gavira comprit que Manolo Almanzor ne parlait pas de l'archevêque ni du banquier, mais bien des invités qui lui tournaient ostensiblement le dos. Tout Séville savait qu'il n'en avait plus pour un mois à son poste. Le candidat qui devait lui succéder, un politicien du même parti – L'Andalousie aux Andalous –, se promenait dans le salon en recevant avec un sourire prudent les félicitations anticipées de la petite foule. Gavira fit un clin d'œil d'encouragement au maire en titre :

– Prends donc un verre, monsieur le maire.

Gavira prit un whisky sur un plateau et le tendit au maire qui en but la moitié d'un seul trait en lançant au financier un regard reconnaissant de chien battu. Et Gavira se dit qu'il était surprenant de voir avec quelle facilité les morts qui se tiennent encore debout peuvent faire le vide tout autour d'eux. Naguère objet de l'adulation des foules, Manolo Almanzor sentait le cadavre politique ambulant. Plus personne ne s'approchait plus de lui, de crainte de se contaminer aux yeux de la société. C'était la règle du jeu : dans son monde, il n'y avait pas de pitié pour les vaincus, sauf le petit verre d'alcool à la veille de l'exécution. Si Gavira restait à côté de lui, lui offrant whisky sur whisky aux frais de la Banque Cartujano, après lui avoir fait inaugurer l'exposition, c'était en partie parce qu'il avait encore besoin de lui, mais aussi parce qu'il avait acheté cet homme et que l'honneur lui imposait de s'occuper de lui, au moins jusqu'à un certain point. Et il se demanda si quelqu'un lui offrirait un jour un petit verre.

– Finis-en avec cette église, Pencho ! – l'alcade vidait son verre avec rancœur –. Construis ce que tu voudras et envoie-les tous chier. Baise-les !

Gavira hocha la tête, encore distrait par le couple qui bavardait à côté du Valdés Leal. Après s'être excusé auprès d'Almanzor, il fit vers eux une sorte de mouvement enveloppant, comme si de rien n'était, partant d'abord sur la droite pour prendre ensuite à gauche, à la façon d'un voilier en train de louvoyer. Au passage, il sourit à qui il fallait, serra et baisa quelques mains et une ou deux joues maquillées, très correct, sûr de lui, sentant l'envie des hommes et l'admiration des femmes qui s'approchèrent de lui dès qu'il eut planté le maire. Par deux fois, il entendit murmurer dans son dos le nom de Macarena, mais il réussit au prix d'un certain effort à conserver son sourire. Il laissa son verre sur un plateau, retoucha le nœud de sa cravate et, un instant plus tard, se retrouva à côté de monseigneur Corvo et de don Octavio Machuca.

– Belle toile ! – dit-il pour dire quelque chose.

L'archevêque et le banquier regardèrent le tableau comme si c'était la première fois. La Mort avec sa faux à la main, un cercueil sous son bras décharné. A ses pieds, une mappemonde, une épée, des livres et des parchemins symbolisaient son triomphe sur la vie, la gloire, la science et les plaisirs terrestres. De son autre main osseuse, elle éteignait un cierge en fixant le spectateur du fond de ses deux orbites vides. *In Ictu Oculi*. Gavira ne savait pas le latin, mais le tableau était fort connu à Séville et sa signification parfaitement évidente. La Mort frappait tout un chacun, en un clin d'œil.

– Belle ? – l'archevêque échangea un regard avec le vieux Machuca. Conformément aux dernières directives papales concernant les apparitions publiques des prélats, Aquilino Corvo portait une soutane *filetata*, ornée d'un discret mais éloquent passepoil rouge que complétaient sa croix pectorale en or et la pierre jaune qui brillait sur sa main posée juste dessous –. Il faut être bien jeune pour dire cela de cette terrible scène – il renversa la tête en arrière en regardant d'un air maussade la tiare épiscopale du tableau, si semblable à la sienne –. Tout cela paraît encore lointain dans votre perspective, cher Gavira. Mais dans la nôtre, cette toile est sans doute un peu plus d'actualité… Vous ne trouvez pas, don Octavio ?

Le vieux banquier hocha la tête en regardant autour de lui avec ses yeux perçants de rapace derrière son nez crochu. En fait, monseigneur Corvo avait presque vingt ans de moins que lui. Mais le titulaire du siège sévillan aimait à se donner des airs vénérables, dignité de la charge oblige.

– Pencho est un conquérant – dit Machuca –. Et je n'ai pas peur que son cierge s'éteigne de sitôt.

Il y avait une lueur narquoise derrière les paupières mi-closes du vieillard. Il enfonçait une main dans la poche de sa veste croisée, passée de mode. L'autre pendait sur le côté, presque aussi décharnée que celle qui éteignait la flamme sur le tableau de Valdés Leal. L'archevêque sourit, complice.

– Nous sommes tous soumis à la volonté de Dieu – dit-il d'un ton professionnel.

Gavira acquiesça vaguement, sans se poser de questions. Il regardait le banquier qui comprit son interrogation muette :

– Nous parlions justement de ton église.

Aquilino Corvo s'abstint de relever le possessif et garda le sourire, ce qui sembla de bon augure à Gavira. En fin de compte, l'archevêché allait être grassement dédommagé, puisque la Banque Cartujano s'engageait à construire ailleurs une autre église. Sans oublier la fondation pour les œuvres sociales auprès de la communauté gitane que l'archevêque avait habilement glissée dans le lot. Après tout, quelqu'un avait bien dû payer la cuvette de Pilate.

– L'église est toujours celle de Votre Illustrissime... – nuança Gavira avec tact, lui qui ne fermait jamais tout à fait les portes à personne. Car il savait qu'il était dangereux de priver quelqu'un de la possibilité de battre honorablement en retraite.

D'un geste de la main où brillait son anneau, monseigneur Corvo prit acte avec satisfaction de la précision. Et puisqu'il s'agissait d'églises, il crut de son devoir d'ajouter un petit commentaire officiel.

– Conflit bien douloureux – dit-il après un bref silence, le temps de trouver la phrase appropriée.

– Mais inévitable – renchérit Gavira.

Il esquissa un geste de regret. Voix grave, choses dites à demi-mot, d'homme à homme, conscients tous les deux des décisions pénibles que le progrès imposait parfois. Du coin de l'œil, il vit s'accentuer la lueur narquoise derrière les paupières mi-closes d'Octavio Machuca et se souvint alors que le vieux savait que, parmi les propositions faites par la Banque Cartujano à Son Illustrissime, figurait un rapport encore inédit sur les activités contraires au célibat d'une demi-douzaine de prêtres de son diocèse. Tous étaient fort aimés dans leurs paroisses et la publication de ces informations, avec photos et déclarations à l'appui, aurait certainement causé un vif émoi. Aquilino Corvo n'avait ni les moyens ni l'autorité technique pour faire face au problème et un scandale aurait pu l'obliger à prendre des décisions qu'il souhaitait moins que personne. Ces prêtres étaient de braves hommes. Et à une époque de changement et de raréfaction des vocations, une décision précipitée risquait de se révéler inopportune, voire regrettable. Raison pour laquelle monseigneur avait accepté avec soulagement le compromis de Gavira qui s'était engagé à acheter le rapport pour en empêcher la diffusion. Pour l'Église catholique, un problème repoussé aux calendes grecques était un problème résolu.

Mais il y avait peu de chance, conclut Gavira, qu'Octavio Machuca soit au courant du reste de l'opération, même si le regard du vieux banquier laissait soupçonner le contraire. Impression plutôt désagréable, puisque Gavira lui-même avait été l'inspirateur de la manœuvre, lui qui avait payé une agence de détectives pour enquêter, et qui ensuite avait joué de ses relations dans la presse pour faire passer comme une faveur à l'archevêque ce qui, à proprement parler, n'était qu'un impeccable chantage.

– Son Illustrissime garantit sa neutralité – ajouta Machuca en observant la réaction de Gavira –. Mais il me disait à l'instant que les mesures disciplinaires entamées contre le père Ferro n'allaient pas bien vite. Apparemment – ses paupières se fermèrent jusqu'à ne plus laisser voir qu'une mince fente –, le prêtre envoyé par Rome n'a pas réussi à réunir suffisamment de preuves contre lui.

Monseigneur Corvo leva la main, comme s'il voulait ajouter une précision. Il semblait un peu gêné sous sa placidité pastorale. Non, il ne s'agissait pas exactement de cela, expliqua-t-il de sa voix grave, une voix faite pour la chaire. Le père Lorenzo Quart n'était pas venu à Séville pour faire quelque chose *contre* le curé de Notre-Dame-des-Larmes, mais pour rapporter des renseignements concrets à *Rome*. Le prélat prit grand soin de souligner à l'intention de ses interlocuteurs que le siège épiscopal sévillan, du fait de certaines complications ecclésiastiques de pure forme, n'avait pas compétence pour agir de son propre chef. Il expliqua ensuite par le menu le cas épineux, un ecclésiastique d'âge avancé, un problème de discipline, etc. Il y avait concordance de points de vue avec Rome, à quelques nuances près. Aquilino Corvo évita le regard de Gavira pour se tourner vers Octavio Machuca, comme pour lui demander silencieusement s'il convenait de poursuivre. Le vieil homme resta de glace et Son Illustrissime ajouta alors que les démarches du père Lorenzo n'avançaient pas avec, hum, la diligence souhaitable. L'archevêque lui-même en avait informé ses supérieurs, mais il avait les mains liées dans ce domaine. Il ne pouvait que regarder les taureaux derrière la barrière, si on lui passait cette image laïque. Et il espérait bien s'être fait comprendre.

– Vous voulez dire – Gavira fronçait les sourcils, irrité – que vous ne prévoyez pas un départ prochain du père Ferro ?

Cette fois, l'archevêque leva les deux mains, comme pour dire *ite, missa est.*

– A peu près – il regardait maintenant la cravate de Gavira, évasif –. Nous y parviendrons, naturellement. Mais pas en deux ou trois jours. Une quinzaine, peut-être – il s'éclaircit la gorge, gêné –. Un mois, tout au plus. Je vous ai déjà dit que je n'étais pas maître du dossier. Mais naturellement, vous avez toute ma sympathie.

Gavira leva les yeux vers le Valdés Leal, le temps de refouler l'impertinence qu'il avait sur le bout de la langue. Il aurait voulu défoncer le nez de l'archevêque. Il compta jusqu'à dix en regardant les yeux vides de la Mort, puis s'efforça d'esquisser un sourire. Machuca ne le quittait pas des yeux :

– C'est trop, n'est-ce pas ? – fit le banquier.

Il semblait s'adresser à l'archevêque, mais les deux fentes de ses yeux rapaces fixaient toujours Gavira. Monseigneur se crut obligé de répondre. En ce qui le concernait – précisa-t-il –, tant qu'un ordre n'arriverait pas de Rome et que le père Ferro continuerait à dire la messe tous les jeudis, on ne pouvait rien faire.

Cette fois, Gavira ne put dissimuler sa mauvaise humeur :

– Votre Illustrissime n'avait peut-être pas besoin de transmettre l'affaire à Rome – osa-t-il, d'une voix amère –. Vous auriez pu trancher de votre propre autorité, quand il était encore temps.

L'archevêque pâlit sous le reproche.

– Peut-être – il s'était redressé et regardait en coin Octavio Machuca –. Mais nous autres, prélats, nous avons aussi notre conscience, monsieur Gavira. Et je vous prie de m'excuser.

Il inclina sèchement la tête et passa entre les deux hommes, le visage fermé. Machuca tordit le nez d'un côté puis de l'autre, deux fois, sans que Gavira puisse savoir s'il était désolé ou amusé de la scène. De toute façon, se dit-il, il avait fait une gaffe. Car une gaffe était tout ce qui ne produisait pas de bénéfices à court, moyen ou long terme.

– Tu l'as offensé dans sa dignité pastorale – dit Machuca, moqueur.

Gavira ravala le juron qu'il avait au bord des lèvres – ce qui aurait été une seconde gaffe – et fit un geste d'impatience :

– La dignité de monseigneur a son prix, comme tout. Un prix que je peux payer – il hésita un instant, par respect pour le vieux banquier –. Que la Banque Cartujano peut payer.

– Mais pour le moment, le curé est toujours là – Machuca fit une pause de trois secondes. Une pause terriblement malveillante –. Je veux parler du vieux curé.

Il observait Gavira avec curiosité, ce dont l'autre se rendait parfaitement compte. Gavira toucha sa cravate, sortit les manchettes de sa chemise et regarda autour de lui. Une belle femme passait à côté d'eux. Il lui fit un sourire distrait.

– Autrement dit – reprit Machuca en regardant la femme s'éloigner –, Macarena et ta belle-mère sont toujours en première ligne. Pour le moment.

C'était inutile. Gavira s'était repris et faisait face à la situation, impassible.

– Ne vous inquiétez pas. Je vais y arriver.

– Je l'espère bien, parce que tu n'as plus beaucoup de temps. Combien de jours te reste-t-il avant la séance du conseil d'administration ?... Une semaine ?

– Vous le savez très bien – le vieux prenait ses distances avec ce *tu*. Quelle sensation horrible, pensa Gavira, que de toujours passer examen après examen, comme pour une confirmation perpétuelle ! –. Huit jours.

Machuca secoua lentement la tête.

– Un suspense à donner l'infarctus, diraient les supporters du Betis – il regarda distraitement autour de lui, comme s'il avait autre chose en tête. Tout à coup, il se retourna vers Gavira : – Je vais te dire quelque chose, Pencho... Je suis vraiment curieux de voir comment tu vas te sortir de ce merdier. Les membres du conseil d'administration veulent ta peau – ses lèvres parcheminées souriaient, comme un serpent sur le point de se défaire de sa mue –.

Mais si tu réussis, à la bonne heure. Comme dit le proverbe, ce qui ne fait pas mourir engraisse !

Machuca s'éloigna pour rejoindre quelques connaissances et Gavira resta seul sous le Valdés Leal. Un homme se trouvait près de lui, mou et grassouillet, avec un double menton qui semblait prolonger ses joues, les cheveux laqués, un petit sac de cuir au poignet. L'inconnu s'approcha quand leurs regards se croisèrent :

– Je m'appelle Honorato Bonafé, de la revue *Q + S* – il lui tendait la main –. Je peux vous parler une minute ?

Gavira fit comme s'il ne voyait pas sa main et continua à regarder autour de lui, sourcils froncés, en se demandant qui avait bien pu laisser entrer cet individu.

– Je ne vous demande qu'une minute de votre temps.

– Téléphonez à ma secrétaire – proposa très froidement le banquier en lui tournant le dos –. Un de ces jours.

Il s'éloigna et fit quelques pas parmi la foule. A sa grande surprise, Bonafé était toujours sur ses talons. Il grimaçait en le regardant du coin de l'œil, à la fois obséquieux et sûr de lui. Minable, conclut Gavira en s'arrêtant enfin. C'était le mot juste.

– Je suis en train de préparer un reportage – dit l'autre à toute vitesse, avant qu'on ait le temps de le flanquer à la porte –. A propos de cette église qui vous intéresse.

– Et alors ?

Bonafé leva sa petite patte molle, celle-là même que Gavira avait ignorée.

– Eh bien – il faisait une sorte de moue rassurante –, si l'on tient compte du fait que la Banque Cartujano est la principale intéressée à la démolition de Notre-Dame-des-Larmes, je crois qu'une conversation, ou une déclaration... Vous me comprenez.

Gavira restait impassible :

– Non, je ne vois pas du tout où vous voulez en venir.

Onctueux, patient, Honorato Bonafé fit cadeau au banquier d'une rapide esquisse de la situation : la Banque Cartujano, l'église et le changement de zonage du terrain. Le curé, personnage un peu douteux, en bisbille avec l'archevêque de Séville et menacé de sanctions disciplinaires ou d'autres mesures semblables. Deux morts accidentelles, du moins à ce qu'on disait. Un envoyé spécial de Rome. Et puis, une épouse accorte, ou ex-épouse, fille de la duchesse du Nuevo Extremo. Et ce prêtre de Rome…

Il s'arrêta soudain pour voir la tête que faisait Gavira. Le banquier s'était avancé vers lui et le regardait de fort près.

– Bon, inutile de vous faire un dessin – conclut Bonafé en reprenant sa marche –. Si je vous en parle, c'est pour que vous ayez une idée claire de la situation : les gros titres, la manchette et tout le reste. Nous publions toute l'histoire la semaine prochaine. Et naturellement, vos commentaires ou vos déclarations sont d'une importance capitale.

Le banquier, toujours immobile, le regardait sans dire un mot. Honorato Bonafé voulut sourire, mais il y renonça, les lèvres en cul-de-poule, patient, attendant une réponse.

– Si je vous comprends bien – dit enfin Gavira –, vous voulez que je vous déballe tout.

– Exactement.

Peregil passa près d'eux et Gavira crut voir une lueur d'alarme dans son regard quand il aperçut Bonafé. Il pensa un instant lui demander s'il était pour quelque chose dans la présence du journaliste à l'exposition. Mais le moment était mal choisi pour une engueulade. Ce dont il avait envie, en fait, c'était de sortir à coups de pied au cul ce mollusque grassouillet qui semblait répondre en tout point au signalement d'un maître chanteur.

– Et qu'est-ce que j'ai à gagner si je vous parle ?

Le sourire du journaliste s'épanouit enfin, insolent et confiant. Voilà, nous y sommes, donnait à entendre le mouvement de ses lèvres.

– Eh bien, vous prenez le contrôle de l'information. Vous donnez votre version des faits… – Bonafé fit une pause lourde de sous-entendus –. Nous nous mettons de votre côté, nous nous comprenons.

– Et si je refuse ?

– Alors là, c'est différent. Le reportage sera publié de toute façon, mais vous aurez laissé passer une occasion.

Ce fut au tour de Gavira de sourire, mais d'un sourire extrêmement dangereux : celui du Requin de l'Arenal.

– Serait-ce une menace ?

311

L'autre secoua la tête, sans comprendre ce sourire et ce qu'il signifiait.

– Non, grand Dieu, non ! Je joue seulement cartes sur table – les petits yeux pochés, porcins, brillaient de convoitise –. Je joue franc jeu avec vous, monsieur Gavira.

– Et pourquoi donc ?

– Oh… Je ne sais pas trop – Bonafé tirait sur les pans de sa veste fripée –. Je suppose que votre image suscite la sympathie dans l'opinion publique. Vous voyez ce que je veux dire : un jeune banquier qui impose un style nouveau, etc. Vous êtes photogénique, vous plaisez aux femmes. Bref, vous êtes un battant. Vous êtes un homme à la mode et ma revue peut faire beaucoup pour que vous continuiez à l'être. Voyez la chose comme une opération de relations publiques – il fit une tête de circonstance –. Tandis que votre épouse…

– Mon épouse, disiez-vous ?

Les mots étaient cassants comme des aiguilles de glace, mais Bonafé ne semblait pas capter les signaux de danger :

– Elle est photogénique elle aussi – dit-il en soutenant le regard de son interlocuteur avec un aplomb considérable –. Même si je pense que ce torero… Bon, vous voyez ce que je veux dire. C'est une histoire du passé. Mais maintenant, voilà que justement ce prêtre de Rome… Vous voyez de qui je veux parler ?

Gavira réfléchissait à toute vitesse, pesant le pour et le contre. Il n'avait besoin que d'une semaine de répit. Ensuite, plus rien n'aurait d'importance. Et le prix de ce type sautait aux yeux.

– Oui, je comprends – répondit-il, l'air toujours absent –. Dites-moi, combien pensez-vous que pourrait me coûter cette opération de relations publiques ?

Bonafé leva les deux mains, joignit le bout des doigts comme dans un geste de prière ou d'action de grâce. Il semblait détendu. Heureux.

– Voyons voir… J'avais pensé à une longue conversation à propos de l'église. Un échange d'impressions. Ensuite, je ne sais pas trop – il lança un regard significatif au financier –. Vous souhaiteriez peut-être investir dans la presse.

Peregil repassa en les regardant comme si de rien n'était. Gavira constata que son secrétaire avait encore l'air soucieux. Il se composa un dernier sourire à l'intention de Bonafé, mais personne n'aurait pu interpréter sa grimace comme une manifestation de sympathie. L'autre dut être de cet avis lui aussi, car il se mit à battre des paupières, inquiet.

– Il y a longtemps que j'investis dans la presse – dit Gavira –. L'élément nouveau, c'est que je n'avais encore jamais eu affaire à des gens comme vous.

Le journaliste fit une moue complice et son double menton tremblota comme de la gélatine. Gavira se dit qu'Honorato Bonafé était la représentation parfaite de ces personnages abjects et vicieux qui se font généralement assassiner dans les films.

– Ce qui me fascine de l'Europe – disait Gris Marsala –, c'est sa si longue mémoire. Il suffit d'entrer dans un lieu comme celui-ci, de regarder un paysage, de s'appuyer contre un vieux mur, et tout est là. Notre passé, nos souvenirs. Nous.

– C'est pour cela que vous êtes obsédée par cette église ? – demanda Quart.

– Il ne s'agit pas seulement de cette église.

Ils étaient au fond de la nef, devant le Nazaréen aux cheveux naturels et les ex-voto poussiéreux accrochés au mur. Les dorures du retable brillaient dans le chœur, sous les échafaudages, dans la pénombre qui enveloppait la statue de la Vierge et les orants des ducs du Nuevo Extremo.

– Il faut peut-être venir d'Amérique pour le comprendre – reprit Gris Marsala –. Ici, on a parfois l'impression que tout a été construit par des gens étranges, mystérieux. Et un jour, on revient et on comprend qu'il s'agit de sa propre histoire. Que c'est nous, avec les mains de nos ancêtres, qui avons posé pierre sur pierre. C'est peut-être la raison de la fascination que beaucoup de mes compatriotes éprouvent pour l'Europe – elle souriait distraitement –. Tout à coup, au coin d'une rue, on se souvient. On se croyait orphelin, mais ce n'était pas vrai. C'est peut-être pour cela que je ne veux plus rentrer.

Elle était appuyée contre le mur blanc, à côté du bénitier. Comme toujours, ses cheveux grisonnants étaient noués sur sa nuque en une petite tresse retombant sur son vieux polo bleu foncé qui sentait un peu la sueur. Elle avait les deux pouces enfoncés dans les poches arrière de son jean maculé de plâtre et de chaux.

– On a fait plusieurs fois de moi une orpheline. Ce qui est en fait une forme d'esclavage. Mais la mémoire donne la certitude : on sait qui on est, on sait où on va. Ou bien où on ne va pas. Sans elle, on est à la merci du premier venu qui vient vous raconter que vous êtes sa petite fille. Vous ne croyez pas ? – elle attendit ; Quart approuva silencieusement –. Défendre la mémoire, c'est défendre la liberté. Seuls les anges peuvent se payer le luxe d'être des spectateurs.

Quart fit un geste évasif. Il pensait au rapport qu'il avait reçu de Rome sur cette femme et qu'il avait laissé sur sa table dans sa chambre d'hôtel, avec quelques paragraphes soulignés en rouge. Entre dans les ordres à dix-huit ans. Architecture et beaux-arts à l'université de Los Angeles, stages de perfectionnement à Séville, Madrid et Rome. Brillant dossier universitaire. Sept années comme professeur. Pendant quatre ans, directrice d'un collège religieux à Santa Barbara. Crise personnelle et difficultés de santé. Dispense temporaire de durée indéterminée. Trois ans à Séville, où elle gagne sa vie en enseignant les beaux-arts à des étudiants américains. Discrète, rien à signaler, des contacts très épisodiques avec la maison locale de son ordre. Habite seule, dans un appartement. N'a pas demandé à être relevée de ses vœux. Rien n'indique qu'elle ait fait des études particulières en informatique.

Quart regarda la religieuse. Dehors, sur la place, la lumière se faisait plus forte et la chaleur commençait à monter. Il fut heureux de se trouver dans la fraîcheur de l'église.

– C'est donc votre mémoire retrouvée qui vous retient ici.

– Si l'on veut.

Gris Marsala sourit tristement en regardant la médaille militaire épinglée aux fleurs fanées du bouquet de mariée, entre les ex-voto du Nazaréen – jambes, bras, figurines de laiton et de cire –, comme si elle se demandait où s'en étaient allées les mains qui avaient tenu ces fleurs. L'expression de ses yeux, si clairs qu'ils accentuaient la crudité de la lumière du dehors, s'était durcie.

– Les futuristes – dit-elle après un nouveau silence – voulaient dynamiter Venise, pour détruire un modèle. Ce qui semblait à l'époque un paradoxe de snobs est devenu une réalité dans l'architecture, dans la littérature… Dans la théologie. Raser des villes en les bombardant n'est qu'un exemple excessif ; une manière brutale de raccourci – elle souriait, perdue dans ses pensées, triste, les yeux fixés sur le bouquet de mariée fané –. Il y a des méthodes plus subtiles.

– Vous ne pouvez pas gagner – dit Quart à voix basse.

– Nous ?… – la religieuse le regarda avec surprise –. Il ne s'agit pas d'un clan ou d'une secte. Seulement de gens qui se sont retrouvés autour de cette église, chacun pour ses raisons particulières – elle secouait la tête ; tout cela était tellement évident –. Le père Oscar, par exemple. Il est jeune et il s'est trouvé une cause dont il est tombé amoureux, comme il aurait pu l'être d'une femme, ou de la théologie de la libération… Quant à don Príamo, il me fait penser à ce livre magnifique d'un Espagnol que j'ai lu autrefois à l'université, Ramón Sender : *L'Aventure équinoxiale de Lope de Aguirre*. Ce conquistador court sur pattes, méfiant et dur, boiteux à force d'avoir été blessé, toujours enfermé dans son armure malgré la chaleur, cet homme qui ne faisait confiance à personne !… Comme lui, notre curé a décidé de se rebeller contre un roi lointain et ingrat, de faire sa petite guerre privée. N'est-ce pas magnifique ?… Les rois envoyaient aussi contre les Aguirre des gens comme vous, avec pour consigne de les mettre au cachot ou de les exécuter – elle soupira et se tut un moment –. Je suppose que c'est inévitable.

– Parlez-moi de Macarena.

Gris Marsala regarda attentivement le prêtre en entendant le nom de son amie. Quart soutint son regard, impassible.

– Macarena – dit enfin la religieuse – défend sa propre mémoire : quelques souvenirs, la malle de sa grand-tante et les lectures qui l'ont marquée quand elle était petite. Elle se débat avec ce qu'elle appelle, dans ses moments d'humour, l'*effet Buddenbrook* : la conscience d'un monde en disparition, la tentation guépardesque de s'allier avec les parvenus pour survivre. Le désespoir de l'intelligence.

– Continuez, s'il vous plaît.

– Il n'y a pas grand-chose d'autre à dire. Tout est sous vos yeux – Gris Marsala regarda la place inondée de soleil derrière la porte ouverte –. Elle a hérité d'un monde qui n'existait plus, c'est tout.

315

Elle aussi est une orpheline qui se cramponne aux débris de son naufrage.

– Et quel est mon rôle dans tout cela ?

Il regretta aussitôt d'avoir posé cette question, mais elle ne parut pas lui accorder trop d'importance. Elle haussa les épaules sous son polo taché de plâtre.

– Je n'en sais rien. Vous êtes devenu le témoin – elle sembla réfléchir un moment –. Les gens sont tellement seuls qu'ils ont besoin de quelqu'un pour dresser le procès-verbal. Je suppose qu'ils désirent être compris, ou plutôt qu'ils désirent la compréhension de ceux qui ont envoyé le scribe. Comme Aguirre voulait au fond la compréhension de son roi.

– Macarena aussi ?

Cette fois, Gris Marsala hésita. Elle regardait les jointures écorchées de Quart.

– Vous lui plaisez – dit-elle enfin avec simplicité –. Je veux dire, comme homme. Ce qui ne me surprend pas. Je ne sais pas si vous en avez conscience, mais votre présence à Séville donne à cette affaire une allure très particulière. Je suppose qu'elle essaie de vous séduire, à sa manière – elle sourit tranquillement, comme un enfant espiègle –. Et je ne parle pas de l'aspect physique de la question.

– Il vous intéresse ?

La religieuse lui lança un regard à la fois curieux et indifférent.

– Mais pourquoi donc ?... Je ne suis pas lesbienne, père Quart. Je vous le dis au cas où vous vous intéresseriez à la nature de mon amitié pour Macarena – elle éclata d'un rire vite réprimé, appuyée nonchalamment contre la vieille porte de chêne. Malgré ses cheveux gris comme son nom et les cernes qui soulignaient ses yeux, elle avait toujours, pensa Quart, un corps de jeune fille, mince et souple, impression que son jean serré et ses tennis blanches et silencieuses accusaient encore –. Quant aux hommes en général, et aux prêtres séduisants en particulier, j'ai quarante-six ans et je suis vierge, parce que j'en ai fait le vœu et que c'était aussi ma volonté propre.

Gêné, Quart regarda la place par-dessus l'épaule de son interlocutrice.

– Et que se passe-t-il entre Macarena et son mari ?

– Elle l'aime – elle semblait un peu surprise, comme si la chose allait de soi. Puis elle observa Quart attentivement et ses lèvres esquissèrent un sourire ironique –. Ne faites pas cette tête, mon père. Manifestement, vous ne fréquentez pas beaucoup les confessionnaux. Vous ne connaissez rien aux femmes.

Quart sortit sur le parvis et le soleil tomba sur les épaules de sa veste noire comme une chape de plomb. Gris Marsala l'avait suivi et examinait un tas de sable et de gravier devant la bétonnière. Le prêtre leva les yeux vers le campanile, caché derrière ses échafaudages de planches et de tubes boulonnés. Puis son regard s'arrêta sur la Vierge décapitée, au-dessus du porche.

– J'aimerais visiter votre appartement, sœur Marsala.

Le crissement des pas de la religieuse sur le gravier s'interrompit.

– Vous me surprenez.

– Je ne crois pas.

Il y eut un moment de silence. Finalement, Quart se retourna vers elle et vit qu'elle le regardait, à la fois fâchée et amusée.

– Je déteste ce « sœur Marsala ». Ou peut-être n'est-ce qu'une façon officielle de formuler votre demande ?... – elle haussait les sourcils, ironique –. Après tout, vous proposez de visiter l'appartement d'une religieuse qui vit seule. Vous ne vous inquiétez pas du qu'en-dira-t-on ? Monseigneur Corvo, par exemple. Ou vos supérieurs, à Rome ? – elle se donna une tape sur la hanche, moqueuse, comme si elle venait de comprendre –. Suis-je bête. C'est vous qui informez vos supérieurs à Rome !

Quart se demanda un instant s'il devait froncer les sourcils ou éclater de rire. Il opta pour le rire.

– Ce n'est qu'une suggestion – dit-il –. Une idée. J'assemble les pièces d'un puzzle – il regarda autour de lui, le campanile derrière les échafaudages, la statue mutilée, elle encore –. Il me serait utile de voir comment vous vivez.

Il la regardait droit dans les yeux. Il était sincère. Et Gris Marsala le comprit.

– Je vois. Vous cherchez des traces du crime, c'est bien ça ?

– C'est bien ça.

– Des ordinateurs connectés avec Rome, ce genre de choses.

– Exact.

317

– Et si je refuse, vous entrerez chez moi de toute façon, comme chez don Príamo ?

– Comment le savez-vous ?

– Le père Oscar m'a tout raconté.

On parlait trop, beaucoup trop, se dit Quart, irrité. Ils se disaient tout dans cet étrange club, et il était le seul à devoir soutirer la moindre bribe d'information. Il se sentit épuisé, sous ce soleil impitoyable qui tombait sur son crâne et ses épaules ; une envie d'ôter son col romain ou de tomber la veste. Mais il resta immobile, une main dans la poche, attendant la suite.

Gris Marsala fit lentement le tour de la bétonnière en touchant la cuve d'acier avec sa main. Elle regarda à l'intérieur, comme si elle espérait y trouver quelque chose d'oublié. Elle souriait, songeuse.

– Pourquoi pas ? – dit-elle enfin –. Depuis trois ans, pas un homme n'est entré chez moi. Je suis curieuse de voir l'impression que cela va me faire – elle regarda longuement Quart, puis fit une moue –. J'espère quand même que je ne vais pas me jeter sur vous dès que vous aurez refermé la porte… Vous vous défendriez comme sainte María Goretti, ou me laisseriez-vous peut-être une petite chance ? – elle fit un curieux geste circulaire avec son index autour des pattes-d'oie qui plissaient ses yeux, puis fit glisser son doigt le long de son nez, jusqu'à sa bouche –. Mais à mon âge, je crains de ne plus vraiment pouvoir mettre à l'épreuve le célibat de qui que ce soit… Ce n'est pas facile pour une femme de comprendre qu'elle a perdu à tout jamais son pouvoir de séduction – une fois de plus, son regard clair s'était durci et ses pupilles semblèrent presque disparaître, rétrécies par la lumière aveuglante de la place –. Surtout pour une religieuse.

– Faites comme chez vous – dit Gris Marsala.

Elle plaisantait. Un petit salon spartiate dans un appartement au premier étage ; l'étroit balcon couvert de pots de fleurs, protégé de la chaleur et de la lumière par un store de paille, donnait sur la rue San José, pas très loin de la Puerta de la Carne. Il ne leur avait fallu que dix minutes pour faire le trajet de Notre-Dame-des-Larmes, en prenant des petites rues que le soleil transformait en fours blanchis à la chaux, clarté stridente qui pénétrait dans les moindres recoins. Séville était avant tout lumière. Murs blancs, lumière dans toutes ses nuances, s'était dit Quart en zigzaguant à côté de Gris Marsala, à la recherche de l'ombre des toits et des coins de rues, comme du temps de Sarajevo, quand monseigneur Pavelic et lui bondissaient d'abri en abri en essayant d'éviter les tireurs embusqués.

Il s'arrêta au centre de la pièce, glissa ses lunettes de soleil dans la poche intérieure de sa veste et regarda autour de lui. Tout était impeccablement propre et en ordre. Un sofa recouvert de tissu, avec des appuie-bras et des têtières au crochet, un téléviseur, un petit meuble rempli de livres et de cassettes, une table de travail, des crayons et des stylos bille plantés dans des pots de céramique, des papiers, des dossiers. Et un ordinateur personnel. Sentant sur lui le regard de Gris Marsala, Quart s'avança vers le PC : un 486, avec une imprimante. Suffisant pour *Vêpres*, quoiqu'il n'y eût pas de modem branché sur la ligne de téléphone, à l'autre bout de la pièce. Et le téléphone était un modèle mural ancien, inutilisable avec l'ordinateur.

Il s'approcha pour jeter un coup d'œil aux cassettes et aux livres. Il y avait surtout de la musique baroque, mais il trouva aussi une bonne quantité de flamenco classique et moderne, avec la collection complète de Camarón. Les livres étaient des traités d'art et de restauration, des manuels techniques ou des monographies sur Séville. Deux d'entre eux, *Architecture baroque sévillane* de Sancho Corbacho et le *Guide artistique de Séville et de sa province*, étaient remplis de petits papiers collants jaunes, couverts de notes. Un seul livre religieux : une Bible de Jérusalem, en assez piteux état. Sur le mur, protégée par une vitre, la reproduction d'un tableau. Il lut la légende : *La Partie d'échecs* de Pieter Van Huys.

– Coupable ou innocente ? – demanda Gris Marsala.

– Innocente, pour le moment – répondit Quart le dos tourné –. Faute de preuves.

Il l'entendit rire. Quand il se retourna, souriant, il découvrit sa propre image qu'un beau miroir ancien dans un cadre de bois très sombre réfléchissait sur le mur d'en face, derrière Gris. L'objet détonnait dans cette pièce modeste, et le détail ne lui échappa pas. C'était certainement un miroir de grande valeur.

La religieuse suivit son regard.

– Il vous plaît ?

– Beaucoup.

– Je me suis mise au pain sec et à l'eau pendant plusieurs mois pour me l'offrir – elle se regarda un moment dans la glace, haussa les épaules. Puis elle s'en fut à la cuisine d'où elle revint avec deux verres d'eau fraîche.

– Qu'a-t-il de particulier ? – demanda Quart quand il eut reposé son verre vide sur la table.

– Le miroir ?… – Gris Marsala hésita un instant –. Vous pouvez y voir une sorte de revanche personnelle. Un symbole. Mon seul luxe depuis que j'habite Séville – elle regardait Quart avec des yeux moqueurs –. Le miroir, et laisser un homme entrer chez moi, même s'il est prêtre – elle pencha la tête, songeuse –. En trois ans, ce sont des faiblesses excusables, vous ne trouvez pas ?

– Mais vous ne m'avez pas sauté dessus. Vous vous maîtrisez très bien.

– C'est que les religieuses d'expérience ont appris à être dures.

Elle poussa un soupir un peu théâtral en souriant. Et elle avait encore le sourire aux lèvres quand elle ramassa les deux verres pour les rapporter à la cuisine. L'eau du robinet coula, puis elle revint un instant plus tard en s'essuyant les mains sur son polo, l'air pensif. Elle regarda le miroir, le petit salon, Quart.

– Dès le noviciat, on nous enseigne qu'un miroir est dangereux dans la cellule d'une religieuse. Selon la règle, votre image ne doit se refléter que dans le rosaire et le missel. On n'a rien à soi : pas de vêtements, pas de sous-vêtements, pas même de serviettes hygiéniques. Tout appartient à la communauté. Le salut de l'âme ne tolère ni individualisme ni décisions personnelles.

Elle se tut, comme si elle avait tout dit, et fit quelques pas vers la fenêtre pour relever un peu le store. La lumière inonda la petite pièce. Quart fut un instant ébloui.

– Toute ma vie, j'ai observé la règle de mon ordre – continua-t-elle –. Et ici aussi, à Séville, à part cette petite infraction au vœu de pauvreté – elle s'avança vers le miroir et regarda longuement son visage –. J'ai traversé un moment difficile. Vous êtes au courant. Macarena m'a dit qu'elle vous en avait parlé. Une maladie de l'esprit plutôt que du corps. J'étais directrice d'un collège à

Santa Barbara. Je n'avais jamais échangé un mot avec l'évêque de mon diocèse, sauf pour des motifs d'ordre professionnel. Et pourtant, je suis tombée amoureuse de lui, ou du moins je l'ai cru, ce qui revient au même... Et le jour où je me suis vue dans une glace, en train de me maquiller discrètement les yeux à quarante ans parce qu'il avait annoncé sa visite, j'ai compris ce qui se passait – elle regarda la cicatrice sur son poignet avant de la montrer à Quart, à travers son reflet sur la surface de verre –. Ce n'était pas une tentative de suicide, comme l'ont cru mes compagnes, mais une crise de colère. De désespoir. Et quand je suis sortie de l'hôpital et que j'ai demandé conseil à mes supérieures, elles n'ont rien trouvé de mieux que de me recommander la prière, la discipline et l'exemple de notre sœur sainte Thérèse de Lisieux.

Elle s'arrêta et se frotta le poignet comme si elle essayait d'effacer la cicatrice.

– Vous vous souvenez de Thérèse de Lisieux, mon père ? – reprit-elle, et Quart inclina la tête en silence –. Elle avait la tuberculose. Elle dormait dans une cellule glaciale. Mais elle n'a jamais voulu d'une couverture pour combattre le froid de la nuit. Elle a préféré supporter humblement ses souffrances... Et le bon Dieu l'a récompensée en la rappelant à lui à l'âge de vingt-quatre ans !

Elle semblait rire tout bas, les yeux mi-clos, comme si elle regardait quelque chose très loin de là, le visage sillonné de toutes ces petites rides qui se creusaient un peu plus. Elle avait été une belle femme, se dit Quart. Et elle l'était encore, d'une certaine façon. Il se demanda combien de religieux, hommes ou femmes, auraient eu le courage de faire ce qu'elle avait fait.

Gris Marsala alla s'asseoir sur le sofa. Quart resta debout, la veste déboutonnée, les mains dans les poches, appuyé contre la petite bibliothèque. Elle lui fit un sourire terriblement amer :

– Avez-vous jamais visité un cimetière de religieuses, père Quart ?... Des rangs de petites pierres tombales, toutes pareilles. Et dessus, les noms de religion des sœurs, pas leurs noms de baptême. Elles n'auront jamais été autre chose que des membres de leur ordre ; le reste ne compte pas devant Dieu. Il n'y a pas de cimetières plus tristes. Sauf ces cimetières militaires avec leurs milliers de croix qui ne portent qu'un seul mot : « Inconnu ». Ils vous donnent une sensation intolérable de solitude. Et ils vous font aussi vous poser la question, la vraie, celle du gros lot : « A quoi bon ? »

Elle tripotait l'appuie-bras crocheté du sofa. Tout à coup, elle parut complètement désemparée, totalement différente de cette femme dont l'aplomb ressortait dans tous ses gestes, dans toutes ses paroles. Quart se retint pour ne pas aller s'asseoir à côté d'elle ; il n'était pas question de pitié ici, mais d'efficacité. Peut-être n'aurait-il jamais une meilleure occasion d'éclairer les coins obscurs de Gris Marsala. Il se mit alors à parler en pesant ses mots, comme le pêcheur qui ne ferre pas trop fort le poisson pour ne pas l'effaroucher :

– C'est la règle. Et vous la connaissiez quand vous êtes entrée en religion.

Elle le regarda, comme s'il avait parlé dans une langue totalement étrangère.

– Quand je suis entrée en religion, j'ignorais ce que pouvaient signifier des mots comme répression, intolérance ou incompréhension – elle secoua la tête –. Voilà la vraie règle. Comme dans *1984* d'Orwell, avec l'œil de Big Sister qui ne vous quitte pas. Et plus vous êtes jeune et jolie, plus c'est difficile. Commérages, petits groupes, amies intimes, jalousies, rivalités… Connaissez-vous ce dicton : ils s'unissent sans se connaître, ils vivent sans s'aimer, ils meurent sans se pleurer ?… Si un jour je ne crois plus en Dieu, j'espère continuer à croire au Jugement dernier. Comme j'aimerais retrouver un jour certaines de mes compagnes et toutes mes supérieures !

– Pourquoi êtes-vous devenue religieuse ?

– On dirait de plus en plus une confession générale. Je ne vous ai pas fait venir ici pour soulager ma conscience… Pourquoi êtes-vous devenu prêtre ?… La vieille histoire du père répressif et de la mère trop aimante ?

Quart fit signe que non, mal à l'aise. Il ne tenait pas du tout à s'engager sur ce terrain.

– Mon père est mort quand j'étais tout petit.

– Je vois. Encore un cas de projection œdipienne, comme dirait ce vieux cochon de Freud.

– Je ne crois pas. J'ai aussi pensé à l'armée.

– Quel beau roman. Le rouge et le noir – elle avait posé le carré de crochet sur ses genoux et le pliait et repliait soigneusement, distraite –. Mon père était jaloux, dominant. Et j'avais peur de le décevoir. Si vous analysez en profondeur certaines vocations féminines, surtout celles de jeunes filles qui étaient jolies, vous constaterez étrangement souvent une angoisse qui remonte à des années en arrière, une angoisse due au harcèlement constant du père : « tous les hommes veulent la même chose », vous connaissez la chanson. Beaucoup de religieuses, comme c'est mon cas, ont appris depuis qu'elles étaient petites à se méfier des hommes, à rester toujours maîtresses d'elles-mêmes devant eux… Vous seriez surpris du nombre de fantasmes sexuels qui tournent autour du thème de la belle et de la bête chez les religieuses.

Ils se regardèrent longuement, sans rien dire. Les mots n'étaient plus nécessaires. Ce que le sacerdoce avait de plus gratifiant à offrir, le sacerdoce qu'ils exerçaient tous les deux, chacun à sa manière, venait de naître entre eux, pensa le prêtre. Cette solidarité singulière et douloureuse qui n'est possible qu'entre religieux qui se reconnaissent l'un l'autre dans un monde difficile. Une camaraderie faite de rites, de sous-entendus, d'intuitions, d'instinct de groupe et de solitudes parallèles, compréhensibles. De solitudes partagées.

– Que peut faire une religieuse – reprit Gris Marsala – qui comprend à quarante ans qu'elle est toujours la même petite fille dominée par son père ?… Une enfant qui, pour ne pas lui déplaire, pour ne pas commettre de péché, a pris sur ses épaules le plus grand des péchés : celui de ne jamais avoir vraiment eu de vie propre… A-t-elle bien fait, ou a-t-elle été irresponsable et stupide quand elle a renoncé à dix-huit ans à l'amour terrestre, un amour fait de mots comme confiance, abandon ou sexe ? – elle regarda Quart comme si elle attendait vraiment une réponse de lui –. Que peut-on faire quand on y pense trop tard ?

– Je n'en sais rien – répondit-il d'une voix sincère –. Je ne suis qu'un prêtre de l'infanterie, je ne connais pas toutes les réponses, loin de là – il regarda autour de lui, ces meubles modestes, l'ordinateur, puis il lui sourit –. Peut-être casser un miroir et ensuite en acheter un autre – il s'arrêta –. Ce qui demande un grand courage.

Gris Marsala ne répondit pas. Elle déplia le petit carré de crochet, le reposa soigneusement sur le bras du sofa.

– Peut-être – dit-elle enfin –. Mais le reflet n'est plus le même – Quart lut une ironie désespérée dans ses yeux clairs quand elle les leva vers lui –. Il n'y a peut-être rien de plus tragique dans la vie que de découvrir quelque chose trop tard ou trop tôt.

Ponctuels, ils l'attendaient comme une bande de vauriens repentis au bar Casa Cuesta, sous l'affiche des vapeurs SÉVILLE-SAN-LÚCAR-PLAGES. Une bouteille de *fino* La Ina trônait sur la table.

– Vous êtes vraiment lamentables ! – dit Celestino Peregil –. Et de quoi j'ai l'air maintenant ?

Don Ibrahim contemplait la cendre de son cigare, sur le point de s'écraser sur son gilet blanc. Embarrassé, il fronçait les sourcils et taquinait du doigt les poils roussis de sa moustache en écoutant le sermon de Peregil. A côté de lui, El Potro regardait fixement le dessus de la table, en un point indéterminé situé plus ou moins entre sa main gauche, encore pommadée et bandée, à cause des brûlures, et le rond mouillé qu'avait laissé le verre qu'il venait de lever. Niña Puñales était seule à ne pas partager la honte générale, ses yeux noirs de chanteuse flamenca perdus dans le vide, ou plutôt fixés sur une affiche jaunie punaisée sur le mur – PLAZA DE TOROS DE LINARES, 1947, GITANILLO DE TRIANA, DOMINGUÍN Y MANOLETE –, mains longues, brunes et osseuses, aux ongles aussi rouges que ses lèvres et ses pendants de corail, bracelets d'argent aux poignets qui tintaient à chaque aller-retour entre son verre et la bouteille. A elle seule, elle en avait englouti plus de la moitié.

– Je devais être complètement dingue quand je vous ai confié cette affaire ! – continua Peregil.

Il était furieux, et mal en point pour ainsi dire, le nœud de cravate de travers, la peau et le crâne luisant de sueur, l'architecture complexe de ses cheveux plaqués au gel à partir de l'oreille gauche complètement en bataille. Moins d'une heure plus tôt, Pencho Gavira lui avait servi une engueulade de première. Des résultats, crétin. Je te paie pour avoir des résultats, et il y a une semaine que tu laisses faisander la perdrix. Je t'ai donné six millions pour ce bazar, et nous ne sommes pas plus avancés qu'avant. En plus, ce journaliste, Bonafé, veut sa part du gâteau. Pendant que j'y pense, Peregil, quand nous aurons un moment, tu vas me dire ce

que tu fabriques exactement avec ce type, d'accord ? Tu vas
m'expliquer tout ça bien doucement, parce que je sens qu'il y a
quelque chose de louche là-dedans. Pour le reste, tu as jusqu'à
mercredi. Tu m'entends ? Jusqu'à mercredi. Parce que jeudi, je ne
veux voir personne dans cette église, même pas le bon Dieu. Sinon,
je vais te faire chier les six millions, jusqu'à la dernière brique.
Taré. Complètement taré ce type.

– Les trucs de curés, ça porte la poisse… – fit valoir don Ibrahim.

Peregil le regarda sans amabilité aucune :

– La poisse, c'est vous qui la portez !

El Potro inclinait légèrement la tête, comme lorsque l'arbitre
l'engueulait ou qu'il supportait stoïquement les quolibets de la
foule, entre soleil et ombre.

– L'histoire de l'essence – dit Niña Puñales –, c'est un avertissement du Ciel. Les flammes du Purgatoire.

Elle continuait à regarder d'un air absent la dernière affiche de
Manolete. Une mouche qui s'était abreuvée aux taches de vin dont
la table était semée faisait maintenant les cent pas sur ses bracelets
d'argent. Don Ibrahim scruta avec tendresse son profil de gitane,
le maquillage qui craquait autour des pattes-d'oie et sur le carmin
des lèvres, sentant une fois de plus peser sur lui le poids écrasant
de ses responsabilités. El Potro leva la tête pour lui lancer un de
ses regards de chien fidèle. Manifestement, il avait déjà digéré
l'admonestation de Peregil et n'attendait qu'un signal pour savoir
ce qu'on allait faire maintenant. Don Ibrahim le rassura d'un coup
d'œil qui se promena ensuite sur la cendre de son cigare avant de
s'arrêter, mélancolique, sur son panama posé en équilibre sur le
dossier de la chaise voisine, à côté de la canne dont María Félix
lui avait fait cadeau. Et qu'arrive-t-il, se dit-il, d'humeur chagrine
et classique, quand Ulysse, en pleine nuit, dans la terrible clarté
du pont de son navire, entend le rugissement des récifs devant la
proue et sent en même temps fixés sur lui les yeux confiants de
ses argonautes pélagiques ? Attachez-moi cette mouche par la
queue. Si l'on avait pu lire dans ses pensées, jusqu'au dernier
argonaute aurait sauté par-dessus bord. Don Ibrahim le premier.

– Un avertissement du Ciel ! – confirma-t-il pour appuyer la
thèse de La Niña, mais aussi faute de trouver autre chose, tandis
qu'il essayait de donner à son masque une gravité adéquatement

homérique –. Après tout, on ne peut pas se battre contre les éléments.

– Ay.

Peregil résuma son opinion sur les avertissements célestes par un long et baroque juron – en rapport avec les hypothétiques culottes de la Vierge – qui fit lever la tête au garçon, lequel faisait mine de laver ses verres derrière le bar.

– Si je comprends bien – reprit Peregil quand il eut retrouvé son souffle –, vous me lâchez ?

Don Ibrahim posa sur sa poitrine une main où brillait sa chevalière en or de pacotille, avec une dignité exemplaire. Et avec ce geste tomba enfin sur sa bedaine la cendre de son cigare.

– Ici, personne ne lâche personne.

– Personne – répéta El Potro comme l'écho, perdu dans des pensées qui lui rappelaient le tapis du ring.

– Alors, à vous de jouer – dit Peregil –. Il faut faire fissa. Il ne doit pas y avoir de messe dans cette église jeudi prochain.

L'ex-faux avocat leva la main :

– Négligeons le contenant – proposa-t-il très exactement – pour nous occuper du contenu. Même si nous avions décidé, pour des motifs de conscience, de ne pas attenter contre un lieu sacré, rien ne s'oppose, rien ne fait obstacle à ce que nous nous occupions de l'élément humain – il tira sur son cigare et regarda s'éloigner le rond de fumée havanaise –. Je veux parler du curé.

– Lequel des trois ?

– Le vrai, celui de la paroisse – don Ibrahim essaya un sourire complice –. Selon des informations recueillies par La Niña dans le quartier et parmi les paroissiens, le jeune vicaire part en voyage demain mardi, ce qui veut dire que le titulaire de la paroisse reste seul face au danger – ses yeux rouges et tristes, privés de cils depuis l'incident de l'essence, se posèrent sur le sicaire de Pencho Gavira –. Tu me suis, ami Peregil ?

– Je te suis – Peregil s'était redressé sur sa chaise, attentif –. Mais je ne vois pas très bien où.

– Toi, ou tes commanditaires, vous ne voulez pas de messe jeudi… Exact ?

– Exact.

– Bon. Pas de curé, pas de messe.

– Évidemment. Mais l'autre jour, tu me disais que tu avais des scrupules de conscience à casser une patte au vieux. Soit dit en passant, j'en ai plein les couilles de votre conscience.

– Inutile d'aller jusque-là… – le Cubain regarda autour de lui, puis consulta du regard El Potro et La Niña avant de reprendre en baissant le ton, méfiant –. Imagine que ce digne prêtre, ce vénérable ministre du Seigneur, disparaisse deux ou trois jours, sans dommages corporels…

Un rayon d'espoir illumina le sourire du sbire :

– Vous pourriez faire ça ?

– Évidemment – don Ibrahim tira sur son cigare –. Net et sans bavures, pas de complications ni de fractures inopportunes. Ça te coûtera simplement un petit peu plus.

Peregil le regarda avec suspicion :

– Combien de plus ?

– Rien, trois fois rien – don Ibrahim lança encore un bref coup d'œil à ses complices, puis avança un chiffre – : une demi-brique par tête de pipe pour le gîte et le couvert.

Quatre millions et demi : une paille au train où allaient les choses ! Peregil fit donc un geste pour signifier que le détail était sans importance. Pour le moment, il était raide comme une morue salée ; mais si le coup marchait, Pencho Gavira n'allait sûrement pas chipoter.

– C'est quoi l'idée ?

Don Ibrahim regardait par la fenêtre, vers l'étroite arche blanche de la ruelle de l'Inquisition, se demandant s'il convenait de donner des détails. Il avait chaud, très chaud malgré le vin frais, et très envie aussi de se mettre en bras de chemise et de respirer un bon coup. Il prit l'éventail de La Niña pour se faire un peu d'air. Qui pouvait dire comment tout cela allait finir ?

– Il y a un coin au bord du fleuve – commença-t-il –. Un bateau où habite El Potro. On peut garder le curé là-bas jusqu'à vendredi, si tu veux.

Peregil regarda les yeux vides d'El Potro et haussa les sourcils :

– Ça pourrait marcher ?

Comme toujours, don Ibrahim hocha la tête, grave et sûr de lui. De toute façon, se disait-il en cet instant précis, il y a des moments dans la vie où les hommes deviennent prisonniers de leurs propres pas ; comme le jour où Cortés a dit à ses hommes : Tenochtitlán, c'est par là, sus aux barbares ! Il s'éventa en levant un peu la tête pour se rafraîchir aussi le cou, comme s'il chassait derrière lui l'odeur de fumée des navires incendiés sur les plages de Veracruz.

– Tout ira bien.

Comme tous les hommes quand ils veulent être rassurés, Peregil semblait plus tranquille. Il sortit un paquet de cigarettes américaines de sa poche et en alluma une.

– Vous êtes sûrs que vous n'allez pas amocher le vieux ?... Imagine un peu qu'il résiste.

– Voyons donc – don Ibrahim lança un regard en coulisse à La Niña, inquiet, puis posa la main qui tenait le havane sur l'épaule d'El Potro –. Un vieux prêtre. Un saint homme.

Peregil semblait toujours d'accord. Mais il fallait aussi, leur rappela-t-il, continuer à surveiller le curé de Rome et, hum, la dame. Et puis, il y avait les photos. Surtout, qu'ils n'oublient pas les photos.

– Vous savez que c'est pas une mauvaise idée ? – ajouta-t-il, en revenant à l'affaire du curé –. Comment vous avez trouvé ça ?

Don Ibrahim caressa les vestiges de sa moustache avec un sourire à la fois fanfaron et modeste :

– Dans un film qui est passé hier à la télévision : *Le Prisonnier de Zenda*.

– Je l'ai peut-être vu... – Peregil remonta les cheveux qui pendaient sur son oreille, pour cacher sa calvitie. Il était de meilleure humeur à présent. Il faisait même signe au garçon de leur apporter une seconde bouteille que Niña Puñales vit approcher avec des yeux de jais impassibles, tandis que ses ongles immenses et écaillés caressaient son verre vide –. L'histoire de ce type que ses amis mettent en prison, et qui trouve un trésor, et qui se venge ?

Don Ibrahim fit signe que non. Le garçon avait débouché la bouteille et le nectar coulait doucement dans les verres, sous les yeux attentifs de La Niña qui faisait déjà des ronds avec ses lèvres, comme un poisson sorti de l'eau.

– Non. Celle-là, c'est le *Comte de Montecristo*. La nôtre, c'est celle du méchant frère qui séquestre le roi pour s'emparer de sa couronne. Mais Stewart Granger débarque et tout s'arrange.

– Faut voir – Peregil hochait la tête, satisfait, en regardant El

Potro –. Faut dire qu'avec la télé, on apprend quand même des tas de trucs.

Honorato Bonafé était pourvu d'incontestables qualités porcines, et pas seulement sur le plan moral de sa personnalité. Quand il pénétra dans l'ombre bienfaisante du porche, la sueur coulait généreusement sur son double menton couleur de rose, trempant le col de sa chemise. Il sortit un mouchoir de sa poche et s'épongea soigneusement, par petites touches de ses mains mollassonnes, en regardant les ex-voto, la moitié des bancs entassés d'un côté de la nef, les échafaudages contre les murs et au-dessus du maître-autel. Le soir tombait sur Santa Cruz. Les derniers rayons de soleil, dorés et roux, filtraient par les trous des vitraux, imprégnant de mystère les silhouettes décrépites et poussiéreuses des statues. Deux anges regardaient dans le vide et les orants des ducs du Nuevo Extremo semblaient avoir repris vie, tapis dans l'ombre du retable.

Il fit quelques pas hésitants en regardant la voûte, la chaire et le confessionnal dont la porte était ouverte. Il n'y avait personne ici, pas plus que dans la sacristie. Il s'avança jusqu'à la grille de fer de la crypte, jeta un coup d'œil aux marches qui s'enfonçaient dans le noir, puis se retourna vers l'autel. La statue de la Vierge était dans sa niche, derrière les tubes et les planches des échafaudages. Bonafé la contempla, puis, avec la décision de celui qui exécute des mouvements longuement médités, il s'avança vers l'échelle et grimpa jusqu'à la niche, à près de cinq mètres du sol. La lumière rousse qui pénétrait par les vitraux illuminait les traits de la statue baroque de la Mater Dolorosa, le cœur transpercé de poignards, les yeux levés au Ciel. Et sur ses joues, sur son manteau bleu, sur la couronne d'étoiles qui ceinturait sa tête, scintillaient doucement les perles du capitaine Xaloc.

Bonafé ressortit son mouchoir de sa poche, s'essuya encore le front et le double menton, puis épousseta les perles avant de les observer avec la plus grande attention. Il se retourna ensuite vers la nef déserte et sortit de sa poche un petit canif qu'il ouvrit avec précaution. Puis, il gratta délicatement une perle incrustée dans le manteau de la statue et l'examina un moment, pensif. Après quelques instants d'hésitation, il glissa prudemment la pointe de la

329

lame de son canif dans la sertissure et appuya pour faire sauter la perle hors de son alvéole. Elle était grosse, de la taille d'un pois chiche. Il la garda un moment dans la paume de sa main, avant de la laisser tomber dans la poche de sa veste avec un sourire de contentement.

La lumière du crépuscule éclairait le Christ privé de corps du vitrail brisé, teignant en rouge les gouttes de sueur qui perlaient sur le profil mou de Bonafé. Le journaliste ressortit son mouchoir pour s'éponger le front. Et c'est alors qu'il sentit un léger frôlement dans son dos, tandis qu'une vibration presque imperceptible faisait frissonner la structure de l'échafaudage.

XI. La malle de Carlota Bruner

Il me semble que toute la sagesse du monde
Est dans les yeux de ces bonshommes de cire.

Valery Larbaud,
Les Poésies de A.O. Barnabooth

Ils achevaient les desserts quand l'horloge anglaise sonna dix coups. Cruz Bruner proposa de prendre le café au frais, dans le patio. Lorenzo Quart offrit son bras à la duchesse lorsqu'ils sortirent de la salle à manger d'été où ils avaient dîné en compagnie des bustes de marbre rapportés d'Italica quatre siècles plus tôt, en même temps que la mosaïque qui décorait le sol du grand patio. Dans la galerie qui en faisait le tour, les ancêtres aux visages graves, collerettes blanches et costumes sombres, les regardèrent passer sous les caissons du plafond mudéjar. La vieille dame, habillée de soie noire avec des fleurettes blanches aux poignets et au col, les montrait à Quart, appuyée sur son bras : un amiral de la mer Océane, un général, un gouverneur des Pays-Bas, un vice-roi des Indes occidentales. En passant devant les lanternes cordouanes, l'ombre mince du prêtre s'allongeait à côté de celle de la duchesse, menue et voûtée, entre les arches de la galerie. Derrière eux, en sandales, dans une robe noire légère qui lui tombait aux chevilles, un coussin dans les bras pour sa mère, un sourire silencieux sur les lèvres, Macarena Bruner les suivait.

Ils s'assirent sur les chaises de fer peintes en blanc, Quart entre les deux femmes, à côté de la fontaine dont les azulejos étaient agencés selon les plus strictes lois de l'héraldique. Le patio était couvert de fleurs, de plantes vertes, et l'arôme du jasmin pointait parmi les pousses tendres. Macarena remercia la domestique quand

331

elle eut posé le plateau à café sur la petite table en marqueterie, puis s'occupa elle-même du service. Noir pour Quart, un nuage de lait pour elle. Et un Coca-Cola pas trop glacé pour sa mère.

– Vous savez que c'est ma drogue – dit la vieille dame en réponse à l'intérêt que manifestait Quart –. Les médecins m'interdisent le café.

Macarena fit un geste désolé :

– Elle dort très peu. Si elle se couche trop tôt, elle se réveille à trois ou quatre heures du matin pour passer ensuite une nuit blanche. Sa drogue l'aide à rester debout plus longtemps. Alors, Coca-Cola avec caféine. Nous lui disons tous que ce ne peut pas être bon pour elle, mais elle ne veut rien savoir.

– Et pourquoi faudrait-il que je vous écoute ? – demanda Cruz Bruner –. Ce breuvage est la seule chose que j'aime de l'Amérique du Nord.

Macarena la regarda avec des yeux gentiment réprobateurs :

– Pourtant, tu aimes bien Gris, maman.

– C'est vrai – reconnut la vieille dame en sirotant son Coca –. Mais elle est originaire de Californie : c'est presque une Espagnole.

Macarena se tourna vers Quart qui, soucoupe entre les doigts, remuait son café avec sa petite cuillère :

– La duchesse est persuadée que les *ranchers* de Californie s'habillent encore comme les *mariachis*, avec des gilets couverts de boutons d'argent, que père Junípero Serra prêche encore dans les églises et que Zorro sabre toujours à gauche et à droite pour défendre la veuve et l'orphelin.

– N'est-ce pas ainsi ? – demanda Quart, amusé.

Cruz Bruner hocha vigoureusement la tête.

– C'est ainsi que devraient être les choses – dit-elle, puis elle regarda sa fille comme si la remarque du prêtre ne pouvait qu'être décisive –. Après tout, ton arrière-arrière-arrière-grand-père Fernando était gouverneur de Californie avant qu'on ne nous l'enlève.

Elle avait parlé avec toute l'assurance de son sang et des graves caballeros qui posaient sur les toiles de la galerie, comme si c'était à elle qu'on avait arraché la Californie, à elle ou à sa famille. Cruz Bruner s'adressait à ses semblables avec un curieux mélange de familiarité et de tolérance polie, un peu altière, imprégnée de toute cette longue mémoire qui défilait en silence devant ses yeux rougis, lucides et tristes, qui tout à coup s'éclairaient d'un sourire, comme un éclat de cristal brisé. Quart observa ses mains et son visage ridé, mouchetés de tavelures brunes, sa peau sèche et la mince ligne rose pâle que dessinait le contour de ses lèvres fanées. Les cheveux blancs aux reflets bleutés, le collier de petites perles autour du cou, l'éventail de Romero de Torres. Il n'y avait plus guère de femmes comme elle. Il en connaissait quelques-unes, survivantes d'une époque révolue – vieilles dames solitaires qui promenaient leur temps perdu dans les petits villages de la Côte d'Azur, matrones de l'antique noblesse noire italienne, sèches reliques d'Europe centrale avec leurs sonores patronymes austro-hongrois, pieuses dames espagnoles –, et il savait qu'il en restait bien peu issues du moule original. Cruz Bruner était parmi les dernières. Leurs fils et filles étaient comme des balles perdues, sans office ni bénéfice, pâture de la presse à sensation, quand ils ne travaillaient pas de neuf à six dans un bureau ou une banque, voire des magasins ou des discothèques à la mode, faisant le jeu des financiers et des politiciens dont leur survie dépendait. Ils allaient étudier aux États-Unis, visitaient New York avant Paris ou Venise, ne parlaient pas français et se mariaient avec des divorcés, des mannequins ou des parvenus dont l'unique souvenir était le nombre de chiffres d'un compte en banque récemment étrenné grâce à la spéculation ou à un heureux coup du sort. Elle l'avait dit elle-même au dîner, avec le sourire, dans un éclair d'ironie. Comme les baleines et les phoques, j'appartiens moi aussi à une espèce menacée : l'aristocratie.

– Certains mondes ne trouvent pas leur fin dans le fracas et les tremblements de terre – la septuagénaire regardait Quart d'un air dubitatif, comme si elle se demandait s'il était capable de comprendre –. Ils se contentent de s'éteindre en silence, avec un petit « ah » discret.

Elle déplaça son coussin derrière son dos, puis se tut, l'oreille tendue. Les grillons chantaient dans le jardin, à côté de la clôture du couvent voisin. Dans le ciel, une faible clarté annonçait le lever de la lune.

– En silence – répéta-t-elle.

Quart regarda Macarena. Elle tournait le dos aux lanternes de la galerie et la moitié de son visage disparaissait sous ses cheveux. Elle croisait les jambes sous sa longue robe noire de coton et ses sandales laissaient voir ses pieds nus. L'ivoire du collier luisait doucement autour de son cou.

– Ce n'est pas le cas de Notre-Dame-des-Larmes – risqua le prêtre –. Sa décadence fait certainement du bruit.

Macarena ne répondit pas. Sa mère tourna légèrement la tête.

– Tous les mondes ne se résignent pas à disparaître – murmura-t-elle, comme dans un soupir.

– Vous n'avez pas de petits-enfants… – dit Quart.

Il s'était efforcé de parler d'une voix neutre, détachée, pour qu'elle ne puisse voir ni provocation ni insolence dans ce qu'il disait, même si ce n'était pas tout à fait le cas. Macarena resta impassible. Ce fut Cruz Bruner qui répondit en se tournant vers sa fille :

– C'est exact. Je n'en ai pas.

Il y eut un temps de silence. Quart attendit, espérant ne pas avoir manqué son coup. Macarena avança la tête, suffisamment pour que le coin de lune qui pointait au-dessus du toit éclaire un regard hostile, fixé sur lui :

– Cela ne vous regarde pas – dit-elle enfin d'une voix très basse.

– Et moi non plus, peut-être – ajouta la duchesse en volant au secours de son invité –. Mais c'est dommage.

– Pourquoi ? – la voix de Macarena était devenue tranchante comme une lame ; elle s'adressait à sa mère, mais elle n'avait pas quitté le prêtre des yeux –. Parfois, il est préférable de ne rien laisser derrière soi – elle fit un geste brusque et rejeta ses cheveux en arrière –. Ils ont de la chance, ces soldats qui s'en vont à la guerre avec tout ce qu'ils possèdent : leur cheval et leur sabre, ou leur fusil. Sans avoir à se faire de souci pour personne, sans souffrir.

– Comme certains prêtres ! – conclut Quart en la regardant à son tour dans les yeux.

– Peut-être – Macarena se mit à rire, mais d'un rire désabusé, bien différent du rire franc de jeune garçon qui était habituellement le sien –. Il doit être assez merveilleux d'être aussi irresponsable, aussi égoïste. De choisir la cause que l'on aime ou qui vous convient, comme Gris. Ou comme vous. Pas celle dont vous héritez ou qu'on vous impose.

Ses derniers mots avaient laissé derrière eux un écho d'amertume. Cruz Bruner jouait avec son éventail :

– Personne ne t'oblige à t'occuper de cette église, mon enfant. Ni à en faire une question personnelle.

– S'il te plaît. Tu sais mieux que personne qu'on ne choisit pas certaines obligations, qu'on ne peut que les accepter. Les malles ne s'ouvrent pas impunément… Certaines vies sont gouvernées par des fantômes.

La duchesse referma son éventail d'un coup sec.

– Vous l'entendez, mon père ? Qui disait donc qu'il n'y avait plus d'héroïnes romantiques ?… – elle s'éventa d'un air absent en regardant distraitement la main écorchée du prêtre –. Mais les fantômes ne font souffrir que la jeunesse. Le temps les multiplie, c'est vrai, mais il en adoucit également les effets : la douleur devient mélancolie. A présent, tous mes fantômes voguent sur une mer d'huile – elle regarda lentement autour d'elle, les arcs mudéjars du patio, la fontaine aux azulejos et la lune qui montait dans le rectangle de ciel d'un noir bleuté –. Et rien de tout cela ne fait plus mal – elle s'était tournée vers sa fille –. Seulement à toi, peut-être. Un peu.

La vieille dame inclina la tête, comme souvent Macarena, et Quart découvrit tout à coup sur son visage les traits familiers de sa fille. Une vision fugitive qui le fit s'interroger, le temps d'un étrange instant, sur ce que deviendrait, dans trente ou quarante ans, la belle femme qui se trouvait à côté de lui et qui le regardait silencieusement en écoutant sa mère. Il y a une heure pour toute chose, se dit Quart. Et tout a une fin.

– J'ai cru quelque temps au mariage de ma fille – continuait Cruz Bruner –. Et je me sentais rassurée quand je pensais qu'il me faudrait la laisser seule tôt ou tard. Octavio Machuca et moi, nous pensions tous les deux que Pencho était le mari idéal : intelligent, bel homme, un avenir devant lui… Il semblait très amoureux de Macarena et je suis sûre qu'il l'est encore, malgré tout ce qui a pu arriver – la duchesse pinça ses lèvres qui disparurent presque –. Mais du jour au lendemain, tout a changé – elle lança un coup d'œil à sa fille –. La petite a abandonné son foyer pour revenir habiter avec moi.

La vieille dame avait parlé sur un ton de reproche, mais Macarena restait impassible. Quart but une gorgée de café et reposa sa tasse sur la petite table. Il avait l'impression de frôler constamment certaines certitudes, sans jamais les atteindre.

– Je n'ose pas demander pourquoi.

– Vous faites bien – Cruz Bruner agitait son éventail en le regardant d'un air ironique –. Je n'ose pas moi non plus. A une autre époque, j'aurais sans doute parlé de tout cela comme d'un malheur. Mais je ne sais plus ce qu'il faut souhaiter... Je suis l'avant-dernière de ma race, avec près de trois quarts de siècle derrière moi et une galerie d'ancêtres que plus personne ne craint, ne respecte ni ne connaît encore.

La lune s'était installée au milieu du carré de ciel. Cruz Bruner appela pour qu'on éteigne les lanternes. La lumière devenue bleu argent faisait ressortir les blancs du patio – les dessins des azulejos, les chaises, les teintes pâles de la mosaïque par terre – qui se détachaient maintenant dans la pénombre comme en plein jour.

– Comme si l'on franchissait une ligne – continua la duchesse, et Quart comprit qu'elle poursuivait leur conversation interrompue –. Et que, passé cette ligne, le monde ne serait plus le même.

– Qu'y a-t-il de l'autre côté ?

La vieille dame le regarda en feignant la surprise :

– Dans la bouche d'un prêtre, la question a de quoi inquiéter... Les femmes de ma génération ont toujours cru que vous aviez réponse à tout. Quand je demandais conseil à mon vieux confesseur, aujourd'hui décédé, à propos des fredaines de mon mari, il me recommandait toujours de me résigner, de prier et d'offrir mes angoisses à Jésus-Christ. Selon lui, la vie privée de Rafael était une chose et mon salut une autre. Sans aucun rapport.

Elle regardait tour à tour sa fille et Quart qui se demandait quelle sorte de conseils conjugaux don Príamo Ferro avait pu donner à Macarena.

– De ce côté-ci de la ligne – reprit Cruz Bruner –, on éprouve une certaine curiosité sans passion. Une tendresse tolérante pour ceux qui viendront vous y rejoindre tôt ou tard, et qui ne le savent pas.

– Comme votre fille ?

La vieille dame réfléchit un instant :

– Par exemple – dit-elle enfin en examinant Quart avec intérêt –.

Ou comme vous. Vous ne serez pas toujours un prêtre bel homme qui attire à lui les fidèles du sexe faible.

Quart ignora l'allusion. Il continuait à frôler des certitudes, mais sans succès :

– Et où se situe le père Ferro dans tout cela ?... Quelle est sa vision de l'autre côté de la ligne ?

La vieille dame fit un geste d'ignorance. La conversation commençait à l'ennuyer.

– Il faudrait le lui demander. Il me semble que don Príamo n'est ni tendre ni tolérant. Mais c'est un prêtre honorable, et je crois aux prêtres. Je crois en l'Église catholique, apostolique et romaine, et j'espère sauver mon âme dans la vie éternelle – elle se toucha le menton avec son éventail fermé –. Je crois même aux prêtres comme vous qui ne disent pas la messe ni ne font rien de la sorte ; et même à ceux qui vont en blue-jean et en chaussures de tennis, comme le père Oscar... Dans ce monde disparu d'où je viens, un prêtre signifiait quelque chose. Et puis – elle regarda sa fille –, Macarena aime beaucoup don Príamo, et je fais aussi confiance à Macarena. J'aime la voir livrer ses batailles personnelles, même si je ne la comprends pas toujours. Des batailles qui auraient été impossibles quand j'avais son âge.

Le père Quart s'interrogeait sur l'intégrité du curé de Notre-Dame-des-Larmes. C'était la seconde fois en deux jours qu'il entendait proclamer bien haut cette honorabilité. Et pourtant, elle ne concordait pas avec les faits survenus à Cillas de Ansó, dont il avait pris connaissance dans ce rapport, à l'archevêché. Il consulta sa montre :

– Le père Ferro est monté à l'observatoire ?

– Il est encore trop tôt – répondit Cruz Bruner –. Il monte généralement un peu plus tard, vers onze heures... Aimeriez-vous l'attendre ?

– Oui. Je voudrais lui parler d'un certain nombre de choses.

– Parfait. Ainsi, nous aurons plus longtemps le plaisir de votre compagnie... – les grillons avaient recommencé à chanter et la vieille dame écoutait, attentive, à demi tournée vers le jardin –. Avez-vous découvert qui vous avait envoyé notre carte postale ?

Elle avait posé sa question sans le regarder. Quart glissa la main dans la poche intérieure de sa veste et déposa sur la table la carte que le capitaine Xaloc n'avait jamais reçue.

– Je n'en ai pas la moindre idée – il sentit que Macarena l'observait –. Au moins, je sais maintenant qui étaient les deux personnages, et ce que signifiait cette carte.

– Vraiment, vous le savez ? – Cruz Bruner ouvrait et refermait son éventail. Elle finit par le déposer sur le rectangle de bristol, sur la table –. Dans ce cas, puisque vous allez attendre don Príamo, pourquoi ne pas en profiter pour la remettre dans la malle de Carlota ?

Quart regarda les deux femmes, indécis. Macarena était debout et attendait, immobile, la carte postale à la main, le contour de ses cheveux et de ses épaules souligné en clair par la lumière de la lune. Il se leva et la suivit dans le patio, puis dans le jardin.

Quand ils montèrent au colombier, quelques nuages grignotaient le bas de la lune, et cette clarté voilée donnait un aspect irréel à la ville qui s'étendait à leurs pieds. Les toits de Santa Cruz s'étageaient, comme dans un vieux décor de théâtre, en une succession d'ombres interrompues ici et là par la lumière d'une fenêtre, un réverbère lointain au bout d'une rue étroite, prise entre deux rangées de toits, une terrasse où la lessive étendue pendait, chapelet de linceuls dans la nuit. La Giralda se dressait au fond, illuminée, comme si on l'avait peinte sur une toile sombre, et le campanile de Notre-Dame-des-Larmes semblait tout proche, presque à portée de main, derrière les grands rideaux blancs que la brise agitait lentement.

– Ce n'est pas la brise du fleuve, c'est le vent de mer – dit Macarena –. Il se lève la nuit. Il vient de Sanlúcar.

Elle glissa les doigts du côté gauche de son décolleté, sortit son briquet de sous la bretelle de son soutien-gorge et alluma une cigarette. La fumée s'envola par les arches de la galerie, traversant l'essaim d'insectes qui tournoyaient dans le rond de lumière que projetait la lampe allumée à côté de la malle ouverte.

– C'est tout ce qui reste de Carlota Bruner – dit-elle.

La malle était remplie d'un étonnant bric-à-brac : coffrets laqués, perles de jais, une statuette de porcelaine, des éventails

338

cassés, une vieille mantille élimée, des épingles à chapeau, des baleines de corset, une bourse en maille d'argent, des lunettes de théâtre incrustées de nacre, les fleurs fripées en tissu, en papier et en cire d'un chapeau, des albums de photos et de cartes postales, de vieilles revues illustrées, des étuis de cuir et de carton, d'insolites longs gants rouges en chevreau, de vieux recueils de poésie et des cahiers d'écolier, des œufs à broder en bois, une tresse de cheveux châtain très clair de près de trente centimètres de long, un catalogue de l'Exposition universelle de Paris, un morceau de corail, une gondole miniature, une vieillissime brochure touristique sur les ruines de Carthage, un peigne d'écaille, un presse-papiers de verre où se trouvait emprisonné un petit hippocampe, quelques monnaies anciennes, romaines, d'autres d'argent à l'effigie d'Isabelle II et d'Alphonse XII. Et puis l'épaisse liasse des lettres, nouée d'une faveur. Une cinquantaine d'enveloppes, calcula Quart. Les deux tiers contenaient chacune trois feuillets pliés en deux, et le reste des cartes postales. L'encre avait pâli sur le papier jauni et cassant, virant du noir ou du bleu à un sépia très clair, illisible par endroits. Aucune n'avait été oblitérée. Toutes étaient de l'écriture anglaise fine et penchée de Carlota. Adressées au capitaine don Manuel Xaloc, port de La Havane, à Cuba.

– Il n'y en a aucune de lui ?

– Pas une seule – à genoux devant la malle, Macarena prit quelques lettres et les parcourut, sa cigarette entre les doigts –. Mon arrière-grand-père les brûlait à mesure que les employés des Postes les lui remettaient. C'est dommage. Nous savons ce qu'elle lui écrivait, mais rien de ce qu'il lui disait.

Assis dans un vieux fauteuil, tournant le dos aux étagères couvertes de livres, Quart regardait les cartes postales. Toutes étaient des gravures pittoresques de Séville, comme celle qu'il avait reçue : le pont de Triana, le port avec la Torre del Oro et une goélette au premier plan, ou encore une affiche de la Feria, une reproduction d'un tableau de la cathédrale. Je t'attends, je t'attendrai toujours, de tout mon amour, toujours à toi, j'attends de tes nouvelles, je t'aime, Carlota. Il sortit une lettre de son enveloppe. Elle était datée du 11 avril 1896 :

Cher Manuel,

Je ne me résigne pas à vivre sans recevoir de tes nouvelles. Je suis sûre que ma famille confisque ton courrier, car je sais que tu ne m'as pas oubliée. Quelque chose dans mon cœur, comme le petit tic-tac de ta montre, me dit que mes lettres et mes espoirs ne se perdent pas dans le vide. Je vais te faire envoyer cette lettre par une domestique en qui je crois pouvoir avoir confiance, et j'espère que ces lignes te parviendront. Avec elles, je renouvelle mon message d'amour et ma promesse de t'attendre toujours, jusqu'à ce que tu reviennes enfin.

Quelle longue attente, mon amour ! Le temps passe et j'attends toujours qu'une de ces voiles blanches qui remontent le fleuve te ramène avec elle. La vie doit sûrement finir par être bonne pour ceux qui souffrent tant d'avoir confiance en elle. Parfois, je suis à bout de forces, et je pleure, et je me désespère, et j'en viens à croire que tu ne reviendras jamais. Que tu m'as oubliée, malgré ton serment. Tu vois comme je peux être injuste et sotte ? Je t'attends toujours, chaque jour, dans la tour d'où je t'ai vu partir. A l'heure de la sieste, quand tout le monde dort et que la maison est silencieuse, je monte là-haut et je m'assieds dans le fauteuil à bascule pour regarder le fleuve qui te ramènera. Il fait très chaud. Hier, j'ai eu l'impression de voir voguer les galions des tableaux accrochés dans l'escalier. J'ai aussi rêvé d'enfants qui jouaient sur une plage. Je crois que ce sont de bons signes. Peut-être es-tu déjà en route pour me retrouver. Reviens vite, mon amour. J'ai besoin d'entendre ton rire, de voir tes dents blanches, tes mains brunes et fortes. Et de te voir me regarder comme tu sais me regarder. Et de recevoir encore ce baiser qu'une fois tu m'as donné. Reviens, je t'en prie. Je t'en supplie. Reviens, ou je vais mourir. Je sens déjà au fond de moi que je suis en train de mourir.

Mon amour.

Carlota

– Manuel Xaloc n'a jamais lu cette lettre – dit Macarena –. Pas plus que les autres. Carlota a encore gardé sa tête pendant six mois, et puis la nuit est tombée. Elle n'exagérait pas : elle se mourait au plus profond d'elle-même. Quand il est enfin venu la voir, quand il s'est assis dans le patio dans son uniforme bleu à

340

11 de Abril de 1896

Querido Manuel:

No me resigno a vivir sin noticias tuyas. Tengo la seguridad de que mi familia intercepta tu correo, pues sé que no me has olvidado. Hay algo en mi corazón, un pequeño tic-tac como el de tu reloj, que dice que mis cartas y mi esperanza no viajan al vacío. Voy a enviarte ésta con una doncella, que creo segura, y espero que mis palabras lleguen a ti. Con ellas te renuevo mi mensaje de amor y mi promesa de aguardarte siempre, hasta que regreses por fin.

¡Qué larga es la espera, corazón! Pasa el tiempo y sigo aguardando que una de las velas blancas que vienen río arriba te traiga conmigo. La vida tiene forzosamente que ser, al final, generosa con los que tanto sufren por confiar en ella. A veces me faltan las fuerzas, y lloro, y me desespero, llego a creer que no volverás nunca.

Que me has olvidado, a pesar de tu juramento. ¿Ves qué injusta y estúpida puedo llegar a ser?

Te espero siempre, cada día, en la torre desde la que te vi marchar. A la hora de la siesta, cuando todos duermen y la casa está en silencio, vengo aquí arriba y me siento en la mecedora a mirar el río por el que volverás. Hace mucho calor, y ayer me pareció ver moverse, navegando, los galeones que hay pintados en los cuadros de la escalera. También he soñado con niños que jugaban en una playa. Creo que son buenas señales. Quizás en este momento estés ya de camino hacia mí.

Vuelve pronto, amor mío. Necesito oír tu risa, y ver tus dientes blancos, y tus manos morenas y fuertes. Y verte mirarme como me miras. Y renovar ese beso que una vez me diste. Vuelve, por favor. Te lo suplico. Vuelve o me moriré. Siento que por dentro ya me estoy muriendo.

— Mi amor   Carlota

boutons dorés, Carlota était déjà morte. Celle qu'il voyait devant lui, incapable de le reconnaître, n'était qu'une ombre.

Quart plia le feuillet et le remit dans le cimetière de papier jauni, jonché d'enveloppes semblables à des pierres tombales posées sur des messages lancés à l'aveuglette, dans le noir et dans le vide. Il se sentait troublé, gêné, presque coupable d'avoir violé par son indiscrétion l'intimité d'un dialogue fait d'appels au secours, de mots d'amour qui n'avaient jamais reçu de réponse. Il ressentait une honte indéfinissable. Une tristesse infinie.

– Vous voulez en lire d'autres ? – lui demanda Macarena.

Quart secoua la tête. Le vent de mer qui remontait le Guadalquivir, depuis Sanlúcar, agitait les grands rideaux blancs, faisant entrevoir par moments la silhouette sombre du campanile de l'église. Macarena s'était assise par terre, adossée à la malle, et elle relisait quelques lettres à la lumière de la lampe qui arrachait des reflets sombres à ses cheveux noirs. Une mèche lui recouvrait la moitié du visage. Quart admira la courbe de son cou, la peau brune de son buste et de la naissance de ses épaules, ses pieds nus dans ses sandales de cuir. Il se dégageait d'elle une sensation de chaleur si intense qu'il faillit tendre la main et frôler la peau de son cou du bout des doigts.

– Regardez ! – dit-elle.

Elle lui tendait un feuillet manuscrit : le dessin d'un bateau, avec une légende écrite de la main de Carlota. Il y avait un titre en haut de la page : *Yacht armé « Manigua »*. Suivait la fiche technique du navire, manifestement recopiée, comme le croquis, dans une revue de l'époque.

– Cette chemise est la plus récente – dit Macarena en lui tendant un carton noué avec un ruban –. C'est mon grand-père qui l'a mise là, après la mort de Carlota. L'autre épilogue de l'histoire.

Quart ouvrit la chemise. Elle renfermait de vieilles coupures de journaux et d'illustrés qui se rapportaient toutes à la fin de la guerre de Cuba et au désastre naval du 3 juillet 1898. Sur la couverture d'un numéro de *La Ilustración*, une gravure représentait la destruction de l'escadre de l'amiral Cervera. Il y avait aussi un article relatant la bataille, un plan de la côte de Santiago de Cuba, des portraits des principaux chefs et officiers morts au combat. Parmi eux, Quart trouva celui qu'il cherchait. Le portrait n'était pas très bon ; la légende de l'illustrateur disait : *fait à partir de témoignages dignes de foi*. On y voyait les traits d'un bel homme, veste boutonnée jusqu'au cou sur un foulard blanc, l'expression mélancolique. Il était le seul en civil et l'on aurait dit que le dessinateur avait voulu souligner qu'il s'était trouvé dans l'escadre de Cervera par accident. Cheveux courts, une large moustache qui allait rejoindre des rouflaquettes bien fournies : *Capitaine de marine marchande D. Manuel Xaloc Ortega, commandant du « Manigua »*. L'homme regardait dans le vague, quelque part derrière Quart, comme si, au fond, il se moquait éperdument de figurer parmi les héros de Cuba. Plus bas, sur la même page, on pouvait lire ceci :

… Tandis que l'*Infanta María Teresa* en flammes, après avoir soutenu le feu concentré de l'escadre américaine pendant près d'une heure, s'échouait sur la côte, le reste des navires espagnols franchissaient les uns après les autres le goulet du port de Santiago, entre les forts El Morro et Socapa, aussitôt accueillis par le feu nourri des pièces d'artillerie des cuirassés et des croiseurs de Sampson qui disposaient d'une supériorité écrasante par leur puissance de feu et leur blindage. Ses tourelles muettes, ses ponts couverts de morts et de blessés, sa superstructure criblée d'éclats d'obus, tout le côté bâbord englouti par les flammes, l'*Oquendo* passa devant l'endroit où s'était échoué son navire amiral et, incapable de poursuivre sa route, son commandant (capitaine de vaisseau Lazaga) étant mort dans le feu de l'action, il alla s'échouer à son tour un mille plus à l'ouest, pour ne pas tomber aux mains de l'ennemi.

Le *Vizcaya* et le *Cristóbal Colón* avançaient à toute vapeur parallèlement à la côte contre laquelle le déluge de feu des Américains les refoulait. Ils passèrent à côté de leurs compagnons désemparés, les survivants tentant de rejoindre la rive à la nage. Plus rapide, le *Colón* prit de l'avance, tandis que le malheureux *Vizcaya* restait sous le feu de tous les bâtiments ennemis. L'incendie éclata et, après que son commandant (capitaine de vaisseau Eulate) eut tenté en vain d'aborder le cuirassé *Brooklyn*, il alla s'échouer lui aussi sous le feu de l'*Iowa* et de l'*Oregon*, son pavillon en flammes battant toujours au vent. Ce fut ensuite le tour du *Colón* (capitaine de vaisseau Díaz Moreu) qui, à une heure de l'après-midi, acculé par quatre navires

Yate armado "MANIGUA"
Capitán don Manuel Xaloc

1886   Año de construccion, Inglaterra
327   Toneladas de desplazamiento
47   Eslora
2,2   Calado
1.800   H.P Fuerza Motriz
22   Nudos ~~~~~~
Autonomía 1.800 millas a 10 nudos ~~~~~
Armamento 2 de 47 (~~~~~ a popa) ~~~~
          1 de 75 (en el centro)
Dotación 27 hombres (3x4 artillería) ~~

Yacht armé « Manigua », capitaine Manuel Xaloc.

Santiago de Cuba.
Tragique destruction de l'escadre de l'amiral Cervera.

américains, incapable de se défendre sans artillerie lourde, fut jeté à la côte et se saborda. Au même moment, plus en arrière et sans aucun espoir de pouvoir survivre, les unités légères de l'escadre sortaient du port l'une après l'autre, les contre-torpilleurs *Plutón* et *Furor*, auxquels s'était joint à la dernière heure le yacht armé *Manigua*, dont le commandant (capitaine de marine marchande Xaloc) refusa de rester à l'abri du port où son bateau aurait été capturé alors que la ville était sur le point de tomber. Sachant la fuite impossible, elles foncèrent droit sur les cuirassés et croiseurs américains. Le *Plutón* (lieutenant de vaisseau Vázquez) s'échoua après avoir été coupé en deux par un gros projectile de l'*Indiana* ; le *Furor* (commandant Villaamil) sombra sous le feu du même cuirassé et du *Gloucester*. Quant au léger et rapide *Manigua*, il sortit le dernier du port de Santiago, quand la côte n'était plus qu'une succession de navires espagnols échoués et en flammes, hissa un insolite pavillon noir à côté des couleurs nationales, contourna le haut-fond du *Diamante*, déjà sous le feu ennemi, puis, sans hésiter, mit le cap sur le bâtiment américain le plus proche, le cuirassé *Indiana*. Le *Manigua* parcourut ainsi trois milles en s'approchant en zigzag du cuirassé, sous un feu d'une intensité extrême. Il coula à une heure et vingt minutes de l'après-midi, le pont complètement rasé, incendié de la proue à la poupe, alors qu'il essayait encore d'aborder l'ennemi...

Quart remit la coupure dans la chemise qu'il rangea dans la malle, avec le reste des archives de Carlota. Il savait maintenant ce que regardaient les yeux indifférents du capitaine Xaloc sur le portrait de la revue illustrée : les canons du cuirassé *Indiana*. Un instant, il l'entrevit cramponné au bastingage de la passerelle, dans le fracas des canons et la fumée du bateau incendié, résolu à mettre un point final à son long voyage vers nulle part.

– Carlota a su cette histoire ?

Macarena feuilletait les pages d'un vieil album de photos :

– Je ne sais pas. En juillet 1898, elle avait déjà complètement perdu la raison. Impossible de savoir ce que l'événement a pu signifier pour elle. Je suppose qu'on lui a caché la nouvelle. De toute façon, elle a continué à monter ici pour l'attendre, jusqu'à sa mort.

– C'est une histoire bien triste.

Elle s'arrêta sur une page et la lui montra. Une vieille photo y était collée, petit rectangle de carton avec la griffe du photographe dans un angle. On y voyait une jeune fille en vêtements d'été aux couleurs claires, une ombrelle fermée à la main, coiffée d'un immense chapeau dont les fleurs ressemblaient au bouquet de tissu et de cire de la malle. Le cliché avait jauni et beaucoup de détails s'étaient effacés avec le temps. Mais on devinait encore des mains fines qui tenaient une ombrelle et une paire de gants, des cheveux clairs noués sur la nuque, l'ovale d'un visage pâle, un triste sourire et un regard absent. Elle n'était pas belle, mais elle avait quelque chose d'agréable, de doux, de serein. Quart pensa qu'elle devait avoir un peu plus de vingt ans.

– Elle a peut-être fait faire cette photo pour lui – hasarda Macarena.

Une bouffée de vent souleva les rideaux et Quart aperçut de nouveau le campanile tout proche de Notre-Dame-des-Larmes. Pour dissiper son malaise, il se leva, s'avança vers l'un des arcs mozarabes, ôta sa veste, la plia, la posa sur le rebord et se mit à regarder la toiture de l'église qui se découpait dans l'obscurité. Son chagrin devait être aussi grand que celui de Manuel Xaloc, quand il était sorti pour la dernière fois de la Casa del Postigo, en route pour l'église où il allait laisser les perles de la robe de mariée que Carlota Bruner ne porterait jamais.

– Je suis désolé – murmura-t-il presque malgré lui dans la nuit, sans savoir à qui s'adressaient ces mots d'excuses, ni de quoi il s'excusait. Il sentait le froid de la pierre de la crypte dans ses poignets, il entendait le grésillement des cierges pendant la messe du père Ferro, il respirait l'odeur de passé stérile qui sortait de la malle ouverte. Au milieu du désert, un Templier solitaire, à bout de forces, appuyé sur son épée, voyait passer devant ses yeux, lentement, le yacht armé *Manigua* alors qu'il prenait la mer ce 3 juillet 1898, une silhouette immobile sur la passerelle de commandement, battant pavillon noir, noir comme le désespoir.

Quelque chose le frôla. Macarena s'était approchée et regardait elle aussi le campanile de Notre-Dame-des-Larmes.

– Maintenant, vous savez tout ce que vous deviez savoir.

Comme elle avait raison. Quart en savait plus qu'il ne l'avait souhaité et *Vêpres* avait atteint son inutile objectif. Mais rien de tout cela ne pouvait se traduire dans la prose officielle du rapport qu'attendait l'IOE. Ce qui importait dans cette affaire, c'était ce que monseigneur Spada, Son Éminence Jerzy Iwaszkiewicz et Sa Sainteté le pape désiraient savoir : l'identité du pirate informatique et si l'ombre d'un scandale planait vraiment sur la petite église sévillane. Le reste, les histoires et les vies cachées entre les murs de cette église, n'intéressait personne. Avec sa jeunesse et sa fougue, le père Oscar avait vu juste : Notre-Dame-des-Larmes était trop loin de Rome. Elle n'était, comme le *Manigua* du capitaine Xaloc, qu'un petit bateau qui louvoyait tant bien que mal, condamné d'avance, face à l'impassible masse d'acier d'un cuirassé sans âme.

Macarena posa les doigts sur son bras, celui de la main écorchée. Il ne le retira pas, mais elle dut sentir ses muscles tressaillir.

– Je vais bientôt quitter Séville – fit enfin Quart à voix basse.

Elle resta silencieuse un moment. Puis il devina qu'elle se tournait vers lui :

– Vous croyez qu'ils vont comprendre à Rome ?

– Je n'en sais rien. Mais qu'ils comprennent ou non n'a pas d'importance – Quart fit un geste dans la direction de la malle, du campanile, de la ville noire à ses pieds –. Ils ne sont pas venus ici, un point minuscule sur la carte, un point qui aura attiré un instant leur attention à cause d'un pirate audacieux. On lira mon rapport, et il sera classé quelques minutes plus tard.

– C'est injuste ! – protesta Macarena –. Cet endroit n'est pas comme les autres.

– Vous vous trompez. Le monde est rempli d'endroits comme celui-ci. Chaque petit coin, chaque histoire a sa Carlota qui attend à sa fenêtre, son vieux curé têtu, une église qui tombe en ruine quelque part... Vous n'êtes pas assez importants pour empêcher le pape de dormir.

– Et vous ?

– Ce n'est pas la même chose. Je dormais déjà peu.

– Je vois – elle avait retiré sa main –. Vous n'aimez pas vous sentir impliqué. Je me trompe ?... Sauf lorsqu'il s'agit d'exécuter des ordres... – elle rejeta brusquement ses cheveux en arrière et se plaça de telle façon qu'il ne put faire autrement que la regarder en face –. Vous n'allez pas me demander pourquoi j'ai quitté mon mari ?

– Non. Je ne vais pas vous le demander. Cette information n'est pas indispensable pour mon rapport.

Il entendit le rire bas et méprisant de la jeune femme.

– Je m'intéresse très peu à votre rapport, vous savez. Vous êtes venu ici, vous avez posé des questions. Vous ne pouvez plus partir en fermant délibérément les yeux sur le reste des réponses… Vous avez fouillé dans la vie de tout le monde, vous avez maintenant l'occasion de tout savoir sur la mienne – elle détourna les yeux. Sa voix était devenue grave, lointaine ; comme si elle devait parcourir une longue route avant de parvenir jusqu'à ses lèvres –. Je voulais un enfant, vous comprenez ?… Pour atténuer cette impression qu'il n'y a rien entre mes pieds et l'abîme… Je voulais un enfant et Pencho n'en voulait pas – sa voix avait pris un ton sarcastique –. Vous imaginez les arguments : trop tôt, le moment est mal choisi, un tournant crucial dans nos vies, nécessité de concentrer nos efforts et nos forces, plus tard… Je ne l'ai pas écouté et je suis tombée enceinte. Pourquoi tournez-vous la tête, père Quart ?… Vous êtes choqué ?… Imaginez que vous êtes dans un confessionnal. Après tout, c'est votre métier.

Quart secoua la tête, sûr de lui tout à coup. C'était bien la seule chose qui était encore claire pour lui. Son métier.

– Vous vous trompez encore – répondit-il doucement –. Ce n'est pas mon métier. Je vous ai déjà dit que je ne voulais pas vous confesser.

– Vous ne pouvez pas l'éviter, mon père – il y avait autant de dépit que d'ironie dans la voix de la jeune femme –. Considérez-moi comme une âme en peine que votre ministère vous interdit de repousser… – il y eut un moment de silence –. Et je ne demande pas l'absolution.

Quart haussa les épaules, comme si ce mouvement suffisait pour qu'il reste en marge de ce qu'elle lui disait. Mais elle avait les yeux remplis de reflets de lumière, de lune et de nuit. Elle ne sembla pas voir son geste.

– Je suis tombée enceinte – continua-t-elle sur le même ton – et Pencho a cru que le ciel lui tombait sur la tête. Trop tôt, trop de problèmes pour le moment. Il m'a intimidée, plus que personne ne l'avait jamais fait dans ma vie... Il m'a pratiquement forcée à m'en débarrasser.

C'était donc cela. Les dernières pièces du puzzle continuaient à s'assembler lentement dans l'esprit du prêtre. Macarena se tut, et il ne put supporter son silence :

– Ce que vous avez fait.

Ce n'était pas une question. Il se retourna et découvrit sur ses lèvres un sourire amer qu'il ne lui avait encore jamais vu.

– Ce que j'ai fait – Santa Cruz se reflétait toujours dans ses yeux, blafarde sous le clair de lune –. Je suis catholique, et j'ai résisté tant que j'ai pu. Mais j'aimais vraiment mon mari. Contre l'avis de don Príamo, je suis allée dans une clinique et j'ai perdu mon enfant. Mais il y a eu des complications : perforation de l'utérus avec hémorragie artérielle. Hystérectomie d'urgence... Vous savez ce que cela veut dire ? Que je ne pourrai jamais plus avoir d'enfants – elle leva ses yeux qui s'inondèrent de lune –. Jamais.

– Qu'a dit le père Ferro ?

– Rien. Il est vieux et il a vu trop de choses dans sa vie. Il continue à me donner la communion quand je la lui demande.

– Votre mère est au courant ?

– Non.

– Et votre mari ?

Cette fois, elle éclata d'un petit rire sec.

– Non plus – elle fit glisser sa main sur le rebord de pierre, près du bras de Quart, mais sans le toucher cette fois –. Personne n'est au courant, sauf le père Ferro et Gris. Et vous, maintenant.

Elle hésita, comme si elle allait encore ajouter un nom. Quart la regardait, surpris :

– Et sœur Marsala a approuvé votre décision ?

– Absolument pas. J'ai même failli me brouiller avec elle. Mais quand les choses se sont compliquées à la clinique, elle est venue aussitôt à mon chevet... Quant à Pencho, je n'avais pas voulu qu'il m'accompagne et il a toujours cru que tout s'était passé normalement. Je suis revenue chez moi, convalescente, et il a dû penser que tout allait bien.

Elle se tut, regarda La Giralda illuminée dans le lointain, puis se retourna vers le prêtre.

– Il y a aussi un journaliste – dit-elle –. Un certain Bonafé, celui qui a publié certaines photos la semaine dernière…

Elle s'arrêta, attendant sans doute une réponse. Mais Quart resta muet. Les photos de l'hôtel Alfonso XIII n'avaient pas beaucoup d'importance. Ce qui l'inquiétait, c'était d'entendre le nom de Bonafé dans la bouche de Macarena.

– Un individu désagréable – reprit-elle au bout d'un moment –. Mou, sale… De ces gens à qui on ne donnerait jamais la main, parce qu'on sait qu'ils ont la paume moite.

– Je le connais – dit enfin Quart.

Macarena lui lança un regard méfiant, comme si elle se demandait comment il avait pu faire la connaissance d'un pareil personnage. Puis elle baissa la tête, et ses cheveux noirs tombèrent comme un rideau entre eux.

– Il est venu me voir ce matin – continua-t-elle –. En réalité, il m'a abordée à la porte, au moment où je sortais. Je ne l'aurais jamais reçu ici. Je l'ai envoyé promener. Mais il a insinué quelque chose à propos de la clinique avant de s'en aller… Il fouine de ce côté-là aussi.

Seigneur Dieu. Quart fit la grimace, imaginant la scène. Un instant, il regretta de ne pas avoir été plus brutal avec Bonafé lors de leur dernière rencontre. Le rat. Et il désira de tout son cœur tomber sur lui à son retour, à la réception de l'hôtel, pour lui faire ravaler son sourire visqueux.

– Je suis un peu inquiète – avoua Macarena.

Elle avait parlé d'une voix préoccupée, hésitante, que le prêtre découvrait pour la première fois dans sa bouche. Quart pouvait imaginer sans mal tout le parti que Bonafé allait tirer de cette histoire.

– Mais l'avortement n'est plus un problème en Espagne.

– Non. Mais cet homme et sa revue vivent de scandales.

Elle croisa les bras. Tout à coup, elle semblait avoir froid.

– Vous savez comment on fait un avortement, père Quart ?… – elle s'était retournée, cherchant une réponse sur son visage. Elle y renonça finalement et fit une moue méprisante –. Non, vous ne le savez sans doute pas. Je veux dire, pas vraiment. Toute cette lumière, le plafond blanc, les cuisses ouvertes. Et cette envie de mourir. Et cette solitude infinie, glacée, épouvantable… – elle s'éloigna brusquement de la fenêtre –. Maudits soient tous les hommes, vous compris. Qu'ils soient tous maudits, jusqu'au dernier.

Elle s'arrêta, puis poussa un profond soupir, comme si ses poumons lui faisaient mal. Le jeu d'ombre et de lumière sur son visage la faisait paraître plus âgée ; ou peut-être était-ce sa voix devenue lente et amère qui faisait d'elle une femme plus dure, usée.

– Je ne voulais pas y penser – reprit-elle un peu plus tard –. Penser à ce qui était arrivé. Je vivais dans un rêve étrange dont je voulais me réveiller… Et un jour, trois mois après mon retour, je suis entrée dans la salle de bains pendant que Pencho prenait sa douche. Nous venions de faire l'amour, pour la première fois depuis l'opération. Il se savonnait et je me suis assise sur le bord de la baignoire pour le regarder. Tout à coup, il a souri, et j'ai découvert devant moi un parfait inconnu… Quelqu'un qui n'avait rien à voir avec l'homme que j'aimais, un homme à cause de qui je ne pourrais jamais plus avoir d'enfants.

Elle se tut encore, au désespoir de Quart qui aurait préféré ne rien savoir et qui pourtant était suspendu à ses lèvres. Un instant, il crut qu'elle avait fini ; mais elle revint à la fenêtre, une main posée sur le rebord, à mi-chemin entre elle et le prêtre, sur la veste pliée.

– Je me sentais très vide et très seule – reprit-elle enfin –. Pire qu'à la clinique. Alors, j'ai fait ma valise et je suis venue ici… Pencho n'a jamais compris. Et il ne comprend toujours pas.

Quart respira lentement, cinq, six fois. Elle semblait attendre une réaction de sa part.

– Et c'est pour cela qu'il a mal – dit-il enfin. Cette fois encore, ce n'était pas une question.

– Mal ?… Personne ne peut lui faire de mal. Il est complètement blindé par son égoïsme et ses obsessions. Mais je peux certainement le faire payer cher, sur le plan social : cette église, son prestige de financier, sa fierté d'homme. Séville passe très facilement des applaudissements aux sifflets… Je parle de *ma* Séville, celle dont Pencho aspire à être reconnu. Et il paiera.

– Votre amie Gris prétend que vous l'aimez encore.

– Elle parle trop, parfois – elle rit, avec la même amertume –.

353

Le problème, c'est peut-être que *moi* je l'aime. Ou le contraire. De toute façon, le résultat sera le même.

– Et moi ?… Pourquoi me racontez-vous tout cela ?

La lune regardait Quart. Deux disques blancs. Opaque.

– Je ne sais pas. Vous m'avez dit que vous partiez, et votre départ me dérange tout à coup – elle était maintenant si proche que lorsque la brise se leva de nouveau, ses cheveux caressèrent presque le visage de Quart –. Je me sens peut-être moins seule à côté de vous. On dirait que vous incarnez, malgré vous, cette image atavique que le prêtre a toujours eue pour une bonne partie des femmes ; quelqu'un de fort et de sage à qui on peut faire confiance, à qui on peut se confier… Peut-être à cause de votre costume noir et de votre col romain, peut-être aussi parce que vous êtes un homme séduisant. Peut-être parce que le fait que vous soyez envoyé par Rome, avec tout ce que cela représente, aiguise mon intérêt. Je suis peut-être votre *Vêpres*. J'essaie peut-être de vous rallier à ma cause, ou simplement d'offenser encore plus vicieusement Pencho dans son honneur… Peut-être tout cela à la fois, ou une partie seulement. Dans ce qu'est devenue ma vie, le père Ferro et vous sont les deux pôles extrêmes d'un terrain rassurant : opposés et complémentaires.

– Et c'est pour cette raison que vous défendez cette église – conclut Quart –. Vous en avez autant besoin que les autres.

Elle leva les bras pour remonter ses cheveux sur sa nuque. Son cou sombre dessinait une douce courbe entre les lobes des oreilles et la naissance des épaules.

– Vous en avez peut-être besoin vous aussi, plus que vous ne pensez… – elle ouvrit les mains et ses cheveux se répandirent en une cascade noire, inondant le creux de ses épaules –. Pour ma part, j'ignore ce dont j'ai besoin. Peut-être de cette église, comme vous dites. Peut-être d'un bel homme silencieux qui me fasse oublier ; ou qui me fasse au moins le don de l'indifférence. Et d'un autre, vieux et sage, qui m'absolve de rechercher mon propre oubli. Vous savez, il y a deux siècles, celui qui était catholique avait bien de la chance. Tout trouvait sa solution dans la religion : il suffisait de s'ouvrir sincèrement à un prêtre et d'espérer. Aujourd'hui, vous autres, les prêtres, vous ne croyez même plus en vous. J'ai vu un film, *Jennie*… Vous aimez le cinéma ? A un moment, le héros, un peintre, dit à Jennifer Jones : « Sans toi, je suis perdu. » Et elle répond : « Ne dis pas ça. Nous ne pouvons pas être perdus tous les deux… » Seriez-vous aussi perdu que vous en avez l'air, père Quart ?

Il se retourna, abandonnant sa veste sur le rebord de la fenêtre, sans répondre. La lune se riait de lui avec son double reflet pâle. Et il se demanda comment il était possible qu'une bouche de femme puisse sourire ainsi, à la fois moqueuse et tendre, à ce point provocante et pourtant timide, et si proche. Au moment où il allait dire quelque chose, il ne savait pas encore quoi, une horloge sonna onze coups au-dessus des toits, tout près, et Quart se dit que c'était sûrement le Saint-Esprit qui mettait fin à son tour de garde. Seigneur Dieu. Il leva une main vers le visage de la jeune femme – sa main blessée – mais sut rester suffisamment maître de lui pour arrêter son geste à mi-chemin. Et c'est alors, incapable de savoir s'il en était déçu ou soulagé, qu'il vit don Príamo Ferro à la porte, les regardant.

– Trop de lune – dit le père Ferro en levant les yeux vers le ciel, debout derrière la lunette –. Mauvais moment pour travailler.

Macarena était descendue, les laissant seuls dans le colombier. Quart se pencha pour refermer la malle de Carlota, puis s'arrêta, les yeux fixés sur la petite silhouette tassée qui lui tournait le dos, tellement sombre dans sa soutane noire.

– Éteignez la lumière – dit le curé.

Quart obéit. Les reliures des livres, la malle de Carlota, la gravure de Séville au XVIIᵉ siècle sur le mur, tout se confondit dans le noir. A la fenêtre, la silhouette semblait maintenant plus ramassée, plus robuste. La nuit accentuait en elle une qualité singulière, faite d'ombres.

– Je voudrais vous parler – dit Quart –. Je quitte Séville.

Le père Ferro ne répondit pas. Il continuait à regarder le ciel, entaillé par un coin de lune dans l'arche de la fenêtre, entre les grands rideaux qui flottaient.

– Bérénice – dit-il enfin –. Je vois la Chevelure de Bérénice.

Quart s'approcha du vieux prêtre, séparé de lui par la lunette pointée vers le ciel.

– Ces trois étoiles – ajouta le père Ferro –. Au nord-ouest. Bérénice qui fait don de sa chevelure pour apporter la victoire à ses armées.

Quart ne regardait pas le ciel, mais le profil sombre du vieux curé, tourné vers les étoiles. Comme si elle exauçait ses vœux avec un temps de retard, la tour illuminée de La Giralda s'éteignit soudain, s'évanouissant dans la nuit. Un instant plus tard, les yeux de Quart s'accoutumèrent au changement de lumière et ses contours assombris réapparurent sous la lune.

– Là-bas, plus loin – continuait le père Ferro –, presque au zénith, on peut voir les Chiens de Chasse.

Il avait prononcé ce mot avec un infini mépris : des intrus qui envahissaient un territoire aimé. Cette fois, Quart leva les yeux et put distinguer, dans la direction du nord, une grande étoile et une autre plus petite qui semblaient voyager de conserve dans l'espace.

– Vous ne semblez pas les aimer beaucoup.

– Non. Je déteste les chasseurs. Encore plus quand ils chassent pour d'autres… Dans le cas présent, ce sont en plus les chiens de l'adulation. La grande étoile s'appelle Cor Caroli. Halley l'a baptisée ainsi parce qu'elle brillait avec une intensité particulière le jour du retour de Charles II à Londres.

– Mais alors, le chien n'y est pour rien.

Il entendit le rire grinçant et sourd du vieux curé qui s'était enfin retourné pour le regarder de haut en bas, par-dessus son épaule. La lune accusait la blancheur de ses cheveux tondus à la diable ; elle les faisait presque paraître propres.

– Je vous trouve bien méfiant, père Quart. Pourtant, c'est moi qui ai la réputation d'être méfiant – il rit encore, tout bas –. Je ne parlais que des étoiles.

Il glissa la main dans une poche de sa soutane pour prendre une cigarette dans son étui de fer-blanc cabossé. Quand il se pencha au-dessus de la flamme qu'il abritait dans le creux de sa main, la lueur rougeâtre illumina les cicatrices et les rides du visage dévasté, les poils noirs et blancs de la barbe de deux ou trois jours, les taches grisâtres du col, les souillures de la soutane.

– Et pourquoi partez-vous ? – quand il souffla sur la flamme de l'allumette, le bout de sa cigarette fit un point rouge devant son profil dur –. Vous avez découvert qui est *Vêpres* ?

– *Vêpres* n'a pas vraiment d'importance, père. Ce peut être n'importe qui parmi vous, tous, ou aucun. Son identité ne change rien.

– J'aimerais savoir ce que vous allez raconter à Rome.

Quart le lui dit : les deux morts étaient des accidents regrettables et son enquête concordait avec la version de la police. Par ailleurs, un vieux curé menait une sorte de guerre privée, et plusieurs de ses paroissiens l'appuyaient. Une histoire aussi vieille que saint Paul, et personne à la Curie ne s'en scandaliserait sans doute. Si le pirate n'avait pas fait des siennes en envoyant son message à Sa Sainteté, l'affaire n'aurait jamais dû sortir du diocèse de Séville. En quelques mots, c'était la situation.

– Et que va-t-on faire de moi ?

– Oh, rien de particulier, je suppose. Comme monseigneur Corvo a déjà engagé une procédure disciplinaire et que mon rapport sera versé au dossier, j'imagine qu'on va vous trouver une retraite anticipée, discrète, un peu avant l'heure habituelle… Peut-être un poste d'aumônier dans les montagnes, ou plus probablement une maison de repos pour les prêtres de votre âge. Le repos, vous savez…

Le bout rouge de la cigarette se déplaçait.

– Et l'église ?

Quart tendit la main vers la veste qu'il avait laissée sur le rebord de la fenêtre. Il la déplia, la replia, puis la reposa au même endroit.

– Ce n'est pas de mon ressort. Mais dans l'état actuel des choses, l'avenir semble plutôt sombre. Il y a trop d'églises à Séville, et pas assez de prêtres. Et puis, Sa Révérence don Aquilino Corvo a prononcé le *requiescat*.

– Pour mon église, ou pour moi ?

– Pour les deux.

Le rire méchant du vieux curé grinça :

– Vous avez toujours réponse à tout, à ce que je vois.

Quart réfléchit un instant.

– A vrai dire, il me manque une réponse – fit-il enfin –. A propos d'un point qui figure dans votre dossier. Mais je ne veux pas en parler dans mon rapport sans connaître votre version des faits… Vous avez eu un problème là-bas, quand vous étiez curé en Aragon. Un certain Montegrifo. Je ne sais pas si vous vous souvenez.

– Je me souviens parfaitement de ce monsieur Montegrifo.

– Il dit qu'il vous a acheté un retable de votre paroisse.

Le père Ferro resta silencieux. Du coin de l'œil, Quart vit le profil sombre toujours tourné vers le ciel et la braise de la cigarette presque éteinte. Le clair de lune glissait sur son épaule, illuminant une de ses mains, posée sur le tube de laiton de la lunette.

– C'était une petite église romane – dit le curé après un long moment de silence –. Une charpente pourrie, des murs lézardés. Les corbeaux et les rats venaient y faire leur nid… C'était une paroisse très pauvre, tellement pauvre que je n'avais pas toujours de quoi acheter le vin de messe. Et mes paroissiens étaient éparpillés sur plusieurs kilomètres à la ronde. Des petites gens, des paysans. Des gens âgés, malades, incultes, sans avenir. Et moi, tous les jours, pour moi seul en semaine, pour eux le dimanche, je disais la messe devant un retable vermoulu, menacé par l'humidité, par la pluie qui passait à travers le toit… L'Espagne était remplie de lieux semblables, d'œuvres d'art sans défense que les trafiquants venaient voler, qui disparaissaient quand le toit de l'église s'écroulait, qui étaient exposées au feu, à la pluie, à la misère… Un jour, là-bas, j'ai reçu la visite d'un étranger. Il était accompagné d'un autre personnage élégant, bien mis, qui s'est présenté comme le directeur d'une grande maison de ventes aux enchères de Madrid. Ils m'ont fait une offre pour le Christ et pour le petit retable de l'autel.

– Mais c'était une pièce de valeur. Elle datait du XVe siècle.

Le curé s'impatientait. Le bout de sa cigarette brilla avec un peu plus d'intensité :

– Ce n'est pas une question de siècles… Ils étaient prêts à payer. Pas une somme extraordinaire, mais suffisamment pour réparer le toit de l'église. Et surtout, c'était un petit quelque chose pour mes paroissiens.

– Vous l'avez donc vendu ?

– Évidemment que je l'ai vendu. Sans la moindre hésitation. Avec cette somme, j'ai réparé la toiture, je me suis procuré des médicaments pour les malades, j'ai un peu réparé les dégâts des dernières gelées et des maladies du bétail… J'ai aidé mes gens à vivre et à mourir.

Quart montra la sombre silhouette du campanile :

– Et pourtant, vous défendez maintenant cette église. On pourrait y voir une contradiction.

– Pourquoi ?… La valeur artistique de Notre-Dame-des-Larmes m'importe autant qu'à vous ou qu'à l'archevêque. Je laisse ça à sœur Marsala. Mes paroissiens, même s'ils ne sont pas nombreux, valent plus qu'une planche peinte.

– Donc, vous ne croyez pas… – commença Quart.

– A quoi ?… Aux retables du XV⁰ siècle ? Aux églises baroques ? Au Grand Horloger qui serre là-haut nos petites vis, une à une ?…

Le bout de la cigarette brilla une dernière fois et le père Ferro laissa tomber son mégot par la fenêtre.

– Tout cela n'a pas d'importance – reprit-il. Il déplaçait la lunette sans regarder dans l'oculaire, comme s'il cherchait quelque chose parmi les étoiles –. Mais eux, ils croient.

– L'affaire du retable a laissé une tache dans votre dossier.

– Je sais – le curé déplaçait toujours la lunette –. J'ai même eu un entretien désagréable avec mon évêque… Et je lui ai dit que, si on faisait la même chose à Rome, on entendrait un autre son de cloche. Ici, ce ne sont pas les cloches qu'on entend, c'est le coq de saint Pierre. Ensuite, tout le monde pleure, *Quo Vadis Domine*, crucifiez-moi la tête en bas ; et pendant ce temps, nous restons à la porte en faisant taire nos consciences pendant que les soufflets résonnent dans le prétoire.

– Eh bien, vous n'aimez pas beaucoup saint Pierre non plus, à ce que je vois.

Le rire étouffé du prêtre grinça une fois de plus :

– Vous avez raison. Il aurait dû se faire tuer à Gethsémani, quand il a tiré son épée pour défendre le Maître.

Ce fut au tour de Quart d'éclater de rire :

– Et nous n'aurions jamais eu de premier pape.

– C'est vous qui le dites – le vieux curé secouait la tête –. Dans notre métier, ce ne sont pas les papes qui manquent. Ce qui manque, ce sont les couilles.

Il se pencha en avant, colla son œil sur l'oculaire et fit tourner quelques molettes. Le tube se déplaça lentement vers le haut et la gauche.

– Quand on observe le ciel – le père Ferro avait toujours l'œil vissé sur la lentille –, on voit des objets qui tournent lentement,

puis qui finissent par occuper une autre place dans l'Univers…
Vous savez que notre petite Terre ne se trouve qu'à cent cinquante
millions de kilomètres du Soleil, alors que Pluton en est à cinq
milliards neuf cents millions ? Et que le Soleil n'est qu'un minuscule petit pois en comparaison d'une étoile moyenne comme Arc-
turus ?… Sans parler des trente-six millions de kilomètres d'Aldé-
baran ; ou de Bételgeuse, dix fois plus grande.

Il fit pivoter légèrement la lunette sur la droite, puis céda sa
place à Quart en lui montrant une étoile du doigt.

– Regardez. C'est Altaïr. A trois cent mille kilomètres-seconde,
sa lumière ne nous arrivera pas avant seize ans… Qu'est-ce qui
vous dit qu'elle n'a pas explosé maintenant et que nous ne voyons
pas en réalité la lumière d'une étoile qui n'existe plus ?… Parfois,
quand je regarde du côté de Rome, j'ai l'impression de regarder
Altaïr. Vous êtes sûr que tout sera encore là, intact, à votre
retour ?…

Il fit un signe à Quart qui se pencha à son tour sur l'oculaire.
A mesure que s'éloignait la clarté de la lune, une infinité de points
lumineux apparaissaient entre les étoiles, des grappes de lueurs,
des nébuleuses rougeâtres, bleuâtres et blanches, clignotantes ou
fixes. Un point s'éloignait et disparut bientôt dans le halo d'un
autre ; étoile filante ou peut-être satellite artificiel. Cherchant dans
ses maigres connaissances astronomiques, Quart essaya de repérer
la Grande Ourse et remonta un peu en s'alignant sur Mérak et
Dubhé, quatre fois la distance, crut-il se souvenir. Ou peut-être
cinq. L'Étoile polaire était là, sûre d'elle.

– Celle-là, c'est l'Étoile polaire – le père Ferro avait suivi le
mouvement de l'instrument – : à l'extrémité de la Petite Ourse,
elle indique toujours le point de latitude zéro de la Terre. Mais
elle n'est pas tout à fait immobile – il montra un autre astre sur
la gauche en invitant Quart à y pointer la lunette –. Il y a cinq
mille ans, c'était celle-là, le Dragon, que les Égyptiens adoraient
parce qu'elle gardait le nord… Son cycle est de vingt-cinq mille
huit cents ans et elle n'en est qu'à sa trois millième année. C'est-
à-dire que dans deux cent vingt-huit siècles, elle prendra à nouveau
la place de l'Étoile polaire… – la tête levée vers le ciel, il pianotait
avec ses ongles sur le tube de laiton –. Je me demande s'il restera
encore quelqu'un sur Terre pour apprécier le changement.

– C'est à donner le vertige – dit Quart en s'écartant.

Le curé fit claquer sa langue, approbateur. Il semblait trouver une certaine satisfaction à entendre Quart parler de vertige ; comme un chirurgien chevronné qui voit verdir ses étudiants au beau milieu d'une autopsie.

– Curieux, n'est-ce pas ?... L'Univers est une plaisanterie. Cette même Étoile polaire que vous regardiez il y a un instant se trouve à quatre cent soixante-dix années-lumière. Ce qui veut dire que nous nous guidons sur la lumière qui est sortie d'une étoile au début du XVIᵉ siècle et qui a mis près de cinq siècles à nous parvenir – il montrait un autre point dans la nuit –. Et là-bas, même si elles sont invisibles à l'œil nu, dans la nébuleuse de l'Œil-de-Chat, des couches concentriques de gaz, des anneaux et des lobes gazeux forment le fossile d'un astre mort il y a mille ans : des restes de planètes mortes en train de tourner autour d'une étoile morte.

Il s'éloigna de l'instrument et s'avança vers l'extrémité opposée de la tour où le clair de lune illuminait mieux ses traits. Il resta là, petit et sec dans sa soutane trop courte sous laquelle surgissaient ses énormes godillots. De cette distance, il continua à apostropher Quart :

– Dites-moi qui nous sommes ! Quel est notre rôle ici, dans toute cette scène qui s'étend au-dessus de nos têtes ? Que signifient nos misérables vies, nos désirs... – il leva la main sans regarder ce qu'il montrait –. Qu'est-ce que toutes ces lumières peuvent bien avoir à faire avec votre rapport à Rome, avec l'Église, avec le Saint-Père, avec vous ou avec moi ?... Dans quel endroit de cette voûte céleste résident les sentiments, la compassion, le calcul de nos pauvres vies, l'espérance ? – et son rire s'éleva, étouffé, rauque, inquiétant –. Les supernovae peuvent bien briller et les étoiles agoniser, les planètes mourir et naître, tout continuera à tourner, apparemment immuable, quand nous serons partis.

Quart sentit de nouveau cette solidarité instinctive qui tenait lieu d'amitié dans son monde de prêtres. Guerriers épuisés, chacun sur sa case de l'échiquier, isolés, loin des rois et des princes. Livrant le combat de leur incertitude avec leurs seules forces et chacun à sa manière. Il aurait aimé s'approcher de ce petit curé, de ce vieux curé, pour lui poser la main sur l'épaule ; mais il se retint. La règle prévoyait aussi la solitude de tous.

– Dans ce cas – dit-il lentement –, je n'aime pas l'astronomie. Elle frôle de trop près le désespoir.

L'autre le regarda un moment. Il semblait surpris :

– Désespoir ?... Mais c'est justement le contraire, père Quart. Elle apporte la sérénité. Car c'est seulement ce qui est grave, précieux, transcendant qui nous fait mal lorsque nous le perdons... Rien ne résiste à la lucidité impitoyable de celui qui se sent une minuscule petite goutte d'eau de mer dans le crépuscule flamboyant de l'Univers – il s'arrêta et se tourna vers le campanile de l'église, entre les grands rideaux agités par le vent –. Sauf peut-être une main amie qui nous inspire résignation et réconfort, avant que nos étoiles ne s'éteignent une à une, et qu'il ne fasse bien froid, et que tout ne soit consommé.

Le père Ferro se tut. Quart tendit la main vers l'interrupteur. Il alluma la lumière. Les étoiles s'éteignirent.

Il descendit au jardin, sa veste sur l'épaule, respirant l'odeur de la nuit. Elle attendait dans un coin. Le clair de lune dessinait sur son visage et ses épaules des feuilles d'oranger et de bougain-villée.

– Je ne veux pas que vous partiez – dit-elle –. Pas encore.

Ses yeux brillaient et les dents que laissaient paraître ses lèvres entrouvertes semblaient très blanches. Son collier d'ivoire traçait une ligne pâle en travers de son cou brun dans la pénombre. Quart ouvrit un peu la bouche et poussa un long soupir étouffé, mais peut-être était-ce aussi un gémissement d'enfant, ou une plainte. Il faisait chaud. Quelque part, sous le soleil de l'après-midi, une jalousie laissait filtrer de fins rais de lumière sur le corps brun d'une femme nue. Et Carmen la Cigarière roulait des feuilles de tabac sur sa cuisse où de minuscules gouttes de sueur perlaient à côté d'un sexe noir de femme, doux et humide. Il y eut un souffle de brise. Les feuilles des orangers et des bougainvillées s'agitèrent sur le visage de Macarena Bruner ; la lune glissa sur les épaules du prêtre Lorenzo Quart, comme une cotte de mailles qui serait tombée à ses pieds. Le Templier se redressa et regarda autour de lui, las, écoutant la rumeur de la cavalerie sarrasine du côté de la colline de Hattin, jonchée des ossements des chevaliers francs blanchissant au soleil. Et c'était la mer déchaînée qui frappait la jetée du phare, en pleine tempête, tandis que les frêles bateaux tentaient de se mettre à l'abri. Et une femme en deuil tenait la main d'un enfant sur lequel les gouttes de pluie ruisselaient comme des larmes. Et il sentait la soupe qui bouillait dans la marmite pendant qu'un vieux curé, à côté d'une cheminée, déclinait *rosa, rosae*. Et l'ombre du petit, perdu dans un monde qui s'orientait à la lumière d'une étoile vieille de cinq siècles, se découpa sur le mince mur qui le protégeait du froid intense du dehors. Et cette même ombre s'approcha de l'autre qui attendait sous les bougain-villées et les orangers, jusqu'à sentir son odeur, sa tiédeur et son haleine. Mais un instant avant d'enlacer ses doigts à ces cheveux pour échapper à la solitude le temps d'une nuit – minuscules gouttes rouges dans un immense coucher de soleil –, l'ombre, l'enfant, l'homme qui regardait le corps nu sous les rais de lumière de la jalousie, le Templier désemparé et las, tous se retournèrent en même temps pour regarder derrière eux, plus haut, dans la direction de la fenêtre à peine éclairée de la tour du colombier. Là où un vieux prêtre mal embouché, sceptique et courageux, déchif-frait le terrible secret d'un ciel privé de sentiments, en compagnie du fantôme d'une femme qui cherchait des voiles blanches à l'hori-zon.

XII. La colère de Dieu

Il a disparu sous nos yeux, sans que nous sachions comment.

Gaston Leroux, *Le Fantôme de l'Opéra*

Derrière la fumée de sa pipe, l'archevêque de Séville rayonnait.

– Ainsi donc, Rome rend les armes.

Quart posa sa tasse sur la soucoupe et s'essuya les lèvres avec une serviette brodée par les sœurs adoratrices. Son sourire ressemblait à un soupir.

– Si l'on veut, Illustrissime.

Monseigneur Corvo lâcha une autre bouffée de fumée. Ils étaient assis l'un en face de l'autre, séparés par la petite table où deux services étaient posés sur des plateaux d'argent. L'archevêque avait coutume d'inviter son premier visiteur de la matinée à prendre le petit déjeuner avec lui. En réalité, le café et le pain grillé, le beurre et la confiture étaient destinés au doyen du chapitre. Mais la visite inattendue de Quart venu prendre congé avait bousculé le protocole. Et l'archevêque avait horreur du café froid.

– Je vous avais bien dit que c'était une affaire difficile.

Quart s'enfonça dans son fauteuil. Il aurait volontiers privé l'archevêque du plaisir de lui dire adieu, entre sarcasmes et petits sourires enfumés de tabac anglais. Mais la règle exigeait qu'il présente ses respects avant de partir. Et c'était ce qu'il faisait.

– Votre Illustrissime se souviendra que je ne suis pas venu pour résoudre quoi que ce soit, mais pour informer Rome de la situation. C'est ce que je m'apprête à faire.

Monseigneur Corvo était ravi.

– Sans découvrir qui est ce *Vêpres* – fit-il observer.

– C'est exact – Quart regarda la pendule –. Mais le problème n'est pas seulement *Vêpres*. Le pirate n'est qu'une anecdote et on finira par connaître son identité tôt ou tard. Ce qui importe, c'est la situation du père Ferro et de Notre-Dame-des-Larmes... Mon rapport permettra de prendre une décision en connaissance de cause, quelle qu'elle soit.

La pierre jaune de l'anneau pastoral brilla quand le prélat leva la main pour l'interrompre.

– Trêve d'arguties de jésuites, père Quart. Vous avez tout simplement échoué – il le regardait avec une satisfaction à peine dissimulée par la fumée de sa pipe –. *Vêpres* s'est bien moqué et de Rome et de vous.

Quart fut agacé par la désinvolture avec laquelle son interlocuteur voyait la paille dans l'œil de son voisin.

– C'est un point de vue, Illustrissime – reconnut-il avec une certaine lassitude –. Mais puisque vous en parlez, je me permets de vous rappeler que ni Rome ni moi ne serions intervenus si Votre Révérence s'était réveillée un peu plus tôt... Notre-Dame-des-Larmes et le père Ferro sont du ressort de votre diocèse. Et comme le dit la maxime biblique, quand le pasteur n'est pas là, les brebis dansent.

Monseigneur Corvo faillit sauter en l'air. Que la citation fût apocryphe ne le réconfortait nullement. L'agent de l'IOE le vit mordre le tuyau de sa pipe, d'un air fort contrarié.

– Écoutez, Quart... – la voix du prélat siffla entre ses dents, cinglante – Ici, la seule brebis qui danse, c'est vous. Vous me prenez pour un imbécile ? Je suis au courant de vos visites à la Casa del Postigo et du reste. De vos petites promenades et de vos dîners.

Du même souffle, tous les ponts coupés, monseigneur Corvo – dont le talent pour la chaire était fort apprécié dans son diocèse – entreprit de résumer admirablement son mécontentement et sa mauvaise humeur dans une âpre homélie d'une minute et demie dont la thèse centrale était que l'envoyé de l'IOE s'était laissé mener en bateau par le curé de Notre-Dame-des-Larmes et son Greenpeace particulier de bonnes sœurs, d'aristocrates et de grenouilles de bénitier, au point de perdre tout sens des perspectives et de trahir sa mission à Séville. Une séduction à laquelle n'avait pas été étrangère la fille de la duchesse du Nuevo Extremo, qui d'ailleurs – ajouta-t-il avec une parfaite mauvaise foi – était toujours l'épouse de Gavira.

Quart encaissa la philippique sans broncher ; mais cette dernière allusion lui resta en travers de la gorge :

– Je serai très reconnaissant à monseigneur, s'il a quelque chose à dire à ce sujet, de le faire par écrit.

– Mais certainement, c'est bien mon intention ! – Aquilino Corvo se réjouissait d'avoir enfin porté une estocade à Quart –. A l'intention de vos supérieurs au Vatican. Et du nonce. Et du reste de la chrétienté. Et je le ferai par écrit, par téléphone, par fax, avec accompagnement de guitare s'il le faut – il ôta sa pipe de sa bouche pour laisser la place à un large sourire –. Vous allez perdre votre réputation, comme moi j'ai perdu mon secrétaire.

Il n'y avait plus rien à dire. Quart replia sa serviette, la laissa tomber sur le plateau et se leva.

– Si Votre Révérence n'a plus besoin de moi…

– Non, c'est tout, mon fils – l'archevêque le dévisageait avec hargne.

Toujours assis, monseigneur Corvo regardait sa main comme s'il songeait à enfoncer le clou en lui faisant baiser son anneau pastoral. Mais le téléphone sonna et il se contenta de lui donner congé d'un geste pendant qu'il se levait pour regagner son bureau.

Quart boutonna sa veste et sortit. Ses pas résonnèrent sous les peintures vénitiennes du plafond de la galerie des Prélats, puis sur le marbre de l'escalier d'honneur. Par les fenêtres, il vit La Giralda derrière le patio où s'élevait autrefois la prison de la Parra. A une autre époque, les évêques de Séville y enfermaient leurs prêtres trop turbulents. Et il se dit que deux siècles plus tôt, le père Ferro et lui aussi peut-être y auraient fort probablement échangé leurs impressions pendant que monseigneur Corvo aurait envoyé à Rome, par la suprêmement lente voie ordinaire, sa propre version des faits. Quart réfléchissait aux avantages de la modernité et du téléphone quand, arrivé au pied de l'escalier, il entendit son nom.

Il s'arrêta et leva la tête. L'archevêque en personne était derrière la balustrade et l'appelait. Son air d'avoir enfin réglé un compte depuis longtemps en souffrance avait disparu :

– Montez, père Quart. Il faut que je vous parle.

Quart rebroussa chemin, intrigué. Et à mesure qu'il gravissait les marches pour rejoindre Son Illustrissime, il découvrit que l'archevêque était fort pâle. Le prélat tenait sa pipe à la main et la secouait distraitement, l'air sombre. La braise et la cendre souillaient le marbre noir et rose de la balustrade, tandis qu'il vidait le fourneau. Mais il ne semblait pas s'en rendre compte.

– Vous ne pouvez pas vous en aller – dit-il à Quart quand il l'eut rejoint –. Il est arrivé un autre malheur dans l'église.

Il traversa entre la bétonnière et deux voitures de police. Notre-Dame-des-Larmes bruissait du va-et-vient d'agents en civil et en uniforme. Quart en compta une douzaine, y compris le planton de faction à la porte, entre ceux qui étaient à l'intérieur en train de prendre des photos, de relever des empreintes digitales et de scruter à la loupe ou presque le sol, les bancs et les échafaudages. L'église était remplie du bruit qu'ils faisaient et de leurs conversations à voix basse.

Gris Marsala était assise toute seule sur les marches du maître-autel. Quart allait la rejoindre quand Simeón Navajo l'arrêta. Le commissaire adjoint avait comme toujours sa queue de cheval, ses lunettes rondes perchées au-dessus de son énorme moustache, une chemise d'un rouge vif à la Garibaldi et sa sacoche de cuir arabe en bandoulière ; avec le Magnum 357 dedans, supposa le prêtre. C'était absurde. Navajo détonnait vraiment dans ce décor : l'autel baroque éclairé à l'intention des policiers, les vitraux cassés et les peintures du plafond, le confessionnal de bois sombre à l'entrée de la sacristie, les ex-voto accrochés à côté du Christ du porche. Ils se serrèrent la main. Navajo semblait content de le voir.

– Et de trois, Pater.

Il avait parlé d'un ton léger, comme s'il s'agissait seulement de confirmer leurs échanges sur l'indice de mortalité potentiel de Notre-Dame-des-Larmes. Décontracté, il avait posé le pied sur un agenouilloir. Et quand l'envoyé de Rome regarda derrière le commissaire adjoint, il aperçut d'autres pieds, immobiles ceux-là, qui sortaient du confessionnal.

Il s'approcha en silence, suivi de Navajo. La porte du confessionnal était ouverte. Quart trouva la position des pieds vraiment étrange. Il devina ensuite un pantalon beige fripé. Le reste du corps était couvert d'une bâche bleue qui laissait cependant voir une main, la paume tournée vers le haut, zébrée d'une blessure qui allait du poignet à l'index. La main avait pris une couleur jaunâtre, comme de vieille cire.

– Plutôt bizarre comme endroit, vous ne trouvez pas ? – le commissaire adjoint fit une pause, le temps de regarder d'abord le cadavre, puis le prêtre, prêt à écouter la première hypothèse plausible –. Pour mourir.

– Qui est-ce ?

La question, posée d'une voix rauque et absente, était superflue. Quart avait reconnu les chaussures, le pantalon beige, la petite main, molle et grassouillette. Le policier tortillait sa moustache d'un air distrait. Apparemment, l'identification du défunt ne présentait guère d'intérêt et il avait la tête ailleurs :

– Honorato Bonafé. Un journaliste bien connu à Séville.

Quart hocha la tête. Trop de questions, pensa-t-il. Trop de visites inopportunes. Navajo s'était tourné vers lui :

– Vous le connaissez, n'est-ce pas ?… C'est bien ce que je pensais. D'après ce qu'on m'a dit, le pauvre tournicotait dans les parages ces derniers temps… Vous voulez le voir, Pater ?

Queue de cheval frétillante, comme le panache d'un écureuil diligent, Navajo s'insinua dans le confessionnal et souleva la bâche. Bonafé paraissait très tranquille et très jaune, appuyé contre le siège de bois, dans un angle du confessionnal, double menton en accordéon. Il avait les yeux fermés et un hématome violacé d'une taille impressionnante sur le côté gauche du visage. Son expression était placide, peut-être un peu fatiguée. Une croûte brune lui sortait des narines et de la bouche, pour s'élargir ensuite sur le col et le plastron de sa chemise.

– Le légiste vient de lui jeter un coup d'œil – le commissaire adjoint désigna un jeune homme en train de prendre des notes sur un banc –. Apparemment, il a les boyaux complètement en compote, avec en plus une fracture. Un coup peut-être, ou une chute. Ce qu'on ne comprend pas très bien, c'est comment il a pu entrer là-dedans. Ou comment on l'y a mis.

Par simple réflexe professionnel, surmontant la répugnance que le personnage lui avait inspiré de son vivant, Quart murmura une courte prière pour les morts et traça sur lui le signe de la croix. Derrière lui, Navajo l'observait avec intérêt :

– A votre place, je ne me donnerais pas trop de mal, Pater. Il y a déjà un bon petit bout de temps qu'il est dans cet état. Alors, il est sûrement arrivé là où il devait aller – il fit voleter ses mains comme deux petites ailes.

– A quand remonte le décès ?

– Trop tôt pour le savoir – répondit le légiste –. Mais à vue de nez, l'artiste vous dirait entre douze et quatorze heures.

Perchés sur l'échafaudage qui se dressait devant la Vierge, quelques policiers conversaient sur un ton animé et leurs voix résonnaient sous la voûte. Le commissaire adjoint siffla pour qu'ils baissent le ton. Ils obtempérèrent aussitôt, confus, comme des enfants turbulents dans la chapelle d'un collège. Quart se retourna vers Gris Marsala qui le regardait, toujours assise. Pour la première fois, elle lui parut fragile, très seule, comme figée sur les marches de l'autel. Le commissaire adjoint recouvrit le cadavre de Bonafé et expliqua à Quart que c'était elle qui avait découvert le corps à son arrivée, tôt dans la matinée.

– Je voudrais lui parler.

– Pas de problème, Pater – Navajo lissa soigneusement la bâche sur le cadavre, puis sourit au prêtre d'un air compréhensif en tortillant sa moustache –. Mais si vous voulez bien, je préférerais que vous me racontiez d'abord, rapidement, comment vous avez fait la connaissance du défunt… Comme ça, on ne mélangera pas les témoignages et tout sera beaucoup plus spontané – il se releva en le regardant par-dessus ses lunettes rondes –. Vous ne trouvez pas ?

– Comme vous voudrez. Mais vous devriez surtout parler au curé.

Le policier soutint son regard sans répondre. Puis il hocha vigoureusement la tête :

– Oui, c'est bien mon avis. Le problème, c'est que personne ne sait où est passé don Príamo ce matin. Étrange, vous ne trouvez pas ?

Il regardait autour de lui, comme s'il espérait découvrir le curé derrière un échafaudage, ou dans un coin sombre de la nef.

– Vous êtes allés voir chez lui ?

Navajo se retourna en faisant une drôle de tête, comme si le prêtre le prenait vraiment pour un imbécile. Il semblait déçu, comme s'il s'était attendu à mieux de sa part.

– A ce qu'on m'a dit, il joue les filles de l'air. Hop, en voiture ! Dans le char du prophète Élie.

Quart raconta par le menu à Simeón Navajo ce qu'il savait de cet Honorato Bonafé et lui résuma leur conversation dans le salon de l'hôtel Doña María. Il fut interrompu à deux reprises par le bip-bip d'un téléphone cellulaire que le policier sortit de sa sacoche arabe en s'excusant chaque fois. Le premier appel confirmait que le père Ferro n'avait toujours pas donné signe de vie. Comme tous les soirs, il était monté au colombier de la Casa del Postigo – point que Quart confirma en donnant notamment l'heure à laquelle il l'avait quitté –, puis il avait disparu sans laisser de traces. Au presbytère, la femme de ménage affirmait que son lit n'avait pas été défait. Quant au vicaire, le père Lobato, il était parti pour sa nouvelle paroisse tard la veille au soir, en autocar. Le voyage était long et il y avait plusieurs correspondances. La police et la Guardia Civil s'occupaient de le retrouver… Suspects, les deux prêtres ? – le commissaire adjoint avait rangé son téléphone –. Personne n'était suspect tant que le médecin légiste n'aurait pas déterminé les causes du décès. Autrement dit, tout le monde l'était. Il regardait Quart par-dessus ses lunettes, avec un tiède sourire d'excuse sous ses moustaches. Mais certains l'étaient quand même plus que d'autres.

– Et quel est votre pronostic cette fois ? – voulut savoir Quart.

Navajo se gratta l'arête du nez :

– Vous savez, de vous à moi, Pater, je dirais que cette fois quelqu'un a donné un petit coup de main à l'église.

Quart ne parut pas surpris. Il n'avait rien d'un expert en cadavres, mais il en avait vu quelques-uns. Dans le cas de Bonafé, un regard suffisait.

– Assassiné ?

Sa question ne visait en fait qu'à pousser le commissaire adjoint à en dire davantage. Navajo entra dans le jeu, fit un petit sourire et passa la main derrière sa nuque pour secouer sa queue de cheval :

– J'en jurerais sur mon appendice – puis il haussa les épaules, sérieux –. Et votre confrère le curé est dans les favoris.

– A cause de son absence ?

– Bien sûr. Sauf si le légiste est d'un autre avis.

Un agent s'approcha du commissaire adjoint qui s'éloigna avec lui. Quart s'avança vers les marches du maître-autel où Gris Marsala était toujours assise.

– Comment vous sentez-vous ?

Elle serrait ses jambes dans ses bras, le menton sur les genoux :

– Un peu sonnée, j'ai l'impression – son accent américain était plus fort que d'habitude –. Mais je me sens bien.

– La police vous a beaucoup embêtée ?

La religieuse réfléchit un moment, sans changer de position.

– Non – répondit-elle enfin –. Ils ont été aimables.

Elle était habillée comme d'habitude, polo et jean maculé de plâtre. Sa tresse était nouée par un élastique. Assise ainsi, elle paraissait plus seule et désemparée que d'ordinaire, dans cette église envahie par le va-et-vient, le bruit et les voix des policiers.

– Ils recherchent le père Ferro – Quart alla s'asseoir à côté d'elle. Tout à coup, il eut l'impression que sa phrase était trop directe –. Ils recherchent aussi le père Lobato – ajouta-t-il.

Elle fit un petit signe de tête. Elle continuait à regarder le confessionnal, perdue dans ses réflexions. De temps en temps, elle battait des paupières, comme quelqu'un qui tente de faire la part des choses entre le rêve et la réalité. Finalement, elle poussa un profond soupir en secouant la tête.

– Oscar est peut-être allé voir ses parents sur le chemin d'Almería – dit-elle enfin –. Ils habitent un petit village de la province de Málaga... C'est sans doute pour cette raison qu'ils ont du mal à le retrouver.

L'éclair d'un flash les aveugla. Un policier photographiait quelque chose par terre, derrière eux. Quart déboutonna sa veste et se pencha en avant, les mains jointes.

– Et don Príamo ?

Elle s'attendait à cette question. Ce n'était certainement pas la première fois qu'on la lui posait.

– Je ne sais pas. Je suis arrivée ce matin à neuf heures, comme tous les jours. L'église était fermée... Lui ou Oscar l'ouvraient

371

toujours à sept heures et demie, pour la messe de huit heures. Aujourd'hui, personne n'a dit la messe.

– On m'a dit que c'était vous qui aviez trouvé le corps.

– Oui. Mais avant, je suis allée au presbytère. Il n'y avait personne. Alors, je suis entrée par la porte de la sacristie, avec ma clé – elle fit une grimace perplexe, puis haussa les épaules –. Au début, je n'ai rien vu. Je me suis avancée jusqu'à l'échafaudage du vitrail, j'ai allumé les lumières et je me suis mise à préparer mon matériel. Mais tout cela me semblait très étrange et j'ai décidé de téléphoner à Macarena pour voir si don Príamo avait travaillé dans le colombier pendant la nuit... Au moment où je revenais à la sacristie, j'ai vu cet homme dans le confessionnal.

– Vous le connaissiez ?

Les yeux clairs de la religieuse se durcirent un instant :

– Oui. Il nous a abordés une fois dans la rue, Oscar et moi, pour nous poser des questions sur les travaux de l'église et sur don Príamo. Oscar l'a envoyé au diable.

Quart regardait ses chaussures de tennis, la peau pâle de ses chevilles, la cicatrice au poignet. Elle tenait toujours ses jambes entre ses bras, le menton sur les genoux. L'irruption de tous ces gens dans l'église semblait la déconcerter, l'arracher à la sécurité d'un terrain bien connu. Gêné, Quart recula un peu. Il avait des tas de choses à faire – il n'avait pas encore eu le temps d'informer Rome –, mais il ne se décidait pas à la laisser là. Il lui montra Simeón Navajo qui allait et venait d'un policier à l'autre :

– J'ai bien peur que le commissaire adjoint continue à vous ennuyer. Trois morts, c'est beaucoup. Et cette fois, l'hypothèse d'un accident semble improbable... Vous voulez que je téléphone à votre consul ?

Elle lui fit un sourire reconnaissant :

– Je ne crois pas que ce soit nécessaire. La police se comporte très bien.

– Vous avez parlé à Macarena ?

Quart sentit un trouble étrange en prononçant ce nom qu'il avait essayé de chasser de sa tête. Il pouvait se laisser aller à la dérive, sans le moindre effort, à la traîne de ces quatre syllabes qu'il avait répétées quelques heures plus tôt seulement sur les lèvres de cette femme, dans sa bouche Et tout à coup, il se retrouva dans la pénombre, éclat de l'ivoire, cette peau tiède dont il portait encore l'odeur sur sa peau et sur ses mains, sur ses lèvres qu'elle avait mordues jusqu'au sang. Ce corps brun qui semblait sorti de ses rêves, bandes de lumière et d'obscurité sur la blancheur immense des draps qui les accueillaient comme un désert de neige ou de sel. Elle, tendue, svelte, qui se débattait pour s'échapper sans le désirer, pour fuir tout en voulant rester, la tête renversée en arrière, son beau visage transfiguré par une sorte d'expression absente, égoïste comme un masque, gémissante et tendue entre ces bras qui l'enserraient, solides, forts, clouée à la chair de cet homme qu'elle entourait de ses cuisses nues. Haletante dans la chaleur, de la salive sur sa peau moite, le sexe humide, la bouche humide, et la courbe humide de ses seins qui allait rejoindre ses épaules, son cou chaud, son menton, encore cette bouche et ce gémissement, encore ces cuisses tendues, ouvertes en signe de défi, abri ou refuge. Longues heures intenses de paix et de combat qui ne durèrent qu'un instant à peine, car à chaque seconde, il savait qu'elles auraient une fin. Et la fin était arrivée avec l'aube et son dernier jaillissement, long, intense, sous la lumière grise et ingrate qui filtrait déjà par les fenêtres de la Casa del Postigo. Tout à coup, Quart s'était retrouvé seul dans les rues désertes de Santa Cruz, ne sachant – au cas où il y aurait quelque chose sous la chair épuisée – s'il venait de condamner son âme ou bien de la sauver.

Il secoua la tête pour en chasser le souvenir. Désespoir, c'était le mot juste. Et pour ne pas y succomber, il regarda autour de lui, l'église, les échafaudages, la statue de la Vierge et le retable maintenant illuminé, les policiers qui discutaient avec animation autour du cadavre d'Honorato Bonafé. La tragédie toute proche agissait sur lui comme une sorte de mécanisme de contrôle. Plus tard, se dit-il en faisant un effort de volonté. Peut-être plus tard. Occuper son esprit avec ce qui se passait ici lui procurait un soulagement très voisin de l'oubli.

– Je ne lui ai pas encore parlé ce matin.

Gris Marsala s'était retournée et le regardait dans les yeux. Il fallut un peu de temps à Quart pour se souvenir qu'elle répondait à une question qu'il lui avait posée. Et il se demanda ce qu'elle pouvait savoir d'autre sur ce qui s'était passé au cours des dernières heures, aussi bien dans l'église qu'entre Macarena et lui.

– Mais elle a reçu la visite de la police – ajouta la religieuse –. Je pense qu'il y a encore quelques agents à la Casa del Postigo.

Le prêtre plissa le front ; Simeón Navajo ne traînait pas. Et lui-même devait faire vite. Une demi-heure plus tôt, à l'archevêché, monseigneur Corvo avait été très clair, pour éviter tout malentendu : que *Vêpres* ait eu quelque chose à voir avec le meurtre ou pas, l'affaire concernait exclusivement Rome – ou plutôt, ce qui revenait au même, Lorenzo Quart – et Son Illustrissime s'en lavait les mains. L'ordinaire de Séville n'était pas responsable des pots cassés et il ne voulait rien savoir. Naturellement, Quart et l'IOE pouvaient compter sur son appui sans réserve, sur ses prières, etc. Alors, bonne chance, et à la prochaine.

– Où est le père Ferro ?

Sans attendre la réponse de Gris Marsala, Quart commença à faire le point de la situation. Simeón Navajo avait pris le départ avec une longueur d'avance, mais ils devaient arriver *ex aequo*. Rome n'apprendrait pas avec plaisir qu'un prêtre avait été interpellé avant que Quart n'ait eu le temps de lui communiquer les informations nécessaires pour amortir le coup. L'idéal serait que l'Église reprenne l'initiative. Ce qui voulait dire qu'il devait trouver un bon avocat au vieux curé et défendre son innocence jusqu'à preuve du contraire. Mais aussi, au cas où il serait manifestement coupable, faciliter au maximum le travail de la justice séculière. Comme toujours, ce qui importait, c'était de sauver les apparences. Restait la question de savoir où allait se situer la conscience de Quart dans toute cette affaire ; mais la réponse pouvait attendre un jour meilleur.

– Je n'en sais pas plus que vous – Gris Marsala le regarda longuement, étonnée du peu d'intérêt qu'il portait à ses réponses –. J'ai vu don Príamo ici dans l'après-midi, un moment. Tout était normal.

Quart l'avait vu lui aussi à minuit, et tout était normal. Entretemps, Honorato Bonafé était mort. Il consulta sa montre, inquiet. Le problème dans cette course contre Simeón Navajo, c'était que le policier disposait de moyens bien supérieurs et qu'il n'y avait encore ni résultats d'autopsie pour savoir de quoi il retournait, ni pistes qui lui auraient permis de s'orienter. Au cours des prochaines heures, il allait devoir avancer à tâtons, en se fiant à son intuition.

– Qui a fermé l'église ?

Gris Marsala hésita :

– La porte de la rue ou celle de la sacristie ?

– Celle de la rue.

– Moi, comme d'habitude – elle fronçait les sourcils, cherchant dans sa mémoire –. En cette saison, je travaille tant qu'il y a de la lumière jusque vers sept heures ou sept heures et demie. C'est ce que j'ai fait hier… Oscar ou don Príamo ferment la porte de la sacristie à neuf heures.

Oscar Lobato avait disparu dans la nature et Quart se résigna à l'écarter pour des raisons pratiques. Navajo allait être sa seule source d'information à son sujet. Il se consola en pensant que, pour le reste, le jeune prêtre avait l'avantage. Mais il fallait téléphoner d'urgence à Rome, faire un tour à la Casa del Postigo, surveiller Gris Marsala et, surtout, retrouver le curé. Car le coup dur allait venir de là.

Il montra du doigt le confessionnal :

– Hier, avez-vous vu cet homme rôder par ici ?

– Jusqu'à sept heures et demie, je suis absolument sûre qu'il n'était pas là. Je ne suis pas sortie de l'église une seule minute – la religieuse réfléchissait –. Il a dû entrer plus tard, par la sacristie.

– Entre sept heures trente et neuf heures… – voulut la faire préciser Quart.

– Je suppose que oui.

– Qui a fermé la sacristie ?… Le père Lobato ?

– Je ne crois pas. Oscar m'a dit au revoir dans l'après-midi et son autocar partait à neuf heures. Il n'a donc pas pu fermer la porte de la sacristie. C'est sûrement le père Ferro qui s'en est chargé. Mais je ne sais pas à quelle heure.

– De toute façon, il aurait vu Bonafé dans le confessionnal.

– Ce n'est pas sûr du tout. Ce matin, je ne l'ai pas vu moi non plus, au début. Don Príamo n'est peut-être pas entré dans l'église. Il s'est peut-être contenté de fermer la porte, du couloir qui communique avec le presbytère.

Quart compta les points. L'alibi était plutôt faible, mais c'était le seul possible pour le moment. Si l'autopsie établissait que Bonafé était mort entre sept heures trente et neuf heures, l'éventail des possibilités s'élargissait un peu, car le curé aurait pu fermer la porte sans regarder à l'intérieur de l'église. Mais si la mort s'était produite plus tard, cette histoire de porte fermée allait compliquer les choses. Et encore plus cette disparition qui faisait du père Ferro un suspect.

– Où peut-il bien être ? – murmura Gris Marsala.

La perplexité et un soupçon d'inquiétude accentuaient son accent, plus prononcé que d'habitude. Quart leva les mains dans un geste d'impuissance, l'esprit ailleurs. Sa tête fonctionnait comme une horloge, comptant les heures, évaluant les alibis possibles. Douze ou quatorze heures, disait la police. Théoriquement, il y avait toute une série d'impondérables, d'inconnues qui pouvaient entrer en ligne de compte. Mais ce n'était pas le moment de tirer des plans sur la comète. Dans l'immédiat, la liste n'était ni longue ni compliquée. S'il fallait soupçonner tout le monde, le père Oscar avait pu faire le coup et s'en aller ensuite. Le curé avait eu lui aussi amplement le temps de tuer Bonafé, de fermer la porte de la sacristie et de se rendre au colombier, où il avait rencontré Quart à onze heures précises, avant de disparaître. De toute façon, comme le voulait la logique policière de Simeón Navajo, sa disparition le plaçait en tête de liste, avec une bonne longueur d'avance. Mais ce n'était pas tout. Il fallait aussi compter avec Gris Marsala qui se promenait dans l'église comme un chat, la porte principale fermée, la sacristie ouverte jusqu'à neuf heures, et personne pour confirmer ses déclarations. Quant à Macarena Bruner, il était allé dîner chez elle à neuf heures. Elle était là, avec sa mère. En principe, on pouvait donc l'écarter. Mais l'heure et demie qui précédait la situait elle aussi dans la zone de danger. D'autant plus qu'elle craignait le chantage de Bonafé.

Seigneur Dieu. Fâché contre lui-même, Quart dut faire un nouvel effort pour retrouver sa concentration. L'image de Macarena lui faisait perdre le fil de ses idées, le fil conducteur qui reliait l'église, le cadavre et les protagonistes connus de l'histoire. En ce moment précis, il aurait donné n'importe quoi pour avoir la tête claire et pour être capable de se moquer éperdument de tous ces gens.

Le juge d'instruction venait d'arriver. Les policiers se rassemblaient autour du confessionnal pour la levée du corps. Quart vit que Simeón Navajo parlait à voix basse au magistrat en les regardant de temps en temps, lui et Gris Marsala.

– Vous devrez peut-être encore répondre à quelques questions – dit Quart à la religieuse –. Et je préférerais que vous le fassiez dorénavant en présence d'un avocat. Tant que nous n'aurons pas retrouvé le père Ferro et le vicaire, il vaut mieux être prudent. D'accord ?

– Oui.

Quart écrivit un nom sur une carte de visite qu'il lui tendit.

– C'est une personne de toute confiance, spécialiste du droit canonique et pénal. Je lui ai téléphoné de l'archevêché. Il s'appelle Arce et il a déjà travaillé pour nous. Il arrivera de Madrid à midi… Dites-lui tout ce que vous savez et suivez ses instructions à la lettre.

Gris Marsala jeta un coup d'œil à la carte :

– Vous n'avez pas fait venir un avocat comme celui-là pour moi ?

Elle ne semblait pas effrayée, mais plutôt immensément triste. Comme si l'église venait vraiment de s'effondrer sous ses yeux.

– Bien sûr que non – Quart voulut la réconforter d'un sourire –. Pour nous tous. Cette affaire est très délicate et elle fait intervenir la justice civile. Il est préférable d'avoir les conseils d'un spécialiste.

Elle plia soigneusement la carte et la glissa dans une des poches arrière de son jean.

– Où est passé don Príamo ? – demanda-t-elle encore. Il y avait une sorte de reproche dans ses yeux clairs, comme s'ils accusaient presque Quart de la disparition du curé.

– Je n'en ai pas la moindre idée – répondit-il à voix basse –. Et c'est bien le problème.

– Il n'est pas du genre à prendre la fuite.

Il partageait son avis mais préféra ne rien dire. Les policiers avaient retiré la bâche bleue et glissaient le corps de Bonafé dans un sac de plastique métallisé qu'ils déposèrent sur une civière. En grande conversation avec le juge, le commissaire adjoint Navajo les regardait faire.

– Je sais qu'il n'est pas du genre à prendre la fuite – dit enfin Quart –. Et c'est justement le deuxième problème.

Moins de cinq minutes plus tard, il arrivait devant la Casa del Postigo. En temps normal, il ne transpirait jamais. Mais ce matin-là, quand il appuya sur le bouton de la sonnette, sa chemise noire collait sur ses épaules et sur son dos. La domestique lui ouvrit. Quart eut à peine le temps de demander Macarena qu'il la vit sous les arcades du patio, en conversation avec deux policiers, un homme et une femme. Elle l'aperçut elle aussi, le regarda d'un air tranquille, prit congé des policiers et vint à sa rencontre. Elle portait une chemise à petits carreaux bleus, un jean et ses sandales de la veille au soir. Les cheveux dénoués, encore humides, elle n'était pas maquillée. Elle sentait l'huile de bain.

– Ce n'est pas lui – dit-elle.

Quart ne répondit pas. Et quand il voulut le faire, il faillit lui demander de qui elle parlait. Le patio embaumait la citronnelle et le basilic. Des rectangles de lumière, réfléchis par les vitres de l'étage supérieur qui renvoyaient le soleil du matin, frôlaient déjà les grandes frondes vertes des fougères et les pots de géranium posés sur le sol qui venait d'être lavé à grande eau. Et le soleil faisait danser des gouttes de miel dans les yeux noirs de la jeune femme. Tous les repères auxquels s'accrochait Quart repartirent à la dérive. Il se sentit perdu.

– Où est-il ? – demanda-t-il enfin.

Macarena penchait la tête d'un air grave.

– Je ne sais pas. Mais il n'a tué personne.

Ils étaient bien loin de la nuit passée, du jardin sous la fenêtre éclairée du colombier, des feuilles de bougainvillée et d'oranger qui se découpaient sur son visage et ses épaules, en ombres de lune. Du masque impénétrable, fait de lumière et de pénombre. L'ivoire n'était plus le même sur cette peau fraîchement lavée. Il n'y avait plus ni mystère, ni complicité, ni sourire. Le Templier épuisé regarda autour de lui, un peu déconcerté ; il se sentait nu sous le soleil, avec son épée brisée, sa cotte de mailles en lambeaux. Mortel comme le reste des mortels, aussi vulnérable et vulgaire qu'eux. Perdu, comme avait dit Macarena avec une totale justesse un peu avant d'opérer le sombre miracle dans sa chair. Car il était dit : « Elle te dérobera ton cœur et ta volonté. » Et les anciennes Écritures étaient pleines de sagesse. L'exquise et innocente malignité attachée au pouvoir destructeur de toute femme

378

consistait aussi à laisser à l'autre la lucidité nécessaire pour qu'il mesure l'ampleur de sa déroute. Et Quart en avait assez pour se voir face à sa propre condition, attaché malgré lui, privé à jamais d'excuses qui puissent apaiser sa conscience.

Il jeta un œil à sa montre sans voir l'heure, toucha son col, palpa sa veste à la hauteur de la poche où il mettait ses cartes pour prendre des notes. Il essayait de retrouver son calme avec ces gestes routiniers et familiers. Macarena attendait patiemment en le regardant. Parler, se dit-il. Parler loin du jardin, de sa peau, de la lune. Il y a un mystère que je dois résoudre et c'est la raison de ma présence ici.

– Et ta mère ?

Ce premier *tu* à la lumière du soleil avait quelque chose de gênant. Mais Quart, même s'il n'était plus un bon soldat, détestait les hypocrisies du prêtre qui se scandalise de lui-même. Indifférente à ces subtilités, Macarena fit un geste vague dans la direction de la galerie de l'étage supérieur :

– En haut, elle se repose. Elle ne sait rien.

– Mais que se passe-t-il ?

Elle secoua la tête. Ses mèches de cheveux laissaient des taches d'humidité sur ses épaules.

– Je n'en sais rien – elle ne pensait qu'au père Ferro, pas à Quart –. Mais don Príamo ne ferait jamais une chose pareille.

– Même pas pour son église ?

– Même pas. La police dit que ce Bonafé est mort tard dans l'après-midi. Et hier soir, tu étais avec don Príamo. Tu penses qu'il serait venu ici tranquillement pour regarder les étoiles après avoir tué quelqu'un ?... – elle leva les mains, comme pour invoquer le bon sens, puis les laissa retomber –. C'est ridicule.

– Mais il a pris la fuite.

Macarena fit une moue :

– Je n'en suis pas sûre. Et c'est ce qui m'inquiète.

– Alors, donne-moi une autre explication. Ou aide-moi à le retrouver.

Songeuse, elle examinait les dessins de la mosaïque, par terre. Quart regardait son visage ; la naissance de ces lignes douces qui descendaient sous le col déboutonné de la chemise où l'on voyait paraître une bretelle blanche de soutien-gorge. Il sentit un fourmillement dans ses doigts en reconnaissant ce chemin sombre et tiède, et toute l'amertume de ce qu'on a perdu.

– Ces policiers sont arrivés il y a une heure, et j'ai à peine eu le temps de réfléchir… Mais il y a quelque chose. Quelque chose qui cloche – elle fronçait les sourcils, partageant sa perplexité avec Quart –. Imagine pour le moment que don Príamo n'ait rien à voir avec tout ça. Ce qui expliquerait qu'il ait été si naturel hier soir.

– Il n'est pas rentré chez lui – répondit le prêtre –. Et nous pensons qu'il a fermé l'église quand le cadavre était dedans.

– Je ne peux pas le croire – Macarena avait posé sa main sur son bras –. Et s'il lui était arrivé quelque chose à lui aussi ?… Il est peut-être sorti d'ici, et ensuite… Je ne sais pas. Il y a parfois des choses bizarres.

Quart s'écarta brusquement pour s'éloigner de cette main ; mais elle, indifférente à tout ce qui n'était pas sa propre inquiétude, ne s'en rendit pas compte. A côté d'eux, l'eau gazouillait dans la fontaine aux azulejos.

– Tu as une idée derrière la tête – dit-il –. Quelque chose que je ne sais pas. Où étais-tu hier, avant le dîner ?

Elle sembla revenir de très loin :

– Avec ma mère – elle paraissait surprise de la question –. Tu nous as vues toutes les deux.

– Et avant ?

– Je me suis promenée en ville, j'ai fait un peu de lèche-vitrines… – elle s'interrompit tout à coup et le regarda, stupéfaite –. Tu n'es pas en train de me dire que tu me soupçonnes ?

– Ce que je peux soupçonner n'a pas d'importance. C'est la police qui m'inquiète.

Elle le regarda encore, puis poussa un long soupir. Elle n'avait pas l'air fâchée, plutôt désorientée.

– Les policiers sont idiots – murmura-t-elle –. Mais pas à ce point. Du moins, je l'espère.

Il commençait à faire très chaud. Quart déboutonna sa veste, puis resta planté devant Macarena. Elle était l'unique atout qui lui donnait un léger avantage sur Simeón Navajo. Mais son avance s'amenuisait avec chaque minute qui passait. Ils avaient peut-être déjà retrouvé Oscar Lobato, avec sa propre version des faits.

– Et nous sommes demain jeudi – dit-elle.

Elle s'était appuyée sur le bord de la fontaine, découragée. Quart comprit aussitôt qu'elle n'avait cessé d'y penser, depuis que la police lui avait annoncé la nouvelle : si on n'y célébrait pas la messe le lendemain, la paroisse de Notre-Dame-des-Larmes aurait vécu. L'archevêque de Séville, la municipalité et la Banque Cartujano se précipiteraient comme des vautours sur leur proie.

– Pour le moment, l'église n'a pas d'importance – répondit-il sèchement –. Et si le père Ferro réapparaît, il est tout à fait possible qu'il soit en prison demain.

– Sauf s'il n'a rien à voir avec tout ça...

– Il faut d'abord le retrouver. Et ensuite, lui poser la question. Il vaut mieux que ce soit nous plutôt que la police.

Macarena secoua la tête, comme si la question n'était pas là. Absente, elle mordillait l'ongle de son pouce. Quart ne voulut pas la déranger. Elle était son seul espoir.

– Demain, nous serons jeudi – répéta Macarena, absente.

Mais son ton de voix n'était plus le même. On y percevait à la fois de la colère et une certitude, et aussi une menace contre quelque chose ou quelqu'un. Quart la vit hocher la tête très lentement, le visage fermé.

Le cireur de chaussures en avait fini avec Octavio Machuca. Il lui vendit un billet de loterie et repartit en chantonnant, sa boîte sous le bras. Le soleil tombait à plomb et un garçon de La Campana faisait grincer la manivelle du store pour donner de l'ombre aux tables de la terrasse. Assis à côté de Machuca, Pencho Gavira savourait une bière bien glacée. Les pare-brise des voitures renvoyaient la lumière de la rue sur les verres fumés de ses lunettes et sur ses cheveux noirs, peignés en arrière, luisants de brillantine.

Le vieux banquier racontait quelque chose à propos de la dernière réunion du conseil d'administration. Tourné vers lui, il acquiesçait distraitement sans lui prêter grande attention. Le secrétaire de Machuca était déjà parti et le président de la Banque Cartujano tuait le temps en attendant d'aller déjeuner au restaurant Casa Robles. De temps en temps, Gavira lançait un coup d'œil furtif à sa montre. Il avait rendez-vous : un déjeuner avec trois des membres du conseil d'administration qui allaient décider de son avenir dans une semaine. Gavira n'était pas de ceux qui font les choses à moitié. Il avait donc mis en branle un délicat jeu de pressions au cours des dernières heures. Sur les neuf membres du conseil d'administration, ces trois-là pouvaient se laisser fléchir par des arguments appropriés. Et il comptait sur un quatrième, à propos duquel certains détails intimes – photos sur un yacht de Sotogrande en compagnie d'un certain danseur amateur de cocaïne et de banquiers chenus – permettaient d'escompter une coopération plus ou moins enthousiaste. Contrairement à son habitude, il ne prêtait donc pas ce jour-là l'attention voulue aux paroles de son patron et protecteur, se contentant de branler du chef de temps en temps, entre deux gorgées de bière. Il se concentrait comme un samouraï avant le combat, réfléchissant à la manière de placer ses invités autour de la table, à la façon dont il allait présenter les choses, à sa péroraison finale, au dénouement qu'il était en droit d'espérer. Par expérience, Gavira savait fort bien qu'il y avait une marge entre graisser la patte d'un simple gratte-papier et suborner trois membres du conseil d'administration d'une banque. Même si les derniers étaient en fait toujours plus malléables, le style était différent et les apparences coûtaient un peu plus cher.

Le garçon interrompit Machuca : on demandait don Fulgencio Gavira au téléphone. Gavira s'excusa et rentra dans le café en enlevant ses lunettes de soleil. C'était sûrement Peregil qui n'avait pas donné signe de vie de toute la matinée. Il s'avança jusqu'à l'angle du comptoir et prit le téléphone des mains de la caissière. Ce n'était pas Peregil, mais sa secrétaire qui l'appelait de son bureau de l'Arenal. Pendant les trois minutes qui suivirent, Gavira écouta en silence, sans dire un mot. Puis il remercia et raccrocha.

Il tarda beaucoup à revenir jusqu'à la porte. Il tripotait son nœud de cravate, comme s'il avait envie de le desserrer. Il aurait voulu mettre de l'ordre dans ses idées qui se mélangeaient avec toute cette chaleur, le brouhaha des conversations, la lumière aveuglante, le bruit des autos. Difficile de savoir si ce qui s'était passé était bon ou mauvais. Mais ses plans étaient maintenant complètement bouleversés et il fallait en dresser d'autres. Gavira avait cependant un sang-froid à toute épreuve. Avant d'arriver à la porte, il avait déjà regardé sa montre, sachant qu'il ne pouvait plus annuler son déjeuner, maudit Peregil qui n'était pas là quand on avait vraiment besoin de lui et identifié au moins trois bonnes raisons pour estimer que ce qu'il venait d'apprendre était en fait positif. Il était donc au bord de l'optimisme quand il sortit, ses lunettes de soleil à la main, songeant à la façon de présenter la situation à don Octavio. Mais le vieil homme n'était pas seul. Il s'était levé pour embrasser Macarena, escortée par le grand curé venu de Rome ; et ils le regardaient tous les trois. Gavira articula alors dans sa barbe un juron sec comme un coup de fouet, assez sonore cependant pour que deux dames d'âge mûr, scandalisées, se retournent sur le pas de la porte.

Ce fut surtout Macarena qui fit les frais de la conversation. Elle était assise sur le bord de sa chaise, penchée vers Machuca installé en face d'elle. Concentrée, le visage fermé, elle plissait le front. Lorenzo Quart observait son profil, ses cheveux qui lui tombaient sur les épaules, les manches de sa chemise à petits carreaux bleus qu'elle avait retroussées comme un homme sur ses avant-bras très bruns, ses grandes mains expressives, tout près des genoux du vieux banquier. De temps en temps, celui-ci lui en prenait une et la serrait doucement entre ses griffes décharnées pour la rassurer. Pourtant, Macarena ne semblait pas inquiète. Plutôt furieuse. Elle était en terrain de connaissance, avec son mari et son parrain. Ses attachements et ses phobies, ses souvenirs et ses blessures. Quart ne pouvait que rester sur la touche, se laisser guider par elle, écouter en regardant ces deux hommes qui, d'une façon ou d'une autre, tenaient entre leurs mains le sort de Notre-Dame-des-Larmes. Quand Macarena eut enfin terminé, elle se rejeta en arrière sur sa chaise en lançant un regard hostile à Pencho Gavira qui n'avait cessé de fumer en silence, jambes croisées. Impassible, il ouvrait et refermait les branches de ses lunettes de soleil posées sur la table, jetant parfois un coup d'œil muet à Quart. A présent, tous le regardaient. Ce fut le vieux Machuca qui parla le premier :

– Que sais-tu de cette histoire, Pencho ?

Quart vit Gavira abandonner ses lunettes pour porter à sa bouche volontaire la cigarette qu'il tenait entre deux doigts :

– Je vous en prie, don Octavio. Que voulez-vous que je sache ?

Sa bière dont la mousse était déjà retombée tiédissait dans son verre. Un mendiant vint leur demander une pièce. Macarena le chassa d'un geste.

– Nous ne parlons pas du mort – dit Macarena –, mais de la disparition de don Príamo.

Gavira aspira une bouffée de sa cigarette, la retint très longtemps, puis laissa enfin la fumée s'échapper. Il regardait toujours Quart :

– Les deux choses sont probablement liées, à mon avis.

Macarena serra le poing, comme si elle allait donner un coup sur la table. Ou frapper son mari.

– Tu sais bien que non.

– Tu te trompes. Moi, je ne sais absolument rien – Gavira fit une grimace cruelle –. La spécialiste des églises et des prêtres, c'est toi – il fit un geste en direction de Quart –. On ne te voit plus sans ton directeur de conscience.

– Salaud !

Octavio Machuca leva une main maigre pour calmer les esprits. Quart, qui n'avait toujours pas ouvert la bouche, vit que le vieux banquier ne quittait pas Gavira des yeux, derrière ses paupières mi-closes.

– La vérité, Pencho ! – dit Machuca –. Je veux la vérité.

Gavira prit une dernière bouffée de sa cigarette et la jeta sur le trottoir, aux pieds d'un vendeur de billets de loterie qui s'approchait pour leur offrir un dixième. Puis il regarda son patron et les deux autres.

– Don Octavio… Je vous jure que je ne sais rien de ce mort dans l'église, sauf qu'il était journaliste et que c'était une ordure, à ce qu'on dit. Je ne sais pas non plus où diable a bien pu se fourrer le curé – il tendit la main pour se remettre à jouer avec les branches de ses lunettes, mais il se ravisa –. Je sais seulement ce que ma secrétaire m'a appris au téléphone il y a une minute : on a trouvé un cadavre, le père Ferro est suspect et la police le recherche – il regarda encore Macarena, puis Quart –. Pour le reste, vous cherchez midi à quatorze heures.

– Tu es mêlé à cette histoire d'église jusqu'au cou – insista Macarena –. Tu n'as pas cessé de manœuvrer. Je ne peux pas croire que tu ne saches rien.

– C'est pourtant vrai – Gavira restait très calme –. Je ne vais pas vous cacher que j'ai effectivement manœuvré. Sur mes instructions, quelqu'un s'est promené dans les parages pour étudier la situation – il se retourna vers Machuca, comme pour faire appel à son bon sens –. Pour vous prouver ma sincérité, don Octavio, je ne vois pas d'inconvénient à vous dire que j'ai envisagé la possibilité de convaincre le curé par des méthodes radicales... On a tout pesé, les avantages comme les inconvénients. Mais rien de plus. Bien. Maintenant, il se trouve que le père Ferro s'est mis dans un sale pétrin, que la voie est presque libre pour l'église et que les choses se présentent très bien pour moi... – le sourire du Requin de l'Arenal s'était élargi –. Que voulez-vous que je vous dise ? Que je regrette pour le curé et que je suis content pour moi ? – il s'adressait maintenant au vieux Machuca –. Pour moi et pour la banque. Personne ne va verser une larme sur cette église.

Macarena lui lança un regard méprisant :

– Moi, si.

Une bouquetière s'approcha. Des jasmins pour la jeune dame ? Gavira l'envoya promener. Il regardait maintenant sa femme avec moins de réticence.

– C'est la seule chose que je regrette dans cette affaire. Ton chagrin – un instant, sa voix avait semblé s'adoucir –. Je ne comprends toujours pas ce qui a pu se passer entre toi et moi – un regard dur en coulisse, à l'intention de Quart –. Ni ce qui est arrivé ensuite.

Elle secoua la tête, refusant de s'engager sur ce terrain :

– Il est un peu tard pour parler de nous. Le père Quart et moi sommes venus pour te poser des questions sur don Príamo.

Les yeux noirs de Gavira se mirent à briller :

– Eh bien, je commence à en avoir marre d'avoir toujours le père Quart dans les pattes.

– La réciproque est également vraie... – fit Quart dont l'onction professionnelle atteignait ses limites –. C'est ce qui arrive quand on empoisonne tout le monde avec une église qui ne demandait qu'à ce qu'on la laisse en paix.

Un éclair de colère fit se durcir la bouche du financier. L'espace d'une seconde, Quart crut qu'il allait lui sauter dessus. Aussitôt, il sentit monter en lui une poussée d'adrénaline. Mais l'autre souriait déjà, de nouveau dangereux et tranquille. Tout s'était déroulé en une seconde, sans un geste déplacé, sans une menace. Gavira s'adressait maintenant à Macarena :

– Je t'assure que je n'ai rien à voir avec tout ça.

– Non – elle s'était de nouveau penchée en avant, les coudes sur la table, mortellement sérieuse –. Je te connais, Pencho. Je ne pourrais pas dire pourquoi, mais je suis sûre que tu mens. Écoute-moi bien : même si tu es sincère, tu mens. Il y a des choses qui ne collent pas, qui ne s'expliquent pas sans ton intervention. Même si tu n'as rien à y voir, la disparition de don Príamo, aujourd'hui justement, porte ta signature. C'est ton style.

Quart vit Gavira hésiter un instant. Un instant seulement, un bref éclair de doute dans ses yeux noirs et impassibles. Les doigts du financier ouvrirent et refermèrent deux fois les branches des lunettes sur la table, puis s'immobilisèrent.

– Non – fit-il.

Plus qu'à eux, il semblait répondre à une interrogation inté-rieure. Octavio Machuca entrouvrit les paupières et l'observa avec curiosité. Et Quart eut alors la certitude que Macarena avait vu juste.

– Pencho… – dit Machuca, tout bas.

C'était à la fois un reproche et une prière. Gavira avait repris son expression impénétrable, mais il leva légèrement la main, comme s'il demandait un instant de répit pour réfléchir. Gêné par une voiture mal garée, un conducteur les assourdissait de ses coups de klaxon.

– Si tu as quelque chose à voir avec tout cela, Pencho… – insista Machuca. Apparemment très mal à l'aise, il lançait à Macarena et à Quart de brefs coups d'œil inquiets.

– Ce ne peut pas être simplement le hasard – murmura Gavira, l'air songeur, perdu dans ses réflexions.

Ensuite, comme s'il chancelait sur la limite floue qui sépare le rêve de la réalité, il regarda Quart, puis Macarena, attendant qu'ils confirment ses pensées secrètes. Il ouvrit la bouche pour dire quel-que chose, ou peut-être simplement pour respirer. Il tenait toujours bon, mais son aplomb avait disparu. Sur ce, un feu passa du rouge au vert et le défilé des pare-brise les aveugla en une succession d'éclats et de rafales de soleil. Gavira battit des paupières et le

386

rouge lui monta au front. Secoué par une vague de chaleur inattendue.

– Excusez-moi – dit-il –. J'ai un déjeuner de travail.

Il avait levé son poing fermé jusqu'à son menton, comme pour se frapper. Et en se levant, il renversa son verre de bière.

XIII. Le « Canela Fina »

Ah, Watson, dit Holmes. Vous manqueriez peut-
être un peu d'élégance vous aussi si vous vous
trouviez privé en un instant de votre épouse et de
votre fortune.

A. Conan Doyle,
Les Aventures de Sherlock Holmes

Le guide braillait dans un mégaphone, un petit laïus sur les huit siècles de la Torre del Oro, sur fond sonore de paso doble. La vedette de touristes passa sur les eaux du fleuve dans le grondement de son moteur. Quelques instants plus tard, son sillage vint frapper les flancs du *Canela Fina* amarré au quai et le bateau se mit à rouler. Le salon, ou ce qui en tenait lieu, sentait le rance et la sueur, entre les cloisons de bois maintes fois repeintes et les taches de rouille sur les tôles de fer. Tandis que moteur et musique s'éloignaient, don Ibrahim vit le rayon de soleil qui pénétrait par la petite porte ouverte se déplacer lentement à tribord sur la table où traînaient les reliefs d'un repas, faisant briller les bracelets d'argent aux poignets de Niña Puñales, puis retourner lentement à bâbord pour s'immobiliser sur la calvitie mal dissimulée de Peregil.

– Vous auriez pu choisir un endroit un peu moins remuant – dit Peregil.

Les cheveux en bataille sur son crâne luisant de sueur, il s'épongeait le front avec son mouchoir. Il n'était pas à son aise sur les surfaces oscillantes : yeux vitreux comme ceux d'un moribond ou d'un taureau pacifique qui attend le coup de grâce ; peau livide, de cette pâleur particulière qui accompagne les affres du mal de

388

mer. Les vedettes de tourisme étaient nombreuses et leur sillage le rendait chaque fois un peu plus livide.

Don Ibrahim ne répondit rien. La vie lui avait appris à respecter les hommes et donc à prendre en pitié leurs misères et leurs hontes. Après tout, l'existence n'était qu'une succession de hauts et de bas ; maîtres et valets finissaient tous par trébucher sur la marche. Bouche cousue, il retira la bague d'un Montecristo pour caresser avec délicatesse la surface douce, légèrement nervurée, des premières feuilles de tabac. Puis il le perça avec le canif d'Orson et le glissa entre ses lèvres en le faisant tourner voluptueusement pour en mouiller le bout. Ivresse de l'arôme de cette parfaite œuvre d'art.

– Comment va le curé ? – demanda Peregil.

Le roulis s'était apaisé et le factotum se sentait un peu mieux, quoiqu'il fût encore aussi pâle que les cierges de la paroisse laissée temporairement sans titulaire par ses trois mercenaires. Cigare encore éteint à la bouche, don Ibrahim hocha gravement la tête. Un geste qui convenait à la question à l'ordre du jour, puisqu'il s'agissait d'un digne homme d'Église, d'un saint homme. Et en ce qui le concernait, il n'y avait aucune raison pour qu'un rapt ne puisse s'opérer dans le respect. Il avait appris cette leçon en Amérique, l'Amérique des Espagnols où les gens se fusillaient sans cesser de se vouvoyer.

– Il va bien. En pleine forme et tranquille. Comme si de rien n'était.

Les coudes sur la table, s'efforçant de ne pas voir les reliefs du repas, Peregil eut la force d'esquisser un sourire éteint :

– Un dur à cuire, le vieux.

– Ay – fit La Niña –. Des couilles grosses comme ça.

Elle faisait du crochet, quatre mailles à l'endroit, j'en saute deux, et ses bracelets tintaient au rythme de ses mains agiles. De temps en temps, elle déposait crochet et ouvrage sur sa robe pour prendre un petit coup de manzanilla dans son verre qui n'était jamais bien loin de sa main, ni de la bouteille déjà plus qu'à moitié vide. La chaleur élargissait les cernes de maquillage autour de ses yeux. La manzanilla faisait couler son rouge à lèvres. Ses grandes boucles d'oreilles de corail se balançaient en mesure, avec le roulis du bateau.

Le commentaire de Niña Puñales fit lever les sourcils de Don Ibrahim. Mais pour le curé, elle n'exagérait pas du tout. Passé minuit, ils étaient allés l'attendre dans la ruelle où donnait la porte du jardin de la Casa del Postigo. Il avait fallu un certain temps pour l'encapuchonner dans une couverture et lui attacher les mains, avant de l'entraîner vers la fourgonnette – louée pour vingt-quatre heures – qu'ils avaient laissée au coin de la rue. Dans la bousculade, don Ibrahim avait cassé la canne de María Félix, El Potro s'était fait un œil au beurre noir et La Niña avait perdu ses plombages. Qui aurait cru qu'un petit grand-père maigre comme un clou, curé par-dessus le marché, puisse défendre aussi chèrement sa peau ?

En plus d'avoir le mal de mer, Peregil était inquiet. Attenter à la personne d'un prêtre pour le mettre à l'ombre pendant quelques jours n'était pas précisément le genre de délit susceptible d'amadouer les juges. Don Ibrahim n'était pas aux anges lui non plus. Mais il avait pleinement conscience qu'il était un peu tard pour faire marche arrière. De plus, c'était son idée ; et les hommes de sa trempe savaient avaler sans sourciller les vertes comme les pas mûres. Et puis, quatre briques et demie, en totalisant la part de tous les compères, ça mettait quand même du baume au cœur.

Comme don Ibrahim, Peregil avait tombé la veste. Mais à la différence des sobres manches de la chemise blanche du Cubain, élastiques aux coudes, celles de l'adjoint de Pencho Gavira, avec leurs rayures bleues et blanches, faisaient un contraste dévastateur avec un col saumon et une cravate semée de chrysanthèmes verts, rouges et mauves qui pendait au milieu de sa poitrine comme un bouquet de fleurs séchées. Le haut du col était trempé de sueur.

– J'espère que vous suivez le plan – dit-il.

Don Ibrahim le regarda, offensé dans son honneur. Ses comparses et lui-même travaillaient avec la précision d'un bistouri – il passa un doigt circonspect sur les poils de sa moustache et sa peau rôtie –, sauf les imprévus aléatoires comme celui d'El Potro et de l'essence, ou la propension qu'ont certaines bobines de pellicule à se voiler quand on les expose à la lumière. Et puis, le plan des opérations n'avait quand même pas de quoi faire sauter les plombs d'une cervelle normalement constituée. Il s'agissait simplement de retenir le curé encore un jour et demi, et ensuite de le flanquer à la porte. Facile, joli et pas cher, avec une touche, un je-ne-sais-quoi d'élégant dans l'exécution. Stewart Granger et James Mason, ou même Ronald Colman et Douglas Fairbanks junior – don Ibrahim, El Potro et La Niña avaient loué la vidéo des deux versions pour se documenter convenablement –, n'auraient rien trouvé à redire.

– Quant à nos émoluments…

L'ex-faux avocat laissa sa phrase s'éteindre dans les airs, par délicatesse, pour se concentrer sur son cigare qu'il entreprit d'allumer. Parler d'argent entre gens de bonne compagnie aurait été déplacé. Peregil était aussi honorable que pouvait l'être un canard boiteux, mais ce n'était pas là une raison suffisante pour qu'on ne lui concède point, au moins pour la forme, le bénéfice du doute. Il approcha donc la flamme de son briquet du Montecristo. La première et délicieuse bouffée lui remplit la bouche et les fosses nasales, pendant qu'il attendait que l'autre donne suite à son appel du pied.

– Dès que vous relâcherez le curé – précisa Peregil avec un léger embarras –, je vous paie tous les trois. Une brique et demie chacun, TVA comprise.

Il ricana de sa plaisanterie et ressortit son mouchoir pour s'éponger le front. Niña Puñales leva les yeux de son ouvrage pour lui lancer un coup d'œil entre ses cils postiches empoissés de rimmel. Don Ibrahim coula lui aussi un regard dans la direction du sbire, au travers de la fumée du havane, mais dans son cas il s'agissait d'un regard soucieux. Le personnage ne lui plaisait pas, et encore moins ce ricanement. Un instant, il frissonna en se demandant si Peregil aurait suffisamment d'argent pour régler leurs honoraires, ou s'il y allait à l'esbroufe. Avec un soupir fataliste, il tira encore sur son cigare puis sortit sa montre de la veste qu'il avait posée sur le dossier de sa chaise. Combien il est ardu d'être chef, pensa-t-il. Pas facile de feindre qu'on est sûr de son coup, de donner des ordres ou de suggérer des comportements sans que la voix vous trahisse, dissimulant le doute par un geste, un regard, un sourire opportun. Comme Xénophon, celui des cinq cent mille, ou Colomb, ou Pizarro quand il traça une ligne par terre avec son épée et qu'il dit à ses hommes : « L'or, c'est par là pour ceux qui en ont où je pense. » Cette sensation désagréable d'être en train de peindre le plafond et de rester pendu au pinceau quand l'es-

391

cabeau disparaît de sous vos pieds, comme dans les bandes dessinées.

Don Ibrahim regarda tendrement Niña Puñales. La seule chose qui le préoccupait dans l'éventualité où il faudrait aller faire un tour en prison, c'était qu'ils seraient séparés. Qui allait prendre soin d'elle ? Sans El Potro, sans lui pour lui lancer un « olé » quand elle pousserait la chansonnette, pour louer les vertus de son ragoût des dimanches, pour l'emmener à la Maestranza les après-midi où l'affiche était bonne, pour lui donner le bras quand ils levaient un peu trop le coude dans les bars avec la blonde cousine des chais de Sanlúcar, la pauvre allait mourir comme un oisillon échappé de sa cage. Et puis, il y avait ce cabaret qu'ils devaient ouvrir à tout prix pour qu'elle y soit la reine.

– Va relever El Potro, Niña.

La Niña compta encore quelques mailles en remuant silencieusement les lèvres pour terminer sa suite. Puis elle vida au passage son verre de manzanilla, se leva et lissa sa jupe à pois en jetant un coup d'œil par la porte. Derrière les géraniums plantés dans des boîtes de thon en conserve, piteux malgré les arrosages quotidiens d'El Potro, on voyait l'ancien quai, quelques bateaux amarrés et, au fond, la Torre del Oro et le pont de San Telmo.

– Pas de Maures sur la côte – dit-elle.

Ensuite, emportant son ouvrage, elle traversa le salon dans un froufrou de volants amidonnés, laissant dans son sillage une odeur entêtante de Bois d'Orient qui stimula visiblement Peregil quand elle passa devant lui. La porte de la cabine s'ouvrit et don Ibrahim entrevit le curé ; de dos, assis sur une chaise, les yeux bandés au moyen d'un foulard de soie, propriété de La Niña, les poignets attachés au dossier avec du sparadrap extra large acheté la veille au soir dans une pharmacie de la rue Pureza. Il était resté égal à lui-même depuis qu'ils l'avaient installé : silencieux, hermétique, pas un mot, sauf lorsqu'on lui demandait s'il voulait quelque chose à se mettre sous la dent, un petit verre, ou pisser un coup. Et dans ce cas, c'était pour les envoyer paître.

La Niña entra et El Potro sortit en refermant la porte derrière lui.

– Il va bien ? – demanda Peregil.

– Qui ?

El Potro s'était arrêté devant la table, l'air perplexe, l'œil encore esquinté après la bagarre de la veille. Sous son maillot de corps tressautaient ses pectoraux nerveux et durs, luisants de sueur. Il avait encore une bande sur l'avant-bras gauche. Sur l'épaule droite, à côté de la cicatrice du vaccin, on voyait une tête de femme tatouée en bleu, avec une casquette de légionnaire et un nom illisible dessous. Don Ibrahim n'avait jamais demandé si ce nom était celui de la femme infidèle qui avait été la cause de sa ruine et El Potro n'en avait jamais parlé. D'ailleurs, il ne s'en souvenait sûrement pas. Et puis, chacun sa vie…

– Le curé – insista Peregil d'une voix éteinte –. Comment il va.

L'ex-torero et ex-boxeur pesa longuement la question. Il se balança un peu sur ses jambes, le front ridé, puis finit par regarder don Ibrahim comme un lévrier qui, recevant un ordre d'un étranger, se tourne vers son maître pour obtenir confirmation.

– Ça va bien – répondit-il enfin, ne lisant aucune objection dans les yeux de son chef et ami –. Il est tranquille, il dit rien.

– Il n'a pas posé de questions ?

El Potro gratta son nez écrasé tout en fouillant dans sa mémoire, plein de bonne volonté. La chaleur n'aiguisait pas ses réflexes.

– Non – répondit-il enfin –. J'ai déboutonné un peu sa soutane pour qu'il respire, et il a même pas ouvert le bec – il réfléchit longuement à ce qu'il venait de dire –. Comme s'il avait perdu sa langue.

– C'est tout naturel – intervint don Ibrahim –. Il s'agit d'un homme d'Église. Il se sent offensé dans sa dignité.

Don Ibrahim secoua le pan de sa chemise, car la première cendre du cigare tombait déjà sur son ventre, tandis qu'El Potro acquiesçait d'un hochement de tête en regardant la porte fermée, à croire qu'il venait enfin de comprendre quelque chose qui l'intriguait depuis passablement longtemps.

– C'est donc ça – répéta-t-il deux fois –. La dignité.

Pâle et suant, Peregil avait la bouche béante. Son mouchoir était bon à tordre comme une serpillière.

– Je m'en vais – dit-il. Ajoutée au roulis, la fumée du havane l'avait manifestement achevé –. Attendez mes instructions.

Il commença à se lever en arrangeant machinalement ses cheveux sur sa tonsure. Au même instant, le *Canela Fina* se balança au passage d'une autre vedette de touristes et, avec une fixité obsessive, le regard de Peregil suivit le mouvement de tribord à bâbord du rayon de soleil qui entrait par la porte aux géraniums. Sa peau luisait et avait pris une teinte plus pâle. Il pompait l'air comme un maquereau à peine sorti de l'eau, fixant don Ibrahim et El Potro de ses yeux égarés.

– Excusez-moi – murmura-t-il d'une voix étouffée, puis il se précipita vers la porte et l'escalier.

Ce fut le pire déjeuner de sa vie. Pencho Gavira toucha à peine aux fèves aux calamars et au saumon grillé. Et il eut besoin de tout son sang-froid pour arriver jusqu'au dessert sans perdre son sourire ni bondir toutes les cinq minutes pour téléphoner à sa secrétaire qui suait sang et eau à essayer de retrouver Peregil dans toute la ville. Parfois, en pleine conversation avec les membres du conseil d'administration de la Banque Cartujano, le financier s'arrêtait net, laissant les autres dans l'attente du reste de sa phrase. Et ce n'était que par un effort de volonté inouï qu'il parvenait à conclure sans perdre la face. Il aurait eu besoin de tout ce temps pour réfléchir, élaborer des plans, trouver des solutions aux différentes possibilités que l'absence de son sicaire ouvrait dans son esprit. Mais cette réunion était aussi d'une importance capitale pour son avenir et il fallait donc bien qu'il s'occupe convenablement de ses invités. Bref, il se battait sur deux fronts : comme Napoléon contre une armée anglaise et une autre prussienne à Waterloo. Un sourire, une gorgée de rioja, une phrase bien sentie, une réflexion secrète le temps d'allumer une cigarette. Peu à peu, ses invités rendaient les armes. Mais le silence de Peregil commençait à être angoissant. Gavira était maintenant convaincu que son adjoint était mêlé à la disparition du curé et – ce qui lui donnait des sueurs froides – peut-être aussi à la mort de Bonafé. Il en avait des frissons dans le dos. Malgré tout, il faisait bonne figure. A sa place, un autre se serait mis à beugler comme un veau sur la nappe.

Le maître d'hôtel s'approchait entre les tables et, à la façon dont il le regardait, Gavira sut que c'était pour lui. Refrénant sa première impulsion qui aurait été de bondir de sa chaise, il acheva sa phrase, écrasa sa cigarette dans le cendrier, but un peu d'eau minérale, s'essuya soigneusement les lèvres avec sa serviette et se leva avec un sourire pour ses hôtes :

– Excusez-moi un instant.

Puis il se dirigea vers la sortie en saluant ici et là quelques connaissances, la main droite dans sa poche pour l'empêcher de trembler. Le vide de son estomac se creusa quand il vit Peregil arborant sa tonsure décoiffée et une abominable cravate.

– J'ai de bonnes nouvelles – annonça le sicaire.

Ils étaient seuls. Gavira le poussa presque dans les lavabos des hommes, puis referma la porte derrière eux après s'être assuré qu'il n'y avait personne.

– Qu'est-ce que tu fabriquais ?

Peregil fit une grimace satisfaite :

– Ce qu'il fallait pour qu'il n'y ait pas de messe demain.

Toute la tension, toute l'angoisse que Gavira avait accumulée sauta d'un coup, comme un ressort. Il aurait été capable de tuer Peregil sur place. De ses propres mains.

– Qu'est-ce que tu as fait, crétin ?

Le sourire s'effaça sur les lèvres de l'adjoint qui battait des paupières, stupéfait.

– Ben quoi – balbutia-t-il –, ce que vous m'aviez dit de faire. Neutraliser le curé.

– Le curé ?

Gavira coinçait le sbire contre le lavabo. Le tube fluorescent faisait briller sa calvitie sous les mèches de cheveux qui remontaient de son oreille gauche.

– Oui – confirma-t-il –. Des amis l'ont retiré de la circulation jusqu'à après-demain. Il est en parfaite santé.

Déconcerté, il observait son patron, sans comprendre la raison de son agressivité. Gavira recula d'un pas tout en calculant dans sa tête.

– Ça s'est passé quand ?

– Cette nuit – Peregil hasarda un timide sourire, attentif aux réactions de son chef –. Il est en lieu sûr et bien traité. On le relâche vendredi, et bon débarras.

Gavira secouait la tête. Le compte n'y était pas.

– Et l'autre ?

– Quel autre ?

– Bonafé. Le journaliste.

Peregil rougit comme si on lui avait pompé un litre de sang au visage.

– Ah, celui-là – cette fois, l'adjoint parut troublé. Il levait les mains, comme pour dessiner quelque chose en l'air –. Ben... Je peux tout vous expliquer, croyez-moi – sous le néon, son sourire forcé ressemblait à un trou sombre au milieu de sa figure –. C'est une histoire un peu compliquée, mais je peux tout expliquer. Je le jure.

Gavira se sentit envahi par une vague de panique. Si son factotum avait quelque chose à voir avec la mort d'Honorato Bonafé, les problèmes ne faisaient que commencer. Il fit quelques pas dans la petite pièce, réfléchissant à toute allure. Mais le carrelage blanc ne lui inspirait que le vide le plus absolu. Il se tourna vers Peregil :

– Alors, j'espère que tu as une bonne explication. Parce que la police est à la recherche du curé.

Contrairement à ce qu'il attendait, Peregil ne se montra pas particulièrement impressionné. Il semblait même plutôt soulagé du tour que prenait la conversation :

– Ils ont fait vite. Mais ne vous inquiétez pas.

Gavira n'en croyait pas ses oreilles :

– Tu me dis de ne pas m'inquiéter ?

– Non, tout va bien – le sbire esquissa un sourire nerveux –. Ça va seulement nous coûter cinq ou six briques de plus.

Gavira repartit dans sa direction. Il ne savait trop s'il devait le flanquer par terre d'un coup de poing pour lui défoncer ensuite le crâne à coups de pied, ou bien continuer à l'interroger. Il se maîtrisa et parvint à lui poser une question :

– Tu es sérieux, Peregil ?

– Naturellement. Vous pouvez être tranquille.

– Écoute – le financier frottait ses tempes avec ses paumes, tentant de rester calme –. Tu me fais marcher.

– Je n'oserais jamais, patron – Peregil souriait avec candeur –. Même rond comme une bille.

Gavira reprit sa marche.

– Explique-moi un peu... Tu viens me dire que tu as enlevé un curé recherché par la police pour assassinat, et tu me dis de dormir sur mes deux oreilles ?

Peregil faillit se décrocher la mâchoire :

– Comment ça, pour assassinat ?

– Tu m'as bien entendu.

Le sbire regarda la porte fermée. Puis celle du petit coin. Puis Gavira.

– Mais qu'est-ce que c'est que cette histoire d'assassinat de merde ?!

– Tu l'as dit, une vraie merde, ce journaliste. Et on accuse ton maudit curé.

– Vous me faites marcher – de désespoir, Peregil lança un bref éclat de rire –. C'est des blagues, patron !

Gavira s'approcha si près de lui que l'autre dut s'asseoir sur le lavabo.

– Regarde-moi bien. J'ai l'air de quelqu'un qui a envie de bla-guer ?

Non, de fait, et le factotum n'eut pas le moindre doute. Peregil était blanc comme les carreaux du mur :

– Un assassinat ?

– Exactement.

– Un assassinat pour de vrai ?

– Oui, nom de Dieu ! Et on dit que c'est le curé.

L'autre leva la main, réclamant le temps de digérer plus lente-ment ce qu'il venait d'entendre. La nouvelle l'avait tellement décoiffé que ses longues mèches de cheveux pendaient sur son oreille.

– Avant ou après qu'on l'a chopé ?

– Comment veux-tu que je sache ! Avant, je suppose.

Peregil avala sa salive avec autant de difficulté que de bruit :

– Je voudrais être sûr d'avoir tout compris, patron. L'assassinat de qui ?

Après avoir laissé Peregil en train de vomir dans les toilettes, Pencho Gavira prit congé des membres du conseil d'administra-tion, monta dans sa Mercedes qui attendait devant le restaurant, dit au chauffeur de mettre la climatisation en marche et d'aller boire un verre puis, son téléphone portable à la main, réfléchit un moment. Il était sûr que son factotum lui avait dit la vérité et

– passé le premier moment de panique – l'affaire se présentait maintenant sous un jour différent. Difficile de savoir s'il ne s'agissait que d'une succession de hasards, ou si les gens de Peregil avaient séquestré le curé, par un extraordinaire concours de circonstances, juste après que celui-ci eut envoyé le journaliste *ad patres*. Le fait que la mort de Bonafé remontait à tard dans l'après-midi, selon la police, et que la disparition du curé n'avait eu lieu – d'après le témoignage de Macarena elle-même et du curé de Rome – qu'après minuit laissait Príamo Ferro sans alibi. D'une façon ou d'une autre, coupable ou pas, leurs positions respectives avaient changé. Le prêtre était suspect et la police était à ses trousses. Il serait risqué de le garder plus longtemps. Gavira avait maintenant la certitude qu'on pouvait le remettre en liberté sans que ses projets en pâtissent. Au contraire même, car le curé allait être très occupé avec toutes ces enquêtes et interrogatoires. L'homme était recherché. Si on le relâchait dans la nuit, il était plus que probable qu'il n'y aurait pas de messe le lendemain matin à Notre-Dame-des-Larmes. Le coup de maître allait donc peut-être venir d'une façon tout à fait inattendue. Le fin du fin consisterait à se débarrasser du prêtre et à le rendre à la vie publique aussi proprement que possible, sans scandale. Qu'il prenne la fuite ou qu'il aille se livrer à la police, Gavira s'en moquait éperdument. De toute façon, Príamo Ferro allait être hors jeu pendant un bon bout de temps. On pourrait peut-être même corser l'affaire avec un coup de téléphone anonyme, une dénonciation ou quelque chose du genre. L'archevêque de Séville ne ferait sûrement pas des pieds et des mains pour lui trouver un remplaçant. Quant au pragmatique banquier don Octavio Machuca, tout serait bien qui finirait bien.

Restait la question de Macarena. Là aussi, la nouvelle situation présentait des avantages. Le coup parfait consisterait à lui faire avaler la libération du curé comme une faveur, en proclamant bien haut que Gavira n'avait rien eu à voir avec les excès de Peregil. Quelque chose comme : je suis intervenu dès que tu m'en as parlé, etc. Avec l'affaire Bonafé qui leur faisait de l'ombre à tous, et plus particulièrement à son si admirable don Príamo, elle prendrait grand soin d'être discrète. Ce qui pourrait même faciliter un rapprochement avec elle. Quant au curé, Macarena et son Romain n'auraient qu'à se charger de lui, avec ou sans la police. Gavira n'avait rien contre le vieux curé : qu'il se livre aux flics ou qu'il prenne la fuite à l'étranger, c'était du pareil au même. Avec un tout petit peu de chance, il était fini, comme son église.

Le moteur ronronnait doucement. Grâce à l'air climatisé, il faisait une température idéale à l'intérieur de la Mercedes. Déjà plus détendu, Gavira se cala dans le fauteuil de cuir noir, se laissa aller contre l'appuie-tête et se regarda avec satisfaction dans le rétroviseur. Après tout, la journée n'avait peut-être pas été si mauvaise. Et sur son visage bronzé s'étala le sourire du Requin de l'Arenal quand il composa le numéro de téléphone de la Casa del Postigo.

Macarena Bruner raccrocha et regarda longuement Quart. Elle semblait réfléchir, immobile, accoudée sur la table couverte de revues et de livres, dans un coin de la pièce de l'étage supérieur transformée en studio. Un étrange studio, décoré d'azulejos dont les motifs représentaient des végétaux et des croix de Malte, sombres poutres au plafond, une grande cheminée de marbre noir. C'était la pièce de Macarena, et elle portait partout sa marque : un téléviseur avec un magnétoscope, une petite installation haute-fidélité, livres d'art et d'histoire, vieux cendriers de bronze, confortables fauteuils tapissés de velours sombre, coussins brodés. Il y avait aussi un grand meuble où s'entassaient des manuscrits, des volumes à la reliure de parchemin jauni et des cassettes vidéo. Deux bons tableaux étaient accrochés aux murs : un saint Pierre d'Alonso Vázquez et une scène de la bataille de Lépante, d'un artiste inconnu. A côté de la fenêtre, la statue d'un archange courroucé brandissait son épée sous un globe de verre qui le protégeait de la poussière.

– Ça y est – dit Macarena.

Quart se leva, tendu, prêt à passer à l'action. Mais elle restait immobile, comme si elle n'avait pas encore tout dit :

– C'était une erreur et il s'excuse. Il m'assure qu'il n'y est pour rien. Des gens qui travaillaient indirectement pour lui ont fait une bêtise, sans son consentement.

Quart s'en moquait. Il serait toujours temps d'établir les responsabilités de chacun. L'important, c'était de retrouver le curé avant la police. Coupable ou pas, c'était un ecclésiastique. L'Église ne pouvait se croiser les bras en attendant la suite des événements.

– Où est-il ?

Macarena hésita un instant.

– Il est sain et sauf dans un bateau amarré à l'ancien quai de l'Arenal… Pencho va rappeler quand tout sera arrangé – elle fit quelques pas, prit une cigarette sur la table et sortit son briquet de sous la bretelle de son soutien-gorge –. Il propose de me le remettre à moi plutôt qu'à la police, mais à condition que nous fassions la paix. Naturellement, il essaie de m'embobiner avec son histoire de police.

Quart poussa un soupir de soulagement. Au moins, cet élément du problème était résolu.

– Tu vas en parler à ta mère ?

– Non. Je préfère qu'elle ne sache rien tant que tout ne sera pas arrangé. Le choc pourrait la tuer.

Un sourire triste sur les lèvres, elle tenait en l'air son briquet et sa cigarette toujours éteinte, comme si elle pensait à autre chose.

– Si tu avais entendu Pencho ! – reprit-elle –. Courtois, charmant, à ma complète disposition… Il sait qu'il est sur le point de gagner la partie et il nous vend une option inexistante. Don Príamo ne pourra pas s'enfuir quand ils vont le libérer.

Elle avait parlé d'une voix détachée, absorbée par son unique préoccupation : le curé. Quart l'écoutait, désolé, mais pas à cause de ce qu'elle venait de dire. Chaque fois qu'un geste de Macarena remuait de trop récents souvenirs, il sentait grandir en lui une tristesse immense, désespérée. Après avoir été si proche de lui, après l'avoir entraîné sur un terrain aux limites diffuses où rien, sauf la solitude partagée, sauf la tendresse, n'avait plus aucun sens, elle s'éloignait de nouveau. Il était encore trop tôt pour savoir combien le prêtre Lorenzo Quart avait perdu dans la chair tiède de cette femme. Mais la silhouette du Templier trahi le hantait comme un remords. C'était toujours le même piège béant, fleuve tranquille où s'écoule le temps qui ne respecte rien, ou qui réaffirme tôt ou tard la condition des hommes. Qui arrache leurs drapeaux aux bons soldats. Séville lui arrachait trop de choses en trop peu de temps, sans rien lui laisser en retour, sauf une douloureuse conscience de lui-même. Il attendait avec angoisse qu'un roulement de tambour lui rende enfin la paix.

Quand il revint à la réalité, les yeux égoïstes et sombres de Macarena regardaient fixement les siens. Mais Quart n'était pas l'objet de leur intérêt. Il n'y vit pas de gouttes de miel, ni de lune agitant des feuilles d'oranger et de bougainvillée. Il n'y avait plus rien pour lui. Et l'agent de l'IOE se demanda un instant ce qu'il pouvait bien faire là, reflété dans ces yeux étrangers.

– Je ne vois pas pourquoi le père Ferro prendrait la fuite – dit-il en faisant un effort pour revenir aux mots et à la discipline qu'ils portaient avec eux –. Si sa disparition s'explique par un enlèvement, il devient moins suspect.

L'argument ne parut pas la rassurer beaucoup :

– Ça ne change rien. On va dire qu'il a fermé l'église quand le cadavre était dedans.

– Oui. Mais comme l'a dit ton amie Gris, il pourrait prouver qu'il ne pouvait pas le voir. De toute façon, il serait préférable pour tout le monde qu'il s'explique. Pour toi, pour moi et pour lui.

Elle secoua la tête :

– Je dois parler à don Príamo avant la police – dit-elle.

Elle s'était avancée vers la fenêtre. Appuyée sur le rebord, elle regardait le patio.

– Moi aussi – dit Quart en s'approchant –. Et il vaut mieux qu'il se présente de son plein gré, avec moi et l'avocat que j'ai fait venir de Madrid – il consulta sa montre –. Il doit d'ailleurs être avec Gris au commissariat central.

– Elle n'accusera jamais don Príamo.

– Bien sûr que non.

Macarena se tourna vers Quart. L'inquiétude se lisait dans ses yeux noirs :

– On va l'arrêter, c'est ça ?

Il aurait levé les doigts pour toucher cette bouche, mais son expression montrait bien que c'était d'un autre qu'elle s'inquiétait. Quelle absurdité d'être jaloux d'un vieux curé, petit et sale. C'était pourtant le cas. Il attendit quelques secondes avant de répondre :

– Je ne sais pas – après un instant d'hésitation, il détourna les yeux pour regarder à son tour dans le patio. Assise dans un fauteuil à bascule, à côté de la fontaine aux azulejos, agitant son éventail, étrangère à tout, Cruz Bruner lisait paisiblement –. D'après ce que j'ai vu dans l'église, je crains que oui.

– Tu crois que c'est lui, c'est ça ? – Macarena regarda elle aussi sa mère, avec une immense tristesse –. Même s'il a disparu contre sa volonté, tu continues à le croire.

– Je ne crois rien – répondit sèchement Quart –. Mon travail ne consiste pas à croire.

Il se souvint tout à coup de l'histoire d'Ouzza, dans le livre de Samuel, Ouzza qui avait osé poser la main sur l'Arche d'alliance, « et la colère de Dieu s'enflamma contre Ouzza, et là Dieu le frappa pour cette faute, et là il mourut, près de l'arche de Dieu »… Macarena penchait la tête. Elle avait défait sa cigarette entre ses doigts, sans l'allumer, et les brins de tabac tombaient à ses pieds.

– Don Príamo n'aurait jamais pu faire une chose pareille !

Quart hocha la tête mais ne répondit pas. Il pensait à Honorato Bonafé, mort dans le confessionnal, foudroyé par la colère implacable du Tout-Puissant. Et c'était précisément le père Ferro qu'il imaginait en train de faire une chose pareille.

Onze heures moins le quart. Adossé contre un réverbère, sous le pont de Triana, Peregil entendit sonner l'horloge sans quitter des yeux les lumières qui se reflétaient dans les eaux noires du fleuve. Les phares des autos qui passaient au-dessus de lui balayaient le garde-fou de fer, les arches constellées de rivets et les piles de pierre. On les voyait aussi plus loin, derrière les jardins et les terrasses qui s'élevaient en bordure du Paseo Cristóbal Colón, à côté de la Maestranza. Mais en bas, au bord de l'eau, tout était tranquille.

Il se mit à marcher le long de la berge, en direction des vieux quais de l'Arenal. La brise de Sanlúcar commençait à rider doucement la surface sombre du Guadalquivir et la fraîcheur de la nuit ranima le courage du sicaire. Après les émotions des dernières heures, la vie normale reprenait son cours. Jusqu'à son ulcère qui semblait disposé à le laisser en paix. Le rendez-vous était prévu pour onze heures, à côté du bateau où attendaient don Ibrahim et ses comparses. Gavira lui avait donné toutes sortes de consignes pour éviter les faux pas : son épouse et le prêtre romain viendraient au rendez-vous ; le rôle de Peregil consisterait seulement à procéder à la livraison, sans faire de difficultés. Lui et son équipe feraient descendre le curé du *Canela Fina* et les deux autres le prendraient en charge dans un entrepôt désaffecté dont Peregil avait la clé en poche. Quant à la solde des trois malandrins, le factotum avait eu un peu de mal à convaincre son patron de lui allonger ce qu'il fallait. Mais l'urgence de la situation et l'envie que le financier avait de se débarrasser du curé avaient facilité les choses. Souriant intérieurement, le sbire se toucha le ventre : il avait sur lui quatre millions et demi en billets de dix mille, cachés sous sa chemise, sous l'élastique de son caleçon. Et chez lui, il avait encore cinq cent mille qu'il avait réussi à soutirer à son chef au dernier moment, prétextant quelques dépenses indispensables pour mener l'affaire à bon port. Tant de fric dans sa ceinture le forçait à marcher droit comme un *i*, comme s'il portait un corset.

Optimiste, il se mit à siffloter. A part un couple d'amoureux et un pêcheur solitaire, la berge semblait déserte jusqu'aux quais. Des grenouilles coassaient dans les roseaux de la rive et Peregil les écouta avec plaisir. La lune se levait sur Triana et la vie était belle. Onze heures moins cinq. Il pressa le pas. Il voulait en finir avec cette comédie pour filer droit au casino et voir ce que cette demi-brique avait dans le ventre. En mettant de côté cinq mille douros pour rendre hommage à Dolores la Negra.

– Tiens, Peregil ! Quelle surprise !

Il s'arrêta net. Deux silhouettes assises sur un banc de pierre s'étaient levées sur son passage. La première, grande et sinistre : Gitano Mairena. L'autre, menue, élégante, avec des mouvements précis de danseur : El Pollo Muelas. La lune se cacha derrière un nuage, ou peut-être les yeux de Peregil se troublèrent-ils tout à coup. Des petits points noirs dansaient devant ses pupilles et son ulcère se réveilla en furie. Ses jambes flanchèrent. Lipothymie, pensa-t-il. Je vais tomber raide d'une lipothymie.

– Devine quel jour on est aujourd'hui.

– Mercredi – répondit-il d'une voix éteinte, à peine audible, mais dans laquelle on pouvait discerner un semblant de protestation –. Il me reste un jour.

Les deux ombres s'approchèrent. Sur chacune d'elles, l'une plus grande que l'autre, une cigarette faisait un point rouge.

– Tu ne sais pas compter – dit Gitano Mairena –. Il te reste une heure, parce que jeudi commence cette nuit, à minuit pile – il frotta une allumette ; la flamme éclaira le moignon de son petit doigt et le cadran de sa montre –. Une heure et cinq minutes.

– Je vais payer – fit Peregil –. Je vous jure.

Le rire sympathique d'El Pollo Muelas se fit entendre :

– Évidemment. C'est pour ça qu'on va s'asseoir tous les trois sur le banc. Comme ça, on va te tenir compagnie jusqu'à jeudi.

Aveuglé par la panique, Peregil essaya de regarder autour de lui. Les eaux du fleuve ne lui offraient aucun refuge. Une course désespérée sur la berge déserte ne risquait pas de donner de meilleurs résultats. Restait le compromis négocié. L'argent qu'il avait sur lui suffirait peut-être à résoudre temporairement le problème, à deux réserves près : la somme ne couvrait pas la totalité de ce qu'il devait au prêteur et il ne pourrait en justifier la perte devant Pencho Gavira, chez qui l'ardoise s'élevait à onze millions qui tonnaient dans sa tête comme onze coups de canon. Sans parler de l'enlèvement du curé qui lui pendait au cou comme une corde, du rendez-vous avec la jeune dame et le grand curé, de la tête qu'allait faire don Ibrahim, El Potro et Niña Puñales s'il les laissait plantés sans un radis vaillant. A quoi il fallait encore ajouter le mort de l'église, la police et toute cette merde qui lui tombait sur le dos. Il lança encore un regard aux eaux noires du fleuve. Autant sauter à l'eau et se noyer tout de suite. Plus économique.

Il poussa un profond soupir et sortit un paquet de cigarettes Puis il regarda la grande ombre et ensuite la petite, résigné à l'inévitable. Pas de quoi en faire un drame, se dit-il. Après tout, les hôpitaux ne sont pas faits pour les chiens.

– Vous avez du feu ?

Gitano Mairena n'avait pas encore frotté son allumette que Peregil courait déjà comme un dératé sur la berge, en direction du pont de Triana, comme s'il y allait de sa vie. Ce qui était précisément le cas.

Un moment, il se crut sauvé. Il fonçait à toute allure en respirant régulièrement, un, deux, un, deux, et le sang cognait très fort contre ses tempes et dans son cœur, et ses poumons brûlaient comme si on les arrachait de sa poitrine pour les retourner à l'envers. Il courait presque à l'aveuglette dans le noir, poursuivi par le galop des deux autres, les imprécations de Gitano Macarena, le soufflet de forge d'El Pollo Muelas. Une ou deux fois, il crut qu'ils frôlaient son dos ou ses jambes. Fou de terreur, il avait poussé la vapeur, sentant augmenter la distance qui le séparait de ses poursuivants. Les lumières des autos sur le pont se rapprochaient rapidement. L'escalier, se dit-il confusément, saoul de fatigue. Il y avait un escalier quelque part sur la gauche, et en haut, des rues, des lumières, des voitures, des gens. Il obliqua à droite vers le mur. Quelque chose le frappa dans le dos. Il accéléra encore, laissant s'échapper un cri d'angoisse. L'escalier ! Il le devina plus qu'il ne le vit dans l'obscurité. Un dernier effort. Mais il avait de plus en plus de mal à coordonner le mouvement de ses jambes. Elles perdaient la cadence, il perdait du terrain, son corps basculait en avant dans le vide. Ses poumons n'étaient plus qu'une plaie douloureuse, incapables de trouver de l'air à respirer. Et c'est ainsi qu'il arriva au pied de l'escalier et qu'il pensa, le temps d'un instant, qu'il était peut-être sauvé. Mais c'est alors que ses forces l'abandonnèrent et qu'il tomba à genoux, plié en deux, comme si on l'avait abattu d'un coup de fusil.

Il était foutu. Sous sa chemise, les billets trempés de sueur collaient à sa peau. Il tourna sur lui-même et tomba en avant sur la première marche. Les étoiles du ciel tournoyaient comme un manège de foire. Où est passé l'oxygène, pensa-t-il, contenant d'une main les soubresauts de son cœur qui semblait vouloir s'échapper par sa bouche grande ouverte. A côté de lui, soufflant comme des bœufs, appuyés contre le mur, Gitano Mairena et El Pollo Muelas tentaient de reprendre haleine.

– Quel fils de pute ! – entendit-il dire Gitano Mairena, haletant – Il galope comme un lapin.

El Pollo Muelas s'était accroupi, sifflant comme une cornemuse pleine de trous. La lumière d'un réverbère du pont laissait entrevoir la moitié d'un sourire sympathique.

– T'en as des grosses comme ça, Peregil, parole – dit-il presque tendrement en lui donnant de petites tapes sur la figure –. Impressionnant, belle performance. Parole.

Puis il se releva péniblement et, toujours souriant, lui tapota amicalement la joue. Ensuite, il sauta à pieds joints sur son bras droit qui craqua. Et c'est ainsi qu'il lui cassa le premier des os qu'ils allaient lui casser cette nuit-là.

Macarena regarda sa montre pour la énième fois. Onze heures quarante.

– Ce n'est pas normal – dit-elle à voix basse.

Quart en était convaincu, mais il ne répondit rien. Ils attendaient dans le noir, à côté de la grille fermée d'un embarcadère de ski nautique. Au-dessus de leurs têtes, par-delà les palmiers et les bougainvillées, derrière les terrasses désertes de l'Arenal, on voyait la coupole illuminée de la Maestranza et un coin de l'immeuble de la Banque Cartujano. Environ trois cents mètres en aval, la Torre del Oro, illuminée, montait la garde à côté du pont San Telmo. Et juste au milieu, amarré au quai, le *Canela Fina* attendait.

– Quelque chose a mal tourné – insistait Macarena.

Elle avait noué les manches d'un sweater sur ses épaules. Tendue, inquiète, elle regardait le quai d'où devait venir l'homme de Pencho Gavira. Le bateau dans lequel se trouvait le père Ferro, d'après son mari, ou ex-mari, était noir et silencieux, sans aucun signe de vie. Un moment – rien ne pressait encore –, Quart envisagea dans son for intérieur la possibilité que le financier leur ait joué un mauvais tour ; mais après l'avoir examinée sous tous ses angles, il en écarta l'idée. Dans l'état actuel des choses, il y avait des plaisanteries que Gavira ne pouvait plus se permettre.

Une petite brise fit grincer les planches de l'embarcadère. L'eau clapota doucement contre les piles du quai. Oui, quelque chose ne tournait pas rond ; et la suite du plan risquait de se dérouler un peu moins tranquillement que prévu. L'instinct de Quart lui disait que ce point mort augurait de nouvelles complications. A supposer que le curé fût dans ce bateau – supposition qui ne reposait que sur la parole de Gavira –, sa libération allait devenir beaucoup plus délicate si le présumé médiateur ne faisait pas acte de présence. Quart regarda le profil sombre et vigilant de Macarena, puis il eut une pensée pour le commissaire adjoint Navajo. Peut-être allaient-ils un peu loin.

– Il serait peut-être préférable d'appeler la police – dit-il doucement.

– Pas question – elle ne quittait pas des yeux le quai désert et le bateau –. Il faut d'abord parler à don Príamo.

Quart regarda à gauche et à droite, sous les acacias qui bordaient la rive.

– Mais personne ne vient.

– Il va venir. Pencho sait ce qu'il joue.

Pourtant, personne ne venait au rendez-vous. Minuit sonna. L'attente devenait insupportable. Macarena faisait nerveusement les cent pas devant la grille de l'embarcadère. Comble de malchance, elle avait oublié ses cigarettes. Quart resta derrière pour surveiller le *Canela Fina* tandis qu'elle allait appeler son mari d'une cabine téléphonique sur le Paseo. Elle revint, la mine sombre. Le financier lui avait donné l'assurance que Peregil avait promis de se présenter à onze heures, avec l'argent de la rançon. Il ne s'expliquait pas ce qui avait pu arriver, mais il serait sur place dans un quart d'heure.

Ils le virent bientôt qui s'avançait sous les acacias, dans la direction de l'embarcadère où ils attendaient. Il portait un polo sous sa veste, un pantalon léger et des chaussures de sport. Dans l'obscurité, il paraissait beaucoup plus brun que d'habitude.

– Je ne comprends pas ce que fabrique Peregil – dit-il en guise de salutations.

Pas d'excuses ni de commentaires inutiles. En quelques mots, ils lui exposèrent la situation. Le financier était très inquiet de l'absence de son factotum et prêt à tout, à condition que la police ne se mêle pas de l'affaire. Elle pouvait bien mettre la main sur le curé une fois qu'il serait libéré, mais pas question que les flics viennent le soustraire à des ravisseurs plus ou moins liés à lui. Quart admira son sang-froid : pas de gesticulations inutiles, pas de protestations d'innocence, aucune tentative de convaincre qui que ce soit. Il avait des cigarettes sur lui. Macarena et lui fumèrent en dissimulant le bout rouge dans le creux de leurs mains. Le financier écoutait plus qu'il ne parlait, la tête penchée, maître de lui. Une seule chose semblait l'intéresser : que tout finisse bien pour tout le monde. Finalement, il regarda Quart dans les yeux ·

– Et vous, qu'est-ce que vous en pensez ?

Cette fois, il y avait plus ni soupçon ni fanfaronnade dans sa voix. Il était calme, objectif : valet, dame et roi, une consultation

407

technique avant de passer à l'action. Ses cheveux lissés à la brillantine reflétaient les lumières du fleuve.

Quart n'eut qu'un instant d'hésitation. Il ne voyait pas d'un très bon œil lui non plus que le curé passe directement des mains de ses ravisseurs dans celles du commissaire adjoint Navajo, sans qu'ils aient eu le temps d'échanger leurs impressions. Il regarda le *Canela Fina.*

– Il faudrait y aller – déclara-t-il.

– Alors, on y va – dit Macarena sur un ton résolu.

– Un moment – fit Quart –. Il faut d'abord savoir ce qui nous attend là-bas.

Gavira le lui dit. Selon les informations de Peregil, la bande se composait de trois membres. Un type grand et gros, dans la cinquantaine, qui était le chef. Plus une femme et un ancien boxeur. Celui-là risquait d'être dangereux.

– Vous êtes déjà monté dans ce bateau ? – lui demanda Quart.

Gavira lui répondit que non, mais que c'était une vedette de touristes comme les autres : un pont supérieur avec des rangées de sièges, un pont à l'avant et un pont inférieur avec une demi-douzaine de cabines, la salle des machines et un salon. Concrètement, celui-ci était hors service depuis très longtemps, presque abandonné. Il l'avait observé un jour qu'il prenait un verre à une terrasse de l'Arenal.

A mesure que le plan d'action prenait forme, les fantômes qui avaient troublé Quart ces dernières heures s'évanouissaient peu à peu. La nuit, le bateau plongé dans le noir, l'imminence d'un affrontement le remplissaient d'une expectative presque joyeuse, un peu infantile. C'était retrouver le jeu, les anciens gestes connus, la maîtrise de soi. Parcourir les cases de ce jeu de l'Oie surprenant qu'était la vie. Il reconnaissait enfin son territoire, le paysage incertain du monde où il évoluait habituellement ; et ainsi, il redevenait lui-même. Tout à coup, la présence de Macarena trouvait tranquillement sa place dans l'ordre exact des choses et le Templier ébranlé retrouvait la paix du bon soldat. Il découvrait même chez Pencho Gavira – et c'était le côté singulier de la situation – un compagnon d'armes inespéré, apporté par la brise de mer et les eaux du fleuve qui coulait à ses pieds, lent et paisible, diluant l'antipathie qu'il avait pu éprouver auparavant et qu'il éprouverait à coup sûr le lendemain. Mais, le temps d'une nuit, les amis morts d'un Templier n'étaient plus tous morts. Et il était heureux que celui-ci, qu'il n'attendait pas, soit venu à pied, sans escorte, seul sous les acacias noirs de la berge, au lieu de se barricader derrière sa peur et tout ce qu'il avait à perdre, heureux qu'il soit prêt maintenant à monter à bord du *Canela Fina* sans paroles inutiles.

– Allons-y ! – Macarena s'impatientait. Tout lui était égal et elle n'avait plus d'yeux que pour le bateau amarré le long du quai.

Gavira regardait Quart. Ses dents brillaient dans le noir :

– Après vous, mon père.

Ils s'approchèrent sans faire de bruit. De grosses cordes retenaient le bateau, une à l'avant, l'autre à l'arrière. Ils escaladèrent silencieusement la passerelle et arrivèrent sur un pont où s'entassaient des rouleaux de cordages, des bouées de sauvetage éventrées, des pneus, des tables et des chaises. Quart glissa son portefeuille dans une poche de son pantalon, puis ôta sa veste, la plia et la posa sur une chaise. Gavira l'imita sans mot dire.

Ils s'avançaient sur le pont supérieur. Un moment, ils crurent entendre quelque chose sous leurs pieds et le quai s'éclaira faiblement, comme si quelqu'un avait jeté un coup d'œil de l'intérieur par un hublot. Quart retenait son souffle, essayant de marcher sans bruit comme le lui avaient appris les instructeurs des services spéciaux de la police italienne : d'abord le talon, ensuite le bord du pied, enfin la plante. La tension faisait bourdonner ses oreilles et il s'efforça de retrouver son calme pour mieux écouter autour de lui. Il arriva ainsi à la timonerie où des housses de toile recouvraient la roue du gouvernail et les instruments. Puis il alla s'appuyer contre le bastingage de fer, l'oreille tendue. Le rafiot n'était que désordre et saleté. Il vit Macarena entrer derrière lui, suivie de Gavira. Ils s'arrêtèrent à côté de lui et la lumière lointaine des réverbères de l'Arenal dessina leurs silhouettes. Tranquille, le financier échangea un regard interrogateur avec Quart. Sourcils froncés, Macarena les regardait tour à tour, dans l'attente d'un signal ; aussi décidée que si elle avait passé toute sa vie à monter à l'abordage d'un bateau en pleine nuit. On entendait le son étouffé d'une radio derrière une porte de bois sous laquelle filtrait un rai de lumière.

– S'il y a des complications, chacun son homme – murmura

Quart en pointant le doigt vers sa poitrine, puis celle de Gavira. Il désigna enfin Macarena –. Elle s'occupera du père Ferro.

– Et la femme ? – demanda Gavira.

– Je ne sais pas. On verra sur place, si elle s'en mêle.

Gavira proposa d'essayer la manière douce, de leur dire qu'ils venaient de la part de Peregil. Ils discutèrent quelques instants à voix basse. Le problème, conclurent-ils, c'était que les ravisseurs attendaient le paiement de la rançon. Or Gavira n'avait sur lui que ses cartes de crédit. Sous les yeux attentifs de ses compagnons d'aventure, Quart cherchait quelque chose dans sa tête. Après tout, c'était une affaire d'ecclésiastiques, avec les risques que présentait chaque option. Regrettant pour la dernière fois de ne pas avoir appelé la police, Quart essaya de se souvenir de la façon dont il fallait aborder ce genre de problème. Par la douceur, au baratin : beaucoup de calme, beaucoup de mots. Par la force : rapidité, surprise, brutalité. Dans les deux cas, ne jamais donner à l'adversaire le temps de réfléchir. L'étourdir par un déluge d'impressions pour bloquer sa capacité de réaction. Et dans la pire hypothèse, que la Providence – ou quiconque était de garde cette nuit-là – ne permette pas de malheurs regrettables.

– On y va.

C'était grotesque, se dit-il. Il s'empara d'un tube de fer d'aspect menaçant, long d'une trentaine de centimètres. Celui qui tue par le fer périra... murmura-t-il intérieurement. Pourvu qu'il n'y ait pas mort d'homme. Il respira un grand coup, s'oxygéna les poumons une demi-douzaine de fois, puis ouvrit la porte. Un instant, il se demanda s'il n'aurait pas dû faire un signe de croix.

Don Ibrahim laissa tomber sa tasse de café sur son pantalon. Le grand curé était apparu à la porte, en bras de chemise, col romain autour du cou, une barre de fer menaçante dans la main droite. Alors qu'il se levait difficilement en écrasant son ventre contre le bord de la table, il vit derrière lui un autre homme brun, de belle prestance, qu'il reconnut comme étant le financier Gavira. Puis ce fut au tour de la jeune duchesse de faire son apparition.

– Du calme ! – dit le grand curé –. On vient parler.

El Potro s'était redressé sur la couchette, en maillot de corps qui laissait voir son tatouage de légionnaire sur l'épaule luisante de sueur. Il posa par terre ses pieds nus et regarda don Ibrahim comme pour lui demander si cette visite était au programme.

– Nous venons de la part de Peregil – annonça le financier –. Tout va bien.

Si tout allait bien, se dit don Ibrahim, ils ne seraient pas là, Peregil aurait allongé quatre millions et demi sur la table et le grand curé n'aurait pas cette barre à la main. Il y avait une embrouille quelque part. Il regarda par-dessus l'épaule des nouveaux venus, s'attendant à voir les poulets débarquer d'un instant à l'autre.

– Nous devons nous parler – répéta le grand curé.

Ce qu'ils devaient faire, pensa don Ibrahim, c'était foutre le camp sans tambour ni trompette, lui, La Niña et El Potro. Mais La Niña était dans la cabine avec le vieux et il n'était pas si commode de prendre la poudre d'escampette comme ça. Entre autres choses, parce que les trois intrus étaient juste devant la porte de sortie. Et merde, se dit-il. Merde pour la malchance, pour tous les Peregil et tous les curés du monde. Une affaire de soutanes ne pouvait que porter la poisse. Il était cuit, par sa connerie.

– Il y a un malentendu – dit-il pour gagner du temps.

A propos de curés, le grand avait un visage de pierre, une main crispée sur la barre qui allait aussi bien avec son col romain que deux pistolets au Christ. Abasourdi, don Ibrahim s'appuyait sur la table. El Potro le regardait comme un chien attend l'ordre de son maître pour se lancer à l'attaque ou lui lécher la main. S'il pouvait au moins mettre La Niña en sécurité, pensa-t-il. Pour qu'elle n'ait pas d'ennuis si tout se mettait à branler du manche.

Il en était là de ses réflexions quand les événements décidèrent à sa place. La duchesse n'avait pas du tout l'air intimidée. Elle regardait autour d'elle avec des yeux qui lançaient des flammes.

– Où est-il ?

Sans attendre de réponse, elle fit deux pas vers la porte fermée de la cabine. Ça va chauffer, pensa don Ibrahim. Par réflexe, El Potro se leva pour lui barrer la route. Il regardait son comparse, indécis, mais le Cubain semblait paralysé. C'est alors que le financier Gavira s'approcha de la femme, comme pour lui prêter main-forte. El Potro, les idées plus claires à présent qu'il avait devant lui un homme capable de se défendre, conclut que dans le doute il faut foncer tout droit. Il lui décocha donc un crochet du gauche qui envoya l'autre valser contre la cloison. Ensuite, les choses se gâtèrent. Comme si le gong avait sonné quelque part dans sa mémoire défoncée, El Potro haussa la garde et se mit à sautiller en tous sens dans le salon, un coup par-ci, un coup par-là, prêt à défendre le titre de poids coq. Sur ces entrefaites, le financier était allé cogner contre des étagères remplies de gobelets de métal qui s'effondrèrent dans un fracas, la jeune duchesse avait évité un droit d'El Potro et s'avançait résolument vers la porte derrière laquelle était enfermé le curé, tandis que don Ibrahim réclamait le calme à grands cris, mais sans aucun succès.

Et ce fut la mêlée générale. Entendant du bruit, Niña Puñales sortit pour voir ce qui se passait et tomba nez à nez avec la jeune duchesse. Entre-temps, le financier Gavira, sans doute pour se dédommager du coup de poing d'El Potro, fonçait sur don Ibrahim, animé des pires intentions. Le grand curé, après avoir regardé d'un air indécis la barre de fer qu'il tenait à la main, la jeta par terre et recula de quelques pas pour esquiver les coups qu'El Potro continuait à décocher contre tout ce qui bougeait, son ombre comprise.

– Du calme ! – suppliait don Ibrahim –. Du calme !

Prise d'hystérie, Niña Puñales poussa la jeune duchesse et donna l'assaut au financier Gavira, ongles dehors, prête à lui crever les yeux. Fort peu galant, Gavira l'arrêta net d'une gifle qui réexpédia La Niña dans la cabine, dans un tourbillon de volants et de petits pois, jusqu'au pied de la chaise où, mains liées, un bandeau sur les yeux, le vieux curé essayait de tourner la tête pour voir ce qui se passait. Quant à don Ibrahim, la gifle flanquée à La Niña avait fait s'évaporer toutes ses velléités conciliatrices. Un voile rouge était tombé devant ses yeux. Acceptant l'inévitable, le gros ex-avocat renversa la table, baissa la tête comme le lui avaient appris Kid Tunero et don Ernesto Hemingway au bar La Floridita, à La Havane et, poussant un cri de guerre – « Viva Zapata ! », fit-il, car ce fut tout ce qu'il trouva sur le moment –, lança ses cent dix kilos contre l'estomac du banquier et le refoula à l'autre bout du salon au moment où El Potro gratifiait le grand curé d'une droite en pleine figure et que l'agressé se rattrapait à la lampe pour ne pas tomber. Les fils électriques crépitèrent en s'arrachant et le bateau se trouva plongé dans le noir.

– Niña ! Potro ! – s'exclama don Ibrahim que l'empoignade avait mis hors d'haleine.

Il se sépara du financier Gavira. Quelque chose se cassa bruyamment. Les cris fusaient, les coups pleuvaient dans l'obscurité. Quelqu'un, sans doute le grand curé, tomba sur le Cubain et, avant que celui-ci ne puisse se relever, lui donna un coup de coude au visage qui lui fit voir trente-six chandelles. Au diable le curé et toutes ces histoires de tendre l'autre joue, fils de pute. Sentant des gouttes de sang couler sur sa figure, don Ibrahim se mit à quatre pattes, le ventre traînant par terre. La chaleur était épouvantable, et il ne pouvait plus respirer, avec toute cette graisse. La silhouette d'El Potro se découpa un instant dans l'embrasure de la porte, El Potro qui continuait à cogner à gauche et à droite, très absorbé par son affaire. On entendit encore des cris et des coups d'origines diverses, puis quelque chose se cassa encore dans un grand craquement. Une chaussure à talon haut écrasa une main de don Ibrahim, puis un corps lui tomba dessus. Il reconnut sur-le-champ la robe à volants et le parfum de Bois d'Orient.

– Niña ! La porte ! Fiche le camp !

Il se releva tant bien que mal en saisissant la main qu'il trouva en tâtonnant dans le noir, donna un coup de poing – en ratant complètement sa cible – à quelqu'un qui s'était mis sur son chemin, puis, avec l'énergie du désespoir, entraîna La Niña vers le pont. Il monta, à bout de souffle, et découvrit El Potro qui sautillait autour de la roue du gouvernail dont il secouait la housse de toile comme si c'était un punching-ball. Le cœur battant la chamade, épuisé, convaincu que l'infarctus allait frapper d'un moment à l'autre, don Ibrahim saisit El Potro par un bras et, sans lâcher La Niña, les conduisit à toute allure jusqu'à la passerelle pour sauter à terre. Là, les poussant devant lui, il réussit à les faire débarquer sur le quai. Pendue à sa main, hébétée, Niña Puñales sanglotait. A côté d'elle, tête baissée, respirant par le nez, hop, hop, El Potro continuait à défoncer les ombres.

413

Ils firent sortir le père Ferro sur le pont et s'assirent avec lui, dolents et fourbus, jouissant de l'air frais de la nuit après l'escarmouche. Ils avaient trouvé quelque part une torche électrique dont la lumière permit à Quart d'examiner la pommette tuméfiée de Pencho Gavira qui commençait à lui fermer l'œil droit, la figure barbouillée de Macarena qui avait une petite égratignure au front, et le père Ferro, en piteux état avec sa soutane mal boutonnée et une barbe de près de deux jours qui couvrait les vieilles cicatrices de son visage de poils blancs et rudes. Quart n'était pas en meilleure forme : le coup de poing que lui avait décoché le type à gueule de boxeur avant que la lumière ne s'éteigne lui avait bloqué la mâchoire et son tympan bourdonnait fort désagréablement. Il tâta une de ses dents du bout de la langue, pensant bien qu'elle branlait. Seigneur Dieu.

La situation était étrange. Le pont du *Canela Fina* jonché de chaises en ruine, les lumières de l'Arenal au-dessus du parapet, la Torre del Oro illuminée derrière les acacias, en aval. Gavira, Macarena et lui en demi-cercle autour du père Ferro qui n'avait pas desserré les dents, même pas pour se plaindre. Même pas pour prononcer un mot de remerciement. Il regardait la surface noire du fleuve comme s'il était à cent lieues de là.

Ce fut Gavira qui rompit le silence. Il avait jeté sa veste sur ses épaules, précis et très calme. Sans éluder ses responsabilités, il leur parla de Peregil et de la façon dont il avait interprété ses instructions de travers. C'était pour cela qu'il était venu cette nuit, pour essayer de réparer les dégâts dans la mesure du possible. Il était prêt à offrir n'importe quelles réparations au curé, y compris l'écartèlement de Peregil quand il pourrait lui mettre la main dessus. Mais il fallait bien comprendre que rien de tout cela ne changeait en quoi que ce soit son attitude à l'égard de l'église. On ne mélange pas torchons et serviettes, précisa-t-il. Après quoi, il y eut un bref silence. Gavira caressa sa pommette enflée et alluma une cigarette.

– En d'autres termes – ajouta-t-il après un court instant de réflexion –, je reprends mes distances.

Et il ne rouvrit plus la bouche. Ce fut Macarena qui prit la relève en racontant avec force détails ce qui était arrivé en l'absence du curé. Celui-ci l'écouta sans aucun signe d'émotion, pas même lorsqu'elle fit mention de la mort de Bonafé et des soupçons de la police. La balle était dans le camp de Quart. Le père Ferro s'était tourné vers lui et le regardait.

– Le problème – dit Quart –, c'est que vous n'avez pas d'alibi.

A la lumière de la lampe électrique, les yeux du curé paraissaient encore plus noirs et hermétiques :

– Et pourquoi en aurais-je besoin ?

– Eh bien – répondit Quart en se penchant vers lui, les coudes sur les genoux –, il y a un trou dans votre emploi du temps, si je puis dire, à propos de la mort de Bonafé. Entre sept heures, sept heures et demie du soir et neuf heures, à quelque chose près. Tout dépend de l'heure à laquelle vous avez fermé l'église… Si vous aviez des témoins pour dire ce que vous faisiez pendant ce temps-là, ce serait formidable.

Le curé avait la tête fort dure, pensa-t-il une fois de plus en attendant la réponse de son confrère. Ces cheveux blancs tondus à la diable, ce nez fort, ce visage qui semblait avoir été cabossé à coups de marteau. Et la lumière de la lampe électrique n'arrangeait rien.

– Il n'y a pas de témoins – dit-il, apparemment indifférent à ce que signifiait sa réponse.

Quart échangea un regard avec Gavira qui restait silencieux, puis il poussa un soupir de découragement :

– Dans ce cas, les choses se compliquent. Macarena et moi, nous pouvons attester que vous êtes arrivé à la Casa del Postigo à onze heures et que votre attitude était naturellement au-dessus de tout soupçon. De son côté, Gris Marsala témoignera que tout était parfaitement normal jusqu'à sept heures et demie… Je suppose que la première chose que va vous demander la police, c'est comment vous avez pu faire pour ne pas voir Bonafé dans le confessionnal. Mais c'est tout simplement parce que vous n'êtes pas entré dans l'église, n'est-ce pas ?… C'est l'explication la plus logique. Et je suppose que l'avocat que nous mettrons à votre disposition vous demandera de confirmer ce point.

– Pourquoi donc ?

Quart le regarda, irrité qu'il ne comprenne pas l'évidence :

– Que voulez-vous que je vous dise ? C'est la seule version plausible. Il sera plus difficile de plaider votre innocence si vous racontez que vous avez fermé l'église en sachant qu'il y avait quelqu'un dedans.

Don Príamo Ferro restait de glace, comme s'il était absolument étranger à cette affaire. D'une voix peu amène, Quart lui rappela que l'époque où les autorités acceptaient comme article de foi la parole d'un prêtre était révolue ; surtout quand des cadavres apparaissaient dans son confessionnal. Mais le curé ne faisait pas attention à ce qu'il disait et se contentait de lancer de longs regards silencieux à Macarena. Il se tut quelque temps encore, perdu dans la contemplation du fleuve :

– Dites-moi… Qu'est-ce qui arrangerait Rome ?

C'était bien la dernière chose à laquelle s'attendait Quart. Il remua sur sa chaise, impatient.

– Oubliez Rome ! – fit-il sèchement –. Vous n'avez pas tant d'importance. De toute façon, le scandale est inévitable. Imaginez un peu : un prêtre soupçonné d'assassinat, et dans son église.

S'il se l'imaginait, il n'en dit rien. Il se grattait la barbe. Pour une étrange raison, il semblait attendre quelque chose. Avec un brin d'amusement.

– Bien – fit-il enfin –. On dirait que ce qui est arrivé arrange tout le monde. Vous vous débarrassez de l'église – dit-il à Gavira qui ne répondit pas – et vous – il s'était tourné vers Quart –, vous vous débarrassez de moi.

Macarena se leva d'un bond.

– Ne dites pas cela, don Príamo ! – protesta-t-elle –. Il y a des gens qui ont besoin de cette église, des gens qui ont besoin de vous. J'ai besoin de vous. La duchesse aussi – elle regarda son mari d'un air de défi –. Et demain, nous sommes jeudi. Ne l'oubliez pas !

Un instant, le profil dur du père Ferro parut s'adoucir un peu.

– Je ne l'oublie pas – répondit-il. De nouveau, la lampe électrique mettait en relief les accidents de sa peau burinée. – Mais il y a des choses qui ne dépendent pas de moi… Dites, père Quart… Vous croyez à mon innocence ?

– Moi, j'y crois – fit Macarena, comme dans une prière.

Mais les yeux du curé étaient toujours rivés sur Quart.

– Je ne sais pas – répondit Quart –. Vraiment, je ne sais pas. Et ce que je crois ou ne crois pas n'a pas d'importance. Vous êtes prêtre ; nous sommes confrères. Mon devoir est de vous aider dans la mesure de mes moyens.

Don Príamo Ferro regarda Quart d'un air singulier, comme il ne l'avait jamais fait jusque-là. Pour une fois, avec un regard qui avait perdu sa dureté. Un regard reconnaissant, peut-être. Le menton du vieil homme trembla un peu, comme s'il voulait prononcer des mots qui refusaient de franchir ses lèvres. Tout à coup, il battit des paupières et serra les dents, son visage changea aussitôt d'expression et il ne resta plus que le petit curé hargneux qui jeta autour de lui un regard hostile avant de s'adresser à Quart :

– Vous ne pouvez pas m'aider – dit-il –. Ni vous ni personne… Je n'ai pas besoin d'alibis ni de témoins, parce que cet homme était mort dans le confessionnal quand j'ai fermé la porte de la sacristie.

Quart ferma les yeux une seconde. Plus d'issue possible.

– Comment pouvez-vous en être sûr ? – demanda-t-il, même s'il connaissait déjà la réponse.

– Parce que c'est moi qui l'ai tué.

Macarena se retourna brusquement, retint un gémissement, puis se cramponna au bastingage, au-dessus du fleuve. Pencho Gavira alluma une autre cigarette. Quant au père Ferro, il s'était levé et boutonnait maladroitement sa soutane.

– Allez – dit-il à Quart –, vous feriez mieux de me conduire au commissariat.

Au-dessus du Guadalquivir, la lune s'en allait lentement à la rencontre de la Torre del Oro qui se reflétait au loin dans l'eau. Assis sur la berge, jambes ballantes presque au ras du fleuve, don Ibrahim penchait la tête, abattu, épongeant avec son mouchoir le sang qui coulait goutte à goutte de son nez. Les pans de sa chemise maculée de café et taches de cambouis héritées du bateau étaient sortis de son pantalon, découvrant sa grosse bedaine. A plat ventre à côté de lui, comme si l'arbitre avait compté jusqu'à dix et que plus rien n'importait, El Potro contemplait lui aussi l'eau noire, silencieux, un sourcil levé ; perdu dans des rêves lointains d'arènes et d'après-midi de gloire, d'applaudissements sous le feu des projecteurs qui embrasent le tapis d'un ring. Immobile comme un lévrier fatigué et fidèle qui attend aux pieds de son maître.

> *Y le dicen los madrugaores :*
> *María Paz qué es lo que esperas...*

Au pied des marches de pierre qui descendaient jusqu'à l'eau, Niña Puñales trempait un coin de sa robe parmi les joncs et se frictionnait les tempes en chantonnant tout bas. Sa voix, que la manzanilla et la défaite avaient rendu rauque, paraissait douce dans la rumeur du fleuve. Et les lumières de Triana lui faisaient des clins d'œil sur l'autre rive, tandis que le fleuve moutonnait un peu sous la brise montant de Sanlúcar et de la mer, et même – disait-on – de l'Amérique, comme pour soulager la peine des trois compères :

> *... Quien te dio juramento de amores*
> *ya es soldao de otra bandera.*

Don Ibrahim porta machinalement la main à sa poitrine, puis la laissa retomber sur son ventre. Il avait laissé derrière lui, à bord du *Canela Fina*, la montre de don Ernesto Hemingway, le briquet de García Márquez, le panama et les cigares. Sans oublier, avec les derniers vestiges de sa dignité et de sa honte, ces quatre millions et demi jamais vus qui devaient servir à ouvrir un cabaret pour La Niña. Il avait fait de bien mauvaises affaires dans sa vie, mais comme celle-là, jamais.

Il soupira très profondément, plusieurs fois, et se releva lourdement en s'appuyant sur l'épaule d'El Potro. Niña Puñales remontait du fleuve, relevant avec grâce sa robe trempée à volants et petits pois. A la lumière des réverbères de l'Arenal, l'ex-faux avocat contempla avec tendresse l'accroche-cœur défait qui pendait sur son front, ses cheveux qui tombaient en désordre sur ses tempes, le rimmel qui coulait sous ses yeux et cette bouche fanée où toute trace de rouge avait disparu. El Potro se leva à son tour, dans son maillot de corps blanc, et son odeur de sueur masculine et honnête monta jusqu'à don Ibrahim. C'est alors que, à la faveur de l'obscurité, sur la joue du Cubain – encore brûlée par la bouteille d'anisette

El Mono – roula une grosse larme ronde qui resta pendue à son menton où commençait déjà à bleuir la barbe d'une nuit si funeste.

Mais ils étaient sains et saufs tous les trois, et Séville était à eux. Dimanche, Curro Romero allait toréer à La Maestranza. Triana se dressait, illuminée, de l'autre côté du fleuve, comme un refuge, gardée par le profil de bronze de Juan Belmonte, sentinelle impassible. L'Altozano comptait onze bars en moins de trois cents mètres. La sagesse, les changements d'humeur du temps qui passe, la pierre immuable, tout cela les attendait au fond de bouteilles de verre noir remplie de blonde manzanilla. Et quelque part, une guitare égrenait des accords impatients, attendant la voix qui lui chanterait une chanson. Après tout, rien n'était si important. Don Ibrahim, El Potro, La Niña, le roi d'Espagne, le pape de Rome, tous mourraient un jour. Mais cette ville serait toujours là où elle avait toujours été, embaumant les orangers en fleur et les oranges amères, les belles de nuit et le jasmin au printemps. Se mirant dans l'eau qui avait apporté et emporté tant de choses bonnes et mauvaises, tant de rêves et tant de vies :

> *Paraste el caballo,*
> *yo lumbre te dí*
> *y fueron dos verdes*
> *luceros de mayo*
> *tus ojos pa mí...*

La voix de La Niña s'éleva. Et comme si son chant avait été un signal, un lointain roulement de tambour ou un soupir derrière une grille de fer forgé, les trois compères se mirent en marche, côte à côte, sans se retourner. La lune les suivit silencieusement sur les eaux du fleuve, jusqu'à ce qu'ils s'éloignent dans l'ombre et qu'il ne reste plus d'eux que l'écho, assourdi, du dernier refrain de Niña Puñales.

XIV. La messe de huit heures

*Il y a des gens – dont je suis – qui ont horreur
des histoires qui finissent bien.*

Vladimir Nabokov, *Pnine*

Derrière sa vitre à l'épreuve des balles, le policier de faction
regardait avec curiosité le costume noir et le col romain de Lorenzo
Quart. Au bout de quelque temps, il quitta son poste, devant les
quatre moniteurs en circuit fermé qui surveillaient les abords du
commissariat central, pour aller lui chercher un café. Quart le
remercia, réconforté par le liquide brûlant, puis le vit s'éloigner
en trimballant une paire de menottes et deux chargeurs à côté de
l'étui de son pistolet. Ses pas, puis le bruit de la porte du poste de
garde, résonnèrent dans le silence du couloir froid, violemment
éclairé, blanc, d'une propreté obsédante. Les tubes fluorescents
donnaient une allure aseptisée d'hôpital au sol de marbre et à
l'escalier avec sa rampe en inox. Sur le mur, à côté d'une porte
fermée, une horloge numérique indiquait en rouge sur fond blanc
trois heures et demie du matin.

Il y avait près de deux heures qu'il était là. En débarquant du
Canela Fina, Pencho Gavira était rentré immédiatement chez lui,
après avoir échangé quelques mots avec Macarena et tendu la main
à Quart qui l'avait serrée sans rien dire. Nous faisons la paix, mon
père. Il avait parlé sans sourire, en le regardant fixement, avant de
pivoter sur ses talons et de s'éloigner, sa veste sur les épaules, en
direction de l'escalier qui conduisait à l'Arenal. Parlait-il de
l'affaire du curé ou de Macarena ? Difficile à dire. De toute façon,
ce geste sportif ne coûtait pas grand-chose au financier. Sa res-
ponsabilité dans l'enlèvement se trouvait atténuée par son inter-

420

vention de dernière heure et il était sûr que ni Macarena ni Quart n'allait lui causer des ennuis. Il s'inquiétait seulement du sort de son factotum et de l'argent de la rançon. Gavira avait eu l'élégance de ne pas crier victoire pour Notre-Dame-des-Larmes. Après la confession du père Ferro, le vice-président de la Banque Cartujano était incontestablement le grand triomphateur de la nuit. Qui aurait pu encore lui mettre des bâtons dans les roues ?

Quant à Macarena, elle semblait avoir du mal à sortir d'un cauchemar. Sur le pont du *Canela Fina*, tournée vers le fleuve, Quart avait vu ses épaules frissonner alors qu'elle disait adieu en pleurant à ce rêve qui s'enfonçait dans les eaux noires, à ses pieds. Elle n'avait pas dit un mot. Après avoir conduit le père Ferro au commissariat central avec elle, Quart l'avait raccompagnée en taxi. Macarena n'avait pas ouvert la bouche. Il l'avait laissée assise dans le patio, à côté de la fontaine aux azulejos, dans le noir, et quand il avait murmuré quelque chose pour lui dire au revoir d'une voix hésitante, elle avait regardé la tour du colombier où aucune lumière ne brillait plus. Dans le rectangle dessiné par les toitures, le ciel noir ressemblait toujours à un décor de théâtre constellé de petits points lumineux, au-dessus de la Casa del Postigo.

Il entendit une porte, des voix et des pas au fond du couloir. Quart se redressa, sa tasse de café à la main. Mais personne ne vint et ce fut de nouveau le silence sous les tubes fluorescents, et l'image statique, en noir et blanc, de la rue déformée par le grand angle des caméras de la police. Quart se leva et fit quelques pas, sans but. Il adressa un sourire embarrassé au policier quand il arriva devant sa vitre, puis se composa un autre sourire à peu près semblable et alla jeter un coup d'œil dans la rue. Il y avait un autre policier à la porte, gilet pare-balles bleu foncé, pistolet-mitrailleur en bandoulière, qui faisait les cent pas en s'ennuyant ferme sous les palmiers de l'entrée. Le commissariat central se trouvait dans la partie moderne de la ville et, aux carrefours, les feux de circulation passaient lentement du rouge au vert, du vert à l'orange.

Il s'efforçait de ne penser à rien. Ou du moins, de ne penser qu'aux aspects techniques de l'affaire. La nouvelle situation du père Ferro, les problèmes juridiques, les rapports qu'il lui faudrait envoyer à Rome dès que le jour se lèverait… Et il luttait pour que tout le reste – sensations, incertitudes, intuitions – ne s'empare pas de lui, car il avait besoin de toute sa sérénité pour bien faire son travail. Derrière les limites ténues de cette histoire, à l'affût du moindre interstice par où s'infiltrer, ses vieux fantômes luttaient pour se joindre aux nouveaux. A cette différence près que, cette fois, Quart sentait les roulements de tambour dans sa propre chair. Il n'est pas difficile de garder ses distances quand quelque chose – même si ce n'est qu'une certaine idée de soi-même – s'interpose entre l'action et ses conséquences. Il l'est beaucoup plus de garder son sang-froid quand on entend la respiration de la victime. Ou quand on découvre en elle un alter ego et que les notions de bien et de mal, de juste et d'injuste, s'estompent dans cette terrible certitude.

Il se regarda longtemps dans le reflet sombre que lui renvoyait la porte vitrée. Les cheveux ras et gris de celui qui avait été autrefois un bon soldat. Ce visage fin qui réclamait une lame de rasoir et du savon à barbe. Un col romain qui ne le mettait plus à l'abri de rien. Comme la route avait été longue avant qu'il ne se retrouve sur la jetée battue par la tempête, des gouttes de pluie ruisselant sur la main glacée, aussi désemparé que l'enfant d'autrefois, cramponné à sa mère. Comme ces bras qui descendaient de la croix un Christ de verre inexistant, réduit à un trou bordé de plomb dans le vitrail que Gris Marsala s'obstinait à restaurer.

Une porte s'ouvrit au fond du couloir. Un bruit de voix arriva jusqu'à Quart. Il se retourna et vit Simeón Navajo qui s'avançait vers lui. Le rouge Garibaldi de sa chemise éclatait comme un coup de pinceau dans la blancheur aseptisée du couloir. Quart rendit sa tasse vide au gardien dans son cagibi vitré et se porta à sa rencontre. Le commissaire adjoint s'essuyait les mains avec une serviette de papier. Il sortait des lavabos et ses cheveux humides étaient tirés en arrière, renoués depuis peu sur sa nuque. Il avait les yeux cernés et ses lunettes rondes lui tombaient sur le nez.

– Ça y est – dit-il en jetant la serviette dans une poubelle –. Il vient de signer sa déposition.

– Il confirme qu'il a tué Bonafé ?

– Oui – Navajo haussa les épaules, comme pour s'en excuser. Ce sont des choses qui arrivent, semblait-il dire ; nous n'y sommes pour rien, ni vous ni moi –. Et quand on l'a interrogé au sujet des deux autres morts, ce que nous faisions par simple routine, il n'a ni confirmé ni démenti. C'est bien ennuyeux, parce que nous avions classé ces affaires et qu'il va falloir maintenant reprendre l'enquête...

Il enfonça les mains dans ses poches, fit quelques pas dans la direction de la porte, s'arrêta devant et regarda les lumières de la rue déserte.

– Le fait est que votre collègue n'est pas très communicatif – reprit-il –. La plupart du temps, il s'est contenté de répondre oui ou non, ou encore de garder le silence, comme le lui conseillait son avocat.

– C'est tout ?

– C'est tout. Même quand nous l'avons confronté avec la dame, ou la demoiselle... ou la sœur Marsala, comme vous voudrez, il n'a pas bronché.

Quart regarda dans la direction de la porte du fond.

– Elle est toujours là-bas ?

– Oui, elle signe les dernières dépositions, avec cet avocat que vous avez fait venir. Elle pourra rentrer chez elle dans une minute.

– Elle confirme les aveux de don Príamo ?

Navajo fit une grimace :

– Pas du tout. Elle affirme qu'il ne faut pas le croire. Que le curé est incapable de tuer qui que ce soit.

Il repartit au fond du couloir et ouvrit la porte. L'avocat, maître Arce, sortit. C'était un homme d'allure placide, costume foncé, insigne du barreau à la boutonnière. Depuis tant d'années qu'il s'occupait des affaires juridiques de l'Église, il jouissait d'une réputation méritée de spécialiste des situations irrégulières en tout genre, y compris comme celle-ci. Question honoraires et indemnités de déplacement, il demandait une fortune.

– Et alors ? – demanda Navajo.

– Elle vient de signer sa déposition – répondit Arce –. Elle a demandé à rester quelques minutes avec le père Ferro, pour lui dire au revoir. Vos collègues n'y voient pas d'inconvénient, alors je les ai laissés bavarder un peu. Sous surveillance, naturellement.

Soupçonneux, le commissaire adjoint regarda Quart, puis l'avocat.

– Ça fait plus de deux minutes. Il vaut mieux qu'elle s'en aille maintenant.

423

– Vous allez mettre le père Ferro en cellule ? – demanda Quart.

– Pour cette nuit, il va dormir à l'infirmerie – Arce indiqua d'un geste qu'il fallait en remercier le commissaire adjoint –. Le juge prendra une décision demain.

La porte se rouvrit et Gris Marsala s'avança vers eux, accompagnée d'un agent qui tenait à la main quelques feuillets dactylographiés. La religieuse avait l'air abattue, épuisée. Elle portait le même jean et les mêmes chaussures de sport que dans l'église, mais elle avait enfilé un blouson sur son polo bleu. Dans la lumière crue et blanche du couloir, elle semblait encore plus inoffensive que la veille.

– Qu'a-t-il dit ? – lui demanda Quart.

Elle tarda longtemps à se retourner vers le prêtre, comme si elle avait du mal à le reconnaître.

– Rien. Il dit qu'il l'a tué. C'est tout. – Les mots étaient sortis lentement de sa bouche, sans expression. Elle balançait la tête, découragée.

– Et vous le croyez ?

Quelque part, on entendit le bruit assourdi et lointain d'une porte qui claque. Gris Marsala regarda Quart sans répondre. Ses yeux clairs étaient remplis d'un infini mépris.

Simeón Navajo parut soulagé quand maître Arce s'en alla en taxi avec Gris Marsala. Je déteste ces types, confia-t-il à Quart en baissant la voix. Avec leurs petits trucs, les histoires qu'ils font pour la garde à vue et le reste. Un vrai fléau, Pater. Et celui que vous avez dégotté est plus rusé qu'un vieux chasseur de poulettes. Après s'être ainsi soulagé, le commissaire adjoint jeta un coup d'œil aux papiers qu'avait apportés son collègue, puis les tendit au prêtre :

– Voici une copie de la déposition. Ce n'est pas très régulier. Alors, s'il vous plaît, ne laissez pas traîner ça n'importe où. Mais vous et moi… – Navajo lui souriait presque –. Vous comprenez, j'aurais aimé pouvoir vous aider davantage.

Quart le regarda, reconnaissant :

– Mais vous l'avez fait.

– Je ne parle pas de ça. Je veux dire qu'un prêtre détenu pour une affaire d'assassinat… – Navajo tripota sa queue de cheval, mal à l'aise –. Vous comprenez ce que je veux dire. Un sale boulot pour tout le monde.

Quart feuilletait les photocopies. La logorrhée habituelle. A Séville, le tant du mois de…, don Príamo Ferro Ordás, né à Tormos, province de Huesca. Le vieux prêtre avait signé en bas de la dernière page : un parafe maladroit, presque un gribouillis.

– Dites-moi comment il a fait son coup.

Navajo montra les documents.

– Vous trouverez tout là-dedans. Le reste, nous pouvons le déduire de ses réponses affirmatives à nos questions, ou de son refus de répondre. Apparemment, Honorato Bonafé était dans l'église vers huit heures ou huit heures et demie. Il était sans doute entré par la porte de la sacristie. Quand le père Ferro est allé faire sa ronde avant de fermer, l'autre était là.

– Il faisait chanter tout le monde, apparemment.

– C'était peut-être ça. Il avait rendez-vous, ou bien ils se sont rencontrés par hasard. En tout cas, le curé dit qu'il l'a tué, point final. Ni plus ni moins. Il a seulement ajouté qu'il avait ensuite fermé la porte de la sacristie en le laissant dans l'église.

– Dans le confessionnal ?

Navajo secoua la tête :

– Il ne le précise pas. Mais mes collègues ont reconstitué ce qui s'est passé. Bonafé est monté sur l'échafaudage du maître-autel, devant la statue de la Vierge. D'après tous les indices, le curé est monté lui aussi – il accompagnait son récit de ses gesticulations habituelles, deux doigts qui escaladaient l'échafaudage, puis deux autres qui s'approchaient –. Ils ont discuté le coup, ils en sont venus aux mains, je ne sais pas. Toujours est-il que Bonafé est tombé ou qu'on l'a poussé. Une chute de cinq mètres – Navajo entrelaça les doigts, puis imita la chute de l'un des combattants –. Il s'est blessé à la main en voulant se retenir à un boulon de l'échafaudage. Par terre, écrabouillé mais encore vivant, il s'est traîné sur quelques mètres. Il s'est même relevé – Quart avait les yeux rivés sur les doigts du policier qui mimaient une lamentable reptation –. Mais il ne pouvait plus marcher et il n'a rien trouvé de mieux que de se réfugier dans le confessionnal. Il s'est effondré dedans et c'est là qu'il est mort.

Les doigts qui représentaient Bonafé gisaient, immobiles, sur la paume de l'autre main qui maintenant tenait lieu de confessionnal improvisé. Grâce à la mimique de Navajo, Quart pouvait s'imaginer sans mal la scène. Pourtant, toute la kyrielle des conjonctions adversatives apprises sur les bancs de l'école lui tournait dans la tête. Mais, pourtant, cependant, néanmoins.

– Don Príamo l'a confirmé ?

Navajo fit grise mine. C'eût été trop beau. On ne peut pas trop en demander.

– Non. Il ne dit rien – il enleva ses lunettes pour regarder les verres à la lumière de l'éclairage au néon, comme si leur propreté lui inspirait quelques soupçons professionnels –. Il dit que c'est lui, rien de plus.

– Cette histoire n'a ni queue ni tête.

Le commissaire adjoint soutint le regard sceptique de Quart sans sourciller, avec un silence qui n'était que de simple courtoisie.

– Je ne suis pas d'accord – dit-il enfin –. Comme prêtre, vous préféreriez sans doute d'autres indices, ou d'autres circonstances. Je suppose que c'est le côté moral de l'affaire qui vous dérange, et je vous comprends. Mais mettez-vous à ma place – il remit ses lunettes –. Je suis policier et mes doutes sont minimes : j'ai le rapport du médecin légiste et un homme, prêtre ou pas, jouissant de l'exercice de ses facultés mentales, qui avoue avoir tué. Comme nous disons ici : un liquide blanc dans une bouteille, avec une vache sur l'étiquette, c'est certainement du lait. Pasteurisé, écrémé ou tourné, qu'on le veuille ou non, c'est du lait.

– Bien. Vous savez qu'il l'a fait. Mais j'ai besoin de savoir comment et pourquoi.

– Écoutez, Pater, c'est son affaire. Même si je peux vous donner une précision supplémentaire sur ce point. Vous vous souvenez que Bonafé était sur l'échafaudage du maître-autel quand le curé l'a surpris ? – il sortit de sa poche un sachet de plastique contenant une petite bille nacrée –. Voilà ce que nous avons trouvé sur le cadavre.

– On dirait une perle.

– C'est une perle – confirma Navajo –. L'une des vingt perles incrustées dans le visage, le manteau et la couronne de la Vierge. Bonafé l'avait dans une poche de sa veste.

Quart regardait le petit sac de plastique, perplexe :
– Et… ?
– Eh bien, elle est fausse. Comme les dix-neuf autres.

Dans son bureau, au milieu de tables désertes, le commissaire adjoint expliqua à Quart le reste de l'histoire après lui avoir servi un autre café. Il avait fallu tout l'après-midi et une partie de la nuit, dit-il en expédiant une bière, pour procéder aux vérifications nécessaires, mais l'on pouvait maintenant avoir la certitude que quelqu'un avait remplacé quelques mois plus tôt les vingt perles par d'autres perles identiques, mais fausses. Un peu perdu, Quart lut les rapports et les fax que Navajo lui tendait. A Madrid, son ami l'inspecteur Feijoo avait travaillé très tard dans la nuit pour remonter la piste des perles. Les résultats n'étaient pas encore tout à fait concluants, mais tous les indices pointaient une fois de plus dans la direction de Francisco Montegrifo, le galeriste madrilène avec qui le père Ferro avait été en rapport lors de la vente irrégulière du retable de Cillas, dix ans plus tôt. Et Montegrifo avait mis en circulation les perles du capitaine Xaloc. Du moins, la description coïncidait avec celle d'un lot retrouvé entre les mains d'un certain expert, joaillier catalan et indicateur de police, spécialiste du blanchiment d'objets d'origine plus que douteuse. Naturellement, personne ne pouvait démontrer que Montegrifo avait joué le rôle d'intermédiaire ; mais les indices étaient plus que plausibles. Quant à l'argent reçu, la date donnée par l'informateur coïncidait avec la reprise des travaux dans l'église, quand on avait acheté des matériaux de construction et loué du matériel. Selon les indications des fournisseurs interrogés par les hommes du commissaire adjoint Navajo, leurs factures dépassaient les moyens dont disposait le curé avec sa solde et le produit du tronc des aumônes.
– Nous avons donc un mobile – conclut Navajo –. Bonafé flaire une piste, il va faire un tour à l'église et constate que les perles sont fausses… Il essaie de faire chanter le curé, ou celui-ci ne lui en laisse même pas le temps – les mains du commissaire adjoint recommencèrent à mimer la scène, cette fois sur le dessus de son bureau, la corbeille à courrier jouant le rôle de l'échafaudage –. Il le surprend peut-être en plein travail et le tue. Il ferme à clé la

porte de la sacristie derrière lui et passe ensuite quelques heures dans la tour de la Casa del Postigo, pour réfléchir. Finalement, il disparaît une journée entière.

Le policier interrogeait son interlocuteur du regard, comme s'il l'encourageait à compléter les lacunes du récit.

– Naturellement – continua-t-il à regret –, le père Ferro n'a rien voulu dire sur sa disparition. Étrange, vous ne trouvez pas ?... – il lui lança un regard chagriné par-dessus ses lunettes –. Et sur ce point, permettez-moi de vous dire, Pater, que vous ne m'avez pas beaucoup aidé vous non plus.

Comme pour se réconforter, il fit rouler son fauteuil jusqu'au petit réfrigérateur qui se trouvait derrière lui, en sortit une bouteille de bière et un sandwich au jambon enveloppé dans du papier d'aluminium, l'offrit à Quart, qui refusa, puis l'attaqua avec férocité tandis que le prêtre se demandait où le petit commissaire adjoint pouvait bien mettre toutes ces nourritures terrestres.

– Je préfère me taire que mentir – dit Quart pendant que l'autre mastiquait –. Je compromettrais des gens qui n'ont rien à voir avec tout ça. Peut-être plus tard, quand tout sera terminé… Mais vous avez ma parole de prêtre : l'absence du père Ferro n'est pas directement liée à l'affaire.

Navajo mordit dans son sandwich et but une rasade au goulot de sa bouteille en regardant Quart d'un air pensif :

– Secret de la confession, c'est ça ?

– Si l'on veut.

– Bon – une autre bouchée –. Il faut bien vous croire sur parole, Pater. Et puis, mes supérieurs m'ont donné des instructions : je dois, et je cite, être extrêmement discret… – il souriait à demi, la bouche pleine, jaloux des influences professionnelles dont jouissait Quart –. Mais j'ajouterais quand même que, dans l'immédiat, je compte fouiller tous les recoins obscurs de cette histoire, ne serait-ce qu'à titre personnel.. Je suis un policier curieux en diable, si vous me passez l'expression – un moment, le regard du commissaire adjoint était redevenu sérieux derrière les verres de ses lunettes –. Et je n'aime pas qu'on me fasse galoper.

Il secoua sa queue de cheval, fit une boule de l'emballage du sandwich et la jeta dans la corbeille à papier.

– Mais je n'oublie pas que je vous dois toujours une fière chan delle – soudain, il leva le doigt. Il venait de se souvenir de quelque chose –. J'y pense. Un homme vient d'être admis à l'hôpital Reina Sofía, en assez mauvais état. On l'a trouvé tout à l'heure sous le pont de Triana – Navajo regardait Quart avec une extrême attention –. Il s'agit d'un détective privé de bas étage qui, à ce qu'on dit, serait le garde du corps de Pencho Gavira, le mari, ou ce que vous voudrez, de Mme Bruner fille. La nuit des coïncidences, vous ne trouvez pas ?... Je suppose que vous ne savez rien non plus de cette histoire...

Quart soutenait le regard du policier, impassible :

– Effectivement.

Navajo se curait les dents avec un ongle.

– C'est bien ce que je pensais. Et vous ne pouvez pas savoir comme j'en suis heureux, car le pauvre type ressemble maintenant à l'*Ecce Homo* en personne : deux bras cassés, la mâchoire en bouillie. Il a fallu une demi-heure pour lui sortir trois mots, figurez-vous. Et quand il a parlé, c'était pour dire qu'il était tombé dans l'escalier.

Ils s'étaient tout dit, ou presque. Comme Quart était le seul représentant de l'Église qu'il avait sous la main, Navajo lui remit quelques papiers officiels avec les clés de l'église et du presbytère. Il lui fit également signer une brève déclaration confirmant que le père Ferro s'était volontairement présenté aux autorités.

– A part vous, pas un seul ecclésiastique n'a fait acte de présence ici. L'archevêque nous a téléphoné dans l'après-midi, mais c'était pour s'en laver les mains. Du grand art, vous pouvez me croire – le policier fit la grimace –. Ah, et aussi pour nous demander ae tenir les journalistes à l'écart.

Il jeta sa bouteille vide dans la corbeille à papier, bâilla à se décrocher la mâchoire, regarda l'horloge et fit comprendre qu'il aimerait bien aller se coucher. Quart demanda à voir une dernière fois le vieux curé et Navajo, après un instant de réflexion, répondit qu'il n'y voyait pas d'objection si l'intéressé était d'accord. Il sortit pour s'en informer, laissant sur son bureau la fausse perle dans son sachet de plastique.

Quart l'examina sans la toucher, pensant à cet Honorato Bonafé qui l'avait eue dans sa poche. Elle était grosse, ternie du côté où elle était collée dans son alvéole sur la statue. Pour l'assassin, quel qu'il soit – le père Ferro, l'église elle-même, l'un de ceux qui gravitaient autour d'elle –, sortie du lieu où elle était enchâssée, la perle devenait un objet mortel. Sans le savoir, Bonafé avait frôlé le mystère : quelque chose qui transcendait les limites d'une simple affaire policière. « Tu ne profaneras pas la maison de mon Père. Tu ne menaceras point le refuge de ceux qui y cherchent la consolation. » Passé ce point, la morale conventionnelle ne suffisait plus pour comprendre les faits. Il fallait aller plus loin, s'enfoncer dans les ténèbres extérieures, sur les chemins inhospitaliers que sillonnait depuis des années le curé, petit et dur, portant sur ses épaules fatiguées le poids accablant, excessif, d'un ciel dépourvu de sentiments. Prêt à donner la paix, un refuge, la miséricorde. Prêt à pardonner les péchés, et même – comme cette nuit – à les prendre à son compte.

Tout compte fait, le mystère n'était pas bien grand. Et Quart ébaucha lentement un sourire d'une infinie tristesse, les yeux fixés sur la fausse perle de Notre-Dame-des-Larmes, pendant qu'autour de lui tout se mettait à tourner lentement, comme sur la voûte noire que le père Ferro scrutait chaque nuit à la recherche de la plus bouleversante de toutes les certitudes. Et Quart comprit que tout était incroyablement simple, tandis que toutes les pièces s'emboîtaient à la perfection : la perle, l'église, cette ville, ce point dans l'espace et le temps qui avait tenu lieu de scène. Des personnages qui se reflètent dans le large fleuve, vieux et sage, en route vers une mer immense et immuable ; une mer qui continuerait à battre des plages désertes, des ruines, des ports abandonnés, des bateaux rouillés aux amarres immobiles, bien longtemps après qu'eux tous auraient vécu.

Un espace de temps si bref, un refuge si précaire, une consolation si fragile qu'il n'était pas difficile de comprendre qui avait sorti de son fourreau l'épée de Josué pour livrer le combat, ce combat qui donnait son sens à tout, pour comprendre qui avait porté la croix du péché des autres. Les deux côtés d'une même médaille : l'unique héroïsme possible, le courage lucide sans drapeaux ni victoire. Pions solitaires perdus sur l'échiquier, s'efforçant jusqu'au bout de rester dignes, même débordés, même dans la déroute, comme des carrés de fantassins dont le feu s'éteindrait peu à peu dans une vallée envahie par les ennemis et les ombres. Je suis dans ma case, j'y suis, j'y meurs. Et au centre de chaque case, un roulement fatigué de tambour.

– Quand vous voudrez, Pater – annonça Navajo en passant la tête par la porte.

C'était cela. Exactement cela. Et peu importait qui avait poussé Honorato Bonafé du haut de l'échafaudage. Quart tendit la main, jusqu'à frôler le petit sac dans lequel se trouvait la perle. Et c'est ainsi, en regardant la fausse larme de Notre-Dame, que le soldat perdu sur les flancs de la colline de Hattin reconnut au loin la voix rauque et le fracas du fer d'un autre frère qui livrait son combat dans ce même coin de l'échiquier. Il n'y avait plus de mains amies pour vous enterrer dans la crypte des héros, illuminée par la lumière dorée de meurtrières, parmi les gisants de chevaliers, gantelets mis, lion aux pieds. A présent, le soleil était à son zénith et les ossements des hommes et de leurs destriers jonchaient la colline, pâture des chacals et des vautours. Et c'est alors que, traînant son épée, suant sous sa cotte de mailles, le guerrier fatigué se leva et suivit Simeón Navajo dans le couloir long et blanc. Là, tout au fond, dans une petite pièce dont la porte était gardée, le père Ferro était assis sur une chaise, sans soutane, dans un pantalon gris, avec ses vieilles chaussures jamais cirées, sa chemise blanche boutonnée jusqu'au cou. Ils avaient eu la courtoisie de ne pas lui passer les menottes. Même ainsi, il semblait bien petit, bien désemparé, avec ses cheveux blancs hirsutes, taillés à la va comme je te pousse, une barbe de près de deux jours entre les marques, les rides et les cicatrices de son visage. Ses yeux noirs, rougis aux coins, observèrent le nouveau venu, impassibles. Quart s'avança vers lui et, sous les yeux étonnés du commissaire adjoint et du gardien qui le regardaient faire sur le pas de la porte, il s'agenouilla devant le vieux prêtre.

– Mon père, pardonnez-moi, car j'ai péché.

C'était sa manière de présenter ses excuses, son respect, sa contrition ; et il avait besoin d'en donner un témoignage public. Un instant, l'étonnement troubla le regard du curé. Il resta ainsi, silencieux, sans quitter des yeux cet homme qui attendait à genoux, immobile devant lui. Finalement, il leva lentement la main et fit

431

le signe de la croix sur la tête de Lorenzo Quart. Il y avait dans les yeux du vieillard une lueur humide de gratitude ; et son menton tremblait, comme ses lèvres, lorsqu'il prononça silencieusement, sans desserrer les lèvres, l'antique formule de la consolation et de l'espérance. Et avec elle sourirent enfin, soulagés, tous les fantômes et tous les amis morts du Templier.

Il laissa les trois palmiers derrière lui et traversa la place déserte, entre les feux de circulation qui passaient du vert à l'orange, de l'orange au rouge. Puis il prit l'avenue et se dirigea tout droit vers le pont San Telmo dans la solitude et le silence parfaits du petit matin. Il vit le dôme d'un taxi libre à son poste, mais il continua son chemin. Il avait besoin de marcher. Ce qu'il fit, tandis que les phares allongeaient et raccourcissaient son ombre sur les trottoirs. A mesure qu'il s'approchait du Guadalquivir, l'humidité devenait plus forte. Pour la première fois depuis son arrivée à Séville, il eut froid. Il releva le col de sa veste. A côté du pont, sans lumières ni touristes pour l'admirer à cette heure, la tour almohade se perdait dans l'obscurité, recueillie dans son temps perdu.

Il traversa le pont. Les jets d'eau de la fontaine de la Puerta de Jerez s'étaient taris quand il passa devant la façade de briques et d'azulejos de l'hôtel Alfonso XIII. Il continua en longeant la muraille de l'Alcazar puis, dans la cour des drapeaux, deux balayeurs municipaux dévièrent sur son passage le jet d'une lance de cuivre étincelante. Il respirait l'air qui sentait les orangers et la terre mouillée tout en continuant vers l'arche de la Juiverie, puis par les rues étroites de Santa Cruz, précédé de l'écho de ses pas sous les réverbères à la lumière indécise. Depuis combien de temps marchait-il ? Il n'en avait aucune idée. Mais la promenade l'avait conduit bien loin, hors du temps. Dans un lieu vague, perdu dans un rêve, il se retrouva tout à coup sur une petite place, entre des maisons dont l'ocre et la chaux éclairaient la nuit comme en plein jour. Une place avec des grilles, des pots de géranium, des bancs dont les azulejos représentaient des scènes de *Don Quichotte*. Au fond, parmi les étais qui soutenaient son campanile décrépit, gardée par une Vierge décapitée que l'obscurité cachait à moitié dans sa niche, se dressait l'église Notre-Dame-des-Larmes, vieille de trois siècles et gardienne de la longue mémoire des hommes qui s'étaient réfugiés sous son toit.

Il alla s'asseoir sur un banc et la regarda longuement, immobile. L'horloge de la tour voisine sonnait de temps en temps. Chaque fois, les martinets et les pigeons se mettaient à tourner, inquiets, arrachés à leur sommeil, puis se reposaient sur les chéneaux des toits. La lune avait disparu dans le ciel. Les étoiles scintillaient toujours là-haut, glacées, et au lever du jour, le froid se fit plus intense, mordant les cuisses et le dos du prêtre. Tout s'éclairait dans son esprit apaisé, et il vit grandir lentement la clarté qui commençait à poindre à l'est, dessinant de plus en plus nettement la silhouette du campanile qui semblait s'assombrir par contraste avec la noirceur mourante sur laquelle elle se découpait. Et l'horloge continua à sonner, et les pigeons et les martinets se calmèrent peu à peu. Et le jour s'annonçait déjà avec décision, dans la clarté rougeâtre qui repoussait la nuit de l'autre côté de la ville, dans le profil net du campanile, les toits de tuiles, la place et ses couleurs qui affirmaient leurs teintes d'or et de terre sur la chaux blanche des murs. Et les coqs se mirent à chanter, car Séville était une de ces villes où il restait encore des coqs pour saluer la naissance du jour. Quart se leva alors, comme s'il sortait d'un long rêve. Ou peut-être y était-il toujours plongé, comme auraient pu le croire ceux qui l'auraient vu s'avancer vers l'église.

Sous le porche, il sortit la clé de sa poche, la glissa dans la serrure, et la porte s'ouvrit en grinçant. La lumière qui filtrait par les vitraux était déjà suffisante pour lui permettre d'avancer sans mal parmi les bancs entassés au fond de la nef et ceux qui s'alignaient des deux côtés de l'allée centrale, devant l'autel et le retable, encore plongés dans l'obscurité, à côté de la petite lampe du saint sacrement. Écoutant le bruit de ses pas, il se rendit jusqu'au centre de l'église, puis regarda le confessionnal et sa porte restée ouverte, les échafaudages contre les murs, les dalles usées du sol, la bouche noire de la crypte où reposaient les restes de Carlota Bruner. Il s'agenouilla et attendit, immobile, que le jour achève de se lever. Il ne priait pas, car il n'aurait su qui prier, et l'ancienne discipline des rites professionnels ne lui paraissait pas non plus convenir aux circonstances. Il se contenta donc d'attendre, la tête vide, se laissant bercer par la consolation silencieuse que lui procuraient ces vieux murs, sous le toit noirci par la fumée des cierges, les incendies et les taches d'humidité qui s'étendaient au-dessus de sa tête, là où le jour croissant faisait apparaître le visage barbu d'un prophète, les ailes d'un ange, un nuage vide ou une silhouette méconnaissable, comme un fantôme qui s'évanouit dans la quiétude du temps. Et le soleil finit par inonder la nef, passant juste à travers la silhouette sertie de plomb du Christ disparu de son vitrail ; et le retable redevint une arabesque baroque de feuille d'or, de colonnes blondes qui proclamaient la gloire de Dieu. Le pied de la Madone écrasait la tête du serpent et, pensa Quart, c'était là tout ce qui importait vraiment. Il s'avança vers le chœur et fit sonner la cloche. Il attendit un quart d'heure assis par terre, sous les gros nœuds qui terminaient la corde et, quand il se releva, il la fit encore sonner deux derniers coups, espacés Encore un quart d'heure avant la messe de huit heures.

Il alluma la lumière du retable et les six chandeliers, trois de chaque côté de l'autel. Ensuite, après avoir mis à leur place les livres et les burettes, il se rendit dans la sacristie et se lava les mains et le visage, puis essuya avec une serviette ses cheveux humides. Il ouvrit l'armoire et les tiroirs, disposa les objets liturgiques et choisit les ornements du jour. Quand tout fut prêt, il s'habilla lentement, méthodiquement, comme on le lui avait appris au séminaire, refaisant ces gestes qu'aucun prêtre n'oublie jamais. Il commença par l'amict, le carré de lin blanc qui pourtant ne s'utilisait plus, dont seuls les prêtres intégristes ou très âgés comme le père Ferro se servaient encore. Répétant les mouvements rituels, il baisa la croix du centre avant de s'en couvrir les épaules, puis de nouer les rubans en les croisant dans son dos. Il y avait trois aubes dans l'armoire, dont deux trop courtes pour lui ; mais la troisième, qu'utilisait sans doute le père Lobato, lui allait presque. Il s'en revêtit, noua le lacet du col et serra le cordon de la ceinture. Il prit ensuite l'étole, large bande de soie blanche, en baisa la croix du centre, puis l'enfila par-dessus l'amict. Il la croisa sur sa poitrine et glissa les deux extrémités sous le cordon de la ceinture. Il souleva enfin la vieille chasuble de soie blanche, ornée sur le devant de l'anagramme du Christ, brodé avec un fil d'or que le temps avait terni, et glissa la tête par l'ouverture, la laissant retomber sur son corps. Une fois habillé, il resta immobile, les deux mains posées sur la commode, regardant le crucifix cabossé entre les lourds chandeliers d'argent qui se trouvaient devant. Même après une nuit blanche, il sentait en lui la lucidité et la paix qui l'avaient envahi quand il attendait, assis sur le banc de la place. Et cette sensation s'affirma encore quand il retrouva les anciens gestes familiers, le début du rite. Comme si la solitude n'avait plus d'importance, comme si elle avait été trempée par ces mêmes mouvements que d'autres hommes, d'autres solitaires, avaient répétés de la même façon, la Cène consommée, pendant près de deux mille ans. Et qu'importe si le temple était lézardé, décrépit, si des échafaudages étayaient le campanile, si les vieilles peintures de la voûte s'évanouissaient comme des fantômes. Si Marie, sur le tableau accroché au mur, inclinait devant un ange sa tête rougissante sur un linceul en lambeaux, couvert de fissures et de taches, noirci par l'oxydation du vernis. Ou si au bout de la vieille lunette du père Ferro, à des millions d'années-lumière, le froid scintillement des astres se riait de tout cela, à gorge déployée.

Peut-être ce juif brillant qui avait eu pour nom Heinrich Heine avait-il raison après tout, peut-être l'Univers n'était-il que le résultat du rêve d'un Dieu ivre qui s'en allait cuver son vin sur une étoile. Mais, derrière la clé qui tournait trois fois dans la porte de l'abîme, le secret était bien gardé. Le père Ferro s'apprêtait à aller en prison pour lui et ni Quart ni personne n'avait le droit de le révéler aux bonnes gens qui attendaient dans l'église dont les bruits confus – une toux, un bruit de pas, le craquement d'un agenouilloir sous le poids d'un paroissien – traversaient la porte de la sacristie, à côté du confessionnal où était mort Honorato Bonafé pour avoir touché le voile de Tanit.

Il regarda sa montre. C'était l'heure.

XV. « Vêpres »

Il eût été contraire au Code d'utiliser son vrai nom.

Clough et Mungo, *Approaching Zero*

Deux jours après son retour à Rome, où il avait présenté son rapport sur Notre-Dame-des-Larmes, Quart reçut la visite de monseigneur Paolo Spada dans son appartement de la Via del Babuino. Il avait recommencé à pleuvoir sur la ville, comme trois semaines plus tôt, quand on lui avait donné l'ordre de partir pour Séville. Debout devant les portes-fenêtres de la terrasse, Quart regardait la pluie tomber sur les toits, les murs ocre des maisons, le reflet gris des pavés et les marches de l'escalier de la Piazza di Spagna quand on sonna à la porte. Monseigneur Spada était sur le seuil, massif et carré sous une gabardine noire, dégoulinant de pluie, secouant la tête pour faire tomber l'eau de ses poils raides de bouledogue.

– Je passais dans le quartier. Et j'ai pensé que vous pourriez peut-être m'offrir un café.

Sans attendre de réponse, il suspendit sa gabardine à un porte-manteau et se dirigea vers le petit salon austère où il s'assit dans un fauteuil à côté de la terrasse. Silencieux, il attendit en regardant tomber la pluie que Quart revienne de la cuisine avec la cafetière fumante et deux tasses sur un plateau.

– Le Saint-Père a reçu votre rapport.

Quart acquiesça d'un lent mouvement de la tête pendant qu'il mettait un peu de sucre dans sa tasse, puis il attendit debout en remuant son café. Il avait retroussé les manches de sa chemise sur ses avant-bras. Son col était déboutonné, sans son bandeau de

436

celluloïd blanc. Le Bouledogue penchait sa lourde tête de gladiateur en le regardant par-dessus sa tasse :

– J'ai aussi reçu un autre rapport de l'archevêque de Séville où
il est question de vous.

Dehors, la pluie avait redoublé de violence et le crépitement des
gouttes sur la terrasse attira un moment l'attention des deux hommes. Quart posa sa tasse vide sur le plateau et sourit. Avec cette
expression triste et distante que l'on prépare longtemps à l'avance,
dans la certitude qu'on en aura besoin tôt ou tard.

– Je regrette de vous avoir causé des ennuis, monseigneur.

La voix n'avait pas changé. Disciplinée, respectueuse. Même
chez lui, il était resté debout, prêt à mettre le petit doigt sur la
couture de son pantalon noir. Le directeur de l'IOE lui lança un
regard affectueux, puis haussa les épaules.

– Vous ne m'avez pas causé d'ennuis *à moi* – répondit-il doucement –. Au contraire, vous m'avez informé avec précision et en
un temps record. Vous avez fait un travail difficile et vous avez
pris les décisions qu'il fallait pour que le père Ferro se présente à
la police et que sa défense soit assurée dans de bonnes conditions…
– il se tut un moment, regardant ses énormes mains entre lesquelles
disparaissait presque sa tasse –. Tout aurait été parfait si vous en
étiez resté là.

Le sourire triste de Quart s'accentua :

– Mais je ne l'ai pas fait.

De ses yeux de vieux chien, veinés de marron, l'archevêque
regarda longuement son agent :

– Vous ne l'avez pas fait. Finalement, vous avez décidé de prendre parti – il hésita un instant et fronça les sourcils –. De vous
engager, je suppose que c'est le mot juste. Et vous l'avez fait de
la façon et au moment le moins opportun.

Quart le regarda avec franchise :

– Il l'était pour moi, monseigneur.

L'archevêque inclina encore la tête, amical.

– Vous avez raison. Excusez-moi. Pour vous, il l'était, naturellement. Mais pas pour l'IOE – il posa sa tasse à côté de l'autre,
sur le plateau, puis observa son interlocuteur avec curiosité –.
Surtout si l'on pense au rôle impartial qu'on vous avait donné
l'ordre de jouer là-bas.

– Je savais que ce serait inutile – insista Quart –. Un symbole, rien de plus... – il semblait absorbé dans ses souvenirs – Mais il y a des moments où ces choses ont leur importance.

– Bien – concéda monseigneur Spada –. Selon mes informations, la nonciature de Madrid et l'archevêché de Séville ont reçu ce matin l'ordre d'assurer la sauvegarde de Notre-Dame-des-Larmes et de nommer un nouveau curé... – il étudia l'expression de Quart avant de lui faire un clin d'œil ironique et malicieux –. Vos considérations finales sur le petit bout de ciel qui disparaît, la peau parcheminée du tambour et tout le reste ont fait leur effet. Très émouvant, très convaincant. Si j'avais eu connaissance de vos talents rhétoriques, j'en aurais fait usage depuis longtemps.

Le Bouledogue se tut. A toi de poser les questions, disait son silence. Facilite-moi un peu la tâche.

– C'est une bonne nouvelle, monseigneur – Quart le regardait, attendant la suite –. Mais les bonnes nouvelles se donnent par téléphone... Quelle est la mauvaise ?

Le prélat soupira.

– La mauvaise s'appelle Son Éminence Jerzy Iwaszkiewicz – il détourna les yeux et soupira encore –. Notre cher frère dans le Christ a laissé s'échapper la souris qu'il tenait entre ses griffes, et il veut se rattraper d'une façon ou d'une autre... Il a exprimé tout le jus du rapport de l'archevêque de Séville. Et il conclut que vous avez outrepassé votre mandat. Par-dessus le marché, Iwaszkiewicz ajoute foi à certaines insinuations de monseigneur Corvo à propos de votre conduite personnelle... Bref, la situation est devenue un peu délicate pour vous.

– Et pour vous, Illustrissime ?

– Oh... – monseigneur Spada avait levé la main comme pour se mettre hors de cause –. Je suis plus difficilement attaquable, j'ai des dossiers, vous voyez ce que je veux dire. Je bénéficie de l'appui relatif du secrétaire d'État... En fait, ils m'ont offert la paix en échange d'une petite compensation.

– Ma tête.

– Plus ou moins – l'archevêque s'était levé et arpentait la pièce. Puis il tourna le dos à Quart et se plongea dans la contemplation d'un petit croquis encadré sur le mur –. Il s'agit d'une mesure symbolique, comprenez-moi bien. Un peu comme votre messe de jeudi dernier… C'est injuste, je sais. La vie est injuste. Rome est injuste. Mais c'est ainsi. Ce sont les règles de notre jeu, et vous l'avez toujours su.

Il contourna le prêtre et se retrouva face à lui, pensif, les mains derrière le dos :

– Vous allez me manquer, père Quart. Avant comme après Séville, vous êtes un bon soldat. Je sais que vous avez fait de votre mieux. J'ai peut-être chargé vos épaules de trop de fantômes durant toutes ces années. J'espère que celui de ce Brésilien, Nelson Corona, repose maintenant en paix.

– Que va-t-on faire de moi ?

C'était une question neutre, objective ; sans la moindre trace d'inquiétude. Monseigneur Spada leva les mains au ciel, impuissant :

– Iwaszkiewicz, toujours miséricordieux, voulait vous expédier dans un obscur secrétariat, comme fonctionnaire… – l'archevêque fit claquer sa langue, donnant à entendre qu'il aurait été surprenant que Son Éminence eût pu former d'autres projets –. Fort heureusement, j'avais quelques cartes dans ma manche. Je ne vais pas vous dire que j'ai joué ma tête pour vous ; mais j'avais pris la précaution de me munir de votre curriculum, et j'ai fait valoir les services que vous aviez rendus, notamment au Panama, et aussi cet évêque croate que vous avez fait sortir de Sarajevo. Finalement, Iwaszkiewicz se contentera de votre exécution formelle comme agent de l'IOE – les épaules carrées du Bouledogue se soulevèrent un peu sous sa veste –. Le Polonais me prend pour un fou, mais la partie n'est toujours pas jouée.

– Et quel est le verdict ? – demanda Quart, curieux. Il se sentait loin de tout cela. Ce ne sera peut-être pas si difficile, se dit-il. Peut-être plus dur et plus froid ; mais il arrive qu'il fasse froid aussi à l'intérieur. Un moment, il se demanda s'il aurait le courage de tout abandonner si la peine était excessive. Recommencer ailleurs, nu comme un ver, sans la protection du costume noir, son uniforme et sa seule patrie. Le problème, après Séville, c'était qu'il y avait peu d'endroits où aller.

– Mon ami Azopardi – disait monseigneur Spada –, le secrétaire d'État, s'offre à nous donner un coup de main. Il a promis de s'occuper de vous. L'idée serait de vous trouver une affectation d'attaché dans une nonciature ; en Amérique latine si possible. Au bout d'un certain temps, si les vents sont plus favorables et si je suis toujours à la tête de l'IOE, je vous récupérerais… – il sembla soulagé de voir que Quart ne réagissait pas –. Prenez-le comme un exil temporaire, ou une mission plus longue que les autres. En résumé : disparaissez pour un petit bout de temps. En fin de compte, si l'œuvre de Pierre est éternelle, les papes et leurs entourages passent. Les cardinaux polonais vieillissent, prennent leur retraite, attrapent le cancer ; vous savez ce que je veux dire – il eut un sourire mauvais –. Et vous êtes jeune.

Quart s'était approché de la porte-fenêtre. La pluie continuait à crépiter sur le carrelage de la terrasse, manteau gris qui glissait sur les toitures des maisons voisines. Il respira l'air humide. Les façades ocre et la Piazza di Spagna luisaient dans la rue déserte comme un tableau fraîchement verni.

– Que devient le père Ferro ?

Le Bouledogue haussa les sourcils. Cela n'est plus de mon ressort, lui faisait-il comprendre.

– Selon la nonciature de Madrid, l'avocat que vous lui avez trouvé s'en tire assez bien. Ils pensent pouvoir obtenir son élargissement, pour cause de sénilité et d'absence de preuves ; ou, dans le pire des cas, une peine légère conforme aux lois espagnoles. L'homme est âgé, il n'est plus totalement en possession de ses moyens, et il y a toutes sortes de raisons pour que les jurés penchent en sa faveur. Pour le moment, il est relativement bien installé à l'hôpital pénitentiaire de Séville et on pourra demander son internement dans une maison de retraite pour prêtres âgés… J'ai l'impression qu'il va bien s'en tirer. Même si, à son âge, la chose n'a peut-être pas beaucoup d'importance pour lui.

– Non – reconnut Quart –. Sans doute pas.

Monseigneur Spada était revenu à la table et se servait un autre café.

– Quel personnage, ce curé… Vous croyez vraiment qu'il est coupable ?… – il regardait Quart, sa tasse pleine à la main –. Nous n'avons plus entendu parler de *Vêpres*. Dommage que vous n'ayez finalement pas pu découvrir l'identité du pirate. J'aurais pu mieux vous défendre devant Iwaszkiewicz – il fit une pause, l'air sombre,

440

puis but une gorgée de café –. Le Polonais aurait été ravi de ronger cet os.

Quart acquiesça en silence. Toujours immobile devant la porte-fenêtre ouverte, il regardait tomber la pluie et la lumière du jour faisait grisonner davantage ses cheveux ras de soldat. Des goutte-lettes lui éclaboussaient le visage.

– *Vêpres* – dit-il.

Cette nuit-là, la dernière, il était descendu au salon de l'hôtel où il l'avait trouvée comme la première fois, assise dans le même fauteuil. Il n'était arrivé à Séville que depuis quelques jours, mais Quart avait l'impression d'y être depuis une éternité. D'y avoir toujours été, comme l'immense nef de pierre, de pinacles et d'arcs-boutants échouée à quelques mètres de là, de l'autre côté de la place. Comme les pigeons désorientés qui tournoyaient dans l'espace de la nuit, illuminés par les projecteurs. Comme Santa Cruz, le fleuve, la tour almohade et La Giralda. Comme Macarena Bruner qui le regardait s'approcher. Et quand elle se leva de son fauteuil, toute droite dans le salon vide, Quart pensa que sa présence l'émouvait encore jusqu'à la moelle. Heureusement, se dit-il en s'avançant vers elle, elle ne l'aimait pas.

– Je viens vous dire au revoir – dit Macarena –. Et vous remercier.

Ils sortirent pour faire quelques pas dans la rue. C'était en effet un au revoir : phrases monosyllabiques, lieux communs, petits mots de politesse comme en échangent de parfaits inconnus, sans jamais parler d'eux. Quart avait remarqué qu'ils ne se tutoyaient plus. Aussi désinvolte que d'habitude, elle évitait cependant ses yeux et son regard s'arrêtait sur son col romain. Pour la première fois, il la sentit intimidée. Ils parlèrent du père Ferro, du voyage que Quart allait faire le lendemain. De la messe qu'il avait dite à Notre-Dame-des-Larmes.

– Je n'aurais jamais cru vous voir là-bas – avait dit Macarena.

Parfois, comme la nuit où ils s'étaient promenés à Santa Cruz, ils s'étaient frôlés au hasard de leurs pas et chaque fois Quart avait ressenti la morsure qu'inflige la certitude d'avoir perdu quelque chose : une sensation de vide, une tristesse immense, désespérée.

441

Ils marchaient à présent en silence, car entre eux tout avait été dit. Et pour parler encore, il aurait fallu des mots que ni l'un ni l'autre ne voulait prononcer. La lumière des réverbères refoulait contre la muraille arabe leurs ombres qui s'arrêtèrent, face à face. Quart regarda les yeux noirs, le collier d'ivoire sur la peau couleur de tabac blond. Il ne lui en voulait pas. Il s'était laissé utiliser en pleine connaissance de cause. Il était une arme comme une autre et, pour Macarena, il était légitime de se battre pour une cause qu'elle croyait juste. Dans la tête de Quart où la sérénité de ces dernières heures commençait à peine à mettre de l'ordre, les colonnes du débit et du crédit se mêlaient encore. Bientôt, il ne resterait plus que le vide de la perte, atténué comme il se doit par l'orgueil et la discipline. Mais jamais il n'effacerait cette femme ni Séville de ses sens et de sa mémoire.

Il cherchait une phrase, un mot au moins à prononcer avant que Macarena ne disparaisse de sa vie à tout jamais. Quelque chose dont elle puisse se souvenir, en harmonie avec la muraille centenaire, les réverbères de fonte, la tour illuminée au fond et le ciel où brillaient les étoiles glacées du père Ferro. Mais il ne trouva en lui que le néant absolu. Une longue fatigue, objective, résignée, impossible à exprimer autrement que par un regard, ou par un sourire. Il sourit donc dans la pénombre, devant les yeux de la femme où il avait vu naguère se refléter deux belles lunes jumelles dans un jardin. Et, pour la première fois cette nuit-là, elle le regarda en face, les lèvres entrouvertes comme si un mot qu'elle aussi était incapable de trouver allait s'y former. Alors, Quart avait fait demi-tour et s'était éloigné, sentant le regard de la femme dans son dos. Stupidement, il s'était dit que si elle lui criait « je t'aime », il arracherait son col de celluloïd, se retournerait pour la prendre dans ses bras comme les officiers dans les vieux films en noir et blanc qui brisent leur carrière pour l'étreinte d'une femme fatale, ou comme ces autres naïfs – Samson, Holopherne – de l'Ancien Testament. L'idée l'avait fait sourire intérieurement, d'un sourire moqueur. Il savait – il avait toujours su – que Macarena Bruner ne redirait jamais ces mots à un autre homme.

– Attendez ! · avait-elle dit alors qu'il ne l'attendait plus –. Je voudrais vous montrer quelque chose.

Quart s'était arrêté. Ce n'était pas la formule magique, mais elle suffisait pour qu'il se retourne et la regarde encore. Et quand il l'avait fait, il avait découvert qu'elle était restée immobile au même endroit, à côté de l'ombre qu'elle projetait sur la muraille. Elle semblait avoir beaucoup hésité avant de se décider à l'appeler. Et elle avait alors rejeté ses cheveux en arrière d'un mouvement énergique, un mouvement de défi qui s'adressait plus à elle-même qu'au prêtre.

– Vous l'avez bien mérité.

Elle souriait.

La Casa del Postigo était silencieuse. L'horloge anglaise de la galerie sonna douze coups quand ils traversèrent le patio de la fontaine aux azulejos, parmi les géraniums et les fougères. Toutes les lumières étaient éteintes. Au-dessus des arcs mudéjars, la lune faisait glisser leurs ombres sur la mosaïque du sol qui brillait de l'eau des jardinières fraîchement arrosées. Les grillons chantaient dans le jardin voisin, au pied de la tour noire du colombier.

Macarena conduisit Quart à travers la galerie décorée de tapis et de vieux buffets espagnols, puis, après avoir traversé un petit salon, elle monta devant lui un escalier aux marches de bois le long duquel courait une rampe de fer dont les coudes étaient surmontés par des boules de bronze soigneusement polies. Ils arrivèrent à l'étage, dans la galerie vitrée qui faisait le tour du patio. Au fond, il y avait une porte fermée. Ils s'avancèrent vers elle. Avant de l'ouvrir, Macarena s'arrêta et regarda Quart d'un air grave.

– Personne – murmura-t-elle –, personne ne doit jamais savoir.

Un doigt sur les lèvres, elle ouvrit silencieusement la porte et les notes de *La Flûte enchantée* arrivèrent jusqu'à eux. L'appartement comportait deux pièces. Dans la première, plongée dans l'obscurité, on devinait des meubles recouverts de housses de toile blanche et une fenêtre dont les jalousies laissaient filtrer le clair de lune. La musique venait du fond. Là-bas, derrière une porte vitrée coulissante, grande ouverte, une lampe de travail à tige flexible éclairait une table sur laquelle était installé un ordinateur perfectionné, deux écrans Sony haute définition, une imprimante laser et un modem. Devant l'ordinateur, l'éventail de Romero de Torres et deux bouteilles vides de Coca-Cola étaient posés sur une

443

pile de numéros de la revue *Wired*. Les yeux rivés sur l'écran où scintillaient des lettres et des icônes, absorbée dans la fuite qui tous les soirs la libérait de cette maison, de Séville, d'elle-même et de son passé, *Vêpres* voyageait silencieusement dans l'infinité du cyberspace.

Elle ne parut même pas surprise. Elle pianotait lentement sur le clavier, les yeux fixés sur un écran. Quart vit qu'elle le faisait avec une extrême attention, comme si elle craignait d'enfoncer la mauvaise touche et de provoquer un désastre. Il lança un coup d'œil à l'écran couvert de chiffres et de signes dont le sens lui échappait. Mais le pirate semblait parfaitement à l'aise dans ce monde. Vêtue d'une robe de chambre de soie noire, chaussée de mules, elle portait autour du cou son splendide collier de perles. Ébahi, Quart regarda Macarena puis secoua la tête, espérant encore qu'il s'agissait d'une plaisanterie de la duchesse et de sa fille. Mais les signes qui couvraient l'écran changèrent tout à coup et d'autres apparurent. Les yeux de Cruz Bruner, duchesse du Nuevo Extremo, se mirent à briller intensément.

– Et voilà – l'entendit-il murmurer.

Avec une agilité insoupçonnée, les doigts de la vieille dame couraient sur le clavier, prenant le contrôle de l'écran. Une touche, et les signes cédèrent la place à d'autres. Quelques instants plus tard, elle appuya sur la touche *ENTER* et rejeta la tête en arrière, comme quelqu'un qui voit enfin l'aboutissement d'un long effort. Ses lèvres fripées se détendirent. Ses yeux, rouges d'avoir longtemps regardé l'écran, brillaient de malice quand elle se tourna finalement vers sa fille et le prêtre.

– « Et le jour du Seigneur arrive comme un voleur en pleine nuit... » – récita-t-elle en s'adressant à Quart –. N'est-ce pas vrai, mon père ?... Première Épître aux Thessaloniciens, si je ne m'abuse. Chapitre cinq, verset deux.

En dépit de l'âge, de ses yeux fatigués et de l'heure avancée de la nuit, elle paraissait plus vive et intelligente que jamais. Une main posée sur son épaule, sa fille observait Quart. La vieille dame pencha vers elle sa tête blanche aux reflets violets sous la lumière de la lampe de bureau.

– Si j'avais imaginé recevoir une visite à cette heure, je me serais un peu arrangée – elle avait parlé sur un ton gentiment réprobateur en jouant avec son collier de perles –. Mais comme c'est Macarena qui vous a amené jusqu'ici, tout est bien... – elle leva une main pour serrer celle de sa fille –. Et maintenant, vous connaissez mon secret.

Quart refusait toujours d'en croire ses yeux. Il regarda les bouteilles vides de Coca-Cola, les piles de revues spécialisées en anglais et en espagnol, les manuels techniques qui encombraient le bureau, les boîtes de disquettes. Cruz et Macarena Bruner surveillaient ses réactions, l'une amusée, l'autre grave. Le prêtre se rendit enfin à l'évidence, arrondit les lèvres comme s'il allait siffler, mais se retint. De ce bureau, une septuagénaire avait mis le Vatican échec et mat.

– Comment avez-vous pu... C'est incroyable.

– Inutile que quelqu'un le croie – dit Cruz Bruner –. Ce ne serait même pas souhaitable. Ni plausible.

La vieille dame retira la main qu'elle avait posée sur celle de sa fille pour la laisser glisser sur le clavier de l'ordinateur. Le piano peut-être, se dit Quart. Les vieilles duchesses passaient leur temps à jouer du piano, à faire de la broderie et de la dentelle au tambour, ou à se laisser bercer sur les eaux mortes du temps ; pas à se transformer la nuit en pirates informatiques, à la manière du Docteur Jekyll et de Mister Hyde. Il faisait un mauvais rêve. Et tant pis si Macarena avait anticipé son silence. La duchesse avait raison . personne ne le croirait s'il disait ce qu'il avait vu.

– Je parlais de vous – protesta-t-il –. De vous et de tout le reste. Je n'aurais jamais pensé...

– Qu'une vieille dame puisse trouver son chemin dans ce labyrinthe ?...– elle avait légèrement redressé la tête, le regard absent, songeuse. Pourtant, vous voyez. Un jour, on s'approche, par curiosité. On appuie sur une touche et on découvre que des choses se produisent sur cet écran. Et qu'on peut voyager dans des lieux incroyables, faire des choses que l'on n'aurait jamais rêvé faire... – ses lèvres parcheminées ébauchèrent un sourire qui la fit paraître plus jeune –. C'est plus amusant que de broder ou de regarder des feuilletons vénézuéliens à la télévision.

– Et depuis combien de temps... ?

– Oh, pas depuis très longtemps. Trois ou quatre ans – elle s'était retournée vers sa fille, comme pour lui demander de lui rafraîchir la mémoire –. J'ai toujours été une femme curieuse, incapable de passer devant deux lignes imprimées sans m'arrêter pour les lire… Un jour, Macarena a fait l'achat d'un ordinateur pour son travail. Quand elle s'absentait, je m'asseyais devant, impressionnée. Il y avait un jeu, une sorte de balle de ping-pong, et c'est elle qui m'a appris à manipuler la souris. J'ai beaucoup de mal à dormir, comme vous le savez, et j'ai donc fini par passer des heures et des heures devant l'ordinateur… Il est devenu ma drogue, je crois.

– A son âge… – dit doucement Macarena.

– Eh bien oui ! – la vieille dame regardait Quart comme pour l'encourager à exprimer sa réprobation –. Mais vous voyez. J'étais tellement curieuse que j'ai commencé à lire tout ce qui parlait d'informatique. J'avais appris l'anglais chez les religieuses irlandaises, quand j'étais enfant. Alors, j'ai fini par m'inscrire à des cours par correspondance et je me suis abonnée à des revues spécialisées… – elle eut un petit rire qu'elle étouffa aussitôt en posant la main sur sa bouche, presque scandalisée de sa propre audace –. Heureusement, si ma santé laisse à désirer, j'ai toute ma tête. Très vite, je suis devenue une véritable experte… Je vous assure qu'à mon âge, je trouve tout cela follement amusant.

– Elle a même eu une aventure amoureuse – ajouta Macarena.

La mère et la fille se mirent à rire. Quart se demanda si elles n'étaient pas toutes les deux un peu folles. On se moquait de lui, et dans les grandes largeurs. Ou peut-être était-ce une autre raison, la sienne, qui commençait à faiblir. Cette ville t'a monté à la tête, se dit-il, un peu perdu. Tu fais bien de partir, tant qu'il est encore temps.

– Elle exagère – expliquait Cruz Bruner –. En fait, je me suis procuré le matériel qu'il me fallait et j'ai commencé petit à petit à sortir. Et puis, oui, je suis tombée amoureuse, cybernétiquement parlant. Une nuit, je suis entrée par hasard dans l'ordinateur d'un jeune *hacker* de seize ans… Vous devriez vous voir dans une glace, mon père. De toute ma vie, je n'ai jamais vu quelqu'un faire une tête pareille.

– Vous n'espérez quand même pas qu'on trouve cela normal.

– Non. Je suppose que non.

La vieille dame tendit la main vers la pile de revues techniques qui s'entassaient sur le bureau et en feuilleta quelques-unes avec le pouce. Puis elle montra le modem branché à la ligne de téléphone.

– Imaginez un peu – continua-t-elle – ce que la découverte de ce monde pouvait signifier pour une vieille dame de presque soixante-dix ans... Mon ami répondait au *nick*, un surnom dans le jargon informatique, de *Mad Mike* ; mais il travaillait aussi parfois sous le nom de *Vicomte Valmont*. Et conduite par mon vicomte, dont je ne connaîtrai jamais ni le visage ni la voix, j'ai commencé à parcourir les méandres de ce monde fascinant... Son ordinateur était le serveur d'un BBS pirate. Grâce à lui, je suis entrée en contact avec d'autres drogués de la haute technologie, souvent des garçons, des adolescents qui passent des heures et des heures tout seuls dans leur chambre à manipuler les ordinateurs des autres.

Elle avait parlé avec une fierté évidente, comme si elle faisait mention du cercle le plus fermé qui soit. Quart devait encore avoir l'air terriblement surpris, car Macarena ne put s'empêcher de sourire :

– Explique-lui ce qu'est un BBS pirate.

– Une espèce de babillard électronique, de tableau d'affichage si vous préférez – la vieille dame avait posé la main sur le clavier – : un ordinateur équipé d'un logiciel spécial et d'un modem qui le relie au réseau de téléphone. Pour y accéder, il faut avoir déjà atteint un certain niveau dans la clandestinité informatique. Quand on appelle pour la première fois, on vous demande votre vrai nom et votre numéro de téléphone. Les sots qui s'exécutent sont aussitôt éconduits... Le truc consiste à donner un pseudonyme et un faux numéro de téléphone ; pour un *hacker*, il n'y a pas de meilleure recommandation qu'une petite dose de paranoïa.

– Quel est votre véritable pseudonyme ?

– Vraiment, ce détail vous intéresse ?... C'est contraire aux règles, mais je vais vous le dire quand même puisque cette nuit, grâce à Macarena, vous vous êtes déjà rendu si loin – elle redressa la tête, fière, ironique –. *Reine du Sud*, voilà mon *nick*.

Quelque chose se mit à clignoter sur l'écran et la duchesse s'interrompit pour enfoncer plusieurs touches. Un long texte, en

447

petits caractères serrés, défilait sur l'écran. Cruz Bruner regarda sa fille sans dire un mot, puis elle se retourna vers Quart :

– Mais voilà – reprit-elle –. Après les BBS, j'ai commencé à me faufiler dans les « sites » clandestins qui pullulent sur le réseau Internet… Si le BBS est un babillard, le site est une taverne de pirates. On s'y fait des amis, on s'amuse, on échange des trucs, des jeux, des virus, des renseignements utiles, ce genre de choses. Peu à peu, j'ai appris à circuler sur tous les réseaux, à voyager à l'étranger, à camoufler mes entrées et mes sorties, à pénétrer dans des systèmes protégés… Je n'ai jamais été aussi heureuse que le jour où je suis entrée dans le système de l'hôtel de Ville de Séville pour manipuler mes quittances de taxes foncières.

– Ce qui est une fraude – lui reprocha sa fille, apparemment pas pour la première fois –. Quand je l'ai su, j'ai couru au Trésor public. Elle avait réglé tous ses impôts jusqu'en l'an 2005 !… J'ai dû expliquer qu'il y avait eu une erreur.

– Je suis peut-être une délinquante – reconnut la vieille dame –. Mais quand je suis assise ici, ce n'est pas du tout l'impression que j'ai. Tout est différent – elle sourit à Quart avec un curieux mélange d'innocence et de perversité –. Et c'est ce qu'il y a de merveilleux !

Elle rajeunissait en parlant de sa passion. Son sourire rafraîchissait ses lèvres, ses yeux rougis et larmoyants pétillaient de malice.

– A l'heure actuelle – continua-t-elle –, en plus de mon vicomte préféré, je suis en contact régulier avec plusieurs sites et BBS de haut niveau, ainsi qu'avec une vingtaine de *hackers* dont la majorité n'ont pas vingt ans… Je ne connais pas leurs vrais noms ni leur sexe ; je ne sais d'eux que leurs pseudonymes. Mais nous avons de passionnantes réunions cybernétiques dans des endroits comme les Galeries Lafayette à Paris, l'Imperial War Museum de Londres, ou des agences de la Confédération bancaire russe… Tellement vulnérables, ces agences, qu'un enfant pourrait manipuler leurs comptes.

Bien entendu, c'était elle. *Vêpres* en personne. Quart put enfin se l'imaginer sans effort, penchée sur son ordinateur nuit après nuit, voyageant silencieusement dans l'espace électronique, rencontrant sur son chemin d'autres voyageurs solitaires. Rencontres inattendues, fugaces, échanges d'informations et de rêves, l'excitation de violer des secrets et de transgresser les limites de l'interdit : une confrérie secrète dans laquelle le passé et le présent, le temps, l'espace, la mémoire, la solitude, le triomphe ou l'échec perdaient leur sens traditionnel, composant un espace virtuel où tout était possible et rien assujetti à des limites concrètes, à des normes inviolables. Une formidable route d'évasion, remplie de possibilités infinies. A sa manière, Cruz Bruner se vengeait aussi de Séville, incarnée dans ce bel homme dont le portrait trônait dans le vestibule, à côté de la petite fille blonde peinte par Zuloaga.

– Comment avez-vous fait pour entrer au Vatican ?

– Par pur hasard. Un contact à Rome, *Deus ex Machina*, que je soupçonne d'être un séminariste ou un jeune prêtre, s'était promené dans le système, par simple jeu, sans pousser trop loin ses incursions. Nous avons sympathisé et il m'a mise sur quelques bonnes pistes. Il y a de cela six ou sept mois, quand le problème de Notre-Dame-des-Larmes était devenu particulièrement grave… L'archevêché de Séville et la nonciature de Madrid faisaient la sourde oreille au père Ferro. Je me suis dit que ce serait un bon moyen de se faire entendre à Rome.

– Vous lui en avez parlé ?

– Pas du tout. Pas même à ma fille qui ne l'a su que beaucoup plus tard, alors que l'on connaissait déjà l'existence de celui ou de celle que vous avez baptisé *Vêpres*… – la vieille dame articula le mot avec une satisfaction évidente, et Quart se demanda quelle tête feraient Son Éminence Jerzy Iwaszkiewicz et monseigneur Spada s'ils l'entendaient –. Au début, mon idée était de laisser un simple message dans le système central du Vatican, en espérant qu'il tombe entre de bonnes mains. L'idée de manipuler l'ordinateur du pape m'est venue plus tard, à mesure que j'avançais plus avant dans le système. Je suis tombée par hasard sur un fichier, INMAVAT, très bien protégé, et j'ai compris qu'il s'agissait de quelque chose d'important. J'ai fait plusieurs tentatives pour m'y infiltrer, j'ai utilisé les trucs de mes amis plus avancés que moi, et une nuit, j'ai pu me faufiler à l'intérieur… Une semaine durant, j'ai visité INMAVAT jusqu'à ce que je comprenne de quoi il retournait. Finalement, après avoir localisé ce que je cherchais, j'ai pris mon courage à deux mains et je suis passée à l'attaque. Vous savez le reste.

– Qui m'a fait parvenir la carte postale ?

– Oh, la carte… Moi, naturellement. Puisque vous étiez là, j'ai cru souhaitable que vous commenciez à comprendre l'autre aspect du problème. Je suis donc montée au colombier et j'ai cherché quelque chose d'approprié dans la malle de Carlota. La manœuvre était un peu rocambolesque, mais elle a produit son effet.

Bien malgré lui, Quart se mit à rire :

– Comment avez-vous fait pour entrer dans ma chambre ?

La vieille dame parut scandalisée.

– Mon Dieu, je ne l'ai pas fait *en personne* ! Vous m'imaginez en train de me promener sur la pointe des pieds dans les couloirs de votre hôtel ?… J'ai trouvé une solution très prosaïque. Ma bonne a donné un petit quelque chose à la femme de chambre – elle se tourna à demi vers sa fille –. Quand vous lui avez montré la carte postale, elle a aussitôt deviné que c'était moi. Mais elle a eu la gentillesse de ne pas trop me gronder.

Quart vit dans les yeux de Macarena qu'elle disait vrai. Mais il n'aurait eu besoin d'aucune confirmation : tout était finalement d'une véracité écrasante. Il regarda l'écran de l'ordinateur :

– Dites-moi à quoi vous vous occupez maintenant.

– Oh, je vois – Cruz Bruner avait suivi le regard du prêtre –. On pourrait parler d'un dernier règlement de comptes… Mais ne vous faites pas de souci. Rien à voir avec Rome, cette fois. Quelque chose de plus proche. De plus personnel.

Quart jeta un coup d'œil. *Confidentiel. Résumé enquête interne B.C. Affaire P.T. et al.* Les noms de la Banque Cartujano et de Pencho Gavira apparaissaient dans le texte :

> … Comme preuve de cette dissimulation, on pourrait citer la recherche frénétique de nouvelles et coûteuses ressources, des méthodes de comptabilité en violation des normes bancaires, et un risque que l'on pourrait qualifier de téméraire et qui, si la vente attendue de Puerto Targa à Sun Qafer Alley (pour un montant annoncé de 180 millions de dollars) n'aboutissait pas, pourrait se traduire par un désastre de première importance pour la Banque Cartujano, ainsi que par un scandale public qui ternirait considérablement son prestige social parmi ses actionnaires essentiellement composés de petits épargnants conservateurs.

Quant aux irrégularités directement imputables à l'actuel vice-président, l'enquête a révélé…

Il regarda Macarena, puis la duchesse. C'était un coup de canon dans les œuvres vives de l'ex-mari. Un instant, il se souvint du financier, la nuit précédente, sur le quai ; du bref courant de sympathie qui s'était établi entre eux quand ils se préparaient à libérer le curé.

– Que comptez-vous en faire ?

Ce n'est pas mon affaire, disaient les yeux de Macarena. Mes règlements de comptes sont d'un ordre plus personnel. Ce fut Cruz Bruner qui dévoila l'inconnue :

– J'ai l'intention de rééquilibrer un peu la situation. Nous avons tous fait beaucoup pour cette église. Vous-même, avec la messe d'hier, vous nous avez donné une semaine de répit… – elle regarda le prêtre, puis sa fille –. Je suppose que c'est pour cette raison qu'elle a cru que vous méritiez de venir ici ce soir.

– Il ne dira rien – intervint Macarena, très sérieuse, les yeux fixés sur Quart.

– Non ?… Tant mieux ! – elle regarda sa fille avec une soudaine attention, puis se tourna vers Quart –. Mais je pense comme le père Ferro. A mon âge, les choses cessent d'avoir de l'importance et l'on peut courir l'aventure sans crainte des conséquences – elle caressait distraitement le clavier de l'ordinateur –. Maintenant, par exemple, je vais rendre justice. Je sais que ce n'est pas un sentiment très chrétien, père Quart – sa voix avait changé de timbre, elle était devenue plus dure. Une détermination qui tout à coup lui parut dangereuse –. Après, je devrai me confesser, je suppose. Je suis sur le point de commettre un péché contre la charité.

– Maman.

– Laisse-moi tranquille, ma fille, veux-tu ? – puis elle s'adressa à Quart, comme si elle espérait de lui plus de compréhension, et lui montra le texte affiché sur l'écran –. Il s'agit des conclusions d'un audit interne de la Banque Cartujano qui met au jour les difficultés de Pencho et le montage financier qu'il avait mis au point pour Notre-Dame-des-Larmes. Le rendre public nuirait un peu à la Banque et beaucoup à mon gendre. Énormément, je suppose – un petit sourire vint adoucir sa bouche –. Je ne sais pas si Octavio Machuca me le pardonnera jamais.

– Tu as l'intention de le lui dire ? – demanda Macarena.

– Naturellement. Je n'ai pas l'intention de cacher la main qui jette la pierre. Mais il a suffisamment vécu pour comprendre.. Et puis, il se moque éperdument de la banque. Avec l'âge, il est devenu irresponsable.

– Où avez-vous trouvé ce rapport ? – demanda Quart.

– Dans l'ordinateur de mon gendre. Son code de sécurité n'est pas difficile à trouver... – elle hocha la tête, avec un chagrin qui paraissait sincère –. Je suis vraiment désolée. Pencho m'a toujours été sympathique. Mais il faut choisir entre l'église et lui. Une messe vaut bien un Pencho.

Un voyant clignotant sur le modem attira l'attention de Quart. Cruz Bruner regarda un instant le petit point rouge et, quand elle se retourna vers le prêtre, toutes les générations des ducs du Nuevo Extremo s'étaient retrouvées en elle :

– C'est le fax – dit-elle, les yeux brillants. Et ses lèvres parcheminées se détendirent en une moue que Quart ne lui avait encore jamais vue : méprisante et cruelle –. Je suis en train de transmettre le rapport à tous les journaux de Séville.

Debout à côté d'elle, le visage dans la pénombre, Macarena avait reculé, les yeux perdus dans le vide. En bas, l'horloge anglaise égrena lentement ses coups, entre les tableaux au vernis noirci qui montaient une garde séculaire parmi les ombres de la Casa del Postigo. Toute vie possible entre ces murs morts semblait s'être réfugiée sous la lumière de la lampe à tige flexible qui éclairait le clavier de l'ordinateur et les mains de la vieille dame. Et Quart eut la certitude qu'en cet instant précis le fantôme de Carlota Bruner souriait dans la tour du jardin et que les voiles blanches d'une goélette glissaient paresseusement sur le fleuve, poussées par la brise qui chaque soir montait de la mer.

Cruz Bruner de Lebrija, duchesse du Nuevo Extremo, mourut au début de l'hiver, alors que Lorenzo Quart en était à son cinquième mois comme troisième secrétaire à la nonciature apostolique de Santa Fe de Bogotá. Il apprit la nouvelle par un entrefilet dans l'édition internationale du journal *ABC*, accompagné d'un faire-part qui faisait la longue relation nobiliaire de la défunte avant de conclure que sa fille, Macarena Bruner, héritière du titre, demandait qu'on prie pour le repos de son âme. Quinze jours plus tard, une enveloppe portant le cachet de la poste de Séville arriva. Elle contenait un petit mémento bordé de noir qui reprenait le texte du faire-part, à peu de chose près. Aucune lettre ne l'accompagnait. Mais Quart découvrit dans l'enveloppe la carte postale de Notre-Dame-des-Larmes qu'on avait un jour laissée dans sa chambre d'hôtel.

Avec le temps, le hasard lui fit parvenir d'autres détails sur les divers dénouements de l'histoire. Après un itinéraire sinueux, d'un petit village de la province d'Almería jusqu'à Rome, et de là jusqu'à Bogotá, une lettre du père Oscar Lobato lui apprit – à côté de diverses considérations de caractère général et de plusieurs rectifications sur l'opinion que Quart s'était faite du jeune vicaire – que Notre-Dame-des-Larmes était toujours une paroisse et qu'elle restait ouverte au culte. A propos de Pencho Gavira, tout ce que Quart sut jamais de lui se trouvait résumé dans une brève mention dans les pages économique de l'édition américaine d'*El País*, où l'on annonçait que don Octavio Machuca avait pris sa retraite comme président de la Banque Cartujano et qu'un inconnu lui succédait à la tête du conseil d'administration. La notice rendait compte aussi de la démission de Pencho Gavira qui renonçait à tous ses pouvoirs de vice-président et directeur général.

Quant au père Ferro, Quart reçut sporadiquement des nouvelles sur son séjour à l'hôpital pénitentiaire, sa condamnation pour homicide involontaire et sa mise en résidence surveillée dans une maison de retraite pour prêtres âgés du diocèse de Séville. Il était toujours là, dans un état de santé précaire, à la fin de l'hiver durant lequel mourut *Vêpres* ; et selon la lettre brève mais courtoise que le directeur de la maison de retraite envoya à Quart quand celui-ci s'était enquis du vieux curé, il était peu probable qu'il vive jusqu'au printemps. Il passait ses journées dans sa chambre, ne s'était lié avec personne, sortait la nuit dans le jardin quand il faisait beau, accompagné d'un surveillant, pour s'asseoir sur un banc et contempler en silence les étoiles.

Du reste des personnages dont les vies avaient croisé celle de

Quart durant son passage à Séville, il ne sut jamais rien. Ils s'enfoncèrent peu à peu dans sa mémoire, avec les fantômes de Carlota Bruner et du capitaine Xaloc qui l'accompagnaient souvent lors de ses longues promenades à la tombée du jour dans le quartier colonial de Santa Fe. Ils disparurent tous, sauf un, et même le souvenir de celui-ci n'était-il qu'une vision fugace, indécise, dont il ne fut jamais complètement sûr. Il ne se manifesta que beaucoup plus tard. Muté depuis peu au secrétariat encore plus obscur de Carthagène des Indes, Quart feuilletait un journal local où il était question de l'insurrection paysanne du Chiapas, au Mexique. Un reportage illustré parlait de la vie d'un hameau anonyme en rase campagne, sous le contrôle de la guérilla. On avait photographié un groupe de garçons dans l'école, en compagnie de leur institutrice. La photo était floue et, même avec l'aide d'une loupe, Quart ne put conclure grand-chose, si ce n'est que la ressemblance était frappante : une femme en jean, ses cheveux gris noués en une courte tresse, les mains posées sur les épaules de ses élèves, qui regardait l'appareil avec des yeux clairs et froids, des yeux de défi. Des yeux identiques à ceux qu'avait vus Honorato Bonafé avant de tomber, foudroyé par la colère de Dieu.

La Navata, novembre 1995

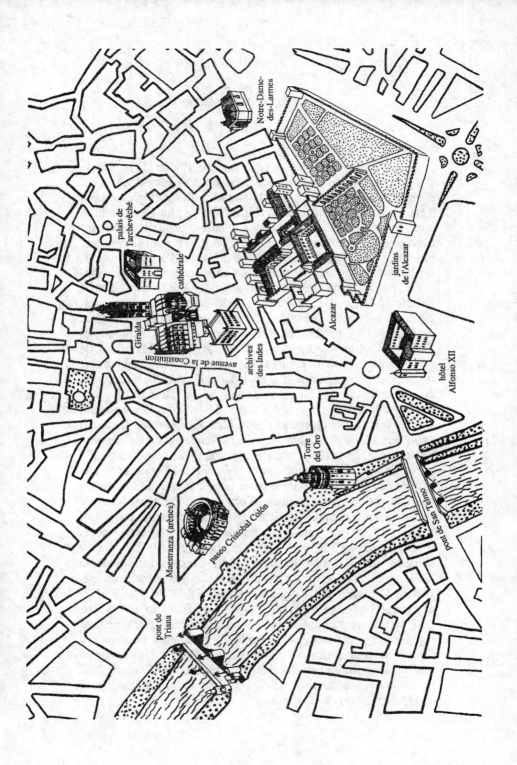

Notre-Dame-des-Larmes

palais de
l'archevêché

cathédrale

Giralda

avenue de la Constitution

archives
des Indes

Alcazar

jardins
de l'Alcazar

hôtel
Alfonso XII

Maestranza (arènes)

Torre
del Oro

paseo Cristobal Colón

pont de
Triana

pont de San Telmo

Les ducs du Nuevo Estremo portent d'azur à la Bande d'argent, chargée d'une grenade de sinople, ouverte de gueules, tigée et feuillée de sinople, à la Bordure d'or chargée de cinq Têtes de caciques arrachées et couronnées de plumes au naturel, annelées d'argent et sanglantes de gueules, lesquelles alternent avec cinq Ancres d'azur. Le premier du titre portait ses propres armoiries de chef d'armes, d'azur à la Bande d'argent, lesquelles lui furent concédées, comme en attestent les anciens armoriaux, par le Saint Roi Don Fernando lors de la conquête de Séville où la famille fonda Solar. Ledit premier duc, alors simple mais valeureux chevalier, s'étant distingué lors du siège et de la prise de Grenade, les Rois Catholiques Don Fernando et Doña Ysabel les augmentèrent en lui accordant les armes de ce royaume, savoir la Grenade au naturel montrant ses grains de gueules, sur champs d'argent, laquelle fut chargée sur la Bande, celle-ci étant du même métal. A l'occasion de son passage aux Indes, ce chevalier prit une devise dont le corps était une île à la figure de roc et l'âme *Mas ganaron que Granada (plus que Grenade ils ont gagné)*, laquelle, passablement présomptueuse, se vérifia cependant quand il reçut en reconnaissance de ses vastes conquêtes et mémorables faits d'armes le titre de duc du Nuevo Extremo avec augmentation de son blason par adjonction de la Bordure d'or chargée de cinq Têtes de caciques qui, en langue mexicaine, sont des seigneurs possédant vassaux, peints de carnation, en alternace avec cinq Ancres d'azur. L'empereur Charles Quint fit chevalier de la Toison d'or le deuxième duc du titre quand il lui accorda la Grandesse d'Espagne. Celui-ci prit pour devise celle que porte principalement la famille de nos jours, ODERINT DUM PROBENT, et comme cimier le lion indien, appelé *poma* en Pérou. Bonne note sera prise que ces armes sont aujourd'hui communément représentées, par erreur et contrairement à leurs origines, en faisant du lion indien, dépourvu de crinière, un lion commun qui l'a au contraire bien fournie. Avis en est donné aujourd'hui aux peintres, sculpteurs, brodeurs ou tisserands de tentures pour la représentation de ce timbre.

§ 27. Los Dvqves del Nvevo Estremo

Los Duques del Nuevo Estremo traen, de azur, y la Banda de plata, cargada de una Granada de sinople, abierta de gules, tallada y hojada de sinople, y la Bordura de oro cargada de cinco Cabezas de cacique arrancadas y coronadas de plumas à el natural, anilladas de plata y sangrantes de gules, las quales alternan con otras cinco Ancoras de azur. El primero deste titulo llevaba por armas las proprias suias de varonía, que traían, de azur, y la Banda de plata, las quales, como consta por antiguas memorias, les fueron concedidas por el Sancto Rey Don Fernando en la conquista de Sevilla, donde esta familia fundó Solar. Pero habiendose distinguido el citado primer Duque, entonces solo famoso cavallero, en el cerco y toma de Granada, se las acrecentaron los Catholicos Reyes Don Fernando & Doña Ysabel, con la concesion de las armas deste reino, que siendo la Granada à el natural mostrando sus granos de gules, en campo de plata, se cargó sobre la Banda, por ser del mismo metal. Con ocasión de passar à las Yndias, tomó este cavallero por empresa una insula con figura de roca, y por anima della la letra *Mas ganaran que Granada*, la qual, aunque un punto presumptuosa, le salió cierta, y en premio á sus grandes conquistas y memorables hazañas recibió el título de Duque del Nuevo Estremo y un aumento de sus devisas con la Bordura de oro cargada de cinco cabezas de cacique, que vale tanto en lengua mexicana, como señor de vassallos, pintadas de su color, alternando con otras cinco Ancoras de azur. El Cesar Carlos hizo al segundo Duque deste titulo cavallero del Tusón de Oro, quando lo reconoció por Grande de España. Y este tomó por mote el que ahora principalmente llevan, QDERINT DVM PROBENT, y la cimera del león indio, que en el Pirù llaman *poma*. Y hase de notar que ya comunmente andan al reves, y contra su origen, dibuxadas estas armas, haziendo del león indio, que es sin crines, un león comun, que las tiene harto espesas. Esto sea de oy mas aviso à los pintores, escultores, bordadores, o texedores de reposteros, quando este timbre representaren.

Table

RÉALISATION : IGS-CHARENTE-PHOTOGRAVURE À L'ISLE-D'ESPAGNAC
IMPRESSION : **BUSSIÈRE CAMEDAN IMPRIMERIES** À SAINT-AMAND (CHER)
DÉPÔT LÉGAL : MARS 1997. N° 29454-3 (4/312)